KB275472

지상에서 영원으로

지상에서 영원으로 ^하

From Here to Eternity

제임스 존스 장편소설　이종인 옮김

FROM HERE TO ETERNITY
by JAMES JONES (1951)

이 책은 실로 꿰매어 제본하는 정통적인 사철 방식으로 만들어졌습니다.
사철 방식으로 제본된 책은 오랫동안 보관해도 손상되지 않습니다.

제39장

　프루는 사흘 뒤 검은 구멍에서 풀려날 때까지 그 소식을 듣지 못했다. 그날은 블룸이 땅에 묻힌 날이기도 했다. 검은 구멍은 공식 용어로는 단독 감금이라고 하는데, 구멍에 들어간 사람에게 연락을 취하기는 아주 어려운 일이었다. 〈검은 구멍〉은 죄수들이 만들어 낸 서술적 은어이고, 대학 교수들이 만들어 낸 은어는 〈아메리카주의〉였다.

　그는 저녁 식사 직후인 18시 40분에 풀려났다. 단식으로 다리가 휘청거렸고 40와트 알전구의 밝은 불빛에 눈이 부셨다. 그가 취사장 식탁에 앉아 음식을 한 입 씹어 먹고 포크로 쟁반을 두드리며 두근거리는 마음으로 영창 당국에 반항했던 그 순간으로부터 사흘하고도 일곱 시간 반이 지난 때였다. 그는 검은 구멍에 들어갈 때와는 전혀 다른 사람으로 나왔으나 세상이 전혀 바뀌지 않았음을 발견하고 깜짝 놀랐다.

　검은 구멍은 그가 생각했던 것처럼 그리 열악하지 않았다. 그는 테스트에 임하여 결격 사유가 없다는 증명을 받은 느낌이었다. 그는 과거에 알링턴 국립묘지에서 진혼나팔을 불었을 때처럼 자기 자신에게 뿌듯한 자부심을 느꼈다. 구멍은 그가 예상했던 열악함의 절반도 채 되지 못했다. 그건 비관론자에게 주어지는 혜택의 하나였다. 그 어떤 것도 비관론자의 생각처럼 열악하지는 않은 것이다.

영창 당국은 세 끼 식사를 한 번에 한 동씩 똑같은 방식으로 배식했다. 취사장이 협소하기 때문이었다. 영창의 하루 일과는 아주 빡빡했기 때문에 끼당 식사 시간은 30분이 배정되어 있었다(톰슨 소령은 30분이면 식사하기에 충분한 시간이라고 말했다). 하지만 세 동이 있으므로 한 동에 돌아가는 시간은 10분에 불과했다. 사실 실제 식사 시간은 10분도 채 되지 못했다. 식사 대열을 형성하는 시간, 오가는 시간, 배식을 받아서 자리에 앉는 시간, 이런 것들을 빼면 5분 정도가 고작이었다. 그래서 죄수들은 식사 시간이 부족하다고 생각했다. 하지만 영창 당국을 상대로 왜 리조트 수준으로 대우해 주지 않느냐고 따질 수도 없는 노릇이었다. 그들은 아주 빡빡하고 힘든 스케줄로 죄수들을 다스리고 있었다.

앤절로 마지오를 통해 프루에게 전해진 멀로이의 지시에 따르면, 그는 두 가지 반항 방식 중 하나를 선택할 수 있었다. 하나는 식사를 아주 빨리 해치우고 두 번째 그릇을 채워 달라고 다시 내미는 것이었다. 이 경우 그는 두 번째뿐만 아니라 세 번째 그릇을 먹어야 하고 그다음에 피마자기름을 들이켜도록 강요당할 것이었다. 또 다른 방식은 음식을 약간만 먹고서 너무 맛이 없다고 불평하는 것이었다. 이 경우 그는 두 그릇을 더 먹어야 하고 그다음에 피마자기름을 들이켜도록 강요당할 것이었다. 그는 후자를 선택했다. 한 그릇을 덜 먹게 되므로 속에 들어온 피마자기름이 더 빨리 작용할 것이라는 판단에서였다.

그가 아직도 두 번째 그릇을 먹고 있을 때 2동 사람들이 식당 안으로 들어왔다(제일 먼저 협력 병동인 1동에게 배식하고, 그다음에 3동, 그리고 마지막으로 2동에게 배식했다). 그들은 묵묵히 식탁에 앉아 식사를 하기 시작했다. 프루는 앤절로 마지오와 블루스 베리의 모습을 보았다. 그리고 꿈꾸는 듯한 눈빛을 가진 덩치 큰 사내도 보았는데 전에 보지 못한 사람이었지만 잭 멀로이로 추정되었다. 프루는 행복과 안도의 감정을 억누르면서 일부러 그들을 쳐다보지 않았다. 사전에 그렇게 하라고 경고를 받았기 때문이었다.

그가 두 그릇을 다 먹자 저드슨 중사가 그에게 몸소 피마자기름을 먹였다. 중사의 방식은 앉아 있는 죄수의 머리카락을 잡고 머리를 뒤로 젖혀서 기름병을 입속에다 처박아 강제로 콸콸 들이붓는 것이었다. 두 명의 간수는 그의 팔다리를 잡았고 세 번째 간수가 코를 잡았다. 프루의 경우, 그들은 코를 잡을 필요가 없었다. 그는 멀로이의 지시를 숙지하고 있어서 패트소가 들이붓는 기름을 그냥 받아 마셨다. 파인트 병에 들어 있는 피마자기름이 그의 배 속으로 다 들어갔다. 이어 그들은 프루를 체육실로 데려갔다. 그곳으로 끌려가는 동안 그는 멀로이의 지시를 마음속에서 다시 복창했다. 이런 일이 벌어지는 동안 2동 사람들은 묵묵히 식사를 계속했다.

체육실은 T자형 복도의 맨 끝에 있는 자그마한 방이었다. 간수들은 반항적인 죄수들을 그리로 끌고 가서 기합을 주었다. 패트소는 프루에게 속이 어떠냐고 물어보았다. 속이 느글거린다고 솔직히 말하자 패트소는 주먹으로 그의 배를 때렸고 프루는 피마자기름과 음식이 뒤섞인 것을 바닥에다 게워 냈다. 그가 양동이와 대걸레를 가져와 그 오물을 청소하는 동안, 그들은 뒤에서 발길질을 해 쓰러진 그의 얼굴이 오물에 닿게 했다. 그렇게 여러 번 발길질을 했다. 이어 그들은 그를 일으켜 세워 벽에 붙여 놓고 구타를 했다. 그날 식당의 당번은 핸슨과 터닙시드였는데 셋이서 돌아가며 구타했다. 그들이 괭이자루로 그를 때린 것은 딱 한 번이었다. 패트소

가 바닥에 쓰러진 프루에게 일어서라고 했는데 일어서지 못
하자 괭이자루로 그의 정강이를 때렸다. 그리하여 전에 신발
장에서 다친 상처가 다시 터졌다. 그 외에 그가 받은 상처는
패트소의 육군 반지(독수리가 날개를 활짝 펴고 있는 것)에
눈 밑이 살짝 찢어진 것이 전부였다. 그들이 체육실을 나서서
검은 구멍으로 데려갈 무렵, 그 상처는 아물었다. 전반적으
로 보아 그들은 죄수의 얼굴을 때리지 않으려고 신경을 썼
다. 모든 것이 멀로이의 사전 경고대로 돌아갔다.

화가 울컥 치밀고 올라와 야비하거나 후회될 만한 말을 하
고 싶은 때도 있었으나 멀로이의 지시를 상기하면서 꾹 참았
다. 이걸 요청한 것은 그들이 아니라 나 자신이다. 이건 2동
으로 옮겨 가기 위해 내가 자발적으로 선택한 것이다. 그들
도 나를 때리는 게 재미있어서 저러는 게 아니다. 그는 속으
로 그런 생각을 하며 자신을 달랬다.

「이건 너한테 피해를 입히는 것보다 우리에게 더 피해를 입
혀.」 패트소가 그에게 말했다.

검은 구멍은 T자 통로의 오른쪽 끝에 있는 체육실 바로 뒤
에 있었다. 계단을 약간 내려가야 하는데 한쪽으로 네 개의
구멍이 일렬로 들어서 있었다. 모두 텅 비어 있었다. 그들은
그를 첫 번째 구멍에 밀어 넣었다. 문 꼭대기에 쇠창살이 달린
자그마한 구멍이 있었는데 손을 올려서 만져 볼 수는 있지만
밖을 내다볼 수는 없었다. 쇠파이프로 된 침상 끝에는 10호
크기의 화장실용 깡통이 있었다. 하루 세 번 지급되는 빵 한
조각과 물은 문 밑의 미닫이 쇠 패널로 넣어 주었다. 물 컵은
무쇠여서 도저히 깨버릴 수가 없었다. 그는 아주 전문적이라
는 생각이 들었다.

그는 검은 구멍에 들어오기 전, 앤절로가 실천하지 못했던
것처럼 그 자신도 멀로이 방식을 실천하지 못할 것이라고 생

966

각했다. 발걸음이 사라져 가고 계단 위의 쇠문이 닫히는 소리가 들리자 그는 아주 오싹했다. 그 문이 닫히면서 사방은 아주 조용해졌다. 그가 들을 수 있는 소리라고는 그의 곤경 따위는 조금도 신경 쓰지 않는다는 듯 무심히 뛰고 있는 심장의 쿵쾅거리는 소리뿐이었다. 그것과 그가 간간이 내뿜는 숨소리, 이게 전부였다. 그는 인체가 생명을 유지하기 위해 이처럼 많은 소리를 내지른다는 것을 알지 못했다. 생명처럼 중요한 것을 이런 불안정한 소음에 의존해야 하다니 갑자기 겁이 났다. 그를 짜증 나게 하고 깨어 있게 하는 그 소리가 갑자기 아무 이유도 없이 멈춰 버리면 어떻게 하나 하는 공포감에 사로잡혔다.

그는 앤절로가 독방에 들어가는 순간 안도감을 느낀다고 말한 게 기억났다. 그러나 그는 아무런 안도감도 느끼지 못했다. 오히려 졸음에 빠질까 봐 겁이 났다. 그의 심장 소리를 열심히 들어 주지 않으면 그 소리가 갑자기 멈출지도 모른다는 생각 때문이었다.

저녁이 되어 식사를 가져왔을 때, 그는 마음을 바꾸어 멀로이 방식을 한번 시도해 보아야겠다고 생각했다. 그는 식사를 가져온 간수를 패트소라고 착각했고 이미 사흘이 지나갔기 때문에 그를 풀어 주려고 왔나 보다, 하고 상상했다. 그것이 첫 번째 식사를 가져온 간수임을 발견하고 그는 멀로이 방식을 반드시 해보아야겠다고 결심했다. 그는 빵은 먹지 않고 물만 마시기로 했다.

기이한 것은 그 방법을 처음 시도했을 때 생각보다 어렵지 않았다는 것이었다. 나중에 깨달은 것이지만, 그는 아주 수척해졌으나 자신의 마음에 대해서는 아주 강력하게 단속하지 못했다. 그의 마음은 계속 그로부터 미끄러졌다. 처음에 그는 머릿속의 검은 점에 집중하면서 생각들을 딜어내는 것에 어려움을 느꼈다. 그러나 생각들은 점차 희미해지더니 마침내 중단되었다. 반면에 검은 점은 점점 커지더니 어느덧 그의 마음도 그 점 속으로 들어가 버렸다. 그는 그 점이 그의 몸 밖으로 빠져나가는 것을 느꼈다. 그는 전혀 두렵지 않았고 아주 객관적인 상태가 되었다. 그는 두려움을 느낄 만한 생각을 밀어낸 것을 기억했다. 그가 마지막으로 한 생각은 멀로이 방법이 쉽다는 것과 앤절로가 왜 그걸 어렵게 여겼을까 하는 것이었다. 이어 그는 완전히 생각이 없어졌다.

멀로이가 보았다는 그 빛은 보지 못했다. 그에게는 두 개의 몸이 있는 것 같았다. 한 몸은 그에게서 빠져나가 다른 몸을 살펴보았다. 그는 쇠 침대에 누워 있는 다른 자기 자신을 내려다볼 수 있었다. 프루는 침상에 누워 있는 그와 공중에 떠서 내려다보는 그, 이렇게 둘 중 어떤 것이 진짜 그 자신인지 알 수 없었다. 그 둘을 이어 주는 정령(精靈)은 끈의 형태를 취하고 있었다. 만약 그 끈이 끊어진다면 자신이 죽으리라는 것도 알았다. 그는 점점 커지고 있는 검은 점 속으로 들어갔고 침상에 누워 있는 그 자신을 더 이상 볼 수 없게 되었다.

하지만 그가 어디를 떠돌든 간에, 정령 끈의 한쪽 끝이 풍선처럼 피어오르는 검은 공간을 파고들어 저기 저 밑에 있는 그 자신과 접선되었다. 그건 전혀 괴상하지 않았고 아주 자연스러웠다. 그는 많은 곳을 떠돌아다녔고 그를 짜증 나게 하거나 괴롭혔던 많은 것들을 알아보았다. 그는 난생처음 우주선처럼 지구 바깥으로 나가 지구를 내려다보며 지구상의 모든 사물이 저마다 존재 이유를 갖고 있다는 것을 깨달았다. 세상에 낭비라는 것이 없음도 알게 되었다. 그것은 그를 놀라게 했다. 그것은 꼬마가 매일 학교에 가는 것과 비슷했다. 꼬마는 학교에 가기 싫었지만 갈 수밖에 없었다. 꼬마가 어느 날 학과를 제대로 배우지 못했다면 그것도 낭비라고는 할 수 없었다. 그게 계기가 되어 그다음 날 더 많이 배우게 되기 때문이었다. 어쩌면 일부 상급생들은 하급반에서 배운 과목들이 어리석을 뿐만 아니라 낭비라고 생각해, 그런 과목을 가르치지 말라고 결의문을 돌릴지도 몰랐다. 하지만 그들도 하급반을 거치지 않았더라면 상급반으로 진급하지 못했을 것이다. 그것 역시 하나의 배움인 것이다. 아무튼 교장은 그 상급반 학생들이 설사 우등생이라고 하더라도 그런 결의문을 무시했으리라. 그 순간 프루는 평화와 만족감을 느꼈다. 그가 늘 느끼고자 했으나 손에 넣기 일보 직전에 좌절되었던 평화와 만족의 느낌. 과거 술을 많이 마셨을 때 찾아들던, 거의 다 다가갔으나 마침내 도달하지는 못했다는 그런 느낌. 그리고 그는 이제 명확하게 깨달았다. 사람은 누구나 자신이 간절히 원하고 또 요구하는 것만 받게 되어 있다. 깨달음이라는 자물쇠를 여는 비밀 조합 번호는 그 간절히 원하고 요구하는 것의 강도(强度)에 따라 달라진다. 그 강도는 다시 학교에 얼마나 오래 다녔는지에 따라 결정된다. 그 재학 기간은 아주 많은 시간을 요구하는데, 이때 그 시간이라는 것은 물리적 시간으로 측정되지 않는다. 따라서 시간이 없다고 안달복달하는 것은 의미가 없다. 그리고 사람들은 자기가 사랑하는 것을 파괴하는데, 그 이유는 그것을 너무나 사랑하기 때문이다. 사랑받는 자가 사랑해 주는 자를 파괴하는 것은 그(사랑해 주는 자)의 사랑을 너무도 간절히 원하기 때문이다. 따라서 정말로 사랑하는 어떤 것이 있다면 그것이 도달하기는 정말, 정말 어렵다. 간절히 사랑하는 마음이 강하면 강할수록 그것에 도달하기는 더욱 험난해진다. 사랑하면 할수록 그것에 도달하기는 더 어려워진다. 프루는 이제 그것을 명확하게 깨달았다.

　이어 몇 분 뒤 누군가가 철문을 열고 그의 몸을 흔들어 댔다. 그는 마지못해 정신을 차렸다. 그는 1분만 더 있었더라면, 아니 몇 초만 더 있었더라면 그것을 확연하게 깨달아 단 하나의 음절로 표현할 수 있겠다고 생각했다. 그런 차에 정신이 되돌아오니 아쉬웠다. 이렇게 깨우지만 않았다면 그것을 흑과 백으로 명확하게 표현할 수 있었을 텐데. 그가 눈을 떠 보니 저드슨 중사였다.

「헬로, 패트소.」 그가 바보같이 웃으며 말했다. 그의 목소리는 너무 힘이 없어서 말이 되어 나오지 않는 듯한 느낌이었다. 왜 그들이 그처럼 빨리 되돌아왔는지 의아했다. 패트소 뒤에 있던 누군가가 놀라며 숨을 멈추는 소리가 들려왔다.

저드슨 중사는 그런 현상에 익숙한 사람인 양, 괭이자루 때문에 굳은살이 박인 손바닥으로 프루의 뺨을 두어 차례 갈겼다. 말 안 듣는 아이의 엉덩이를 재빨리 때리면서도 그 일이 너무나 따분하다고 생각하는 어머니 같은 동작이었다. 게다가 중사는 아무런 표정도 없었다. 프루는 뺨이 아프지도 않았다.

「독한 놈.」 패트소는 무표정하게 말했다. 「독종 한 놈 또 나왔네. 이봐 독종, 앞으로 사흘 더 썩어 보면 어때?」

프루는 허약한 목소리로 대꾸했다. 「농담하지 마, 중사. 앞으로 사흘이라니, 무슨 소리야? 난 아직 하루밖에 안 되었는데 무슨 뚱딴지같은 소리야. 앞으로 사흘 더 해야 한다고? 좋아, 그러면 멋진 꿈이나 더 꾸면 되지. 아니 엿새만 할 것이 아니라, 72시간을 더 보태 아예 9일을 만들자고.」

「독한 놈.」 패트소는 여전히 무표정한 얼굴로 대꾸하며 그의 뺨을 다시 때렸다. 「거친 원숭이, 어서 일어나.」

그들은 그를 일으켜 세워 구멍 밖으로 데리고 나갔다. 그제야 프루는 사흘이 지나갔음을 알았다. 밖으로 끌려 나가던 중 그의 발이 아홉 개의 빵 조각을 걷어찼다. 그래, 사흘이 지나갔구나, 아예 굶기를 잘했어.

「야, 난 거친 원숭이 많이 봤어. 단식 투쟁해 구멍에서 더 빨리 나갈 수 있다고 생각하면 그건 오해야. 우린 그런 놈은 계속 굶겨. 넌 네가 사흘 동안 그 안에 있었다는 걸 알아. 내가 널 꺼내 줘야 하는데 잠시 바빠서 사흘하고도 네 시간 후에 꺼내러 갔지. 네놈은 저기 들어갈 때마다 그 스법을 써먹을 거야. 하지만 나도 다 방법이 있어. 널 지금 즉시 사흘 더 처넣을 수도 있어. 단식 투쟁 따위는 아무도 신경 쓰지 않아, 거친 원숭이.」

패트소는 연설을 하는 것처럼 장황하게 말했다. 자식, 겁 좀 먹었나 본데. 그들이 그를 벽에 세워 놓고 옷을 던져 주는 순간 그런 생각이 머리를 스치고 지나갔다.

「야, 힘없는 척하지 마. 넌 혼자 힘으로 일어설 수 있어.」패트소가 표독하게 말했다.

그는 벽에 기대어 바보 같은 미소를 지으며 옷을 입었다. 그때 처음으로 혼자 남아 있는 간수가 핸슨 일병이라는 것을 알아보았다. 그렇다면 아까 구멍의 철문을 열 때 놀라며 숨을 멈추었던 자는 핸슨임에 틀림없었다. 내가 핸슨을 놀라게 했군, 하고 프루는 자랑스럽게 생각했다. 핸슨은 참 좋하다는 듯 그에게 미소를 지어 보였다. 그들이 그를 2돋에 처박았을 때 앤절로 마지오 역시 그를 보고 핸슨과 같은 미소를 지어 보였다. 그들은 평소 그를 깡다구 센 놈으로 여기고 있었는데 그걸 확인하고는 그런 미소를 지었던 것이다.

그의 관물은 이미 2동으로 옮겨져 정돈돼 있었다. 심지어 그의 침상까지 정돈되어 있었다. 2동 사람들은 자부심이 대단했다. 강인한 자들 중에서도 강인한 자들이었다. 그들은 2동이라는 동명을 명예의 훈장으로 여겼고 그것을 프리머이슨 회원이나 컨트리클럽 회원 못지않게 소중히 여겼다. 그들은 싸우지 않고도 이겼다. 그래서 패배하면서도 승리하는 그 방식을 아주 자랑스럽게 여겼다. 새로운 사람이 들어오는 때는 축제의 날이었고 그런 만큼 정성을 다해 맞이했다. 프루가 다음 날 아침의 검사를 위해 준비해야 할 것은 아침에 일어나 침상을 정돈하는 것뿐이었다.

앤절로는 프루의 침상 가장자리에 앉아 자랑스럽게 주인 노릇을 하고 있었다. 잠시 뒤 블루스 베리가 그에게 다가왔고 이어 한두 명의 동료가 다가와 프루의 스토리를 듣고 갔다. 다른 동료들이 문안을 하고 그들의 침상으로 돌아가 담배를 피우며 잡담을 하는 동안, 마지막으로 덩치 큰 사람이 프루에게 다가왔다. 온유하면서도 날카롭고 꿈꾸는 듯한 눈빛의 소유자였다. 그는 다른 동료들이 문안을 모두 마칠 때까지 세 침상 떨어진 곳에 있는 자신의 침상에 앉아 그들을 지켜보았다.

프루는 따뜻하게 담요를 두르고 새 침상 위에 드러누웠다. 동료들의 소개와 칭찬의 인사를 받으며 커다란 성취감을 맛보았다. 그 어떤 것도 견줄 수 없는 고통을 참아 낸 자의 만족감이었다. 비록 그 고통은 철학적으로 무의미하고 프루의 신경을 닳아 빠지게 한 것 이외에는 아무런 변화도 가져오지 못했지만, 그래도 영 보람이 없는 것은 아니었다. 신체적 고통은 그 나름의 정당성을 가진다. 인디언 선조의 피가 나에게 말을 거는 게 아닐까, 하고 프루는 생각했다. 하지만 브루클린의 애틀랜틱 애버뉴 출신인 마지오에게는 그런 피가 없었다. 그는 이제 독방 속의 앤절로에 대해 훨씬 잘 이해하게 되었다고 느꼈다.

그처럼 동료들의 소개와 문안을 받는 사이사이, 앤절로는 블룸의 끔찍한 자살 건에 대해 얘기해 주었다. 앤절로는 그 사건의 전모를 잘 알고 있었다. 영창의 소문 공장은 사건 당

972

일 저녁에 이미 그 정보를 입수했다. 프루가 검은 구멍에 들어간 지 여섯 시간 뒤의 일이었다. 영창의 소문 공장은 그 소식을 알고 있었으나 어떤 경로를 통해 그 정보가 영창까지 흘러들어 오게 되었는지는 아무도 알지 못했다. 소문 공장은 때때로 간수들보다 먼저 정보를 입수했다. 블루스 베리의 커다란 낙(樂) 중 하나는 간수들도 잘 모르는 부대 소식을 미리 입수하여 그들에게 알려 주는 것이었다.

영창의 반응은 G 중대의 반응과 유사했다. 영창에는 프루와 앤절로 말고도 같은 연대 출신이 꽤 있었고 그들은 모두 블룸을 알고 있었다. 그를 개인적으로 모르는 사람들도 지난해 볼 게임에서 그가 싸우는 모습을 보았다. 그들은 G 중대원들과 똑같은 못마땅한 표정을 내보였고 분노의 목소리로 말했다. 모범적 군인 정신을 표상하는 모든 것을 그처럼 공개적으로 훼손한 것은 G 중대원들보다는 영창의 죄수들에게 더 모욕적인 일이었다. 비록 영창에 있는 몸이지만 그들이 블룸의 유리한 입장에 대하여 경멸과 조롱을 보낸 것은 아니었다. 만약 그들이 블룸처럼 유리한 입장에 있었더라면 영창에 오는 일은 물론 없었을 것이고, 자기 총으로 자살하는 일은 더더욱 없었을 것이다. 그들은 블룸의 처사에 크게 분거했다.

프루가 볼 때, 그건 딴 나라에서 벌어진 일 같았다. 그는 그 광경을 제대로 상상할 수가 없었다.

「총구를 입안에 넣고 엄지발가락으로 방아쇠를 눌렀단 얘기야?」

「응.」앤절로가 화난 목소리로 말했다.

「머리 윗부분이 날아가 뇌수가 천장을 싸발랐다는 거야?」

「응, 지름 7센티미터 크기의 구멍이 났대. 그건 미리 예상하지 못했을 거야.」앤절로가 보충 설명을 했다.

「그리고 여기다 매장했다고?」

「응, 옛 군인 묘지에다. 그의 친척이 사는 곳을 알아내지 못했대.」

「거기는 그리 좋은 매장지가 아닌데. 너무 외로워.」

「너 농담하는 거 아니지?」 앤절로가 열띤 목소리로 말했다.

「거기 가봤어? 팩트레인 바로 뒤야. 거기서 진혼나팔을 분 적이 있어.」

「난 가보지 않았어. 하지만 가보고 싶은 생각도 없어. 발이든 좋이든 거기 디밀진 않을 거야.」 앤절로가 열나는 목소리로 말했다.

「거기에 커다란 소나무가 일렬로 자라고 있어. 저 뒤쪽에 말이야. 누가 블룸의 진혼곡을 불어 주었는지 모르겠군.」

「어떤 멍청이가 불었겠지. 그렇게 소나무가 있다고 다 외로운 건 아니야.」

「땅개는 누구나 좋은 진혼곡의 대접을 받을 자격이 있어. 특히 장례식에서는.」

「그자는 재수가 좋았을 거야. 좋은 진혼곡 대접을 받았을 거라고.」

블룸은 이미 땅속에 묻혔다. 사건이 발생한 날 오후 2시 30분에 매장되었다. 두 사람은 그걸 알고 있었다. 하지만 그들은 그걸 과거 시제로 말하지 않기로 암묵적으로 약속한 듯했다.

「내가 그의 진혼나팔을 불어 주었더라면 좋았을 텐데.」 프루가 약간 화난 목소리로 말했다. 그 말을 하지 않으려 했으나 자기도 모르게 입에서 그 말이 흘러나왔다. 「멋진 진혼곡을 불어 주었을 텐데. 땅개라면 누구나 그런 대접을 받을 자격이 있어.」 프루는 자신의 입장을 해명하려 했다.

「젠장, 그는 이미 죽었어. 그게 무슨 상관이 있다는 거야?」 앤절로는 전혀 프루의 말을 이해하지 못하겠다는 어조로 말했다.

「넌 이해하지 못해.」 프루는 아직도 블룸의 자살 광경을 상상할 수가 없었다. 충분히 상상할 수 있을 거라고 생각했는데 막상 떠오르지 않았다. 그가 블룸에 대해서 마지막으로 갖고 있는 인상은 링에 오르기 위해 맹렬하게 중대 마당을 뛰어가던 모습이었다. 당시 프루는 블룸의 그런 모습을 믿기지 않는다는 듯 멍하니 쳐다보고 있었다.

「그가 왜 그런 행동을 했을까?」 그는 자신의 내부에서 살고 싶다는 의욕이 맹렬하게 솟구치는 것을 느끼며 말했다.

「내 개인적인 생각으로는 말이야, 자기가 호모가 된 것을 너무 두려워한 것 같아.」 앤절로가 뭔가 아는 듯한 어조로 말했다.

「무슨 소리. 블룸은 호모가 아니었어.」

「난 그걸 알고 있어.」

「블룸은 스트레이트(호모 아닌 자) 중의 스트레이트였어.」

「난 그걸 확실히 알고 있어.」 앤절로가 말했다.

「좋아, 인정하지. 그게 도대체 무슨 상관이야?」

「커다란 차이가 있어. 호모인 것하고 자기가 호모가 아닐까 하고 생각하는 것은.」

「난 풀밭에서 그 친구와 싸운 뒤 그를 곧바로 찾아가려 했어. 그가 유대인이기 때문에 혹은 그의 개인적인 어떤 점이 미워서 싸운 건 아니라고 말해 주고 싶었어. 그날은 권투 경기가 있어서 그다음 날이라도 말해 주려고 했어. 하지만 그날 밤에 그들이 나를 체포했어.」

「네가 그 친구를 때려서 자살한 건 아닐 거야. 그렇게 생각할 필요는 없어.」

「난 그를 때리지 않았어.」

「오케이, 네가 그 친구와 싸웠기 때문에 자살한 건 아니라고 봐. 오래전에 핼은 블룸이 언젠가 자살할 거라고 말했지. 기억나?」

「난 그와 대등한 싸움도 하지 못했어. 오히려 그가 나를 때렸어.」

「핼은 이렇게 말했었지. 〈저 블룸은 사다리의 계단을 하나씩 하나씩 떨어뜨리고 있어.〉 난 그게 어떤 시구절[1]의 인용이라는 걸 알아. 올드 핼은 아주 영리한 친구였지, 그 개자식.」 앤절로는 심통 난 목소리로 말했다.

「그렇게 영리한 친구도 아니었어.」 프루는 그에게서 갈취해 앨마를 유혹하는 데 사용했던 40달러를 기억하며 말했다. 「내가 블룸의 자살과 조금이라도 관계있다고 생각되는 건 정말 견디기 힘들어.」

「쓸데없는 소리.」

「진심이야.」

그들은 아무 말 없이 서로 쳐다보았다. 하지만 블룸의 죽음이 그들에게 어떤 감정을 일으켰는지는 정확하게 꼬집어서 말할 수 없었다.

「정말 기이한 느낌이야. 어떤 친구가 죽어 버려 여기에 더이상 없다는 것 말이야. 설사 그가 별로 좋아한 친구가 아니더라도. 그가 이 세상에서 해놓았던 것은 그와 함께 사라져 버렸어.」 앤절로가 떨떠름한 목소리로 말했다.

「그래. 하지만 그가 무엇 때문에 그렇게 했는지 아직도 이해가 되지 않아.」 프루가 말했다.

바로 그때 꿈꾸는 듯한 눈빛을 가진 덩치 큰 남자가 그들의 대화에 끼어들었다. 그는 프루의 침상 쪽으로 건너와 침상 한구석에 앉았다. 지남철이 쇠 부스러기들을 끌어당기듯, 그

---

1 이 책의 맨 앞에 인용된 키플링의 시「신사 사병들」.

는 특별히 노력하지 않았는데도 사람들의 주의와 관심을 자연스럽게 끌어 모았다. 그것 때문에 프루와 앤절로는 고마움을 느끼며 고개를 들어 그를 쳐다보았다.

「누구나 자살할 권리가 있어.」 그 덩치 큰 사내는 그런 명제에 아무도 이의를 제기하지 않으리라는 것을 확신하는 사람처럼 부드럽게 말했다. 「그건 인간이 갖고 있는 유일한 침범 불가의 권리야. 그 누구의 견제도 받지 않고 그가 저지를 수 있는 유일한 행동이야. 외부의 간섭 없이 집행할 수 있는 취소 불능의 행위야. 자유*freedom*라는 앵글로 색슨 용어는 프리*free*와 둠*doom*(운명)이 합쳐져서 만들어진 거야. 그러니까 모든 사람이 그 누구도 빼앗아 가지 못하는 최후의 수단을 갖고 있다는 거야. 그 사람이 그 수단을 이용하기로 마음먹었다면 말이야.

하지만 다른 모든 것과 마찬가지로, 그것도 괘가를 요구해. 그 대가는 절대성, 취소 불능, 침범 불가 등이지. 사람을 자유롭게 하는*free* 것은 둠*doom*만 할 수 있어.」 그 덩치 큰 사람은 그 자신의 개인적 밑천을 확신하는 어조로 말했다.

「난 그 말을 믿지 못하겠는데.」 프루가 얼굴을 찡그리며 말했다.

「왜 그렇지? 내 말이 진리일 수도 있는데. 아니, 네 말이 어쩌면 옳을 수도 있어. 어쩌면 자살 행위도 자유로운 것은 아닐지 몰라.」 덩치 큰 사내가 평온한 어조로 말했다.

「그 얘기가 아니야.」 프루가 말했다.

「무슨 뜻인지 알아.」 덩치 큰 남자는 말을 잠시 멈추고 그들에게 미소를 지어 보였다. 그는 자신이 언급하고 있는 화제에 대해서 잘 알고 있는 듯했다.

「하지만 한 가지 점은 석연치 않아. 우리가 볼 때 그건 잘못된 행동이야. 넌 그렇게 생각하지 않아?」 앤절로가 의아해하는 어조로 물었다.

「넌 가톨릭 신자야.」덩치 큰 사내가 부드럽게 웃었다.

「그리 좋은 신자는 못 되지.」

「아무튼 가톨릭이잖아.」

「그래, 좋아. 난 가톨릭이야. 어떤 친구는 감리교 신자이고. 그게 뭘 증명하는 거야?」앤절로가 도전적인 목소리로 물었다.

「아무것도 증명하지 못해. 난 도덕적 권리에 대해서 얘기하고 있는 게 아니야. 난 신체적 권리, 사실, 기회 등에 대해서 얘기하는 거야. 그 어떤 법률, 설교, 신체적 제약도 이 구체적인 신체적 권리를 빼앗아 가지 못해. 어떤 사람이 그걸 행사하겠다고 마음먹었다면 말이야. 하지만 너는 가톨릭 혹은 다른 종파의 신자이기 때문에 그 신체적 권리를 재빨리 도덕적 권리로 바꾸어 놓는 거야.」

「하지만 자살이 옳은 거야, 아니면 그른 거야?」앤절로가 양자택일하라고 윽박질렀다.

「그걸 어떻게 보느냐에 따라 다르지. 원시 교회의 순교자들이 자살을 했다고 생각해?」

「아니.」

「물론 아니지. 넌 가톨릭 신자니까. 하지만 그들은 애써 학살 경기장에 들어갈 필요가 없었잖아.」

앤절로는 얼굴을 찡그렸다.「물론 억지로 들어갈 필요는 없었지. 하지만 들어가야 했어. 게다가 경기장의 학살이 아니었다고 하더라도 누군가가 그들을 죽였을 거야.」

「그들은 자기들에게 어떤 일이 벌어질 것임을 알고 있었어. 그들은 자발적인 의지가 발동해 그들의 죽음을 받아들였어. 그렇지 않아?」

「그래, 하지만…….」

「그건 자살이 아니야?」

「어떤 의미에서는 자살이지.」 앤절로는 얼굴을 찡그렸다. 「하지만 그들에게는 이유가 있었어.」

「물론이지, 그들은 이유가 있었어. 너무 자존심이 세어 뒤로 물러서지 못했거나, 그런 죽음을 거쳐야만 천국행 티켓을 딸 수 있다고 생각했을 거야. 블룸이 자살하는 기분이 어떨까 맛보기 위해 자살했다고 생각해? 그에게도 분명 이유가 있었을 거야. 이렇게 보면 누가 방아쇠를 당겼느냐 하는 것은 큰 차이가 없어. 그렇지 않아?」

앤절로가 다시 얼굴을 찌푸렸다. 「아무 차이도 없어. 그런 식으로 설명한다면.」

「넌 기독교 순교자들이 잘못했다고 생각해?」

「물론 그렇게 생각 안 해.」

「그러니까 모든 게 상황에 달려 있어. 어떤 자살이 옳으냐 그르냐 하는 문제는.」

「하지만 기독교 순교자는 블룸이나 나와 달라.」 앤절로가 말했다.

「몰개성적인 이념을 위해 집단적으로 죽음을 선택했다는 점만 다를 뿐이야. 블룸은 순전히 개인적인 이유로 자살을 했고 아무도 그 이유를 몰라.

이유를 명확하게 알 때까지는 그것이 잘못되었다고 말할 수 없는 거야. 넌 아까 그 행위가 부도덕하다고 했지?」

「그래, 부도덕해. 그렇다고 생각하지 않아?」 앤절로가 말했다.

「물론이지. 그게 부도덕하다는 건 누구나 알고 있어. 하지만 고대 로마인들이 볼 때 기독교 순교자들의 행위도 아주 부도덕한 거였어. 비겁하게 달아나는 행위였고, 그래서 부도덕하다고 생각했어. 집단 자살은 특히 더 부도덕하다고 생각했어. 심지어 일본과 러시아에서도 국가에 치욕을 끼친 행위에 대하여 자살로 보상하는 경우, 그런 자살만 도덕적이라고 생각했어. 그 외의 모든 자살은 부도덕한 것으로 치부되었어. 여기 미국과 마찬가지로 말이야. 대공황으로 대량 실업 사태가 발생할 때마다 모든 실업자가 행진해 워싱턴, 런던, 모스크바가 정부 청사 앞에서 집단 자살을 해버린다면 어떻게 사회의 틀이 유지될까? 그런 일이 두 번만 거푸 발생하면 노동 시장이라는 건 아예 없어질 거야. 노동 시장을 잘 활용해 온 러시아인과 일본인은 그 누구보다도 그 점을 잘 알고 있어.」

「만약 그런 식으로 집단 자살을 한다면 미친 짓이 되겠지.」 앤절로가 말했다.

「그렇고말고. 그런데 기독교 순교자들이 바로 그런 행위를 저지른 거야.」 덩치 큰 사내가 웃으며 말했다.

「그래, 하지만 시대가 달랐잖아.」 앤절로가 생각에 잠긴 목소리로 말했다.

「그 당시 사람들이 오늘날의 사람들에 비해 간절하게 살고 싶은 욕망이 없었다는 거야?」

「그래, 난 그렇다고 생각해. 오늘날은 살맛 나는 물건이 많잖아.」

「영화.」 덩치 큰 사내가 미소 짓지 않으면서 부드럽게 말했다. 「자동차, 기차, 버스, 비행기, 나이트클럽, 바, 스포츠, 교육 시설, 회사들, 라디오.」

「그래, 그런 것들이 인생을 즐겁게 해주지. 곧 텔레비전도 나올 거야. 옛날에는 이런 물건들이 하나도 없었어.」 앤절로가 말했다.

「나치 수용소에 들어간 사람에게 자살할 권리가 있다고 생각해?」

「그럼.」

「그렇다면 미국 회사에 다니는 사람은 왜?」

「그건 얘기가 달라. 그는 고문을 당하지 않잖아.」

「고문을 당하지 않는다고? 그럼 미 육군에 있는 병사는? 영창에 들어간 병사는? 고문을 당할 때마다 자살을 할 수 있다고 보는 거야?

「사람들은 모두 자유에 대해서 이야기해.」덩치 큰 사내가 부드럽게 말했다. 그는 또다시 그 자신만이 알고 있는 개인적 지식을 원용하는 것 같았다.「하지만 사람들이 모두 자유를 원하는 건 아니야. 그들 중 절반은 자유를 원하지만, 나머지 절반은 그렇지 않아. 그들이 정말로 원하는 건 아내나 회사 동료들 앞에서 자신이 자유롭다는 환상을 계속 유지할 수 있는 거야. 그건 만족스러운 타협이지. 그런 자유의 환상을 유지할 수 있다면, 그들은 남들과 잘 지낼 수가 있어. 그런데 그걸 유지하려면 비용이 많이 들지. 게다가 한 가지 문제가 있어. 친구들에게 자기가 자유롭다고 말하는 사람은 그런 환상을 유지하고 또 증명하기 위해 자기 아내나 종업원들을 노예로 만들어야 한다는 거야. 브리지 클럽 친구들 앞에서 자유의 환상을 유지하려는 아내는 자신의 가정부, 남편, 자녀들을 계속 부려야만 하는 거야. 그렇게 억지로 유지하자니 전투가 되어 버리는 거지. 이런 식으로 누군가 이기려면 누군가는 져야 해. 이 세상에 장군 한 명을 내놓으려면 6천 명의 졸병이 있어야 하는 거야.

바로 그 때문에 나는 어떤 사람이 자살하겠다고 하면 말리지 않아. 만약 그 사람이 내게 다가와 총을 좀 빌려 달라고 하면 그에게 총을 내주겠어. 그는 자살을 아주 진지하게 생각하는 자이거나 내가 방금 말한 자유의 환상을 유지하려는 자이지. 만약 그가 진지하다면 나는 진심으로 그가 총을 가져가길 바라. 만약 허세를 부리는 거라면 그 허세를 지적해 줄 거야.」

「자살을 그런 식으로 볼 수도 있겠네.」 프루는 자기도 모르게 그 꿈꾸는 눈빛과 부드러운 목소리의 주인공에게 설득당하는 것을 느끼면서 말했다.

「친구들, 이 세상에서……」 덩치 큰 사내가 부드럽게 말했다. 「인간이 자유를 획득할 수 있는 방법은 딱 한 가지밖에 없어. 그건 자유를 위해서 죽는 거야. 그런데 그가 그처럼 자유를 위해 죽어 버려도 막상 그에게는 아무 좋은 결과도 생기지 않아. 친구들, 바로 그게 문제야, 까놓고 말해서.」

「여긴 잭 멀로이야.」 앤절로가 세상에서 가장 부자인 히데라바드의 니잠[2]을 소개하듯이 의기양양하게 말했다. 「앞으로 그로부터 좋은 얘기를 많이 듣게 될 거야.」

「얘기 많이 들었어.」 프루는 갑자기 말이 어눌해지고 수줍음을 느꼈다. 그 흐릿한 꿈꾸는 듯한 눈빛을 쳐다보면서 냉소주의자인 블루스 베리가 멀로이의 어린애 같은 마음에 대하여 왜 그토록 칭찬했는지 알 것 같았다.

「나도 네 얘기 많이 들었어.」 잭 멀로이가 손을 내밀며 따뜻한 목소리로 말했다. 「친구, 악수나 한 번 해. 이 마구간의 말들 중에서 내 지시를 성실하게 따라준 자는 오로지 너뿐이었어.」 그가 언성을 높이며 말했다.

그는 고개나 허리를 돌리지 않고 등 뒤에서 잡담하고 있는 동료들을 쳐다보고 있는 듯했다. 비록 멀로이는 그들을 쳐다보지 않았지만 그들은 눈을 내리깔고 담배를 만지작거리면서 갑자기 잡담을 멈추었다.

잭 멀로이는 침묵이 1분 정도 2동을 지배하도록 내버려 두었다. 이어 프루에게 재빨리 윙크를 했다. 그것은 의도적이면서 동시에 몰개성적인 윙크였다. 그는 심지어 프루에게도 신

---

2 Nizam. 인도 남부를 다스렸던 왕가.

경을 쓰지 않는 것 같았다. 그의 동작은 중요한 고객을 상대로 성대한 저녁 파티를 여는 호스트의 사교적 의려 행위 같아 보였다.

「네가 한 것처럼 행동할 수 있는 열두 명의 친구만 있다면 톰슨 영감과 패트소를 3개월 만에 정신 병원으로 보내 영구 미제의 정신병자 진단을 받도록 할 수 있을 텐데.

물론 그 두 놈을 보내 버리고 나면 그다음 날로 그 비슷한 두 놈이 또 부임해 오겠지. 하지만 미군 내에서 가장 힘든 감옥이 곧 미군 내에서 가장 고달픈 임지로 바뀌게 될 거야. 우리가 계속해서 그자들을 정신 병원으로 보낼 수 있다면 그들은 절망해 이 감옥을 폐쇄하고 우리를 모두 귀향 조치할 거야.」

그 순간 프리윗 안에 늘 깃들어 있는 30년쟁이 정신이 작동해, 그 귀향 조치가 원대 복귀를 의미하는 것인지 아니면 고향 땅으로 돌아감을 의미하는 것인지 의아하게 여겨졌다. 하지만 그는 물어보고 싶은 생각이 나지 않았다.

잭 멀로이는 또다시 1분 정도 정적이 2동을 지배하도록 내버려 두었다. 그는 커다란 목소리로 말했다. 이번 역시 아무도 입을 열지 않았다. 그는 말한 대로 행동할 수 있는 사람이라는 느낌이 동내에 팽배했다.

2동에 또 다른 느낌이 지배하고 있음을 프루는 눈치챘다. 그것은 3동에서는 느껴 보지 못한 감정이었다. 그것은 이 동에서는 남 신경 쓸 필요 없이 커다란 목소리로 자기 의견을 말할 수 있다는 것이었다. 그건 좋은 느낌이었다.

「친구, 담배 피워.」 잭 멀로이가 언성을 낮추고 담배를 한 갑 내밀며 말했다. 그것이 하나의 신호가 되어 아까 멀로이의 질책에 쥐 죽은 듯 앉아 있던 동료들이 다시 담배를 피우면서 잡담을 하기 시작했다.

「봉지 담배가 아니라 테일러메이드네. 고마워.」 프루가 약간 당황해하면서 말했다.

「난 이런 담배 많이 가지고 있어. 필요할 때마다 하나씩 꺼내 가. 여기 있는 이 덩치 작은 친구가 그 엄청난 깡다구를 가지고 내 조언을 네 절반만큼이라도 실천했더라면 벌써 한 달 전에 계획을 성사시켜 여기서 빠져나갔을 텐데.」멀로이가 앤절로를 가리키며 말했다.

「맞아, 하지만 조금만 기다려. 곧 해치울 테니까. 난 내가 잘해 내리라는 걸 알아.」앤절로가 담배를 한 개비 뽑으며 말했다.

프루는 그 은밀한 계획 얘기만 나오면 앤절로의 눈에 광기가 어린다는 것을 발견했다. 그 번쩍이는 눈빛은 여전했으나, 채석장에서와 다르게 이곳 동내에서는 주위를 살피는 의심의 눈빛을 읽을 수 없었다.

「난 때를 기다리고 있어. 아무튼 해치울 거야. 너무 걱정하지 마.」앤절로가 날카롭게 말했다.

「물론 넌 잘할 거야. 하지만 내 말을 잘 듣는다면 훨씬 쉽게, 또 상처도 덜 입고 해치울 수 있을 거야.」

「난 네 말을 잘 들어. 아주 귀 기울여서 들었다고. 또 그것을 실천하려고 애썼어. 무저항주의뿐만 아니라 검은 구멍에서의 명상 방법도 해보려고 했어. 하지만 잭, 둘 다 잘 안 되었어.」

「하지만 여기 있는 동포는 해치웠잖아. 그 두 가지를 다 실천했어.」잭 멀로이가 프루에게 고개를 끄덕거리면서 말했다.

「하기는 했지만 구체적인 요령은 아직도 몰라.」프루가 끼어들었다.

「그건 중요하지 않아. 나도 그 요령은 몰라. 아무튼 실천했다는 게 중요해.」멀로이가 말했다.

「좋아, 프루는 두 가지를 다 했을지 몰라.」앤절로가 열띤 목소리로 말했다. 「프루에게는 적합한 방법이었을 거야. 하지만 나는 안 됐어. 내가 실천할 수 없는 방식을 자꾸 고집하는 건 소용없는 일이야.」

「소용없는 일이지.」 잭 멀로이가 부드러운 목소리로 말했다. 그가 언성을 높일 때도 그런 부드러움은 사라지지 않았다. 「그래서 너보고 중지하라고 했던 거야. 하지만 너도 할 수 있어. 너 자신이 할 수 있다고 강력하게 믿는 게 중요해. 그러면 시도하다가 절대로 뒤로 물러서지 않게 돼.」

「참고할게. 프루는 어쩌면 그런 소질을 타고난 것 같아. 그가 너와 비슷한 기질이라고 전에 말해 주었잖아. 하지만 우리 동에서 그걸 실천한 동료는 아무도 없었어.」

「그렇다고 그들이 절대로 성공하지 못한다는 증명은 되지 못해. 그런 능력은 모든 사람의 마음속에 깃들어 있는 거야. 동포, 나의 마음은 너의 마음과 다르지 않아.」 멀로이가 말했다.

프루는 나중에 알았지만, 멀로이는 모든 사람을 동포라고 부르는 버릇이 있었다. 일설에 의하면, 멀로이는 심지어 톰슨 소령을 두 번씩이나 동포라고 불렀다고 한다. 그 때문에 검은 구멍에 들어가 나흘이나 썩어야 했다는 것이다. 프루는 멀로이가 자신은 그런 행동을 하면서 동료들에게는 그렇게 하지 말라고 조언하는 것이 의아했다.

「정말 그럴까?」 앤절로가 빙그레 웃었다. 「가령 내가 네 마음을 갖고 있다면 나는 이 빌어먹을 똥통에 오지도 않았을 거야.」

「아니야, 넌 내 마음을 가지고 있어.」 잭 멀로이가 아쉬운 미소를 지어 보였다. 그것은 반짝하고 지나가는 미소였는데, 기분 좋을 때의 미소와는 다른 것이었다. 그의 아쉬운 미소는 꿈꾸는 듯한 눈빛에까지는 영향을 주지 못했다. 「동포, 넌 내 마음을 가지고 있어. 그것이 일찍 발현되었더라면 너는 훨씬 일찍 여기에 들어왔을 거야.」

「그건 거짓말이 아닐 거라고 생각해.」 앤절로는 멀로이의 그 말에 한없는 자부심을 느끼며 대답했다.

「그 은밀하면서도 거창한 계획이라는 건 뭐야?」 프루가 물었다. 「지난 일주일 동안 궁금해서 죽을 뻔했어.」

「본인에게 직접 들어 봐.」 잭 멀로이가 뒤로 빠졌다.

프루는 왠지 모르지만 그것을 멀로이에게 물었다. 그게 앤절로의 아이디어인지 뻔히 알면서도.

「그건 그의 계획이고 그의 아이디어야. 그가 구상한 것이니만큼 그가 얘기해야 해.」 멀로이가 대답했다.

잭 멀로이는 부드러운 눈빛으로 앤절로를 쳐다보았다. 프루는 남자에게서든 여자에게서든 일찍이 그런 부드러운 눈빛을 본 적이 없다고 생각했다. 이런 사람들과 함께 있을 수 있다면 구멍에서 열흘을 보내는 것도 후회되지 않으리라는 생각이 들었다.

「그럼 저리로 가자.」 앤절로의 눈에는 또다시 교활하면서도 비참한 눈빛이 번쩍거렸다. 그는 일어나서 변기 두 개가 놓여 있는 한쪽 구석으로 걸어가려 했다.

「동포, 여기서 말해도 돼.」

「아니, 거기선 안 돼.」 앤절로의 눈에 의심의 빛이 번뜩거렸다.

「프루는 아직 일어날 힘이 없을지 몰라.」 잭 멀로이가 부드럽게 조언했다.

「그럼 다음 기회까지 기다려야 해. 난 아무도 듣지 못하는 저기서 말해 주고 싶어.」

「난 따라갈 수 있어.」 프루가 말했다. 둘은 앤절로를 따라 동내의 한쪽 구석으로 갔다. 앤절로와 프루는 뚜껑이 닫힌 변기 위에 걸터앉았고 멀로이는 쇠 싱크대에 기댔다. 이어 앤절로가 자신의 거창하고도 은밀한 계획, 자신의 커다란 꿈을 털어놓았다.

블루스 베리가 이끄는 2동 내 동료들은 방해하지 않으려고 그들과 정반대 쪽의 구석으로 몰려갔다. 그들은 혼자를 위로하기 위해 일부러 웃기는 얘기를 해주는 문병객처럼 건강한 사람들이었다. 얘기를 다 듣고 나서 프루는 멀토이를 먼저 쳐다보았고 이어 마지오에게 고개를 돌렸다.

「난 베리와 멀로이한테만 이 얘기를 했어. 다른 애들은 몰라. 단 한 명도.」앤절로가 말했다.

프루는 멀로이를 쳐다보았다. 멀로이의 얼굴은 굳어 있었다.

「그렇지 않아, 잭?」앤절로가 초조한 목소리로 물었다.

「그렇지, 동포.」멀로이가 부드럽게 대답했다.

「만약 알고 있다면 죽여 버릴 거야. 여기 동내에서도 말이야. 만약 누군가 내 계획을 알아 버린다면 그자가 먼저 시도할지도 몰라. 이 계획은 제일 먼저 시도해야 한다는 데 성공의 절반이 달려 있어. 첫 번째 이후에는 안 통할 거야. 톰슨 영감과 패트소는 바보가 아니야. 내가 먼저 이 계획을 생각해 냈으니까 내가 제일 먼저 시도해야 돼.

그렇지 않아, 잭?」

「그렇지.」멀로이의 얼굴은 여전히 굳어 있었다.

「넌 얘기를 다 들었어. 이건 멋진 계획이야. 잭도 멋지다고 했어. 네가 내 뒤를 이어 이 계획에 도전해 보겠다건 그건 좋아. 성공을 보장할 수는 없지만. 아무튼 내가 생각해 냈으니까 내가 1번 타자로 나가야 해.」

「사실을 털어놓고 말하자면 그걸 시도해 보려는 배짱을 가진 자가 없었어.」멀로이가 말했다.

「농담하지 마.」앤절로가 사납게 말했다.

「농담 아니야. 너처럼 간절하게 여기서 나가기를 바라는 욕망이 없었기 때문에 따라서 배짱도 없었던 거야.」

「못 믿겠는데. 난 모험을 걸 수는 없어.」앤절로는 프루에게 시선을 돌렸다.「프루, 이게 어떤 계획인지는 잘 알겠지?」

「응.」

「오케이, 요약해서 말하자면 이런 거야. 구멍에서 21일을 머문 자는 자동으로 사단 병원의 정신 병동으로 후송되고 곧 제8항[3] 처리가 되어 버려. 이런 일이 실제로 벌어진 적은 없지만 규정은 그래.」

「난 그런 일이 있었다고 알고 있어.」잭 멀로이가 부드럽게 끼어들었다.「내가 여기 영창에 처음 들어왔을 때 두 번이나 있었어. 그 때문에 나는 그 계획을 좋아하는 거야. 그러니까 영창 내에서 지나친 폭력을 휘둘러서 정신 상태가 의심되는 자는 정신병 처리를 해버리는 거지. 그러니까 정말 머리가 희까닥 돌아 버린 경우를 말하는 거야. 그런 자를 냉각시키기 위해 구멍에 집어넣는 거야. 21일이 지나도 냉각되지 않으면 (사람에 따라서는 30일이라는 말도 있어) 정신병이 진짜라고 판정해 제8항 처리를 하는 거야. 내가 알기로 이런 경우가 두 번 있었어. 하지만 그 두 친구는 모두 미쳤었어. 여기 이 동포는……」멀로이는 앤절로에게 고개를 끄덕거렸다.「미친 척해 가지고 영창 당국을 속여 보겠다는 거야.」

「바로 그거야. 나는 채석장에서 미친 척하면서 망치를 들고 간수를 공격할 계획이야.」

「그럼 간수가 너를 쏘지 않을까?」프루가 물었다.

「그럴 수도 있지. 하지만 모험을 걸어야 해. 그게 이 계획의 가장 위험한 부분이야. 하지만 숲 가장자리에 서 있는 간수를 공격한다면 그는 쏘지 않을 거야. 폭동총으로 나를 위협

3 정신병 때문에 군인으로 근무하는 것이 부적격이라고 판정해 제대시키는 조항. 1922~1944년에 시행되었던 미 육군 규칙 615~360, 제8항에서 나온 말.

988

하기만 할 거야. 난 그 망치로 그를 내리치는 것이 아니라 치는 시늉만 할 거야.」

「그다음에 널 끌고 가서 심하게 구타할 텐데.」 프루가 말했다.

「그렇겠지. 하지만 그게 무슨 소용 있어? 그들은 전에도 그랬지만 아무런 결과도 얻어 내지 못할 거야. 좀 더 오래 때리겠지. 구타당한 것이 한두 번이 아니기 때문에 그런 것쯤 기절 한 번 하고 나면 그만이야.」

「그렇군.」 프루가 말했다.

「난 얻을 게 많아. 그리고 잃어 봐야 머리 가죽에 상처 나는 것 정도야. 검은 구멍 쪽은 아예 걱정하지 않아. 난 21일쯤은 거꾸로 매달아 놔도 버틸 수 있어.」 앤절로는 손가락 마디를 딱딱 꺾으면서 아무것도 아니라는 듯이 말했다.

프루는 친구의 모습을 지켜보면서 검은 구멍에서의 21일을 생각해 보았다. 멀로이는 어쩌면 30일이 될지도 모른다고 말했다. 21일간의 빵, 21일간의 물, 21일간의 정적, 21일간의 깜깜함. 검은 구멍에서의 3주가 한 달로 늘어날 수도 있었다.

「멀로이 명상법을 그처럼 오랫동안 써먹을 수 있을까? 설혹 그 요령을 아주 잘 안다고 하더라도.」 프루가 멀로이에게 물었다.

「모르겠어. 어디선가 그보다 더 오래 써먹은 사람도 있다는 얘기를 읽었어. 하지만 직접 시도해 보지는 못했어.」

「난 견딜 수 있어. 똥 누는 것처럼 쉬운 일이야. 멀로이 명상법을 필요로 하지 않아.」

「그 후에는 불명예제대가 되겠지.」 프루가 말했다.

「몰라. 설사 그렇게 된다고 하더라도 신경 쓰지 않아. 사회에 나가면 김벨 백화점 지하실에서 일할 것도 아닌데, 명예제대를 하면 뭐 할 거야? 게다가 잭의 말로는 제8항 처리가 되면 가끔씩 의병 제대로 처리해 주기도 한대.」

「하지만 영창에서 나왔는데, 의병 제대로 해줄까? 내가 알기로 영창에서 제8항 처리된 자는 자동적으로 불명예제대야.」 프루가 말했다.

「늘 그런 건 아니야.」 멀로이가 여전히 굳은 얼굴로 부드럽게 말했다. 「당사자가 얼마나 그럴듯한 행동을 보였느냐에 따라 달라져.」

「난 그렇게 듣지 않았는데.」 프루가 말했다.

「내가 명예 제대를 하지 못하리라는 것은 확실해.」 앤절로가 긴장한 표정으로 말했다. 「하지만 불명예나 의병이나 무슨 차이가 있어? 이런 빌어먹을 나라의 시민이 되고 싶은 놈이 이 세상에 어디 있어? 나는 멕시코로 갈 거야. 아니, 그렇게 할 필요도 없어. 선거권과 납세권만 박탈당하면 돼. 게다가 요즘 투표하는 놈이 어디 있어? 또 군대에서는 투표도 안 하잖아. 아무튼 투표장에 나가서 열심히 투표해 봐야 백날 그게 그거야. 저자들은 미리 다 작전을 짜가지고 정치 기술을 발휘하면서 그들이 내세운 자를 당선시키고 마는데.」

「넌 취직도 못해.」 프루가 말했다.

「누가 취직하고 싶대? 그것도 다 마찬가지야. 다 김벨 백화점 지하실 꼴이라고. 대기업에 취직하면 뭐 좋을 것 같아? 돈은 회사가 다 가져가고 직원에겐 근근이 먹고살 돈만 준다고. 평생 출퇴근 체크기에 구멍을 뚫고 좋아하지도 않는 일을 위해 상급자의 비위를 맞추어야 한다고. 누가 그 짓을 하겠어. 난 아니야. 난 멕시코로 갈 거야. 거기서 카우보이나 뭐 그 비슷한 것이 되겠어.」 앤절로가 꿈꾸는 듯한 목소리로 말했다.

「내가 괜히 시비를 거는 것 같아. 이건 네 사업이야. 모든 것을 그처럼 다 생각해 두었다면, 네가 성공하기만을 빌겠어, 앤절로.」 프루가 말했다.

「넌 내가 미쳤다고 생각하지?」

「아니. 하지만 시민권을 잃는 부분은 싫어. 난 이 나라를 좋아하거든.」

「나도 좋아해. 사랑한다고. 너 못지않게. 그건 너도 알 거야.」

「알아.」

「그러면서도 이 나라를 미워해. 넌 육군을 사랑하지. 하지만 난 아니야. 이 빌어먹을 군대 때문에 이 나라가 싫어. 이 나라가 나한테 해준 게 뭐가 있어? 내가 직접 뽑을 수도 없는 사람에게 투표할 권리? 내가 싫어하는 직장에서 일할 권리? 이런 걸 권리라고나 할 수 있어? 그러면서 내가 세계 최고 부자 나라의 시민이라고 떠들어 대고 있어. 내 말이 믿기지 않는다면 파크 애버뉴[4]를 봐. 카니발 현상 물품을 봐. 한 번 던지는 데 50센트를 내면 소형 워싱턴 석고상을 받을 수 있지. 현상에 당첨되면 말이야. 인간이 어떤 걸 아무리 사랑한다고 해도 거기에 지나친 대가를 지불해야 한다면 견딜 수 없는 거야.」

「그건 맞는 얘기야.」 프루가 말했다.

「난 견딜 만큼 견뎠어. 하지만 한없이 견디지는 않겠어. 누구처럼 덤비고 또 덤비다가 자살하지는 않겠어. 민주주의를 실천하지도 않으면서 이민자 자식에게 민주주의만 튼 소리로 떠들어 대지 말라는 얘기야. 그렇게 겉 다르고 속 다르면 문제만 일으킬 뿐이야. 나와 미국은 오늘 부로 서로 갈라섰어. 미국이 입으로만 떠들어 대는 민주주의를 진정으로 실천할 때까지.」

프루는 약간 메스꺼움을 느끼면서 어린 시절 어머니가 자주 읽어 주었던 『나라 없는 남자』라는 자그마한 책을 기억했다. 그 책 속에서 어떤 엄숙한 애국적 판사는 한 남자에게 평

---

4 Park Avenue. 뉴욕 시내의 최고급 오피스 및 아파트가 있는 거리.

생 동안 국적 없는 군함에서 지내라는 판결을 내렸다. 프루는 그 반역자에게 내려진 정의로운 판결에 가슴 뿌듯해졌던 것도 기억했다.

「이게 내 스토리의 전부야.」

「난 그 계획을 지지해.」 프루가 말했다.

「그래? 정말이야?」 앤절로가 초조하게 물었다. 「바로 그 때문에 네게 말해 주고 싶었어. 네가 내 얘기를 끝까지 들으면 찬성하리라 생각했기 때문이지. 그러면 내 생각이 옳았다는 것을 다시 한번 확인하게 되는 거지.」

「지지한다니까.」 프루가 말했다.

「오케이, 네 침상으로 다시 돌아가자.」

프루는 그가 먼저 일어서서 앞장서는 것을 보았다. 날씬하고, 어깨가 좁고, 안짱다리에 가느다란 팔을 가진 앤절로. 절벽에 매달려 사는 사람들처럼 그는 뻐기면서 걸어가고 있었다. 그는 다시 한번 근육이 필요 없는 사람들을 생각했다. 그들은 다리 근육이 허약하기 때문에 걸어 다니는 것이 아니라 지하철을 탄다. 등반을 할 정도로 강력한 팔뚝을 갖고 있지 못하기 때문에 엘리베이터를 탄다. 등짐을 질 정도로 등이 튼튼하지 못하기 때문에 기중기를 사용한다. 그들은 20세기 문명의 피해자이다. 그런 부류인 앤절로가 멕시코에 가서 카우보이가 된다고? 미국의 역사조차 그에게 엿을 먹였다.

만약 앤절로의 아버지가 시계공, 자동차공, 배관공이었다면 그는 아버지로부터 그런 기술을 물려받아 사랑하게 되었을 것이고, 민주주의 따위는 그리 사랑하지 않아도 되었을 것이다. 그가 그런 무해 무익한 에너지 배출의 출구를 갖고 있었더라면 얼마나 좋았을까. 공립학교의 순진한 사회 과목 교사들이 가르치는 민주주의에 대한 믿음과 정직성을 그 출구를 통해 배출시킬 수 있었을 것이다.

992

정반대로 그가 백만장자의 아들로 태어났더라면, 그랬다면 그는 아무 문제도 없었을 것이다.

앤절로의 문제, 정말 골치 아프고 위험하고 걱정스러운 문제는 그가 컬페퍼로 태어나지 않았다는 것이다.

「동료들은 저 계획을 다 알고 있지?」 프루가 멀로이에게 물었다.

「이런 좁은 공간에서 비밀이란 없어.」

「그들이 나발 불지 않을까?」

「아니, 그러지 않을 거야.」

「설득해서 만류해 보려고 하지는 않았나?」

「아니.」 잭 멀로이의 얼굴은 여전히 굳어 있었다.

「나도 그러고 싶은 생각은 없어.」

「아무리 설득해도 안 되는 일이 있어.」

「어서 따라가자.」

「오케이.」

앤절로는 프루의 침상 구석에 앉아 있었고 프루는 따뜻한 담요 속으로 파고들었다. 그제야 블루스 베리와 다른 동료들이 내무반 한가운데로 몰려들기 시작했다. 그들은 2동의 죄수들이었고 강인한 자들 중 강인한 자, 혹은 고갱이였다.

소등나팔이 울릴 때까지 그들은 의자 없는 바닥에 앉아서 듀크 믹스처를 피우거나 가끔 어디선가 꼬불쳐 온 테일러메이드를 피웠다. 그들은 침대에 기대서거나 침대 위에 비스듬하게 누워 잡담을 했다. 거기에는 카드, 체커, 도노폴리 판, 마작 같은 노름 기구는 없었다. 하지만 화제가 달리지 않았다. 그들은 대부분 입대하기 전에 전국을 떠돌아다니며 날품을 팔던 자들이었다. 젊은 친구들은 대부분 대공황 기간에 CCC[5]에서 성장했고 그 후 군에 들어왔다. 그들은 예외 없이 부랑자 생활을 했다. 노스캐롤라이나 제지 공장, 워싱턴의 목재 공장, 남부 플로리다의 오이 재배 농장, 인디애나의 광산, 펜실베이니아의 제철 공장 등에서 일했고 캔자스의 밀 추수, 캘리포니아의 과일 추수 등에도 참여했으며 프리스코, 데이고, 시애틀, LA 등 항구에서 선적 일을 하기도 했다. 심지어 텍사스에서 유전 시추 일을 돕기도 했다. 그들은 미국이라는 나라에 대해서 잘 아는 사람들이었고 그런 험한 노동에도 불구하고 미국을 사랑했다. 그들보다 한 세대 앞선 사람들은 미국이라는 나라를 바꾸어 보려다가 패배했다. 이들은 그 선배들 같은 조직이 없었다. 이들은 조직을 구축하는 것을 별로 좋아하지 않는다. 이들은 대공황의 고삐에서 간신히 풀려난 신인류였고 여기저기 떠돌아다니다가 군대를 최종 기착지로 삼은 자들이었다. 이들은 군대에서 또 한 번 인생 유전하여 영창으로 들어왔고 다시 마지막 곡예를 넘어 2동까지 흘러온 것이었다.

8시에 소등되었다. 그들은 각자 침상에 들어가 누워 점검 플래시가 지나갈 때까지 기다렸다. 이어 일어나 다시 침상에 앉아 듀크 믹스처를 피웠다. 그들이 담배를 빨아들일 때마다 담뱃불에 그들의 얼굴이 잠시 빛났다. 그들은 계속 잡담을 했다. 봉지 담배를 피우며 성장한 그들에게 듀크 믹스처는 아무런 불편도 주지 않았다. 그리고 잡담을 하면서 시간을 보내는 것을 전혀 따분하게 생각하지 않았다. 그들은 시간을 보내기 위해 잡담하는 것이 아니라 이야기하는 것을 즐기기 때문이었다. 각자 자신이 주인공으로 등장하는 이야기를 한 가지 이상 갖고 있었다. 그 사람이 일주일 뒤에 같은 이야기를 약간 각색해 다시 말하더라도 그건 여전히 새롭고 즐거운 이야기였다. 이야기의 주인공이 내용을 일부 각색하고 윤색

5 *Civilian Conservation Corp*. 민간 보존 공사. 뉴딜 프로그램 당시 젊은이들에게 일자리를 주었던 조직. 1933년에 창설되어 1942년에 해체됨.

994

하는 것은 소설가가 자신을 주인공으로 하는 스토리를 다시 쓰는 과정과 비슷했다. 이야기는 언제나 그들의 주된 오락이었다. 여자나 위스키 같은 고급 오락은 과거 같으면 봉급날 한 번 즐길 수 있었으나 여기서는 그것도 어렵기 때문에 다들 이야기 전문가가 되었다. 그들은 일찍 잠들어서 가장 쉽게 시간을 죽일 수 있으련만(검은 구멍에 갔다 온 사람은 이것을 잘 안다), 그래도 침상에 일어나 앉아 자신이 주인공으로 등장하는 얘기를 말하기 좋아했다.

그것은 부랑자 시설과 비슷했다. 프루는 졸음을 느끼며 그런 생각을 했다. 여자도, 위스키도, 테일러메이드도, 돈도 없었다. 눈을 감으면 자그마한 오지 마을의 교외 숲속에 들어 있는 그 자신이 보였다. 비탈의 나무 아래 그늘진 곳이다. 그곳은 물탱크의 파이프가 지나가고 바람이 잘 스며들지 않는다. 잠시 노동을 해주고 얻어먹은 멀리건 스튜로 배가 부른 상태에서 모닥불 옆에 둘러앉아 있다. 그 사람들은 늘 그 얼굴에, 그 목소리이고, 아메리카의 분위기가 물씬 풍기는 얘기를 한다.

아메리카의 얼굴들, 그는 순교자처럼 황홀감을 느끼며 졸린 목소리로 중얼거렸다. 순교자의 황홀감, 그건 언제나 그의 목표였고 운명이었다. 아메리카의 얼굴과 아메리카의 목소리. 욕정과 배고픔과 탐욕과 거짓말이 뒤섞인 아게리카의 약점 때문에 허약한 그 얼굴과 목소리. 그렇지만 궁핍에서 생겨 나온 강인함으로 더욱 단단한 그 얼굴과 목소리. 오래전 살아남기 위해 처절하게 싸운 저 아메리카 목수와 농부의 전통을 그대로 이어받은 저 강인한 얼굴과 목소리. 아메티카여, 여기에 네 군대가 있다. 그는 졸린 목소리로 중얼거렸다. 여기에 너의 힘이 있다. 네가 꺾어 놓으려 했기 때문에 더 강해진 힘. 앞으로 다가오는 전쟁에서, 너는 좋든 싫든 원하든 그렇지 않든 이 힘에 의지해야 한다. 설사 그 힘이 너의 자존심을 상하게 할지라도. 여기 2동의 남자들은 미 육군의 고갱이이다. 제련되고 다시 제련된 정금이다. 모든 불순물과 잡티는 제거되고, 사회를 부패하게 하는 썩은 부분을 완전 도려낸 엑기스이다. 강인한 자들 중에서 최고로 강인한 자, 불굴의 의지를 필요로 하는 전쟁에서 가장 앞장서서 싸울 표한(剽悍)한 정예이다.

너 아메리카여, 너의 다양한 신들에게 이런 감옥들을 내려 주신 것에 감사하라. 그 신들에게 기도하라. 이런 감옥들이 없는 나라에서 살아가는 방법을 가르쳐 주지 말라고. 아예 전쟁이 없는 세상을 내려 주지 않을 것이라면.

그리고 그, 켄터키주 할란 출신의 로버트 E. 리 프리윗은 표한한 자였다. 배고픔의 전통을 알고 있는 자들의 무리였다. 그가 새로이 발견한 이 아메리카의 전통에서는 기름진 보험 회사 직원의 얼굴을 가진 자가 단 한 명도 없었다.

네가 이들의 전통을 공유하지 않는다면 너는 그들과 하나가 되지 못한다. 그는 오랜만에 처음으로 자신과 같은 무리의 품에 돌아왔다는 느낌을 가졌다. 그는 굳이 그것을 말로 표현할 필요를 느끼지 못했다. 그들은 각자 그 개인적 명예심을 가슴속에 갖고 있었고 프루 자신도 그 명예심으로부터 단 한 번도 벗어난 적이 없었다.

영창 식당에서 두근거리는 마음으로 음식을 집어 들어 먹는 척하다가 맛없다고 불평을 하고 뒤이어 체육실에 끌려가 구타당하고 검은 구멍에 처넣어져 사흘을 보낸 시련은 정말로 가치가 있었다. 만약 2동 생활을 계속 영위하기 위해 지금 당장 검은 구멍으로 들어가 추가로 사흘을 더 보내야 된다고 하더라도 그는 미련 없이 승낙했을 것이다.

불쌍한 블룸, 그는 졸음을 느끼며 중얼거렸다. 불쌍한 블룸.

하지만 다른 사람들이 다 잠든 후에 그는 오히려 정신이 맑아져 왔고 그제야 앨마 슈미트를 생각하기 시작했다. 그는 자신이 그 여자 생각을 거의 잊어 먹고 있었다고 믿었다. 그 생각을 물리치기 위해 침상에서 멀로이의 검은 점 명상법을 시도해 보았으나 전혀 효과가 없었다. 그는 오랫동안 침상에 누운 채로 그녀 생각을 했다.

네가 하지 않겠다고 맹세하는 것을 너는 결국 하게 되고 말지. 그는 약간 몽롱한 상태로 중얼거렸다. 침대에 누워서 이 짓[6]은 다시 하지 않겠다고 맹세했었지. 그런데 이제 하지 않겠다고 하고서 해버린 일의 목록에 한 가지가 추가되었구나. 아무튼 블룸은 이제 이 세상 사람이 아니니까 이런 타락은 겪지 않아도 되겠구나.

어쩌면 블룸도 뭔가를 사랑했을지 몰라. 그 사랑의 대상은 얻으려고 애쓰면 애쓸수록 멀리 달아나 버리지. 가까이 다가가 손에 넣었다고 생각하는 순간 사라져 버리지. 그 안타까움, 그 쓸쓸함, 그 목마름. 그것을 정말로 얻으려고 하면 그것을 파괴하지 않으면 안 돼. 어쩌면 그 때문에 블룸은 자살했을 거야.

그는 그것을 더 깊이 생각할수록 그런 생각이 옳다고 확신하게 되었다. 마침내 잠에 빠져 들기 전, 그의 머릿속으로 이런 생각이 스쳐 지나갔다. 블룸은 아마도 사랑 때문에 자기 자신을 죽였을 거야.

6 수음.

제40장

밀턴 앤서니 워든은 프리윗의 재판 건을 마무리 지은 이후 매일 오후 캐런 홈스와 데이트를 했다. 그는 블룸이 자살한 이유에 대해서는 깊이 생각하지 않았다. 그가 그런 짓을 저질렀다는 것을 아는 것만으로 충분했다. 하지만 그 자살 사건은 밀트 워든의 사생활에 커다란 영향을 주었다. 가령 제3제국이 뉴욕 시를 쳐들어오거나, 일본이 대낮에 진주만을 공격하거나, 화성인이 캘리포니아를 점령하는 것과 맞먹을 정도의 변화였다.

그는 히컴 기지에서의 야외 훈련이 끝난 이후 오후마다 캐런을 만나 데이트를 했다. 그녀가 들킬 염려 없이 집에서 빠져나올 수 있는 가장 좋은 시간대가 오후였기 때문이다. 두 사람은 데이트 행각에 일상성과 규칙성을 부여해 주고 또 실천하기 간단한 계획을 짰다. 그 계획에 입각해 그들은 마음껏 사랑을 즐길 수 있었다. 그렇게 여러 번 데이트가 반복되다 보니 아주 편안한 패턴을 형성하게 되었고 과거에도 그랬던 것처럼 앞으로도 계속 이렇게 흘러갈 것 같은 느낌이 들었다. 오후에 할 일이 있으면 행정병 마촐리에게 맡겨 놓고 잊어버렸다. 그것은 모두 일상적인 업무였고 설혹 그가 일처리를 잘못하더라도 나중에 고치면 되었다. 또 마츨리도 그런 식으로 일을 배워야 할 필요가 있었다. 레바는 보급실을 잘 관장하고 있고 스타크의 취사반은 걱정할 필요가 없었다. 그는 관광객들이 북적거리는 시내의 햇빛 환한 거리에서 그녀를 만나 그녀 남편의 낡은 뷔크 쿠페 차를 타고 섬 주위를 돌아다녔다. 그는 사각 수영복 팬티에 맨발이었고, 그녀는 유방이 조금 드러나는 원피스 수영복을 입었는데 살짝 페디큐어를 한 발톱처럼 관능적이었다. 그들은 전에 가보지 않은 이면 도로를 골라서 드라이브를 하다가 수영하고 싶으면 차를 세웠다. 그들은 또한 그가 섹스하고 싶은 욕망을 느낄 때마다 으슥한 곳에 차를 세우고 섹스를 했다. 캐런은 그에게 차를 너무 자주 세우는 것 아니냐고 반발하기도 했다. 때때로 그녀도 섹스 행위를 좋아하기는 했지만 그것이 자신의 사랑에서 큰 부분을 차지하지는 않는다고 말했다. 그녀가 보기에 섹스는 사랑을 입증하는 아주 천박한 방식이었고, 그래서 그녀는 그런 행위 없이도 얼마든지 자신의 사랑을 지켜 나갈 수 있고 또 그게 없는 것이 오히려 더 강한 사랑을 느끼게 한다고 말했다. 그렇지만 그녀는 그가 차를 세우면 애써 말리지는 않았다. 그가 캐런 홈스와 보낸 시간들은, 그녀와 함께 보낸 시간들이 늘 그랬듯이, 점점 길어져 무한히 늘어나는 것처럼 느껴졌다. 마치 망원경을 거꾸로 들고 보면 아무것도 존재하지 않는 것과 같았다. 그들의 완벽한 행복에서 한 가지 미흡한 점이 있다면, 그건 그녀 남편의 뷔크 차가 컨버터블[7]이 아니라는 점이었다.

두 사람은 장래의 거취에 합의했기 때문에 단 한 번도 격렬한 언쟁을 하지 않았다. 중대가 히컴 기지에서 2주간의 야외

7 convertible. 접을 수 있는 포장 지붕의 차.

훈련을 마치고 기진맥진해 돌아온 그날 두 사람은 합의를 보았다. 밀트는 장교 진급 과정에 원서를 넣기로 했다. 그들은 앞으로 이런 식으로 진행하기로 동의했다.

캐런은 앞으로 원서 넣는 문제를 독촉하지 않는다. 밀트는 그녀를 위해서가 아니라 자발적인 의지로 원서를 집어넣는다. 그녀는 그가 장교들에 대해 어떤 생각을 갖고 있는지 잘 알고 또 그것을 이해하기 때문에, 그에게 원서 접수를 강요하지 않는다. 설혹 그것이 빌미가 되어 두 사람 관계가 깨지는 한이 있더라도 강요하지 않는다. 반면에 밀트는 오로지 그녀를 기쁘게 하기 위해 원서를 넣을 뿐 다른 이유는 없다고 말했다. 그녀가 어떻게 말해도 자신의 이런 심정은 변함이 없다고 덧붙였다. 그녀는 울었고, 그도 거의 울 뻔했다. 두 사람은 그 정도에서 얘기를 끝냈다. 워든은 그 후 원서 넣는 일을 진행하지 않았다.

나중에 그녀가 그 문제를 물어보았을 때 그는 이미 우편함에 투입했다고 거짓말했다(그는 캐런과의 오후 데이트를 계속할 수만 있다면 그보다 더한 거짓말도 할 용의가 있었다). 그는 내일 홈스의 서명을 받아서 우편함에 집어넣어야겠다고 마음속으로 메모했다. 하지만 그는 그렇게 하지 않았다. 그녀가 집에서 홈스에게 넌지시 암시를 했고 홈스 또한 어서 원서를 넣으라고 재촉했기 때문에 마음만 먹으면 쉽사리 그렇게 할 수 있었으리라. 하지만 그는 내키지 않았다. 바보 같은 내용의 장교 진급 과정에 다니려면 오후 시간을 희생해야 하는데 그것이 무엇보다 싫었다. 강렬한 햇빛 아래에서 시원하게 수영을 할 수 있고, 사랑하는 여자와 언제든지 섹스를 할 수 있는 오후. 그건 현실이라기보다 꿈이었고, 그런 데이트가 한없이 계속되기만을 바랐다. 미래는 너무나 불확실한 투자이기 때문에 지금 갖고 있는 자본을 모두 건다는 것은 바보 같은 짓이었다. 미래는 될 대로 되라지 뭐. 그건 아주 멀리 떨어져 있잖아. 미래 따위는 신경 쓸 필요 없어. 이 꿈 같은 오후가 계속될 수만 있다면.

그가 프리윗의 재판을 처리한 후 한동안, 오후의 데이트는 계속 이어졌고 정말 그렇게 한없이 계속되나 보다 하는 느낌이 들었다. 그래서 심지어 그 자신도 그걸 믿기 시작했다.

중대 내에 업무가 점점 증가하고 있었다. 다음 주에는 중대의 구식 소총을 반납하고 새 M1 소총을 받아 와야 했다. 그 소총은 이미 입하되어 S-4(군수과)에서 불출을 기다리고 있었다. 이 업무를 처리하자면 레바는 도움의 손길이 필요할 것이었다. 또한 국방부에서 전쟁 관련 공문이 내려와 있었다. 내달 초부터 새로운 TO가 실시되어 취사와 보급은 현직 부사관을 일률적으로 중사로 승진시키고 야전에서 뛰는 부사관들은 모두 1계급 특진시킨다는 내용이었다. 그렇게 하자면 일괄적으로 중대 명령을 내려야 하고 또 근무 기록 변경이 불가피했다. 낡은 부사관 수장을 처리하는 것도 문제인데 오헤이어가 처리하지 못할 것이니 위든이 대신 해주어야 했다.

지난 3월에 크롬 소총을 검은 소총으로 바꾸게 한 것은 누군가의 변덕 때문이었는가? 위든은 당시 보급 업무가 문제라고 홈스에게 경고했다. 오헤이어에게도 말해 주었다. 그런데 그게 이제 벌어지고 있는 것이었다. 넉 달도 안 된 시점에서. 정부가 크게 기어를 바꾸는 소리가 들려왔다. 하지만 G 중대는 평소와 마찬가지로 바지를 까 내린 상태로 그런 변화를 맞이하게 된 것이었다.

물론 그것은 골치 아픈 일이지만 프루의 재판 또한 골치 아픈 일이었다. 하지만 그는 재판 업무를 잘 해냈다. 커런을 만나는 오후 데이트를 단 한 번도 거르지 않고.

정부가 1941년 7월에 전쟁 준비령을 내렸다는 것이, 전쟁의 참전을 의미하는 것은 아니었다. 언젠가 전쟁이 터지리라는 사실은 내일 여기서 전쟁이 벌어지리라는 것을 의미하지는 않았다. 정부가 참전을 결정하려면 뭔가 큰 건이 터져야 했다. 이 세상의 군대에 아무리 많은 소총이 있다고 하더라도 실제로 사격을 하지 않는 한, 통계상의 수치에 지나지 않는다.

직접 총을 쏘아야 하는 사태는 아주 천천히 벌어질 것이라고 밀트 워든은 조심스럽게 예측했다. 따라서 커다란 기어에 바퀴가 물린 여러 변화들도 아주 천천히 다가올 것이다. 따라서 보병 제○○연대 G 중대의 행정실에서 직접 해야 할 일은 그리 많지 않으리라. 워든은 그 부분은 손쉽게 해치울 수 있었다. 정말 문제가 발생한다면 그것은 오헤이어의 보급실이 될 터였다.

그렇지만 레바가 있어서 보급실 문제는 헤쳐 나가리라 예상되었다. 레바는 상황이 이만큼 열악하거나 오히려 이보다 나빴던 예전에도 일 처리를 잘했다. 실제 전쟁이 터지려면 앞으로 몇 년 더 있어야 할 것이지만 그래도 전쟁이 예상되는 상황은 워든으로 하여금 잠시 걸음을 멈추고 미래를 생각하게 만들었다. 그런 미래를 날카롭게 의식하고 있자니 지금 여기서 얻을 수 있는 것을 가능한 한 많이 얻어 내자는 쪽으로 생각의 방향이 흘러갔다. 그는 더욱더 간절하게 오후의 데이트를 갈망하게 되었다.

중대의 여러 문제들을 잘 파악해 미리 예상하고 보니, 3년 전에 이미 전쟁의 불가피성을 간파한 그였지만 얼마든지 균형을 잡아 나갈 수 있다고 생각했다. 아주 조심스럽게 줄타기를 해야겠지만 그래도 오전과 오후의 두 가지 삶을 영위할 수 있다고 보았다. 만약 밀트 워든이 코너에 밀리는 일이 벌어진다면 그는 사전에 눈치챌 것이었다. 그러나 어떤 일이 벌어져도 밀트 워튼이 밀턴 워튼의 사기를 꺾어 놓는 일은 결코 없을 것이었다.

하지만 그가 전혀 예측하지 못한 사실이 있었으니, 한 어리석은 중대원이 느닷없이 내무반에서 자살해 버린 사건이었다. 설사 그가 그런 사실을 미리 알고 있었다고 하더라도 그건 큰 도움이 되지 못했을 것이다. 군법 회의라면 눈 감고도 헤쳐 나갈 수 있고, 실제로 많은 군법 회의 건수를 처리해 보았다. 하지만 자살은 특별한 건수였고, 전에 처리해 본 적이 없었다. 군대는 자살을 싫어했고, 특히 이런 시기에는 더욱 그러했다. 살인보다 더 나쁜 것이었다. 자살의 원인이 군대에 있지 않다는 것을 증명하기 위해 무수한 서류를 작성해야 했다.

게다가 사망자 처리에 따르는 일도 고스란히 처리해야 했다. 개인 사물들은 춘화 같은 것은 빼버리고 잘 정돈해 정성스럽게 포장해 고향 집에 보내 주어야 했다. 홈스를 대신해 사망자의 부모에게 편지 쓰는 일도 워튼이 맡아야 했다. 사망자의 관물들도 항목별로 일일이 체크해 결손분은 사망자의 부모에게 보내는 최종 급여에서 공제해야 했다. 또 사망자 개인 파일과 근무 기록을 폐쇄해야 하고, 군 장례식의 소소한 사항들을 결정해야 되었다.

저 빌어먹을 자식이 뒤에 남은 사람들을 생각해서 팔리 절벽 같은 데서 투신자살했더라면 좀 좋아, 하고 워튼은 생각했다. 그러면 자살자는 적어도 고마운 마음으로 기억될 수 있을 터였다.

블룸 자살 사건이 발생한 그날 오후 일직 사관이 현장에 나타나 시체를 공식적으로 확인한 다음, 워튼은 재빨리 부대에서 빠져나와 그녀에게 전화를 걸었다. 그는 부대 택시를 잡아타고, 부대 정문 고속도로 건너편 와히아와 천연 보호 지역의 가장자리에 버섯처럼 솟아난 키무 주류 가게로 갔다. 워튼은 그 가게의 중국인 주인을 그의 총각 시절부터 알고 있기 때문에, 가게 뒤쪽에 있는 그 주인의 개인 전화를 사용할 수 있었다. 그는 시내로 나가기 직전의 그녀와 연결되었다.

그녀가 내보인 첫 번째 반응은 신경질이었다. 남자 교환수들도 여자 교환수들 못지않게 수다스러웠다. 특히 전화 당사자가 사병과 장교 아내라면 더욱 그러했다. 통신 부대의 교환원은 장교 숙소의 전화번호를 외우고 있었다. 그래서 두 사람은 구내전화는 가능하면 사용하지 않았다. 할 수 없이 사용해야 될 때는 미리 약정해 둔 약어를 사용했다.

그녀는 그가 키무 가게에서 전화를 걸었다는 것을 알고는 신경질이 좀 누그러들었다. 그 전화는 와히아와 민간 전화국을 통해 부대로 연결되는 것이기 때문에 발신자 추적이 어려웠던 것이다. 그럼에도 불구하고 캐런은 그에게 전화를 끊고 자신의 전화를 기다리라고 말했다. 숙소에서 나와 부대 내의 다른 전화를 사용하겠다는 뜻이었다. 그것은 유부녀와의 사랑을 시작한 초창기에는 예상조차 하지 못했던 사소한 번거로움 중 하나였다.

그는 키무 주류 가게의 주인이며 가게 한쪽에서 바를 운영하고 있는 주인 알 초무와 재빨리 두 잔 정도를 마셨다. 알 초무는 느긋한 목소리로 그동안 왜 그리 뜸했느냐고 물었다. 마침내 그녀가 부대 내 주(主) PX의 공중전화에서 전화를 걸어 왔다.

서로 정해진 약어만으로는 아이작 네이션 블룸의 자살 사고를 명확하게 설명할 수 없어서 현재 상황을 전달하는 데 꽤 어려움을 겪었다. 아무튼 그런 부대 내 사정을 전달하자 그녀의 목소리는 갑자기 냉정하고 침착해졌다. 그녀가 말하던 도중에 그토록 재빨리 분위기를 바꿀 수 있다는 사실이 그는 그저 놀라울 뿐이었다. 부대 내에 비상이 벌어졌다는 것을 알

자 그녀의 분노는 완전히 사라졌다. 그리고 아주 침착하고 계산적인 냉정함이 그녀의 목소리에 깃들었다. 그가 아무리 평소 현실주의자임을 내세운다 해도 그녀의 그런 차가운 리얼리즘 앞에서는 맥을 출 수가 없었다.

「그럼 어떻게 할 건데?」 도저히 인간의 것이라고는 생각되지 않는 차가운 목소리가 물었다. 「앞으로 어떻게 할지 미리 생각해 놓은 거 있어?」

「응, 이 새 일은 앞으로 한 달 정도 걸릴 거야. 그래서 파티를 연기해야 할 것 같아. 당신 오빠가 곧 업무 차 본국으로 갈 것 같아?」 그가 조심스럽게 물었다.

번역하면 데이나 홈스가 남자 전용 파티에 갈 것 같느냐는 뜻이었다.

「오빠의 일이 어떤지 잘 알잖아.」 그 침착한 목소리가 대답했다. 「그는 언제 출발해야 할지 잘 몰라. 지금까지 상당 시간 안 갔으니까 그들이 곧 부를 걸로 예상하지만. 이 모든 상황은 그의 상급자들이 언제 선적 물품을 받아들이느냐에 따라 달라져. 그의 도움을 필요로 할 정도로 물품이 많아야 나가는 거지.」

그는 그 말뜻을 새기기 위해 잠시 말을 멈추었다. 이런 유치한 음모를 벌여야 하다니, 그는 머리가 돌아 버릴 지경이었다. 엘크 보호 협회나 프리메이슨 지부 못지않게 보안 유지에 신경을 써야 했다. 그녀가 한 말의 뜻은 이러했다. 홈스는 최근에 스태그 파티에 가지 않았다. 그러니 곧 가게 될 것이다. 하지만 그가 언제 갈지 정확히 말하지는 못하겠다. 그러니까 남편이 파티에 참석하기 위해 집을 비운 밤 시간 동안의 데이트는 곤란하다는 얘기였다.

「난 파티를 연기하고 싶지 않아.」 워든이 세게 말했다.

「나도 마찬가지야.」 그 냉정한 목소리는 이제 무관심의 수

준으로 격상되어 있었다. 「하지만 우리 오빠의 여기 일이 그리 많지 않아서 파티를 할 수 있을 정도는 못 돼.」

홈스가 클럽에 나가 포커를 하거나 바를 돌아다니는 시간을 이용해, 그녀가 외출하는 것은 곤란하다는 뜻이었다.

「그러면 그가 떠나기 전에 밤이나 저녁에 파티를 열면 되겠네. 그가 파티를 놓친다는 것은 정말 싫어.」 그는 간신히 통화가 이루어진 그 기회를 놓치기 싫어서 송화기에다 대고 강하게 말했다. 그녀의 침착한 태도는 이 약어 대화보다 더 그를 화나게 했다.

「그럼 그가 여기 있는 동안 오후에 시간 봐서 해.」 냉정한 목소리가 말했다.

「금방 말했잖아.」 그가 분노를 억누르며 말했다. 「오후에는 시간을 낼 수가 없다니까. 이 일은 빨리 해치워야 해.」

「그럼, 가장 좋은 방법은 파티를 연기하는 것뿐이야. 일 다 끝난 다음으로. 이제 됐지?」

「한 달은 걸릴 거야.」 그는 무심한 송화기에다 대고 언성을 높였다. 그건 캐런으로서는 아무런 어려움이 없는 일이었다. 그녀는 한 달 내내 편지로 연애해도 아쉽지 않을 것이었다. 아니, 그걸 더 좋아할지도 몰랐다.

「그러니 파티를 그전에 여는 게 좋아.」 그가 계속 고집했다. 「설혹 오빠가 여행을 간 기간 중에라도.」 그건 다음번 스태그 파티 때 야간에 만나자는 뜻이었다. 그는 의사 전달이 불분명하다고 생각했다. 「내 말 알아들었지? 그가 여행 간 기간 중에라도.」

「알았어. 하지만 문제는 그가 언제 출장 갈지 알 수 없다는 거야. 그리고 내가 당신에게 연락할 길이 없어.」

그녀가 먼저 전화하지는 않겠다는 뜻이었다.

「내가 알아 내서 당신한테 연락할 수도 있지.」 그가 절망적인 어조로 말했다.

「하지만 내게 어떻게 연락하겠어?」 여전히 냉정한 목소리였다.

그가 그녀에게 전화해서는 안 된다는 뜻이었다. 한 달 동안 그를 못 만나는 한이 있더라도 그녀에게 전화하는 것은 안 된다는 뜻이었다. 사랑의 문제에 대해 그처럼 냉정할 수 있다는 사실에 그는 몸을 부르르 떨었다. 남자는 강인하다고 말한 자가 도대체 누구인가?

「빌어먹을!」 워든이 화를 벌컥 내며 소리쳤다. 「당신은 이 파티에 대해 잘 알지 못해. 난 이 파티가 필요해. 중요한 거라고. 많은 사람에게 신세를 졌고.」

「나는 실망하지 않고 있다고 생각해?」 그녀도 화난 목소리로 말했다.

만약 이 전화를 엿듣는 교환병이 있다면 참으로 괴상한 커플이라고 생각할 거야, 하는 생각이 워든의 머리를 스치고 지나갔다. 워든은 교환병이 설사 이 대화를 감청했다고 하더라도 캐런이 두려워하는 스캔들의 빌미가 되지는 않으리라 확신했다. 설사 그가 그녀에게 계속 욕설을 퍼붓는다고 하더라도 사정은 마찬가지였을 것이다.

「일이 그렇게 많은데도 불구하고 계속 파티를 고집해 보라고. 그 파티가 재미나 있겠어? 당신도 파티를 망치고 싶지는 않잖아? 혹시 당신의 일을 빨리 해치울 수 있는 길은 없을까? 한 달 이전에 말이야. 당신 못지않게 파티를 기다리는 사람들이 있어. 나는 그 사람들과 얘기해 보았어. 그들도 당신이 여러 나쁜 조건에도 불구하고 파티를 밀어붙여 망치는 걸 좋다고 하지 않을 거야.」

그 웅얼거리는 목소리는 너무 친숙해 워든은 송화기의 구멍들 사이로 그녀의 얼굴이 보일 지경이었다. 그녀는 보안을 위해 공중전화 통의 문을 꼭 닫고 무더운 박스 안에 앉아 있으리라. 얼굴은 뜨거울 테고 이마에 흘러내린 땀에 젖은 머리카락을 연신 뒤로 넘기고 있으리라. 쪼그려 앉은 무릎 뒤로 땀이 송골송골 맺혀 있는데도 그녀의 머리는 얼음처럼 차갑고 마음은 냉정하게 계산하고 있으리라. 땀이 무릎을 따라 흘러내리는데도 그녀는 초연하게 생각을 풀어 나가고 있으리라. 그런 침착한 객관성은 그의 존경과 분노를 동시에 이끌어 냈다. 그녀는 목 부분이 탁 트인 네모난 날염 옷을 입고 있으리라. 그래서 경박하거나 요란스럽게 보이지 않으면서 충분히 여성적 분위기를 자아내리라.

그녀는 자기가 나를 이토록 화나게 하고 또 존경하는 마음을 품게 한다는 것을 알기나 할까? 그녀는 언제나 모른다고 말했다. 하지만 그는 그녀의 말을 믿지 않았다. 그녀는 자신의 위력을 잘 알고 있었다.

워든은 알 초무의 전화통을 벽에서 떼어 내 땅바닥에 팽개치고 싶었다. 그 순간 그는 이런 빌어먹을 고문의 기계를 발명해 사람을 병신으로 만들어 놓은 알렉산더 그레이엄 벨을 죽여 버리고 싶었다.

「알았어. 일을 빨리 해치워 일주일 안에 할 수 있는 방법을 알아보지. 그럼 됐어? 그렇게 하면 좀 부담이 덜하겠어?」

「그렇게 할 수 있으면 좋지, 달링.」 그녀는 세련된 중립적 호칭으로 달링이라는 말을 사용했다. 「중요한 건 내가 아니야. 이건 당신의 파티니까. 그러니 화내지 말아.」

「화내지 말라고! 누가 화났다고 했어? 난 일주일 안에 일을 다 해치우고 말 거야.」 그는 그게 불가능하다는 것을 알면서도 허세를 부렸다. 「그리고 앞으로 일주일 후 같은 장소에서 파티를 열 거야. 당신을 초대할게.」 그는 간략한 냉소와 의기양양함을 내보이며 전화를 끊고 싶었으나 그렇게 하지 않았다.

「내 말 알아들었지?」 그가 초조한 목소리로 물었다. 「일주일 후, 같은 장소, 알았지?」

「알았어.」 그 침착하고 냉정한 목소리는 그보다 한 발짝 앞서 달리고 있었다. 그를 포함해 그 누구라도 논리적으로 또 객관적으로 조종할 수 있다고 자신하는 그 목소리. 그것은 그녀가 의도한 효과를 백 퍼센트 발휘하고 있었다. 「알았어요, 달링.」

그 몰개성적인 어조는 전화상으로 그녀가 억제하는 가운데 표현할 수 있는 애정의 최대치였다. 그는 종지점 같은 달링 소리에 전화를 끊었다. 아직도 찜찜한 기분이 남아 있었으나 전화상으로 얻어 낼 수 있는 것의 최대치이기도 했다. 그는 다시 알 초무의 바로 나갔다.

누가 여자를 약한 존재라고 했던가! 위기를 당하면 오히려 여자가 더 강해졌다. 사실은 여자가 이 세상을 다스린다. 사랑에 빠진 남자는 그것을 잘 알고 있다. 때때로 여자들은 일부러 그런 음모를 꾸미는 것 같다고 워든은 생각했다. 여자들은 오랜 세대 동안 지배받는 자의 역할이라는 음모를 꾸미면서 거기서 짜릿한 사랑의 즐거움을 맛보는 것이었다.

택시 운전사는 아직도 뜨거운 여름 햇빛 아래서 그를 기다리고 있었다. 그 뜨거운 여름 햇빛! 그것은 존재의 황홀이었다. 워든은 키무 가게에 들어올 때만 해도 그것을 의식하지 못했으나 이제 그 황홀을 강렬하게 의식했다. 택시 운전사는 빨리 나오라고 짜증스러운 경적을 울려 댔다. 하지만 워든은 아직 나갈 의사가 없었다. 알 초무와 한잔 거하게 걸치기 전까지는. 그래야 부대에 돌아가면 그의 입에서 술 냄사가 확 풍길 것이고 아무도 그가 잠시 사라진 사실에 대해 따지지 않을 터였다. 만약 술에 취하지 않은 채로 맨송맨송 돌아갔다가는 이 바쁜 와중에 어디 갔었느냐고 물어볼 게 너무나 뻔했다.

그는 바의 시원한 동굴에 서 있었다. 뜨거운 태양도 바의 통유리를 뚫고 들어오지는 못했다. 그는 술을 마시며 미친 듯 화가 났고 대못처럼 강인해졌다. 자신이 밀트 워든이고 이렇게 살아 있다는 사실에 야생의 황홀감을 느꼈다. 스타크를 취사반에 앉혀 그 방면의 일을 바로잡은 이래 다시는 느껴 보지 못한 전투의 쾌락을 느꼈다. 갑자기 한번 해보자는 투쟁 정신이 불붙는 것을 느꼈다. 반면에 알 초무는 그에게 자신의 제일 큰 조카딸 얘기를 했다. 하얀 모자에 가운을 입은 그 딸애의 사진이 바의 뒤쪽에 놓여 있었다. 그 아이는 스탠퍼드의 대학원 과정을 다니고 있는데, 주인이 알 초무이기 때문에 보병들이 키무 주류 가게에서 위스키를 사주었고 그렇게 해서 번 돈으로 그 딸애의 학비를 대는 것이었다. 워든은 그 조카의 스탠퍼드 하올레 친구들이 과연 알 초무(혹은 그의 돈)에 대해서 알고 있을까 게으른 상상을 했다. 아마도 알지 못할 거라고 그는 판단했다.

그의 머리는 굉음을 내며 빠르게 돌아가기 시작했다. 만약 그 일이 꼬박 한 달 걸리는 일이라면? 단축해서 일을 끝내는 것이 불가능하다면? 불가능이 어디 있어. 미 육군 내에서 자살 사고를 일주일 안에 처리할 수 있는 사람? 이 밀트 워든 말고 누가 있어.

그에게 이런 불가능한 일도 가능하다고 생각하게 만드는 그 여인. 워든은 그녀와 반드시 결혼하고 말겠다는 생각을 했다.

그는 살아 있음의 느낌이 작열하는 여름의 황홀 속으로 걸어 나갔다. 택시 운전사는 와히아와의 여름 햇빛에 너무 익어서 더 이상 불평할 염도 내지 못하고 있었다. 하지만 그렇게 기다린 덕분에 잠시 동안에 5달러를 벌지 않았는가. 택시 운전사는 그를 부대 도서관 앞에 내려 주었다. 워든은 중대 마당을 가로질러 아직도 자살 사고로 대혼란에 빠져 있는 G 중대로 들어갔다.

그때부터 혼란의 연속이었다. 자세한 절차를 아는 사람은 아무도 없었다. 오래된 군대 격언에는 이런 말이 있다. 〈위기에는 익명성 속으로 숨어라.〉 자동적으로 모든 사람이 모든 관련 사항을 워든에게 가져왔다. 워든은 그런 일을 접수해 결정을 내려 주기 때문에 봉급을 받았다. 그는 사제의 도움을 전혀 받지 못하는 형편에서 아주 미세한 부분까지 다 개인적으로 처리해야 했다. 자살 사고를 처리해 본 적이 없었으므로 목침 높이나 되는 육군 규정을 겨드랑이에 끼고 살아야 했다.

워든은 자신도 열심히 일하지만 행정병 마촐리도 그에 못지않게 열심히 일하도록 들볶았다. 그때까지만 하도 군대 생활의 고생스러운 점은 모두 겪어 보았다고 자부하던 마촐리도 그게 오해였으며 고생의 고자도 아직 제대로 깨치지 못했음을 알았다. 그리하여 군대 생활을 시작한 이래 처음으로 이토록 좆뱅이를 칠 바에야 차라리 정규 근무로 들려 달라고 해야 하는 것 아닌가 하고 진지하게 생각하기 시작했다.

홈스에게 중대 예산으로 본국에다 편지 대신 전보를 보내자고 제안한 것도 워든이었다. 그렇게 전보를 보냈기 때문에 블룸 부모의 소재가 불분명하다는 사실을 알게 되었다.

「중대장님은 시체를 빨리 본국으로 송환하기를 바라지 않으십니까? 불쌍한 어머니를 한번 생각해 보십시오. 그 아들이 불명예 당한 것이 그 어머니 잘못입니까? 그렇다고 해서 그 어머니가 아들을 덜 사랑하겠습니까? 어머니 생각도 좀 해주어야 합니다. 누가 뭐라든 그녀는 어머니이니까. 중대장님은 그 어머니에게 뭔가 따뜻한 배려를 베풀고 싶지 않으십니까?」

가정적인 아버지로 널리 알려진 홈스는 그런 요청을 받아들일 수밖에 없었다. 그 전보는 다음의 사유로 전달되지 못했다고 반송되어 왔다. 〈주소 불명. 수취인은 다른 도시로 이사 갔다고 함.〉 그들은 블룸의 신발장에서 다른 편지를 발견하지 못했다. 그 건은 워싱턴의 경리국(經理局)으로 이첩되었다.

워든은 스스로의 등을 두드리며 자축했다. 행운의 돌파구였다.

그 전보 건으로 시간을 2주나 단축할 수 있었다. 게다가 편지를 지루하게 몇 달 동안 주고받는 일도 면제되었다. 그는 사건 발생 사흘 만에 블룸을 매장할 수 있었다. 그건 가족이 없는 무연고 병사의 경우를 제외하고는 신기록이었다. 물론 홈스는 전에도 불평했던 것처럼, 중대 전체의 복지를 위해서 사용하게 되어 있는 중대 예산을 자살한 병사를 위해 사용한 것에 대해 경리국의 감사가 있을지 모른다고 불평했으나, 워든은 그런 불평쯤은 귓등으로 들어 넘기는 지혜를 터득하고 있었다.

이처럼 과중한 업무로 요동치던 그 한 주 동안, 그는 거의 자정이 되어서야 잠자리에 들 수 있었다. 그나마 마음은 놀란 말처럼 마구 내달렸다. 그는 시내에서 지금 당장이라도 그녀를 만나고 싶은 마음을 억제하기 위해 정말 애를 먹었다. 그녀가 그토록 몸조심하지 않고 내가 그녀에게 버럭 화를 내지 않았더라면 지금쯤 만나고 돌아왔을지도 모르는데, 이런 생각이 들었다. 그럴 때마다 그는 30일 재입대 휴가를 생각했다. G 중대로 옮겨 오면서 그가 타먹을 수 있었던 30일 휴가를 무려 1년이나 연기해 놓고 있었던 것이다. 그는 침대에 누워 30일 여행 계획을 짰다. 그녀와 그, 이렇게 단둘이서만 30일간의 목가적 시간을 보낼 수 있다는 생각에 온몸이 짜릿해져 왔다.

그들은 오아후섬[8]을 벗어나야 하리라. 그는 오아후섬에서는 둘이 목가적으로 보낼 수 있는 곳을 딱 한 군데 알고 있으나 거긴 아무래도 위험했다. 다른 섬으로 가면 얼마든지 시간을 보낼 데가 있으리라.

그들은 제일 큰 섬의 서부 해안인 코나로 갈 수 있으리라.[9] 섬들 사이를 운행하는 비행기를 타고 힐로[10]로 가서 유드라이브 렌터카를 한 달 동안 빌려 킬라우에아 분화구와 국립공원을 관통해 서쪽의 코나로 가리라. 그들은 호나우나우에 머물 수 있을 것이다(이 도시의 이름은 번역하면 도피자의 도시야. 도피자의 도시라. 정말 멋진 이름이군). 그들은 안내인 어부를 한동안 고용할 수도 있으리라. 코나 해안 근처에는 하와이 제도 중 가장 훌륭한 바다 낚시터가 있었다. 그는 마음속으로 두 사람이 낚싯배에 앉아 있는 모습을 상상할 수 있었다. 뱃전에서 낚싯대를 바다에 드리우고 파도 속으로 팽팽한 낚싯줄이 들어가는 것을 지켜보리라. 얼굴과 팔뚝은 전보다 더 검게 탈 테고, 캐노피 밑의 냉장고에는 맥주를 두 박스 정도 넣어 두리라. 낚시 미끼는 옆에 있는 중국인 안내인이 잘라 줄 테고, 두 사람은 원한다면 아무것도 하지 않아도 되리라.

또는…….

만약 그녀가 야외 활동을 싫어한다면 두 사람은 마우이섬으로 날아갈 수 있으리라. 그는 이 섬에 가본 적이 없었다. 하지만 여자를 데리고 놀러 갈 만한 장소로 그곳의 와일르쿠가 좋다는 얘기를 많이 들었다. 그곳 해변에 있는 호텔들은 식사

8 Oahu. 스코필드 부대의 주둔지인 와히아와가 있는 섬.
9 하와이는 카우아이, 오아후, 몰로카이, 라나이, 마우이, 하와이 5대 섬을 비롯해 많은 작은 섬들로 이루어져 있는데, 이 중 하와이섬이 제일 크다.
10 Hilo. 하와이섬의 동부에 있는 가장 큰 도시.

가 아주 좋다고 했다. 만약 유드라이브가 없다면 관광버스를 타고 관광을 해도 좋으리라. 어쩌면 그들은 호텔 밖으로 한 발짝도 나가지 않을지도 모른다. 어쩌면 그들은 실내에 있는 것을 더 좋아할지도 모른다.

또는…….

그들은 함께할 수 있는 일이 많았다. 그는 노름에서 딴 돈 6백 달러를 아직도 시내의 은행 계좌에다 넣어 두고 있었다. 그 돈을 마음껏 쓰다 오리라. 야, 얼마나 좋아, 생각만 해도 짜릿하군. 노름해서 돈 딸 때마다 절반을 떼어 저금해 놓기를 참으로 잘했군.

밀트 워든은 정말로 간절히 휴가를 원했다.

그는 밤마다 침상에 드러누워 양손으로 목뒤를 받치며 그런 생각을 했다. 건너편의 피트 카렐슨은 아무 생각 없이 코를 골며 잠을 자고 있었다. 그는 여행 계획을 세우고 또 세우며 아주 자세한 부분까지 다 생각해 두었다. 그는 이 보석 같은 생각을 너무나 많이 한 나머지 그런 여행 계획이 앞으로 벌어질 일이 아니라, 이미 벌어진 일이고 또 과거의 일을 기억하는 느낌이 들었다. 그는 그 일들을 회상하며 정말 즐거운 경험이었다고 느끼게 되었다. 이미 벌어진 일이기 때문에 그런 추억을 아무도 그에게서 빼앗아 갈 수 없다고 생각하게 되었다. 그는 미래를 상상하는 것이 아니라 과거를 추억하고 있었다.

「그래, 난 나의 기억들을 불러내고 있어.」 그의 다이몬[精靈]이 불쑥 머리를 내밀고 악마처럼 재촉했다. 「무슨 일이 벌어졌건 나는 기억을 가지고 있어.」

하지만 그는 그게 꿈이라는 것을 알고 있었다. 그가 꿈을 꾸면서 현실로부터 벗어나려 한다는 것을 알았다. 그러나 자신이 무슨 짓을 하고 있는지 알고 있다면 그게 무슨 그리 대수인가. 그는 그런 꿈들이 모두 실현되기를 바라지 않았다. 그는 단지 꿈꾸고 있을 뿐이었다. 그것은 그를 잠들게 했다. 그는 정말 잠을 자두어야 했다. 이 자살 사고를 잘 넘기려면. 그는 잘하고 있었다…….

블룸을 매장하고 사흘이 지나지 않아, 제출 보고서 건수가 많이 줄어들어 요구되는 보고서와 실제로 발송되는 보고서가 비슷한 수준이 되었을 무렵, 아주 복잡한 변수가 수류탄처럼 워든의 행정실로 굴러 들어왔다.

니콜로 레바가 마침내 평소의 위협을 실천해 M 중대의 보급 부사관으로 전출을 가게 된 것이었다.

워든은 사망자 블룸이 소속 중대에서 학대당한 적이 없다는 내용의 진술서(홈스와 워든 자신이 서명하기로 되어 있는 문서)를 작성하는 중이었다. 그날 오전 니콜로 레바가 평소의 냉소적인 표정을 얼굴에 달고 약간 수줍어하는 태도로 행정실에 들어섰다. 그는 예전의 오만함을 그대로 유지하려고 빼빼 마른 어깨와 목에 힘을 주어 가며 지나가듯 말했다.

「M 중대에서 서류를 모두 만들어 서명했고, 이제 내 서명만 남았어요. 길버트 중대장이 어제 중대 마당에서 나를 불러 세우고는 그 서류를 보여 주었어요. 데이비드슨 중령이 길버트 중대장에게 델버트 영감의 허가는 문제없으니까 진행하라고 했대요. 난 영감이 허가하리라고 생각하지 않았어요. 그래서 여태껏 별로 신경을 안 썼죠.

하지만 밀트, 지금 아니면 기회가 없어요. 길버트가 까놓고 그 제안을 말하면서 예스냐 노냐 그것만 말하라고 했어요. 난 더 이상 미룰 수가 없어요. 내가 거부할 경우 21연대의 다른 보급병을 끌어다 쓰겠다고 했어요.」

지금 작성 중인 진술서와 그 밖에 세 개의 다른 서류를 정오까지 끝내야 하는 워든은 그를 빤히 쳐다보다가 그 진술서를 내려놓았다. 「정말, 전출 갈 시기 하나는 기막히게 잡았네.」

「죄송해요.」 그가 미안해하며 말했다.

「새 M1 소총이 S-4에 와 있어. 이틀 정도면 불출이 될 거야.」

「알고 있어요.」

「새 국방부 회람에 의하면 새 TO가 일주일 안에 시행되는 것으로 되어 있어. 보급관은 창고에다 새 부사관 수장을 두 박스 가득 쌓아 놓고 있어.」

「알아요, 다 알고 있다고요. 이제 그만 하세요.」

「그만 하라고, 니콜로!」

「오케이, 알았어요.」

「이봐, 앞으로 3주나 한 달 정도 못 기다려 주겠나?」

「무슨 속셈이십니까?」

「속셈 없어.」

「밀트, 바로 그 때문에 길버트가 지금 당장 결정을 내리라는 거예요.」 레바가 우울하면서도 끈덕진 목소리로 말했다. 「M중대도 누군가 와서 일을 해주어야 해요, 지금 당장.」

「블룸 녀석이 좀 한가한 때에 자살해 주었더라면 좀 좋아.」

「밀트, 내 생각도 좀 해줘요.」 레바가 화난 목소리로 소리쳤다.

「내가 그 보직을 받아들이지 않으면 21연대 녀석이 꿰차고 말 거라고요. 길버트가 내게 분명히 말했어요. 전출을 가거나 물먹거나 둘 중 하나예요. 내가 언제 이런 기회를 잡겠어요?」

「길버트 대위는 아주 경우가 밝은 장교로군.」 워든은 레바의 심기를 살피면서 조심스럽게 말했다. 그를 너무 화나게 해서도 안 되지만 아예 무시해 버리는 것도 안 될 일이었다. 「훌륭한 장교이면서 신사로군. 동료 장교의 항문에다 막대기를 집어넣고 마구 쑤시라고 웨스트포인트에서 가르쳤나? 아니면 그자가 혼자서 이런 생각을 해낸 건가?」

「길버트도 보급 책임자가 있어야 해요.」레바가 옹호하고 나섰다.

「G 중대도 보급 계원이 필요한 건 마찬가지야.」

「그래요. 하지만 길버트는 대가를 지불한다고 했어요.」

「그건 G 중대도 마찬가지야. 조금만 기다리면.」

「그렇겠지요.」레바가 실쭉 웃으면서 말했다.「밀트, 그게 당신의 본마음이라는 걸 알아요. 당신은 남한테 거짓말을 하지 않으니까. 하지만 난 앞으로 18년 있으면 은퇴해야 돼요.」

레바는 아주 씩씩하게 그 말을 하려고 애쓰는 것 같았다. 하지만 분명 그의 본심은 아닌 듯했다.

「니콜로, 넌 날 잘 알잖아. 지금보다 더 나은 자리로 간다는데 어떻게 말릴 수 있겠어?」

「그렇죠. 당신은 그럴 사람이 아니죠.」그 목소리에는 비아냥거림의 기운이 없었다.

「자네가 조금만 더 버텨 주면 보직을 주겠다고 약속했어. 그런 일은 시간이 좀 걸려. 하지만 내가 약속 안 지키는 것 봤어, 니콜로?」

「아니요, 못 봤어요.」레바는 있는 힘을 다해 적의 공격을 피해 측면으로 파고들려고 했다.「하지만 시대가 변했어요.」그는 화난 목소리였다.「사태는 예전 같지 않아요. 타이밍이 무엇보다 중요해요. 밀트, 우린 이 전쟁에 참전할 거예요. 그건 당신이 나보다 더 잘 알아요. 30년쟁이는 이런 전쟁의 기회를 잘 잡아야 해요. 이런 기회는 평생 한두 번 올까 말까 해요. 두 번 잡는다면 아주 행운이죠. 우리 중대에 지난번 전쟁 때 참전한 사람이 몇 명이나 됩니까? 딱 한 명, 피트 카렐슨뿐이에요. 전쟁은 인디언과 싸우던 시절처럼 날이면 날마다 오는 게 아닙니다. 나는 또 다른 전쟁 기회를 잡을 것 같지 않아요. 고참 상사로 은퇴해 연금을 타먹으려면 전쟁이 시작되었을 때 보직 부사관이 되어 있어야 해요.」 그는 약간 떨리는 목소리로 결론을 말했다.

그는 이제 떠나려는 것이었다. 그는 무르익었다. 그는 자기가 할 말을 다 했고 분노는 사그라졌으며 이제 떠날 준비가 된 것이었다. 그것은 교과서적인 체스 게임이었다. 상대방이 한 수를 두면 이어 당신이 한 수를 둔다. 장기 두는 두 사람은 승자가 누구인지 미리 알고 있다. 그들은 이기기 위해 두는 것이 아니라 행마의 즐거움을 즐기기 위해 둔다. 레바는 이제 장군을 부를 태세였다. 워든은 자기의 말을 들고 그 자리에 들어가기만 하면 된다. 그러면 상대방이 장군을 부르고 더 이상의 행마는 없고 그래서 체스 게임은 끝이 난다.

워든은 입을 열어 뭐라고 말하려다가 1분쯤 침묵을 지켰다. 「그래서?」 그는 니콜로만큼이나 놀란 표정을 짓더니 손가락을 머리카락 사이로 넣어 슥슥 긁었다. 이어 그렇게 하면 머리 올이 자꾸 빠진다는 캐런의 말을 기억하고 그 동작을 멈추었다. 그는 멍하니 니콜로를 쳐다보았다. 얼굴이 바싹 마른 나이 마흔의 니콜로도 놀란 표정으로 마주 보았다. 「그래서?」 워든은 다소 자신 없는 목소리로 말했다.

「연대 내의 고참 부사관은 임시 준위나 대위가 될 거예요.」 레바는 옛날의 워든이 다시 모습을 드러내며 자신의 그런 논리를 반박해 주기를 기다리며 계속 말을 이어 갔다. 「이 전쟁이 끝나면 말이에요. 밀트, 당신은 어쩌면 소령이 되어 있을지도 모르죠. 그런데 이 불쌍한 레바는 여전히 일등병 4호봉일 거라 이 말입니다.」

「소령! 돼지 똥구멍이라고 해!」 워든이 소리 질렀다. 「니콜로, 네놈이나 소령 해 처먹어라. 넌 아마 소령 노릇 잘할 거야.」 워든은 갑자기 말을 멈추었다. 두 사람은 놀라면서 서로 쳐다보았다.

옛날 워튼의 호령이 다시 나오는 것 같았다. 하지만 그것은 엉뚱한 장소에서 나왔다. 게다가 옛날처럼 흘친 호령이 아니었다. 그것은 크게 상처 입은 동물의 울부짖음이었다. 레바는 거기에 어떻게 반응해야 할지 알지 못했다. 그는 당황스러웠다.

「니콜로, 너를 대신해서 내가 결심을 해줄 수는 없어. 네 문제니까 네가 결심해야 돼.」

「난 이미 결심했어요. 여기 들어올 때 내 마음은 이미 결정되어 있었습니다.」 레바가 항의했다.

「그럼 여기 들어와 내가 네 마음을 바꾸어 놓기를 기대하지 마. 난 잡지 않을 거야. 이런 좋은 기회는 다시없다는 그 말, 맞는 말이야. 그러니 어서 가서 그 개자식이 내놓은 문서에 서명해.」

「문서가 결재를 거치는 데 이틀 정도 걸릴 거예요.」

「그러니 어쨌다는 거야? 열흘이 걸릴지도 모르고 1년이 걸릴지도 모르지. 그러니 어쩌라는 거야?」

「열흘이나 일주일까지는 안 걸려요. 어쩌면 이틀도 안 걸릴지 몰라요.」

「젠장, 얼마나 걸리는지 내가 알 게 뭐야.」

「그때까지는 상사님을 위해 보급실을 가능한 한 정돈해 놓겠습니다.」 레바는 상처 입은 듯한 목소리였다. 워튼이 그를 주저앉힐 것을 기대한 눈치였다.

「그렇게 해주면 고맙지.」 워튼이 무관심하게 말했다.

「왜 그리 기분이 나쁘십니까?」

「기분 나쁠 것도 없어. 자넨 왜 기분이 나쁜가?」

「기분 나쁜 거 없어요. 그럼 또 봐요, 밀트.」 레바는 밖으로 나가다가 문턱에서 잠시 멈추어 섰다. 그가 평소 보여 주던 냉소와 오만함은 흔적조차 없이 사라졌다. 니콜로 레바는 갑자기 많은 책임 사항이 들어 있는 유언장의 집행자로 지명된 사람처럼 늙고 힘이 없어 보였다.

「니콜로, 나를 다시 보러 올 거 없어. 이제 나를 볼 수 있는 곳은 한참 지난 후 초이스뿐일 거야.」

「무엇 때문에 초이스에도 못 간다는 거죠?」

「난 너무 바쁠 거야.」

「오..」 레바가 얼굴을 환히 펴며 그 말에 매달렸다. 「일을 하느라 너무 바쁘시다. 그럼 내게 뭘 원하는 겁니까? 내가 여기 그대로 남아서 평생 일등병 4호봉으로 썩으면서 죽도록 일만 하라는 겁니까? 그렇게 말하고 싶은 겁니까?」

워든은 아무 말도 하지 않고 그를 빤히 쳐다보았다.

「정말 그걸 원한다면 그렇게 해드리죠.」

「니콜로, 그걸 바라진 않아.」

「길버트에게 그 보직을 거두어들이라고 할게요. 그걸 신품인 것처럼 포장해 다른 사람에게…….」

「아니!」 워든이 소리쳤다. 「빌어먹을, 너 자신이 결심해야 한다고 말했잖아. 난 다른 사람들의 결정을 대신 내려 주는 것이 너무나 피곤해. 다 나한테 와서 결정을 내려 달라고 한단 말이야. 이제부터는 스스로 결정을 내리라고 하겠어. 난 그렇게 결정 내리는 일이 너무 지겹고 피곤해. 난 수석 부사관일 뿐, 빌어먹을 사제가 아니란 말이야. 난 모든 사람의 양심에 증인으로 징발되는 게 너무 지겨워. 남의 양심에 징발된다는 게 뭔지 아나?」

「아니, 무슨 말씀을! 난 내 양심과 관련해 아무의 도움도 필요하지 않아요.」

「그럼 가, 아니면 머물든지. 하지만 제발 스스로 결정을 내려.」

「당신이라면 그런 보직을 거절하겠어요?」

「봐, 바로 그거야. 내가 어떻게 알아?」

「좋아요, 그럼 나중에 봐요.」 그것은 이제 형식적인 인사였다.
「좋아, 니콜로, 나중에 보자고. 행운을 빌어.」 워든도 형식적으로 대꾸했다.

그는 창문으로 레바가 마당을 가로질러 가는 것을 보았다. 이제 12년 만에 니콜로 레바가 보직 부사관이 되는구나. 새 TO가 내려오면. 시대가 바뀌니까 워든과 레바의 관계도 끝이 난 것이었다. 니콜로 레바는 M 중대로 워든의 시선을 등에 지고 가는 보도를 걸어갔다. 동시에 그는 점점 사라져 가고 있는 구질서의 부담을 속으로 돌려 그 일부만 간직하려고 애썼다. 반면 워든은 그의 내부에서 분노가 풍선처럼 커지는 것을 느꼈다. 저 거짓말을 하는 두 얼굴의 개자식이 이처럼 친구들을 배신하고 친구들에게 추운 데서 보초를 서게 만든단 말이지? 좋아, 자기 권리를 행사하겠다고 하는데 뭐라고 할 거야? 내가 저 자식의 보직을 못마땅하게 생각하는 건 아니야. 내 친구 니콜로가 나한테 이렇게 나올 줄은 정말 몰랐는데.

밀트 워든은 강간을 당한 느낌이었다. 하지만 오래전에 이미 동정(童貞)이 상실되었는데 어떻게 그것을 빼앗길 수 있겠는가. 단지 하기 싫은 섹스를 억지로 한 것뿐이었다. 그러나 산더미 같은 보급실의 업무를 어떻게 처리할 것인가. 그는 눈앞이 캄캄했다.

그날 오후 그는 내일까지 처리해야 내일 오후에 캐런을 만날 수 있는 블룸 서류 따위는 신경도 쓰지 않고 외출했다. 도저히 술 한잔이 없을 수 없었다. 그는 알 초무의 키무 바로 가서 알과 함께 한잔하면서 스코필드 부대가 아직 훈련소로 전환되기 이전의 순박한 옛 시절 이야기를 했다. 이제 그 시절을 기억하는 고참들은 얼마 남아 있지 않았다. 그들이 잡담을 하면서 술을 마시는 바람에 알의 마누라가 화를 내며 대신 바의 일을 보았다. 알은 바를 아예 닫아 버리고 워든과 술을 마시려 했다. 알의 마누라는 워든을 좋아하지 않았다. 워든은 거기서 일주일 전에 발견했던 살아 있음의 즐거움, 한여름의 황홀을 느낄 수 없었다. 독기를 뿜어내고 있는 알 초무의 마누라가 좋은 분위기를 다 망쳐 놓았다.

레바의 서류가 결재 나는 데는 이틀이 채 걸리지 않았다. 길버트 대위는 당일 오후에 서류를 결재 올렸고 그다음 날 오전에 승인이 나서 다시 내려왔다. 제이크 델버트 대령은 그 인사안을 적극 지지했을 뿐만 아니라 3대대장 짐 데이비드슨 중령에게 혜택을 한 가지 준 것을 기쁘게 생각했다.

그것은 여름날 오전의 대격변이었다. 하지만 살아 있음의 즐거움, 한여름의 황홀은 전혀 없는 변화였다. 홈스 대위는 대가리가 뜯겨 나간 닭처럼 펄쩍펄쩍 뛰면서 워든에게 억울하고 분하다고 말했다. 워든은 아직도 어제 오후의 술기운이 남아 있어 머리가 아픈 상태로 바보처럼 웃으면서 돌[石]의 침묵을 지켰다. 레바가 짐을 꾸리자 짐 오헤이어가 행정실로 들어와 정식으로 정규 근무를 요청했다. 홈스는 아무 이의 없이 그 요청을 받아들였다. 30분 동안 부대원 명단을 검토하던 중대장은 챔프 윌슨을 보급 부사관으로 지명하고 당직 부사관을 훈련장으로 내보내 그를 데려오게 했다. 정오 전에 챔프가 행정실로 들어와 보급 부사관을 못 맡겠다고 잘라 말했다. 이것 때문에 보직을 내놓아야 한다면 그렇게 하겠다는 말도 했다. 홈스는 윌슨을 강등시키지 않고 그대로 훈련 부사관으로 있게 하면서 아이크 갈로비치를 보급 부사관에 임명했다. 아이크는 그런 책임 있는 자리에 임명된 것을 아주 기쁘게 생각했다. 그는 홈스 중대장을 위해 최선을 다하겠다고 말했다. 홈스 중대장도 감사하다는 답례를 했다. 아이크는 자못 감격의 눈물을 흘리면서 새로운 성으로 입성했다. 밀트 워든은 돌의 침묵을 지키며 그 과정을 지켜보았다.

그는 자신이 밀트 워든 신화의 파괴를 목격하고 있다는 것을 알았다. 그는 자기가 만든 모형 비행기가 자신의 손으로 날개 부분에 갖다 댄 성냥불로 인해 이륙 직전 불타 버린 광경을 쳐다보는 소년의 고통과 슬픔을 안고 그 광경을 쳐다보았다. 그러한 파괴 작전이 완료되자 그는 시내로 나갔다.

아알라 공원의 킹 스트리트에 있는 그늘진 벤치에서 그를 픽업한 그녀는 아주 아름다웠다. 하지만 아주 무더운 날 자신의 마누라를 보면 아무런 성적 욕망이 일어나지 않는 남편처럼 워든도 그녀에게 성적 매력을 느끼지 못했고, 그것은 그를 겁나게 했다. 그는 보도 건너편 아시아의 풀들이 사근거리며 속삭이는 소리를 뒤로하고 차의 조수석에 올랐다. 그는 담배에 불을 붙였다. 오래전부터 그런 사태의 종달을 예상했으나 막상 이마에 그 충격을 맞을 때까지는 방심하고 있던 사람의 멍한 표정이 워든의 얼굴에 떠올랐다. 그는 그녀에게 〈안녕〉 하고 인사조차 하지 않았다.

제41장

　캐런 홈스는 지난 일주일 동안 이 순간을 기다려 왔다. 밀트가 집으로 전화해 온 그날 밤 그녀는 남편을 조심스럽게 심문해 중대 내에 블룸의 자살 사고가 있었다는 것과, 그녀가 이미 의심하고 있었으나 노골적으로 물어볼 수 없었던 사실, 즉 일등 상사 워든이 아직도 보병 장교 진급 과정에 신청하지 않았다는 것을 알아냈다. 캐런에게 블룸 얘기를 해주고 난 뒤라 홈스는 워든이 아직도 원서를 내지 않은 사실을 특히 안타깝게 생각했다. 그의 장교 임용이 따놓은 당상일 뿐만 아니라, 이런 불운한 사고의 발생을 어느 정도 희석시켜 줄 수 있는 좋은 건수가 될 것이기 때문이었다(이 점은 이미 몇 주 전 캐런이 프리윗의 재판과 관련해 조언해 준 바 있는데, 그 후 홈스는 그것을 자기가 생각해 낸 아이디어로 삼았다). 장교가 사병에게 장교 되기를 애원해야 되고 게다가 거절까지 당한 상황이니 참으로 시절이 많이 변했다고 홈스는 말했다. 이제 캐런은 자신이 알고 싶어 하는 사항을 알았기 때문에 홈스의 넋두리는 그녀의 한쪽 귀로 들어갔다가 다른 쪽 귀로 흘러 나갔다. 그녀의 의심은 확인되었다. 그녀는 바보 취급을 당한 것이었다. 누구한테 자신의 억울한 심정을 토로 해 위로받고 싶었으나 그렇게 할 수도 없었다. 매일 오후에 데이트하면서 더없는 행복을 맛본 지난 2주 동안, 그에 대한 믿음 때문에 그 문제에 대해 물어보는 것을 자제했었다. 워든은 그런 선의를 이용해 의도적으로 그녀를 속인 것이었다.

그를 다시 만난다는 생각에 커다란 행복감을 느끼면서도 그녀는 사랑과 복수심이 교묘하게 얽힌 계획을 조심스럽게 짜놓았다. 그녀는 사랑하고 있기 때문에 그의 어디를 찔러야 가장 아픈지 아주 세부적인 사항까지도 잘 알고 있었다. 또한 복수심을 발동해 그가 비난의 독즙을 최후의 한 방울까지 다 마시게 한 후에야 비로소 풀어 줄 생각이었다. 하지만 그가 고뇌에 가득 찬 험상궂은 눈빛으로 조수석에 올라타 그녀의 존재를 의식조차 하지 못하자, 그녀는 뭔가 잘못되었다는 것을 직감하고 복수심 따위는 까맣게 잊어버렸다. 그 대신 사랑의 감정이 뭉게뭉게 피어올라 그에 대한 모성적 안타까움을 더하게 했고, 그를 이렇게 만들어 놓은 것에 대한 살인적 분노를 느꼈다. 그녀는 기어를 바꾸면서 공원을 돌아 베레타니아로 빠지는 동안 한마디 말도 하지 않았다.

그들은 인적이 좀 뜸한 사무실 지구를 통과해 아주 무더운 펀치볼 지역을 지나갔다. 캐런은 운전을 하고 워든은 담배를 피우기만 할 뿐 아무 말이 없었다. 차는 다시 메이슨 템플을 지나 푸나호우 근처의, 나무 그늘이 시원한 주택 지구로 들어섰다. 그곳에서는 비록 보이지는 않지만 주위를 제압하고 있는 라운드톱산과 탄탈루스산의 존재가 느껴졌다. 차가 유니버시티 애버뉴에 이르자 워든은 사납게 담배꽁초를 차창 밖으로 버리더니 사건의 전모를 얘기하기 시작했다. 차가 카무키, 와이알라에, 와일루페를 지나가는 동안 얘기가 계속되었다. 그들은 이제 시내에서 벗어나 코코 헤드로 나가는 진입로 맞은편까지 왔다. 캐런은 시골로 가는 길을 택하지 않고 코코 헤드에서 방향을 틀어 케아웨나무 숲으로 들어가 벼랑 바로 앞까지 갔다. 그곳에는 하나우마만(灣) 전용의 자갈 깔린 주차장이 마련되어 있었다.

그곳에는 수영복을 입은 팔다리가 가는 하올레 고등학생들이 피크닉을 나와 있었다. 그들은 벼랑에서 해변에 이르는 지그재그 보도를 오르내리며 소리를 질러 대고 있었다. 그 보도는 오래전 수영장을 만들기 위해 수백 미터의 산호초를 발파해 제거함으로써 조성된 길이었다. 남자 애들은 여자 애들의 뒤를 쫓고 있었고 여자 애들은 희희낙락하며 달아나고 있었다.

두 사람은 그들을 쳐다보며(그 학생들은 갑자기 외국인 못지않게 낯선 존재로 여겨졌다), 그 얘기를 다시 한번 짚어 보았다. 이번에는 그녀가 간간이 질문을 던졌다.

「그래서 그 개자식은 전출을 가버렸어.」그가 어쩔 수 없다는 어조로 얘기를 마무리 지었다.

「당신이 할 수 있는 일은 없었어?」

「내가 설득하면 전출을 가지 않을 수도 있었어.」

「하지만 당신은 그렇게 하지 않았겠지.」캐런이 확신하며 말했다. 「내가 알고 있는 당신이라는 사람은 그런 일을 할 리가 없어.」

워든은 얼굴을 찡그리며 그녀를 쳐다보았다. 「할 리 없다고? 난 전에도 여러 번 그런 짓을 했어.」

「그럼 왜 이번에도 그렇게 하지 않았어?」그녀가 의기양양하게 말했다.

「왜냐고? 그 개자식이 자기 의지로 전출을 거절하기 바랐던 거야. 물론 거절하지 않았지.」

「그가 거절하기를 바랐어?」

「아니.」그는 거짓말을 했다. 「내가 그랬을 것 같아?」

그녀는 대답하지 않았다. 사안의 중대성을 그녀가 깨닫는 데는 시간이 약간 걸렸다.

「그럼 우리가 오후마다 만나는 것도 무기한 연기되어야 하겠네?」

워든은 그건 미처 생각하지 못했다는 무뚝뚝한 표정으로 그녀를 쳐다보았다.

「아마 그렇게 되겠지.」

「문제를 다 해결했다고 생각한 시점에 이런 일이 터졌군요. 오, 밀트! 당신은 그토록 열심히 일했는데. 우리가 할 수 있는 일은 없어?」

「없어. 당신이 밤중에 나와 준다면 몰라도.」

「내가 그렇게 할 수 없다는 걸 잘 알잖아.」

「내가 장교가 되면 그렇게 해줄 거지?」

「응. 하지만 그건 달라. 그땐 이미 부부나 다름없게 되잖아. 지금 당장 애를 누구한테 맡겨. 믿을 만한 사람이 없는데.」

「알았어. 뭐 조언해 줄 것 없어?」

「열심히 일해서 오전에 다 해치울 수는 없어?」

워든은 지난 일주일 동안 미친 듯이 일해 온 자신의 모습을 생각해 보았다. 그는 갑자기 허탈한 웃음이 나오려고 했다.

「물론 그럴 수도 있겠지. 하지만 이 건은 일만 있는 게 아니야. 이번에는 근무 시간에 자리를 지키지 않으면 곤란해. 이런 상황에서 일의 완수란 있을 수 없는 거야. 혼란스럽게 된 일을 제대로 펴려면 몇 달이 걸릴지 몰라. 이 때문에 누구나 자리를 지키면서 비상사태의 해결에 일조한다는 시늉을 해야 하는 거야. 자기 자리에 붙어 있는 자들은 다른 놈들도 잘 붙어 있는지 확인을 하게 되는 거야.」

「그렇다면 시간을 내어 장교 진급 과정을 들으러 갈 수도 없겠네. 당신이 장교가 되는 길도 막혀 버리고. 우린 그런 상황을 원치 않잖아.」

「그렇지. 그걸 원하지 않아. 다른 조언은?」

캐런은 그의 얼굴을 쳐다보면서 지난 일주일 동안 강하게 품고 있었으나 그를 보는 순간 사라져 버린 복수심이 다시 살아나는 것을 느꼈다. 단, 그 복수심은 중대 업무를 그런 식으로 망쳐 놓은 남편을 향한 것이었다. 자신의 파괴력을 잘 알고 있는 아내처럼, 남편을 단단히 혼내야겠다고 작심했다.

「난 당신처럼 일의 복잡한 상황을 잘 꿰뚫어 보지 못하겠어. 하지만 가장 시급하고 중요한 일은 갈로비치 중사를 한시바삐 보급실에서 빼는 일일 것 같아.」

「당신은 남편의 일 처리 스타일을 잘 모르는 것 같군. 그는 앞으로 한두 달 내에는 갈로비치를 경질하지 않을 거야. 한 달은 어림없고 두 달은 지나야 뺄 생각을 할지 몰라. 우선 자신의 체면을 살리느라고 빠른 경질은 하지 않을 거고, 아이크가 보급실을 망쳐 놓아 도저히 그대로 놔둘 수 없을 때에야 바꿀 생각을 할 거야.」

「내가 개입하면 달라질 수도 있어. 갈로비치 중사 대신 누굴 보급실에 임명하길 바라는데?」

잠시 동안 워든은 자신의 중대를 활성화시킬 수 있는 백 퍼센트 확실한 방법을 발견하고 가슴이 마구 뛰었다. 이걸 미리 생각하지 못한 것에 대해 자신의 엉덩이를 걷어차 버리고 싶은 심정이었다. 이런 뒷거래가 가능하다면 불가능한 일도 때로는 가능해지는 것이다.

그러다가 그는 이미 때가 늦었다는 것을 깨달았다. 레바는 이미 부대를 떠나갔고 이 마술 지팡이를 가지고서도 M 중대의 일은 어떻게 해볼 수가 없었다. 이미 엎질러진 물이었던 것이다.

「피트 카렐슨.」 그는 자신의 멋진 기회가 멀리멀리 날아가

1028

는 것을 지켜보며 쓸쓸한 어조로 말했다. 「중대 내에서 보급 일을 아는 부사관으로는 그가 유일해. 그렇지만 그가 보급 일을 맡아 본 것은 잠시였고 그나마 아주 오래전이었어.」

「그래도 갈로비치 중사보다는 낫겠지.」 캐런이 침착한 목소리로 말했다. 「그 사람밖에 없다면 그 사람을 써야 하는 거겠지. 당신은 고르고 말고 할 입장이 못 돼.」

「그렇지. 그가 낫기는 해. 아주 나은 것은 아니지만.」

「그럼 그 문제는 끝났어. 카렐슨 중사로 해. 내게 일주일만 시간을 줘.」 그녀가 또렷하게 말했다. 「일주일만 그러면 카렐슨 중사가 갈로비치 중사를 대체하게 될 거니까. 어쩌면 일주일이 안 걸릴 수도 있어.」 그녀가 약간 느긋한 목소리로 말했다.

「어떻게 되었든 일이 정상화되는 데는 몇 달이 걸릴 거야.」

「하지만 달링, 그게 내가 해줄 수 있는 전부야. 장기적으로 보면 카렐슨 중사가 갈로비치 중사보다는 나을 거야. 우리는 바로 그런 장기적 관점이 필요해. 우린 안정적이그 항구적인 어떤 것을 추구해야 돼.

우리의 미래를 위해 잠시 헤어져 있어야 한다면 우린 그렇게 해야 돼.」 그녀가 단호하게 말했다.

「장래를 미리 다 생각해 놓았군. 좋아, 우리가 장래를 위해 넉 달 동안 헤어져 있어야 한다고 해보자고. 딱 넉 달. 그것도 짧게 잡은 거야. 근데 말이야, 앞으로 1년 안에 전쟁이 터지리라는 건 생각 안 해 보았나?」

「그건 내가 생각해 볼 수 있는 문제가 아니잖아.」 캐런은 침착하게 말하면서 그 화제를 접으려 했다.

「당신 달력에다 표시해 놔. 1941년 7월 23일, 밀트 워든은 앞으로 1년 안에 전쟁이 벌어질 거라고 말했다고 말이야. 아니, 1년이 채 못 되어 전쟁이 벌어질 수도 있어.」 워든은 그런 식으로 기간을 단축하면서 상황을 더욱 심각하게 만들었다.

「좋아요. 앞으로 1년 이내에 전쟁이 터진다고 해봐. 그렇다고 우리 사이에 있었던 일이 아예 없던 것으로 돼? 그렇다고 해서 미래는 생각하지도 말고 계획 따위는 세우지도 말아야 해? 그럼 전쟁이 끝난 다음에는 뭘 할 건데?」

「난 그렇게 말하지 않았어!」 워든은 그녀의 이해심 부족에 짜증을 내며 소리쳤다. 「미래라는 게 없을지도 모르는데 미래만 기대하면서 사는 건 어리석다는 얘기일 뿐이야. 미래에 대한 계획, 좋다 이거야. 하지만 있지도 않을 미래에 대해 계획을 세우느라고, 현재 우리가 가지고 있는 자그마한 것을 포기해서는 안 된다는 뜻이야.」

「우린 현재 모험을 해서는 안 된다는 뜻이야!」 캐런이 워든의 이해심 부족에 짜증을 내며 소리쳤다. 「별로 즐겁지도 못하고 미래에 도움이 되지도 않는 일을 해서는 안 된다는 뜻이라고. 그러니까 뭔가를 희생해야 한다면 미래가 아니라 현재를 희생하자는 거야.」

「그래서 내 말은 원래 계획대로 오후에 만나지 못한다면…….」 워든은 이제 두 사람이 예상하는 발화점에 다가가고 있었다. 「밤에라도 만나자는 거야. 설사 약간 위험하더라도 말이야. 앞으로 1년 후면 그런 기회가 없을지도 몰라.」

「거기에 대해서 내가 어떻게 생각하는지 알아?」

「물론 당신 기분은 잘 알아. 하지만 과연 당신이 내 기분을 알고 있는지 의문이야.」

「내가 내 기분만 신경 쓴다고 생각해?」 캐런이 마침내 분노를 폭발시키며 말했다. 「만약 우리 일이 발각 나면 난 모든 것을 잃게 된다는 걸 잘 알지? 내가 이러는 건 오로지 당신 때문이야. 만약 우리가 아무 계획도 없이 발각되면 당신은 어떻게 되는지 알아? 사병이 장교 마누라와 바람을 피웠다? 그것도 보통 마누라가 아니라 직속상관 마누라와?」

　「난 그따위 것 신경 안 써.」 워든이 사납게 말했다.「전쟁도 내 십자가를 빼앗아 가지 못했듯이, 그자들은 내 십자가를 어떻게 하지 못해. 전쟁이 곧 닥쳐올 것 같은 상황에서 사람은 오늘을 살 수밖에 없는 거야. 당신이 나처럼 중국에서 근무해 봤다면 지금 내 심정을 이해할 거야.」

　「그럴지도 모르지. 하지만 당신에게 이걸 먼저 물어보고 싶어. 바로 그런 철학을 갖고 있기 때문에 나한테 이미 집어넣었다고 한 장교 과정 원서를 아직도 붙잡고 있는 건지?」

　그는 잘 나가고 있었고 충분히 예열되어 이제 자신의 논지를 상대방에게 설득시키기 일보 직전이었다. 하지만 그녀의 일격이 그를 멈추어 세웠다.

　상당한 침묵의 시간이 흘러갔다.

　캐런은 차가운 눈빛으로 그를 쏘아보았다. 워든은 그녀가 홈스를 그런 눈빛으로 쏘아보는 것을 즐겼으나 닥상 자기가 그 대상이 되자 별로 즐겁지 못했다. 그녀는 대답을 기다리고 있었다.

　「그래, 바로 그것 때문에 그래.」 그가 답답한 묵소리로 말했다.

　「그렇다면 나도 이해하지 못하겠어. 침대에서 며칠 밤을 보내려는 당신의 그 동물적인 욕망 때문에 내가 모험을 걸고 또 나 자신을 위태롭게 해야 할 이유를.」 그녀가 또렷하게 말했다.

　「이제 내 입장을 분명하게 말할게.」 그녀는 걱정하고 있는 환자에게 수술 절차를 설명하는 고참 간호사 같은 목소리로 또박또박 말했다.「남자들은 현재에 살아야 한다고 쉽게 말해. 여자들에 비해서 말이야. 남자들이 현재를 즐길 때마다 여자들은 연보다 더 높이 하늘로 날아오르고. 그건 나도 좋아. 하지만 다른 문제들도 많이 있어. 남편이 나를 차버리고 나를 돌보아 주어야 할 애인 역시 그렇게 해버린다면 나는 어떻게 되는 거야? 누군가의 아내 노릇밖에 못하는 나는? 그리고 어떤 어리석은 남자를 만나 그 남자를 밀어 주려고 온 힘을 쏟다가 별 소득도 없이 뒤로 물러선 나는?

어쩌면 당신이 말하는 현재를 산다는 게 그런 건지 몰라. 그저 당신이 늘 하고 싶어 하는 섹스나 하고, 장교 승진이나 결혼 따위는 어떻게 될 거니까 아예 잊어버리는 거. 그게 당신이 말하는 현재를 사는 건가?」

「장교 과정에 등록하면 당신과 만나는 오후가 없어질까 봐, 그게 두려워 아직 원서를 내지 않은 거야. 다른 이유는 없어.」 워튼은 답답하고 침울한 목소리로 말했다.

「그럼 왜 그렇게 말하지 않았어? 거짓말하는 대신에.」

「그러면 지금처럼 반응하리라는 것을 알았기 때문이지.」

「아니, 만약 당신이 솔직하게 나왔더라면 이렇게 화내지는 않았을 거야. 그런 생각이라도 해봤어?」

「그래도 당신은 화냈을 거야.」

「그래, 이제 당신은⋯⋯.」 캐런은 워튼이 어떻게 대답하리라는 것을 알았으므로 더욱 거세게 말했다. 「내 남편이 거의 다 된 사람처럼 말하고 있군. 귀여운 여인이 따지고 들면 아주 조그만 진실을 털어놓는, 남편의 미덕은 전혀 갖추지 못한 채 남편 노릇만 하려 드는 것 같네. 그거 너무 성급한 거 아니야? 혹은 뻔뻔한 거거나?」

「그건 피차 마찬가지야. 지금 당신이 마누라가 다 된 것처럼 나에게 마구 해대는 것도 뻔뻔한 일이지.」 워튼은 헛바닥 채찍질을 당하자 화를 벌컥 내며 말했다. 확대경을 종이에 들이대고 햇빛을 비춰 대면 종이가 꺼멓게 불타면서 갑자기 쪼그라드는 것과 비슷했다.

「그럼 이제 그런 독촉을 더 이상 당하지 않게 되었으니 좋겠네.」 캐런이 날카롭게 공격했다.
　「그리고 당신은 남자의 약점을 더 이상 참아 주지 않아서 좋겠군.」
　「그래서 그들은 결혼을 했고 그 후 영원히 불행하게 살았고.」 캐런이 미소를 지었다.
　「바로 그거야.」 워든이 찡그리며 말했다. 여자가 일으킨 죄책감이 곰팡이 균의 촉수처럼 천천히 그의 전신에 퍼져 나갔다.
　「그렇게 미안한 체하지 말아.」 캐런이 혐오스럽다는 듯 말했다.
　「누가 미안해하기나 한대?」
　「이제 오후를 함께 보낼 일도 없으니 원서를 접수하는 데는 아무런 지장도 없겠네?」 캐런이 잔인하게 말했다.
　「집어넣으면 되잖아, 그 빌어먹을 서류.」 그가 캐런의 말에 다시금 불끈하면서 말했다. 어렵게 만나서 서로 사랑을 속삭이며 보내도 시원찮을 시간에 이처럼 서로 헐뜯고 아프게 하면서 보내야 하다니. 그는 가슴이 아팠다. 상처가 아물 만하면 다시 터뜨리고, 이렇게 내 속을 후벼 파는 그녀는 정말 너무하는구나.
　「당신이란 사람은 알다가도 모르겠어.」 캐런이 워든의 눈치를 살피면서 공세 수위를 낮추었다. 「당신은 과거에 정직한 사람이었어. 내가 당신에게 제일 매력을 느낀 부분도 바로 그것이었고. 당신은 정직한 남자였고 뭘 생각하면 결과 따위는 생각하지 않고 있는 그대로 말했어. 당신은 거칠고 단단하고 동요가 없었어. 뭐라고 할까…….」 그녀는 적절한 비유를 찾으면서 잠시 말을 끊었다. 「……당신은 추운 날 밤의 군용 담요 같은 남자였어. 그런데 이제 그런 맛이 없어졌어. 당신이 내게 처음 다가왔을 때 뭔가 자부심에 넘치는 분위기를 보았어. 난 그걸 분명 느꼈다고 생각했고, 당신이야말로 자부심의 화신이라고 여겼어.

그런데 그게 헛거였나 봐. 아직도 그걸 당신에게서 찾고 있으니. 당신은 겉모습만 그럴듯한 남자로 변했어. 난 시시콜콜 따지는 여자는 아니지만 적어도 진짜와 가짜 정도는 구분할 줄 알아. 당신은 내가 지나친 완벽주의자라고 비난하고 싶겠지? 아무튼 가짜는 겉모습이 아무리 화려하더라도 싫어.

난 데이나를 이미 바보로 만들었어. 그런데 이제 와보니 당신마저 바보로 만들고 있네. 내가 처음 당신을 만났을 때 당신은 그런 사람이 아니었어. 그러고 보니 내가 만나는 남자들마다 바보로 만들어 버리는가 봐. 내가 다가가 그들을 만지면 그들은 하나같이 모래처럼 부서져 내리니 말이야.」

「당신만 그런 줄 알아? 나도 마찬가지 느낌이야.」 워든이 말했다. 「나도 우리 일이 이렇게 흘러가는 거 기분 좋지 않아. 맨 처음에 당신은 바위처럼 단단하고 강인했어. 또 사자처럼 자부심이 강했어. 그런데 이제는 징징거리는 어린애가 되어 버렸어. 당신이 그렇게 나오니까 나도 진실을 털어놓지 못하는 거야. 관사에서 만났던 첫째 날에…….」

「그래서 그들은 결혼을 했고 그 후 영원히 불행하게 살았고.」 캐런이 씁쓸하게 말했다.

「아멘.」 그가 말했다.

「당신은 이 일을 너무 쉽게 생각했어. 아무것도 아니라고 보았다고. 내가 당신을 믿었다는 거, 그게 잘못된 거였어. 우리가 거리에서 함께 지나갈 때 당신이 마음속으로 젊은 여자의 옷을 벗기는 걸 얼마나 여러 번 보았는지 몰라. 우리가 차를 타고 시속 80킬로미터로 지나갈 때도 여자들을 쳐다보는 것은 그대로였어. 바로 옆에 있는 나의 존재는 완전히 잊어버리고 그 여자를 마음속에서 침대로 데려가고 있었어. 당신이라는 사람은 그런 사람이야.」

「아니, 뭔 소리를 하고 있는 거야? 웬 자다가 봉창 두드리는 소리야? 난 그런 생각 한 적 없어!」

캐런은 미소를 지었다.

「이봐, 그건 정직하고 아무 상관도 없어. 정직하고 여자 쳐다보는 것하고는 별개의 문제야. 그건 말이야, 창녀촌에 가는 것하고 비슷한…… 아니, 뭐라고 말해야 하나… ….」

「그렇게 눈알을 번들거리며 젊은 여자를 쳐다보는 당신을 보면 눈알을 뽑아 버리고 싶어.」

「오, 나는 할 말이 없는 줄 알아? 당신이 차를 돌고 돌아갈 때마다 내가 미등(尾燈)을 보면서 무슨 생각을 하는지 알아? 오늘 밤에도 그 개자식하고 한 침대에서 자겠지, 이런 생각을 한단 말이야. 난 부대 내 침상으로 돌아가 그 생각을 하면 숨이 막혀 온단 말이야. 사랑하는 사람을 남한테 빼앗긴 심정을 당신이 알 턱이 없지.」

「그런 바보 같은 소리 말아. 무슨 근거로 내가 데이나랑 섹스를 하리라고 생각하는 거야? 난 그 사람에게서 그런 감정을 느껴 보지 못한 지 오래되었어. 그건 그도 마찬가지일 거라고 생각해. 나는 그와 친구가 될 수는 있을지 몰라도 그 문제라면…… 그건 이미 끝난 문제야. 난 나를 저버린 남자에게 다시는 돌아가지 않아. 난 성처녀는 아니지만 그 정도 자존심은 있어. 다른 남자는 생각만 해도 구역질이 나.」

「그건 내 입장을 한결 편안하게 해주는군. 그렇지 않아?」

「내가 괴로워하는 입장에 비해 보면 당신의 입장은 그리 괴로운 것도 아니라고 생각해.」

「그래서 그들은 결혼을 했고 그 후 영원히 불행하게 살았다더니.」 워든은 그녀에게 심술궂은 미소를 지어 보였다.

「그래, 그게 전형적인 절차인 것 같아.」

그들은 분노하며 서로 노려보았다. 그들이 내놓을 수 있는 주장과 제시할 수 있는 항의는 모두 나왔고, 정상적인 대화로 이야기를 풀어 나갈 수 없는 한계에 도달했다는 것을 인식했다. 서로에게 단 하나의 사항도 납득시키지 못한 채 남녀 간의 서로 다른 인생관에 압도당할 뿐이었다.

그들은 30분 정도 그렇게 앉아 있었다. 서로 위로를 받으려고만 할 뿐 상대에게 위로를 주려고 하지 않았다. 서로 상대방의 이해 부족에 분개하고 있었다. 그들은 도저히 둘이 누울 수 없는 침대에 함께 누워서 어떻게든 떨어지지 않으려고 애쓰는 남녀 같았다. 상대의 체온이 겨울날처럼 따뜻한 위로가 되는 것이 아니라 무더운 한여름의 땡볕처럼 서로를 짜증나게 만들어 한시바삐 상대의 체온을 덜어 내버리고 싶어 하는 남녀 같았다. 그런 두 사람의 심정과는 아랑곳없이, 하올레 남자 고등학생들은 열심히 여고생들의 뒤를 쫓아갔고, 하올레 여고생의 도망치는 비명 소리는 더욱 강렬한 자극이 되어 남고생들의 팔과 다리에 힘을 넣어 주었다.

「당신 이거 알아?」 워든이 갑갑한 목소리로 말했다. 「우린 서로 똑같은 사람이야. 아주 정반대이면서도 자세히 보면 쏙 빼닮았다고.」

「우린 상대가 자기를 해 넘기려 한다고 생각해. 자기가 상대를 생각해 주는 만큼 상대가 자기를 생각해 주지 않는다고 섭섭하게 생각해.」

「우리는 똑같은 행동을 하면서 상대방을 욕하고 비난해. 우리는 서로 질투가 너무 심해서 견디지를 못해.」

「우리는 온갖 끔찍한 것을 상상해. 우리는 서로 상대방이 미흡하다고 생각해.」

「당신을 만난 이후 내 인생이 아주 비참해졌어.」

「그건 나도 마찬가지야.」

「예전의 생활로 돌아가고 싶어.」

「나도.」

「이런 유치한 싸움을 하기엔 나이가 좀 들었다고 생각하지 않아?」

「그건 그래.」

「그런데도 이런 상태를 바꾸지 못한단 말이야?」

「우리 같은 사랑은 언제나 고통을 당하게 되어 있어.」 캐런이 눈을 반짝이며 말했다. 「우린 언제 그런 사랑에 빠져 들었는지 잘 알아. 우리 같은 사랑은 언제나 증오의 대상이겠어.」 그녀는 입을 반쯤 벌리고 눈빛을 반짝거리며 말했다. 워든은 갑자기 그녀와 섹스하고 싶다는 강렬한 욕망을 느꼈다. 「사회는 우리 같은 사랑을 예방하기 위해 모든 수단을 동원해. 그리고 예방할 수 없으면 그 사랑을 죽여 버려. 미국의 유부남들은 자기 아내가 언제든지 그들을 떠날 권리가 있다고 생각하는 걸 싫어해. 더구나 구체적 실익이 없는 사랑 때문에 남편을 버렸다면 더 싫어하고. 남들의 설득에 넘어가 안정된 가정생활에 주저앉은 미국의 유부녀들은 자기가 속았다는 걸 알아. 그래서 그 여자들은 우리 같은 사랑을 가장 증오하는 거야. 그들은 안정된 생활을 위해 사랑을 희생했는데 그렇게 한 자기 자신을 증오한다고. 그래서 다른 유부녀들이 가정생활을 내팽개치고 사랑에 성공하는 것을 무엇보다도 싫어해. 만약 그런 사랑이 진실한 것이라고 인정해 준다면, 그 여자들이나 남편들의 생활이 말짱 헛것이 되어 버리니까. 그들은 사랑이란 어린 시절 2~3년 하다가 마는 것이라고 생각해. 나중에 철이 들면 자연스럽게 탈피해 버리는 어떤 것이라고 자기기만을 하는 거야.

세상이 유부녀의 사랑을 이처럼 평가 절하하기 때문에 우리의 사랑을 잃지 않는 것이 무엇보다 중요해. 그래서 우리는 이 사랑을 지키려면 치열하게 싸워야 해. 그들 도두를 상대로. 그리고 우리 자신을 상대로도 싸워야 하고.」

「맞아, 맞는 말이야.」

「밀트, 여기에는 한 가지 방법밖에 없어. 우리가 그들을 패배시킬 수 있는 방법은 그들의 규칙에 우리의 사랑을 맞추는 거야. 적어도 겉으로는 말이야. 속으로는 우리 사랑의 핵심을 그대로 지킬 수 있어. 만약 우리가 그들의 규칙을 지키지 않는다면 그들은 우리의 사랑뿐만 아니라 우리 자신도 죽이려 들 거야.」

「그래, 맞아. 그렇게 하자면 내가 성공의 외피를 뒤집어써서 우리 사랑에 안정감을 부여해야 돼. 당신은 속살만 잘 지키면 되니까 비교적 감당하기가 쉬워. 하지만 나는 겉으로 순응하는 척해야 돼. 그 안정감의 바탕이 되는 생활을 해결해야 돼. 그들의 규칙에 동의하고 그들의 방식대로 놀아 주는 일은 내가 담당해야 돼.

그런데 나로 말해 보자면 말이야, 남동생이 사제가 된 이래 난 쇠고기를 먹는 중산층의 자기 확신을 상대로 줄기차게 싸워 왔어. 난 중산층을 상징하는 것은 뭐든지 싫어했어. 그 반대가 되는 쪽에 언제나 서 있었어.

히틀러를 옹립한 게 누구라고 생각해? 노동자들? 아니야. 중산 계급이었어. 공산주의자들이 러시아의 정권을 잡도록 도와준 게 누구야? 농민들? 아니야, 인민위원들이었어. 이자들은 다 중산 계급이야. 어느 곳, 어느 나라를 가든 중산층이 실세야. 파시즘, 개인주의, 공산주의, 명칭을 어떻게 부르든 간에 중산층이 실세였어. 나라마다 그 계급을 부르는 명칭은 다르지만, 그들은 자기들보다 힘이 더 세어지려는 나라들을 상대로 싸웠어. 난 그 모든 것에 반발해 왔어. 나는 밀트 워든이라는 이름으로 우뚝 섰고 그 세계에서 나 자신의 독립성을 유지하면서 내 자리를 잡았어. 그 어떤 사람에게도 아첨하지 않고 말이야. 그렇게 했는데도 그들은 나를 존경했어.

그런데 내가 이제 장교가 되게 생겼어. 내가 강력하게 반대했던 계급의 상징이기도 한 장교 말이야. 난 장교 하나도 안 부러워. 그런데 당신 때문에 장교가 되게 생겼단 말이야.

당신은 그들이 사용하는 미끼야. 그들은 그걸 어떻게 사용해야 하는지 잘 알아. 그들이 모른다고 생각하지 마. 반항심과 불만이 가득한 아들이 대학을 졸업하고 집에 와서 세상이 도대체 틀려먹었다고 얘기한다. 그럴 땐 어떻게 하지?

그러면 아주 예쁜 여자를 그에게 붙여 주어서 정신을 딴 데 팔리게 만들어. 그런 다음 아들에게 중간층의 자기기만을 주입하고 그 여자와 결혼하게 만들지. 그러면 아들은 자기의 의무에 충실하게 되고 반항심은 온데간데없이 사라지고 현재 상태를 받아들이게 되지.」

「난 그런 미끼가 아니야. 그렇게 될 생각도 없고. 난 당신 못지않게 그걸 싫어해. 당신은 그걸 알아야 해.」

「호랑이를 잡으려고 기둥에다 묶어 놓은 돼지인들 자기 자신을 미끼라고 생각하고 싶을까? 또 미끼가 그런 생각을 한다고 해서 무엇이 달라지나?」

「밀트, 당신은 정말로 그렇게 생각해?」

「난 그렇게 생각해. 난 평생 동안 정직한 사람이 되려고 싸워 왔어. 그런데 이제 와서 장교가 되어야 하다니? 정직한 장교를 본 적 있나? 장교 노릇을 하면서 정직한 사람이 될 수 있다고 생각해?」

「그럼 당신은 장교가 될 수 없어.」

워든은 사나운 미소를 지어 보였다. 「아니, 될 수 있어. 되고 말 거야.」 만약 그녀가 그래도 장교가 될 수 있다그 말했더라면 그는 벌컥 화를 냈을 것이다. 하지만 존경의 눈빛으로 쳐다보는 그녀를 보는 순간, 그는 엄청난 성취감이 자신의 몸

속으로 흘러드는 것을 느꼈다.「난 그걸 그들의 똥구멍에다 처넣을 거야. 덫에 걸리는 법 없이 미끼를 떼어 내 올 거야. 그런 다음 그들에게 엿 먹으라고 할 거야.」그는 자랑스러운 눈빛으로 자신을 쳐다보는 캐런을 의식하면서 자신이 한 말을 액면 그대로 다 믿었다. 이제 밀트 워든의 내부에서 평소보다 더 우람한 밀트 워든이 솟구쳐 나와 우뚝 섰다.

「우린 서로 똑같은 사람이야, 똑같은 사람.」캐런이 말했다.

「난 반드시 해치우고 말겠어.」

「오, 밀트. 난 미끼가 되기 싫어. 밀트, 사랑해. 난 당신을 돕고 싶어. 해치고 싶은 마음은 조금도 없어.」

「이봐, 내 말을 들어.」워든이 열띤 목소리로 말했다.「난 이 중대로 전입 온 이래 재입대 휴가를 30일 받은 게 있는데 그걸 아직 사용하지 않았어. 그리고 시내 은행 계좌에 6백 달러가 있어. 당신과 나는 이 휴가를 받아서 함께 떠나는 거야. 하와이 제도 중 당신이 가고 싶은 곳 어디든 가자고. 그들이 우리가 어디 있는지 전혀 모르는 상태에서 우리만의 시간을 가질 수 있어. 전쟁이 오든 말든, 홍수가 나든 지옥문이 열리든.」

「오, 밀트.」그녀가 부드럽게 말했다. 그 부드러운 목소리는 달콤한 혓바닥이 되어 그의 가슴을 마구 핥아 댔다. 그의 배꼽 아래쪽 깊은 곳에서 그녀를 차지하고 싶은 강력한 욕망이 꿈틀거렸다.「너무, 너무 멋져. 우리 단둘이서, 숨을 필요도 없고 연극을 할 필요도 없이. 아, 정말 너무 황홀해.」

「황홀하고말고.」그가 복창했다.

「아, 어서 갈 수 있다면 얼마나 좋을까.」

「갈 수 있고, 또 가게 될 거야. 누가 우리를 제지할 수 있어?」

「아무도 제지하지 못해. 우리 자신을 빼놓고는.」

「오케이, 그럼 가.」

「하지만 밀트, 난 그렇게 오래 집을 비우지 못해. 그건 정말 멋진 꿈이야. 그런 생각을 해낸 당신이 너무 사랑스러워. 하지만 그렇게 오래는 곤란해. 아들을 그렇게 오래 혼자 남겨 둘 수가 없어.」

「왜 안 된다는 거야? 당신은 어차피 그 애를 그자에게 넘겨 줄 거잖아. 그렇지 않아?」 그가 끈덕지게 말했다.

「물론 그럴 계획이지만 그건 다른 얘기야. 완전 갈라설 때까지는 그 애에 대한 책임이 있어. 현재도 아이는 어려운 시절을 보내고 있어. 이미 아버지가 정해 놓은 역할을 충실히 하느라고 말이야. 그러니 애를 돌봐 주어야 해.

밀트, 아 정말 꿈같은 계획이지만 그걸 실천할 수 있을까? 한 달 동안이나 집을 비우면서 뭐라고 핑계를 대겠어? 데이나는 지금도 의심을 하고 있는데. 그래서 만약…….」

「그 개자식이 의심하든 말든 무슨 상관이야. 그 자식이 언제 당신한테 진실한 적 있었어?」

「하지만 그렇게 오래는 안 돼. 당신이 장교로 승진해 중대에서 나올 때까지 그걸 비밀로 지켜야 해. 이 모든 계획은 당신이 장교가 된다는 전제와 맞물려 있어. 알지?」

「난 그자로부터 숨는 일이 마땅치 않아.」 워든이 끈덕지게 말했다. 「그자가 누구이기에 내가 이처럼 피해 다녀야 해?」

「문제는 그의 인물이 아니라 그의 직위야. 밀트, 당신도 그걸 잘 알고 있잖아. 당신이 휴가를 얻은 그 시점에 내가 한 달간 어디로 사라진다면…….」

「알아.」 워든이 시무룩하게 말했다. 「때때로 그것 때문에 난 화가 나고 또 구역질이 나.」

「밀트, 한 달 동안 자리를 비우는 건 안 될 것 같아. 한 달은 말고 한 열흘 정도면 어때? 열흘은 비울 수 있을 거야. 하지만 한 달은 무리야. 당신이 먼저 휴가를 얻고 내가 한 일주일쯤 뒤에 떠나 어딘가에서 당신을 만나 열흘을 지내고 일찍 돌아오는 거야. 당신은 좀 나중에 오고.」

워든은 자신의 꿈을 3분할해 보려 했다. 그건 참으로 어려운 노릇이었다. 어떻게 열흘 만에 6백 달러를 다 쓴단 말인가. 그는 대답하지 않았다.

「오, 밀트, 내 말 못 알아들었어? 나도 그 계획이 마음에 들어. 그 기회를 잡기 위해서라면 뭐든지 다 하겠어. 하지만 한 달은 무리야. 난 도저히 그렇게 할 수 없어.」

「이해해. 아무래도 내 계획은 황당한 꿈인 것 같아.」 워든이 시무룩한 어조로 대답했다.

「아니, 밀트. 왜 그래? 그럼 그냥 이런 식으로 계속 가자는 거야? 아무 두려움도 느끼지 않고 우리 마음대로 한번 해보지도 않고? 죄인처럼 미리 계산하고 꾸미고 숨는 그런 일 없이 우리 둘만 함께 있고 싶어. 밀트, 언제 갈까? 어서 말해.」

「좋아. 그럼, 베이비, 열흘이라도 상관없어. 열흘도 아주 훌륭할 거야.」 그는 캐런의 조그마한 머리 뒤통수를 부드럽게 쓰다듬으며 말했다. 그 자그마하고 연약한 머리를 쓰다듬고 있노라면 마치 달걀을 들고 가는 것처럼 조심스러운 마음이 되었다. 「열흘? 좋아, 열흘도 어떻게 지내느냐 나름이야. 잘 보내면 열흘도 영원이라고 할 수 있어.」

「밀트, 난 이런 식으로 만나는 것을 더 이상 견뎌 내지 못할 것 같아.」 캐런은 남자의 냄새가 물씬 풍기는 카키 상의에다 코를 처박으며 웅얼거리는 목소리로 말했다. 그녀는 이제 모든 방어벽을 내려 버리고 진주군(進駐軍)을 맞이하려는 빈 성(城)과 같았다. 그 순간 캐런은 자신이 여자라는 사실을, 여자라서 유혹할 수 있다는 사실을, 그 영원한 타락의 성적 매력을 마음껏 발산하고 있었다.

「난 이런 식으로 만나는 것을 더 이상 견뎌 내지 못할 것 같아.」 그녀는 밀트의 체취를 들이마시며 울먹이는 목소리로 말했다. 그녀는 이제 한 남자의 억센 손아귀 속에 사로잡힌 나비 같았다. 그가 가지려면 가지고 날려 보내려면 보낼 수 있는 가녀린 존재. 그 압도적인 손아귀 힘에 갇혀 꼼짝도 못 하는 수인의 존재가 되었다. 늘 상대방을 자기 마음대로 하는 남자의 자비를 바라는 가녀린 존재. 그러나 모든 여성은 남자들이 그런 자비를 내려 주지 않는다는 것을 잘 안다. 특히 그것이 섹스의 문제라면.「밀트, 영내의 PX에 갈 때도 내 목뒤에 그들의 시선이 와서 꽂히는 것 같아. 난 평생 이렇게 노골적으로 타락의 느낌을 절감해 본 적이 없어.」 그녀는 자신의 말을 음미하듯 말했다. 그게 그들이 원하는 것이었다. 그들 누구나 원하는 것이었다. 너는 그들에게 네가 가지고 있는 가장 귀중한 것을 준다. 가장 은밀한 비밀. 그리고 그들은 그것을 가져간다. 그리고 숙덕거린다. 좋다. 그들더러 가져 가라고 하지 뭐. 그들더러 그것을 캐내고 파내고 뒤지라고 해. 그것이 그렇게 중요한 것이라면 그들은 왜 서로에게 그 비밀을 지키려고 그토록 안달인가?「밀트, 난 이걸 더 이상 견뎌 내지 못할 것 같아.」 그녀가 속삭였다.

「자, 자.」 워튼은 피가 갑자기 눈으로 몰려들어 모든 것이 저녁놀처럼 붉게만 보였다.「자, 베이비, 너무 스트레스 받지 마. 그자들이 어떻게 눈치를 채겠어? 그런 것 때문에 공연히 죄의식 느끼지 마. 자, 이제 해변으로 내려가서 시원하게 수영을 한번 하고 어디 가서 파티나 열자고.」 그는 그 말을 하는 순간 괜히 말을 꺼냈다고 생각했다. 분위기 파악을 잘 못 했던 것이다. 그러나 녹색의 관을 통해 수액(樹液)을 밀어 올리는 그 힘을 그는 어쩔 수가 없었다.

캐런은 고개를 워튼의 가슴에서 떼어 오뚝 상체를 세우며 앉더니 고양이 같은 눈으로 그를 빤히 쳐다보았다. 눈 가장자리에는 아직도 눈물방울이 그렁그렁했다.

「밀트, 나를 사랑한다고 한 거 섹스 때문만은 아니지?」 갑자기 주변의 공기가 너무 밀도 높아져 손톱을 갖다 대기만 해도 짝 하고 금이 갈 것 같았다. 「그저 동물적인 섹스 때문만은 아니지? 당신은 내게서 그 이상의 것을 바라지? 당신의 사랑에는 그 이상의 것이 들어 있는 거지, 밀트? 사랑은 섹스가 다는 아니라고 생각해. 그렇지 않아, 밀트?」

워든은 갑자기 급소를 찔렸다. 그는 마치 한 장의 종이처럼 자기 사랑의 한구석을 집어 들고 확대경을 들이대며 동물적 섹스를 검사해 보았다.

「밀트, 그렇지? 그보다 더 많은 것이 있지?」

「물론이지. 그보다 훨씬 더 많은 것이 있지.」 그것을 공연히 변명하려고 해봐야 소용없었다. 잠시 전 그녀와의 섹스를 간절히 바랐던 것은 사실이었다. 그녀의 눈물을 보니 더 이상 섹스 얘기를 꺼낼 계제가 되지 못했을 뿐이었다. 사랑이란 참 미묘한 것이었다. 먼저 그것을 얻기 위해 죽을힘을 다한다. 그리고 그것을 얻는다. 그렇게 하고 나면 그다음부터는 내리막길이다. 따지고 보면 중대장 관사에서 처음 섹스를 나누었던 때가 절정이었다. 그때 이후 그들의 사랑에 약간씩 슬픔이 끼어들기 시작했다.

「자.」 그는 자신의 체내에서 계속 돌면서 아직 배출구를 찾지 못한 수액의 냄새를 느끼며 말했다. 「내려가서 수영만 해.」

「이제 그만 부대로 돌아가야 되지 않아?」 캐런이 의아하다는 듯 물었다.

「부대는 알 게 뭐야.」

「안 돼.」 캐런이 이제 침착하면서도 자신에 찬 목소리로 말했다. 「그렇게 하면 안 돼. 나도 수영하고 싶지만 참고 돌아가야 해. 시내로 데려다줄게. 거기서 부대로 돌아가는 택시를 타도록 해.」

「오케이, 오케이. 수영은 나중에 하지 뭐.」 분위기가 이렇게 돌아가는데 수영이든 파티든 무슨 즐거움이 있겠어, 하고 그는 생각했다. 그는 조수석 등받이에 기대면서 시내로 데려다 달라고 말했다. 캐런은 착한 일을 하는 보이스카우트처럼 자신이 오늘 커다란 희생을 했다는 듯한 어조로 씩씩하게 대답했다. 「예, 서.」 그는 담배를 뻑뻑 피우며 우울한 표정으로 차창을 내다보았다. 아직도 미진한 감정의 한 자락이 그의 가슴속에서 꿈틀거렸다.

「휴가 날짜가 나오면 알려 줘. 일반 봉투에다 반송 주소를 쓰지 말고 시내에서 부쳐 줘. 전화는 걸지 마. 이게 너무 지나친 요구는 아니지?」

「그래, 지나친 요구 아니야.」

그녀는 YMCA 앞의 리처즈 스트리트에다 차를 세우고서 그가 스코필드 택시를 탈 때까지 지켜보았다. 그는 캐런의 감시 때문에 길 건너 블랙 캣에 들어가 술 한잔할 여유도 없었다.

워든은 뒷좌석에 두 명의 술 취한 해군 부사관 사이에 앉았다. 그들은 데이고에서 금방 들어온 친구들이었는데, 스코필드 부대를 견학하러 간다는 것이었다. 택시 운전사가 조수석에 한 명 더 태우기를 기다리는 동안, 워든은 그녀가 호텔 스트리트 쪽으로 차를 몰고 가는 것을 보았다.

밀트 워든은 얼마 전부터 데이나가 그를 비웃고 있다는 생각이 들었다(그는 이제 홈스를 생각할 때면 속으로 데이나라고 이름을 불렀다. 유부녀와 동침한다는 것은 기이한 친밀감을 낳았다. 그 때문에 육군 규정은 사병이 장교 아내와 간통하는 것을 엄격하게 단속하는지도 몰랐다). 데이나는 웃을 만한 이유가 충분했다. 최근 들어 워든은 그 이유를 점점 더 심각하게 깨닫기 시작했다.

그녀는 데이나의 아내였다. 법적으로 그와 결혼한 몸이고 그의 아이를 낳았으며 가정의 안정, 자유, 밀트 워든과 밀회하는 데 필요한 용돈 등을 그에게 의존하고 있다. 그 돈은 매달 또박또박 일정하게 수십 년 동안 들어올 것이고, 포커 판에서 우연히 딴 돈과는 질이 달랐다. 밀트 워든이 제공하지 못하는 안정을 그녀에게 제공하고 있는 것이다. 밀트 워든이 그녀를 사랑하는 한, 그녀에게 제공하지 못하는 자유를 제공하는 것이다.

그러니 데이나가 여러모로 웃을 만한 입장에 있는 것이다. 그녀는 밀트 워든을 사랑할지 모르지만, 데이나 홈스는 그 사랑 작전의 출발점이다. 그녀가 매일 오후 워든을 만난다고 하더라도 밤 9시 전에 데이나의 집으로 반드시 돌아가야만 한다. 그것은 그가 깨뜨릴 수 없는 그들만의 사업상 계약이었다.

데이나는 모든 카드를 손에 쥐고 있었다. 워든에게는 없는 (그래서 그가 강력하게 반발하는) 쇠고기 먹는 중산층의 자기 확신, 그것 덕분에 데이나는 모든 카드를 쥐고 있는 것이다. 데이나는 가만히 앉아 기다리면서, 신경질을 내며 날뛰는 암말에게 약간의 여유를 주듯이, 아내에게 약간의 숨 쉴 틈만 주면 되는 것이다(신사여, 성질부리는 암말에게 재갈을 물리면 안 된다. 마찬가지로 짜증 내는 아내를 심하게 단속해 그녀의 비위를 거스르면 안 되는 것이다).

신사들이여, 그냥 기다리기만 하면 된다. 가장 큰 미덕인 참을성을 발휘하라.

그러면 그녀는 마침내 사랑이 싫증 날 것이고 남편의 따뜻한 화로 앞으로 기신기신 돌아올 것이다.

데이나는 사교계, 체면, 전통, 도덕적 판단, 시간, 안정(특히 안정이 중요했다)을 갖고 있었다. 그보다 앞선 세대의 오쟁이 진 선배 장교들은 참을성 앞에는 장사 없다는 교훈을 이미 확보해 놓지 않았는가.

그러니 데이나 홈스는 얼마든지 밀트 워든을 비웃어 줄 여유가 있는 것이었다.

밀트 워든은 그녀가 남편의 낡은 뷔크 쿠페 차를 몰고 집으로 돌아가는 것을 지켜볼 때마다 이것을 느꼈다.

그녀의 차가 킹 스트리트를 내려가 다른 차들의 흐름에 뒤섞이는 그 순간, 그녀는 곧바로 차를 몰아 집으로 기신기신 돌아갔을 것이고 데이나는 시간적으로 상당히 앞선 시점에서 이미 그것을 내다보았으리라.

그녀의 차가 거리의 코너를 돌아 다른 차들의 미등에 뒤섞이는 순간, 그녀는 생각을 달리 먹고 데이나가 벌컥 화를 내며 그녀와의 이혼 소송을 서두르는 것을 교묘하게 방해하기 위해 간간이 그와의 섹스에 동의했으리라.

워든은 그런 생각을 계속 해나가다 이런 논리적인 결론에 도달했다. 어쩌면 그녀는 워든과 연애를 하는 동안에도 일이 자기에게 불리하게 돌아가는 것을 느끼고 사이사이 데이나와 섹스를 했으리라. 어쩌면 그녀는 지금 집으로 돌아가는 즉시 그와 섹스를 할지도 몰랐다.

데이나는 뭔가 구체적인 것을 얻어 내지 않는 한, 그녀가 자신의 것을 고스란히 지킨 채 그에게서 벗어나는 것을 허용하지 않으리라. 밀트 워든은 데이나가 결코 녹록한 사람이 아니라는 것을 알고 있었다.

어쩌면 그녀는 집에 돌아가서 그런 일을 당하는 것을 별로 신경 쓰지 않으리라. 여자는 한 남자와 12년 내지 15년을 함께 살다 보면 그와의 섹스에 익숙해지는 것이다. 적어도 그런 섹스가 불편하게 여겨지지는 않는 것이다.

밀트 워든은 그녀가 차를 몰고 집으로 돌아가는 모습을 지

커볼 때마다 그런 생각을 하지 않을 수 없었다.

그가 그녀에게는 물론이고 그 자신에게 이제 그녀를 사랑하고 있다고 시인하면서 문제가 불거졌다. 그렇게 시인하는 것은 이 게임에서 단 하나의 커다란 실수였다. 그는 그 말 때문에 그녀의 영향권 아래 놓이게 되었다. 데이나가 그녀를 사랑하지 않았기 때문에 그녀의 영향에서 자유로울 수 있는 것과 마찬가지 이치였다. 그녀는 이제 그를 마음대로 주무를 수 있었다. 그가 그녀를 사랑하고 있다고 확신하기 때문에 그에게 장교로 승진하라고 명령을 내릴 수도 있는 것이다. 그는 더 이상 자유로운 행동인이 아니었고 과거 밀트 워든의 자랑이요 특징이었던 사납고 용맹한 힘은 사라지고 없었다.

그가 이런 생각을 하는 것은 그녀의 차 미등을 바라볼 때였다. 그녀와 함께 있으면 그런 생각이 전혀 나지 않았다. 그녀와 함께 있으면 정말 사랑한다는 것은 좋은 감정이로구나, 하는 생각만 났다.

그는 부대로 일찍 돌아와 저녁 식사 전에 보병 장교 진급 과정의 원서를 작성하기 시작했다. 책상 위에 블룸 관련 보고서들이 아직도 그대로 펼쳐져 있었으나 그것을 옆으로 밀치고 원서를 썼다. 이어 원서에 서명을 하고 홈스의 책상 위에 올려놓은 다음 블룸 서류로 되돌아가 완성했다. 그는 의자 등받이에 등을 기대고 앉아 저녁 식사를 기다리면서 그다음 사태의 진전을 생각했다.

일주일 내에 사태는 진전되었다. 아이크 갈로비치는 보급실에서 쫓겨났고 그 자리에 피트 카렐슨 중사가 들어섰다. 데이나는 만약 명령을 따르지 않으면 보직을 박탈하겠다며 피트를 윽박질러서 그 자리를 맡도록 했다. 또 부사관 학교를 마치고 돌아온 말로가 보급실 일을 맡을 정도로 훈련이 되면 화기 소대로 원대 복귀시키겠다는 약속도 했다. 피트는 2주

동안 워든에게 말을 하지 않았다.

하지만 그보다 앞서 홈스 대위는 어느 날 오전 행정실에 출근했다가 워든의 원서를 보고 너무나 기뻐서 중대 상황이 바쁜데도 불구하고 즉석에서 워든에게 사흘간 휴가를 제안했다. 하지만 워든은 중대가 이렇게 어려운 때 휴가를 갈 수 없다며 그 제안을 거절했다. 그러자 중대장은 더욱 기뻐하면서 몇 달 만에 처음으로 수석 부사관을 공개적으로 칭찬했다. 워든은 그 후 피트 카렐슨이 보급실 부사관으로 정착한 것을 지켜보고 나서 30일 재입대 휴가를 홈스 대위에게 신청했다.

이런 휴가 신청을 받고 나니 홈스의 선의도 갑자기 사라져 버렸다.

「이것 봐, 상사, 30일이라니!」 홈스는 평소 같으면 아이고 두야, 하면서 손으로 머리를 가볍게 쳤을 텐데 너무 놀라 그런 동작도 하지 않았다. 「그건 불가능해! 그건 상사도 잘 알잖아. 난 자발적으로 자네에게 사흘 휴가를 제안했어. 또 사흘씩 두 번을 내리 쉬어도 좋다고 했어. 자네의 재입대 30일 휴가는 고스란히 남겨 둔 채 말이야. 그런데 이제 와서 30일이라니! 이렇게 바쁜 때?」

「중대장님, 저도 지난 1년 동안 계속 미루어 오기만 했습니다.」 워든도 끈덕지게 달라붙었다. 「지금 타먹지 못하면 영원히 못 타먹습니다. 카렐슨 중사가 막 보급실을 맡았으므로 정상화되는 데는 앞으로 6개월 정도 걸릴 겁니다. 만약 그렇게 오래 기다려야 한다면 저는 영원히 휴가를 얻지 못할 겁니다.」

「규정대로 하자면……」 홈스의 선의는 이제 완전히 사라져 버렸다. 「자네는 그 휴가를 신청할 자격도 못 돼. 그건 상사 자신이 더 잘 알잖아. 재입대한 후 3개월 이내에 휴가를 타먹지 않으면 그건 자동 취소돼. 정말 타먹고 싶었다면 그때 신청했어야지.」

「규정대로 했다면, 나는 그 당시 이 부대의 정상적인 운영 따위는 내팽개칠 수도 있었을 겁니다. 그때 휴가를 타먹지 않은 것은 중대 사정이 아주 급했기 때문이었습니다. 그건 중대장님도 알지 않습니까?」

「아무리 그래도 30일이라니! 이런 시기에! 그건 도저히 말이 안 되는 얘기야.」

「난 중대를 위해서 휴가를 미루고 또 미루었습니다.」 워든은 사정하는 어조로 말했다. 노골적으로 협박하는 식으로 말하면 아무것도 얻어 내지 못한다는 걸 잘 알고 있었다. 그렇게 하면 홈스는 자존심 때문에라도 거절해 버릴 게 분명했다. 워든이 사정하고 있는 데다 최근에 레바가 다른 중대로 전출해 가버린 기억도 새로웠다. 게다가 다이너마이트 홈스 대위는 더 이상 제이크 델버트의 총아가 아니었다.

다이너마이트는 모자를 뒤로 젖히고 책상에 앉았다. 「상사, 이거 한 가지 말해 줄게.」 그가 은밀한 어조로 말했다. 「자네도 곧 장교가 될 사람이야. 그러니 군대 내에서 어떻게 처신해야 하는지 아는 것도 도움이 될 거야.

자, 이리 와 앉게, 상사. 앞으로 2~3개월 후면 자네는 장교 클럽에서 나와 포커 게임을 벌일 사람이야. 그러니 우리 사이에 장교와 사병의 형식을 지킬 필요가 없어.」

워든은 조심스럽게 앉았다.

「난 이 연대에 오래 있으리라고 생각하지 않아.」 다이너마이트가 자신 있는 목소리로 말했다. 「물론 자네도 알다시피 한 군데 계속 근무한다는 건 불가능해. 난 앞으로 한두 달 내에 슬레이터 장군의 특명으로 소령 진급해 연대 본부로 전보될 거야.」

「정말 잘됐군요.」 워든은 맞장구를 쳤다.

「자네는 아마 이렇게 생각했을 거야. 내가 큰 영감에게 미운 털이 박힌 채로 내 목을 길게 빼고 칼 맞기를 기다리고 있다고. 나도 미친 척하지만 다 앞길을 내다본다고. 그걸 그들은 모르는 거야. 난 슬레이터 장군의 개인 참모가 될 거야.」 홈스가 의기양양하게 말했다.

「그럼 저는 어떻게 합니까?」 워든은 짐짓 놀라는 척하면서 말했다.

「장교가 알아야 할 첫 번째 사항은 비록 강을 건너는 중일지라도 말을 잘 갈아타는 거야. 발을 적시지 않고 말이야.」 다이너마이트는 미소를 지었다. 「장교가 알아야 할 사항들 중에서 그게 가장 중요해. 사병은 다르지. 그들은 정치를 하지 않아도 잘 해나갈 수 있어. 물론 그들도 정치를 할 수 있으면 도움이 되지만 그게 필수 사항은 아니야. 정치를 하지 않고서도 얼마든지 잘 해나갈 수 있다고. 하지만 장교는 그렇게 할 수가 없어. 바로 이걸 자네는 명심해야 돼.」

「잘 알겠습니다, 중대장님, 감사합니다.」 워든은 건성으로 대답했다.

「앞으로 한두 달 사이에 인사 명령이 내려올 거야. 하느님이 세상을 창조한 것만큼이나 확실한 사실이야. 자네는 장교가 될 예정이고 또 도움이 되겠다 싶어서 내가 일부러 얘기해 주는 거야. 그렇지 않았더라면 전혀 얘기해 주지 않았을 거야. 내가 이 중대를 떠나 여단으로 갈 때 자네에게 14일 휴가를 주지. 어떻게 생각하나?」

「차라리 지금 받았으면 좋겠습니다. 그것도 30일 전부를요. 지금 즉시 타먹지 않으면 나중에 어떻게 될지 불안합니다.」

다이너마이트는 고개를 저었다. 「난 자네에게 공정한 제안을 하고 있는 거야, 상사. 지휘관이라기보다 동료 장고로서 말하고 있는 거야. 자네가 장교가 될 예정이 아니었더라면 이렇게 해주지도 않았을 거야. 그러니까 내가 동등한 자격으로 대우해 주고 있는 거야.

아무튼 그게 내가 제시할 수 있는 한도야. 나도 자네 못지않게 이 부대에 대해서는 더 이상 신경 쓰지 않아. 하지만 중대 사정이 이런데 자네의 휴가 30일을 신청하면 반려될 것은 너무 뻔하고, 거기다가 우리 둘은 아주 커다란 검은 점으로 찍히고 말 거야. 그게 정치라고. 상사, 눈에 보이는 것만이 현실은 아니야. 그 밑으로 얼마나 많은 일이 벌어지고 있는지 몰라.」 그는 내부 사정을 잘 아는 사람처럼 교활한 목소리로 말했다.

워든은 중대장을 찬찬히 쳐다보았다. 그와 이렇게 형식적으로 마주 앉아 얘기를 나눈다는 것이 여전히 불편했다.

「어떻게 생각하나? 14일. 오늘부터 두 달 후. 현재 상황에서 이 정도로 해줄 사람은 아무도 없어.」 다이너마이트가 친절한 목소리로 말했다.

「받아들이겠습니다.」 워든은 이 정도가 한도인 것 같다고 생각하며 말했다. 오렌지를 일정 수준 이상으로 쥐어짜면 오렌지 주스도 못 얻고 오렌지도 터뜨려 버리게 된다.

「좋았어! 그럼 결정 난 거야. 그러니 이제 자네의 휴가와 내 전보는 지금 여기서부터 시작하는 거야.」

「공정한 제안인 것 같습니다.」

「자네를 보호하는 거야. 장교의 보호처럼 확실한 건 없어.」

「맞습니다.」 워든이 약간 시무룩하게 말했다.

「그럼 나중에 보세. 난 본부에 일이 좀 있어서.」 홈스가 쾌활하게 말했다.

워든은 행정실 창문을 통해 홈스가 중대 마당을 가로질러 가는 것을 지켜보았다. 그는 많은 다른 상황에서 많은 다른 사람들이 그 마당을 지나가는 것을 보았다. 그게 그 자신에게 벌어진 일이었기 때문에 믿었지, 그렇지 않았더라면 믿지 못했을 것이다. 그게 소위 장교 노릇이란 말인가? 그건 대기업 간부들이 하는 수작과 비슷했다. 크리스마스가 되면 회사 광고비에서 염출한 돈으로 간부들은 서로에게 선물을 보낸다. 그와 그의 아내는 온갖 값비싼 선물들을 받고 크리스마스트리 밑에 쌓아 둔다. 그것은 아무에게도 피해를 입히지 않는다. 또 아무도 그것에 대해 비용을 지불하지 않는다. 하지만 선물은 언제나 간부들과 그들의 아내에게만 전달된다.

그를 깜짝 놀라게 한 것은 그 일이 너무 쉽다는 것이다. 이 순간에는 갑이라는 사람이었다가 다음 순간에는 표변해 을이라는 정반대의 사람이 되어 버리는 것이다. 서류 한 장에 서명함으로써.

두 달이라, 하고 그는 생각했다. 그가 쓰고 싶든 말든 앞으로 두 달 동안 뉴콩그레스의 거트 키퍼는 그의 돈을 좀 빼앗아 갈 것이었다. 영창에 가 있는 불쌍한 프리윗. 프리윗과 마지오. 그들은 아주 평범한 골통들인데 아무 대가도 없이 지금 영창에 가 있다. 영웅도, 로빈 후드도, 팰러딘[11]도 아닌 그들. 아주 평범한 두 골통이 아무 반대급부도 얻지 못하고 그런 대가를 치르고 있는 것이다. 정말 안된 일이었다.

그래, 30일이 안 된다면 열흘로 만족해야지. 네가 원하는 때 캐런을 얻을 수 없다면 네가 그녀를 얻을 수 있을 때까지 기다려야지. 지금 당장 30일 휴가를 얻지 못한다면 앞으로 두 달 후 14일 휴가로 만족해야지. 산이 자기에게 오지 않으니까 예언자 마호메트도 그 자신이 산으로 가지 않았는가. 예언자도 그런 평범한 방식으로 일을 해결하는 것이다. 하물며 평범한 사람에 있어서랴. 너는 샤를마뉴의 12용사도 아니

11 *paladin*. 샤를마뉴 대제의 12용사 중 1인.

고, 록슬리의 로버트[12]도 아니야. 너는 아주, 아주 평범한 자
야. 남들이 너를 뭐라고 부르든 간에.

12 Robin of Locksley. 로빈 후드의 본명.

제42장

그들은 영창에서도 게임을 했다. 저녁 식사 후 빈 침상의 매트리스를 가져다가 뒤쪽 가운데 창문의 쇠 그물 위에 올려 놓고 군화 끈으로 단단히 묶었다. 그런 다음 한 사람(지원자가 없을 경우에는 가장 덩치가 작은 사람의 순으로)이 그 매트리스에 등지고 서 있고, 나머지 사람들은 통로 반대편 끝에 서 있다가 키 작은 순으로 통로를 달려와 서 있는 사람의 배를 어깨로 들이박는 것이었다. 그것은 미식축구에서 태클을 피해 엔드 라인으로 달리는 공격수에게 수비수가 있는 힘을 다해 돌진하는 동작과 비슷했다. 하지만 이 경우 대트리스가 뒤에 버티고 있기 때문에 서 있는 사람은 자신의 배 근육으로 그 공격을 고스란히 받아 내야 했다.

카드, 주사위, 룰렛, 동전 치기 따위는 영창에서 허용되지 않기 때문에 이 게임이 저녁때 2동 사람들의 주된 오락이었다. 1동과 3동의 수감자들은 이 놀이를 하지 않았다. 그러나 2동에 있는 사람들은 한 사람도 빠짐없이 이 경기에 참석해야 했다.

그것은 거친 게임이었다. 하지만 2동 수감자들은 거친 사람들이었다. 그들은 강인한 자들 중 강인한 자였고 또 고갱이였다. 만약 매트리스 앞에 서 있는 사람이 공격하는 자들을 모두 받아 낸다면 그는 게임에서 승리하는 것이다. 승리의 부상은 매트리스 앞에 서 있을 필요 없이 계속 공격만 할 수 있는 자격이다. 이 상을 받은 사람은 많지 않았다. 프루가 2동에 들어왔을 땐 두 명만 그 상을 탔는데, 잭 멀로이와 블루스베리였다. 그들은 아주 덩치가 컸다. 영창에서는 무엇보다 덩치 큰 것이 유리했다. 앤절로 마지오는 상을 타려고 여러 번 노력했으나 번번이 의식을 잃고 쓰러졌다. 프루는 맨 처음 매트리스 앞에 섰을 때 마지막 남은 사람까지 버텼다. 하지만 가장 덩치 큰 멀로이가 마지막으로 달려오자 그의 배와 무릎이 더 이상 버티지 못했다. 그냥 서 있기만 해도 승리하는 것인데, 멀로이의 공격 후 그는 푹 고꾸라지고 말았다. 멀로이는 그를 데리고 변기 앞으로 가 토해 내는 것을 도와주었다. 프루는 겨우 걸어가면서도 억울하다며 욕설을 내뱉었다. 프루는 덩치 작은 사람이 그 정도로 버티다니 대단하다는 칭찬을 들었다. 하지만 그는 만족하지 않았다. 일주일 내에 다시 도전해 멀로이까지 무사히 받아 내고 승리했다. 하지만 그 후 체력을 회복하기까지 그 게임을 몇 번 빠져야 했다. 그는 체력을 회복하자 자신의 부상(副賞)을 주장하고 나섰고 공격 라인에 서서 마음대로 공격할 수 있게 되었다.

이 게임 외에, 내무반 바닥에다 일정한 표시를 해놓고 성냥갑을 던져 그곳을 맞히면 다음 날 나올 듀크 믹스처 봉지 담배를 따먹는 게임도 인기가 있었다. 또 배 힘으로 버티기 게임도 있었는데, 한 명이 명치와 사타구니를 양손으로 가리고 나머지 한 명이 그의 배를 때려 누가 오래 버티는가 알아보는 것이었다. 주로 두 명이서 하는데, 수비와 공격을 번갈아 가며 하다가 한쪽이 떨어져 나가면 승패가 결정되는 게임이었다. 인디언에게서 가져왔다는 보이 스카우트의 팔씨름을 약간 변형해 게임을 하기도 했다. 그냥 팔씨름을 하면 재미가 없으므로 팔씨름하는 두 선수의 손 옆에 불붙인 담배를 각각 놓고 팔씨름을 한 뒤 진 사람의 손등을 담뱃불로 약간 지지는 놀이였다. 감방 바닥에서 하는 발씨름은 두 선수가 각각 등을 대고 누워서 상대를 향해 양발을 쭉 편 다음 두 발로 씨름을 대신하는 놀이였다. 각 선수 옆에는 1센티미터 길이의 쇠못이 듬성듬성 박힌 30센티미터 크기의 양철 조각이 놓여 있어서 게임에 지는 자는 그 벌로 장딴지에 못이 약간 박히는 놀이였다. 이 놀이를 하고 난 다음 날 아침, 작업을 나갈 때 보면 무릎에 푸른 못 자국이 있는 자가 한두 명이 아니었다. 하지만 이 모든 게임 중에서 매트리스 앞에 선 사람을 공격하는 놀이가 가장 인기 높았다.

잭 멀로이가 초회(初回) 입창 때 이 놀이를 발명했는데, 그때 이후 2동의 공식 놀이로 굳어졌다. 그는 부대로 돌아가서 이 놀이를 잊고 있었는데 두 번째로 입창해 보니 아무 가감 없이 원래 놀이가 그대로 플레이되는 것(그 자체가 멀로이에 대한 존경의 표시였다)을 보고 기뻐했다. 그는 과감한 전투 정신과 불굴의 의지를 발휘해 그 게임을 즐겼는데, 덩치도 제일 컸기 때문에 아무도 그를 쓰러뜨릴 수 없었다. 멀로이가 매트리스 앞에 서면 그건 멀로이가 과연 버텨 내느냐의 문제가 아니라, 2동의 다른 사람들이 모두 힘을 합쳐서 그를 쓰러뜨릴 수 있느냐 하는 시합 같은 것이 되었다. 프투는 그를 딱 한 번 쓰러뜨린 적이 있는데, 그것만으로도 굉장한 성취를 이루었다는 생각이 들 정도였다. 온유한 미소와 몽상가의 눈빛을 갖고 있는 잭 멀로이가 자랑하는 것이 있다면, 그의 덩치와 놀라운 용기였다. 그는 워든보다는 치프 초트 스타일의 덩치가 큰 사람이었으나 치프의 비곗살은 전혀 없는 덩치였다. 동료들에게는 거의 신비해 보이는 정신적 성취 못지않게,

덩치도 크고 힘도 센 사람이었다. 멀로이는 그런 신체적 강인함을 아주 자랑스럽게 여겼다. 그것은 고등학교 미식축구 주장이 축구 이외에 수영과 다이빙 실력을 자랑하는, 그런 스타일의 자부심이었다.

2동 사람들에게 잭 멀로이는 하나의 수수께끼였다. 상징을 사용하는 인간에게는 모든 살아 있는 상징이 하나의 수수께끼이듯. 프루는 앤절로가 검은 구멍에 들어가 투쟁하는 동안 멀로이를 그 누구보다 잘 알게 되었다. 그렇게 잘 알다 보니 왜 멀로이가 자신에게 그의 과거를 털어놓았는지 그 이유도 알게 되었다. 멀로이는 프루가 자신을 이해해 줄 동급의 인물이라고 생각했다기보다, 그(멀로이)의 도움을 절실히 필요로 하는 하급자이기 때문에 그런 세세한 인생 경력을 털어놓은 것이었다. 잭 멀로이의 신비를 열어젖히는 유일한 열쇠는 남을 도와주겠다는 필요성이었다.

앤절로가 〈30일〉 투쟁을 대비하고 있었으므로, 프루는 옆에서 쳐다보기가 안쓰러웠다. 프루가 그렇게 오랫동안 거기 들어가 있으면 어떻게 될까 상상하고 있는데, 어느 날 밤 앤절로가 내일이 거사 일이라고 말했다. 두 사람은 악수를 하고, 마지막 대화와 인사를 나누었다. 그는 거사가 언제 벌어지든 작별 인사할 틈은 있으리라고 생각해 왔다. 하지만 막상 그 일이 벌어지고 보니 예상과 전혀 달랐다.

그는 2동에 앤절로와 함께 근 한 달 동안 있으면서 매일 그 계획을 세부 사항까지 점검했다. 하지만 막상 거사를 결행하려고 하면 뭔가 일이 발생해 자꾸만 미루게 되었다. 앤절로는 엄청난 용기의 소유자였지만 막상 일을 시작하려니 엄두가 나지 않았던 것이다. 그 일이 최대의 시련이 되리라는 것을 잘 알았기 때문에 선뜻 시작하지 못했다. 하지만 그 일은 아주 우연찮게 발생했다. 너무나 우연한 것이어서 앤절로는 물론이고 모든 사람을 깜짝 놀라게 했다. 그것은 가지으가 통제할 수 없는 어떤 것의 결과였고, 그래서 동료들과의 작별 인사는 아예 할 수 없는 상황이었다.

간수 터닙시드는 어떤 개인적인 이유로 오랫동안 앤절로를 싫어했다. 그런 악감정은 이제 노골적인 것으로 발전해 앤절로가 옆에 있을 때마다 갈구면서 괴롭히는 상황으로 발전했다. 그날 오전, 터닙시드는 간수들이 〈구렁텅이〉라고 부르는 채석장 안 감시 장소에서 근무하고 있었다. 채석장 안은 더위와 먼지 때문에 간수들이 가장 기피하는 근무 장소였다. 짜증이 난 탓인지 터닙시드는 평소보다 더 심하게 앤절로를 갈구면서 그가 해머를 내려놓고 잠시 숨을 돌릴 때마다 욕설을 하면서 어서 일하라고 독촉했다. 앤절로가 말을 할 때마다 모욕적인 언사로 자극을 주면서 경고했다. 터닙시드는 어쩌면 앤절로를 구멍에 처넣을 구실을 잡으려 했던 것인지도 모른다. 터닙시드는 그런 식으로 앤절로를 경고하다가 마침내 앤절로 무리가 작업을 하고 있는 현장으로 다가와, 계속 말한다는 이유로 앤절로의 뺨을 때렸다. 프루는 그 무리에 들어 있었고 앤절로 바로 옆에 있었으므로 그의 눈빛이 검게 번쩍이는 것을 지켜볼 수 있었다. 그러한 공격을 강할 때마다 이 덩치 작은 이탈리아 남자의 눈에는 강렬한 분노의 빛이 어렸는데, 사상 처음으로 그런 눈빛을 볼 수가 없었다. 마지오의 번쩍이는 눈은 차갑게 계산하는 눈이었다. 프루가 그 눈빛을 의식한 바로 그 순간, 마지오도 이게 바로 그가 오랫동안 노려 오던 그 기회라는 것을 섬광처럼 깨달았다. 만약 이 기회를 이용하지 못한다면 영원히 그 계획을 감행하지 못하리라. 그때 앤절로의 얼굴에 곤란한 제안을 받은 사람의 표정이 떠올랐다. 그가 하기 싫은 일을 지금 바로 행하거나 아니면 그 자신이 비겁자임을 깨달아야 한다는 제안.

터닙시드는 뒤로 물러서면서 자신의 행동이 가져온 효과를 조심스럽게 살폈고 검은 구멍에 집어넣을 불손함의 건수가 없는지 눈알을 부라렸다. 앤절로는 망치를 내려놓고 양손으로 터닙시드의 멱살을 거세게 부여잡으면서 미친놈 같은 알 수 없는 고함을 내질렀다. 그것은 터닙시드가 예상했던 것보다 훨씬 강력한 불손함이었다. 그는 아무런 방어 없이 당했고 앤절로는 그를 땅바닥에 쓰러뜨리고 계속 목을 조였다. 프루를 포함한 수감자들(모두 2동 사람이었고, 다른 동은 두 명뿐이었다)은 망치를 잡은 채 멍하니 서서 그 광경을 내려다보았다. 터닙시드는 폭동총의 개머리판으로 앤절로를 때리며 조여 대는 두 손으로부터 간신히 벗어났다. 하지만 마지오는 아까처럼 미친 소리를 지르며 다시 터닙시드에게 달려들었다. 이번에는 두 사람의 거리가 아주 좁아서 터닙시드는 폭동총을 사용하지 못했다. 대신, 양손으로 총신을 잡아 앤절로를 쓰러뜨렸다. 이렇게 해 앤절로의 계획과 희망은 완벽하게 이루어졌다.

마지오가 갑자기 의식을 잃고 쓰러지자 터닙시드는 멍하니 서서 거칠게 숨을 몰아쉬며 한 손으로 목을 비비댔다. 그는 멍하니 서서 그 광경을 지켜보고 있던 수감자 무리를 쏘아보았다.

「야, 너희, 저놈을 좀 어떻게 해봐.」

아무도 대답하지 않았다.

「네놈들은 다 총 쏴 죽여야 마땅해.」 터닙시드는 여전히 목을 주무르고 거칠게 숨을 쉬면서 말했다. 「저 미친놈이 나를 목 졸라 죽이려고 하는데도 가만히 서서 구경만 해? 네놈들처럼 피에 굶주린 늑대들한테 뭘 기대하겠어?」

아무도 대답하지 않았다.

「너희 중 두 명이 나와서 저놈을 길 아래로 끌고 가.」 그는 앞을 계속 쳐다보면서 머리만 약간 돌려 길 쪽을 가리켰다.
「그리고 나머지 놈들은 어서 작업해. 어서 움직여.」

2동 사람들은 아무도 움직이지 않았다. 그러자 3동의 두 명이 마치 떠밀린 것처럼 마지못해 앞으로 나섰다.

「가서 저놈을 일으켜 세워. 다행히 죽지는 않았어. 어서!」 터닙시드가 소리쳤다. 그는 돌 더미 뒤쪽에서 소총을 휴대하고 망을 보던 간수 두 명을 불렀다. 그들은 거총 자세로 다가와 상황을 살폈다. 「여기 이 무리들을 잘 감시해. 폭동이 일어날지도 모르니까. 너희 둘, 어서 저놈을 일으켜 세워.」

그들이 앤절로를 일으켜 세우자 프루는 앤절로의 이마가 약간 찢어져서 피가 눈 쪽으로 흐르고 있는 것을 보았다. 앤절로는 메달을 하나 더 받은 것이었다. 하지만 프루의 마음은 앞으로 내달리면서 그가 겪어야 할 검은 구멍에서의 30일을 상상했다. 다른 것은 생각나지 않았다.

터닙시드는 앤절로를 들것에 태워 들고 가는 두 명의 3동 수감자를 따라갔다. 그는 들것을 길가에 내려놓게 한 뒤 두 사람에게 다시 채석장으로 돌아가 작업을 하라고 말했다. 그는 길 옆 전화박스에 들어가 본부에 신고를 했다. 돌 더미 뒤에서 내려온 두 간수는 여전히 거총 자세를 한 채 수감자들을 감시했다. 프루는 터닙시드의 전화 보고를 받고 득달같이 현장에 나타난 두 명의 헌병이 무의식 상태의 앤절로를 2.5톤 트럭에 집어 처넣고 등성이 아래쪽으로 내려가는 것을 보았다. 그것이 그가 마지막으로 본 앤절로의 모습이었다.

로버트 E. 리 프리윗의 인생에서 앤절로 마지오처럼 강한 인상을 남긴 사람도 없으리라. 잭 멀로이와 워든을 따지지 않는다면. 하지만 이 두 사람은 이미 더 높은 급으로 올라가 버려 프루와는 급이 다른 사람들이었다. 브루클린의 이탈리아 이민자의 아들로 태어난 앤절로 마지오는 정말 군대를 미

위했다. 독립 혁명 전에 스코틀랜드와 잉글랜드에서 건너온 백인들의 후예인 프루, 산골 출신이며 30년쟁이 희망자인 프루와는 정반대 환경에서 성장한 인물이었다. 그렇지만 앤절로 마지오는 그와 동류이며 동급이었고 멀로이나 워든 같은 상급자에 비해 더 가깝게 느껴지는 사람이었다. 그의 부재는 프루의 마음에 커다란 구멍을 남겼다.

그가 제8항 조치로 제대해 버리면 다시는 그를 만나지 못하리라는 사실을, 프루는 담담히 받아들였다. 그게 바로 군대 생활이었다. 오늘손에 들어 있는 것을 가지고 꾸려 나가는 것이 군대 생활이었다. 앤절로가 제대 조치되리라는 사실을 그는 담담히 받아들였다. 앤절로가 검은 구멍에 들어가 그 후에 지구 병원의 정신 병동으로 이송되는 동안 전혀 보지 못하리라는 사실을 담담히 받아들이는 것처럼. 이제 앤절로의 인생은 두 가지 선택밖에 없었다. 검은 구멍에서 죽어 버리거나 아니면 제대를 하거나. 프루는 앤절로를 잘 알기 때문에 그가 검은 구멍에서 죽으리라고는 보지 않았다. 하지만 그런 전망과 예측은 그의 허전한 마음을 전혀 메워 주지 못했다.

프루는 2동의 사이드라인에 서서 사태 발전을 지켜보았다. 그의 초조해하는 태도는 예전 같았더라면 그 자신마저 놀라게 했을 것이다. 바로 이런 암울한 때에 잭 멀로이가 자청해 그의 곁에 다가와 그를 지켜 주었다.

사실대로 말해 보자면, 마지오는 검은 구멍에서 30일을 꼬박 채운 것이 아니었다. 그것 말고는, 전투 계획은 아주 정확하게 들어맞았다. 그는 구멍에 24일 몇 시간 있었고, 그들은 그 후 앤절로를 구멍에서 꺼내 지구 병원의 정신 병동으로 후송했다. 그 싸움의 경과를 2동 사람에게 전해 준 것은 핸슨 일병이었다. 핸슨은 저녁 식사 후 2동의 자물쇠를 잠그는 간수였다. 그는 매일 저녁 그날 낮과 그 전날 밤에 벌어진 일을 전해 주었다. 그 외에는 정보가 없었다. 앤절로 마지오는 사실 상 그들에게서 사라진 존재였다. 검은 구멍의 어두운 심연으로부터 마지오가 그들에게 직접 전해 주는 메시지는 없었다.

핸슨은 그것이 계획된 행동이고 계획이라는 것을 알 리 없었다. 핸슨은 마지오가 미쳐 버렸다고 믿었다. 비록 광인이기는 했지만 정말 존경스러운 인물이라고 그는 말했다.

「너희가 그를 한번 봤어야 하는 건데.」 핸슨은 2동의 자물쇠를 잠그기 전 밤새 소식을 듣기 위해 모여든 수감자들에게 말했다. 「정말 멋진 친구야. 보기 전에는 믿지 못할 거야. 잭, 그동안 넌 여기서 광인을 한 명 보았지?」

「한 명이 아니라 두 명이었어. 초회 입창 때였지.」 멀로이가 대답했다.

「난 처음 봐.」 핸슨은 믿기지 않는다는 듯 고개를 절레절레 저었다. 「야, 대단한 경험이었어. 정말 믿기지 않아. 광인이 그 정도의 깡다구를 보이다니 정말 신기해. 그런 깡다구는 타고나는 거야. 생래적으로 있거나 없거나 둘 중 하나야.」

「네 말에 동의해.」 멀로이가 말했다.

「육군이 그런 깡다구를 제대시켜야 한다니 정말 안된 일이야. 그런 깡다구를 육군은 절실히 필요로 해.」 핸슨이 말했다.

「그 점도 동의해.」 멀로이가 말했다.

「그럼, 그렇고말고. 이런 건은 패트소도 처음이야. 지난번 두 명의 미치광이가 나왔을 때 패트소는 여기 없었어.」

「그래 맞아. 그 당시에는 특무 상사가 있었지. 그 상사가 제대하고 나서 패트소가 왔어.」 멀로이가 문 사이로 말했다.

「패트소는 저자를 깨뜨릴 수 있다고 생각해. 그의 연기를 들통 낼 수 있다는 거야. 영창 당국에서 완전 재량권을 부여해 준다면 미친놈이건 아니건 규칙을 따르도록 할 수 있다는 거야.」 핸슨이 말했다.

「어쩌면 그럴지도 몰라.」멀로이가 말했다.

「난 그렇게 생각하지 않아. 다른 놈이라면 모르지만 저 이탈리아 놈은 안 돼. 너희는 자세히 보지 않아서 몰라. 그의 행동은 이 세상 사람의 행동이 아니야.」

「그는 좋은 친구야.」멀로이가 말했다.

「그건 그래. 미친놈이든 아니든.」

「톰슨 영감은 뭐래?」

「아무 말도 안 해. 패트소에게 맡겼어. 죽이지만 말라는 거야. 패트소에게 죽이면 절대 안 된다고 당부했어. 만약 죽이면 패트소를 불러들여 문책할 거라고 했어. 죽이는 것 하나만 빼고 패트소 마음대로 할 수 있는 거야. 그래도 패트소는 어떻게 하지 못할 거야. 틀림없어.」

그들은 핸슨을 졸라 마지막 자세한 사항까지 모두 알아내려 했다. 핸슨은 사이사이 존경심을 표시하면서 자신의 얘기를 계속 해나가려 했으나 2동 사람들이 자꾸 질문을 해와 그에 응답하고 난 다음에야 비로소 지난밤의 최근 뉴스를 전할 수 있었다. 서서히 영창 당국의 작전 계획 전모가 알려지게 되었다.

그들이 앤절로를 끌고 온 첫날, 패트소가 직접 그의 정신을 깨어나게 했다. 그는 터닙시드로부터 전화 보고를 받아서 사건의 전모를 알고 있었다. 그는 자신의 이론을 증명하기 위해 즉각 작업에 들어갔다. 그는 브라우니, 핸슨 등 세 명의 간수에게 앤절로를 끌고 체육실로 가게 했다. 핸슨의 말에 의하면, 그들은 영창 당국이 일찍이 해본 적이 없을 정도로 심한 구타를 퍼부었다. 또 수감자를 무의식 상태에서 구멍으로 끌고 간 것도 그때가 처음이었다. 패트소는 마지오에게 연기하고 있다는 것을 실토하라고 윽박질렀다. 마지오는 계속 웃음을 터뜨리고 헛소리를 내지르고 가끔 노래도 불렀다. 그가 네 번째로 기절하자 패트소는 검은 구멍으로 끌고 가라고 말했다.

「그 친구는 미친 게 틀림없어.」핸슨이 그들에게 말했다. 「만약 미치지 않았다면 그런 무지막지한 구타를 견디지 못했을 거야.」

패트소의 작전 계획은 앤절로를 괴롭혀서 연기임을 실토하게 한다는 것이었다. 그는 일정한 간격으로 그를 찾아가 구타하는 계획을 세웠다. 처음에는 여덟 시간 간격으로, 이어 네 시간 간격으로 구타를 했다. 구타를 예감하다 보면 공포심 때문에 저절로 굴복하게 된다는 것이었다. 이 계획이 실패하자, 그는 밤낮없이 엉뚱한 시간에 앤절로를 찾아왔다. 일정한 시간 간격을 두어서 그 시간대에만 구타를 예감하게 만드는 것이 아니라, 하루 24시간 내내 공포심에 사로잡히게 해 앤절로를 깨뜨리겠다는 작전이었다. 자정에 찾아오는가 하면 구타를 하고 나서 곧바로 15분 후에도 찾아왔고 24시간 동안 마냥 기다리게 내버려 두기도 했다. 패트소는 근면하고 꼼꼼한 일꾼이었다. 만약 앤절로가 연기라는 걸 시인한다면, 협력병 자격 부여, 입창 첫 주에 잃어버린 일주일간의 수감 시간 회복, 심지어 복역 기간의 감형까지 제안했다. 그러나 마지오는 웃으면서 헛소리를 늘어놓거나 얼굴을 찌푸리며 소리를 질러 댔다. 한번은 패트소의 군화 앞부분에 오줌을 싸기도 했는데 패트소는 마지오의 얼굴을 그 오줌 웅덩이에다 처박고 마구 문질러 댔다. 패트소는 마지오가 연기하고 있다고 확신했다. 제8항으로 제대 조치된 자들이 모두 훌륭한 연기자일 뿐이라고 생각했다. 그는 마지오에게 온갖 고문을 자행하는 것을 마다하지 않았다. 그러면서 빨리 연기 중임을 자백하라고 윽박질렀다. 매일 밤 핸슨은 2동의 자물쇠를 잠그러 와서 마지오가 굴복하지 않았음을 보고했다. 영창 당국의 대응은 멀로이가 예상했던 것보다 훨씬 무자비했다. 바로 그때부터 프루는 저드슨 중사를 죽여 버리겠다는 생각을 하게 되었고 여가 시간마다 중사를 죽이는 공상을 했다. 살인을 생각하는 것이 살인을 저지르는 것 못지않게 큰 범죄라고 한다면, 프리윗은 이미 전기의자에 50번 이상 앉아야 했을 것이다.

그러던 어느 날 밤 핸슨은 마지오가 그날 정오 검은 구멍에서 꺼내져 지구 병원의 정신 병동에 후송되었다고 말했다. 이 조치와 함께, 지난 두 달 동안 저드슨 중사가 따내는 것이 당연시되던 일반직 중사에서 전문직 중사로의 승진은 당분간 보류되었다. 프루는 앤절로가 이 사실을 알까, 하고 멀로이에게 말했다. 그가 알았으면 좋겠다는 생각이 들었다. 하지만 앤절로가 그런 것을 알 턱이 없었다.

그들은 정신 병동에서 벌어진 일에 대해서는 다른 죄수로부터 소식을 들었다. 이 죄수의 이름은 〈스톤월〉 잭슨인데, 프루나 마지오가 입창하기 오래전 채석장에서 작업하다가 떨어져 다리를 다쳐 지구 병원의 죄수 병동에 있다가 나온 친구였다. 잭슨은 마지오가 지구 병원에 보내진 지 한 달 후에 2동으로 들어왔다. 그리하여 2동 사람들은 잭슨으로부터 앤절로의 근황을 듣게 되었다. 그들은 마지오를 벽면에 부상 방지용 쿠션을 댄 독방에 집어넣었다. 정신병자들은 대부분 난폭한 행동을 하기 때문에 독방은 모두 쿠션을 대놓고 있었다. 정신 병동 감독관이 처음 독방을 찾아왔을 때 마지오는 구석으로 기어 들어가며 제발 때리지 말아 달라고 애걸했다. 정신 병동에 있는 동안 정신과 의사, 일반 의사, 간호사, 병동 감시원 등이 그를 찾아오면 그는 한구석에 가서 숨으면서 제발 때리지 말아 달라고 애원했다. 이런 갑작스러운 작전의 변화는 프루와 멀로이 등 2동의 동료들을 즐겁게 했다. 잭슨은 앤절로와 딱 한 번 만나서 얘기를 해보았다. 그때는 앤절로가 심사 위원회에 출두해 이미 제대가 거의 확실시되던 무렵이었다. 앤절로는 처음엔 굉장히 의심하는 태도를 보였다. 그러나 잭슨이 자신도 2동 출신이라고 말하자 잭슨에게 웃어 보이며 2동 동료들에게 잘 있으며 곧 제대할 것이라고 전해 달라고 말했다. 그는 마치 펀치를 하도 맞아서 제정신이 아닌 권투 선수처럼 온몸이 상처투성이였다고 잭슨은 말했다. 하지만 그런 권투 선수처럼 행동하지는 않았다. 그는 죄수 병동에 2주쯤 있다가 심사 위원회 앞으로 호출되어 나갔다. 이어 그들은 앤절로를 본국으로 송환했다. 위원회는 불명예제대를 추천했다. 해당 병사가 군 생활에 적응하지 못할 정도로 정신적 무능력자라고 판정했다. 또한 그 질병은 군대와 관련된 것도 아니고 또 군 생활이 악화시킨 것도 아닌 선천적 장애라고 판단했다. 정신적으로 군 복무가 더 이상 불가능하기 때문에 제대 조치를 상신한다는 것이었다.

앤절로가 검은 구멍에 가 있던 동안, 그리고 잭슨이 죄수 병동에서 돌아와 소식을 전할 때까지 한 달 동안, 잭 멀로이는 거대한 벽돌 벽처럼 프루의 뒤에서 병풍 노릇을 해주었다. 프루가 우울해할 때마다 멀로이가 나타나 그의 말을 들어 주거나 얘기를 해주었다. 멀로이는 자신의 인생과 과거에 대해서 여러 시간에 걸쳐 많은 얘기를 해주었다. 그 몇 주 동안 프루는 다른 동료들보다 멀로이에 대해서 더 많은 것을 알게 되었다.

잭 멀로이에게는 독특한 특징이 있었다. 그 꿈꾸는 눈빛으로 상대를 쳐다보고 강력하면서도 부드러운 어조로 말을 해오면, 상대는 자기가 이 세상에서 가장 중요한 사람이라는 착각에 빠져 든다. 그리고 전에는 할 수 없었던 많은 것을 앞으로 할 수 있을 것 같은 느낌을 갖게 된다.

멀로이는 지난 36년 동안 거의 모든 곳에 가보았고 거의 모든 것을 해보았다. 그는 아직도 선원의 기질을 버리지 못하고 있었다. 그런 오랜 해외 유랑으로 인해 아주 완벽한 체격을 갖게 되었고 제왕처럼 거들먹거리며 걷는 자세를 지니게 되었다. 그것은 영창에서도 아주 위압적인 것이었다. 직업 군인에게 민간 선원처럼 낭만적인 것은 없었다. 또 군대는 활자화된 말을 크게 숭상했다. 잭 멀로이는 엄청나게 많은 책을 읽었다. 존 D. 록펠러에서 필리핀 지구의 이름 없는 장군인 더글러스 맥아더에 이르기까지 많은 사람들의 전기를 환히 꿰고 있었다. 그는 툭하면 많은 책들을 인용했는데, 2동의 동료들은 들어 본 적 없는 책들이 대부분이었다. 하지만 그는 이런 성취 때문에 그런 높은 명성을 획득한 것이 아니었다. 잭 멀로이는 힘들게 노력해 명성을 획득하는 사람이 아니었다. 그것은 영창 내의 사람들이 스스로 상상하면서 그냥 갖다 바친 공짜 선물이었다.

그는 1905년 몬태나주의 카운티 경찰관의 아들로 태어났다. 그의 아버지가 IWW[13] 조합원들을 유치장에 가두던 1917년,

13 *Industrial Workers of the World*(세계 산업 노동자 동맹). 이 조합의 조합원들을 가리켜 워블리스*Wobblies*라고 한다. 1905년 43개 노동 조합 그룹이 힘을 합쳐 결성한 조직으로서 자본주의에 반대하는 강령을 갖고 있었다. 창립자로는 서부 광부 연합의 윌리엄 헤이우드, 사회노동당 당수인 대니얼 드레온, 사회주의당의 당수 유진 데브스 등이 있었다. 1908년 IWW는 두 개의 당파로 분열되었는데, 한 당파는 조합의 목표를 달성하기 위해 정치 활동을 벌이자고 주장했고, 다른 당파는 정치 활동을 피하고 파업, 보이콧, 사보타주 등으로만 목적을 달성해야 한다고 주장했다. 윌리엄 헤이우드가 이끄는 후자의 당파가 결국 힘을 얻었다. IWW의 궁극적 목표는 노동자들이 생산의 수단을 장악하는 것이었다. 이런 목표 때문에 조합원들이 자주 투옥되었다. 1915년 IWW 조합원 조 힐이 살인 사건과 관련되어 처형되었다. IWW는 태평양 연안 북서부에서 광업과 목재 분야에서 특히 큰 영향력을 행사했다. 1917년 미국이 제1차 세계 대전에 참전할 때 노동 단체로는 IWW가 유일하

그는 열세 살이었다. 워블리스 투옥 건이 그의 인성을 바꾸어 놓은 계기였다. 워블리스는 그에게 책 읽기를 가르쳤다. 그는 아버지의 유치장에서 워블리스의 책을 가지고 독서를 시작했다. 그에 대한 감사의 표시로 그들이 아버지의 유치장에서 도망치는 것을 도와주겠다고 제안했다. 워블리스가 그 제안을 거절하자, 그는 그때 처음으로 수동적 저항이 무엇인지 어렴풋이 알게 되었다.

멀로이는 IWW에 대해 프루에게 말해 주었다. "그들은 수동적 저항을 활용하기는 했지만 충분히 사용하지는 못했어. 그들은 그 원칙을 몰랐던 거야. 그게 그들의 유일하면서도 커다란 약점이었지. 하지만 그 때문에 실패했어. 그들은 호전적인 힘을 믿었던 거야. 그건 그들의 강령에 들어가 있어. 그들은 사람들이 비난한 것보다 10분의 1 혹은 20분의 1도 죽이지 못했을 거야. 오히려 그들의 적수가 그들을 더 많이 죽였어. 요점은 그들이 수동적 저항의 원칙을 추상적으로만 믿었다는 거야. 바로 그것 때문에 실패했어. 추상적 논리의 허점이었지.

하지만 그들은 멋진 사람들이었어. 그 용기와 그 지성을 감안할 때, 만약 그들이 수동적 저항의 원칙을 완벽하게 이해했더라면, 지상의 어떤 것도 그들의 움직임을 막지 못했을 거야.

넌 워블리스를 기억하지 못할 거야. 너무 어렸을 테니까. 아니, 그 무렵에 태어나지도 않았겠지. 아무튼 워블리스 같은 사람들은 없어. 전무후무한 존재야. 그들은 자기 자신을 유물론적 경제학자라고 불렀지만 실은 어떤 종교의 신자였어.

게 참전에 반대했다. 이와 관련 미국 정부는 간첩법 혐의를 걸어 이 조직의 간부들을 투옥했다. 1918년 9월에 101명의 워블리스를 투옥한 것이 대표적 사건이다. 제1차 세계 대전 후 IWW의 과격한 운동에 대중들이 염증을 느끼기 시작했고, 1925년에 이르러 조합의 힘이 크게 약화되었다.

그들은 너와 나처럼 노동자요 부랑자였으나 우리가 소유하지 못한 강력한 비전을 갖고 있었어. 그들을 위대하게 만드는 것은 바로 그 비전이야. 그런 비전의 힘을 믿었기 때문에 그토록 강력했던 거야. 그리고 그들의 노래! 정말 그들처럼 감동적으로 노래를 부르는 자들도 없을 거야! 종교의 힘이 아니라면 도저히 그런 노래를 부르지 못하는 거야.」

멀로이의 유년 시절 기억 중 가장 강력한 것은, 10명 혹은 20명의 워블리스가 가을 추수 들판에서 혹은 아버지의 2층 유치장에서 조 힐이나 랠프 채플린의 「연대여 영원하라」 등의 노래를 부르는 모습이었다. 그들의 노랫소리는 온 마을로 퍼져 나가 그것을 듣지 않은 사람이 없었다.

「마을 사람들이 그들을 마을 한구석에서 헌법을 읽도록 조용히 내버려 두었더라면 더 좋았을 거야. 그러면 그들은 문제를 일으키지 않고 다른 곳으로 갔을 거야.」

멀로이가 아버지에게 반발해 가출을 결심했을 때, 아버지의 죄수들은 출생증명서를 휴대하고 가는 게 좋을 것이라고 조언했다.

「워블리스 중 한 명이 내게 말했어. 〈이봐, 출생증명서가 없으면 많은 자들이 너를 귀화하지 않은 외국인이라고 씹어 댈 거야.〉 그 사람의 이름은 브래드버리였지. 그 친구의 조상은 독립 전쟁 전에 프랑스인과 인디언들을 상대로 싸웠다더군.」

워블리스가 그에게 베블런의 『유한계급론』과 조 힐의 노래가 들어 있는 『자그마한 붉은 노래책』을 가져가라고 주었다. 그때 이래 멀로이는 배낭, 여행용 가방, 선원 가방, 더플백 등에 늘 읽을 책을 가지고 다녔다. 그가 첫 번째로 일해서 번 돈으로 처음 사들인 책은 월트 휘트먼의 『풀잎』이었다. 그때 이래 같은 책을 10권도 더 사들여서 닳아 떨어뜨렸다. 그가 두 번째로 사들인 것은 IWW의 레드 카드(조합원증)와 회비

납부 증서였다. 나머지 돈으로는 처음으로 술을 마시고 처음으로 여자와 섹스를 했다. 그는 그때 이래 집에는 돌아가지 않았다.

「그건 핑계였어. 난 늘 핑계를 기다리고 있었지. 아버지는 너무 엄격한 경찰관이었고 어머니는 너무 독실한 크리스천이었지. 그 어떤 자식도 그런 부모의 성향을 이겨 낼 수는 없어. 나는 워블리스를 만나기 오래전부터 사람들이 양심적인 경찰과 종교적인 부녀자를 싫어한다는 걸 알고 있었어. 나는 무엇보다도 사람들의 미움을 사는 것을 싫어했어.」

그때 이후 그는 추수 들판과 목재 캠프에서 일했고 착실히 회비를 내는 IWW 조합원이 되었다. 그는 나이가 너무 어려 제1차 세계 대전에는 참전하지 못했다. 그래도 사람들이 무시하든 말든 출생증명서는 착실히 가지고 다녔다. 그는 죄수의 입장이 되어 감옥이 어떤 곳인지 체험했다. 정부 당국이 1918년 9월 28일 101명의 워블리스를 투옥하자, 멀로이는 항의 시위에 참가했고 그들을 위해 모금 운동을 벌였다. 조직의 지도자들이 리븐워스 연방 형무소를 들락날락하는 2년 동안, 그가 모아 놓은 돈은 그들의 뒷바라지에 들어갔다. 그는 그 돈을 내놓기 위해 창녀촌에 가는 돈도 절약했다. 그는 IWW 전체 집행 위원회 지도자들을 직접 만나 보지는 못했으나 빌 헤이우드, 랠프 채플린, 조지 안드레이친, 레드 도란, 그로버 페리, 찰리 애슐리, 해리슨 조지 등을 존경했다. 이런 지도자들을 직접 알고 있는 고참 조합원들보다 더 존경했다. 그는 그들을 위해 열심히 일했고 또 책을 많이 읽었다. 자신이 무슨 큰일을 위해 훈련받고 있는 중이라는 느낌이 들었다.

하지만 예전의 연대는 이미 변하고 해체되고 있었다. 전시의 재판과 리븐워스 복역이 IWW의 척추를 깨뜨려 놓았다. 온 세상을 위협하던 공산주의 혁명이 러시아에서 성공했다.

워블리스 사이에서도 러시아 혁명을 놓고 의견이 갈렸고, 그리하여 여러 개의 파당으로 나눠지게 되었다. 멀로이는 계속 독서를 하면서 때를 기다렸다. 그는 센트럴리아 워싱턴 감옥에 들어가게 되었다. 그 감옥은 웨슬리 에버스트를 거세하고 린치했는데, 그 외에도 일곱 명의 다른 워블리스를 2급 살인죄로 단죄했다. 멀로이는 그들 중 최연소였으므로 올드 마이크 시행 변호사가 무죄 방면하도록 선처했다. 그렇게 해 그는 거세, 린치, 재판을 피할 수 있었다. 그는 아래쪽인 캘리포니아로 흘러 내려가 항만 노동자 조합에 들어갔고 그런 와중에도 독서는 계속했다.

그러던 중 헤이우드와 안드레이친이 보석 규정을 위반하고 러시아로 도피해 공산주의자들과 한 패가 되어 버렸다. 그 결로 보석은 끝장나 버렸다. 채플린과 다른 IWW 지도자들은 보석이 취소되어 다시 리븐워스로 갔다.

「그런데 재미난 건 말이야……」 멀로이가 미소 지었다. 「빨간색을 제일 먼저 사용한 건 우리 워블리스였다는 거야. 공산주의자들이 그 색깔을 우리한테서 훔쳐 갔어. 물론 훔쳐 간 게 그것만은 아니지만.」

조 힐이나 워블리스 애기는 들어 본 적 없이 「케이스 존스」라는 노래를 오랫동안 불러온 프루는, 그들이 빨간색 이외에 훔쳐 간 또 다른 것은 빌 헤이우드라는 것을 어렴풋이 짐작했다.

「그들은 그걸 훔쳐 가서 내던져 버렸지. 어린애가 과자 가게에서 필요 이상으로 사탕을 집어다가 나중에는 그걸 버리듯이. 그들은 빌 헤이우드를 살해했어.」

그 후 캘리포니아 일대에서는 거의 잊힌 101명의 워블리스를 리븐워스에서 꺼내기 위한 노력이 3년 더 계속되었고, 또 조합에 회비를 내는 운동이 산발적으로 전개되었다. 그는 캘리포니아에서 열심히 공부했고 잭 런던[14]을 흠모했고, 프리스코의 사회주의자인 조지 스털링,[15] 업턴 싱클레어[16] 등을 알게 되었다. 이들이 거느리던 조직도 결국에는 위축되어 사라지고 말았다. 그는 잭 런던을 사랑하는 것 못지않게 조지프 힐스트롬(조 힐)을 사랑했다. 그러나 조직은 점점 밑이 빠지기 시작하더니 마침내 완전히 빠지고 말았다. 어떤 사람들은 조직 활동을 포기하고 헤이우드처럼 러시아로 가버렸다. 채플린 같은 사람들은 철학에 몰두하더니 마침내 맹목적 애국주의로 빠지고 말았다. 잭 멀로이는 계속 독서를 하면서 자기가 지금 어떤 일을 위해 훈련을 받고 있는지 궁금하게 여겼다. 그는 마침내 선원이 되기로 결심했다. 그는 19세였다. 한 시대가 끝이 난 것이었다.

그는 프리스코에서 출발하는 남아메리카 화물선에서 유능한 갑판원으로 몇 년을 보냈다. 그는 아직도 뭔가를 찾고 있었다. 바로 이때 뭔가 더 좋은 것이 없었기 때문에 업턴 싱클레어의 잔류파 사회주의에 가담했으나 나중에 탈퇴했다. 아무튼 늘 후세를 염두에 두고 살고 있는 〈몬로비아의 현자〉(업턴 싱클레어)가 그 당시 유일하게 투쟁을 계속하던 좌파였다. 메시아를 찾고 있던 19세의 제자는 그가 갑판원으로 일하던 배에다 현자의 팸플릿을 돌렸다. 그것은 법률 위반은 아니었지만 해운 회사의 중역들에게 발각된다면 회사를 그만두어야 하는 중죄였다.

「그 경험은 내게 두 가지를 가르쳐 주었어.」 멀로이가 슬쩍 웃으며 말했다. 「첫째, 프로파간다만을 가지고는 소기의 목적을 달성하지 못한다는 거야. 결과가 수단을 정당화시켜 주지도 않을 뿐만 아니라 프로파간다만으로는 결과를 달성하

14 Jack London(1876~1916). 미국의 소설가, 사회주의자.
15 George Sterling(1869~1926). 미국의 시인, 사회주의자.
16 Upton Sinclair(1878~1968). 미국의 소설가, 사회주의자.

지도 못해. 대중을 어떤 공통분모로 나누고 그걸 기준으로 일을 벌이면 반드시 낭패 난다는 거야. 수학적으로는 정확할지 모르지만, 막상 개인에게 적용해 보면 안 통하는 거야. 대중을 갑이라고 한다면 개인들의 집합체는 을인 거야. 그러니까 생판 다른 거라는 얘기야. 설사 그들을 초등학교 4학년 수준의 지능으로 평준화한다고 해도 그 역설을 해결할 수는 없어. 뭔가 더 좋은 방법을 찾아야 했어. 나는 그 방법이 무엇인지 또 어떻게 하면 찾을 수 있는지 몰랐어. 지금도 몰라. 하지만 언젠가 알아내야 해.

둘째, 사람은 후세를 위해서 살 수는 없다는 거야. 엄숙주의자일수록 더욱 그래. 왜냐하면 후세의 도덕은 언제나 오늘날의 도덕과 다르기 때문이지. 업턴 싱클레어는 랠프 채플린 못지않게 섹스에 엄숙주의자였어. 두 사람은 모두 결혼을 했어. 우리 평범한 조합원들이 창녀집에 들락거리는 것을 보고 굉장히 가슴 아파 했어. 그들은 끝내 우리를 설득하지 못하니까 모르는 체하더군. 나는 그들의 혁명적 활동이 어디서 연원하는지 생각해 보았어. 그건 그들의 부모가 심어 놓은 남녀 생식기에 대한 혐오증과 이상적 사랑에 대한 동경이었어. 하지만 눈먼 사람 노릇을 하면서 인생을 피해 갈 수는 없듯이 반항만 하면서 인생을 피해 가지는 못해. 그러니까 경제라는 한 과목에 집중하면서 인생의 다른 문제들, 가령 섹스를 피해 가지는 못하는 거야. 그리하여 거짓말쟁이가 되지 않는 한, 자기가 달아나려고 하는 그 문제로 되돌아오게 되는 거야. 따라서 그 유령 같은 대중을 구성하는 어떤 개인에게 무엇인가 되기를 강요할 수는 없어. 그가 그것을 원하기 전에는 절대 안 되는 일이야(공산주의자들도 언젠가 이 진리를 깨우치게 될 거야. 안 그러면 싱클레어의 사회주의처럼 공산주의도 죽어 버릴 수밖에 없어). 사람들에게 총을 꺼내 싸우도록 만들고 싶으면, 다른 근본적 사실들과 함께 이 근본적인 사실을 받아들여야만 해.」

그 당시 해리 브리지스는 애송이였다. 하지만 그 후 계속 성장해 잭 멀로이를 남아메리카행 국내 화물선에서 떼어 내어 원양 화물선에 승선하도록 지시했다. 그렇게 해 잭 멀로이는 함부르크, 마닐라, 상하이, 런던에 이르기까지 안 가본 항구가 없게 되었다. 그는 배를 타지 않을 때는 바텐더에서 관광 가이드에 이르기까지 온갖 일을 다 했다. 그는 뼈만 앙상한 일본 게이샤에서 푹신한 독일 여급에 이르기까지 온갖 여자를 사랑해 주었다.

「난 사랑하지 않는 여자와는 자지 않았어. 그런 여자와 섹스하면 그 뒤에 반드시 탈이 났어. 이런저런 꼬투리를 잡아서. 아무튼 섹스 할 당시 사랑의 감정이 없으면 섹스를 하지 않았어. 나는 어떤 설명이나 변명 없이 나의 사랑이 자연스럽게 드러나도록 했어. 난 이게 대부분의 남자들에게 적용되는 진실이라고 생각해. 그들과 솔직하게 얘기해 보면 그걸 알 수 있을 거야.」

프루는 그것을 자기 자신에게 적용해 보고는 그게 사실임을 깨닫고 가볍게 놀랐다.

「난 이것(섹스의 필요성)을 미래의 사회 구조어 편입시켜야 한다는 계획 따위는 갖고 있지 않아. 하지만 21세기가 오기 전에 누군가가 그것을 감안해 넣어야 할 거야. 싱클레어나 채플린 같은 경제학자-이상주의자가 뭐라고 하든 간에. 그건 내가 결혼하지 못한 한 가지 이유이기도 해.」

원양 화물선의 선원이었던 잭 멀로이는 임질에 여섯 번이나 걸렸다.

「매독은 목석한테는 덤벼들지 않아.」

하지만 그런 여행이 아직도 그의 동경을 완전히 해소해 준 것은 아니었다. 그의 내면에는, 그의 꿈꾸는 눈빛 속에는 그런 여행도 어루만져 주지 못한 무엇이 있었다. 그리고 그가 다녀 본 모든 장소, 그가 가져 본 모든 직업, 모든 경험, 모든 여자에도 불구하고, 그는 여전히 미국이 제일 좋았다. 그 땅에 그는 소속되어 있었고, 거기에 그의 신앙이 있었고, 거기가 그가 있어야 할 곳이었다.

1937년 더 이상 애송이가 아니지만 계속 크고 있던 해리 브리지스가 잭 멀로이의 원양 화물선에 연락을 취해 그를 영원히 선원 노릇에서 손 떼게 했다. 「그는 지금도 계속 크고 있어.」 멀로이가 말했다. 「앞으로 3년 내에 이 전쟁이 끝나면 그는 하와이 전역을 손안에 넣고 흔들 거야.」

원양 화물선의 선원 경력을 11년이나 쌓은 잭 멀로이는 서른두 살의 나이에 귀국했다. 그리고 미 육군에 입대했다. 그는 군인 자격으로 전쟁에 참가하고 싶었다. 그는 아직도 책을 읽으며 기다리고 있다.

「그 모든 사람들 중에서 말이야……」 그가 말했다. 「워블리스가 가장 근사치였던 것 같아. 아무도 그들을 제대로 이해하지 못했어. 그들은 용기가 있었고, 그보다 더 중요한 사실은 부드러운 마음을 가지고 있었다는 거야. 그들의 실패는 사상의 잘못이라기보다 실행 기술의 하자 때문이었어. 또 그들이 때를 얻지 못한 탓도 있었어. 나는 운명론자야. 진화의 논리를 믿는다면 운명론자가 될 수밖에 없어.

난 이 문제를 많이 생각해 봤어. 그리스도에게는 이사야가 있었어. 심지어 마르틴 루터에게도 에라스무스가 있었어. 나는 워블리스가 새로운 종교의 예언자요 선구자라고 생각해. 우리는 그런 새로운 종교가 필요해. 종교를 초자연적 신비라기보다 자연적 진화의 과정이라고 본다면 이런 주장에 그리 놀라지 않을 거야.

종교가 변하지 않고 늘 그대로 있는 것이라고 생각해? 완전히 다 성장해 요지부동의 단단한 어떤 것이라고 생각해? 아니야, 종교도 진화해. 다른 자연현상과 마찬가지로 종교도 필요에서 생겨난 거야. 그래서 동일한 자연법을 따르지. 종교는 태어나고, 성장하고, 자식을 두고, 서자를 두기도 하고, 그러고는 죽는 거지.

모든 진정한 종교가 이런 논리적 과정을 밟아 나갔어. 먼저 예언자가 나타났고, 옛 종교의 시체로부터 새 종교가 나왔어. 그리스도 앞에는 이사야와 세례자 요한이 먼저 나와서 앞길을 닦아 놓았던 거야. 언제 시간 나면 종교에 관한 책을 읽어 봐. 종교가 모두 논리적인 원칙을 따라 발전했다는 것을 알게 될 거야.

모든 종교는 처음엔 밑바닥 인생들을 가지고 시작해. 창녀, 세리, 죄인 등이 최초의 신자야. 그러니까 불단을 가진 세력을 가지고 시작할 수밖에 없어. 만족한 자들이 새로운 사상을 받아들일 리가 없지.

그리고 모든 종교는 개혁가를 순교시켜. 그것은 자연 선택의 한 부분이기도 해. 만약 새 종교가 강력하다면 박해를 이기고 영광으로 나아가는 거지.

그렇게 해서 그 종교에 기존의 만족한 자들(공포심 때문에 그 새 종교를 박해했던 자들)이 방향 전환을 해 그 종교의 마차에 올라타. 과거에 새 종교를 박해했던 공포심이 이번에는 그 종교에 참여하게 만드는 힘이 되는 거지.

그리고 모든 종교는 바로 그 순간 죽어 가기 시작해. 콘스탄티누스 황제가 전투에 이기게 해준 공로로 기독교를 받아들여 로마의 국교로 제정했을 때, 그는 동시에 기독교의 불가피한 쇠퇴와 죽음을 선언했던 거야.

어떤 종교가 강하고 또 승리하는 데 오랜 시간이 걸렸다면 죽는 데도 시간이 많이 걸리고 서자들도 많아. 하지만 그 모든 것들이 단계별 논리적 과정을 밟아 나가게 되어 있어.

종교는 예언을 하고, 등장하고, 승리하고, 인정받고, 타락하고, 쇠퇴하는 거야. 제대로 작동하고 멋진 주장을 펼치고 좋은 교훈을 가르친 종교는 어느 시점에 이르면 하강할 수밖에 없는 거야. 금이 가서 틈새가 생기고 그 사이로 후계자가 들어서는 거야. 후계자는 선배의 교훈을 받아들여 가다듬고 그래서 진화하는 거야. 가령 유대교에서 기독교가 나온 이치가 그래.」

「봐.」 멀로이는 열띤 목소리로 말했다. 「유대교란 뭐야? 유대교는 하느님은 지구이고 모든 우주가 그 주위를 돈다고 가르쳤어. 징벌과 보복의 신이라고 가르쳤어. 또 십계명도 가르쳤어.

그런데 기독교는 어떻게 했어? 기독교는 유대교를 가져와 약간 변형시켰어. 여전히 하느님이 불변의 고정된 존재라고 가르쳤지만, 태양처럼 고정되어 있고 지구는 그 주위를 돈다고 가르쳤어. 한결 멀어졌지만 그래도 불변의 몰개성적 중심이었어. 기독교는 영원한 징벌과 복수의 신을 영원한 사랑과 용서의 신으로 바꾸어 놓았어. 어떻게 할 수 없을 때만 악을 징벌하는 사랑의 신으로 바꾸어 놓았지. 기독교는 십계명을 산상수훈으로 대체했어.

그럼 다음 단계, 다음번의 논리적 진화는 뭘까? 신이 전혀 고정된 존재가 아니라고 가르치는 종교로 진화할까? 신이 변하지 않는다면 그건 신도 아니라고 가르치는 종교가 나올까? 지구도 태양도 불변의 중심이 아니고, 중심이란 아예 없다고 가르치는 종교가 생겨날까? 아인슈타인이 말한 것처럼 우주는 시간 속의 원형이고, 지구와 태양은 그중 자그마한 일부분이고, 모든 것은 끊임없이 유동하고 변한다는 가르침을 내세우는 종교가 나올까? 영원히 고정된 신보다는 성장과 진화가 신의 본모습이고, 언제나 그대로인 신은 없다고 가르치는 종교가 생겨날까?」

그런 식으로 얘기에 열중하던 멀로이는 더 이상 프루의 앤절로 걱정을 덜어 주기 위해 얘기를 걸던 멀로이가 아니었다. 그는 자신의 생각을 사로잡아 온 이론을 설명하는 데 몰두했다. 그 꿈꾸는 자의 눈은 프루를 프루로 알아보지 않았고 앤절로라는 사람을 기억하지도 않았다. 그리고 기이하게도 바로 그 순간에 프루도 멀로이의 얘기에 완전 몰입해 마지오의 존재 따위는 완전히 잊어버렸다. 오로지 꿈꾸는 자의 눈빛을 따라가고 그의 부드럽고 은근한 목소리에 이끌릴 뿐이었다.

「그게 무슨 뜻인지 알아? 신이 고정이 아니라 블안정이라면, 신이 성장과 진화라면, 용서의 개념은 불필요해진다는 거야. 용서라는 개념은 뭔가 잘못한 행동을 전제로 하고 있어. 원죄가 그런 거지. 하지만 진화가 시행착오에 의한 성장이라면 오류가 어떻게 잘못된 것일 수 있겠어? 그게 성장에 기여하는데 말이야. 과연 어머니가 자기 자식이 푸른 사과를 먹고 스토브에 손을 댄다고 그 아이를 용서해야 할 의무를 느끼겠어? 어떤 사물, 어떤 사람을 진정으로 사랑해 본 적 있어? 가령 어떤 여자를 사랑해 본 적 있어? 만약 어떤 것을 진정으로 사랑한다면 그것을 용서해 주겠다는 생각조차 하지 않아. 그게 어떤 짓을 저지르더라도 아무렇지 않은 거야. 그렇지 않아? 그게 아무리 너에게 피해를 주더라도 말이야. 그러니 사랑하는 어떤 것은 용서고 자시고 할 게 없는 거야. 네가 사랑하지 않는 것만 용서해 주는 거야.

만약 네가 어떤 사람을 사랑한다면 그를 용서해 주겠다는 생각조차 안 해. 어떤 문제로 그와 맹렬하게 싸우고 또 그를 바꾸어 놓으려고 압력을 가하기는 하겠지만, 일단 싸움이 끝나면 그를 있는 그대로 받아들이는 거야. 하나도 바꾸어 놓지 못하고 말이야. 그런 사랑의 대상을 상대로 용서해 준다고 말할 정도로 잘나고, 정의롭고, 우월한 그런 존재가 되지는 못하는 거야.」

그런 식으로 잭 멀로이는 자신의 철학, 종교, 인생관을 설파했다. 워블리스로 활동했던 시절, 공산주의자들과의 투쟁, 헤이우드와 채플린, 업턴 싱클레어, 해리 브리지스, 선원 시절, 사랑해서 동침한 여자들, 군대, 이런 것들이 하나의 경험으로 응축되어 그에 대한 모든 것을 설명해 주었다. 그는 그런 문제들을 거듭거듭 명상해 왔다. 그 문제로부터 벗어날 수가 없었다. 그것은 아주 중요한 문제였다. 하지만 그것은 늘 동일한 결론에 도달했다. 복수의 신, 용서의 신 다음에 사랑과 관용의 신이 있다는 것이었다. 용서 따위는 완전히 초월해 버린 신. 애초 사악함이 없었기 때문에 사악함에 대해서 보거나 말하거나 들어 본 적이 없는 신.

그렇게 해 프루가 늘 의아하게 여기던 비밀이 밝혀졌다. 멀로이가 영창 내에서 왜 그렇게 강력한 영향력을 행사하는지 그 비밀을 알아낸 것이다. 블루스 베리 같은 냉소주의자들도 존경해 마지않는 그 관대한 마음의 비밀을 밝혀냈다.

잭 멀로이는 이미 훨씬 오래전부터 자신이 친구들에게 따돌림당하고, 적들에게 부상당하고, 지도자들에 의해 배신당하리라는 것을 알기 때문에, 인간을 사랑할 수 있었던 것이다. 멀로이는 사람들의 그런 자연적 반응을 예기했고 그런 만큼 비난해야 할 배신으로 매도하지 않았다.

잭 멀로이의 생애에서 딱 한 가지 유감스러운 사항이 있다면 그건 그가 엉뚱한 시대에 태어났다는 것이었다. 그는 메시아와 함께 태어난 것이 아니라 예언자와 함께 태어난 것이었다.

「그 시대는 언젠가 올 거야.」 멀로이는 말했다. 「아직 오지 않았지만 언젠가 올 거야. 논리와 진화는 그 시대의 도래를 요구하고 있어. 그것은 여기 미국에서 올 거야. 미국에는 증오받는 족속들이 많이 살아. 세계의 희망이 여기에 있기 때문이지. 위대한 종교는 언제나 가장 증오받는 종족들 사이에서 생겨났어. 어쩌면 나는 그 시대를 못 보게 될지도 몰라. 너도 못 볼지 몰라. 하지만 그 시대는 오게 되어 있어.」

그는 살아생전에 그 시대를 보리라고는 기대하지 않았다. 그는 워블리스와 함께 나름대로 노력해 보았으나 워블리스는 선구자의 하나로 판명되었다. 그는 자신의 불운을 아주 오래전에 저지른 끔찍한 소행 탓이라고 생각했다. 그 나쁜 소행의 죄과를 지금도 지불하고 있다는 것이었다. 쟘 멀로이는 윤회를 믿었다. 그의 논리적 정신으로 볼 때 그것이 유일한 논리적 설명이었다. 바로 이런 이유 때문에 그는 조 힐[17]의 추억을 소중히 간직했다.

17 Joe Hill(1879~1915). 스웨덴 태생의 미국 작사가 겸 IWW 조직가. 강도 살인 사건과 관련해 처형됨으로써 미국 노동 운동의 순교자 겸 국민적 영웅으로 부상했다. 가족이 모두 음악가인 보수적 루테란 가문에서 출생해 1902년 스웨덴에서 미국으로 이민 왔다. 미국 전역을 전전하며 생활하다가 1910년 IWW 캘리포니아 지부에 가입해 곧 서기가 되었다. 1911년 그의 가장 유명한 포크 송 「사제와 노예」가 IWW의 『자그마한 붉은 노래책』에 실렸다.

안녕 잘 가, 넌 잘 먹게 될 거야
하늘 위의 영광스러운 땅에서.
일하고 기도하고 건초 더미 위에서 자.
넌 죽으면 하늘에서 파이를 얻게 될 거야.

그의 노래는 이민 노동자와 철도 노동자의 애환을 그린 것이 많다.

1914년 1월 10일 밤, 솔트레이크시티에 머물던 조 힐은 친구의 집을 떠나 자기 집으로 돌아왔는데 가슴에 총을 맞은 상태였다. 같은 날 밤 식료품 가게에 권총 도둑이 들어 주인과 아들이 살해당했다. 힐은 이 사건의 범인으로 체포되었다. 이 사건은 혼란스러웠고 정황 증거는 명백하지 않았다. 여자 문제

「그는 성인이었어. 성인이었음에 틀림없어. 그가 영위한 한평생을 살펴보면.」

「케이시 존스」와 「할레루야, 나는 부랑자였네」 등의 노래 가사를 쓴 조 힐은 그런 노래의 작사자로 인정받지 못했다. 그는 잭 멀로이가 워블리스 얘기를 듣기도 전인 1915년에 사망했다. 그가 저지르지도 않은 살인 사건에 연루되어 유타주 총살대에서 총살되었다. 자신이 죽은 뒤 시체를 몬태나 주경(州境)으로 이송해 달라는 요구 사항을 남겼다. 〈유타 땅에서 시체로 발견되는 것이 싫다〉는 이유 때문이었다. 그는 일찍 죽었기 때문에 그가 사랑하던 IWW의 타락, 파괴, 죽음을 직접 보지 않았으니 다행이었다.

잭 멀로이는 그 누구보다도 조 힐을 부러워했다.

「그렇게 세상을 떠나야 해. 그의 한평생은 어떻게 살아야 하는지를 보여 주었어. 하지만 그렇게 살려면 먼저 그런 자질을 갖고 있어야 해. 언젠가 사람들이 조 힐을 세례자 요한과 동렬에 올려놓을 날이 올 거야. 그는 조 힐이라는 사람이 되기 이전에 아주 위대한 일을 했음에 틀림없어. 이승에서 그런 삶의 티켓을 받아 쥔 것을 보면 말이야.」

프루가 오래전이 무슨 뜻이냐고 묻자 멀로이는 〈그의 전생(前生)에 말이야〉라고 대답했다.

로 누군가와 싸우다가 총에 맞았다는 힐의 얘기도 모순투성이였다. 검경은 다른 용의자에 대한 단서는 무시했다. 조사에 비협조적이던 힐은 마침내 변호사도 해임해 버렸다. 그가 과격한 노동 운동을 한 탓에 엉뚱한 자의 죄목을 대신 뒤집어썼다는 비난에도 불구하고 유타주 총살대는 그를 총살했다. 죽기 전 힐은 IWW 지도자 빌 헤이우드에게 〈안녕 빌, 난 진정한 반항아로 죽어. 내 죽음을 슬퍼하지 말고 계속 싸워〉라는 전보를 보냈다.

제43장

앤절로가 지구 병원의 정신 병동으로 가고 스톤월 잭슨이 병원 소식을 가지고 2동으로 복귀하기 전에 인디애나 농촌 출신의 프랜시스 머독이 2동으로 새로 들어왔다. 프루는 3동에 있던 시절 관물 검사 때 프랜시스가 패트소에게 구타당하는 것을 본 적이 있었다. 프루가 3동에 있을 때 단난 동료들 중에서 그는 2동으로 옮겨질 가능성이 가장 낮은 친구로 보였다. 하지만 검은 구멍에서 사흘을 보낸 뒤 프랜시스는 2동으로 배정되었다.

그들은 앤절로가 검은 구멍으로 들어가기 이전부터 프랜시스가 이감되어 올 것을 기대하고 있었다. 구타를 당한 뒤 첫 소강상태는 겨우 하루가 갔고 프랜시스는 그 이후 더욱 자주 발작을 했다. 그는 정상적인 상태일 때는 불평도 하지 않는 온유한 사람이었다. 또 소강상태에 빠져 들 때도 꿈꾸는 듯한 온순한 백치였다. 하지만 그 상태에서 빠져나올 때마다 갑자기 돌아 버려 옆에 있는 사람들을 마구 공격했다. 그는 두 번이나 채석장의 간수들을 공격했다. 한번은 식당에서 바로 옆에 앉아 있는 동료의 머리 위로 케첩과 콩이 들어 있는 식판을 엎어 버리고 식탁 나이프의 둔탁한 날로 그 동료를 썰어 버리는 시늉을 했다. 영창의 나이프는 버터도 잘 썰지 못하기 때문에 그 동료는 별 피해를 입지 않았다. 그는 이 일로 검은 구멍 사흘을 먹었고 아주 모범적으로 구멍 생활을 마쳤다. 하지만 구멍에서 나온 직후 채석장에서 주먹만 한 돌을 들어 옆에 있는 동료의 머리를 내리치려다 미수에 그쳤다. 3동의 수감자들은 밤이면 가끔씩 잠에서 깨어, 악마와 같은 얼굴을 한 프랜시스가 그들의 목을 조르는 광경을 목도했고, 그러면 옆에 있는 동료 서너 명이 달려와 프랜시스의 몸에 올라타 진정시켰다. 3동의 동료들은 신고하지 않고 자체적으로 불침번을 세워 프랜시스의 기행에 대비하게 했다. 하지만 프랜시스는 어느 날 식당에서 패트소를 공격했다. 또다시 괭이자루로 구타를 당했고 마침내 2동행이 결정되었다.

그러나 사실을 말해 보자면 그는 2동에 올 자격이 안 되는 병사였다. 2동에 온 그는 검은 까마귀 사이의 하얀 닭 같은 존재였다. 하지만 그는 모든 것을 체념하면서 받아들이듯이 이 사실도 체념하면서 받아들였다. 그는 프루의 얼굴을 기억하고 금방 친구가 되었고 블루스 베리를 능가할 정도로 잭 멀로이의 예찬자가 되었다. 그는 멀로이를 강아지처럼 졸졸 따라다녀 주위 사람들을 당황하게 만들었다. 저녁이 되어 게임을 할 때면 프랜시스는 정상 상태일 때는 다른 동료들과 함께 열심히 게임에 참가했다. 인디언 팔씨름으로 손등이 담뱃불에 지져지기도 하고 무릎이 못에 찔리기도 했다. 그리고 다른 모든 것을 잘 참듯이 매트리스 앞에 서 있기 게임의 고통도 잘 견뎌 냈다. 그는 덩치 작은 동료 다섯 명까지 받아넘겨 칭찬을 듣기도 했다. 그는 2동 역사상 그 게임에서 면제받는 특혜를 누리는 최초의 수감자가 되었다. 하지만 그는 옆에 서서 구경만 하는 것을 거부했다. 비록 그때까지 그 어떤 게임에서 이겨 본 적이 없었지만 고집을 쓰고 나섰다. 그래서 2동 사람들은 그에게 좋을 대로 하라고 말했다.

그들은 프랜시스를 그들의 품 아래 받아들여 보살펴 주면서 그를 일종의 마스코트로 삼았다. 그가 소강상태에서 빠져나와 광인이 되어 버리는 시기에도 그들은 신경 쓰지 않았고 불침번을 세우지도 않았다. 그들은 하나같이 어린 시절부터 거친 생활에 익숙해진 자들이었다. 만약 그들 중 누군가가 밤중에 잠에서 깨어 프랜시스의 손아귀를 자기 목에 느낀다면 그 손을 가볍게 털어 내고 머리를 몇 대 때려 그의 잠자리로 되돌려 보냈다. 그러면 프랜시스는 그다음 날 아침 온순하고 착한 상태로 잠에서 깨어나곤 했다. 2동 사람들은 물론이고 영창 사람들은 그를 위험한 존재라고 생각하지 않았다. 모든 동료를 사랑의 눈으로 바라보는 잭 멀로이는 아예 그를 위험하다고 생각조차 하지 않았다. 이런 프랜시스가 영창과 2동의 현재 상태를 완전 뒤흔들어 놓고 그들 중 몇몇의 삶을 완전히 바꾸어 놓는 시한폭탄의 퓨즈에 불을 붙여 놓으리라고는 그 누구도 상상하지 못했다.

그 일은 어느 날 오후 채석장에서 느닷없이 발생했다. 2동에 온 이후 인디애나 촌놈 프랜시스는 자신의 삶에 점점 더 비통해했다. 그건 전혀 그답지 않은 일이었다. 그의 새로운 영웅들을 흉내 내려고 그러는 것인지, 발작 기간이 너무 길어 평소의 좋은 행동 버릇이 사라져 버린 것인지, 2등으로 이감되면서 형기가 1개월에서 2개월로 늘어났기 때문인지, 아무도 알지 못했다.

그날 오후 그는 꿈꾸는 소강상태에 빠져 들었다. 프루는 블루스 베리와 스톤월 잭슨 사이에서 작업을 하고 있었는데 그때 프랜시스가 갑자기 소강상태에서 빠져나왔다. 그들은 심상치 않은 징조를 발견했고 프랜시스가 망치를 놓자마자 셋이서 재빨리 인디애나 촌놈에게 달려들어 압박을 가해 진정시켰다. 이어 네 사람은 그 문제를 별로 심각하게 생각하지 않고 돌아갔다. 그들은 이제 그런 절차에 이골이 나 있었다.

그러나 잠시 뒤 인디애나 촌놈이 아주 단호한 표정으로 그들에게 다가오더니 그를 위해 그의 팔을 분질러 줄 수 있겠느냐고 물었다.

「무엇 때문에, 프랜시스?」 프루가 물었다.

「병원에 가려고.」 인디애나 촌놈이 대답했다.

「병원에는 왜 가려는데?」

「아픈 데다가 이 빌어먹을 구멍이 너무 지겨워서 그래.」 인디애나 촌놈은 부드럽게 말했다. 「형기 한 달을 썩었는데도 앞으로 26일이나 더 지내야 하니 너무 지겨워.」

「나처럼 6개월 썩어야 하는 놈도 있는데 뭘 그래.」 잭슨이 말했다.

「정말 눈앞이 깜깜하겠는데.」 프랜시스가 말했다.

「팔을 깨봐야 여기서 더 빨리 나가지도 못해.」 프루가 합리적으로 말했다.

「하지만 병원에서 2~3주 쉴 수 있잖아.」

「그리고 어떻게 네 팔을 부러뜨려?」 프루가 말했다. 「막대기처럼 무릎 위에다 놓고 탁 꺾어 버려? 팔은 부러뜨리기가 쉽지 않아, 프랜시스.」

「내가 다 생각해 두었어.」 인디애나 촌놈은 의기양양하게 말했다. 「돌덩어리 두 개 사이에다 내 팔을 놓고 너희 중 하나가 망치로 내 팔뚝을 내리치면 돼. 그러면 팔의 뼈가 똑 부러질 거고 나는 병원에서 적어도 2주는 쉴 수가 있어.」

「난 그거 못해, 프랜시스.」 프루가 갑자기 구토를 느끼면서 말했다.

「스톤월, 네가 좀 해줄래?」 인디애나 촌놈이 물었다.

「뭣 때문에 병원에 가려고 그래?」 잭슨이 뒤로 뺐다. 「여기보다 좋을 것도 없어. 난 거기 갔다 왔어. 정말이라니까. 여기보다 조금도 나을 게 없어.」

「그렇지만 거긴 패트소 같은 놈은 없고 또 이 땡볕에서 망치로 돌을 쪼개지 않아도 되잖아.」

「아니야, 너는 병실에 멍하니 앉아서 쇠창살 밖을 내다보며 차라리 망치로 돌을 쪼개는 게 낫다고 생각하게 될 거야.」 잭슨이 말했다.

「하다못해 음식이라도 더 나을 거 아냐.」

「그건 그래. 하지만 곧 지겨워져.」 잭슨이 말했다.

「그럼 안 해주겠다 이거야? 나를 한번 봐주는 셈 치고?」 인디애나 촌놈이 비난하는 어조로 말했다.

「물론 해줄 수는 있어. 하지만 안 하는 게 낫겠어, 프랜시스.」 잭슨이 마지못해 말했다.

「내가 해주지.」 이번에는 블루스 베리가 나섰다. 「너가 정말로 원할 때 나에게 말만 해. 정말로 원한다면 말이야.」

「정말이야.」 프랜시스는 단호한 어조로 말했다.

「그럼 네가 말한 돌은 어디에 있어?」 베리가 물었다.

「내가 일하는 곳에 있는 돌을 사용하면 돼.」

「좋아, 가보자고.」 베리는 고개를 돌려 동료들을 쳐다보았다. 「너희 신경 안 쓰지? 내가 이렇게 해줘도. 저 친구는 여기가 너무 지겨운가 봐. 나도 언젠가는 저 친구 심정이 될지 몰라.」

「난 신경 안 써. 그건 내 일이 아니야. 단지 내가 직접 그렇게 해주기는 싫어. 그뿐이야.」 프루가 말했다.

「나도 동감이야.」 잭슨이 불안한 목소리로 말했다.

「오케이, 내 곧 돌아올게. 간수들 망이나 잘 봐줘.」

아래쪽 구덩이에 있는 간수는 보이지 않았다. 하지만 벼랑 위에 있는 두 간수는 정위치를 차지하고 있어서 충분히 내려다볼 수 있었다.

「저기 위쪽에 있는 두 놈을 신경 써야 할 거야.」 프루가 말했다.

「저 친구들이 사라지기를 기다리려면 차라리 지구가 평평해질 때까지 기다리는 게 나을 거야.」

「조금 있으면 감시 위치를 바꿀지도 몰라.」 프루가 말했다.

「난 저놈들 신경 안 써. 너무 눈이 부셔서 아무것도 안 보일 거야.」 베리가 혐오스럽다는 듯이 말했다.

그는 망치를 들고 프랜시스를 따라서 5미터 정도 걸어갔다. 프랜시스는 자신이 점찍어 둔 돌 두 개를 가리켰다. 그 돌은 위가 평평했고 서로 떨어진 거리가 15~20센티미터 정도였으며 높이는 지상에서 10센티미터 정도였다. 프랜시스는 쪼그리고 앉아 자신의 왼쪽 팔을 그 두 돌 위에 올려놓았다. 주먹과 손목을 한쪽 돌에, 나머지 팔꿈치는 다른 돌에 걸쳤다.

「이렇게 하면 관절은 부러지지 않고 뼈만 부러질 거야.」 프랜시스가 부드럽게 말했다. 「내가 오른손잡이니까 왼팔을 부러뜨리는 게 나아. 밥을 먹기도 손쉽고 집에 편지도 쓸 수 있으니까. 오케이, 어서 내리쳐.」

「좋아, 간다.」 베리는 한 발자국 뒤로 물러서서 망치로 내리쳐야 할 곳을 내려다보며, 망치 대가리를 휘두르다가 양손으로 망치를 잡고 두 돌 사이의 팔뚝을 내리쳤다. 그의 동작은 나무를 찍는 전문 나무꾼처럼 정확하고 강력했다.

프랜시스는 그것을 예상하지 못한 것처럼 놀라면서 비명을 내질렀다. 눈에 보이지 않는 저격병으로부터 총을 맞은 사람 같았다. 뼈 부러지는 소리는 비명 소리에 묻혀 버렸다. 그는 몇 초간 무릎을 꿇은 채 그대로 있다가 백지장처럼 하얀 얼굴을 하고서 일어나 그들에게 다가와 상처를 보여 주었다. 왼쪽 팔뚝은 평소 같으면 곧게 뻗어 있어야 하나 망치의 충격으로 뼈가 부러져 약간 덜렁거리는 것처럼 보였다. 그가

5미터를 걸어오는 몇 초 동안에 이미 상처가 크게 부풀어 있었다. 그들이 쳐다보고 있는 동안에도 상처가 점점 불어나 작은 풍선처럼 보였다.

「뼈가 두 군데 부러진 것 같아.」프랜시스가 담담히 말했다.「이 정도면 3주는 너끈할 거야. 아니면 더 오래갈지도 몰라.」그는 갑자기 속에 있는 것이 넘어오는지, 오른손으로 왼팔을 부드럽게 부여잡고 무릎을 꿇더니 토하기 시작했다.

「야, 정말 아픈데.」그가 일어서면서 자랑스럽게 말했다.「이렇게까지 아프리라고는 생각 못 했어.」아까 비명 소리에 묻어 있던 놀라움이 그의 목소리에 되살아났다.「베리, 정말 고마워.」

「무슨 소리. 도울 수 있어서 기뻐.」

「자, 이제 저기로 내려가서 이 상처를 간수에게 보여야겠어. 나중에 보자고.」프랜시스는 오른손으로 왼손을 조심스럽게 잡고는 언덕 아래로 내려갔다.

「정말 놀랍군!」프루는 등골에 식은땀이 흐르는 것을 느끼면서 말했다.

「정말 대단한 깡다구야. 난 지금 즉시 영창에서 빼준다고 해도 저렇게는 못하겠어.」잭슨이 말했다.

「무슨 소리? 범죄자들이 자기 칼로 자신의 몸에 박힌 총알을 빼낸다는 얘기 못 들어 봤어? 그것보다는 약과야.」베리가 말했다.

「못 들어 봤어. 그런 건 영화에서나 나오는 얘기야.」프루가 말했다.

「못 들어 보기는 나도 마찬가지야.」잭슨이 말했다.

「아무튼 쉬운 일이었어. 별거 아니더라고.」베리가 씩 웃으며 말했다.

그들은 망치질을 하면서 도로에 서 있던 간수가 전화박스에 들어가 보고하는 것을 보았다. 프랜시스는 오른손으로 왼팔을 조심스럽게 잡고 그 옆에 기쁜 듯 서 있었다. 곧 트럭이 나타났고 그는 여전히 오른손으로 왼팔을 잡은 채 적재함에 올랐다.

「봐, 파이를 먹는 것처럼 쉬워. 나는 왜 저렇게 해볼 생각을 못했을까.」베리가 말했다.

「만약 두 명이 동시에 팔을 다쳐 가지고 나타나면 의심할 거야.」프루가 말했다.

「알아, 그래서 나는 못하는 거야. 그 때문이야.」베리가 늑대같이 웃으며 대꾸했다.

그날 저녁 그들은 식사를 마치고 2동으로 돌아와 인디애나 촌놈 프랜시스 머독이 채석장에서 작업하다가 추락해 팔을 다친 바람에 죄수 병동에 들어갔다는 사실을 알았다. 그의 왼팔은 프랜시스가 예상한 것처럼 두 군데가 부러진 것이 아니라 한 군데만 부러졌다.

거기에 대해서 아무도 언급하지 않았고 질문하지 않았다. 그 일은 시계의 초침처럼 한 치의 오차도 없이 진행되었다. 저녁 식사 시간이 평소와 마찬가지로 다가왔고 또 가버렸다.

하지만 저녁 식사 후 소등나팔 직전, 패트소와 톰슨 소령이 괭이자루를 들고 2동에 나타났고 평소보다 더 미친 듯이 화를 냈다.

그것은 관물 검사 때와 다름없었다. 그들은 각자 침상에서 차려 자세로 서 있었고, 폭동총을 찬 간수 두 명이 2동 출입문의 좌우에 도열했으며, 세 번째 간수가 문 잠그는 자물쇠를 들고 문밖에 서 있었다. 톰슨 소령은 그의 마누라가 졸병과 함께 침대에 들어 있는 광경을 발견한 사람 같은 표정이었다.

「프랜시스 머독은 오늘 오후 채석장에서 팔을 부러뜨렸다.」소령이 엄숙한 목소리로 말했다. 「그는 추락해 골절상을 입었다고 주장했다. 우리는 내부에서 그 문제를 조용히 처리하려고 그의 주장을 그대로 받아들여 죄수 병동으로 보냈다. 하지만 우리끼리 얘긴데 누가 일부러 그의 팔을 부러뜨렸다. 머독과 그자는 둘 다 꾀병을 부린 거다. 우리 영창은 꾀병을 절대로 용납하지 않는다. 머독의 형기는 늘어날 것이고, 그는 병원에서 돌아오면 호되게 치도곤을 당할 것이다. 머독의 팔을 부러뜨린 자는 앞으로 나와라.」

아무도 움직이지 않았고 또 대답하지 않았다.

「좋다.」 소령이 더욱 엄숙하게 말했다. 「너희가 그런 식으로 나온다면 우리도 다 생각이 있다. 너희는 말을 잘 안 듣기 때문에 2동에 와 있다. 난 너희에 대해 아무런 동정심도 없다. 너희는 사람 잡는 일을 저질러 놓고도 눈 하나 깜짝 않는다. 이제 이 영창을 누가 호령하는지 똑바로 가르쳐 주겠다. 앞으로 나올 마지막 기회를 주겠다.」

아무도 움직이지 않았다.

「좋다, 중사.」 소령은 패트소에게 고개를 끄덕였다.

저드슨 중사는 첫 번째 수감자에게 다가가 물었다. 「누가 머독의 팔을 부러뜨렸나?」 그 수감자는 제8야전 포병 대대 출신의 바싹 마른 병사였다. 얼굴에 주름이 많이 잡혀 냉소적인 표정이 떠올랐고 앞을 빤히 쳐다보는 눈동자는 두 개의 조약돌 같았다. 그는 채석장 반대편에 있었기 때문에 아무것도 보지 못했으나 이미 사건의 전말을 들어서 알고 있었다. 「모릅니다, 중사님.」 패트소는 괭이자루로 그의 정강이를 후려치고 다시 물었다. 주름 진 얼굴은 여전히 냉소적인 표정이었고 조약돌 같은 눈은 동요하지 않았다. 「모릅니다, 중사님.」 패트소는 괭이자루로 그의 배를 찌르며 다시 물었다. 그는 똑같이 대답했다.

통로의 위아래에서 똑같은 절차가 반복되었다. 패트소는

이쪽 끝에서 저쪽 끝까지 모든 수감자에게 똑같이 질문하고 똑같이 구타했다. 그는 모두에게 〈누가 머독의 팔을 부러뜨렸나?〉라는 질문을 다섯 번 던졌다. 단 한 사람도 움직이지 않았고 눈빛도 흐려지지 않았다. 그들은 마음속으로 패트소라는 못된 인간과 그의 거친 질문 방식에 한없는 경멸감을 느꼈다. 거긴 3동이 아니라 2동이었다. 2동의 결속력은 틈새가 전혀 없는 석벽 같았다.

그들의 경멸과 침묵은 패트소를 전혀 괴롭히지 않았다. 그의 일은 수감자 전원에게 질문을 던지고 엉뚱한 대답을 하면 구타를 하는 것이었다. 그 외에는 신경 쓸 바가 아니었다. 그는 이 일을 아주 조직적으로 완벽하게 해냈다. 그는 2동의 전원에게 질문한 다음 소령에게 되돌아와 아래쪽으로 내려가더니 블루스 베리 앞에 섰다.

「누가 머독을 위해 그의 팔을 부러뜨렸나?」 톰슨이 물었다.

그제야 그들은 영창 당국이 범인을 알고 있다는 것을 알았다.

베리는 대답하지 않고 앞만 빤히 쳐다보았다.

패트소가 그를 구타했다.

「네가 머독을 위해 그의 팔을 부러뜨렸나?」 톰슨이 다시 물었다.

베리는 차려 자세를 취한 채 대답을 않고 앞만 쳐다보았다.

패트소가 다시 구타했다.

「우린 네가 그 짓을 한 자라는 걸 알고 있어.」 소령은 미소 지으며 말했다.

베리는 씩 웃어 보였다.

패트소는 그를 구타했다.

「앞으로 나서라.」 톰슨 소령이 말했다.

베리는 여전히 미소 지으며 두 걸음 앞으로 나섰다.

패트소는 괭이자루의 손잡이 부분으로 그의 콧잔등을 후

려쳤다. 베리는 순간 무릎을 꿇었다. 그는 잠시 그러고 있었다. 아무도 도와주지 못했다. 그러다가 힘겹게 일어섰다. 코에서 피가 흘러나왔으나 그는 손을 올려 닦아 낼 생각도 하지 않고 앞쪽 벽만 쳐다보았다. 그는 혀끝으로 입술을 한 번 핥고 나서 소령에게 웃어 보였다.

「베리, 난 너를 시범 케이스로 삼겠다.」 톰슨 소령이 엄숙하게 말했다. 「넌 분수를 모르고 잘난 체하고 있다. 너 자신을 강인한 놈이라고 생각하고 있다. 난 너처럼 분수를 모르고 날뛰는 자가 어떻게 되는지 다른 수감자들에기 분명히 보여 주고 싶다. 네가 머독의 팔을 부러뜨렸나?」

「니미럴, 엿이나 먹어.」 베리가 허스키한 목소리로 말했다.

이번에 패트소는 괭이자루로 베리의 입을 후려쳤다. 베리는 무릎이 후들거렸으나 완전히 쓰러지지는 않았다. 그의 눈빛이 흐려졌으나 시선을 앞쪽의 벽으로부터 거두지는 않았다. 그는 겨우 일어서서 입을 오물거려 경멸하는 표정으로 이빨 두 개를 패트소의 발밑에 뱉어 내더니 씩 웃었다.

「패트소, 난 네놈을 죽여 버릴 거야.」 베리가 말했다. 「여길 나가면 지구 끝까지 쫓아가서 네놈의 멱살을 따버릴 거야. 그러니 네놈이 먼저 나를 죽이는 게 좋을 거야. 안 그러면 내가 네놈을 죽여 버릴 테니까.」

패트소는 아까 2동의 경멸과 침묵에 무감각했던 것처럼 베리의 욕설에도 전혀 동요하지 않았다. 그는 조직적으로, 무감각하게, 본능적으로 괭이자루를 다시 들어 올렸다. 그때 톰슨 소령이 제지했다.

「저자를 체육실로 데려가라. 필요 이상으로 막사를 더럽히고 싶지 않다. 너희는 이 오물을 처리하라.」 소령이 말했다.

패트소가 베리의 팔을 잡고 문 쪽으로 끌고 가려 하자 베리는 팔을 흔들어 치우면서 말했다. 「야, 이 뚱보 놈아, 그 돼지 같은 손 치워. 나 혼자 걸어갈 수 있어.」 그는 혼자서 문까지 걸어갔다. 밖에 있던 간수가 문을 땄다. 베리는 문밖으로 나섰고 패트소, 소령, 두 명의 간수가 뒤를 따라갔다.

「저 바보 같은 자식.」 잭 멀로이가 얼굴을 찡그리며 말했다.「그건 저들을 다루는 방법이 못 돼. 난 그런 식으로 다루어서는 안 된다고 말했어.」

「어쩌면 그는 그들을 다루는 게 지겨워졌는지도 모르지요.」 프루가 뾰족하게 말했다.

「그는 더 지겨워질 거야.」 멀로이가 차갑게 말했다.「저자들은 심각하다고.」

그들이 체육실에 들어간 동료가 비명을 내지르는 소리를 들은 것은 그때가 처음이었다. 블루스 베리가 비명을 질렀다는 것은 보통 일이 아니었다. 이번에 소령과 패트소는 사생결단으로 나오는 것 같았다. 2동 사람들은 바닥을 청소하고 침상에 앉아 기다렸다. 시간은 이미 9시 30분이었으나 아직 소등이 안 되었다는 것은 구타가 심상치 않음을 보여 주었다. 그들은 무장을 한 채 황급히 문 앞을 지나가던 핸슨 일병으로부터 벼랑에 있는 간수들 중 하나가 사고 현장을 목격했다는 것을 알아냈다.

톰슨 소령이 권총을 찬 채 간수들과 함께 그들 앞에 나타난 것은 11시 30분이었다. 간수는 총 10명이었는데 각자 권총을 차고 폭동총을 휴대했다.

2동 사람들은 2열 종대로 체육실까지 걸어갔다. 간수들은 폭동총을 손 앞에 든 채로 체육실 벽을 빙 둘러 도열해 있었다. 오늘 밤 영창의 간수들이 전원 집합한 것 같았다. 2동 사람들은 체육실 안으로 들어가 간수들 앞에 3면으로 빙 둘러섰다.

블루스 베리는 GI 반바지를 입은 채 비어 있는 한쪽 벽 앞에 강한 불빛을 받으며 서 있었다. 그는 너무 부어올라 제대로 움직이지도 못하는 입으로 미소를 지으려고 애썼다. 그의 얼굴은 윤곽을 알아보기 어려웠다. 부러진 코는 부어올랐고 아직도 코에서는 피가 흘러나왔다. 그가 기침을 할 때마다 입에서도 피가 흘렀다. 그의 눈은 거의 감겨 있었다. 괭이자루로 거푸 얻어맞아 양쪽 귀의 윗부분은 찢어져서 너덜너덜했다. 코, 입, 귀에서 나온 피가 가슴에 흘러내렸고 하얀 반바지를 붉게 물들였다.

「그는 죽었어.」 프루 뒤에 있던 수감자가 속삭였다.

패트소와 두 명의 간수 터닙시드와 브라우니는 거의 기진맥진한 채 베리 옆에 서 있었다. 톰슨 소령은 권총을 찬 채 한쪽 구석에 혼자 서 있었다.

「육군의 기강을 흐려 놓는 자가 어떻게 되는지 너희에게 보여 주려고 이렇게 불렀다. 중사!」 소령이 고개를 끄덕였다.

「돌아서서, 코와 발가락을 벽에다 대.」 저드슨 중사가 말했다.

「패트소, 넌 나를 죽이는 게 나을 거야.」 베리가 속삭였다. 「아예 죽여 버리라고. 안 그러면 넌 내 손에 죽어. 내가 여기서 나가면 네놈의 멱을 따버릴 거야.」

저드슨 중사는 한 걸음 앞으로 다가가 무릎으로 베리의 고환을 올려 찼다. 베리는 비명을 질렀다.

「돌아서서, 코와 발가락을 벽에다 대.」 저드슨 중사가 다시 말했다.

베리는 돌아섰다. 「이 씹새끼, 이 창녀가 싸갈긴 놈. 날 죽여 버리는 게 좋을 거야. 안 그러면 넌 내 손에 죽어. 그러니 날 죽여 버리는 게 나을 거야.」 베리의 머릿속에는 패트소를 죽이겠다는 생각뿐인 듯했다. 그런 생각이 착 달라붙어 있기 때문에 그 고문을 견디는 것 같았다. 그는 패트소를 죽여 버리겠다는 말을 거듭거듭 내뱉었다.

「베리, 네가 머독의 팔을 부러뜨렸나?」저드슨 중사가 물었다.

베리는 대답하지 않고 죽이겠다는 말만 했다.

「베리, 내 말이 들리나? 네가 머독의 팔을 부러뜨렸나?」

「잘 들려. 패트소, 날 죽여 버리는 게 나을 거야. 안 그러면 내가 네놈을 죽일 거야. 그러니 아예 끝장을 내.」

「브라운, 저놈을 좀 다뤄 봐.」패트소가 턱으로 베리를 가리키며 말했다.

브라운 하사는 타석에 들어서는 타자처럼 괭이자루를 두 손으로 잡고 휘두르더니 베리의 등을 세게 찔렀다. 베리는 비명을 질렀다. 이어 그가 기침을 하자 입에서 피가 흘러나왔다.

괭이자루는 직선형과 곡선형 두 종류가 있다. 직선형은 곡선형에 비해 더 길고 무겁다. 곡괭이자루는 도낏자루보다 더 길고 무거운데, 괭이자루는 곡괭이자루보다 더 길고 무겁다. 직선형 괭이자루의 손잡이는 곡괭이자루보다 10센티미터가 더 길고 5백 그램 더 무거우며 끝 부분에 두 개의 둥그런 쇠가 달려 있다. 괭이의 쇠로 된 머리 부분은 곡괭이와 비슷해 자루의 두 둥그런 쇠와 균형을 이루며 이 두 부분 덕분에 잡초나 뿌리가 얽힌 땅을 잘 파내는 도구가 된다.

「베리, 네가 머독의 팔을 부러뜨렸나?」패트소가 물었다.

「니미 씹이다. 패트소, 날 죽여 버리는 게 나을 거야. 안 그러면 내가 네놈을 죽일 거야. 그러니 아예 끝장을 내.」베리는 안 나오는 목소리로 있는 힘을 다해 말하는 것 같았다.

영창 당국은 그들을 약 15분 동안 견학시켰다. 이어 2동으로 돌려보내고 소등 조치를 취했다. 체육실에서 가끔 터져 나오는 비명 소리는 그치지 않았고 그들은 제대로 자지 못했다. 하지만 아침에는 평소와 다름없이 4시 45분에 기상했다.

아침 식사 때 그들은 블루스 베리가 오줌을 누지 못하고 또 양쪽 귀가 절반쯤 머리에서 절단된 상태로 지구 병원의 죄수 병동에 후송되었다는 것을 알았다. 트럭 적재함에서 추락했기 때문이라는 사유가 제시되었다.

베리는 그다음 날 정오쯤에 사망했다. 병원 측에서 진단한 사망 원인은 이러했다. 〈고속으로 달리는 트럭에서 추락했기 때문에 대규모 뇌출혈과 내상이 발생했으며 그로 인하 사망에 이르렀다.〉

베리가 죽은 후 프루는 잭 멀로이에게 자신의 계획을 털어놓았다. 그는 베리가 죽기 전에 이미 그 결심을 했으나, 그때까지 기다렸다가 멀로이에게 말했던 것이다.

「난 그자를 죽여 버릴 거야.」 프루가 말했다. 「여기서 나가면 그자를 추적해서 죽여 버릴 거야. 하지만 난 베리처럼 어리석게 행동하지는 않을 거야. 온 사방에 떠들어 대지는 않을 거야. 입을 꼭 다물고 기회를 기다릴 거야.」

「그자는 죽어야 해. 죽을 짓을 했고. 하지만 그자를 죽여 봐야 아무 효과도 없어.」 멀로이가 말했다.

「나한테는 효과가 있어. 아주 큰 효과가. 나를 다시 사나이로 만들어 줄지 몰라.」

「설사 네가 원한다고 하더라도 아주 냉정하게 어떤 사람을 죽인다는 건 불가능해.」

「난 냉정하게 패트소를 죽이지 않을 거야. 그자에게 공정한 기회를 주겠어. 그자가 늘 가는 시내의 바가 있어. 어떤 친구가 그 바 얘기 하는 걸 들었어. 패트소는 늘 칼을 가지고 다닌대. 나는 칼로 그자를 찔러 죽일 거야. 내가 그자를 죽일 기회만큼이나 그자도 나를 죽일 기회가 있는 거야. 물론 그자는 나를 반드시 죽여야겠다는 마음은 없겠지. 그러니 내가 그자를 죽일 수 있을 거야. 아무도 누가 그랬는지 모를 것이고 나는 태연히 중대로 돌아가 그 일을 잊어버릴 거야.」

「그를 죽여 봐야 아무 소용도 없어.」

「베리에게는 소용이 있겠지.」

「아니, 소용없을 거야. 베리는 결국 자기가 원하던 것을 얻었어. 베리는 캔자스주 위치토의 철로 변에 있는 판잣집에서 태어난 날로부터 그렇게 될 운명이었던 거야.」 멀로이가 말했다.

「패트소도 철로 변 판잣집에서 태어나기는 마찬가지야.」

「그건 그래. 그자도 까닥 잘못했더라면 베리가 될 뻔했지. 반대로 베리가 그자처럼 될 수도 있었고. 넌 아직도 그자를 잘 이해하지 못한 거야. 정말 그자를 죽이고자 한다면 그런 자를 만들어 낸 배후를 죽여야 해. 그자는 옳고 그름을 가려 가며 현재의 업무를 하고 있는 게 아니야. 그자는 옳고 그름 따위는 신경 안 써. 단지 해야 할 일을 하는 것뿐이야.」

「그건 나도 마찬가지야. 나도 늘 해야 할 일을 해왔어. 그렇지만 패트소 같은 짓은 하지 않았어.」

「그건 그래. 하지만 너는 강력한 선악 의식을 갖고 있어. 바로 그 때문에 너는 영창에 들어온 거야. 나와 마찬가지로. 만약 네가 패트소에게 그의 소행이 옳은 짓이냐고 묻는다면 그는 아주 놀라는 표정을 지을 거야. 평소 그런 건 생각해 본 적이 없을 테니까. 그에게 한번 생각해 보라고 말하면 잠시 생각하다가 옳은 짓이라고 대답할 거야. 그 이유는 자신이 늘 옳은 일만 하라는 가르침을 받아 왔고 상급자의 명령은 늘 옳기 때문이라고 할 거야. 그런 만큼 자신이 하는 일이 잘못되었다는 생각은 꿈에도 하지 못할 거야. 그래서 그런 일을 아무런 거리낌 없이 하고 있는 거야. 만약 자신의 일이 잘못된 것이라면 예전에 그게 잘못되었다는 가르침을 상부로부터 받았을 거라고 말할 거야.」

「그건 논리의 유희에 불과해. 아무런 의미도 없는 말이야.

패트소는 잘못되었어. 아주 잘못되었어. 너와 내가 이 영창을 나간 후에도 많은 사람들이 그놈의 손에 고통당하게 될 거야.」

「패트소가 과거에 인명 구조원으로 활동했다는 걸 알고 있나?」

「그자가 과거에 대통령이었다면 그게 나와 무슨 상관이야?」

「정히 그자를 죽이고 싶다면 가서 죽여. 하지만 그들은 곧바로 그놈과 비슷한 자를 또 데려다 놓을 거야. 차라리 톰슨 소령을 죽이지 그래.」

「소령을 죽여 봐야 또 소령 비슷한 자가 오겠지.」

「물론이야. 하지만 패트소에게 명령을 내린 자는 그자 아닌가.」

「모르겠어. 소령에겐 패트소에게만큼 악감정이 없어. 톰슨 소령은 장교야. 장교란 자들은 다 그래. 그들은 울타리의 저쪽 편에 있는 자들이라고. 하지만 패트소는 사병이야. 같은 사병이 사병한테 어쩌면 그렇게 모질게 대할 수 있느냐 이 말이야.」

「네 말뜻을 알겠어.」 멀로이가 말했다. 「네 말이 맞아. 하지만 그자를 죽이는 건 잘못된 일이야. 그게 아무 소용이 없기 때문이지.」

「난 내가 할 일을 할 뿐이야.」 프루가 무표정하게 말했다.

「그건 누구나 마찬가지지. 우리는 우리의 일을 하고, 패트소는 패트소의 일을 하는 거지.」

「그럼 얘기는 끝났네.」 프루는 결론을 낼 때 끝났다는 말을 즐겨 사용했다.

「넌 군대를 사랑하지?」 멀로이가 물었다.

「모르겠어. 아니, 사랑해. 난 30년쟁이야. 늘 그러기를 바라 왔지. 입대하던 첫날부터.」

「그런데 말이야, 패트소는 네가 그처럼 사랑하는 군대의 한 부분이야. 네가 툭하면 얘기를 꺼내는 일등 상사 워든이 군대의 한 부분이듯이. 그 둘은 서로 보완하는 거야. 패트소의 부류가 없으면 워든의 부류도 없어.」

「언젠가는 워든의 부류만 남게 될 거야.」

「아니, 결코 그런 일은 없을 거야. 만약 그런 날이 온다면 그때는 군대가 필요 없게 될 거야. 그렇게 되면 워든의 부류도 없는 거지. 패트소의 부류가 없으면 워든의 부류도 없어. 그 반대도 마찬가지야.」

「그래도 워든 부류만 있기를 바라는 내 마음을 이해하지?」

「이해해. 누구나 그런 꿈을 꾸지. 하지만 설사 패트소 부류를 모두 죽여 버린다고 해도 그런 꿈은 이루어질 수가 없어. 너의 적 패트소를 죽일 때, 너의 친구 워든도 동시에 죽이는 거야.」

「그럴지도 모르지. 하지만 난 어쩔 수가 없어.」

「좋아. 내가 그토록 수동적 저항을 가르쳤는데 이런 결과란 말이지? 넌 베리나 앤절로처럼 그것을 전혀 이해하지 못해.」

「수동적 저항이 그들에게 무슨 소용이 되었어? 둘 다 그걸 따랐지만 결국에는 저렇게 되었잖아.」

「둘 다 따르지 않았어. 그들의 저항은 적극적이었지 수동적이진 않았어.」

「그들은 반격하지 않았어.」

「반격할 필요가 없었지. 마음속으로 반격하고 있었으니까. 그들은 저항 클럽이 없었을 뿐이야.」

「평범한 인간에게서 너무 많은 것을 기대하면 안 돼.」 프루가 말했다.

「그건 그래. 내 말을 들어. 스피노자라는 사람이 한때 이렇게 말했어. 〈인간이 신을 사랑한다고 해서 신 또한 그에 대한 답례로 인간을 사랑해 줄 것이라고 기대해서는 안 된다.〉 이 말에는 아주 심오한 뜻이 있어. 여러 가지 뜻이 말이야. 나는 수동적 저항이 내게 무얼 가져다주리라고 기대하기 때문에 수동적 저항을 하는 게 아니야. 난 그게 결과를 가져다주리라고 기대하지 않아. 그건 요점이 아니야. 만약 그게 요점이었다면 나는 오래전에 그걸 실패작이라고 생각하며 포기했을 거야.」

「내가 패트소를 죽이겠다는 게 잘못되었다는 건 알아. 그래도 패트소를 죽일 거야. 이건 하느님이 천지를 창조한 것처럼 확실한 사실이야. 나는 달리 선택의 여지가 없어. 패트소 같은 놈은 그런 대접을 받아야 자기가 잘못한 걸 깨달아. 그게 유일한 방법이야.」

「오케이.」 멀로이는 어깨를 한 번 움찔하더니 막사 아래쪽을 쳐다보았다. 이미 오래전에 소등되었고 다른 수감자들은 침상에 들어간 지 오래였다. 두 사람은 침상에 앉아 마주 보며 얘기를 했는데 빨간 담뱃불만이 희미하게 그들의 얼굴을 비추었다. 프루는 앤절로가 병원으로 후송된 후 멀로이 옆의 앤절로 침상으로 옮겨 갔다. 멀로이는 마음속에서 무언가를 곰곰 따져 보면서 통로 아래쪽을 계속 쳐다보았다.

「좋아.」 그는 마침내 결심한 듯 고개를 돌렸다. 「내 너에게 한 가지 말해 주지. 난 네게 말하지 않을 생각이었어. 하지만 내게 소용이 될지 모르겠어. 내게 패트소 얘기를 한 게 너에게 도움이 되었듯이. 때때로 말하기 싫은 장래의 계획을 말하는 게 도움이 돼. 난 탈옥을 생각하고 있어.」

프루는 한밤중의 정적과는 종류가 다른 정적이 자신을 덮쳐 오는 걸 느꼈다. 「무엇 때문에?」

「내가 그걸 설명할 수 있을지 모르겠어. 내게는 말이야, 뭔가 잘못된 게 있어.」

「몸이 아프다는 얘기야?」

「아니, 그게 아니야. 다른 거야. 아까 말해 주었듯이 내가 엉뚱한 때에 태어난 것과 관련이 있어. 내 안에 뭔가 부족한 것이 있어서 내가 정말로 하고자 하는 것을 못하게 해. 너도 알다시피 나는 앤절로와 베리에게 벌어진 일에 책임이 있어. 내가 앤절로의 불명예 제대장에 서명을 한 것처럼 혹은 내가 괭이자루를 휘둘러 베리를 때린 것처럼 책임을 느껴. 또 네가 패트소를 죽이겠다고 마음먹은 것에 대해서도 책임을 느껴.」
「오, 잭, 괜한 소리 하지 마.」
「아니야, 괜한 소리 아니야. 이건 진실이야.」
「왜 네가 그렇게 느껴야 하는지 이해가 안 가는데.」
「왜냐하면 감방 동료들이 내가 가르친 대로 따라 하려 들기 때문이야. 네가 믿든 말든, 그런 일이 내게는 평생 벌어졌어. 나는 내가 직접 본 것을 사람들에게 가르치려 했는데 그들은 엉뚱하게 알아듣고 엉뚱하게 행동했어. 그렇게 된 것은 나한테 뭔가 부족한 게 있기 때문이야. 나는 수동적 저항과 새로운 사랑을 내놓은 새로운 신을 가르쳤지만, 그것을 실천하지는 못했어. 충분히 실천하지는 못했다는 얘기야. 때때로 내 인생의 어떤 것을 열정적으로 사랑해 본 적이 없다는 생각도 들어.
내가 그렇게 떠들어 대지 않았더라면 앤절로나 베리는 그렇게 행동하지 않았을 거야. 또 그런 결과가 되지도 않았을 거야. 만약 내가 여기 계속 머문다면(나는 이번 형기를 채우려면 7개월을 더 있어야 해), 다른 친구들에게 같은 일이 벌어질 거야. 그 일이 이미 네게 벌어졌어. 나는 수동적으로 저항하라고 했는데 너희는 모두 싸우겠다고 나섰어. 내가 말로는 싸우지 말라고 하면서 속으로는 싸우라고 부추겼기 때문이야. 난 이런 일이 다른 친구에게 벌어지기를 바라지 않아.」
「난 그게 전혀 사실이 아니라고 생각하는데.」 프루가 지적인 논쟁 앞에서 무력감을 느끼며 말했다.

「그건 사실이야. 그 때문에 탈옥하려고 하는 거야.」

프루는 담뱃불로 멀로이의 빙그레 웃는 얼굴을 보았다.

「내가 평생 시도해 온 것을, 그런 걸 시도할 자질이 안 되는 자가 시도하려 들 때 그런 일이 벌어지는 거야. 어쩌면 내가 탈옥한 후 그걸 오해해 나를 영웅으로 만들려는 자들도 있을 거야.」

「어떻게 탈옥할 생각인데?」

「그건 쉬워. 수송부에서 도구를 가져와 벽을 절단하고 나가면 돼.」

「탐조등은?」

「그런 거 백날 켜놔도 나를 찾아내지 못할 거야.」

「그럼 고압선은? 경보 장치는?」

「수송부에서 손잡이에 고무 입힌 클라인 플라이어를 가져오면 돼. 그걸로 고압선 가닥의 양쪽을 끊고 회로를 단절시킨 다음, 거기에다 절연 와이어를 박아 넣으면 돼.

하지만 막사에서 출발하는 것보다는 수송부에서 나가는 것이 더 쉬울 거야. 거긴 나를 찔러 넣을 놈도 없고 도 나를 제지하지도 않을 거야. 기름때 묻은 작업복을 입고 부대로 돌아가서 민간인 옷을 구해 입고 사라지면 되는 거야.」

「돈은?」

「필요 없어. 시내에 나를 오래 숨겨 줄 친구가 대여섯 명 있어. 그렇게 은신해 있다가 본국으로 들어가는 매트슨 정기선을 탈 거야.」

「곧 전쟁이 터질 것 같은데.」 프루가 말했다.

「알아. 일단 본국으로 돌아갔다가 때가 되면 다른 이름으로 입대할까 해. 그렇게 앞날을 예상하고 있어. 아무튼 여기 일은 끝났어. 더 머무를 이유가 없어. 전쟁이 터질 때까지 내가 해야 할 일이 있어. 내가 좋아하는 친구들이 다치지 않도록 이번에는 엉뚱하게 일 처리를 하지 않을 거야.」

「나도 함께 데려가 줘.」 프루가 말했다.

잭 멀로이가 놀라면서 고개를 쳐드는 것이 담뱃불 속에서 보였다. 이어 그는 빙그레 미소를 지었다. 프루는 나중에 그 미소를 아주 슬프고 온유하고 따뜻하고 씁쓸한 미소로 기억하게 된다.

「프루, 넌 나와 가기를 원하지 않아.」

「아니, 원해.」

「아니야. 패트소는 어떻게 하고?」

「너를 따라 아주 좋은 곳으로 가는데, 패트소 따위는 알게 뭐야.」

「넌 내 앞에 어떤 길이 펼쳐져 있는지 잘 몰라. 나는 전에도 법률을 피해 달아나 본 적이 있어.」

「그건 나도 마찬가지야.」

「그랬겠지. 하지만 이 마을에서 저 마을로, 이런저런 경찰관을 피해 달아나는 신세는 아니었겠지. 이번에는 내가 하와이섬을 빠져나가 미국으로 돌아갈 수 있는 확률이 반밖에 안 돼. 여기엔 낭만적인 구석이 전혀 없어. 게다가 쉽지도 않아.」

「여길 빠져나가는 것이 수송부를 통해 빠져나가는 것만큼이나 쉽다고 했잖아.」

「그건 그래. 난 그 얘기를 하는 게 아니야. 만약 너와 내가 동시에 여길 빠져나간다면 그다음을 얘기하는 거야. 두 사람이 동시에 도망치는 것은 한 사람이 할 때보다 다섯 배는 더 힘들어. 우리는 부대로 돌아가서 민간인 옷을 구하는 것이 아니라 죄수 복장을 한 채 산속을 통과해야 해. 수색대는 곧바로 산속을 뒤질 거야. 인가라는 인가는 모조리 우회해야 하기 때문에 시내로 안전하게 들어가는 데도 일주일은 걸릴 거야. 그런 다음 호놀룰루의 친구들을 찾아가야 해. 정말 너무 힘들어.」

「그래도 난 가고 싶어.」

「난 어떻게 여행해야 하는지 알아. 난 이걸 전에 다 해봤어. 전혀 의심받지 않는 부자 복장으로 배를 타는 요령도 알고 있어. 나는 어떤 옷을 입고 어떤 행동을 해야 하는지 다 알아. 가령 저녁 식사를 주문하는 요령, 갑판원과 하인들을 대하는 요령, 다른 승객들과 대화하는 요령 등. 이런 사소한 것들을 익히는 데는 여러 해가 걸리지. 만약 너와 함께 배에 오른다면 너는 첫날 들통나고 말 거야.」

「난 빨리 배워. 처음에는 너에게 많은 폐를 끼치겠지. 하지만 나중에 가면 너의 계획에 큰 도움을 줄지도 몰라.」

멀로이는 미소 지었다. 「넌 내가 어떤 계획을 갖고 있는지 몰라.」

「대강은 알아.」

「프루, 나 자신도 그 계획을 잘 모르고 있어.」

「좋아.」 프루가 뻣뻣한 목소리로 말했다. 「강요하지는 않겠어. 하지만 정말 함께 가고 싶어.」

「넌 나와 어울리는 사람이 아니야. 넌 군대와 더 잘 어울려. 뭣 때문에 나와 함께 가고 싶어 하는 거지?」

「모르겠어. 어쩌면 돕고 싶은 마음일지도 몰라.」

「무얼 돕는다는 거야?」

「몰라. 그냥 돕는 거야.」

「이 세상을 바꾸는 걸 도와주겠다고?」

「어쩌면 그럴 수도 있고.」

「너와 내가 세상을 바꾸기 위해 기여한 자그마한 노력은 우리가 죽은 지 1백 년 뒤에도 결과가 나타나지 않을 수 있어. 우린 결코 그걸 보지 못할 거야.」

「하지만 언젠가 드러나잖아.」

「드러나지 않을 수도 있어.」 멀로이가 말했다. 「바로 그 때문에 너는 나에게 어울리는 사람이 아니라고 말한 거야. 넌 낭만적인 생각을 갖고 있어. 그렇게 하자면 사람들과 가까이 붙어살면서 늘 변화에 대비해야 돼. 난 사람들과 가까이 붙어사는 걸 잘하지 못해. 난 그들이 내게서 약간 떨어져 있을 때가 오히려 편해. 너는 곧 그들과 어울려 사는 삶에 환멸을 느끼게 될 거야. 난 나 자신을 위해 이렇게 행동하는 것이지, 어떤 결과를 생각해서가 아니야. 내게 뭔가 잘못된 것이 있다고 말한 거 기억나지? 내가 말한 거 기억나지?」

프루는 대답하지 않았다. 멀로이에게 잘못된 것이 전혀 없다고 생각한다는 건 말로 해버리면 좀 어리석고 멍청하게 보일 것 같았다.

「넌 날 잘 몰라.」 잭 멀로이가 말했다. 그의 목소리는 갑자기 고해 성사하는 사람처럼 갑갑하고 비틀렸다. 「넌 다른 동료들과 마찬가지로 나를 너무 낭만적으로 생각해. 난 평생 동안 어떤 것을 정말로 열렬하게 사랑해 본 적이 없어. 그게 나의 잘못된 점이야.」

「워블리스는? 미국이라는 나라는?」

「워블리스는 사라졌어. 사라진 지 오래되었지. 하지만 내가 정말로 워블리스를 사랑했는지도 의문이야. 만약 정말로 사랑했더라면 뭔가 해낼 수 있었을 거야.

그리고 미국이라는 나라는 사물이 아니야. 그건 하나의 관념이지. 모두들 다르게 정의하는 관념이라고. 어떤 관념이 나의 것인 한 그걸 사랑할 수는 있겠지. 하지만 관념은 사물이 아니야. 나는 어떤 개인에게 너무 가까이 다가가 그의 결점을 자세히 알게 되는 걸 싫어하는 사람이야. 만약 그 결점을 알게 되면 그것에 대한 사랑도 따라서 없어져. 그러면 화를 내

1106

고 나중에 또 화낸 것을 가지고 나 자신을 미워하지. 어떤 사물이나 사람에게 너무 가까이 다가가면 결국에는 그 사물이나 사람을 싫어하게 돼. 나의 이런 잘못된 점은 다른 사람들도 마찬가지야. 난 사람들에게 그렇게 하지 말라고 설교해. 하지만 나 역시 그렇게 돼. 논리적으로는 그렇게 하는 게 나쁘다고 설명할 수 있지만.」

「난 너의 말을 믿지 않아. 그건 사실이 아니야. 넌 너 자신을 학대하고 있는 거야.」

「우상의 진흙 발(결점)을 발견하는 게 두려워?_ 잭 멀로이는 고통스러운 미소를 지었다. 「만약 네가 나와 함께 탈옥한다면 그걸 금방 알게 될 거야. 그건 사실이니까. 내 말을 믿어. 그건 사실이야. 하지만 넌 달라. 넌 육군을 사랑해. 정말로 사랑한다고. 그 일부분으로서 거기에 강한 소속감을 느껴. 난 강한 소속감을 느낄 정도로 어떤 것을 열렬하게 사랑해 본 적이 없어. 내가 사랑해 온 것들은 늘 너무 환상적, 비현실적, 이상적인 것들이었어. 나는 내가 진단을 내리려고 하는 질병, 세상을 파괴하고 있는 질병을 앓아 왔어.

그게 늘 끈질기게 나를 괴롭혀 왔어.」 그는 통상 있는 일요일 밤의 부정(不貞)을 고백 성사하는 선량한 아일랜드 가톨릭 신자처럼 구슬프게 말했다. 「늘 나를 따라오며 괴롭혀 왔던 그것, 내가 지금껏 찾아왔으나 발견하지 못했고 앞으로도 발견하지 못할 것 같은 그것. 난 네가 군대를 사랑하는 것만큼 어떤 것을 사랑할 수만 있다면 다가올 천국의 한 자리도 기꺼이 내놓겠어.

군대를 떠나지 마. 절대 떠나지 마. 정말로 사랑하는 어떤 것을 발견했다면 그것에 필사적으로 매달려야 하는 거야. 무슨 일이 있더라도. 설혹 그것이 너를 사랑하든 말든.」 그는 거의 종교적인 열정으로 말했다. 「만약 그 사랑의 대상이 너를 죽여 버린다면, 너는 오히려 고마워해야 돼. 그런 기회를 준 데 대해. 왜냐하면 그게 사랑의 비밀이기 때문이지.」

프루는 아무 말도 하지 않았다. 그는 그의 말을 믿지 않았다. 하지만 멀로이같이 머리 좋은 사람을 상대로 어떻게 언쟁을 하겠는가.

「인간이 신을 사랑한다고 해서…….」 잭 멀로이의 목소리는 이제 정상으로 돌아왔다. 「신도 그에 반응하여 인간을 사랑해 줄 것이라고 기대해서는 안 돼. 적어도 신의 제한된 사랑의 정의에 의하면 말이야.」

프루는 아무 말도 하지 않았다. 그는 할 말이 생각나지도 않았다.

「네게 작별 인사는 하지 않을 거야.」 멀로이의 목소리는 이제 평상으로 돌아왔다. 「내가 언제 탈옥할지 모르니까. 적당한 기회가 올 때까지 기다려야 해. 그럼 그 기회를 잡아서 결행하는 거지. 이런 일은 이렇게 하는 수밖에 없어. 그러니 그런 줄 알고 있다가 내가 안 보이면 떠난 걸로 알아 줘.」

「인생은 싫어하는 자에게 환영 인사를 하고 사랑하는 자에게 작별 인사를 하는 과정으로 이루어져 있나 봐.」 프루가 괴로운 목소리로 말했다.

「그건 헛소리야. 감상적인 헛소리라고. 그런 말 다시는 하지 마. 넌 지금 단지 작별의 과정을 지나고 있을 뿐이야. 누구나 인생의 여러 다른 시기에 그런 과정을 거쳐. 이제 그런 헛소리 집어치우고 잠이나 자자.」

「알았어.」 프루가 여전히 괴로운 목소리로 말했다. 그는 깡통에 담배를 비벼 끄고 담요 아래로 들어갔다. 그는 머리 좋은 잭 멀로이가 교묘한 언어로 자신을 속여 넘겼다는 생각이 들었지만 정확히 어떤 식으로 그렇게 했는지는 알 수가 없었다.

멀로이가 탈옥 기회를 잡은 것은 그로부터 일주일 뒤였다.

프루는 작업 나갔다가 2동으로 돌아올 때마다 그가 거기에 없을 거라고 생각했다. 멀로이가 안 보이면 떠난 걸로 알아달라고 말했음에도 불구하고 프루는 계속 안 보이는 광경을 예상했다. 그리고 마침내 더 이상 멀로이를 볼 스 없는 밤이 왔다. 2동의 문을 잠그러 온 핸슨은 잭 멀로이가 기름 때 묻은 훔친 작업복을 입고서 수송부에서 표표히 사라졌다고 말했다. 수송부 사람들은 전혀 눈치를 채지 못했다. 블루스 베리 못지않게 멀로이를 존경하는 핸슨 일병은 무척 통쾌해하면서 궁금해 죽을 지경이었다. 순찰 헌병들이 파인애플 나무밭과 호노울리울리 도로 근처에 쫙 깔렸다. 부더 내의 출입문 위병들에게도 비상이 걸렸다. 와히아와 순찰대와 시내 샤프터 헌병대에도 탈옥수의 인적 사항과 지시 사항이 하달되었다. 10년 전 세 명의 죄수가 스코필드 부대 영창을 탈옥했다가 12시간 만에 잡혀 온 이래, 탈옥수는 첫 케이스였다. 하지만 존 멀로이의 흔적은 어디에서도 발견되지 않았다. 멀로이가 예측한 대로 2동 사람들은 아주 의기양양했다. 자기 당 소속의 후보를 대통령에 당선시킨 당원들 같았다.

프루는 혼자 앉아서 이런 막연한 생각을 했다. 멀로이가 예언했던 그 새로운 종교의 새로운 메시아를 내가 이미 만났던 것 아닐까. 추종자들을 물리치고 혼자 일하기를 좋아했던 메시아. 난 그를 만났고 그 옆에서 함께 생활했는데 그를 몰라본 게 아닐까.

2주 동안의 집중적인 수색은 아무런 결과도 낳지 못했다. 그동안 영창 내 수감자들의 관심은 월드 시리즈 경기의 결과를 알려는 것처럼 뜨거웠다. 그러나 아무것도 나오지 않자 잭 멀로이의 탈영은 조금씩 잊히기 시작했다. 칼날을 찍어 누르는 둔중한 돌 같은 작업의 무게 밑에서 그 이야기는 권태와 허무의 늪으로 빠져 들고 말았다.

　무슨 일이 벌어졌든 일단 영창에 들어가면 노동을 해야 했
다. 7킬로그램 망치를 휘둘러 돌을 깨고, 그 돌을 삽으로 트
럭에 실어야 했다. 목적 없는 노동, 끝이 없는 노동, 보람 없
는 노동. 수감자들의 손에는 물집이 잡히고, 금이 가고, 피가
나고, 굳은살이 박인다. 그 손은 우편배달부의 발처럼 단단
해진다. 그들은 그 물집으로 자신의 존재를 알린다. 최후의
심판의 날이 닥쳐오면 그 물집이 그들이 누구인지 말해 주리
라. 채석장에 흩어져 있는 돌들을 다 깨버리면 그 즉시 공병
대가 현장에 출동해 석산을 다시 발파한다. 그러면 또다시
깨야 할 돌 더미가 무수히 그들 앞에 쌓인다. 그것은 무제한
의 석산이었다. 수감자들의 근육은 땅기고 아프다. 그들의
마음도 당기고 아프다. 그들이 여자를 생각할 때마다 항문이
아프고 조인다. 그렇게 해 이 영창을 나서면 그는 강인하고,
선량하고, 위험한 군인이 되는 것이다.

제44장

검은 구멍에 들어가서 2동으로 옮겨진 기간까지 따지면 프루는 4개월 18일을 복역했다. 그동안 G 중대는 많이 변했다.

워든은 14일 휴가를 떠났다. 레바는 M 중대로 전출을 갔다. 취사반장 스타크는 이제 중사가 되어 있었다. 컬페퍼 소위는 중대장 대리였다. 다이너마이트 홈스는 소령으로 진급해 여단 본부로 전보되었다. 홈스는 짐 오헤이어 중사를 함께 데려가면서 상사로 진급시켰다. 본국에서 대위급의 새 중대장이 부임해 오기로 되어 있었다. G 중대는 완전 다른 중대였다.

그는 재판 당시 입었던 카키 정복을 입고 영창 문을 나섰다. 4개월 18일 동안 헐렁한 영창 작업복만 입고 있다가 정복을 입으니 이상하면서도 새로운 느낌이었다. 카키복은 더러워지거나 주름이 잡히지 않았다. 그 옷은 영창 보급실의 옷걸이에 걸려 있었다. 무릎에 희미한 주름이 잡혀 있는 것은 그가 그 옷을 벗어 놓은 그대로였다. 그는 변하지 않은 카키복을 보고 약간의 놀라움을 금하지 못했다. 하지만 카키복뿐 아니라 다른 것들도 별로 변하지 않았다.

그는 침구, 장비, 신발장 등 개인 용품을 맡긴 그대로 다시 받았으나 이상할 정도로 새것 혹은 사용되지 않은 것 같다는 느낌이 들었다. 예전과 똑같은 담요, 똑같은 탄대와 수통이었다. 하지만 그것을 불출한 것은 레바가 아니었다. 새 보급 부사관 말로 중사가 활짝 웃으며 내주었다. 말로 중사 뒤에서는 보급실에서 임시 일을 맡아보고 있는 피트 카렐슨 중사가 환히 웃고 있었다. 카렐슨은 앞으로 걸어 나와 프루에게 악수를 청했다. 그는 아직도 중대 내의 유명 인사였다. 그들은 마지오 소식도 함께 물었다. 프루는 출감 후 9일을 기다릴 것이라고 스스로에게 약속했다.

행정실에 들르니 수석 부사관 대리인 볼디 돔이 소시지 같은 손에서 만년필을 내려놓으며 자리에서 일어나 악수를 청해 왔다. 새 행정병은 로젠베리라는 유대인이었는데, 감히 악수를 청할 생각은 하지 못하고 겁먹은 표정으로 쳐다보았다.

로젠베리는 평화 시의 징집병 출신이었다. 연대 인사과 개편과 함께 마촐리는 연대 본부의 행정병으로 옮겨 가고 그 자리에 로젠베리가 들어섰다. 로젠베리는 일등병이었다. 그들은 그를 〈전방〉 행정병, 연대 본부로 올라간 마촐리를 〈후방〉 행정병이라고 불렀다. 마촐리는 하사로 진급해 있었다.

로젠베리 말고도 신병이 꽤 되었다. 저녁 식사 때 식당에 가보니 아는 얼굴보다 모르는 얼굴이 더 많았다. 중대 병력은 끊임없이 증강되었고 단기 복무자들은 계속 귀국하고 있었다. 새 얼굴들은 로젠베리 못지않게 공포와 외경의 눈빛으로 프루를 쳐다보았다.

저녁 식사 후 그는 침상에 앉아서 완전 새것인 개런드 M1 소총을 만지작거렸다. 총열에는 아직도 방녹제가 묻어 있는 상태였다. 그는 묵묵히 총의 구조를 뜯어보면서 그 거추장스러운 총열에 익숙해지지 않을 것 같다는 생각이 들었다. 내무반의 흐릿한 불빛 속에서도 신병들은 여전히 겁먹은 표정으로 그를 흘깃흘깃 쳐다보았다. 치프 초트와 다른 하사급 분대장과 중사급 분대장들도 그에게 다가와 등을 두드리며 악수를 했다. 소대 향도인 아이크 갈로비치 중사만 모른 체했다. 〈기합〉은 이제 더 이상 없었다. 그는 유명 인사였다. 모두들 마지오의 소식을 물었다. 그는 앞으로 9일만 기다리겠다고 다짐했다.

홈스 대위가 다른 데로 가버리고 G 중대가 더 이상 운동 부대가 아니게 되자, 과거 중대에 큰 피해를 주었던 친구들도 모두 사라졌거나, 힘이 없거나, 크게 위축되었다. 새 중대장이 오늘내일 도착할 예정이었다. 그는 높은 데 고립된 채 서 있다가 구명 밧줄이 너무 늦게 던져진 사람 같은 느낌이 들었다. 그는 아래쪽으로 추락하고 있는데 이제 쓸모없는 구명 밧줄이 그 높은 곳으로 올라오는 것 같았다.

하지만 그런 현실들은 그에게 더 이상 중요하지 않았다. 영창이야말로 중요한 현실이었다. G 중대는 중요한 현실이 아니었다. 햇빛을 모아 종이를 태우는 확대경처럼, 그의 의지는 한곳으로 집중되었고 점점 강렬해졌다. 중대 혼황은 영창이라는 유일의 현실을 잊어버리게 하는 힘이 될 수 없었다. 그는 이제 9일만 기다리면 되었다.

그가 잠시 시선을 돌린 것은 앤디와 프라이데이를 만났을 때뿐이었다. 그들은 어디엔가 갔다 오던 길이었는데, 그를 보더니 다가와 아주 기쁘게 악수를 했다. 그들도 신병들의 시선을 크게 의식했다. 그들은 기타를 꺼내 들고 프루의 침상으로 다가왔다.

그것은 놀라운 물건이었다. 그들은 잭플러그와 스피커 등이 함께 구비된 전자 기타를 두 달 전에 구입했다. 가격은 260달러였는데 60달러만 우선 지불하고 2백 달러는 외상이었다. 그들은 프루에게 그 기타를 보여 주면서 좋아했고 내무반 동료들의 시선을 은근히 의식하면서 그것을 즐겼다. 그는 유명 인사였고 그들은 그의 친구였다.

그는 9일을 꼬박 기다렸다. 그 어디에도 가지 않았다. 내무반 침상에 그대로 붙어 있었고 아무런 문제도 일으키지 않고 조용히 지냈다. 그는 마우날라니 하이츠에 미스 앨마 슈미트를 만나러 가지도 않았다. 그는 점점 더 강렬해지는 수정처럼 맑은 정신의 집중을 흩뜨리고 싶지 않았다.

대위가 아니라 중위급인 신임 중대장이 부임해 중대를 인계했다. 출감 닷새째 날이었다. 신임 중대장은 중대원들에게 연설을 했다. 그는 대학에서 ROTC 과정 4년을 이수한 예비역 장교였고, 시카고 출신의 변호사이면서 유대인이었다. 이름은 로스였고 최근에 현역으로 부름을 받아 부임한 것이었다. 아버지와 할아버지가 보병 ○○연대 G 중대에서 소위로 근무를 시작해 중대장, 대대장, 연대장을 거친 컬페퍼 소위는 로스의 부임이 못마땅했다. 차라리 대위급이 왔더라면 더 좋았을걸, 하고 생각했다. 컬페퍼 소위는 로스 중위가 군인으로서는 대단하지 않다고 생각했다. 하지만 로버트 E. 리 프리윗 이병은 대위든 중위든 별 차이가 없다고 생각했다.

그는 가능하면 순교를 당하고 싶지는 않았다. 가능하다면 살아남아 평생을 육군에서 보내고 싶었다. 그는 영창에서 출감하기 전에 출감 예상자 명단을 살펴보았는데, 그가 출감하고 난 이후 9일 동안 여섯 명이 출감 예정이었다. 그 여섯 명은 혹시 자신에게 쏟아질지도 모르는 의심을 다소간 흩뜨려 놓을 터였다. 그보다 앞서 출감한 수백 명의 수감자들을 용의선상에 올려놓지 않는다면 말이다. 9는 완전함을 의미하는 홀수였고 열흘이나 일주일처럼 무작위적인 기간의 느낌을 주었다. 패트소 저드슨은 〈로그 캐빈〉 바 겸 레스토랑에 매일 가는 것으로 알려져 있었다. 블루스 베리를 구타하던 날 자정의 비상사태 같은 것이 없으면 말이다. 그러니 너무 서두를 필요는 없는 것이다.

그는 시내로 나간 날 밤, 육군·해군 서비스 가게에서 잭나이프를 샀다. 이 가게에서 칼을 사야겠다고 미리 겨획을 세워두었었다. 그곳은 호텔 스트리트에 있는 많은 유대인 구멍가게들 중 하나였다. 군인들이 주둔하면 그 근처에 반드시 생겨나는 무수한 유대인 구멍가게들 중 하나였다. 단지 이곳 하와이에서는 유대인 가게들을 중국인이 소유하고 있다는 점만 다르다. 이 가게들에서는 카키복을 팔고 바지와 셔츠를 수선해 주었다. 또 부사관 수장, 특등 사수 메달, 가죽 청에다 놋쇠 장식이 달린 영내모(營內帽), 화려한 견장, 놋쇠 호루라기, 전투 리본, 혁대 버클, 기념 스카프와 베개, 칼 등을 팔았다. 육군의 제복과 장식은 모두 익명성을 전제로 하는 것이지만 그 익명성이 이런 장사를 시켜 주는 것이었다.

그가 사들인 잭나이프는 선반에 놓여 있던 같은 종류 12개 중 하나였다. 호루라기, 휘장 반지, 견장 등이 전시된 유리장 안에 들어 있었다. 칼자루 앞쪽에 약 12센티미터 넓이의 누르는 버튼이 있었고 호두색 손잡이의 가운데가 약간 벌어져 있어서 칼날이 그 안으로 쏙 들어가 있었다. 그 버튼을 누르면 손잡이 속에 들어 있는 칼날이 오뚝이처럼 발딱 일어서는 일반적인 잭나이프였다. 그는 살아오는 동안 여러 시기에 그런 칼을 10여 개 소유한 바 있었다. 그 가게의 중극인 주인은 아마 하루에 그런 칼을 여섯 개는 팔 것이었다. 그는 동전으로 칼값을 지불하고 가게 밖으로 나와 버튼을 눌러 칼날이 잘 펴지는지 확인했다. 그는 잭나이프를 호주머니에 소중하게 집어넣고 술을 마시러 갔다.

로그 캐빈은 군인들이 자주 가는 시내의 아지트 중 하나였다. 희미한 형광등 조명 아래 군인들이 느긋이 앉아 즐기기 때문에 관광객들이 자연스러운 모습의 군인들을 직접 볼 수 있는 곳이었다. 아주 깨끗하고 현대적인 곳이지만 급수는 우 패트보다 한 급 아래였다. 베레타니아 스트리트의 약간 후미진 곳으로서, 야채 시장의 악취와 창녀촌의 홍등이 뒤범벅된, 자그마한 포장 이면 도로에 있었다. 길은 로그 캐빈을 지나 30미터 정도 더 들어가면 오른쪽으로 직각으로 뻗어 동쪽의 이면 도로와 만나게 된다. 프루는 술을 열 잔 가까이 마시고도 전혀 취기가 오르지 않은 채 이 꺾어지는 골목 앞에 서서 로그 캐빈이 문 닫는 시간인 밤 11시가 되기를 기다렸다.

골목길은 어두웠지만 패트소가 로그 캐빈에서 나오자 그를 단번에 알아보았다. 그는 두 명의 해군과 함께 걸어 나왔다. 아마도 술집에서 만난 친구들인 듯했다. 그들은 문제될 게 없었다. 해군 한 명이 농담을 했고 패트소와 다른 해병은 웃음을 터뜨렸다. 저드슨 중사가 웃는 것을 본 건 그때가 처음이었다.

그들은 베레타니아 쪽으로 걸어가고 있었다. 그때 프루가 골목길에서 빠져나와 패트소를 불렀다. 그는 그런 강렬한 정신 집중을 평생 동안 몇 번 느껴 보지 못했다.

「헬로, 패트소.」 영창 내에서 통용되는 별명은 저드슨 중사의 발길을 단번에 잡아 버렸다.

저드슨 중사는 발걸음을 멈추고 돌아보았다. 두 명의 해군도 발걸음을 멈추었다. 그는 로그 캐빈의 내려진 블라인드를 통해 흘러나오는 희미한 불빛으로 그 우뚝 서 있는 사람이 프리윗임을 알아보았다.

「허, 이게 누구야.」 패트소가 미소 지었다. 「자네들은 먼저 가.」 그가 해병들에게 말했다. 「다음 주에 또 봐. 여긴 내가 옛날에 군 생활 하면서 알게 된 친구야.」

「오케이, 저드. 또 봐.」 해병 중 한 명이 약간 취한 목소리로 말했다.

「고마워.」 프루가 자신을 향해 성큼성큼 자신 있게 걸어오는 저드슨을 향해 말했다. 두 해병은 베레타니아 쪽으로 걸어 내려갔다.

「무슨 일이야? 해병들은 가라고 했지. 그래 나를 보자는 용건이 뭐야, 프리윗?」

「저기 골목길 안쪽으로 들어가 잠시 얘기 좀 하지.」

「오케이, 좋을 대로.」

패트소는 양팔을 쭉 내리고 주먹을 약간 안으로 감아 쥔 채 따라왔다. 예전의 복서들이 상대방의 어떤 움직임을 예측할 때 취하는 자세였다.

「원대 복귀하니 어때?」 패트소가 물었다.

「예상했던 대로더군.」 그는 골목길 아래쪽에서 로그 캐빈의 문이 열렸다가 닫히는 소리를 들었다. 그 안에 늦게까지 앉았던 술꾼들이 골목으로 나왔고 잡담을 하면서 다시 베레타니아 쪽으로 걸어갔다.

「그래, 나를 보자는 용건이 뭐야? 밤새 여기 이렇게 서 있을 수는 없어.」

「용건은 이거야.」 그는 잭나이프를 꺼내서 버튼을 눌러 칼날을 세웠다. 칼날이 철크럭 소리를 내면서 오뚝이처럼 일어서는 소리는 조용한 골목길에서 다소 크게 들렸다. 「패트소, 난 네놈을 주먹으로 패 죽이고 싶은 생각은 없어. 내가 그렇게 할 수 있다고 하더라도 그렇게 하지는 않을 거야. 네놈이 칼을 가지고 다닌다는 걸 알아. 그걸 써.」

「만약 내게 칼이 없다면?」 패트소가 비웃으며 말했다.

「네놈이 갖고 다닌다는 걸 알고 있어.」

「좋아, 내가 사용하길 거부한다면?」

「사용하는 게 좋을 거야.」

「내가 도망친다면?」 패트소가 다시 비웃는 어즈로 말했다.

「따라가서 잡을 거야.」

「사람들이 널 볼 수도 있어. 아니면 내가 소리쳐 경찰을 부를 수도 있고.」

「사람들이 나를 잡아넣을 수도 있지. 하지만 내가 네놈을 해치우기 전에는 못 나타나.」

「모든 걸 다 생각해 두었군.」

「그럼, 오다가다 네놈을 우연히 만났을까 봐.」

「좋아, 정히 그렇다면 할 수 없지.」 그는 호주머니에 손을 넣어 잭나이프를 꺼내 버튼을 누르면서 신속하게 다가왔다. 뚱뚱한 사람치고는 믿기지 않을 정도로 빠른 동작이었다. 그의 뒤에서 로그 캐빈의 문이 열렸다가 다시 닫혔다. 늦게까지 앉아 있던 술꾼들을 골목으로 내주는 모양이었다. 그들의 목소리는 브레타니아 아래쪽으로 사라져 갔다.

「이거 뭐, 어린애 손을 비틀어서 과자를 빼앗는 것 같군.」 패트소가 비아냥거리는 어조로 말했다.

프루의 것과 거의 비슷한 패트소의 잭나이프는 뱀 대가리처럼 앞뒤로 까닥거렸다. 그는 전형적인 칼잡이의 자세로 다가왔다. 상체를 약간 숙이고 오른팔을 약간 내밀고 칼날은 엄지와 검지 바로 앞에서 뿔처럼 튀어나와 있었다. 그의 왼팔은 손바닥이 약간 위쪽으로 올라오게 펴고 방어 자세를 취했다.

프루는 호흡을 가다듬으면서 묵묵히 패트소를 맞이하러 갔다. 그는 순간적으로 자신이 다른 어떤 사람으로 태어났더라면 얼마나 좋았을까 생각했다. 만약 워든이 휴가를 가지 않고 중대에 그대로 있었더라면 그와 얘기를 해보고 싶었는데 그렇게 하지 못한 것이 아쉬웠다. 아까 추잉 껌을 좀 사두었으면 좋았을걸, 하는 생각도 들었다. 하지만 그런 생각은 순간적으로 스러졌고 이제 수정처럼 투명한 정신 집중이 있을 뿐이었다. 너무 투명해 모든 것이 슬로 모션으로 움직이는 것처럼 느껴졌고, 권투 경기장의 열광하는 빠른 움직임은 전혀 느낄 수 없었다.

칼싸움은 오래 걸리지 않았다. 칼잡이들이 도시의 여러 구역을 옮겨 다니며 찌르고 피하고 찌르고 다시 피하는 것은 영화에서나 나오는 장면이었다. 한두 번의 찌르기로 승부가 결정 나버리는 것이다. 그리고 대부분의 칼잡이는 카운터펀치를 노린다.

그들이 팔을 뻗으면 찌를 수 있는 거리를 사이에 두고 빙빙 도는 동안, 로그 캐빈은 마지막까지 눌러앉아 있던 술꾼들을 골목으로 쫓아냈다. 두 칼잡이로부터 불과 몇 미터 떨어지지 않은 곳에서 술꾼들은 느릿느릿 베레타니아 쪽으로 걸어갔다.

패트소는 인파이트 복서처럼 왼손을 들어 프루의 얼굴 쪽으로 내밀면서 프루의 왼쪽 목을 노리는 것처럼 페인트 모션(속이는 동작)을 취했다. 프루가 본능적으로 왼손을 들어 방어하려는 자세를 취하자 재빨리 칼날을 아래로 내려 프루의 옆구리를 찌르고 들어왔다. 칼날은 드라이아이스처럼 프루의 갈비뼈 쪽을 찌르고 지나가 겨드랑 밑 쪽의 넓은 근육을 파고들었다. 프루는 재빨리 팔을 아래로 내렸으나 늦었고 패트소의 칼날은 혜성의 꼬리처럼 옆구리를 찢어 내렸다.

만약 칼에 맞은 순간 위축되면서 뒤로 물러섰더라면 승부는 거기서 끝났을 것이다. 그랬더라면 싸움을 계속할 건지 아니면 프루를 죽여 버리고 말 것인지 그건 패트소의 의사에 달렸을 것이다. 하지만 프루는 수년간 권투로 다져진 공격 본능을 갖고 있었다. 그것은 생각이나 용기를 필요로 하지 않았다. 비록 칼을 맞기는 했지만 프루는 그 순간 패트소의 가슴이 노출되는 것을 보고 스트레이트 펀치를 날리듯 횡격막 바로 아래 명치 부분을 세게 찔렀다. 상대의 상체가 약간 앞으로 수그러진 상태였으므로 그 수그러진 힘까지 가세되는 카운터펀치였다.

그들은 허벅지와 허벅지를 바짝 마주 댄 채 그렇게 1~2초 혹은 5초 동안 서 있었다. 프루는 입술을 꼭 깨물고 팔목에 힘을 주어 살 속에 깊이 박힌 칼날을 비틀고 또 비틀면서 박아 넣었다. 칼날은 자루 앞부분까지 파고들었다. 두 사람은 입상처럼 서 있었다. 유일한 움직임은 밑으로 조금씩 조금씩 처지는 패트소의 오른팔 동작이었다. 오른팔이 완전히 다 펴지고 손이 약간 위로 까닥하더니 잭나이프가 손에서 떨어져 벽돌 보도를 치면서 쨍그랑 소리를 냈다. 이어 패트소가 허물어지기 시작했다.

그가 허물어지는 동안, 프루는 왼팔을 왼쪽 옆구리에 밀착시키면서 패트소의 살 속에 박힌 칼날을 날 부분이 위로 오게 비틀었다. 패트소의 상체가 앞으로 허물어지면서 칼날은 그 무게에 힘을 받아 상대의 살을 절단하기 시작했다. 그것은 낚시에 물린 커다란 물고기가 낚싯줄에서 달아나려고 몸부림치다가 아가미를 더욱 크게 다치는 것과 비슷했다. 그는 패트소를 죽이려고 왔다. 지상에 쓰러진 그자를 무수히 난자하거나 멱살을 따버릴 생각은 없었다.

저드슨 중사는 오른쪽 어깨로 고개가 푹 처지더니 등 뒤로 나자빠지기 시작했다. 먼저 그의 머리가 건물의 벽돌 벽에 쿵 하고 부딪혔다. 그의 눈은 이미 동공이 풀려서 흐릿해지기 시작했다. 그의 쫙 펴진 오른팔은 여전히 놓쳐 버린 칼을 다시 붙잡기라고 하려는 듯 버둥거렸다. 그렇게 하면 뭔가 사태가 달라지기라도 하는 것처럼. 그는 겨우 숨을 내쉬며 왼손을 절단된 배 위에 간신히 올려놓았다.

「넌 날 죽였어. 왜 날 죽이려 했지?」 그는 그렇게 말하고 숨이 끊어졌다. 놀라움과 비난과 까닭을 모르겠다는 표정이 그

1120

의 얼굴에 나타났다. 역에 버려진 임자 잃은 여행 가방 같은 표정이었다. 그런 표정은 이윽고 그런 상태로 굳어져 갔다.

프루는 그런 비난의 표정에 충격을 받고 한동안 그를 내려다보았다. 기역자로 꺾어진 골목길에서는 로그 캐빈의 바텐더 두 명이 밖으로 나와 문을 잠갔고, 이어 잡담을 지껄이면서 베레타니아로 쪽으로 걸어 내려갔다.

프루는 그제야 움직였다. 그는 칼날을 칼자루에 집어넣고 손수건으로 싼 다음 다시 고무줄로 묶어서 호주거니에 집어 넣었다.

그의 옆구리에서 피가 계속해서 흘러나왔다. 그는 다른 깨끗한 손수건을 꺼내 피가 바지 밑으로 흘러내리지 않게 황급히 셔츠 안쪽 옆구리에다 대고서 왼팔을 꼭 붙여 지혈을 하려 했다. 피는 이미 셔츠의 여기저기에 번져 있었고 칼을 맞은 민간인 셔츠 부분은 찢어져 있었다. 아무리 팔을 밀착시켜도 피가 흐르는 것을 막을 수 없었다.

이어 그는 골목을 빠져나가 동쪽의 이면 도로로 갔다. 거기서 북쪽으로 가면서 시내를 벗어나려 했다. 그는 두 블록을 걸어간 후 다시 골목으로 들어가 담벼락에 쭈그리고 앉아 어떻게 할 것인지 곰곰 생각해 보기로 했다. 골목은 사람이 아무도 없어 아주 한적했다.

그가 지금 있는 곳은 바인야드 스트리트 어디쯤이었다. 브레타니아 위쪽 중국인들이 사는 지역이었다. 그는 이 지역을 잘 알지 못했다. 하지만 이 거리는 동쪽으로 한참 뻗어 있었다. 그가 가려고 하는 곳은 동쪽이었다.

이렇게 상처 입은 몸으로 스코필드로 돌아가려는 것은 부질없는 짓이었다. 설사 이 몸으로 부대 정문을 통과하더라도 내일 아침 패트소의 시체가 발견되는 즉시 그를 잡아들일 것이었다. 이제 남은 길은 시내를 벗어나 앨마의 집으로 가는 것뿐이었다. 앨마의 집에만 간다면 그는 안전할 터였다.

그의 머리는 아주 빠르게 돌아갔다. 아까 칼싸움할 때의 수정 같은 정신 집중이었다. 그는 후회의 미소를 지었다. 야, 인마, 그건 소 잃고 외양간 고치기야. 만약 내가 지금 이 순간처럼 명석하게 생각할 수 있었다면 이 지경이 되지도 않았을 거야. 이런 입장이 되어 보아야만 이런 생각을 하게 되는 거야.

그는 자신이 크게 부상을 당해 부대로 돌아가지 못할 가능성은 아예 고려하지 않았었다. 아무리 바보라도 그런 가능성을 염두에 두었을 것이다. 심지어 여벌 손수건을 준비할 생각도 하지 못했다. 마른 손수건은 지혈에 큰 도움이 되었을 텐데.

천천히 그렇지만 꾸준히 흘러나오는 피는 잭 멀로이가 말한 자연법처럼 동식물의 희망 사항과는 무관하게 가차 없이 움직였다. 피는 부분적으로 손수건을 침투했고 일부 옆구리 쪽으로 흘러내렸다. 그는 손수건을 약간 움직여 덜 젖은 부분을 갖다 대며 다시 왼팔로 크게 압박했다. 그렇게 하니 피가 흘러나오는 것이 좀 멈추는 것 같았다. 하지만 셔츠가 찢어지고 피를 흘리는 상태로 버스나 전차에 오를 수는 없었다. 피가 자꾸 흘러 버스 바닥을 더럽힐 수도 있고 또 환히 불 켜진 버스를 오르내리는 승객들을 놀라게 할 수도 있었다. 이 세상에 피처럼 붉은 것은 없었다. 잭 멀로이의 철천지원수인 공산주의자들도 피처럼 붉지는 않았다. 특히 자기 자신의 피는 아주 붉게 보이는 법이다.

현재 위치에서 카이무키까지는 6킬로미터였고 거기서 다시 윌헬미나 라이즈의 앨마 집까지는 1.5킬로미터였다. 그것도 직선거리가 그랬다. 불 켜지지 않은 으슥한 골목길을 골라 우회해야 할 것이므로 실제 거리보다 1.5킬로미터를 더 걸어야 할 것이었다. 그 9킬로미터를 그는 걸어가야 하는 것이다. 앨마의 집에만 간다면 그는 안전할 터였다.

이거 잘 계산해야 돼. 확실히 해야 돼. 확률을 잘 따져 봐야 해, 하고 그는 중얼거렸다. 만약 걸어서 갈 수 없다면 이면 도로에서 택시를 잡는 방법도 있었다. 하지만 그건 위험했다. 그건 소매 속의 에이스로 남겨 두어야 해. 어떤 자는 아주 급하면 고향의 부모님에게 편지를 보내 돈을 보내 달라고 하지. 그게 그들의 에이스야. 어떤 자는 텐더로인[18]에서 여자들의 기둥서방 노릇을 하지. 그게 그들의 에이스야. 그자들은 프리스코에서 남극까지 여행을 할 거라고 자랑하지. 하지만 그들은 소매 속의 에이스가 없으면 개털이나 다름없어. 1센트짜리 스터드 게임이나 벌이는 코찔찔이와 다름없게 돼. 프리윗, 넌 이미 정신이 흐려지기 시작했어. 배 밭에 들어가 소란을 피우는 수퇘지 같은 꼴이야. 곧 너는 이게 꿈인지 생신지 구분을 못하게 될 거야. 코찔찔이하고 너하고 무슨 상관이야.

골목 담벼락에 기대앉은 채, 프루는 출발하기 전 담배를 한 대 피우기로 했다. 그가 가만히 앉아 있으면 피가 저절로 멈출지 모른다는 희망과 함께. 그것은 그가 평생 맛본 담배 중 최고였다. 그는 한적한 골목에서 편안함을 느끼며 천천히 담배를 폐 속으로 빨아들였다. 이어 그는 빙그레 미소를 지었다. 이렇게 피투성이가 된 상태에서 담배 같은 사소한 물건이 이토록 고맙고 멋지게 생각되다니 알 수 없는 노릇이군. 이 난국에서 만약 벗어난다면 앞으로는 사소한 것들을 즐기는 시간적 여유를 많이 가져야겠어. 하지만 모든 형편이 순조롭게 나갈 때는 이런 생각 따위는 까맣게 잊어버리고 사소한 것들은 아예 거들떠보지도 않게 되지.

자, 이젠 일어서서 출발해야 할 것 같아. 빨리 출발하면 빨리 도착하는 거지.

<hr>

18 Tenderloin. 미국 뉴욕 시의 한 지역으로 타락과 악덕, 경관 매수로 유명했던 환락가.

골목길의 가짜 평화를 뒤로하고 앞으로 나선다는 것은 정말 어려운 일이었다. 아직 몸이 굳어지기 전에 떠나야 한다고 자신을 설득했다. 그래도 지금은 양호한 편이었다. 이미 지금 그 상황이 자꾸 꿈처럼 느껴지기 시작했다. 꿈이라고 생각하면 깨버리면 그만이라고 판단해 아무것도 하지 않게 된다. 그것이 정말 위험한 것이다. 꿈에서는 모든 것이 쉽다. 수틀리면 잠에서 깨면 그만인 것이다. 하지만 이건 꿈이 아니야, 프리윗, 하고 그는 중얼거렸다. 여기서는 깨어날 수가 없는 거야. 그는 지금 상황이 꿈이든 아니든 영창에 다시 가고 싶은 생각은 조금도 없었다.

다음번 코너에서 그는 거리 표지판을 보고 그곳이 바인야드 스트리트인지 재삼 확인했다. 그래야 동쪽으로 확실히 갈 수 있는 것이었다. 프리윗, 이번에는 정말로 고개를 확실히 넘어갔군. 이제 30년쟁이의 생활은 끝났어. 내일 네가 부대에 나타나지 않고 패트소의 시체가 발견되어 수사가 시작되면 그들은 누가 범인인지 금방 알 거야. 이번은 중대에 좀 늦게 돌아가 단순 중대 징계로 끝날 사안이 아니야. 이번에는 아예 부대를 탈영한 거잖아. 그는 바인야드가 동쪽으로 얼마나 뻗어 있는지 잘 몰랐다. 하지만 이 근처에서 두 블록 이상 동쪽으로 나가는 길은 그것뿐이었다.

저 아래 베레타니아와 킹 스트리트 그리고 해변 지역에 대해서, 그는 손바닥처럼 환히 알았지만 이곳은 잘 몰랐다. 하지만 유니버시티 애버뉴까지 가면 동서 이면 도로들이 모두 끝난다는 것은 알고 있었다. 그러면 베레타니아와 킹을 타고 동쪽으로 가거나 아니면 그 두 거리를 우회해 해변으로 갈 수가 있었다. 베레타니아와 킹을 건너는 것이 문제였다. 유일한 방법은 두 거리를 관통하는 직선 도로를 발견해 그걸 타고 가는 것이었다. 그렇게 하면 가로등이 훤하게 켜진 두 거리를 걸어가지 않아도 되었다. 유니버시티 근처는 시내처럼 번화하지는 않았으나 그래도 대로변이었다.

그는 바인야드를 타고 펀치볼 스트리트로 가서, 이어 밀러를 올라갔다가 캡틴쿡으로 내려가서, 캡틴쿡에서 다시 루나릴로로 올라갔다. 루나릴로는 0.8킬로미터 정도 곧게 뻗은 길이었다. 길은 다시 마키키 쪽으로 하강했다. 그 거리의 코너에서 그는 메이슨 템플을 볼 수 있었다. 그래서 여기에는 관통하는 도로가 없음을 알게 되었다. 왜냐하면 그곳은 와이키키로 나가는 칼라카우아 애버뉴에서 한 블록 떨어진 지점이기 때문이었다. 칼라카우아를 넘어서면 해변에 이면 도로들이 나 있었다. 하지만 여기는 카피올라니 불르바드의 KGHB 라디오 방송국까지 막다른 골목이거나 아예 나가는 길이 없었다. 그는 마키키로 올라가 동쪽으로 가는 거리를 걸어가다가 푸나후를 가로질러 다시 아래로 내려갔다.

복잡했다. 아주 복잡했다. 아주 간단한 것조차 막상 해보려면 그렇게 복잡할 수가 없었다.

그가 마키키 고개를 4백 미터가량 올라가자 동쪽으로 가는 와일더 애버뉴가 나왔다. 그는 와일더를 8백 미터가량 따라 걷다가 베레타니아를 건너가는 알렉산더 스트리트를 발견했다. 하지만 그 거리 아래로 내려가 보니 알렉산더는 베레나티아를 가로지르지 않았다. 그는 정신을 바싹 차리지 않으면 낭패를 당하고 말겠다는 생각이 들었다. 그는 베레타니아 근처를 반 시간 정도 헤매다가 겨우 동쪽으로 나가는 길을 발견했다. 그 무렵 그의 정신은 몽롱해졌고, 이제 사태가 그리 나쁜 것도 아니라는 생각이 들기 시작했다. 알렉산더 스트리트에서부터는 계속 웃으면서 갔다.

그는 매컬리 스트리트에서 베레타니아와 킹을 건넜다. 그 거리는 다시 칼라카우아로 이어졌다. 이어 펀 스트리트, 라임

스트리트, 시트론 스트리트를 지나 카피올라니 불르바드와 지역 골프장을 지나쳐 카이무키로 들어섰다. 골프장에서 카이무키까지는 1.5킬로미터가 약간 넘는 거리였다. 카이무키에서 윌헬미나로 들어서는 와이알라에까지는 여러 거리가 있었으나 그는 지금 기억하지 못했다. 그가 기억하는 것이라고는 앨마의 집에 도착하면 무사할 수 있다는 것뿐이었다.

데이트 스트리트에 있는 골프장 한가운데의 배수 운하를 건널 때, 그는 피 묻은 칼을 쌌던 손수건 묶음을 꺼내 물속에다 버리고 물 밑바닥에서 거품이 퐁퐁 솟아오르는 것을 지켜보았다.

옆구리에 커다란 상처가 생기겠는걸, 하고 그는 낄낄거리면서 생각했다. 남자 몸에 남겨진 상흔은 그의 인생을 적어놓은 역사 책 같은 것이다. 각 상처는 책의 한 챕터처럼 그 나름의 스토리와 기억을 갖고 있다. 그가 죽으면 그런 스토리와 기억도 함께 매장된다. 그리하여 아무도 그의 몸이라는 책에 쓰인 역사, 스토리, 기억을 읽을 수 없게 된다. 자신의 역사와 함께 땅속에 묻힌 자는 불쌍하지, 하고 프루는 생각했다. 불쌍한 패트소. 그는 패트소가 많은 상처·역사를 갖고 있으리라 생각했다. 그는 배짱도 있었다. 하지만 그는 죽었다. 프리윗이 그를 죽여 버린 것이다. 불쌍한 프리윗.

넌 지금 바보 같은 생각을 하고 있어. 정신 바싹 차리고 빨리 걸어. 넌 아직 카이무키에도 오지 못했잖아. 아직 가야 할 길이 멀다고. 그러나 잠깐만. 상처를 짚어 가면서 그걸 한번 기억해 보자고. 거기엔 많은 역사가 있을 거야.

왼손 검지의 상처. 부랑자 생활을 하면서 인디애나주 리치먼드에 들어갔을 때, 칼을 든 백인으로부터 흑인이 나를 구해 주었지. 그때 입은 상처야. 당시 난 아직 어린애였지. 그 흑인은 지금 어디 있을까? 그 백인은?

왼쪽 손목의 상처. 그것은 상당히 컸다. 그는 활란의 고향 집 지붕에서 떨어지면서 못에 찔려 동맥이 절개되었다. 어머니와 존 외삼촌이 달려왔다. 외삼촌이 지혈을 시켜 주었기 망정이지 그렇지 않았더라면 죽었을 것이다. 아버지는 집에 돌아와 그 얘기를 듣고 웃음을 터뜨렸을 뿐이다. 그의 아버지도 죽었다. 존 외삼촌도 죽었다. 그의 어머니도 죽었다. 하지만 손목을 다쳤을 때 모든 사람이 그게 세상에서 최고 중대한 일인 것처럼 반응했었다. 그러나 집에 없었던 아버지는 그 사건을 대수롭지 않게 여겼다. 그 사건의 흔적은 어디에 남아 있는가? 왼쪽 손목에.

네가 죽는다면?

그럼 그 상처는 사라지지.

그는 여러 번 죽을 뻔했다. 몸에 남아 있는 많은 상처들이 그것을 증명한다. 하지만 아직 죽지 않았다.

그렇지만 언젠가는 죽어야 할 것이다.

그래, 그건 사실이야. 인간은 누구나 죽게 되어 있어. 만약 사후에 너를 화장시킨다면 그것은 책을 태우는 거네. 그렇지 않아?

왼쪽 눈 위 눈썹에도 연필 자국 같은 상처가 있었다. 마이어 부대에서 근무할 때 권투를 하다가 다쳤다. 눈썹이 찢어지자 경기를 중단시키려 했으나 그가 계속 싸우겠다고 고집했고 결국 상대를 케이오시켰다. 의사는 찢어진 부분을 꿰매려 했으나 트레이너가 적극 반대했다. 접착제를 발라서 충분히 낫게 할 수 있다면서. 결국 그렇게 했고, 그래서 상처가 가볍게 남은 것이었다. 만약 꿰매거나 압박 붕대를 사용했더라면 상당히 큰 상처가 남았을 것이다. 지금 그 의사는 어디 있지? 그 트레이너는? 둘 다 아직도 마이어 부대에 있을까? 사건 당시 그 자신은 꿰매기를 원했다. 그렇게 해야 깊은 상처가 남을 테니까.

프리윗, 이 잘난 체하는 녀석. 이 건방진 녀석. 꼴좋다, 이제 그런 상처를 하나 얻었으니. 한 군데가 아니라 여러 군데 얻었으니.

그가 영창에서 복역할 때 입은 상처는 새로운 것이었다. 부대에서 근무할 때 술 취해 귀영하다가 신발장에 넘어져 입은 상처도 있었다. 그는 몸에 많은 상처를 가지고 있었다. 그는 리얼한 역사를 갖고 있었다. 로버트 E. 리 프리윗, 한 권으로 된 미국 역사. 기간은 1919년부터 1941년, 백성들에 의해 편집되고 편찬된 아직 미완성의 역사. 조지아에서 도로 공사 인부에게서 얻은 상처도 있고, 미시시피 구치소에서 얻은 상처도 있었다. 경찰에게서 얻은 상처, 경찰의 적들로부터 얻은 상처도 있었다.

그는 아주 가파른 고갯길에 올라서자 그게 윌헬미나 라이즈라는 것을 알았다. 그는 정말 숨이 찼다. 더 이상 걷지 못하겠다는 생각이 들었다. 이거 장거리 구보를 좀 해야겠는걸, 늙어 가고 있어.

마이어 부대에서 작업하다가 입은 상처가 두 군데 있었다. 그는 장교 체육관의 천장 부분에서 작업하다가 천창을 통해 떨어진 적이 있었다. 그때 깨진 유리가 왼쪽 턱에서 입 가장자리까지 찢어 놓았고 오른쪽 엉덩이에 깊은 파열상(破裂傷)을 입었다. 그가 장교 체육관의 내부를 들여다본 것은 그때가 유일했다. 하지만 얼굴에 입은 상처도 이제는 아물어 면도한 직후가 아니면 보이지 않는다.

많은 나날들. 많은 상처들. 그 상처들은 이제 어디로 가버렸는가? 워싱턴에서 맨주먹 싸움에 말려들었을 때 그는 턱에 어퍼컷을 먹고서 상처를 입었다. 그는 순간 정신이 혼미해지면서 땅바닥에 쓰러졌다. 때린 녀석은 어디론가 가버리고 없었다. 그때 입은 상처는 그 후 아주 까맣게 되었다. 그는 왜 그런 색깔이 되었는지 알 수 없었다. 그는 콜맨과 1부 리그 진출권을 놓고 권투 경기를 벌일 때 상대방의 펀치에 턱을 맞아 아래 이빨이 두 대나 나가면서 패배한 적이 있는데, 그때 입은 상처는 까맣게 되지 않았다. 거리에서 주먹 싸움을 할 때 입은 상처는 땅에 쓰러지면서 상처에 흙이 들어갔기 때문이 아닐까, 하고 짐작할 뿐이었다.

앨마의 집엔 불이 켜져 있었다. 그건 좋은 신호였다. 그가 열쇠를 사용하지 않아도 된다는 뜻이었고, 그의 몸에 열쇠가 있는지 어쩐지도 확실치 않았다. 오늘 밤 탈영할 생각이 아니었고, 앨마의 집을 찾아올 생각도 아니었었다. 그는 패트소를 죽인 후 부대로 돌아갈 생각이었다. 그의 계획은 그것이었으나 부상으로 인해 다 망쳐 버린 것이었다.

그는 놋쇠 손잡이로 노크를 했다. 앨마가 직접 문을 열었다. 조제트는 뒤에서 내다보았다.

「오 마이 갓!」 앨마가 말했다.

「지저스 크라이스트!」 조제트가 말했다.

「헬로, 베이비. 하이, 조제트. 오랫동안 못 보았군.」 그는 문 앞으로 푹 쓰러졌다.

제5부

재입대 블루스

제45장

고통은 그다음 날 아침이 돼서야 본격적으로 시작되었다. 일단 시작되자 고통은 극심했다. 그와 함께 몸이 경직되었고 염증이 생겼다. 치유될 때 거쳐 가야 하는 고통이 처음 따끔하게 상처를 입을 때의 고통보다 더욱 견디기 어려웠다. 그는 이틀 동안 심하게 앓았다.

하지만 고통은 그가 잘 알고 있는 것이었다. 고통은 그가 오랫동안 만나 보지 못한 옛 친구 같았다. 그는 어떻게 고통을 다루어야 하는지 알고 있었다. 고통으로부터 도망쳐서는 안 되고 애인과 함께 침대에 눕듯이 고통을 부둥켜안아야 한다. 찬물에 들어갈 때처럼 외곽을 빙빙 돌다가 갑자기 그 물 안으로 들어서야 한다. 이어 심호흡을 하고 신체가 물의 바닥까지 가라앉도록 내버려 두어야 한다. 그런 식으로 고통의 한가운데로 들어가면, 아무리 차가운 물도 한참 지나면 그리 차갑지 않듯이, 고통도 예상처럼 그렇게 아프지는 않게 된다. 그는 고통을 잘 알았다. 고통은 권투 경기와 비슷하다. 사각의 링 안에서 오래 뛰다 보면 그 경기에 대해 어떤 본능 같은 것을 터득하게 된다. 펀치가 언제 어디에서 날아오는지 모른다. 하지만 그것이 느닷없이 찾아왔으며 본인이 의식하지도 못하는 사이에 닥쳐왔다는 것을 알게 된다. 고통도 그것과 비슷했다.

고통은 산록에 자리 잡은 마을과 비슷하다. 산기슭의 약간 위쪽에는 성당이 있는데 그 성당에서는 쉴 새 없이 찬송가 「고난의 십자가」가 울려 퍼지는 것이다.

그는 5시 30분경 소파 위에서 눈을 떴다. 피곤한 꿈에서 깨어난 그는 자기가 영창에 다시 돌아와 있다고 생각했다. 톰슨 소령이 패트소를 죽인 죗값으로 그의 왼쪽 겨드랑이 아래에다 P라는 대문자 낙인을 찍고 있었다. 이상하게도 화인을 찍는데도 죄수 작업복에 사용하는 스텐실(인쇄 무늬)을 사용하고 있었다. 그가 낙인에서 달아나려고 할수록 낙인은 더욱 깊이 그의 살 속을 파고들었다.

이어 그는 커다란 안락의자에 앉아 이쪽을 쳐다보는 조제트와 고리버들 장의자에 누워 있는 앨마를 보았다. 앨마의 눈 밑에는 검은 그늘이 져 있었다. 두 여자는 그의 옷을 벗기고 깨끗이 씻긴 후 상처에다 습포를 대고 붕대로 가슴을 친친 둘러쌌다.

「지금 몇 시야?」 그가 물었다.

「5시 반쯤 되었어.」 조제트가 의자에서 일어서면서 말했다.

앨마는 장의자에서 벌떡 일어나면서 눈을 크게 떴다. 그녀는 졸린 기색도 없이 조제트를 따라서 소파 위의 그에게 왔다.

「기분이 어때?」 조제트가 물었다.

「너무 아파. 붕대가 꽉 죄는 것 같아.」

「일부러 단단하게 맸어요.」 앨마가 말했다. 「피를 많이 흘렸어요. 내일 붕대를 떼어 내고 새 붕대를 약간 느슨하게 매줄게요.」

「상처는 어땠어?」

「그렇게 심하지는 않아.」 조제트가 말했다. 「조금만 늦었

더라면 심각할 수도 있었어. 근육은 끊어지지 않았어. 다 갈
비뼈 덕인 줄 알아.」

「깊은 상처가 남을 거예요.」앨마가 말했다.「하지단 한 달
정도면 완전히 아물 거예요.」

「야, 간호사 해도 되겠네.」

「우린 간호 실무를 약간씩은 알고 있어. 그게 편리할 때가
있거든.」조제트가 말했다.

그는 두 여자의 얼굴에 전에는 보지 못했던 자애로운 표정
이 어려 있음을 보았다.

「다른 친구는 어떻게 되었어요?」앨마가 미소 지으며 물었다.

「그는 죽었어.」프루는 이어 황급히 덧붙였다.「내가 죽였어.」

두 여자의 얼굴에서 미소가 사라졌다. 그들은 아무 말도 하
지 않았다.

「누구였는데?」조제트가 물었다.

「보병이야. 부대 영창의 간수장이었어.」

「내가 가서 뜨거운 쇠고기 수프를 만들어 올게. 우선 힘을
키워야 해.」조제트가 말했다.

앨마는 조제트가 세 계단을 걸어 올라가 주방으로 사라지
는 것을 지켜보았다.

「의도적으로 죽인 거예요?」

「응.」

「그러리라 예상했어요. 그래서 이리로 온 거죠?」

「나는 의심을 받지 않으려고 부대로 돌아가려 했어. 이 사
건이 깨끗이 지나간 후에 당신을 찾아오려 했지.」

「영창에서 나온 지 며칠 만이에요?」

「9일.」그는 헤아려 보지도 않고 자동적으로 말했다.

「일주일이 약간 넘는군요. 그런데 전화도 안 하고. 내게 전
화는 해줄 수 있잖아요.」

「일을 그르칠지 몰라 자제한 거야. 당신을 위험 속에 끌어넣을지도 모른다는 생각에. 내가 이처럼 심하게 부상을 당해서 부대로 돌아가지 못할 거라고는 생각지도 않았어. 바보같이 말이야.」

앨마는 그 말을 재미있다고 생각하지 않았다.

「워든이 연락하지 않았어? 부탁해 두었는데.」

「연락해 왔어요. 뉴콩그레스로 찾아왔더군요. 그래서 당신이 감옥에 있다는 걸 알았어요. 안 그랬더라면 알 길이 없었겠죠. 당신이 편지라도 써주었더라면 좋았을 텐데.」

「난 편지를 쓸 수가 없었어.」 그는 말을 멈추고 그녀를 쳐다보았다.

「그래요. 당신처럼 편지 쓰기 싫어하는 사람이라면 어쩔 수가…….」

「혹시 워든이…….」 그가 말하려다 말고 멈추었다.

그의 말이 끝나기를 기다리는 동안, 그녀의 얼굴에 경멸의 표정이 어렸다. 그가 말을 하지 않자, 그녀가 다그쳤다. 「워든이 뭐? 당신이 그걸 생각하고 있다면 그런 일은 아예 없었어요. 그는 정말 신사였어요.」

프루는 고개를 옆으로 돌려 그녀를 쳐다보았다.

「친절하고 자상하고 사려 깊고 온유했어요. 정말 완벽한 신사였어요.」

프루는 그런 모습의 워든을 상상하려고 애썼다.

「내가 만나 본 남자들보다 한결 더 신사였어요.」

「아무튼 좋은 친구야.」

「그래요, 아주 훌륭한 사람이었어요.」

프루는 턱을 다물면서 자신이 하려던 말을 억눌렀다.

「당신은 감방 생활이 어떤 건지 잘 모를 거야. 수감자의 상상력에 아무런 도움도 주지 않지. 4개월 18일 동안 그날이 그

날이야. 매일이 똑같아. 소등나팔이 울리고 침상에 누워 있
으면 관 속에 누워 있는 것 같았어.」
　앨마의 얼굴에서 경멸의 표정이 싹 사라지고 대신 측은해
하고 미안해하는 미소가 떠올랐다. 방금 전에 처음 보았던,
어머니 같고, 은근하고, 부드럽고, 자상한 그런 미소였다. 일
찍이 그녀에게서 보지 못했던 미소였다.
　「당신은 감옥에서 그처럼 고생을 했는데 나는 앙탈을 부렸
어요. 고통을 당하고 있어서 무엇보다 휴식이 필요한 당신에
게 그렇게 하다니, 정말 미안해요. 난 정말 당신을 사랑하고
있나 봐요.」
　프루는 옆구리의 고통을 잠시 잊어버리고 자랑스러운 표
정으로 그녀를 올려다보았다. 그녀가 직업 창녀라는 사실은
그를 부끄럽게 하기보다는 오히려 자랑스럽게 했다. 주위의
비정한 상황을 잘 알고 있는 창녀는 여염집 여자보다 사랑에
빠지기가 더욱 어렵다. 직업 창녀로부터 사랑을 받아 본 남자
가 과연 몇이나 되겠는가. 그는 자랑스럽지 않을 수 없었다.
　「키스나 한번 해주는 게 어때?」 프루가 싱긋 웃었다. 「여기
이렇게 오래 있었는데 키스도 안 해주었잖아.」
　「아니, 했어요. 당신이 잠자는 동안에.」
　그래도 그녀는 다시 키스를 해주었다.
　「당신은 정말 고생을 했군요.」 그녀가 부드럽게 말했다.
　「다른 친구들보다 더 고생한 건 아니야.」 그는 잠기는 목소
리로 말했다. 코와 발가락을 벽에다 대고 돌아서 있던 블루
스 베리. 검은 구멍에서 30일 가까이 썩었던 앤걸로 마지오.
　「난 이제 부대를 영원히 떠나온 것 같아. 난 부상에서 회복되
더라도 부대에 돌아갈 수 없어. 오늘 내가 부대에 나타나지 않
으면 나를 범인으로 지목할 거야. 나를 찾으러 다닐 거라고.」
　「그럼 어떻게 할 계획이에요?」

「나도 몰라.」

「아무튼 여기 있으면 안전할 거예요. 여기 이웃들은 우리가 누구인지 아무도 몰라요. 그러니 여기에 한동안 머물 수 있을 거예요.」 그녀는 주방에서 뜨거운 수프를 갖고 돌아오는 조제트에게 질문의 눈빛을 던졌다.

「물론 원하는 만큼 오래 머물러도 돼. 나는 신경 쓰지 마. 두 사람이 걱정하는 게 그거라면.」

「우린 그 얘기는 꺼내지 않았어. 하지만 그것도 고려해야지. 네가 어떻게 생각하는지 말이야.」 앨마가 말했다.

「난 늘 또라이들을 좋아했어. 난 금요일마다 정기 검진을 받는 것 이외에는 법에 대해서 감사할 게 아무것도 없어.」

「조제트, 그렇게 생각해 준다니 너무 고마워.」 앨마가 말했다.

「난 리븐워스로부터 도피하는 자야. 살인자라고, 법을 위반한.」 프루가 말했다.

「속된 말로 하자면, 법의 똥꼬를 찔러 버린 거지.」 조제트가 말했다.

앨마는 그 속된 말을 탐탁지 않게 여겼으나 아무 말도 하지 않았다.

「이거 먹게 좀 움직일 수 있겠어?」 조제트가 수프 컵을 움직이며 말했다.

「그럼.」 프루는 다리를 소파 옆으로 내려놓고 상체를 들어 올리려 했다. 그때 눈앞에 별이 번쩍했다.

「이런 바보 같은 양반! 상처에서 또 피가 흘러야 좋겠어요? 가만히 누워 있어요. 내가 도와줄 테니.」 앨마가 화난 목소리로 소리쳤다.

「이미 일어났어.」 프루가 허약한 목소리로 말했다. 「수프를 먹고 나서 다시 누울 때나 좀 도와줘.」

「이거 많이 먹어야 해.」 조제트가 수프 컵을 그의 입에 갖

다 대며 말했다. 「너무 많이 먹어서 수프라면 입에서 단내가
날 때까지.」

「지금은 맛이 좋은데.」 그가 수프를 마시면서 말했다.

「내일까지 기다려 봐. 그때도 그런가.」 조제트가 말했다.

「내일, 우리는 당신에게 커다란 스테이크를 제공할 예정이에
요. 피가 뚝뚝 떨어지는 것으로.」 앨마가 미소 지으며 말했다.

「간과 양파도 넣어서 말이지.」 조제트가 맞장구를 쳤다.

「티본스테이크로?」 프루가 말했다.

「아니면 포터하우스[19]로.」 앨마가 말했다.

「이제 그만 해. 자꾸 웃음이 나오려고 해 옆구리가 터질 것
같아.」

두 여자의 얼굴에는 아까와 같은 사랑의 표정이 어렸다. 아
까보다 더 강력한 표정이었다. 거의 믿기지 않을 정도의 행복
감이 깃들어 있었다.

「정말 환자한테 잘해 주는군. 담배도 한 대 붙여 주면 어때?」

앨마가 그를 위해 담뱃불을 붙였다. 아주 맛이 좋았다. 지
난밤 골목에서 담벼락에 기대어 피운 담배보다 더 맛이 좋았
다. 아마도 온몸의 긴장이 이완되어 있기 때문일 것이었다.
그는 옆구리의 쑤시는 듯한 아픔을 달래기 위해 담배 연기를
폐 깊숙이 들이마셨다. 물론 그렇게 심호흡을 하면 옆구리가
더 아팠지만 그래도 신경 쓰지 않았다.

두 여자가 그를 소파 위에 다시 뉠 때도 옆구리가 말도 못
하게 아팠다. 오늘만 이렇게 아플지 몰라. 내일은 달라질 거
야. 그는 이렇게 하루하루 아픔을 밖으로 밀어냈다. 소파에
다시 드러눕는 것은 일어날 때만큼 아프지는 않았다. 그래,
괜히 일어나려고 했던 게 무리였어. 그는 의지 없는 무책임의

19 *porterhouse*. 고급 비프스테이크.

상태로 빠져 들면서 혼자 중얼거렸다.

「오케이, 난 이제 괜찮은 것 같아. 다들 가서 좀 더 자도록 해.」

「우린 지금까지 자지 않고 있었어요.」앨마가 행복한 미소를 지어 보였다.「아침이 올 때까지 계속 앉아 있을 수 있어요.」

「자버리면 환자를 돌볼 수 있는 기회가 없어져서 그래? 난 이제 그리 아프지 않아.」

「좀 더 자둬요. 말을 많이 하지 말고 쉬어요.」앨마가 간호사 같은 목소리로 말했다.

「싸움에 대한 얘기를 듣고 싶지 않아?」

「내일 아침 신문에 다 날 거야.」조제트가 말했다.

「오케이, 간호사님.」

「지금 다시 잠들 수 있어요?」앨마가 물었다.

「그럼. 누가 잡아가도 모를 정도로.」

「원하면 진정제를 드릴게요.」

「필요 없을 것 같아.」그는 자리에 잘 드러누웠고 두 여자가 작은 테이블 위의 작은 등을 빼놓고 방 안의 불을 끄는 것을 지켜보았다. 안락의자는 앨마가 차지했고 조제트는 장의자에 앉았다.

라디오는 여전히 주방으로 올라가는 계단 바로 옆의 푹 팬 타일 바닥의 한구석에 놓여 있었다. 전축은 레코드 테이블 옆의 자그마한 테이블 위에 놓여 있었고 세 계단을 올라가 유리문을 나서면 팔롤로 계곡이 내려다보이는 환상적인 포치가 나왔다. 그는 어두운 방에서 두 여자의 새근거리는 편안한 숨소리를 들을 수 있었다. 그는 그들의 포근하고 안온한 숨소리를 들으며 편안한 자세로 누워 있으려고 애썼다. 어떻게 보면 그것은 어떤 먼 곳으로부터 집으로 돌아온 것과 비슷했다. 그는 이제 더 이상 잠이 안 와도 신경 쓰지 않았다. 그는 가만히 누워서 주위 풍경을 쳐다보는 것만으로도 만족했다. 이제 다시 민간인 신분이 된 것 같았다. 그는 두 여자의 수면을 방해하지 않고 그런 식으로 오래 누워 있었다.

하지만 다음 날 아침 그는 별로 산뜻한 기분이 아니었다. 통증은 보통 그다음 날이 더 심했다. 앨마와 조제트는 벌써 일어나 스테이크를 준비하러 갔고 신문 기사를 살폈다. 신문에는 아무것도 나지 않았다. 그는 아무 식욕도 느끼지 못했으나 두 여자는 스테이크를 먹여 주었다. 조제트가 그의 상체를 꼭 잡아 주었고 앨마는 스테이크를 썰어서 농부가 쇠스랑으로 건초를 찍듯이 고기를 찍어 입에 넣어 즈었다. 그들은 한 시간마다 그에게 쇠고기 수프를 먹였고, 조제트가 예언한 것처럼 그는 수프라면 신물이 났다.

앨마는 키퍼 부인에게 전화를 걸어 사흘간 병가를 얻었다. 키퍼 부인은 앨마가 생리 중이 아니라는 것을 알고 있었고 앨마도 부인이 자기 말을 믿지 않는다는 걸 알았다. 하지만 그것은 오래된 사업상의 변명이었고 총애를 받는 여자들은 그런 변명으로 충분히 넘어갈 수 있었다. 군대에서 상급자에게 잘 보인 병사가 할머니 사망이라는 거짓된 사유 — 아무도 믿어 주지 않는 사유 — 로 휴가를 얻는 경우와 비슷했다.

두 여자는 적극적으로 환자를 돌보았다. 그들은 프루에게 저녁이 올 때까지 소파에 누워 있게 했고 그다음에는 앨마의 침대로 옮겼다. 그들은 이틀째가 되는 날까지는 빡빡한 붕대를 풀어 줄 수 없다고 버텼다. 그는 이번에는 진정제를 거절하지 않았다.

그 사건은 두 번째 날의 신문에 다루어져 있었다. 두 여자는 그가 깨어나기 전에 신문을 가져와 그 기사를 찾아냈다. 그들은 간과 양파로 된 아침을 그에게 떠먹여 준 다음, 그에게 신문 기사를 보여 주었다. 프루는 그 기사를 별로 읽고 싶지 않았다. 그들이 신문을 얼굴 바로 앞에 내밀었을 때도 그 기사를 읽어 보려고 하지 않았다.

그는 그 기사가 1면 전면에 60포인트 크기의 헤드라인으로 날 줄 알았다. 그리고 헤드라인 밑에 20포인트 크기로 자신의 이름이 용의자로 제시될 것으로 예상했다. 하지만 4면 아래쪽에 12포인트로 났고, 기사의 길이도 5센티미터가 채 되지 않는 간결한 것이었다. 골목길에서 칼싸움으로 한 사병이 살해되었는데 이름은 제임스 R. 저드슨이고, 군 생활 10년이고, 켄터키주 브레디트 출신이고, 스코필드 부대 영창의 간수장으로 근무하는 사병이었다. 이런 보직 때문에 수감 생활 중 불만을 품은 전 수감자의 소행으로 의심되며, 용의선상에는 최근 영창에서 탈옥한 존 J. 멀로이 이등병이 떠오른다. 피살자는 비무장이었고, 그런 공격을 예상하지 않았는지 사안(死顔)에 놀라움의 표정이 어려 있었다. 목격자는 나오지 않았다. 시체 근처의 술집인 로그 캐빈의 종업원들은 피살자가 그날 밤 그 술집에 들렀으나 언제 떠났는지는 기억하지 못한다고 말했다.

그는 옆구리의 통증을 억누르느라고 애를 먹었다. 그 기사에 집중하려니 자꾸 웃음이 나왔다. 그는 두세 가지 사항을 짚어 낼 수 있었다. 먼저 바텐더도 해군 두 명도 그 일에 말려들기 싫어서 증인으로 나서지 않은 것이었다. 또 하나는 사법 당국보다 먼저 누군가가 시체를 발견해 잭나이프를 슬쩍한 것이었다. 그는 그 기사를 궁리하다가 최근에 탈옥한 이등병 존 J. 멀로이가 잭 멀로이를 가리키는 것이라고 생각하고 깜짝 놀랐다. 경찰은 일반 대중의 시선을 의식해 엉뚱하게도 멀로이를 범인으로 지목해 놓고 있었다.

그것을 보고 그가 기사를 읽는 동안 어렴풋이 의심했으나 꼭 집어서 말할 수는 없었던 것이 생각났다. 그 신문 기사는 일반 대중을 위한 것이라는 사실이었다. 육군에 있는 우리 무식한 사람들도 신문 기사는 일반 대중의 이목을 의식해 진실을 크게 손상하지 않는 범위 내에서 가감한다는 걸 알고 있어, 하고 프루는 생각했다. 신문에 났다고 해서 그게 전부 사실이 될 수는 없었다. 그들은 내심 프리윗을 범인으로 지목하고, 그가 탈영병 정도의 징계를 받을 걸 예상하면서 귀대하기를 기다리고 있는지도 몰랐다. 그들은 매복한 채 그가 나타나기만을 기다리고 있을지도 몰랐다.

존 J. 멀로이 이등병을 범인으로 지목한 것은 그가 생각해도 웃음이 나올 일이었다. 약간 옆구리가 아프기는 했지만. 바보가 아니고서는 그 신문 기사를 백 퍼센트 그대로 믿어 줄 수가 없는 것이었다.

「크게 걱정할 상황은 아닌 것 같은데.」 마침내 조제트가 의견을 말했다.

「그래, 하지만 이게 나를 잡아들이기 위한 미끼인지 어떻게 알겠어?」

「맞아, 그러니 나서지 마.」

「혹시 당신을 본 사람이 있어요?」

「그는 두 명의 해병과 함께 로그 캐빈에서 나왔어. 그들이 나를 본 건 틀림없는데 내 얼굴을 알아볼 정도는 아니었어. 아주 어두웠으니까. 그들은 약 30~40미터 떨어져 있었어.」

「아무튼 그들은 신고하러 나서지 않았어요. 그들은 이 사건에 끼어들고 싶지 않은 것 같군요.」 앨마가 희망 섞인 목소리로 말했다.

「응, 신문 기사가 백 퍼센트 사실이라면. 실제르는 헌병들이 그들을 헌병대에다 불러 놓고 있는지도 몰라.」

「아멘.」 조제트가 열띤 목소리로 말했다.

「내가 부상에서 완전 회복해 부대로 돌아간다 하더라도 그들은 나를 탈영병으로 취급할 거야. 나는 전과가 있기 때문에 6개월은 거뜬히 먹을 거야. 탈영병이든 뭐든 영창에 다시 들어갈 생각은 없어.」

「당신이 해준 영창 얘기를 듣고 보니 그런 생각을 갖는 게 당연해.」 조제트가 말했다.

「여기서 나가 저 사람에게 휴식할 기회를 주자. 지금은 기분이 어때요?」 앨마가 말했다.

「괜찮아, 약간 아프긴 하지만.」 그는 아플 때면 늘 그렇듯이 바보 같은 웃음이 자꾸 나오려 했고, 그 웃음을 참으려고 애를 먹었다.

「필요하면 진정제를 하나 더 드릴게요.」

「필요 없어.」

「해가 되지는 않을 텐데요.」

「어차피 잠은 못 자. 밤에 먹지 뭐.」

「그래, 그렇게 하는 게 좋겠어.」 조제트가 말했다.

「당신이 이렇게 아픈 걸 보니 가슴이 아파요.」 앨마가 불안한 목소리로 말했다.

「이건 아무것도 아니야. 부랑자 시절 팔이 부러졌는데 의사한테 갈 돈이 없었다니까.」

「그만 나가서 그에게 휴식할 시간을 주자.」 조제트가 말했다.

그는 두 여자가 밖으로 나가는 것을 지켜보았다. 침대에 누워 있는데 자꾸만 웃음이 나오려 했다. 그는 찢어진 눈꺼풀을 약간 움직이면서 눈동자 앞에서 어른거리는 만화경 같은 이미지들을 응시했다. 그들은 단 한 번도 같은 적이 없는, 계속적으로 움직이는 이미지들의 연속이었다. 그는 그것들을 몇 시간이고 계속 볼 수 있었다. 일단 그림들이 머릿속에서 계속 떠오르면 눈을 감고 그 설핏한 이미지들을 계속 흘러가도록 내버려 두면 되는 것이었다. 그러면 이미지들은 스토리를 만들어 내고 끝에 가서 무슨 결말이 나오는지 추리 소설

1144

처럼 기다리게 되었다. 그것은 잠들기 바로 직전의 상황과 비슷했다. 비록 잠이 들지는 않지만 이런 상태로 몇 시간이고 계속 진행할 수 있는 것이다. 그때의 스토리는 영화 못지않게 재미있었고 때로는 영화보다 더 재미있었다. 왜냐하면 그것은 헤이스 오피스[20]의 검열을 받지 않는 자유로운 영화이기 때문이다. 알몸의 여자가 나오는 영화를 원한다면 얼마든지 불러올 수 있다. 가만히 누워서 생각만 하면 되는 것이다. 지금 상영되는 영화는 아까 조제트가 그의 상체를 꼭 붙들고 있던 데서부터 시작되었다. 왜 리츠 룸스에서 조제트를 보지 못했을까. 그는 G 중대로 전입 오기 전에 리츠 룸스에 여러 번 갔다.

그날 밤 앨마는 그에게 진정제 세 알을 주었다. 그다음 날 아침 그는 자신의 상태가 고비를 넘겼으며 이제 내리막길이라는 것을 알았다. 그러자 침대에서 일어나고 싶다는 생각이 간절했다. 그는 뻣뻣하게 일어서는 데도 혼신의 노력을 기울여야 했다. 옆구리 상처가 맹렬하게 항의를 해왔다. 그는 그런 아픔에도 개의치 않고 너무나 걷고 싶었다. 이제 한 고비를 넘겼으니 무리해서라도 걸어 보고 싶었다.

그는 비틀거리는 걸음으로 세 계단을 내려와 거실로 들어섰다. 앨마는 이불과 담요를 아예 소파로 가져와서 잠을 자고 있었다. 그가 부르면 즉시 달려가기 위해서였다. 그는 앨마가 다른 침실에서 조제트와 자고 있으려니 생각했다. 그녀의 그런 모습은 그를 깊이 감동시켰다. 순간적으로 그의 눈에서 눈물이 솟구쳤다. 그는 갑자기 자신이 그녀를 아주 사랑한다는 것을 깨달았다. 그는 그녀 옆에 앉아서 키스를 하고 실크 파자마의 부드러운 유방 부분에 손을 내려놓았다.

20 *Hays Office*. 미국 영화 제작자 협회의 별칭으로, 영화 내용을 검열하는 기능을 갖고 있음.

그녀는 즉시 잠에서 깨었고 침대에서 나와 있는 그를 보고 화를 냈다. 그녀는 침대로 어서 돌아가라고 말할 뿐만 아니라 그를 도와주겠다고 자청했다.

침대로 돌아오자 그가 웃으며 말했다. 「여기 나와 함께 누워. 저기보다는 여기가 훨씬 편안해.」

「안 돼요.」 그녀가 단호하게 말했다. 화를 낸다기보다 충격을 받은 어조였다. 「절대 안 돼요. 내가 당신 옆에 누우면 어떻게 되리라는 걸 잘 알잖아요. 당신은 지금 파티를 할 형편이 못 돼요.」

「왜 못한다는 거야? 옆구리가 약간 아플 뿐이야.」 그가 말했다.

「안 돼요.」 그녀는 화난 목소리였다. 마치 그가 그녀를 욕보이려다 들킨 것처럼 분개했다. 「그런 상태로 무슨 사랑이에요? 체력 회복이 우선이에요.」

그는 이의를 제기해 볼 수도 있었으나, 일단 그런 식으로 물 건너가 버리면 이의 제기란 아무 소용도 없었다. 오히려 일만 더 악화시킬 뿐이었다. 논쟁을 해서 상대방을 흥분시키기는 불가능하다는 걸 그는 알고 있었다. 그래 봐야 가슴속에 차가운 얼음 조각상만 하나 들어서서 갇힐 뿐이었다. 그 조각상을 이의 제기로 녹이려 든다는 것은 처음부터 무망한 일이었다. 그래서 그는 항의하지 않았다. 그녀가 밖으로 나가서 아침 식사를 준비하는 동안 그는 침대에 조용히 누워 있었다. 아픈 옆구리와는 분명 상관없는 뜨거운 열기, 머릿속의 영화를 만들어 내는 열기가 온몸을 훑고 지나갔다. 온몸의 살[肉]을 불타오르게 하는 이 열기(소위 사랑)는 사랑과는 아무 상관이 없고, 오로지 뼈(헤이스 오피스가 발정 혹은 욕정이라고 해 검열하는 것)만 남긴다. 그것이 모든 사람의 사랑이라는 살 아래 잠복하고 있는 뼈이다. 많은 사람들이 그걸 부정하고 있지만. 그 열기는 언제 어디서 아무하고나 충족시킬 수 있다(여자들은 물론 이런 사실을 부인하고 그래서 남녀 창가의 건설자 혹은 고안자를 언제나 비난한다). 그는 지금 이 순간 벌떡 일어나서 그 열기를 잠재우지 못한다. 그래서 아픈 옆구리와는 무관한 그 뜨거운 열기 아래 쩔쩔매면서 앨마가 아침 식사를 준비하는 소리에 귀 기울였다.

그날 오후 두 여자는 마침내 꽉 죄는 붕대를 풀고 약간 느슨한 붕대로 갈아 주었다. 습포는 상처에 딱 달라붙어 있어서 떼어 내기 어려웠다. 그들은 이틀 뒤 프루의 욕설과 저주 속에 그것을 떼 내었다. 찢어진 부분을 메우기 위해 부드러운 핑크색 새 살이 돋아 오르고 있었다. 그들은 새 습포를 대었다. 하지만 앨마의 거부로 그의 가슴속에 들어박힌 차가운 얼음 조각상은 계속해 그를 괴롭혔다. 그가 그 존재를 인정하지 않겠다고 마음먹으면 먹을수록 더욱 맹렬하게 자신의 존재를 인정해 달라고 요구해 왔다.

두 여자는 그를 침대에 일주일 동안 뉘어 놓았다. 그들은 그가 누워 있는 상태에서도 침대 시트를 갈았다. 먼저 그를 벽 쪽에다 밀어 넣고 등에다 새 시트를 대고, 이어 그를 반대편으로 굴려서 낡은 시트를 꺼내면서 새 시트를 폈다. 병원에서 숙달된 간호사들이 보여 주는 바로 그 솜씨였다. 수정처럼 반짝거리는 조제트나 사려 깊은 현실주의자 앨마의 얼굴에는 어떤 화가의 「요한과 예수를 껴안고 있는 성 앤과 마돈나」라는 그림에서 보이는 저 성스러우면서도 부드러운 불빛이 어른거렸다. 그가 앨마 집에서 쓰러진 다음 날 아침 두 여자의 얼굴에서 보았던 저 모성적이고, 자상하고, 은근하고, 부드럽고, 기뻐하는 그 미소가 어김없이 두 여자의 얼굴에 떠올랐다. 그 모성적 자상함은 그를 완벽하게 휩쌌고, 모성적 사랑의 부드러운 가슴속에 그를 완전 익사시켰다. 그는 두 여자에게 깜짝 놀랐다. 자칭 현실주의자라는 그들은 그것을 부끄럽게 여기지 않았고, 그래서 감추지도 않았다. 그들의 동기는 아주 분명했다. 두 명의 창녀가 마침내 어머니 역할을 할 수 있는 대상을 발견한 것이었다. 소설가라면 여기에 대해서 멋진 소설을 쓸 수 있을 거야. 그는 생각에 잠겼다. 제목은 〈지상에서 영원으로〉가 어떨까. 그건 꽤 긴 책이 될 거야. 창녀들은 아이를 낳는 법이 드물다. 그래서 아이가 되는 대상을 발견하기도 드물고, 그런 만큼 일단 발견하면 지극한 정성으로 보살피는 것이다. 처음에 그는 그들의 정성스러운 간호에 고마운 마음으로 온몸을 내맡겼다. 하지만 때로는 환자 노릇이 지겨워져서 거기에 극력 저항하기도 했다. 그러다가 그 보살핌의 힘이 너무나 강력해 이렇게 평생 환자 노릇이나 하며 지내겠다는 생각이 뿌리 내릴까 두려워졌다.

그는 두 여자가 직장에 나간 오후와 저녁 내내 침대에 누워 있기만 하지는 않았다. 그들이 출근하고 나면 즉시 침대에서 일어나 그들이 깨끗하게 빨아 놓은 바지에다 그들이 사온 티셔츠를 입었다(칼에 맞아 찢어진 티셔츠는 불태워 없앴다). 그는 임시 아지트인 그 집을 위아래로 걸어 다니고 돌아다니면서 체력을 빨리 회복하려고 애썼다. 회복이 이 정도 단계에 이르렀으면 가만히 침대에 누워 있기보다는 가볍게 몸을 움직이는 것이 더 좋다는 것을 그는 알고 있었다. 프루는 그들의 좌절된 모성 본능을 충족시켜 주기 위해 평생 환자가 되고 싶은 마음은 없었다.

집에 혼자 있다는 것은 기분 좋은 일이었다. 처음에는 옷을 입는 것이 힘들었다. 하지만 매일 옷 입는 연습을 해 날이 갈수록 입기가 수월해졌다. 2주가 지나가자 두 여자는 그에게 이제 침대에 누워 있지 않아도 좋다고 하면서 자기들끼리 스타일과 색깔을 많이 의논한 끝에 사가지고 온 가운을 입도록 요구했다. 그 무렵 그는 두 여자가 출근하면 손쉽게 가운을 벗어 버리고 평상복을 입을 수 있게 되었다. 마치 옆구리에 칼을 맞은 적이 없는 사람처럼.

그는 독하게 칵테일을 타서 마셨다(두 여자는 집에 있을 때 그에게 술을 먹지 못하게 했다). 그리고 포치에 나가 앉아 오후의 햇살을 즐기면서(그들은 집에 있을 때 감기 든다면서 밖에 나가지 못하게 했다), 두 여자의 책을 읽었다. 조제트는 이 달의 책 클럽에 가입했는데〈심심해서 그렇게 했으며 마우날라니 하이츠에 살고 있으므로 비록 읽지는 않더라도 거실에 책들을 꽂아 두면 그럴듯하다〉고 말했다. 그는 한 4분의 3쯤 만취해 석양을 쳐다보았다. 그는 두 여자가 퇴근해 올 때면 침대에 들어가 잠을 자고 있었다. 그래서 2주가 끝날 무렵까지 들키지 않았다. 하지만 어느 날 밤 앨마가 절반쯤 취한 상태로 퇴근해 와서 무심코 그의 옆에 누웠다가 그의 숨결에서 술 냄새를 맡는 바람에 들통 나고 말았다.

비밀이 들통 나자 그는 침대에서 벌떡 일어나 거실을 돌아다니면서 옷을 입어 보였다. 그들은 그가 그처럼 완전 회복된 것을 탐탁지 않게 여겼지만 불가피한 사실을 받아들일 수밖에 없었다. 앨마가 조제트보다 더 실망하는 눈치였다. 그의 과시적인 행동을 바라보는 두 여자의 얼굴에는 기분 나쁜 표정이 역연했다. 아들이 어느 날 술 취해 집에 돌아왔는데 그 호주머니에서 창녀집 주소가 들어 있는 것을 보고 실망하면서도 아들이 다 컸다라는 사실을 인정해 주는 어머니 같았다. 두 여자는 별말 없이 약간 심드렁한 어조로 축하한다고 말했다. 그때 이후 침대에 누워 있어야 한다는 제약은 사라졌고, 그는 마음대로 돌아다닐 수 있게 되었다.

두 여자가 집에 있을 때도 자유롭게 돌아다닐 수 있게 되었지만, 그래도 그는 혼자 있는 것이 좋았다. 그는 집 안의 이

구석 저 구석을 살피면서 정말 자신에게 시간이 많다는 것을 깨달았다. 매일 아침 점호를 받을 필요도 없고, 월요일 아침이면 시한이 끝나는 주말 외출증을 발급받을 필요도 없었다. 반드시 돌아갈 장소도 없었고 또 돌아갈 시간이 지정되어 있는 것도 아니었다. 이제 월요일 아침은 걱정할 필요가 없었으므로 옛날로 따지자면 영원한 외출의 상태로 살았다. 그는 집 안에 있는 레코드를 다 틀어 보고, 모든 책을 훑어보고, 가구들을 손으로 만져 보고, 타일 바닥과 포치의 일본식 다다미를 발로 느낄 수 있었다. 저녁이면 하얀색으로 반짝거리는 주방으로 들어가 손수 저녁을 만들어 먹을 수도 있었다. 그는 어느 구석에 어느 주방 기구가 있는지 환히 알고 있었다. 소파 옆의 책꽂이에 꽂혀 있는 책들은 아주 표지가 화려하고 예뻤다(조제트는 3년간이나 이달의 책 회원으로 가입해, 협회에서 보내 주는 책 이외에 추가 보너스 책자도 받았다). 레코드 앨범은 검은 마호가니 캐비닛 위에 황금빛 평행선을 이루고 있었다. 그리고 시간이 얼마든지 있었다. 술이 골고루 갖춰진 멋진 바가 있어서 술 생각이 나면 아무 때나 칵테일을 만들어 먹을 수 있었다. 그는 최근에 스카치 앤드 소다에 맛을 들여 그 칵테일을 자주 만들어 마셨다. 정말 시간은 얼마든지 있었다. 30년쟁이가 생각해 볼 수 있는 가장 완벽한 민간인 생활 바로 그것이었다. 하지만 그는 순간적으로 깨달았다.

그는 이제 더 이상 30년쟁이가 아니었던 것이다.

제46장

G 중대의 일등 상사가 휴가에서 돌아온 것은 프리윗이 탈영한 지 이틀째 되는 날이었다.

정규 군대에서는 이런 오래된 격언이 전해지고 있다. 장기 휴가에서 돌아온 사병은 술 깨기 위해 귀대하는 것이다. 그렇지 않으면 그는 아예 고개 너머로 사라져 탈영했을 것이다. 밀트 워든도 예외는 아니었다. 그는 이틀 동안 계속 술을 푸다가 부대로 돌아왔다. 120달러짜리 진청색 브룩스 브러더스 여름 신사복은 구겨져 지저분했다. 인사계 대리 볼디 돔은 행정실에서 워든을 맞이하면서 네 시간 늦게 출근하기에 일일 근무 인원 보고서에 탈영자로 표시해 두었다고, 썰렁한 농담을 했다.

워든은 옷을 생각조차 하지 않았다. 그는 이틀 동안 계속 술을 펐다. 하지만 그것으로도 충분하지 않았고 계속 더 마시고 싶었다. 그것은 미래의 아내와 함께 보낸 10일간의 목가적 생활이 완전 실패작으로 끝나 버렸음을 시인하는 행위였다. 그런 가슴 아픈 사실을 시인하자던 적어도 일주일 내리 술을 퍼야 하는 것이었다. 이틀로는 충분치 못했다. 게다가 중대 행정실 업무가 지난 14일 동안 볼디 돔 같은 미련한 친구의 소시지 손가락 아래서 엉망이 되어 버렸다는 사실 또한 전혀 유쾌한 일이 되지 못했다.

그가 120달러짜리 진청색 브룩스 브러더스 여름 신사복을 입은 채 회전의자에 앉자마자, 볼디는 새 중대장의 특이한 신상 명세를 읊어 댔다. 볼디는 중대 행정실에 단 1초도 더 있고 싶지 않았다. 그건 워든도 마찬가지였다. 그가 더 있으면 있을수록 중대 업무는 망쳐질 것이기 때문이었다.

워든은 씁쓸한 표정을 지으며 묵묵히 듣고 있었다. 다이너 마이트는 약속한 대로 여단으로 전보되기 직전에 휴가 신청을 넣었고 그래서 워든은 신임 중대장 윌리엄 L. 로스 중위를 만나 보지 못했다. 새 중대장이 온다는 사실을 제외하고는 그에 대해서 아무것도 알지 못했다. 그의 계급, 이름, 유대인 이라는 사실 등을 몰랐다. 젠장, 워든이라는 친구는 왜 이리 복이 없을까, 너무나 똑같군. 유대인이라니. 자살한 유대인 사병을 간신히 처리하고 나니 유대인이 또 나타나는군. 이번 에는 장교에다 그것도 중대장이라니. 이제는 내무반이 아니 라 중대 행정실에 변덕스러운 유대인 기질이 등장하게 생겼 군, 제기랄.

워든이 그 소식을 속으로 삭이고 있는 동안 볼디는 또 다 른 진전 사항을 말해 주었다. 프리윗이 이틀 동안 미귀(未歸) 라는 것이었다.

「뭐야?」

「사실입니다.」 볼디가 멋쩍은 목소리로 말했다.

「내가 휴가 떠날 때 그 개자식은 아직 영창에서 나오지도 않았는데!」

「그렇습니다. 당신이 떠난 뒤 사흘 후에 나왔습니다. 아주 양처럼 온순했어요. 돌아온 지 9일째 외출 나갔다가 안 돌아 왔습니다.」

「이런, 젠장.」

워든은 유대인 문제보다 더 강력한 건수가 닥쳐왔다고 생각해 윌리엄 L. 로스 중위 문제는 잠시 옆으로 제쳐 놓았다. 하늘에 스콜의 먹구름이 뭉게뭉게 피어나 태양의 얼굴을 가리면서 세찬 바람이 불어와 강한 비를 내리 퍼붓기 직전의 느낌이었다.

「볼디, 행정실 업무를 완전 조져 놓았군. 어떻게 남이 휴가 간 사이를 이용해 이처럼 뒤통수를 칠 수 있지? 정말 의리라고는 눈곱만큼도 없군.」

「그건 제 잘못이 아닙니다.」 볼디가 기죽은 목소리로 말했다.

「물론 아니지.」 왜 프리윗이 사흘 내로 영창에서 나온다는 보고를 받지 못했지? 도대체 이 부대는 나 혼자서 통반장 서기까지 다 해야 하는 거야? 「좋아, 그 친구를 급식자 명단에서 빼고 일일 인원 보고서에 미귀로 신고했나?」

「안 했습니다, 아직. 상사님도 알다시피…….」 볼디가 더욱 불안한 목소리로 대답했다.

「뭐라고?」

「당신도 알다시피…….」

「아직도 안 했다니, 무슨 소리야? 도대체 무슨 생각을 하고 있는 거야? 그 친구가 안 돌아온 지 이틀이나 됐다며?」

「잠깐만요. 제가 설명을 드리죠. 로스는 아직도 중대원의 이름과 얼굴을 잘 모릅니다. 몇몇 부사관들을 빼놓고는.」

「그게 이거랑 무슨 상관이야?」

「첫날은 치프 초트가 그를 영내 근무 중이라고 보고를 올렸습니다. 나는 그다음 날까지 미귀 사실을 몰랐어요.」

「아니, 그게 어쨌다는 거야? 여긴 YMCA가 아니라 보병 중대야.」 워든이 고통스러운 목소리로 말했다.

「이틀째가 되고 보니 다음 날이 당신의 귀대일이더라 이겁니다. 이왕 이렇게 된 거 하루 더 못 기다리랴, 이렇게 되더라 이겁니다. 일일 근무 보고서는 이미 가라(허위)가 됐더라 이 겁니다.」 돔은 불안한지 같은 말을 반복했다.

「꼴좋다. 그게 중대 업무를 운영하는 방식이야?」

「저더러 어쩌라는 겁니까? 이건 당신의 행정실입니다. 난 잠시 대리를 보았을 뿐이에요. 난 그 친구가 당신이 돌아오기 전에 복귀하리라고 생각했습니다.」

「제 놈이 가봐야 어디 가겠나, 그러니 돌아오겠지, 이런 생각이었다는 거야?」

「그렇습니다.」

「자넨 무슨 생각을 하고 있는 거야?」

「아무 생각도 안 합니다.」

「근데 왜 프리윗이 갑자기 자네의 다정한 친구가 되어 버렸나?」

「다정한 친구 아닙니다.」

「그런데 왜 그의 뒤를 봐주려는 거야?」

「봐주다니요? 그냥 돌아오리라 생각했습니다.」

「하지만 안 나타났잖아.」

「예, 그렇습니다.」

「그리고 자네는 잘못하다 책임을 뒤집어쓰게 생겼고 말이야.」

볼디는 어깨를 한 번 으쓱하더니 순진한 얼굴로 워든을 쳐다보았다. 수석 부사관만 믿는다는 표정이었다.

「톱, 나는 당신이 돌아올 때까지 기다린 것을 잘했다고 칭찬해 줄 줄 알았습니다.」

「허튼소리!」 워든이 소리쳤다. 「16일자로 소급해서 미귀 보고를 해야겠어. 이번 달이 10월이지. 10월 16일자로 소급 보고 해야겠어. 야, 이렇게 고치면 일일 보고서 꼴이 뭐가 되겠나?」

「난 당신에게 혜택을 준다고 생각했어요.」

「혜택? 그거 한 근에 얼마 하는 거야?」 워든은 그렇게 냉소적으로 내뱉으며 손가락으로 머리카락을 슥슥 긁었다.「좋아. 한 가지만 말해 줘. 중대원들에게는 어떻게 보안을 유지했나?」

「중대원들이라니, 무슨 얘기죠?」 볼디가 뜨악한 표정으로 물었다.

「중대원들이 그가 사라진 걸 모르고 있다는 얘기는 아니겠지?」

「아, 그 생각은 못했네요. 중대원들은 다 알고 있을 겁니다. 하지만 로스는 그들을 잘 몰라요. 그들은 르스어게 빚진 것도 없어요. 그리고 새대가리 컬페퍼는 아무것도 신경 쓰지 않아요. 그래서…….」

「그다음 얘기는 안 해도 알겠군.」 워든이 말을 끊었다.「그럼 한 가지 더. 초트는 어떻게 아이크 갈로비치를 제칠 수 있었지? 갈로비치마저 이걸 알고 있다는 얘기는 아니겠지?」

「아, 그건 다른 얘깁니다. 아직 그 얘기는 안 해드렸죠. 갈로비치는 더 이상 2소대의 소대장 대리가 아닙니다. 갈로비치는 강등 조치되었어요.」

「강등?」

볼디가 고개를 끄덕였다.

「누가 강등시켰는데?」

「로스.」

「무슨 이유로?」

「능력 부족.」

「그가 뭘 어떻게 했는데?」

「아무것도 안 했습니다.」

「그럼 로스가 가만히 있는 아이크를 강등시켰다는 거야?

아무 이유도 없이? 그냥 능력이 부족하다는 두루뭉술한 이유로?」

「그렇습니다.」

그건 코끼리의 이빨을 뽑는 일보다 어려웠을 텐데. 코끼리한테 이빨이 있는지 모르겠지만. 「볼디, 그래도 뭔가 잘못했으니까 인사 조치한 거 아니야?」

볼디는 어깨를 한 번 움찔했다. 「로스는 어느 날 그가 밀집 대형 구령을 붙이는 걸 보았습니다.」

「그랬군.」 워튼이 기분 좋은 목소리로 말했다. 「좋았어, 그럼 그 자리에 누가 들어갔나?」

「치프 초트.」

「더욱 잘되었군.」 워튼이 기분 좋은 표정을 지었다.

볼디가 그 틈을 파고들었다. 「보십시오, 톱. 전 가라 보고서에 아무 책임이 없습니다. 초트가 그를 영내 근무 중이라고 보고 올릴 줄 누가 알았겠습니까?」

「그건 그래.」

「당신은 챔프 윌슨이 소대 업무에 무심하다는 걸 잘 알 겁니다. 소대 일에 전혀 관심이 없어요. 특히 운동부 훈련 시즌에는. 그러니 전 아무런 잘못이 없습니다.」

「알았어. 그 밖에 다른 일은?」

「그게 전부입니다.」 그가 부드럽게 말하면서 자리에서 일어섰다. 그는 의자에 앉아 있으면 늘 불안해하는 표정이었다. 「제가 오늘 오전 근무를 휴무해도 되겠습니까?」

「오전 근무 휴무? 왜? 무슨 일을 했다고?」

「이제 정오가 거의 다 되었습니다. 제복을 갈아입고 훈련장으로 나가려면 시간이 필요해요. 중대원들이 돌아올 시간이 다 되었습니다.」 그는 문턱에 서서 무표정한 얼굴로 워튼을 쳐다보았다. 「아, 한 가지 더 있습니다. 오늘 아침 신문 보셨죠?」

「돔, 난 신문 따위는 안 읽어.」

「그럼 패트소 저드슨은 아시죠? 부대 영창의 간수장 말입니다. 그자가 지지난밤 로그 캐빈 근처에서 살해당했습니다. 누군가 골목에서 칼로 찔러 죽였어요.」

「그랬는데, 그게 어쨌다는 거야?」

「난 당신이 그자를 안다고 생각했습니다.」

「몰라. 길거리에서 만나도 그자가 패트소 저드슨인지 버스터 키턴[21]인지 구분하지 못할 거야.」

「알고 있으리라 생각했는데.」

「모른다니까.」

「그럼 제 실수로군요.」

「그렇지.」

「그럼 다 말씀드렸습니다. 갈로비치가 강등도었다는 건 말씀드렸죠?」

「응.」

「그럼 그게 전부입니다. 오전 근무는 휴무해도 괜찮겠습니까? 집에 수도꼭지가 새서 고쳐야 해요.」

「이봐, 돔.」 워든은 심호흡을 하면서 공식적인 어조로 말했다. 파일 캐비닛 앞에 앉아 있는 행정병 로젠베리를 의식하지 않을 수 없었다. 「자네가 머릿속에서 무슨 괴상한 생각을 하고 있는지 나는 몰라. 하지만 자네가 짬밥도 오래 먹었고 미귀한 놈을 영내 근무 중이라고 가라 보고서를 올리면 절대 안 된다는 것쯤은 알고 있으리라 보네. 날라리 부대로 소문난 항공대에서도 안 통하는 얘기야. 그건 늘 들통이 나게 되어 있어. 난 행정실 경험이 많고 또 형편없는 행정실도 보았

---

21 Buster Keaton(1895~1966). 미국의 희극배우.

어. 하지만 단기간 내에 이처럼 엉망진창이 되어 버린 행정실은 처음이야. 자네는 일반 근무 상사로는 정말 손색이 없어. 하지만 인사계 대리로는 영 꽝이야. 그런 업무 능력으로는 일등병도 되기 어려울 거야. 자네가 2주 동안 망쳐 놓은 행정실을 원상 복구하려면 두 달은 걸리겠어.」

그는 말을 멈추고 문턱에 무표정하게 서 있는 볼디를 쳐다보았다. 워든은 좀 더 강력한 언사를 내질러야겠다고 생각했다.

「군대 생활 해오는 동안 이처럼 형편없는 대리 톱 킥은 처음이야.」 하지만 그 말도 그리 강력한 비난처럼 들리지 않았다.

돔은 아무 말도 하지 않았다.

「오케이, 어서 가. 오전 근무를 휴무하도록 해. 여기 있어 봐야 도움도 안 되니까.」

「고맙습니다, 톱.」

「지옥에나 가.」 워든은 덩치 큰 돔이 양쪽 문틀을 꽉 채우며 문밖으로 빠져나가는 것을 쳐다보았다. 볼디 돔. 바가지 잘 긁는 뚱뚱한 필리핀 여자를 마누라로 둔 돔. 코 찔찔이 반 흑인 아들을 몇 명이나 두었는지 알 수 없는 돔. 연대 역사상 제일 형편없었던 권투부의 트레이너. 18년 동안 군에 근무하면서 18년 맥주 배를 불려 온 사내. 흑인 출신이라 평생 해외 이외에는 근무할 수가 없는 신세. 다이너마이트가 프리윗의 기를 꺾어 놓기 위해 명령을 내린 〈기합〉 조치에서 맹목적으로 앞장섰던 충성파. 이제 프루가 탈영해 사람을 죽였는데도 앞장서서 프루의 뒤를 봐주려고 하는 자. 징집병들이 중대에 몰려들고 있는 상황에서, 지원병 고참들끼리 뭉쳐야 사는 게 아니냐고 감상적인 생각을 했을지도 모르는 자. 워든은 돔의 등을 쳐다보면서 그 암묵의 음모 네트워크를 읽었다. 그들은 아무것도 공개하지 않고, 아무것도 말하지 않고, 아무것도 인정하지 않기로 했을 것이다. 아무것도 아는 게 없다는 모르쇠 작전을 펴기로 음모를 꾸몄을 것이다. 중대 너에 그런 무지의 안개가 진하게 내린 것이었다. 산을 상대로 싸울 수 없듯이 그런 안개를 상대로 싸울 수는 없는 것이다.

싸우고 싶으면 한번 싸워 봐, 하고 워든은 속으로 중얼거렸다. 하지만 그는 싸우고 싶지 않았다. 그들이 영창을 싫어하는 것처럼 워든도 영창을 싫어했다. 영창에서 근두하는 자들이야 어쩔 수 없이 자기 부대를 옹호해야겠지만.

그 친구, 드디어 해치웠군. 마침내 가서 해치워 버렸어. 늘 그 친구가 언제든 그렇게 사고 칠 줄 알았지.

「로젠베리!」 워든이 소리쳤다.

「예, 서?」 로젠베리는 조용히 대답했다. 그는 여전히 책상에 앉아 서류를 정리하고 있었다.

로젠베리는 조용한 친구였다. 그 때문에 워든은 마촐리 대체 요원으로 그를 뽑았다. 마촐리가 연대 본부로 전보된 후, 워든은 휴가를 떠나기 일주일 전에 신병을 뽑는 일에만 신경을 썼다.

「로젠베리, 연대 본부에 올라가서 오늘치 메모와 회람을 가져와. 내가 이 혼란을 정리하는 동안 빨리 돌아와서 파일 정돈을 끝내도록 해.」

「그 서류들은 이미 가져다 놓았습니다. 그리고 파일은 지금 정돈하고 있습니다.」

「그럼 인사과에 가서 마촐리한테 갈로비치의 근무 기록을 좀 달라고 해. 난 네놈의 얼굴을 쳐다보고 있을 수가 없다.」

「예, 서.」 로젠베리가 조용히 말했다.

「연대 본부에 가거든 내가 휴가 간 동안 지위가 바뀐 사병들의 근무 기록을 다 가져와.」

「상사님, 프리윗의 근무 기록도 가져올까요?」

「그건 필요 없어. 내가 그게 필요하다면 가져오라고 했을 거야. 시키지도 않은 말은 왜 물어보나? 이 한심한 친구야, 넌 민간인이 아니라 군인이라는 걸 잊지 마.」

「예, 서.」

「자네는 징집병이지만 그래도 군인은 군인이야. 로젠베리, 군인이란 뭔지 아나? 시키는 대로 하고 민간인처럼 쓸데없는 질문은 하지 않는 게 군인이다. 알겠나?」워든이 소리쳤다.

「예, 서.」로젠베리가 조용히 말했다.

「좋아, 그럼 어서 움직여. 그리고 나한테 서라고 하지 마. 장교한테만 서라고 하는 거다. 프리윗의 근무 기록은 나중에 필요할 때 가져오라고 하겠다. 내가 필요할 때 말이다.」

「예, 서.」

「난 우선 이 쓰레기들을 치우고 난 후에 프리윗의 근무 기록이 필요해.」그는 아주 차분한 목소리로 말했다.

「예, 서.」로젠베리는 행정실 문을 열고 밖으로 나갔다.

워든은 그가 조용한 걸음으로 중대 마당을 가로질러 가는 것을 지켜보았다. 그는 그 침착한 행정병을 전혀 흔들어 놓지 못했다. 그는 정말 참한 친구였다. 아주 조용하게 지켜지는 유대인의 비밀, 오로지 회원들에게만 공개하는 비밀. 어쩌면 회원들에게도 공개하지 않을 지 몰라, 하고 워든은 속으로 생각했다. 그러니 저 친구가 비밀을 불어 버릴 것 같지는 않군. 내가 잘못 보지 않은 거라면.

단지 저 친구가 나를 지상에 다시 돌아온 예언자 이사야나 되는 것처럼 쳐다보지 않았으면 좋겠군. 로젠베리는 워든이 마치 사성장군이나 되는 것처럼 우러러보았다.

그런 로젠베리를 나무랄 수만도 없어. 저 빌어먹을 징집병 제도와 장교 진급 과정 때문에 그래. 로젠베리도 장교 진급 과정 얘기는 들었겠지. 중대원 전원이 알고 있을 거야. 하지만 로젠베리는 다른 중대원들처럼 그들의 좌절감과 실망감을 덜어 내기 위해 그를 찔러 대는 짓은 하지 않았다. 그것을 유대인의 비밀처럼 감싸 안은 것이다. 그가 보고 들은 것을 모두 비밀로 처리하기로 한 것이다.

어쩌면 저 녀석은 그(장교 진급) 때문에 나를 존경하고 있는 건지도 모르지. 저 친구는 징집병이니까.

하지만 워든은 완전 밀봉된 유대인의 비밀로부터 아무것도 발견해 낼 수가 없었다. 그는 언젠가 그 비밀의 항아리를 한번 열어 보고 싶었다. 그냥 심심풀이 삼아서. 그 안에 뭐가 들어 있는지 한번 들여다볼 심산으로.

하지만 네가 앞으로 장교가 되리라는 것을 알고 있는 이상 결코 그 항아리를 열어 보이지 않을 거야. 그는 의자 등받이에 기대면서 담배에 불을 붙이고 한 모금 빨았다. 담배 맛이 고약했다. 갑자기 프리윗이 장교 진급에 대해서 어떻게 생각할지 궁금해졌다.

그는 잠시 뒤 머릿속의 복잡한 생각을 털어 버리고 책상 위에 놓여 있는 일일 근무 보고서를 노려보았다. 돔이 수석 부사관 대리를 하면서 망쳐 놓은 서류. 책임을 남한테 전가하자, 남한테 전가하자고. 그는 화난 목소리로 중얼거렸다. 딴 놈한테 처리하라고 하자.

워든, 넌 어떻게 된 인간인가? 넌 뭔가 조치를 취해야 되지 않나?

저 돔이란 놈, 문법만 제대로 된 영어를 구사한다면 지금쯤 소령이 되어 있었을 거야. 다른 자격은 아주 훌륭한데 말이 통 안 된단 말이야. 저 바보 같은 자식. 그는 일일 근무 보고서를 개인 서랍에 처박으면서 중얼거렸다. 하여튼 독일 놈처럼 멍청한 놈은 따로 없을 거야.

워든은 곰곰 따져 보니 프루에게 열흘 혹은 2주의 유예 기간을 줄 수 있을 것 같았다. 기동 훈련 같은 특별하거나 예외적인 행사가 없는 평시라면 그 정도 기간은 보호해 줄 수 있었다. 하지만 연례 기동 훈련이 곧 닥쳐올 터였다. 기동 훈련이 아니더라도 닷새 정도 봐주는 것은 기록상으로 엄청난 특혜가 아닐 수 없었다. 나중에 그 친구가 돌아오면 말이다. 그는 프루가 돌아올 거라고 마음속으로 확신했다. 30년쟁이는 가끔 미귀하기는 하지만 영구 탈영하는 법은 결코 없다.

30년쟁이는 그렇게 하려고 해도 할 수가 없는 것이다.

군대에서 30년을 보내기로 되어 있는 사람이 가면 어디로 가겠는가?

헌병대에서 조사차 사람을 내려 보낼 수도 있었다. 하지만 워든은 그렇게 보지 않았다. 패트소 저드슨은 육군에 혹은 영창에 그리 소중한 존재가 아니었다. 어느 부대에나 패트소 저드슨 같은 자들은 무수하게 많았다. 어느 중대에나 그런 자가 한두 명은 반드시 있었고, 통상적으로 그보다 많이 있었다. 영창의 소장은…….

어디 보자, 그 소장이라는 자가 누구였더라? 그는 마음속에서 수많은 장교들의 얼굴을 사진처럼 넘겨 보았다. 톰슨 소령. 본명은 제럴드 W. 톰슨. 전에 제○○연대 소속이었고 대위로 I 중대의 중대장을 지냈으며, 이어 대대 부관으로 전보되었고, 다시 연대 참모로 옮겨 갔다가 S-3(작전과) 담당 소령으로 진급. 이어 사단 사령부로 전보되었다가 영창 소장으로 발령.

소령의 아내는 홈스나 컬페퍼가 호노울리울리 승마장에 승마를 하러 갈 때 자주 따라갔음. 톰슨은 이미 영창에 또 다른 패트소를 갖다 박았을 거야. 그런 자들은 대기자 명단에 수두룩하게 올라 있지. 우리 중대에도 그런 자가 둘이나 있어. 리델 헨더슨과 챔프 윌슨은 약간만 훈련시키면 패트소 저드슨 같은 자가 될 거야.

헌병대에서 우리 중대에 조사 나올 리는 없어. 설사 나온다고 하더라도 나는 얼마든지 면피할 수 있어. 헌병대에서 조사 나온 날이 곧 내가 프루의 미귀를 발견하는 날인 체하는 거야. 만약 그렇지 않다는 것을 그들이 증명한다 해도 나는 피해 나갈 구멍이 얼마든지 있어. 그런 일이 벌어졌을 때 휴가가 있었다고 하면 되는 거야. 헌병대에서 자꾸 따지고 들면 초트와 돔에게 뒤집어씌우는 거야. 이 일은 저 개자식들이 시작했으니까. 하지만 중대원 전원이 눈감아 주기로 한 일은 걱정할 필요가 없어. 아무도 나발을 불지 않을 거야. 돔과 초트는 불지 않을 거야. 헌병대에 찌른다면 아이크 갈로비치가 유일한데, 누가 능력 부족으로 강등당한 자의 얘기를 들어 주기나 할까. 하지만 아이크도 중대원 전원이 묵계한 일을 감히 떠들고 나서지는 못할 거야.

이렇게 상황을 판단하고 나서 그는 입맛 쓴 담배를 재떨이에 비벼 껐다. 그리고 의자에서 일어나 캐비닛 파일로 다가가 그 뒤에 숨겨 놓은 위스키 병을 꺼냈다. 그는 휴가를 떠나기 전 위스키 병에다 술이 남아 있는 부분에 잘 보이지 않는 연필 금을 그어 두었다. 술은 연필 금 그어 놓은 그대로였다. 그는 해장을 하기 위해 한 모금 꿀꺽 마셨다.

평소와 다르게 싱거운 맛이 났다.

저 조용한 로젠베리 녀석이 위스키를 꺼내 마시고는 맹물을 집어넣었나?

아니, 로젠베리는 아닐 거야. 저 빌어먹을 돔 녀석이 처먹었을 거야!

그는 술이 맹물이었기 때문에 한 모금 더 마셨다. 이어 의자에 털썩 주저앉았다. 그는 여전히 120달러짜리 진청색 신사복을 입은 채였다. 휴가를 떠나기 전 그가 신경 써서 고른 옷이었다. 그는 휴가를 떠나면 꼭 이런 뒤통수를 때리는 일이

벌어진다고 생각했다. 일일 근무 보고서를 망쳐 놓았을 뿐만
아니라 위스키에다 맹물을 타놓기까지 했던 것이다. 그러니
이 세상에 믿을 놈 하나도 없다고 생각하게 되는 것이다.

심지어 자기 자신까지도 믿지 못하게 되는 것이다.

그 호텔 — 그들은 그것을 인inn이라고 했다 — 은 카네
오헤 계곡 위쪽 코올라우산의 어깨 부분에 해당하는 높은 곳
에 자리 잡고 있었다. 그 어깨 부분에서 서쪽으로 산속을 파
고드는 길이 바로 누우안누 팔리 고갯길이었다. 그는 아주
조심스럽게 그 장소를 골랐다. 우선 풍광이 수려했고 눈매가
날카로운 스타크 등 그 누구한테도 들킬 염려가 없는 외진
곳이었다. 그들은 유드라이브 렌터카로 팔리 고개를 넘어가
그곳에 도착했다. 그녀는 홈스에게 카우아이섬에 거주하는
아는 언니를 만나러 간다고 거짓말했다. 홈스는 그녀를 카우
아이행 보트에까지 바래다주었다. 홈스는 건널판자[22]가 들어
올려질 무렵 선착장을 떠났고, 워든은 그 즉시 그녀를 배에서
내려 유드라이브 차에 태웠다. 남편이 직장으로 출근하는 즉
시 뒷문으로 들어와 유부녀를 납치해 가는 아이스맨iceman
이 따로 없었다.

캐런은 언제나 팔리 고개 너머로 드라이브하는 것을 좋아
했다. 이번에 그는 중간쯤에 차를 세우고 가파른 고개 너머
푸른 아지랑이 속에 잠겨 있는 호텔을 손으로 가리켰다. 그
것은 시내의 할레쿨라니 호텔과 같은 급의 관광호텔이었다.
그래서 엘리트 관광객들만 그 호텔의 존재를 알고 있었다.
그는 과거에 몰로카이섬 야간 운행선에서 아르바이트로 일
하던 어느 주말 이 호텔에 가본 적이 있어서 그 존재를 알게
되었다. 이번에 그는 미리 전화를 걸어서 맨 꼭대기 층인 3층

---

22 배에서 부두에 걸쳐 놓는 이동식 다리.

의 방 두 개짜리 스위트를 예약해 두었다. 그 방의 창문으로 내다보면 한쪽으로는 일망무제한 바다가 시야에 들어오고 다른 한쪽으로는 계곡이 보였다. 그는 모든 것이 완벽하게 준비되도록 신경을 썼다. 이번에는 단 한 군데도 허술한 틈이 없을 터였다. 3층 방에서 내려다본 광경은 정말 아름다웠다. 아주 오지이면서도 한적하고 편안했다. 정말 아름다운 호텔이었고 이름은 할레이올라니 인이었다. 베레티니아산에 있는 정말로 천국 같은 집이라는 뜻이었다. 카네오헤 계곡에는 늘 바람이 불었으나 아름드리나무가 많았으므로 오히려 바람 소리가 더욱 아름다웠다. 주차장도 완비되어 있었고 마구간도 있었다. 이번에는 모든 것이 완벽했다. 그 어떤 허술한 틈도 있을 수가 없었다. 이 세상이 그들만의 공간으로 스며들어오는 일은 결코 없을 터였다.

그녀가 제일 먼저 물어본 것은 이렇게 외지고 한적하고 편안한 곳을 어떻게 알아냈느냐는 것이었다. 그는 적당히 대답했다. 지금은 뭐라고 대답했는지 기억나지 않지만 그런대로 넘어갔다. 열흘 휴가의 모티프는 이미 설정되었다. 외지고, 한적하고 편안한 곳에서.

그들은 여덟 개의 호화로운 벽을 가진 두 개의 호화로운 방을 잡았다. 그곳에서 이 세상의 흔적은 아예 보이지 않았다. 그들은 식사 때마다 룸서비스를 받는 것이 지겨워 가끔 식당에 내려가서 식사를 했으나 그때도 세상의 흔적은 보이지 않았다. 부드럽게 말하는 주방장, 발걸음이 가벼운 웨이터와 버스보이[23]도 그들의 존재를 의식하지 않았다. 그는 호텔을 통째로 그의 편으로 만들어 버렸다. 그들은 아예 세상이라는 존재를 물리친 상태에서 살아갔다.

23 *busboy*. 식당에서 손님이 먹고 난 식기를 치우는 사람.

그들은 산속 승마로에 여러 번 승마를 하러 갔다. 그녀는 승마도 좋아했다.

그들은 거의 매일 저녁 유드라이브 렌터카를 타고 드라이브를 나갔다.

오후에는 두 번이나 칼라마 해변에 수영을 하러 갔다.

하지만 어디를 가나 어떤 시간대에 무엇을 하든 그 여덟 개 벽의 두 방으로부터 달아나지는 못했다. 그는 세상의 존재를 완전히 축출하려고 그 화려한 방을 예약했다. 그리고 그 방을 완전 밀봉했다. 너무 완벽하게 밀봉한 나머지 무덤 비슷하게 되었다. 사실 그건 무덤이었다. 세상과 완전히 절연되고 전혀 공기가 통하지 않는 무덤. 이것은 미리 생각해 놓지 못했다. 아무리 완전 밀봉해 놓았다고 하더라도 그 안으로 들어가려면 문을 열어야 하는 것이다. 그들은 그 안으로 들어가면서 세상도 함께 들여놓았다. 열흘이 끝나 갈 무렵 워든은 평생 동안 그 방처럼 싫어한 곳이 있었을까 하는 생각이 들었다.

만약 그들에게 돈이 더 있었더라면…….

아니다. 그건 돈의 문제가 아니었다. 여행 경비 6백 달러 중에서 3백 달러가 남아 있는 상태였다. 그 정도의 돈을 쓰는 것도 대단히 어려운 일이었다. 돈을 헤프게 쓴다고 그를 마구 나무라는 그녀는 영락없는 마누라였다.

만약 그들에게 시간이 더 있었더라면…….

아니다. 그것은 시간의 문제가 아니었다. 사실 그들은 시간이 너무 많았다. 사흘이 끝나 갈 무렵 두 사람은 이제 그만 집으로 돌아가면 좋겠다고 발설하지 않기 위해 애를 써야 했다. 워든은 이런 실패로 끝난 연가(年暇)를 더 이상 돈 쓰며 끌지 말고 짐 싸서 돌아가자고 말하고 싶은 마음이 굴뚝같았다. 그는 영락없는 놀부 남편이었다.

아이러니하게도 이런 일이 발생해 버렸다. 그들은 누군가 아는 사람을 만날까 봐 겁먹고 아주 깊숙한 곳에 틀어박혔다. 그러다 보니 그 갑갑한 상황에 대한 책임을 서로 상대방에게 물었다. 허니문이 되어야 할 상황이 허니문 이후에나 존재하는 상황을 미리 앞당기는 꼴이 되고 말았다. 서로를 원망하기 좋아하는 심술 마누라와 놀부 남편.

두 사람은 어떤 사항에 대해 상대방이 지불하도록 만들었다. 네가 나의 자존심을 건드려. 그럼 나도 건드린다. 과거엔 네가 나를 키워 주고 나도 너를 키워 주었다. 그런데 일단 작품이 만들어지고 나니 네가 그걸 허물어뜨리려 한다. 그럼 좋다. 나도 너를 허물어뜨리겠다.

내가 당신을 너무 사랑하다 보니 아들을 무책임한 동양인 하녀에게 맡겨 놓고 따라나선 거 아니냐. 여기에 대해서 당신이 책임져라.

내가 당신을 너무 사랑하다 보니 중대를 돔의 소시지 손가락에게 맡겨 놓고 따라나선 거 아니냐. 여기에 대해서 당신이 책임져라.

나를 창녀로 만든 당신, 책임져라.

나를 장교 진급 과정에 들어가라고 재촉하는 당신, 책임져라.

여덟 개의 화려한 벽과 두 개의 화려한 방은 여전히 여덟 개의 화려한 벽과 두 개의 화려한 방이었다. 열여섯 개의 화려한 벽과 네 개의 화려한 방, 혹은 서른두 개의 화려한 벽과 여덟 개의 화려한 방, 거기다 미국식 주방, 쓰레기 처리장, 자동 식기 세척기, 다양한 술을 갖춘 미니 바, 유리로 사방 벽을 마감한 아침 식사 코너, 벤딕스 세탁기, 지하 오락실 등을 갖춘 집이라도 사정은 별반 달라지지 않을 것이었다.

주택의 내부를 아무리 많이 바꾼다고 하더라도, 왜 이 남자와 여자는 합방을 해서는 안 되는지 정당한 사유를 제시할 수 있는 제3자가 버티고 있으면 그게 다 소용없는 게 되어 버리는 것이다.

그 제3자를 제거한 후에라도 결혼 생활은 결국 이렇게 상대방을 원망하는 게임으로 흘러가고 말겠지, 하고 워든은 생각했다.

작품은 만들어졌다. 이미 만들어진 작품은 아무리 손대 봐야 그 이상 멋진 작품으로 만들지 못한다. 기껏해야 세미콜론을 콤마로 바꾸고, 콤마를 세미콜론으로 바꾸면서 평생을 보낼 뿐이다.

그래, 네가 나에게 해준다는 게 고작 이거냐? 이봐, 워든, 난 네가 나의 가장 좋은 친구라고 생각했는데. 그는 혼자 중얼거렸다.

그들은 둘 다 그것을 알고 있었다. 하지만 상대방 탓으로 돌리는 데 대해 미안한 느낌이 있으므로 먼저 그것을 발설하지 않으려 했다. 게다가 그들은 이렇게 보내는 것 이외의 다른 설계도를 갖고 있지 못했다. 사람들은 사랑이 끝이라고 말한다. 하지만 사랑은 끝이 아니다. 그다음엔 어디로 가야 하는지 아무도 얘기해 주지 않는다. 두 사람은 여기서 멈추고 더 이상 창조하지 않았으면 좋겠다고 생각했다. 하지만 목숨이 붙어 있는 인간치고 갑자기 동작을 중지하고 아무것도 하지 않는 자가 있었는가?

그가 볼 때 결혼 생활이란 155밀리 대포의 발사와 비슷했다. 먼저 장거리포가 날아가고 이어 단거리포가 날아간다. 이렇게 장단거리 포를 반복적으로 날리면서 목표물에 점점 가까워진다. 그러면 마침내 포격을 그만두고 결혼을 한다. 결혼은 끊임없는 소리치기이다. 부부의 개인적 폭발은 더 이상 피아간의 구분이 어려워지고 그러다가 지겨워져서 단조로움과 권태로 빠져 든다. 포탄이 떨어진 장소에는 살아남아 있는 게 아무것도 없다. 포탄이 떨어질 때마다 피어오르던 하얀 파편조차 보이지 않는다. 포를 쏘는 것은 과거에 재미있는 일이었다. 하지만 포격을 그만두게 된 후 곧 그 재미는 시들 해진다. 당신이 포를 쏘아 대는 포병이든, 포격을 당하는 보병이든. 거의 죽을 뻔했던 아슬아슬한 흥분도 잠시 뒤에는 사그라지고 우울함만 남는다.

두 사람이 10일간의 휴가 중에 유일하게 즐거웠던 때는 시내의 루아우[24]에 참가했을 때뿐이었다.

물론 그 외에 위스키의 위안도 있었다. 그는 시내에 나간 첫날, 그녀를 기다리면서 다섯 병들이(1갤런) I. W. 하퍼 위스키 케이스를 샀다. 그녀는 위스키를 너무 많이 샀다면서 그를 무척 나무랐다. 그러더니 그녀가 여덟 개의 화려한 벽과 두 개의 화려한 방에 들어앉아 그 절반을 마셔 버렸다.

워든은 그녀가 술을 그토록 많이 마시는 걸 지금껏 보지 못했다. 평소에는 거의 마시지 않았다. 그가 술을 많이 마시는 것을 좋아하지도 않았다. 그런데 이번 휴가를 와서는 왕창 마셔 버렸고 그는 그것을 분개했다. 그가 마셔야 할 위스키를 그녀가 마셔 버린 탓도 있지만 그보다는 왠지 그녀가 무서웠다. 그는 술주정뱅이 아내를 원하지 않았다. 그렇잖아도 죄책감을 많이 느끼는데 마누라를 술꾼으로 만들었다는 추가 죄책감까지 뒤집어쓰고 싶지 않았다. 그는 뭔가 놓치고 보지 못한 게 분명했다. 그는 뭔가 실수를 한 것이었다.

그때, 워든을 불시에 찾아와 괴롭히는 워든의 자의식이 끼어들었다. 지난 3~4개월 동안 난 말이야, 미국의 결혼 제도에 대해 좀 연구해 보았지, 그리고 논문을 썼어. 그 자의식은 말했다. 거 왜 있잖아, 『레이디스 홈 저널』에 기사를 쓰는 정신과 의사 같은 스타일의 논문 말이야. 놀라는 표정 짓지 말

---

24 *luau*. 하와이 원주민식 파티.

라고. 요즘 미국에서는 섹스가 아주 공개된 화제라고. 나의 연구가 어떤 결론을 내렸는지 한번 들어 볼래?

내 결론은 말이야, 미국에서 결혼이라고 하면 그게 낭만적 사랑의 원칙에 바탕을 두고 있다는 거야. 물론 모든 결혼이 그렇다는 건 아니고 대부분 그렇다는 얘기야. 이 점에 대해서는 당신도 동의할 거야. 이 원칙이 너무나 강력하게 통용되다 보니 돈, 사회적 지위, 사업, 기타 사유 등으로 결혼한 소수들도 낭만적 사랑 때문에 결혼한 것처럼 보이려고 애를 써. 심지어 무식한 농민 계급에서도 이런 인상을 주려고 애쓴단 말이야. 미국처럼 낭만적 사랑을 신봉하는 나라도 없을 거야. 영국을 빼놓고는 말이야. 난 영국을 언제나 신통치 않게 생각하지만. 나는 지난 3~4개월의 개인적 관찰과 면밀한 실험에 의해 낭만적 사랑이라는 환상의 바이러스를 적출하게 되었어. 이 논문의 결론은 이래. 미국을 파괴해 버릴 것 같은 낭만적 사랑의 전염병은 저 사악한 맹독성 바이러스의 감염 결과인데, 다른 좋은 명칭이 없으므로, 그 감염을 자아의 자극이라고 부르겠어. 그리고 바이러스는 발견자의 이름을 따서 워든 바실루스라고 부르자고.

이에 대한 증명으로 한 가지 사례를 들어 볼게. 가령 18세 된 처녀와 19세 된 총각이 여기 있다고 가정해 보자고. 둘 다 인생이나 사랑에 있어서 성공할 타입이야. 가령 남자는 DAR[25] 메달을 받은 미식축구 영웅이고, 여자는 올 A에다 곧 대학에 진학할 치어리더 출신이야.

이 가상의 남녀 커플의 연애 초기를 살펴보면…….

「에이 씨발, 집어치워.」 워든이 자신의 머릿속 생각을 상대로 소리쳤다.

---

25 *Daughter of American Revolution*. 미국 독립 혁명의 딸.

그는 파일 캐비닛에서 다시 술병을 꺼내 들고 크게 한 모금 마셨다. 이번에는 맹물이기 때문에 많이 마신 것이 아니라 순전히 자기 방어를 위해서였다. 만약 한 사내가 어떤 환상에 매달릴 수만 있다면 그는 여전히 사랑할 수 있다. 그런데 정직하기까지 한 남자라면 문제가 발생한다. 정직하자면 환상을 버려야 하기 때문이다.

그는 갑자기 영악한 꾀를 떠올리며 그 술병을 캐비닛에 도로 집어넣는 것이 아니라 책상 한구석에 훤히 보이게 세워 놓았다. 이어 지저분해진 120달러 브룩스 브러더스 여름 신사복을 여전히 입은 채로 양발을 꼬아 책상 위에 올려놓았다. 그는 환히 보이는 술병을 슬쩍 쳐다보았다. 그는 의자 등받이에 등을 기대고 양손을 깍지 껴 목뒤를 받치면서 시카고의 어리석은 변호사 출신 중대장 로스가 나타나기를 기다렸다. 로스는 말이 좋아 변호사지 교통사고만 뒤쫓아 다니는 악랄한 법률 모리배였을지도 몰랐다. 어쩌면 그의 위스키를 몰래 꺼내 마셔 놓고 물을 탄 자가 로스일지도 알 수 없었다.

내가 이렇게 술 취한 개 노릇을 한다고 해서 그자가 나한테 어떻게 하겠어? 고작해야 전출이나 시키겠지. 어쩌면 강등시킬 수도 있겠지. 그자는 이미 올드 아이크를 물 먹였다고 하잖아. 에라, 될 대로 되라지.

제47장

워튼은 책상에 삐딱하게 발을 올려놓은 채로 앉아 계속 생각에 잠겼다. 그 열흘이 루아우 때만 같았더라면 얼마나 좋았겠어. 당연히 그래야 하는 것이었는데. 루아우는 휴가 여덟째 날에 있었다. 그는 너무 절망적인 심정이었기 때문에 루아우를 제안했고, 그녀는 그보다 더 절망적이었기 때문에 그것을 받아들였다. 그것은 와이키키에서 벌어지는 관광객용 루아우였기 때문에 그들은 아는 사람들과 마주칠 염려가 없었다. 실제로 아는 사람을 만나지 않았다. 그들은 시내의 루아우에 가서 각자 새로운 애인을 꿰찼다. 그리하여 휴가 기간 10일 내내 상대방에게서 느꼈던 스트레스를 확 날려 버렸다.

그런데 사실을 털어놓고 말해 보자면, 그녀가 새로 꿰찬 애인의 이름은 워튼이었고, 그가 새로 꿰찬 애인의 이름은 캐런 홈스였다.

그것은 진짜 루아우는 아니었고, 관광객을 상대로 한 루아우였다. 하지만 술이 몇 잔 들어가고 나니 진짜 루아우나 다를 바 없게 되었고 통통한 백인들의 하얀 얼굴이나 모닥불의 불빛을 받아 하얗게 빛나는 빳빳하게 다린 상의와 바지를 더 이상 신경 쓰지 않게 되었다. 관광객들은 열대 여행에 대한 준비로 서머싯 몸의 소설을 읽었기 때문에 모두 하얀 리넨 양복이나 드레스 차림이었다. 하지만 술이 몇 잔 들어가고 나면 그런 것 따위는 신경 쓰지 않게 된다. 루아우에 들어가는 것이 모두 다 있었으므로 그것은 진짜 루아우나 다름없었다.

땅에 파놓은 기다란 고랑에는 불이 약간 사위어 가는 숯불이 뜨거운 돌들 사이에 놓여 있었다. 카나카 요리사의 검은 피부는 모닥불에서 나온 불빛으로 인해 더욱 검게 보였다. 그는 고랑의 불 위에다 먼저 바나나 잎새를 여러 겹 올려놓고 이어 그 위에다 음식을 놓았다. 이어 원주민 음악에 맞추어 훌라 춤이 추어지고, 미풍에 실려 음식 굽는 냄새가 주위에 퍼지면 다들 입에 군침이 고였다. 음식은 피피 오마,[26] 분홍색 돼지 껍질을 갈색이 될 때까지 굽는 피그스킨 앤드 포이,[27] 헤이카우카우,[28] 웰라카우카우[29] 등이었다. 그리고 관광객들 앞에는 토란과 쿠쿠이 너츠(견과류), 이아 파아카이,[30] 이아 우아히,[31] 이아 말로오,[32] 이아 호우[33] 등이 놓였다. 또 과일, 파파야, 파인애플, 말랄라, 사탕수수 껍질 등이 곁들여졌다. 이것들은 진짜 저녁(피그스킨 앤드 포이)을 기다리는 동안 가볍게 씹어 먹는 것들이었다. 모닥불의 불빛은 코아나무 아래서 훌라 춤을 추고 있는 댄서들의 구릿빛 육체를 밝게 비추고 있었다.

그녀가 전에 보았던 루아우는 스코필드 부대에서 장교들

---

26 *pipi oma*. 구운 쇠고기.
27 *pig-skin and poi*. 하와이식 토란을 곁들인 돼지 껍질 구어.
28 *heikaukau*. 돌새우.
29 *welakaukau*. 호리병박에다 끓이는 하와이식 뜨거운 스투.
30 *i-a paakai*. 소금에 절인 생선.
31 *i-a uahi*. 훈제 생선.
32 *i-a maloo*. 말린 생선.
33 *i-a hou*. 날 생선.

을 위해 약식으로 준비한 파티였다. 그녀는 카네 훌라 댄서가 추는 춤을 본 적이 없었다. 그들의 남성적 우아함과 민첩한 동작은 너무나 강력하고 야만적이었다. 고작 엉덩이나 살살 돌리는 와히니 훌라 댄서들로서는 도저히 따라올 수 없는 압도적 힘을 구사했다. 뭐라고 할까, 〈장미의 유령〉이라는 발레가 장거리 경보의 동작보다 훨씬 우아하고 예술적인 것과 비슷했다. 그녀는 필레[34]도, 그들이 가부좌로 앉아 무릎과 팔꿈치로 연주하는 작은 톰톰(북)도 보지 못했다. 토란 곁들인 돼지 껍질 요리도 먹어 보지 못했다. 와이키키 해변에 이런 장소가 있다는 것을 들어 본 적이 없었다. 이곳은 돌벽으로 가려져 있어서 길 건너편의 숲에서는 전혀 보이지 않았고, 길 쪽의 쿠히오 공원은 점점 좁아져서 고속도로의 해벽과 연결되었다.

진짜 하와이 음식은 똥 냄새가 났다. 하지만 그 냄새를 무시해 버리고 음식 맛을 보게 되면 그다음부터는 결코 그 음식에서 똥 냄새를 맡지 않게 된다. 그 진짜 음식은 관광객용 메뉴에 올라 있지 않았다. 그녀는 그런 음식의 존재를 모르기 때문에 섭섭해하지 않았다. 그들이 여기에서 연주하고 춤추는 곡들은 관광객들이 이미 알고 있는 것들, 가령 「섬의 노래」, 「스위트 레일라니」, 「사랑스러운 훌라 손」, 「하일로 마치」, 「카할라 마치」, 「하나카이 톰보이」, 「전사의 노래」 등이었다. 하지만 그녀는 옛날 하와이 노래를 몰랐기 때문에 그런 노래들이라도 섭섭하게 생각하지 않았다. 워든은 토니 파에아의 가족 루아우에 여러 번 참석했기 때문에 옛날 노래들을 알고 있었다. 올드 토니는 누우아나에서 배터리 가게를 운영했는데 그의 아버지 이오아네 파에아는, 선교사들이 도래하기 이전

---

34 *pi-le*. 코로 부는 플루트.

시대에 파에아섬을 통째로 소유한 지주였다. 올드 토니는 지금 본토에 건너가 살고 있었다.

그녀는 그 음식을 정말 맛있게 먹었다. 돼지를 통째로 구운 돼지 껍질 요리를 맛있게 먹고 났을 때는 모두 취해 있었다. 일부 관광객은 상당히 취해 있었다. 그때 워든은 동양인 셔츠를 벗어 버리고 샌들을 걷어차 버리고 바짓간을 무릎까지 걷어 올린 다음 모닥불 곁으로 뛰어들어 「멜티아니 오에」 춤을 추었다. 그는 가장 어린 와히니 댄서의 머리카락에서 치자꽃을 하나 떼어 내 귀에다 꽂고 멋들어지게 훌라 춤을 추었다. 그의 모습은 캐런을 완전 매혹시켰다. 자신들이 돈 많고 유흥을 제공하는 댄서임을 잊지 않는 하와이인 댄서들은 잘 춘다고 소리를 지르면서 계속 그의 솔로 춤을 북돋았다. 앉아 있는 댄서들은 손으로 땅바닥을 치며 박자를 맞추었고 서 있는 자들은 발로 쿵쿵 구르면서 박자를 맞추었다.

그것은 일대 센세이션을 일으켰다. 백인 남자치고 훌라 춤을 출 줄 아는 이는 드물었고, 아주 잘 추는 이는 더욱 드물었다. 하지만 그는 올드 토니의 집에 놀러 다니면서 그 춤을 완벽하게 배웠다. 이런 말을 하긴 좀 그렇지만, 그는 훌라 춤에 어울리는 완벽한 몸매를 갖고 있었다.

그가 춤을 끝내고 빙그레 웃으며 자리로 돌아와 귀에 꽂혀 있던 치자꽃을 캐런의 머리카락에 꽂아 주자 그녀는 완전히 넋이 나가 버렸다. 살찐 얼굴의 관광객들은 저 기이한 하올레가 누구냐고 수군거리면서 카나카 원주민보다 더 하와이 야만인 같은 걸 보니 혹시 섬의 유서 깊은 가문 출신이 아닐까, 하고 말했다. 원주민들은 내일 아침이면 월그린 음료수 가게의 웨이트리스 혹은 누우아나의 차량 수리 센터의 기계공으로 출근해 어젯밤 이상한 하올레 때문에 술을 많이 마시게 되었다고 투덜거릴 것이었다. 또 코크 한 잔을 마시기 위해 월

그릴에 들렀거나 자동차의 카뷰레터를 고치기 위해 누우아나 수리 센터에 들른 관광객들은 그곳의 점원들이 어젯밤의 그 원주민들임을 전혀 알아보지 못할 터였다.

「당신은 정말 놀라움이 가득한 사람이네.」 그녀가 활짝 웃으며 말했다. 「당신은 뭔가 새로운 것을 늘 만들어 내. 당신은 사람들을 놀라게 하는 게 취미인가 봐. 어디서 그런 춤을 배웠어?」

그날 밤 호텔로 돌아왔을 때, 다시 옛날과 같은 불타는 사랑의 불꽃이 피어올랐다. 그녀는 하얀 몸뚱이의 여신 역할을 했고 그는 야만인 역할을 했다. 하지만 근래에 와서는 그런 화끈한 섹스가 별로 없었듯이, 그것은 그때 딱 한 번뿐이었다. 휴가를 이틀 남겨 놓은 시점에서.

「나의 야만인.」 그녀가 그의 귀를 가볍게 물어뜯으며 속삭였다. 「이 미친 원시의 야만인.」

그다음 날 밤, 그러니까 마지막 바로 전날 밤, 그는 어젯밤의 화끈한 분위기를 다시 살리려다가 큰 실수를 저질렀다. 전에 그랬던 것처럼 그녀를 나의 치피[35]라고 불렀던 것이다. 하지만 이번에 그녀는 그를 밀어냈을 뿐만 아니라 울면서 침대 밖으로 뛰쳐나가 끊임없이 욕설을 퍼부었다. 그런 욕설 중에서도 아들에 대한 걱정이 간간이 터져 나왔다. 「우리 애가 아프면 어떻게 하지? 내가 그걸 어떻게 알아내지? 난 여기서 창녀처럼 외간 남자와 엎어져 있는데? 애가 죽으면 어떻게 하지? 당신이 신경이나 쓸까? 퍽이나 신경 써주겠다!」 그녀는 그처럼 악을 쓰다가 다른 침대에 들어가 잠이 들었다. 이거 뭐 옛날의 번들링[36]같이 되어 버렸군. 그는 그런 생각을 하면

35 *chippy*. 바람둥이 여자.
36 *bundling*. 약혼 중인 남녀가 옷을 입은 채 잠자리를 함께하는 영국 웨일스나 뉴잉글랜드의 옛날 습관.

서 벽을 주먹으로 쳐서 정권(正拳)에 피를 튀기고 싶은 심정이었다. 무슨 말을 해도 그녀를 화나게 하는 말밖에 하지 못하니 정말 미치고 팔딱 뛸 노릇이었다. 이제 두 사람 사이에는 벽돌 벽이 가로놓여 있는 것이 아니라 바위 같은 침묵이 가로놓여 있었다.

이 마지막 이틀 동안 — 나중에 귀대해서는 가짜 일일 근무 보고서 때문에 골치를 썩이게 되는 이틀 동안 — 워든은 그녀에게 프리윗과 패트소 저드슨의 얘기를 해주었다. 또 프루가 사랑하는 키퍼 부인네의 로런이라는 창녀에 대해서도 말해 주었다. 자신이 얼마나 힘들게 군대 생활을 하는지 그녀에게 알려 주기 위해 다른 사람들의 사례를 들었던 것이다. 그녀는 프루와 로런의 얘기에 크게 관심을 표시하면서 눈물을 흘리기까지 했다. 그건 워든이 미처 예상하지 못했던 반응이었다. 그 때문에 그는 캐런을 더욱더 사랑하게 되었다.

그때 툭하면 워든을 찾아오는 〈마음속 마음〉 혹은 〈엉뚱한 생각〉이 고개를 디밀었다. 내 결론은 말이야, 이런 거야. 그 낭만적 사랑의 환상은 내가 너를 키워 주고 너도 나를 키워 준다는 원칙에 근거한 환상이지. 그러니 나는 너를 깎아내리고 너도 나를 깎아내리는 기간 동안 지속할 수가 없어. 그 때문에 남자는 사랑에서 중도 하차하고 여자는 종교에 도피하는 거야.

그러자 워든은 그 엉뚱한 생각을 향해 반론을 폈다. 그 환상을 계속 유지하는 동안 사랑을 할 수가 있어. 그런 환상에 빠져 있는 동안에는 사랑을 할 수밖에 없지. 그게 현실과 부합하든 말든.

그건 그렇지. 엉뚱한 생각이 냉정하게 말했다. 그리고 말이야, 결혼은 아주 확실하게 환상을 깨뜨려 놓지. 내 말이 믿기지 않는다면 어디 한번 결혼해 봐.

난 결혼할 거야. 워든이 말했다.

근데 말이야, 낭만적 사랑이라는 환상 뒤에 있는 근본적 원칙 — 다르게 말하면, 판타지 뒤에 버티고 있는 현실이라고 할 수 있겠는데 — 은 말이야, 실은 〈나〉라는 자아에 대한 사랑이야. 이 사실은 이 논문이 나올 때까지 발견되지 않았다고.

그럴지도 모르지, 워든이 말했다. 그러니까 그 환상이 상업 광고라는 매체를 통해 그처럼 널리 받아들여지고 있는 걸 거야.

그래, 바로 그거야. 마음속 마음은 무관심하게 말했다. 자 그 얘기를 더 해보자고. 그러니까 네가 정말로 사랑하는 것은 그 낭만적 사랑이 아니라 밀트 워든이야. 그녀가 너를 키워 주고 네가 밀트 워든(이처럼 훌륭한 사람이니까!)을 더 많이 사랑하게 해주는 한, 너는 자연히 그녀를 사랑하게 되어 있어. 왜냐하면 그녀가 너를 더 훌륭한 사람으로 만들어 주니까. 하지만 그녀가 너를 깎아내리고 밀트 워든을 별로 사랑할 수 없게 만드는 순간부터(그는 이처럼 개자식이니까), 너는 당연히 그녀를 덜 사랑하게 돼. 너는 그리 좋은 사람이 아니라는 느낌을 갖게 하니까. 이런 상태가 오래가다 보면 마침내 너는 그녀를 사랑하지 않게 돼. 일단 알아 버리고 나면 아주 간단한 거야.

좋아, 워든이 초조하게 물었다. 왜 두 사람은 서로 키워 주는 일을 무한정 할 수 없는 거야?

그건 좀 설명하기 어려운 질문이군. 이론적으로 볼 때 서로 키워 주는 일을 가로막는 건 아무것도 없어. 그런데 실제 상황에 들어가면 그 키워 주는 일이 결국 어떤 반복적인 행위가 되어 버려. 새로운 칭찬의 말을 계속 만들어 내기란 어렵기 때문이지. 결국에는 포화점에 도달하게 되는데, 그때부터는 같은 말을 반복할 수밖에 없어. 당연히 상대방은 따분해지거나 의심을 하게 되지.

황량한 그림이군. 위든이 말했다. 아주 울적한 전망이야. 좋아. 지금껏 질병을 묘사해 왔는데 그에 대한 치료약은?

넌 오해하고 있어. 엉뚱한 생각이 발언했다. 이 논문의 주제는 바이러스의 적출이야. 전반적인 치료 과정을 상술하려는 게 아니라고.

좋아. 너는 내가 질병으로 죽어 가고 있는데 그 질병이 불치라고 말하는 거야?

글쎄, 바이러스의 적출은 다양한 접근 방법을 열어 놓지. 우린 몇 가지 아이디어를 검토하고 있어.

그걸 기다리느니 차라리 화려한 무지 속에서 죽어 버리는 게 낫겠군.

난 네가 사실에 관해서 알기 좋아하는 자라고 생각하는데. 엉뚱한 생각이 뻣뻣하게 발언했다.

사실 좋아하네! 어째서 내가 그녀에게 사실을 털어놓으리라고 생각하는 거야?

그건 너의 문제야. 물론 그녀가 사실을 이미 알고 있을 가능성도 있지.

그래 바로 그거야. 난 사실 그걸 두려워하고 있어.

지금까지 알려진 바로는, 사랑의 질병으로부터 완전하게 회복하는 유일한 길은 결혼을 하는 거야.

그러니까 사랑을 내버려 둬서 저절로 닳아 빠지게 하라는 거로군.

그렇지. 바로 그거야.

그런 다음 평생 목발에 의지해서 걸어 다니고?

목발이라고 하지만 아예 죽어 버린 건 아니잖아.

그럼 소아마비에 걸리게 해줘.

이제 그만 가봐야겠어. 더 새로운 것을 발견하면 알려 주지.

고마워, 잘 가게 친구.

별말을 다 하는군. 도움이 되었다니 기뻐. 그럼 이만. 엉뚱한 생각이 그렇게 말하고 떠나갔다.

워든은 행정실에서 혼자 회전의자에 앉아 방금 의사로부터 암이라는 진단을 받은 환자의 심정이 이러할까, 하고 생각했다. 그는 신임 중대장 로스가 어서 나타나기를 기다렸다.

그 암 환자는 마누라에게 어떻게 말해야 할까를 고민할까?

이 질병에는 위스키도 별 도움을 주지 못했다. 지난 이틀 동안 줄곧 위스키만 마시지 않았던가. 그는 또 다른 충격 요법을 받기 위해 키퍼 부인의 창가(娼家)로 가게 되는 걸 두려워해 계속 술을 펐던 것이다. 그건 그가 얼마나 초조한지를 보여 주었다.

넌 쓸모없는 껍데기에 지나지 않아, 밀트, 그는 혼자 중얼거렸다. 그리고 또다시 한 모금을 마셨다. 이제 껍데기는 더욱 바싹 건조해진 느낌이었다. 얼마 전만 해도 창가에 다녀오면 그런대로 스트레스 해소가 되었다. 하지만 이제는 그렇게 할 수도 없었다. 그런 웃기는 행위로 자신의 명성을 먹칠하는 것이 두려웠기 때문이었다.

과거에, 그러니까 미국의 도덕이 문학 종사자들의 입에 재갈을 채워 놓기 전에, 그들은 오입질에 대해 상당히 많은 글을 썼다. 그 당시에는 아주 인기 있는 주제였다. 그런데 오늘날에는 더 이상 그 주제에 대해서 쓰지 않는다. 오입질의 건수가 줄어들었기 때문인가? 그는 그렇지 않다고 생각했다. 아니면 그 짓이 수치스럽다고 생각하기 때문에? 그것도 아니라고 워든은 생각했다. 오입질로는 종족을 번식시킬 수가 없다. 오늘날 독일이나 러시아나 미국에서 종족 번식은 중요한 문제가 되었다. 종족을 번식시키지 않으면 이번 전쟁은 물론이고 다음번 전쟁에 필요한 인력을 어디서 조달할 것인가?

이봐, 워든, 그 문제에 대해서 논문을 쓰지 그래? 많은 사람이 그 문제에 대한 해답을 궁금하게 생각할 텐데.

관중들의 환호가 없는데도?

아무튼 그 문제를 깊이 생각해 봐. 이 질병에 대해 어떤 위안이 없는 것도 아니야. 게다가 그 질병은 그리 희귀병도 아니야. 워든 자네만 그 병을 앓고 있는 게 아니라고.

이봐, 소송을 질질 끄는 변호사 출신 로스가 뭐라고 하는지 한번 지켜보자고. 나를 아예 강등시켜 버릴 수도 있지 않나?

그때 행정실 문이 덜컹 열리고 로스 중위가 안으로 들어왔다. 중위는 책상 위의 술병을 보고서 아무 말도 하지 않았다. 아예 무시해 버렸다. 그는 행정실의 책상을 돌아 와서 마치 오래전부터 아는 사이인 양 일등 상사와 악수를 했다. 위스키나 구겨진 120달러짜리 브룩스 브러더스 양복이나 사흘 동안 면도하지 않아 터부룩한 턱수염 등은 아예 무시했다.

이 지저분하고 바보 같은 유대인 놈, 하고 워든은 생각했다. 저 친구는 나 없이 중대를 운영한다는 게 불가능하다는 걸 알고 있군. 저 친구가 2센트를 낸다면 술을 한 모금 권할까. 그러면 저 친구가 알게 되겠지. 이게 맹물이라는 걸. 코셔[37]가 아니라는 걸 알겠지. 코셔, 코셔, 코셔. 에이, 이 빌어먹을 유대 놈.

「상사, 여기 자네한테 줄 게 하나 있네.」 로스 중위는 친한 친구한테 말하듯이 말했다. 그는 호주머니에서 서류를 하나 꺼냈다. 「장교 진급 과정을 통신 과정으로 수료하는 것을 면제해 주고 그 대신 이 시험 한 번으로 끝내기로 했다네. 자네의 근무 성적, 경험, 계급 등을 감안해서 말이야. 델버트 대령이 자네의 경우에는 통신 과정을 면제해 주라고 요청하는 특

---

37 *Kotz*. 유대 법에 따른 정갈한 음식.

별 상신을 올렸네.」 그는 말을 멈추고 환히 웃었다.

워든은 아무 대답도 하지 않았다. 그들은 뭘 기대하는 거야? 좋아서 소리라도 지르라는 거야?

「자네가 내주 월요일 보게 될 시험지 복사본이야.」 로스 중위는 서류를 책상 위에 내려놓으며 말했다. 「델버트 대령이 그걸 자네한테 줘서 시험 보러 가기 전에 한번 훑어보게 하라더군. 또 자신의 안부를 전해 달라는 말도 했어.」

「감사합니다.」 워든은 그것을 거들떠보지도 않고 느릿느릿 말했다. 「전 그런 거 필요 없습니다. 중위님, 한 모금 하시겠습니까?」

「고맙네.」 로스 중위가 말했다. 「한 모금 좋지. 델버트 대령은 자네가 그렇게 대답할 거라고 예상하더군. 자네가 그걸 원하지도 않고 또 필요로 하지도 않을 거라고 했어. 그래도 한 부 가져다주라고 했어. 우리 모두가 자네를 지원하고 있다는 뜻으로.」

워든은 화가 나고 모욕당한 표정으로 중위가 조용히 위스키 병마개 따는 걸 지켜보았다.

「이거 영 맹물인데.」 로스 중위가 말했다.

「어떤 개자식이 내가 휴가 간 틈에 거기다 물을 타놓았습니다.」 워든이 중위를 빤히 쳐다보며 말했다.

「유감이군.」 로스 중위가 말했다.

워든은 중위에게 빙그레 웃어 보였다. 「난 델버트 큰 영감에게 좀 놀랐습니다. 올드 제이크가 나를 도와주기는커녕 엿먹이려고 할지 모른다고 생각했으니까. 지난 서너 달 동안 큰 영감과 홈스 사이에 암투가 치열했던 걸 감안하면 말입니다.」

「내가 듣기로 대령은 상사의 군인 기질을 높이 평가하고 있어. 아주 높게 평가하기 때문에 개인적인 감정 따위는 제쳐놓았어. 상사는 장교가 될 자격이 충분하다는 거지.」

1182

「내가 장교가 되면 대령의 모자에 멋진 깃털이 되겠군요.」

「내 모자에도 그러하지.」 로스 중위가 싱긋 웃었다.

워든은 아무 말도 하지 않았다. 더 이상 할 말이 남아 있지 않았다. 그는 로스를 빤히 쳐다보았으나 그게 무슨 효과가 있을 것인가. 결국 A 중대의 웰먼 상사 꼴이 되고 말 것이었다. 그는 지난해 1월 장교 진급 과정에 신청한 바 있었다. 대대의 모든 장교들이 그의 통신 과정을 도와주었다. 분대의 각개 전투와 소대의 전투 대형에 대해 아는 것이 하나도 없는 웰먼이었으나, 이제 19연대의 소위로 열심히 뛰고 있다.

「상사, 자네 위스키가 맹물이 되어 버린 건 정말 안되었어.」 로스 중위가 손목시계를 내려다보며 말했다. 「난 점심을 먹으러 클럽에 올라가 봐야겠어. 오후에 다시 보세. 그 시험지에 대해서 무슨 질문이 있으면 내게 다시 물어 주게. 내가 아는 데까지 말해 주겠네.」

워든은 중위가 가버린 뒤 책상에 똑바로 앉아서 시험지를 집어 들었다. 그런 유치한 시험을 가지고 장교를 만들어 내니 저런 엉성한 장교만 배출되는 건 너무나 당연했다. 그는 문제를 다 읽기도 전에 그 해답을 알고 있었다. 뭐, 그 시험지에 대해서 무슨 질문이 있다면 내게 다시 물어 주기, 웃기는 소리 하고 있네. 그는 시험지를 호주머니에 구겨 넣고 창문을 통해 안짱다리의 중위가 구부정한 자세로 중대 마당을 가로질러 가는 것을 지켜보았다. 그의 장교복은 몸집에 비해 너무 큰지 아주 헐렁해 보였다. 저런 자를 군인이라고. 마치 넝마주이처럼 보이는군. 아니면 농사꾼이거나.

그렇지만 신사인 것 같은데. 매너가 있어. 게다가 겸손하고. 중위의 아버지는 밀리어네어스 로에서 돼지 푸줏간을 했을 거야. 그는 책상에서 위스키 병을 집어 들어 파일 캐비닛에다 숨겼다. 이 빌어먹을 시험지, 그리고 저 빌어먹을 장교들.

하지만 그날 밤, 워든은 내무반에서 그 시험지를 정독했다. 피트 카렐슨은 마침 27연대의 친구에게 놀러 가 자리에 없었다. 월요일 아침 워든은 연대 본부로 올라가 시험을 쳤다. 그는 못마땅한 표정으로 답안을 써 내려갔고 시험 시간이 두 시간이었는데 한 시간도 채 안 되어 감독관인 중위에게 답안을 제출했다. 감독관은 믿기지 않는다는 눈빛으로 시험장을 빠져나가는 워든의 뒷모습을 쳐다보았다.

월요일 오전 그가 행정실로 출근하자 로젠베리가 사단 사령부의 특명지를 건넸다. 해마다 있는 가을 기동 훈련이 이틀 뒤인 10월 20일부터 시작된다는 내용이었다.

그는 훈련을 나가는 당일 아침까지도 일일 보고서에 프리윗을 영내 근무 중으로 처리했다. 하지만 훈련을 나가면서 마침내 그를 근무 이탈로 처음 보고했다. 그는 프리윗을 일주일 가까이 봐주었다. 패트소 저드슨에 대한 조사가 있었다고 하더라도 일주일 내내 영내에 있는 것으로 처리되었으므로 충분히 프리윗의 뒤를 봐준 셈이었다. 하지만 훈련이 시작되면 더는 그를 봐줄 수가 없었다.

중대가 야전으로 떠나는 전날 저녁, 그는 어떤 영감이 떠올라 킹 스트리트에 있는 블루 앵커 카페로 가보았다. 그 카페는 키퍼 부인의 뉴콩그레스로부터 두 집 떨어진 곳에 있었는데 그가 G 중대로 임명된 이래 중대원들의 아지트였다. 값이 싼 데다가 뉴콩그레스에서 가까워 중대원들이 많이 갔다. 그들은 그 집을 블루 생커라고 불렀다. 그날 밤 거기에는 아무도 없었다. 내일 아침에 야전으로 나가야 하기 때문에 일찍 귀대했던 것이다. 그는 네 시간을 기다렸다. 스트레이트 위스키를 마시고 입가심으로 맥주를 마시면서 그 집의 여급인 중국 여자 로즈와 잡담을 했다.

프리윗은 나타나지 않았다. 로즈는 그가 오랫동안 들르지 않았다고 말했다. 설사 그가 나타났다고 하더라도 로즈가 말 안 해준 것인지도 몰랐다. 로즈와 술집 주인 겸 바텐더인 찰리 찬은 중대 행정실 못지않게 중대의 개인적인 사건들을 잘 알고 있었다. 로즈는 중대의 여러 부사관들과 이런저런 때에 동거를 했다. 말하자면 동네의 공동 마누라인 셈이었다.

워든은 왠지 모르게 프리윗이 거기 나타날지 모른다는 생각이 들었다. 비록 부대에 돌아오지 않더라도 증대 소식이 궁금해서 한번쯤 나타날 듯싶었다. 그렇다면 블루 생커가 그곳이 아니겠는가. 그건 순전히 워든의 감이었다. 그는 그것이 어두운 공중을 향해 던지는 막연한 돌팔매라는 것을 알고 있었다. 그다음 날 아침 중대는 해변으로 훈련을 나갔고, 그는 프루를 급식자 명단에서 제외하고 일일 보고서에 탈영병으로 보고했다.

첫 기동 훈련이라 긴장을 하고, 또 프리윗이라는 이름을 직접 알지 못하던 로스 중위는 탈영 소식을 듣고 크게 분노했다. 곧바로 군법 회의에 회부하라고 지시했다. 워든은 중위에게 프리윗이 모처에서 와히니와 술을 푸고 쓰러져 있을 것이라고 추측하면서, 앞으로 하루 이틀만 기다리면 하나우마 베이의 CP에 나타날 것이고 그때 중대 징계로 다스리면 된다고 조언했다. 로스 중위는 자신이 정규군의 풍습을 아직 제대로 알지 못했다면서 워든의 말을 따랐다. 중위는 한번 웃음을 터뜨리더니 태도가 누그러졌다.

로스 중위는 앞으로 두 달 안에 워든의 진급 명령이 내려올 테니 그동안 사병들의 풍습을 많이 알려 달라는 갈까지 했다.

워든은 이것이 어디까지나 시간 끌기 작전임을 의식하고 있었으므로, 그러겠노라고 대답했다. 만약 프리윗이 돌아오지 않는다면 시간 끌기도 결국에는 아무 의미가 없어지고 말

것이었다. 하지만 기동 훈련이 결국 프리윗을 부대로 불러오리라고 워든은 희망하고 있었다. 프리윗은 훈련 소식을 알고 있을 것이었다. 하와이 주민들은 모두 훈련 소식을 알고 있었다. 와후 크기의 섬에서 연례 기동 훈련은 4월의 육군 공개 훈련 못지않게 지역 축제였다. 호송 트럭이 시내를 질주하면서 차량의 흐름을 끊어 놓고, 작업조가 주요 민간 시설에 기관총을 설치하고, 다른 작업조들이 고속도로에 노상 장애물을 설치하는 훈련이 실시되면, 현지의 바는 대목이 왔다면서 한몫 잡을 준비를 했다. 고참 군인들은, 소방차를 끌던 말[馬]이 소방 대비 훈련을 우습게 여기는 것처럼 가을 기동 훈련을 우습게 여겼다.

워든은 하나우마 베이에 CP를 설치하는 작업을 지휘하면서 그가 돌아오기를 기다렸다. 왜 자신이 흔해 빠진 꼴통 녀석 하나 때문에 이리도 고민하는지 그 자신도 의아했다. 어쩌면 그는 현실 감각을 잃어 가고 있었는지도 모른다. 다이너마이트 홈스처럼 감상적인 인간이 되어 가고 있었는지도 모른다. 중대로 전입 오던 첫날 자신의 입으로 꼴통이라고 불렀던 사병을 위해 자신의 목을 이처럼 길게 내빼고 있는 것이었다.

하지만 거기에는 뭔가 있었다. 프리윗은 어떤 것의 열쇠를 쥐고 있는 것이었다. 만약 자신이 프리윗을 살려낸다면, 그로 인해 뭔가 다른 것을 살릴 수 있다는 생각이 들었다. 성동격서(聲東擊西)인가, 순망치한(脣亡齒寒)인가. 프리윗은 그에게 뭔가 다른 것의 상징이 되었다. 그가 나타나지 않는 날이 점점 길어지고 그에 반비례해 로스 중위의 참을성이 짧아지면서 워든은 그것을 점점 개인적인 어떤 일로 생각하기 시작했다.

내가 장교가 되는 것에 죄책감을 느끼기 때문에 이러는 것일지도 몰라. 그는 혼자 중얼거렸다. 그는 그게 틀림없다고 생각했다.

헌병대에서 아직도 패트소 살인범을 찾고 있다고 생각하기 때문에 프루가 귀대하지 못하는 것이라고, 워든은 판단했다. 그게 아마 이유일 터였다. 하지만 그 사건은 이미 물 건너 갔다는 걸 어떻게 하면 그에게 전해 줄 수 있을까? 그가 어디에 있는지 모르는 이상 전해 줄 길이 없었다. 게다가 기동 훈련이 시작되어 중대원 전원이 야전에 나와 있는 상황에서는 그를 찾아다닐 수도 없었다.

기동 훈련은 작년, 재작년과 달라진 것이 거의 없었다. 같은 작전의 반복이었다. 그들은 트럭을 타고 해변으로 나가 방어 계획에 입각해 MG(기관총)를 설치했다. 이어 다음 행동 명령이 내려올 때까지 대기했다. G 중대가 경계를 맡은 구역은 호놀룰루항의 샌드섬에서 마카푸우 포인트까지였는데, 그 사이에 와이키키 해변과 블랙 포인트와 마우날루아만의 개인 영지들이 포진해 있었다. 록(암반) 지역에서는 가장 중요한 지역 중 하나였다. 와이키키 해변에는 좋은 술집들이 많았고 블랙 포인트 영지에 와히니 아가씨들이 많았다. 그리고 대부분의 여자들은 그 영지 내에 숙소를 두고 있었다. 하지만 공격군인 홍군이 공격을 시작하면 G 중대는 철수하고 해안 포대(砲隊)가 그 자리를 차지할 것이기 때문에 중대원들은 마냥 즐겁지만은 않았다.

금년의 마스터 플랜은 적군이 섬의 북단인 카엘라만에 진주하는 것을 골자로 하고 있었다. 27연대, 35연대, 제8야전 포대가 공격군인 홍군 역할을 맡았다. 그리고 19연대, 21연대, 나머지 야전 포대, 그리고 해안 포대가 방어군인 백군이었다. 홍군은 훈련 3일 차에 진주하기로 되어 있었다. 그래도 그때까지 와히니 아가씨들과 재미 볼 시간이 이틀이나 있었다. 하지만 G 중대는 그 이틀을 제대로 누리지 못하고 와히아와 및 와이알루아를 경유해 카메하메하 고속도로까지 약

60킬로미터를 강행군해 그곳에서 연대와 합류해 방어 진지를 구축했다. 그들은 그다음 날 하루 종일 참호를 팠고 그다음 날은 트럭을 타고 비포장의 이면 도로를 통해 섬의 다른 지역으로 이동했다. 동시에 다른 부대가 그 자리에 들어와 참호 작업을 계속했다. 백군의 주력 부대가 머무르고 있는 카후쿠 8킬로미터 아래 지점인 하우울라에서 그들은 예비 병력으로 대기하게 되었다. 그늘이라고는 조금도 없는 탁 트인 들판에서 그들은 참호를 팠고 야영지를 구축했으며 이어진 참호 및 야영지 점검에서 합격했다. 그들은 그곳에서 2주 동안 머물면서 아무것도 하지 않았다. 그것은 예년과 똑같은 전형적인 기동 훈련이었다. 그들은 카드놀이를 하고 해변 진지에 있었다면 얼마나 좋을까, 하고 희망 사항을 말했다. 그들이 사귄 와히니 여자들에 대한 의견을 서로 교환하면서 작전이 종료되었고 적군은 모두 격퇴되거나 포획되었다는 소식이 내려오기를 기다렸다. 그러면 캠프를 해체하고 트럭에 분승해 귀대하는 것이었다. 부대에는 비록 와히니 아가씨들은 없지만 최소한 샤워는 할 수 있는 것이었다.

그런데 그 계획이 변경되었고, 예전과 전혀 다른 훈련이 되어 버렸다. 트럭은 그들을 스코필드 부대로 데려간 것이 아니라 해변 진지로 도로 데려갔다. 그곳을 담당하던 해변 포대는 이미 포트 루거의 본대로 귀대하고 없었다. 스코필드 부대에서 다른 트럭들이 진지에 도착해 곡괭이, 삽, 도끼, 시멘트 포대, 모르타르 회반죽용 괭이 들을 부려 놓았다. 또 다른 트럭은 바르코 가솔린식 착암용 드릴을 30개나 부려 놓았다.

아무도 그게 왜 필요한지 알지 못했다.

곧 계통을 통해 명령이 내려왔다. 각 진지에다 콘크리트 토치카를 건설하라는 것이었다. 그들이 야전 텐트에서 자고 있어서 아직 불평을 털어놓고 자시고 할 겨를도 없이 스코필드에서 또 다른 트럭들이 도착해 대형 텐트와 야전 침대를 부려 놓았다. 심지어 모기장까지 가져왔다. 오아후 들판에 나가면 반드시 모기장을 쳐야 했다. 그러니 해변 진지는 이제 임시 야영지가 아니라 영구 숙영지가 되어 버렸다.

워든은 하나우마 베이에 CP를 설치하는 작업을 두 번째로 지휘했다. 프리윗은 아직도 미귀였으나 이제 그를 잊어버렸다. 피트 카렐슨이나 터프 손힐 같은 왕고참들의 기억 속에서도 이런 파격적인 작전 변화는 있어 본 적이 없었다.

작년까지만 해도 해변으로 진주해 MG를 설치하고 모래 사장 위에서 담요를 덮고 잠을 잤다. 운이 좋아 하와이 재벌 도리스 듀크의 영지가 있는 16번 진지에 배정되면 영지 주인의 배려로 해변 카바나(오두막집)에서 잠을 잤다(하지만 도리스를 직접 본 사람은 아무도 없었다). 이것이 작전의 개요였고 당연히 금년에도 그럴 것이라고 생각했다. 적의 해군은 함포 사격으로 그처럼 탁 트인 곳에 자리 잡은 중대 병력을 박살 낼 것이고, 그런 다음에야 상륙정을 띄울 것이었다. 일반 징집병들과는 달리, 고참 중대원들은 실제 섬에 전투 상황이 벌어진다면 그렇게 되는 것이 그들의 운명임을 잘 알고 있었다. 하지만 인근에 바들이 많고 미국으로 귀화한 동양계 여자들을 진지로 초청해 기관총을 보여 주며 빼길 수만 있다면, 그따위 운명쯤은 신경 쓰지 않았다. 누가 이 멀리 떨어진 섬을 공격하려고 할 것인가? 일본인들?

와히니 여자 애들에게 기관총을 보여 주는 것은 신나는 일이었다. 거의 물리칠 수 없는 매혹이었다. 그 총의 놀라운 살상력 이외에도 아주 멋진 기계적 신비감이 있었다. 미국의 흑인, 황색인, 백인이라면 누구든 그 총을 만지작거리며 그 기계의 작동 구조를 알고 싶어 하는 것이었다. 특히 총을 좋아하는 와히니라면 그 뒤에 앉혀서 축을 중심으로 총을 돌려

보게 하고 안전장치가 걸려 있는 방아쇠를 당겨 보게 할 수도 있었다. 와히니치고 그걸 싫어하는 여자는 단 한 명도 없었다. 하올레 여자도 총 만지기 좋아하는 것은 마찬가지였다. 하지만 미국 기계공학의 우수함과 자발적으로 나선 선교사들의 노력에도 불구하고 미국 내에 팽배한 쾌락의 원칙이 하와이섬을 더 먼저 점령해 버렸다. 그래서 와히니들은 모래 위에 설치한 텐트 위에서 섹스하는 것도 마다하지 않았다.

소문에 의하면 다른 보병 중대들도 각자의 진지에서 토치카 작업을 하고 있다는 것이었다. 하지만 G 중대원은 힘든 작업에도 불구하고 예년보다 더 많은 와히니 여자들을 만났다. 그들은 여자들에게 파인트 병들이 위스키, 750밀리미터 위스키 등을 사오라고 많은 돈을 주었다. 병사들이 돈이 없을 경우에는 와히니들이 자기 돈 주고 술을 사가지고 왔다. 와히니는 백인 여자들과 다른 점이 있었다. 그들은 보병들 못지않게 위스키를 좋아했다.

중대원 중에서 진지 작업을 심각하게 생각하는 사람은 최근에 얻은 오입질에 대한 공포 때문에 그 섹스 파티에 참석하지 못하는 밀트 워든뿐이었다. 이게 혹시 전쟁의 서곡 아닐까? 워싱턴의 고위층이 전쟁에 대한 감을 잡았기 때문에 여기까지 지시가 내려온 것 아닐까? 그는 늘 전쟁이 어떻게 시작되는지 궁금했다. 전쟁에 대한 회고록을 남긴 사람치고 전쟁의 시작에 대해 소상하게 밝힌 이는 별로 없었다. 지금의 이 전쟁도 그렇다. 아무도 전쟁 얘기는 꺼내지 않고 있지 않은가. 어쩌면 그는 괜한 걱정을 하고 있는 것인지도 모른다. 게다가 모두들 즐겁게 놀고 있는데 괜히 전쟁 얘기를 꺼내 초치고 싶지 않았다.

토치카 작업은 한 달이 걸렸다. 외출증을 절대 발급하지 말라는 상부의 지시가 있었음에도 불구하고 아주 재미있는 시간이었다. 이런 상황에서 누가 외출증 따위를 신경 쓰겠는가? 공병대에서 바버스 포인트의 경사를 감안허 가며 코아목으로 미리 만들어 놓은 기둥과 널판을 가져다주었다. 그러면 모래에 구멍을 파서 기둥을 세우고 널판을 댄 다음 기둥과 기둥 사이에 도리를 놓고 다시 모래를 얹은 다음 토치카의 구멍이 제대로 된 MG 사격 방향인지 확인만 하면 되는 것이었다. 밤에는 완전 자유 시간이었다. CP에 있는 장교들은 낮 동안에 현장에 와보는 법이 없었고 밤중에는 더욱 오지 않았다. 중대원들은 낮에 너무 힘을 빼지 않도록 주의했다. 그렇게 하면 저녁에 재미를 보지 못하기 때문이었다. 사실 밤중에 너무 술을 마시거나 기력을 빼서 낮 동안에 그렇게 하려고 해도 할 수가 없었다. 그게 작업이 한 달이나 걸린 한 가지 이유이기도 했다. 그건 아주 흥겨운 시간이었다.

작업이 한 달이나 걸린 또 다른 이유는 마카푸우 헤드에 있는 진지 28 때문이었다. 마카푸우 헤드는 재미난 시간을 보내지 못했다. 30개의 바르코 드릴은 마카푸우 헤드를 위한 것이었다. 이곳은 표면에서 30센티미터만 내려가면 모두 바위였다. 또한 와이마날로 여학교가 카네오헤 계곡에서 15킬로미터 떨어진 곳에 위치하고 있었다. 게다가 이곳은 작업조가 3~4명이 아니라 일개 소대가 투입되어 있었기 때문에 거의 언제나 장교가 지휘했다. 심지어 장교는 거기서 자기까지 했다. 근처에는 개인 영지도, 바도, 카바나도, 오락실도 없었다. 있는 것이라고는 래빗섬 바로 맞은편 카우포 파크에 있는 두 개의 공공 대피소가 유일했는데, 작전 때가 아니면 사람들이 거기서 바다 가재 낚시를 했다. 마카푸우 헤드의 곳에는 등대가 하나 있었다. 고속도로 건너편에 위치한 공병대는 공기 압축식 드릴로 발파가 있을 예정인 벼랑에다 미리 착암 작업을 했다.

마카푸우 헤드는 G 중대의 담당 구역 중 가장 중요한 지역이었다. 만약 적이 카네오헤 해변에 진주한다면 섬을 빙 두르지 않고 호놀룰루로 들어갈 수 있는 길은 딱 두 군데밖에 없다. 누아누 애버뉴에서 시내로 접어드는 팔리 고갯길과, 마카푸우 헤드에서 시작되는 칼라니아나올레 고속도로가 그것이다. 피트 카렐슨이 지휘하는 화기 소대 병력 대부분이 이 지역 작업조의 핵심을 구성했다. 그들이 중대의 최고 기관총 사수들이기 때문이었다. 또 이 소중한 병력을 엄호하기 위한 소총수 1개 소대가 뒤에 버티고 있었다. 하지만 지금은 기관총 사수나 소총수 할 것 없이 모두 바르코 드릴과 삽을 가지고 흑인 노동 대대처럼 일을 했다. 마카푸우는 그야말로 좆뺑이 치는 지역이었다.

다른 지역에서는 토치카 작업이 하나둘씩 완료되고 있었지만 마카푸우는 거대한 암층 때문에 별 진전을 보지 못하고 있었다. 그리하여 다른 지역의 병력을 이곳으로 돌려 바르코 드릴 작업을 돕게 했다. 마침내 중대 병력 전원이 이곳에 집결했고 하루 24시간 3교대로 작업을 했다. 모두들 미친 듯 열에 들떠서 작업을 했다. 야간 작업조는 아주 열심히 일했다. 특히 워든이 야간조 작업에 참여해 손수 바르코 드릴을 들고 작업하면서 드릴의 소음을 눌러 버리는 커다란 목소리로 사병들을 독려해 일의 열기에 불이 붙었다. 취사병들도 자원해 3교대로 취사반을 운영했고, 작업조에게 뜨거운 샌드위치와 커피를 제공했다. 심지어 행정병과 취사병도 바르코 드릴 작업에 대들었다. 현장을 둘러보기 위해 스코필드에서 잠깐 나왔던 마출리도 1년 내내 입어 본 적이 없는 작업복을 입고 웃통을 벗어부친 채 좋은 몸매를 과시하면서 바르코 작업을 해 모두를 놀라게 했다. 그는 자신의 아버지가 뉴욕의 홀랜드 터널 작업에서 인부로 일한 적이 있다고 말했다. 당초부터 마카푸우 현장에 나와서 피맺힌 물집에 손수건을 감싸고 일하던 사병들은, 새로 도착한 사병들의 손바닥에 물집이 잡힐 때마다 웃음을 터뜨리며 환호했다.

누군가가 고참 군인들의 식사 나팔의 노래를 패러디해서 불렀다.

우리는 1백만 개의 취사반을 지었네.
취사병들 때문에 머리털이 다 빠질 지경.
우리는 1억 마일을 행군했네.
화장실에 한 번 갈 새도 없이.
우리가 천국에 간다면 천사들이 말할 거야.
앞자리에 앉아, 스코필드의 병사들아.
지옥에서 한철을 보내다 왔으니.

바르코 드릴 작업은 와히나 위스키보다 더 신나는 것이었다. 워든의 박력 있는 지도력도 그들이 그 작업에서 느낀 매력을 제대로 설명하지 못했다. 그것은 보병 중대를 보병 중대로 만들어 주는 남성적 힘의 표현이었다. 군인들에게 진짜 군인 정신 — 손자들에게까지 자랑하는 정신 — 을 심어 주는 고된 단련이었다.

바르코 드릴은 공랭식 드릴처럼 방아쇠가 달려 있는 것이 아니었다. 실린더 한 개짜리 가솔린 엔진이 배럴(손잡이) 바로 밑에 붙어 있기 때문에 공랭식 드릴보다 두 배나 더 무겁다. 이 드릴을 들어서 다른 장소로 옮길 때 배럴만 따로 빼서 가져가는 게 아니라, 엔진과 배럴을 통째로 움직여야 한다. 때로는 시동을 꺼뜨리지 않기 위해 엔진을 허벅지에다 올려놓고 받쳐야만 한다. 시동을 꺼뜨리면 수동식 맹꽁이 스프링을 회전시켜 시동을 거는 데 5분이 걸리고 그 후 제대로 작동할 때까지 1분마다 스프링을 회전시켜 주어야 하는 등 여간 번거롭지 않기 때문이다. 화상을 입지 않고 손을 댈 수 있는 부분은 손잡이와 그 바로 밑에 있는 가스탱크뿐이다. 가스탱크를 허벅지에 올려놓고 30분쯤 작업을 하다 보면 작업복이 누렇게 번지고 허벅지의 털은 다 타버린다. 공랭식 드릴과 비교해 볼 때, 바르코는 아주 구닥다리 괴물이다. 바르코 드릴에 대해서 불평하는 보병에게 그럼 공랭식 드릴과 바꾸지 그러냐고 말하면, 그 보병은 코웃음을 치면서 우리는 한량한 공랭식 드릴을 사용하는 공병대와는 차원이 다른 사람들이라고 말할 것이다. 그들은 다리의 털을 태워 없애고, 무거워서 이빨을 꼭 다물고, 손잡이를 잡은 손바닥에 물집이 잡혀 터지는 한이 있더라도 바르코를 더 좋아하는 것 같았다. 그들은 바르코를 미워하면서 좋아하고 그것만을 사용하고 다른 드릴은 만지지 않으려 했다. 그들은 그 드릴을 들고 작업할 때 아주 커다란 재미를 느꼈다. 평생 그런 재미는 처음인 사람들 같았다.

길 건너편에서 공기 압축식 드릴로 발파 작업을 하던 공병 대원들은 그들의 노래를 들으며 그들을 지켜보았다. 그들은 공병 대원들이 지켜본다는 것을 알고 웃음을 터뜨리면서 더욱 큰 소리로 노래를 불렀다. 마침내 공병 대원 몇이서 일과를 끝내고 G 중대 진지로 내려와 거들기까지 했다.

그 작업은 한 달 만에 완료되었다. 그들은 철골을 설치하고 콘크리트를 부어 토치카의 지붕을 만들었고 마침내 스코필드로 돌아갔다. 그들 중 일부는 새로운 질병을 얻었다. 어깨, 팔꿈치, 손목의 정맥이 부어오른 듯한 느낌과 손가락, 손, 팔뚝이 마비되어 버린 듯한 느낌을 주는 질병이었다. 그들은 그 손을 가지고 일을 하면 밤중에 갑작스러운 고통에 놀라 잠이 깨었다. 그러면 침상에서 일어나 팔을 흔들며 고통이 가라앉기를 기다리지만 관절의 정맥이 계속 아프기 때문에 할 수 없이 불침번에게 화장실 용무를 보고하고 화장실에 들른 다음 담배 한 대를 피우며 고통이 잠잠해지기를 기다렸다가 어느 정도 가라앉으면 다시 침상으로 돌아갔다. 하지만 그 질병 때문에 병가를 얻지는 않았다. 그들은 그런 병에 대해서는 들은 바가 없었고 그게 병인지도 몰랐다.

그들이 부대로 돌아온 것은 1941년 11월 28일이었다.

제48장

10월 16일부터 11월 28일까지의 6주간, 중대가 기동 훈련에 나가 땀을 뻘뻘 흘리며 작업하면서 다시없는 즐거움을 느끼던 그 유예의 6주 동안, 로버트 E. 리 프리윗은 30년쟁이가 그의 인생에서 얼마나 소중한 목표인가를 깨닫게 되었다. 특히 외출의 즐거움을 느끼자면 먼저 30년쟁이가 되어 있어야 하는 것이었다.

그런 생각이 들면서 자신이 이제 더 이상 30년쟁이가 아니라는 느낌이 더욱 강력하게 프루의 생각을 사로잡기 시작했다.

기동 훈련이 시작되었을 때, 그는 아직 상처가 다 아물지 않은 상태였다. 아직도 옆구리가 아파서 밤중에 잠자다 깨어날 정도였고, 그 후 잠이 오지 않아 전전반측할 때면 침대 옆의 간이 의자에 앉아 담배를 피우며 마음을 진정시키기도 했다. 그는 권투를 하다가 코가 처음으로 부러졌던 마이어 부대 시절의 요령을 되살렸다. 잠이 안 올 때는 의자에 앉아 일부러 잠을 안 자려고 하면 자기도 모르게 긴장이 풀어지면서 의자에 앉은 채 졸게 되는 것이다.

하지만 공격군인 홍군이 진주하던 무렵부터는 몸 상태가 훨씬 좋아졌다. 적어도 이런 생각을 할 줄 알게 되었다. 휴가를 맛있게 즐기는 요령의 50퍼센트 이상이, 그 휴가가 곧 끝나 귀대해야 한다는 불쾌한 생각에 의존한다.

그는 부대의 기동 훈련에 대해 알고 있었다. 두 여자는 훈련이 시작되기 이틀 전에 그 소식을 전해 왔다. 이어 신문에도 훈련 관련 기사가 났다. 지난해에도 그 소식이 실렸는데 유럽 전쟁이 시작된 이래로 매해 다루어 주었다. 그 훈련 기사에 뒤이어 세계정세와 미국의 참전 가능성어 대한 사설이 나왔다. 그는 그 기사들을 정독했다. 그 무렵 그는 신문 기사를 샅샅이 읽는 버릇을 들이고 있었다.

신문 기사를 백 퍼센트 믿는 것은 아니었다(스포츠와 만화는 예외). 그 기사의 내용이 흥미로운 것도 아니었다. 하지만 신문을 읽다 보면 아침 시간 두 시간을 자연스럽게 죽일 수 있었다. 라디오 듣기, 레코드 듣기, 포치에 나가 팔롤로 계곡을 내려다보는 시간을 그만큼 늦추어 주는 것이다.

그게 늘 거기 있다는 사실을 알면서부터 라디오, 레코드, 기타 가구 등은 시들해졌다. 그는 그 집을 떠나지 않기 때문에 그 집 열쇠를 갖고 있다는 것을 더 이상 즐기지 못했다. 석양 무렵 팔롤로 계곡의 경관이 약간 달라진다는 것 이외에, 창밖 풍경은 일요일이든 아니든 그대로였고 심지어 그가 술 취해 있을 때에도 그대로였다. 날마다 달라지는 것은 신문뿐이었다.

그가 아침에 잠 깨면 두 여자는 잠들어 있었다. 그는 커피와 아침 식사를 만들어 신문과 함께 들고 아침 식사 테이블에 가서 웅크려 앉았다. 그는 낱말 맞히기까지 다 풀고 나면 신문 하나로 여자들이 깨어나는 정오까지 시간을 끌 수 있었다. 그러면 그는 그들과 또다시 커피를 마셨다. 오후 3~4시까지 시간을 끌 수 있는 일요판 신문이 배달되면 그는 아주 부자가 된 느낌이었다.

신문은 기동 훈련이 끝난 후 진지에 토치카를 건설하는 작업은 보도하지 않았다. 그래서 블루 생커를 찾아가 로즈와 찰리 찬을 만날 때까지는 그 사실을 알지 못했다. 하지만 신문은 그에게 한 가지 아이디어를 일러 주었다.

그는 독서 삼매경에 빠졌다. 그것은 그의 생애에서 두 번째였다. 첫 번째 삼매경은 부자 처녀로부터 임질을 옮아서 마이어 부대의 병원에 입원했을 때였다. 마이어 병원에는 소규모이지만 훌륭한 도서실이 있었다. 그는 오른쪽에 사전을 펴놓은 채로 그 도서실의 책들을 거의 다 읽었다. 비뇨기과 병동에서는 독서 이외에 할 일이 별로 없었다. 그가 볼 때 독서는 고통 혹은 아름다운 미각과 비슷했다. 이 요리의 가장자리에서 맴돌면 짜증만 더할 뿐이다. 모든 페이지의 모든 단어를 읽어 치우겠다고 생각해야만 그 짜증이 사라진다. 이렇게 하면 짜증도 안 나고 점점 독서가 즐거워진다.

그는 조제트의 이달의 책들을 그런 식으로 읽어 나갔다. 그가 알고 있는 인생 경험에 비추어 볼 때 인생 묘사가 사실적이지 못하다고 생각되는 책들도 있었다. 하지만 그가 인생에 대해 모든 것(가령, 부자들의 생활)을 알고 있는 건 아니었으므로 그런 책들에게도 기회를 주어야 한다는 생각으로 완독했다. 책 속의 내용에 대해 이런저런 냉소적 질문을 던지지 않고 페이지 위의 글자에만 집중한다면, 그 내용을 수긍할 수 있었다. 심지어 내용이 시원찮은 책들도 마찬가지였다. 그것은 시간을 죽이는 가장 좋은 방식이었다. 신문보다 더 나았다. 독서는 아무런 숙취도 남기지 않았다.

그는 2주 동안 밤낮없이 책만 읽었다. 두 여자가 정오에 깨어나거나, 아니면 새벽 2시에 귀가해 보면, 그는 팔꿈치에 사전과 술병을 두고서 독서에 몰두해 있었다. 그는 술을 서너 잔 마시고 읽으면 책의 내용을 더욱 그럴듯하다고 생각하게 된다는 것을 알았다. 그는 열심히 책을 읽었고 두 여자는 귀가해도 그에게서 간단한 목례밖에 받지 못했다.

앨마는 그것을 좋아하지 않았다. 그녀가 그에게 말을 걸려고 하면 그는 간단한 반응만 보이고서 계속 책을 읽었고, 그러면 그녀는 시무룩한 채 방 한쪽 구석에 가서 말없이 앉았다. 때때로 그녀는 전축을 크게 틀기도 했다. 앨마는 평소 레코드를 트는 일이 거의 없었다.

2주 차 중간쯤 되자 그는 조제트의 소장 도서들을 모두 읽었고, 그래서 술을 많이 마셔 댔다. 집 안에는 읽을 책이 더 이상 한 권도 없었다. 그는 하루에 두세 권의 책을 읽었다. 읽지 않은 책이 점점 줄어든다는 것은 전혀 생각하지 않고서. 읽을 것이 없다 보니 술을 마셨고, 그러다 보니 대취했다. 그처럼 술 취해 몽롱한 상태가 되었을 때 그는 이달의 책에 나오는 여주인공들이 다 조제트를 닮았다는 생각을 했다.

어느 날 앨마는 직장에서 귀가해 술 취해 소파 앞에서 뻗어 버린 프루를 발견했다. 그녀는 그가 독서 삼매경에 빠졌을 때부터 꼭꼭 억눌러 왔던 분노를 터뜨렸다. 두 사람은 크게 소리치며 싸웠고 그 후 타협을 했다. 그녀가 도서관에서 책을 빌려다 줄 테니 눈이 풀어질 때까지 술을 마시지 않는다는 조건이었다. 그녀나 조제트나 도서 대출증을 갖고 있지 않았으나 앨마가 하나 만들어서 그에게 책을 빌려다 주었다. 그녀가 빌려 오는 책은 대부분 추리 소설이었다. 그 자신이 살인자였으므로 프루는 살인자의 심리에 관심이 많았다. 그는 많은 추리 소설을 읽었으나 그런 소설 속에서 자신이 살인자로 느꼈던 심정을 그럴듯하게 묘사한 책은 단 한 권도 발견하지 못했다. 그가 가장 좋아한 레이먼드 챈들러의 소설에서도 마찬가지였다. 그래서 그는 추리 소설에서 더 이상 살인자의 심리를 찾아보지 않게 되었다.

하지만 그가 추리 소설에서 손 떼게 된 다른 이유가 있었다. 그는 어느 날 잭 멀로이가 잭 런던 얘기를 늘 했다는 것을 떠올렸다. 잭 런던을 조 힐 못지않게 존경한다고 말했던 것이다. 프루가 읽은 런던의 소설은『야성의 부름』이 고작이었다. 그래서 그는 앨마에게 잭 런던을 빌려 오라고 부탁했고, 본격적으로 런던을 읽어 나갔다.

런던의 책을 읽으려면 사전을 더 많이 찾아야 했지만 그래도 빨리 읽을 수 있었다. 그의 소설은 간단했다. 어느 날 그는 런던 소설의 후기 작품인『존 발리콘』이나『엘시노어호의 항해』같은 것을 읽었는데, 컨디션이 좋으면 하루에 다섯 권도 읽었다. 그중에서도 그는『비포 아담』과『별 방랑자』를 가장 좋아했다. 이 소설들은 잭 멀로이가 말한 영혼의 윤회를 분명하게 묘사했다.『비포 아담』에 보면 선사 시대부터 레드아이나 기타 인물들이 다른 신체를 빌려 그들의 영혼을 윤회시킨 것을 알 수 있었다. 그건 논리적인 설명이었다. 특히 그가 술 취해 있을 때에는 더욱 그럴듯했다.

그는『마틴 이든』을 읽으면서 앞으로 읽어야 할 책의 리스트를 만들어야겠다는 생각을 했다. 소설 속의 마틴 이든이 그랬던 것처럼. 런던의 소설에는 많은 책 이야기가 나왔다. 대부분 그가 전에 들어 보지 못했던 책들이었다. 개중 몇 개는 멀로이가 말해 주었던 것들도 있었다. 그는 앨마가 사다 준 작은 수첩에다 그 책과 저자 이름을 적어 넣었다. 그는 그 리스트를 마치 대통령 표창장이나 되는 것처럼 자랑스럽게 여겼다. 그는 앞으로 그 책을 다 읽을 생각이었다. 다음번에 잭 멀로이를 만나면 그냥 듣고만 있는 것이 아니라 대꾸도 할 수 있을 터였다.

그는 앨마가 빌려다 준 토머스 울프 책을 읽으면서도 그런 책 소개를 만나 공책에다 모두 옮겨 적었다. 하지만 그렇게

리스트를 확대해 놓고 보니 아무것도 안 하고 오로지 책을 읽어야만 그 리스트의 것들을 다 읽을 수 있을 것 같았다.

그 리스트를 다 읽을 수 없다는 절망은 독서 삼매경을 끝내게 만든 한 가지 사유가 되었다.

또 다른 이유는 앨마였다.

그녀는 어느 날 아침 조제트보다 훨씬 일찍 일어나더니 그를 주방의 코너로 몰아붙였다. 그는 또 다른 토머스 울프의 책을 읽고 있었다. 주인공이 위대한 작가가 되기 위해 뉴욕에 간다는 내용이었다. 하지만 그 주인공이 정말 그렇게 되었는지 알아낼 수 있을 만큼 오래 읽지는 못했다. 그는 유리를 두른 아침 테이블에 앉았고 계속 책에 코를 박고 있었다.

「난 당신이 어떤 계획을 갖고 있는지 알고 싶어요.」스토브 위에 올려놓은 커피 주전자에서 커피를 한 잔 뽑아 그에게 가져다주며 그녀가 물었다.

「언제 실천할 계획?」

「아무 때나요.」그녀가 쌀쌀하게 말했다. 「지금. 내일. 내주. 그 책을 덮고 내 말을 좀 들어요. 당신은 어떻게 할 생각인가요?」

「무얼 어떻게 해?」

「우리 형편에 대해서. 그 책을 덮고 내 말을 들어요! 난 책 표지에다 대고 말하는 게 너무 지겨워요.」

「우리 형편이 어때서?」

「모든 형편이 마음에 안 들어요. 난 매일매일 당신과 거의 말을 하지 않아요. 당신은 소가 닭 쳐다보듯 나를 쳐다봐요. 지금도 그래요. 내가 누군지 도통 기억하지 못하는 사람 같아요. 난 앨마예요. 기억나죠? 어쩌면 나를 잊어버렸나요? 난 근 다섯 달 만에 당신을 다시 만났는데 당신은 크게 다쳐서 왔어요.」

「아마도 크게 다치다 보니 당신이 기억났나 보군.」그는 유머를 구사했으나 상대를 웃기지는 못했다.

「여기서 그런 식으로 무한정 살 수는 없어요.」앨마가 씁쓸한 목소리로 말했다. 「이제 뭔가 계획을 세워야 할 때라고 생각해요. 군대로 돌아갈 건가요? 여기 살면서 취직을 할 건가요? 본토로 돌아갈 계획인가요? 도대체 뭘 할 생각이에요?」

프루는 신문지를 약간 잘라 내어 책에다 표시를 하고서 책을 식탁 밖으로 밀어 놨다. 「사실을 말하자면, 난 아무런 계획도 없어. 그게 무슨 차이가 있다는 거야?」

「에이, 무슨 커피 맛이 이래.」앨마가 말했다.

「난 괜찮은데.」그가 방어적으로 말했다. 그녀가 커피 탓을 하는 것은, 다른 경우에도 그랬지만, 그 개인을 향한 것 같았다.

「스토브 위에서 너무 끓어서 물엿같이 되어 버렸어.」앨마가 말했다. 그녀는 일어서서 커피 잔을 비우고 커피포트에 들어 있던 것을 내버린 뒤 실렉스 유리 주전자에다 새 필터를 집어넣고 물을 다시 부었다.

프루는 그녀를 쳐다보았다. 그녀의 길고 검은 머리는 금방 잠에서 깨어나 뭉쳐져 있었다. 얇은 프린트 드레싱 가운에는 파우더 얼룩이 묻어 있었다. 그는 손을 뻗어 책을 집어 들고 싶었으나 손 밖으로 벗어나 있어 집어 들려면 의자에서 일어서야 했다. 그는 일어서고 싶은 기분이 아니었다. 그래서 아까도 책을 멀찍이 밀쳐놓았던 것이다.

그녀는 돌아와서 그의 맞은편에 앉았다.

「그래, 어떻게 할 셈이에요?」

「아무 계획 없어.」그는 일어서서 책을 집어 왔으면 좋겠다고 생각하며 말했다. 「왜 그걸 걱정해. 지금 이렇게 편안한데.」

「편안하기도 하겠어요. 난 앞으로 일 년도 안 되어 본국으로 돌아갈 생각이에요. 그전에 뭔가 생각해 두어야 해요.」

「좋아, 생각해 보지. 일 년은 긴 세월이야. 이제 나를 그만 좀 놓아주지 그래?」

「나와 함께 오리건으로 돌아갈 수는 없어요.」 그녀가 냉정하게 말했다. 「만약 그걸 생각하고 있다면.」

그는 간단히 그 생각을 해보았으나 간단히 포기했었다.

「내가 당신과 함께 귀국하겠다고 말한 적 있어?」

「없어요. 하지만 당신이 짐을 싸놓고 그런 말을 한다 해도 놀라지 않겠어요.」

「내가 요구하지 않았는데도 왜 이렇게 미리 거절하고 난리야?」

「배에서 잠 깨었는데 내 옆에 당신이 누워 있는 걸 원하지 않기 때문이죠.」

「좋아, 그걸 걱정한다면. 그런 일은 절대로 없을 거야. 이제 긴장을 풀고 내 걱정은 그만 해. 난 이렇게 있는 게 편안하다고 금방 말했잖아.」

「편안도 하겠어요.」 앨마가 코웃음을 쳤다. 「당신은 지난 3주 동안 여기 멍한 상태로 앉아서 책 읽고 술 마시고 조제트에게 추파를 보낸 것밖에 없어요. 그게 편안한 건가요?」

「왜 그렇게 안달이야?」

「당신은 여기 계속 그렇게 살다가 내가 가버린 후에 조제트한테로 넘어가 그녀와 동거하고 싶은 거죠?」

그는 그것도 생각해 보았다. 그 외에 여러 가지 것들을 생각했으나 앨마가 그렇게 노골적으로 말해 오니까 화가 났다.

「뭐, 그것도 그리 나쁜 아이디어는 아니지.」

「그럴 테죠.」 앨마가 냉정하게 말했다. 「겉보기에는. 하지만 조제트는 혼자서 당신이 지금 누리고 있는 이런 생활 스타일을 꾸려 나가지 못할 거예요. 우리 둘이 벌어서 집세를 내고 있는 거예요. 당신은 이미 내 예산을 축내고 있어요.」

「많이도 생각해 두었군.」

「당신이 그런 생각을 하고 있다면 지금 즉시 여기서 나가고 내가 본국으로 떠난 다음에 다시 들어오도록 해요. 나는 집 안에 이런 나쁜 냄새가 나는 건 딱 질색이니까. 그리고 까놓고 말해서 조제트는 당신보다는 나하고 사는 걸 더 좋아할 거예요.」

「그렇겠지. 당신을 더 오래 알아 왔으니까.」

「난 확신해요. 내가 집세의 절반을 낸다는 사실이 아니더라도.」

「좋아.」 그는 테이블에서 천천히 일어섰다. 「당신은 내가 지금 떠나기를 바라?」

앨마의 눈이 크게 떠졌고, 그녀는 숨 막히지 않으려고 크게 애를 써야 했다. 그녀는 아무 말도 하지 않았다.

프루는 의기양양하게 그녀를 쳐다보았다.

「어디로 가게요?」

「그게 당신과 무슨 상관이야?」

「말이 되는 소리를 좀 해요.」 앨마가 짜증을 내며 말했다.

프루는 빙그레 웃으며 자신이 마침내 유리한 고지를 확보했다는 것을 알았다. 두 사람의 관계는 점점 더 테니스 게임 비슷하게 되어 갔다. 당신의 득점, 나의 실점.

「갈 데야 많지.」 그는 득점을 올렸으므로 그 기세로 계속 몰아붙였다. 「해변으로 갈 수도 있고, 다른 창녀를 만나 펨프(기둥서방) 노릇을 할 수도 있고, 군대로 돌아갈 수도 있어. 그들은 내가 패트소를 죽인 사실을 모를 수도 있어.」 그는 거짓말을 했다.

창녀의 기둥서방이 된다는 말은 그녀에게 전혀 영향을 미치지 못했다. 「올가미에 머리를 집어넣는 꼴이에요. 당신도 그걸 알고 있어요.」 그녀가 짜증 난 목소리로 말했다.

「부정기선을 타고 본국으로 돌아갈 수도 있어.」그가 앤절로 마지오를 생각하며 말했다. 「그런 다음 멕시코로 가서 카우보이나 되지 뭐.」

「갈 곳도 없는데 무조건 가라고 하는 건 아니에요.」그녀가 쓸쓸한 어조로 말했다. 「나를 도대체 뭘로 보는 거예요? 나라는 사람을 그렇게 몰라요? 가고 싶지 않으면 아예 안 가도 돼요. 난 당신이 떠나기를 바라지 않아요.」

「그런 것 같지 않은데.」

「당신이 소파에 앉아 조제트에게 자꾸 추파를 던지는 게 너무 싫어요. 내가 가버리면 그녀와 함께 동거할 궁리만 하는 게 너무 꼴 보기 싫어요. 그런 식으로 나오면 내 기분이 어떨 것 같아요?」

「그러는 당신은 내게 뭘 바라는 거야? 여기 멍하니 앉아서 당신이 떠나갈 때까지만 당신의 진정한 애인 노릇을 하라는 거야? 당신이 본국으로 돌아가 부자 만나 결혼하기를 기원이나 하고 있으라는 거야? 나라고 당신의 신경질을 다 받아주며 여기 이렇게 죽치고 있는 게 좋은 줄 알아? 당신이 본국으로 돌아가 부자하고 결혼하면 난 뭘 할까? 가슴이 너무 아파 권총으로 머리를 쏠까? 당신은 남자에게 너무 많은 것을 요구하는 것 같아.」

「다른 여자 말고 나를 더 좋아해 달라고 요구하는 게 그리 과도한 요구라고 생각하지 않아요.」앨마가 진지한 목소리로 말했다. 「내가 여기 있는 한 말이에요. 난 남자들이 어떤 존재인지 잘 알아요. 난 순진한 신데렐라는 아니니까. 난 기적을 바라지 않아요. 단지 할 수 있는 걸 좀 해달라는 거예요.」

「동침하기를 거부하는 여자를 좋아하기란 참으로 어렵네.」

「다른 여자를 더 좋아하는 남자와 동침하기란 참으로 어렵네요.」앨마가 말했다. 「특히 그 남자가 아예 상대를 알아

보지 못하는 멍한 눈빛으로 쳐다볼 때에는.」

「좋아, 내가 여기서 나가 주기를 바라는 거야?」

그녀는 자기주장을 관철해 나가는 중이었으나 그는 다시 그 애기로 득점을 올릴 수가 있었다. 그가 또 그 애기를 꺼내리라는 것을 그녀가 알고 있기 때문이었다. 그는 그걸로 게임을 이길 수는 없으나 많은 득점을 올릴 수 있었다.

「자리에 앉아서 좀 말이 되는 얘기를 해요. 물론 나는 당신이 떠나기를 바라지 않아요. 이미 그 얘기는 했어요. 내가 무릎을 꿇고 빌기를 바라는 거예요?

조제트는 내 친구예요. 당신과 동침하는 문제와 나와의 우정, 둘 중 하나를 고르라면 우정을 선택할 거예요. 앞으로 이 점을 염두에 두는 게 좋을 거예요.」

그는 의자에 앉았다. 「하지만 당신이 본토로 돌아가 버리면 조제트는 당신을 다시는 만나지 못할 거야.」 그도 뒤로 물러서지 않으며 대꾸했다. 「그건 그녀도 알고 있어.」

「내가 가버린 다음에는 당신 좋을 대로 하세요.」

「당신은 정말 남자에게서 많은 것을 요구하고 있군. 난 차라리 군인 노릇 하면서 돈을 벌고 싶어. 그게 훨씬 쉬워. 근데 지금은 그렇게 하지 못하고 있을 뿐이야. 당신 커피 물이 끓고 있군.」

앨마는 일어나서 스토브 있는 곳으로 가서 실렉스의 불을 껐다. 그녀는 아무 말도 하지 않고 서서 커피가 분출구 아래로 흘러내리기를 기다렸다.

「오, 프루, 프루.」 그녀가 갑자기 돌아서며 말했다. 「왜 그렇게 했어요? 왜 그 사람을 죽여야 했어요? 우린 아주 잘나가고 있었어요. 당신이 그런 짓을 저지르기 전까지는. 왜 그걸 망쳐 놓았어요?」

그는 팔꿈치를 식탁 위에 올려놓고 양 주먹을 꼭 쥐면서 그걸 내려다보았다. 응시하는 것이 아니라 그냥 멍하니 바라보는 것이었다. 그는 어떤 연장이 작업에 알맞은 것인지 내려다보는 사람처럼 사무적인 표정이었다.

「난 평생 내가 만지는 모든 것을 망쳐 놓았어. 아마 모든 사람이 그렇게 하는지도 몰라.」 그가 잭 멀로이를 기억하며 말했다. 「난 잘 모르겠어. 단지 망쳐 놓았다는 것만 알아. 왜 그런지는 나도 모르겠어.」

「때때로 당신이 아주 낯선 사람처럼 느껴져요.」 앨마가 말했다. 「완전 타인 같아요. 일등 상사 워든이 나를 찾아왔을 때, 그는 당신이 영창에 가지 않을 수도 있었다고 했어요. 마음만 먹었다면 무죄로 풀려날 수도 있다고 했어요.」

프루가 재빨리 고개를 쳐들었다. 「그가 당신을 또 찾아왔어? 그가? 빨리 말해.」

「아니요, 그때 한 번뿐이었어요. 당신이 영창에 있을 때 말이에요. 왜요?」

「아니, 그냥.」 프루는 의자 등받이에 몸을 기대며 다시 주먹을 내려다보았다.

「그가 당신을 찔러 넣었다고 생각하는 건 아니죠? 그런 생각 하지 말아요!」

「난 잘 모르겠어. 그가 그렇게 했겠는지 또는 그렇게 하지 않았겠는지.」

「무슨 그런 말이 있어요?」

「당신은 이해하지 못할 거야. 난 때때로 영창에 다시 돌아갔으면 하고 생각할 때가 있어.」

앤절로 마지오, 잭 멀로이, 블루스 베리, 프랜시스 머독, 스톤월 잭슨, 담배를 피워 가며 나누었던 한밤중의 대화. 미국 전역에 대한 얘기를 나누었지.

「영창에서는 모든 것이 간단하고 쉬웠어. 미워하는 상급자들이 있었고 그들을 미워하기만 하면 되었어. 그런 식으로 마구 미워한다는 것이 상당히 도움이 되었지. 그들이 시키는 대로 하면서 미워하기만 하면 되었어. 그리고 영창에 있기 때문에 그들을 해칠 염려도 없었지.」

「당신은 영창에서 나온 후 나에게 전화도 하지 않았어요. 나온 지 9일이 지날 때까지 나를 찾아오지도 않았고 전화조차 하지 않았어요.」

「당신을 보호하려고 그랬다니까!」

그녀는 웃지 않았다. 그녀는 꼭 아이를 대하고 있는 듯한 느낌이었다. 부상에서 회복한 이후 아이를 대하고 있는 느낌을 더 이상 안겨 주지 않다가 지금 그러고 있는 것이었다.

「프루, 프루, 프루.」 그녀는 그에게 다가와 그의 머리를 가슴에 안았다. 「나랑 함께 가요.」

프루는 일어나 그녀를 따라갔다.

그녀는 침실로 들어갔다.

둘이 싸웠던 다른 때와 똑같은 절차였다. 싸우고, 화해하고, 그다음엔 동침하는 순서였다. 너의 득점, 나의 득점, 두 사람의 득점. 하지만 그는 자신이 이제 더 이상 30년쟁이가 아니라는 사실을 잊어버릴 수가 없었다. 그는 말뚝 박은 군인이 더 이상 군인 노릇을 하지 않는다는 사실을 인정할 수가 없었다. 그가 그걸 잊어버리는 순간은 술을 서너 잔 걸치고 독서를 할 때뿐이었다.

앨마는 그것을 알고 있었다. 두 사람 다 그걸 알고 있었다. 몽환의 투명한 벽이 두 사람 사이에 설치되었다. 그 벽을 뚫고 들어가는 방법은 엄청난 분노를 발동시켜 그 힘으로 격파하는 것이었다. 두 사람이 그런 방법을 써야만 가까워질 수 있다는 것은 비참한 일이었다. 그들은 조제트가 일어나 거실에서 돌아다니는 소리를 듣고서 다시 거실로 나갔다. 둘 다 더 이상 침대에 들어가고 싶은 생각이 없었다. 그들은 식탁에 앉아 커피를 마시며 욕망의 부재와 깨뜨리기 어려운 침묵의 무게 때문에 갑자기 늙어 버린 느낌이었다. 그러다가 그처럼 늙어 버린 상대방에게 다시 가까움과 따뜻함을 느꼈다. 아까 후끈 달아 침대로 향할 때는 느낄 수 없었던 그런 가까움과 따뜻함이었다.

그때 조제트가 커다란 강아지처럼 다정한 모습으로 주방에 들어섰다. 그녀는 이달의 책 클럽 소설에 나오는 여주인공들처럼 풍만한 몸매를 갖고 있었다. 파우더 얼룩이 묻어 있는 얇은 프린트 가운으로 그 육감적인 몸매를 겨우 가리고 있었다. 그런 거대한 몸매는 혐오증을 주는 것이 아니라 발정과 발기를 동시에 느끼게 할 정도로 섹시했다.

앨마는 프루를 쳐다보다가 곧 다른 데로 시선을 돌렸다.

프루는 조제트를 쳐다보지 않으려고 애썼다. 그녀에게 애기할 때도 시선은 앨마에게 두거나 스토브 혹은 손에 든 연장을 내려다보았다.

30분쯤 이렇게 앉아 있다가 조제트는 당황하고 기분 나쁜 표정을 지으면서 자리에서 일어나 자기 방으로 옷을 갈아입으러 갔다. 그녀는 일찍 출근했다. 그녀는 시내에 나가서 쇼핑을 좀 해야 하고 새벽 2시까지는 돌아오지 않을 것이기 때문에 이게 출근이나 마찬가지라고 말했다.

앨마도 일찍 출근해 시내에서 점심을 먹었다.

그는 두 여자가 출근한 후 책을 읽으려 했으나 잘 되지 않았다. 그날 아침의 분위기가 이미 너덜너덜해진 신화를 폭발시켜 버렸고 그는 다시 책 속으로 들어갈 수가 없었다. 그냥 글자를 읽을 뿐이었다. 술을 대여섯 잔 마셔도 여전히 글자만 보일 뿐이었다. 그는 자신이 더 이상 30년쟁이가 아니라는 사실을 비참하게 상기했다.

그래, 그렇다면 넌 무엇을 할 계획이야?

앨마는 38구경 경찰용 스미스 앤드 웨슨 권총을 갖고 있었다. 현지 경찰이 그녀에게 생일 선물로 준 것인데 책상 서랍에 탄창과 함께 넣어 두고 있었다. 그는 그 총을 꺼냈다.

뭘 하든 그는 영창에 다시 돌아가고 싶은 생각은 없었다. 앤절로, 멀로이, 블루스, 그 밖의 사람들이 그대로 다 있는 옛 영창이라면 몰라도. 그들이 다 가버리고 새로운 패트소 저드슨이 들어와 있을 새로운 영창으로는 돌아가고 싶지 않았다. 그곳은 톰슨 소령만 빼놓고 모든 것이 바뀌어 있으리라.

그는 서랍에 여러 해 동안 있었을 낡은 탄창을 치우고 박스에서 새 탄창을 가져와 권총에 끼워 넣고는 주머니에도 탄창 몇 개를 찔러 넣었다. 이어 앨마가 서랍에 넣어 두는 돈을 일부 꺼내 주머니에 집어넣고 언덕을 내려가 카이무키까지 갔다. 거기서 브레타니아행 전차를 타고 블루 생커의 로즈와 찰리 찬을 만나러 갔다.

훤한 대낮에 다시 밖에 나오니 너무 기분이 좋았다. 옆구리는 아직도 약간 뻣뻣했지만 걷는 데는 지장이 없었다. 그는 허리춤에 찔러 넣은 38구경 때문에 상의를 입어야 했다. 하지만 그것은 가벼운 여름 양복이었다(앨마와 조제트는 집에서 입을 바지, 가운과 함께 그 상의를 사다 놓았다). 중철 옷깃이었는데, 그걸 입고 있으면 괜히 고급스러운 기분이 들어서 그런 옷깃을 개의치 않았다.

그는 두 블록 전에 전차에서 내려 골목길을 통해 로그 캐빈까지 걸어갔다. 그 술집은 예전의 모습 그대로였다.

그가 블루 생커에 들어가 보니 실내에는 아는 사람이 아무도 없었다. 몇 명의 해병이 맥주를 마시면서 군인 상대에 이골이 난 여급 로즈와 노닥거리고 있었다. G중대 사람은 단 한 명도 없었다. 그는 바에 앉아서 위스키소다를 마셨다. 하지만 눈에 띌 정도로 취하지 않으려고 애썼고 찰리에게 말을 걸었다.

G 중대는 전원이 마카푸우 헤드에 나가서 토치카 작업을 하고 있다고 찰리는 말했다. 그 때문에 아무도 여기 없다고 했다. 기동 훈련이 시작된 이후 죽 그랬다는 것이었다. 장사 안 돼 우리 사람 죽겠어.

잠시 뒤 로즈가 다가와 그의 옆에 앉아 민간인이 된 기분이 어떠냐고 물었다. 그녀의 질문은 그를 겁나게 하고 당황하게 했으나 곧 침착성을 회복하고 민간인 느낌이라면 당신들이 더 잘 알 텐데 뭘 그러냐고 받아쳤다. 두 사람은 웃음을 터뜨렸고 그걸 멋진 농담이라고 생각한다고 말했다. 그래 휴가는 어느 정도로 길어질 것 같아요, 하고 로즈가 별로 대답을 기대하지 않으며 물었다. 아무도 패트소 저드슨 얘기는 꺼내지 않았다. 그는 두 사람을 상대로 민간인 생활의 자유로움에 대해 얘기했다.

그는 자신이 뭘 기대하는지 잘 몰랐다. 그는 거기서 중대원들을 만날 수 있으리라 생각했다. 그는 해변 진지에 대해서는 모르고 있었다. 그는 술집을 찾아간 것이 무모한 짓이라고 생각했으나 아이크 갈로비치를 빼놓고는 그를 신고할 중대원이 없다고 판단했다. 올드 아이크는 예전부터 블루 생커에 다니지 않았다.

그는 로즈로부터 올드 아이크가 강등 조치되었다는 것을 알았다. 프루가 부대에서 탈영한 바로 다음 날 벌어진 일이었다. 로즈는 워든이 곧 장교로 임관할 것이라는 얘기도 했다. 영창에서 나온 뒤 9일 동안 그 얘기를 들었을 법도 한데 그는 당시엔 별로 신경을 쓰지 않았는지 모르고 있었다. 새 중대장은 꽤 괜찮은 사람인 것 같다고 로즈는 말했다.

얘기를 할수록 그는 부대 생각이 더 간절했다. 그는 술 취하지 않으려고 조심했다. 중대원들이 암반 지역에서 토치카 작업을 하느라 힘들겠다고 그는 말했다. 하지만 기이하게도, 그 힘든 일에서 열외되어 기쁨을 느끼는 것이 아니라 쓸쓸함을 느끼며 더욱 부대로 돌아가고 싶다는 생각을 부채질했다.

그는 밤 9시 30분 내지 10시까지 블루 생커에 머물렀다. 그는 술 취하지 않기 위해 일부러 찰리의 햄버거를 먹었다. 쌀이 3분의 1에 양파와 겨자가 담뿍 들어간 것이었다. 그는 몇 주 만에 제대로 된 음식을 먹어 본다고 혼자 중얼거렸다.

여섯 개의 박스 자리와 네 개의 홀 테이블에는 해병들이 가득했으나 육군은 없었다. 요새 육군은 별로 오지 않아, 하고 찰리는 말했다. 그때 로즈와 최근에 동거 생활을 하고 있는 야전 포병 부대의 한 중사가 술집 안으로 들어섰다. 로즈는 프루 옆을 떠나 그를 맞이하러 갔다. 로즈는 중국인과 포르투갈인의 혼혈로서 눈은 중국인 눈매를, 코와 입은 포르투갈 사람의 것이었다. 걸을 때마다 어디 내 엉덩이를 꼬집어 보라는 듯이 엉덩이를 요염하게 흔들어 대는 것은 중국·포르투갈 혼혈 여성의 주된 특징이었다. 그녀는 포대 중사와 함께 앉아 노닥거리다가 홀에서 맥주 주문이 나오면 발딱 일어섰다.

찰리는 이 토치카 작업이 술집 망하게 하고 있다는 얘기, 금년의 기동 훈련은 예년과 같지 않다는 얘기, 그가 찾아 주어 너무 고맙다는 얘기 등을 했다.

그가 막 블루 생커를 나서려고 하는데 로즈는 워든이 기동 훈련 나가기 바로 전날 들러 프루 얘기를 물어보던 것을 기억해 내고서 그에게 말해 주었다. 그녀는 당시 그게 농담인 줄 알았다고 말했다.

「워든이 또 들르면 뭐라고 말해 줄까?」 로즈와 찰리가 물었다.

「내가 여기 들렀더라고 전해 줘요.」 그가 재빨리 말했다.

「보고 싶다고 해줘요. 그리운 얼굴이 많이 생각난다는 말도 해줘요. 나도 그를 만나고 싶다고. 혹시 그가 나를 만나고 싶다면 여기가 좋을 것 같다고 전해 줘요.」

그들은 고개를 끄덕였다. 별로 놀라는 표정도 아니었다. 그들은 꼴통 군인을 한두 번 본 게 아니었다. 그는 군인이었다. 군대에는 삐딱한 생각을 하는 군인들이 많다, 하고 그들은 생각했다.

그는 12시경에 집으로 돌아왔다. 집으로 돌아올 때 택시를 타지 않고 또다시 전차를 탔다. 많은 사람들과 함께 전차를 타고 있으면 더욱 자유인 같은 느낌이 들기 때문이었다. 그들은 아무 때나 마음대로 오가는 사람들이었고 길거리에서 순경을 만나도 별로 놀라지 않았다. 그는 집으로 돌아와 권총을 서랍에다 원위치시키고 탄창은 박스에다 도로 넣었다. 조제트와 앨마가 새벽 2시 반에 집에 돌아왔을 때 그는 잠들어 있었다.

제49장

워든이 기동 훈련 바로 전날 블루 생커에 들렀다는 로즈의 말 때문에 그는 그 술집을 다시 찾아가게 되었다. 그게 무모하다는 것을 그도 알았다. 한 번은 인사차 들를 수도 있었다. 그러나 한 번 이상은 자신의 행운을 공연히 시험하는 행위였다. 그래도 그는 다시 찾아갔다.

그는 마침내 워든을 만나기까지 총 다섯 번 그 집을 찾아갔다. 그때마다 권총과 탄창을 휴대하고 갔고, 돌아오면 다시 서랍에 넣어 두었다. 조제트와 앨마는 그가 외출했다는 사실조차 알지 못했다. 그들은 그가 최근에 기분이 좋아졌다는 것을 느꼈지만 그 이유는 알지 못했다.

그는 신경 써서 술집 방문 날짜를 적절히 안배했다. 그는 워든이 자신의 문제를 해결해 주리라는 감을 갖고 있었다. 워든은 뭐든지 해결해 온 사람 아닌가. 그는 끈질기게 그 집을 찾아갔다. 하지만 이틀 연속으로 블루 생커에 들른다는 것은 아무래도 자신의 행운을 너무 지나치게 시험하는 행위였다.

첫 세 번의 방문은 중대가 여전히 마카푸우에서 토치카 작업을 하고 있는 중이었기 때문에 아무도 만나지 못했다. 찰리는 걱정이 태산 같았다. 그 토치카 작업이 영원히 끝나지 않는 것 아니냐는 말도 했다. 야전 포대의 중사와 함께 앉아 있지 않을 때에는 로즈조차 걱정을 했다.

그가 네 번째로 찾아간 날 밤은 11월 28일이었다. 중대가 훈련에서 돌아온 날이어서 많은 중대원을 만날 수 있었다. 얼굴이 검게 타고, 손바닥이 갈라지고, 손톱이 깨지고, 금방 면도를 한 강인한 동료들이었다. 치프 초트, 앤디와 프라이데이, 린지 중사, 밀러 하사, 피트 카렐슨, 보급 중사 멀로, 스칼러 로즈, 불 네어 외에 한 무리의 징집병들을 만났다. 고참병들은 모두 그를 만나 반가워했다. 그가 중대 대항 육상 대회 중 데카틀론(10종 경기)에서 혼자 힘으로 우승이나 한 것처럼 그의 등을 두드려 주며 기뻐했다. 스타크를 만나고 싶었으나 그는 거기 나오지 않았다. 동료들의 술잔을 받아 마시며 취하지 않으려고 애를 써야 했다. 워든은 나타나지 않았으나 프루는 그의 애기를 꺼내지 않았다.

그는 다음 날 밤 모험인 줄 알면서도 연속으로 그 집을 찾아갔다. 그는 중대원들이 자신을 찔러 넣었으리라고 생각하지 않았다. 그에게는 감이 있었다. 중대원들이 아무도 워든 애기를 하지 않았으나 자신의 애기가 워든에게 전해졌으리라 확신했다. 어제와 똑같은 동료들은 아니었으나 그가 도착하자 막 그 술집으로 들어오는 친구도 있었고 또 막 나가는 친구도 있었다. 키퍼 부인의 집, 서비스 룸스, 리즈 룸스, 기타 창가에 가는 길이거나 아니면 들렀다 오는 길이었다. 6주 동안 사막에서 굶주렸다가 비로소 몸 풀 기회를 잡은 것이었다. 워든 애기는 이번에도 나오지 않았다.

프루는 맥주를 마시며 문 쪽을 주시하면서 그 동료들이 리츠에 들러 조제트와 재미를 보고 나왔을지도 모른다는 생각을 하지 않으려고 애썼다. 하지만 손에 땀이 비어 나오는 것은 어쩔 수가 없었다.

　그는 술집 현관의 격자창을 슬쩍 지나쳐 가는 워든을 보았다. 워든은 안으로 들어오지 않았다. 아니, 들여다보려고 하지도 않았다. 그는 술집 정문을 지나쳐서 모퉁이를 돌아갔다. 술집 안의 사람들은 그를 보지 못했다. 프루는 2분쯤 기다렸다가 맥주를 다 마시고 밖으로 나갔다.
　워든은 골목의 구석 벽에 기대어 담배를 피우고 있었다.
　「이런, 깜짝 놀랐네. 이거 누가 나타난 거야?」 워든이 말했다.
　「별 볼일 없는 놈입니다.」
　「난 자네가 지금쯤 본토에 돌아가 있을 줄 알았는데.」
　「로즈를 만나 보았습니까?」
　「오늘 오후에. 자네가 영원히 잠수 타리라고는 생각하지 않았어.」
　「상사님, 제게 하실 말씀은 뭡니까?」 프루가 말했다.
　「길 건너편으로 가지. 여긴 통행증이 없으면 서 있기 곤란한 곳이야.」
　「전 SP^{38} 카드를 갖고 있습니다.」
　「그건 지난번 기동 훈련이 시작되면서 모두 반납되었어. 난 징집병들에게 일등 상사가 탈영자와 함께 있는 모습을 보여 주고 싶지 않아. 저 애들은 아직 군대를 잘 모르거든.」
　그는 길을 건너서 다른 중대의 다른 사병들로 북적거리는 다른 술집으로 들어갔다. 거기는 8포대 병사들의 아지트였다. 워든은 위스키를 주문하고 술값을 지불했다.
　「왜 기동 훈련이 시작되기 직전에 돌아오지 않았나?」 워든이 얼굴을 찡그리며 말했다. 「그때까지만 해도 서류를 잘 처리해 놓았는데.」
　「돌아갈 수가 없었습니다. 옆구리에 부상을 입어 회복 중

---

38 *Shore Patrol*. 해변 순찰대.

이었습니다. 패트소 건은 어떻게 되었습니까? 헌병대에서 사람이 찾아왔나요, 그 건으로?」

「패트소가 누구야?」 워든이 말했다.

「패트소 저드슨. 당신은 내가 누굴 말하고 있는지 압니다. 모르는 척 그만 하세요.」

「그런 친구의 이름은 들어 본 적이 없는걸.」

「당신이 알고 있는 자입니다. 헌병대에서 그자 소식을 모르고 있단 말입니까? 도대체 무슨 소립니까? 비밀 요원 노릇은 그만두세요. 이건 내게 아주 심각한 문제입니다.」

그들은 시끄럽게 떠드는 포병들 사이에서 구석 테이블에 앉아 낮은 목소리로 말했다. 워든은 주위를 한번 둘러보고 나서 말을 꺼냈다.

「내가 자네한테 현재 상황을 소상하게 말해 주지. 그런 다음에 자네 좋을 대로 해. 그보다 먼저 자네 허리춤의 권총을 밑으로 내리든가 아니면 허리를 더 숙이도록 해. 상의 바깥으로 권총 손잡이가 훤히 보이잖아.」

프루는 재빨리 상체를 수그리면서 권총을 허리띠 아래로 밀어 넣었다.

「이런 데 권총을 차고 다니면 안 돼. 너무 잘 보여서 총 이름을 댈 수 있을 것 같군. 34 구경 경찰용 콜트 같은데.」

「스미스 앤드 웨슨입니다.」

「자루의 툭 튀어나온 부분을 못 봤군.」

「자, 어서 말씀해 주세요. 제게 할 말이 무엇입니까?」

「어려움을 견딜 각오는 되어 있겠지?」

「영창에는 안 갈 겁니다. 어려움이 영창을 가리키는 거라면. 뜸 들이지 말고 어서 말해 주세요.」

「그러니까 결국 부대로 돌아오기로 했다 이 말이지?」

「영창으로 돌아가지는 않을 거예요.」

「그 말은 금방 했어.」

「강조하는 거예요.」

워든은 여급을 불러서 위스키를 한 잔 더 주문했다.「패트소 저드슨에 대해서는 아무도 구체적인 걸 알지 못하는 것 같아. 아무튼 자네하고 그 건을 연결시키지는 않는 듯해.」

「그걸 어떻게 알아요?」

「확실한 건 아니야. 하지만 헌병대에서 자네에 대해 물어 온 적이 없었어. 만약 자네를 의심했다면 사람을 보내 알아보았을 거야. 이 점에 대해서는 내 명성을 걸 수 있어.」

「무슨 명성?」프루가 냉소적으로 물었다. 하지만 그는 마음속으로 긴장이 많이 풀어지는 걸 느꼈다.

「연애 박사로서의 명성이지.」워든도 똑같이 냉소적으로 말했다.

「그럼 부대에 돌아갈 수 있겠네요. 하지만 너구리 사냥이나 주머니쥐 사냥은 못하겠어요. 영창에 돌아가서 채석장 돌 깨부수기는 더 이상 할 수 없어요.」

「아직 할 얘기가 더 남았어. 만약 자네가 기동 훈련 시작 후 2~3일 내에 돌아왔더라면 2주 정도의 중대 내 중노동으로 끝낼 수도 있었어. 하지만 자네는 그때 이후 6주나 미귀 상태야. 로스 중위가 아무리 멍청이라고 하더라도 그 정도의 장기간 탈영을 적당히 둘러댈 수는 없어. 자네는 최소한 즉결 재판을 받아야 해.」

「영창에는 다시 가지 않겠어요.」프루가 재빨리 말했다.「평생 동안 여기 록 지역에 숨어 사는 한이 있더라도.」

「내가 있는 대로 다 말해 주지. 즉결 재판을 받아 연대 위병소에서 2주 정도 보내는 것으로 때울 수 있을지 몰라. 하지만 장담은 못해. 정말이지 즉결 재판으로 끝낼 수 있다면 자네는 행운인 거야. 자네는 기록상 6주 탈영으로 되어 있어. 즉결 재판을 받는다면 최대 형량을 받을 거야.

「영창에서 한 달 썩는 거요?」

「그리고 봉급이 3분의 2 감봉되지. 자네는 보통 군법 회의에 회부될 수도 있어. 자네는 이미 별이 하나니까. 만약 보통 군법 회의로 간다면 2개월에 봉급 3분의 2 감봉이야.」

「재수가 없으면 6개월을 받을 수도 있잖아요.」

「아니야, 두 달 이상은 먹지 않을 거야. 또 재수가 좋으면 즉결로 끝날 수도 있고.」

「그렇다면 난 돌아가지 않겠어요.」

「난 자네가 뭘 기대하는지 모르겠군. 자네는 6주 이상 탈영 상태야.」

「나도 내가 뭘 기대하는지 몰라요. 하지만 영창으로 돌아가지는 않겠어요. 단 한 달이라도. 이게 나의 최종 입장이에요.」

워든은 의자 등받이에 기대며 몸을 꼿꼿이 세웠다. 「좋을 대로 해. 내가 해줄 수 있는 건 그게 전부야. 로스는 자네가 훈련이 싫어서 탈영한 놈이라면서 미친 듯이 화를 냈어.」

프루는 의아해졌다. 「기동 훈련 전의 일주일은 어떻게 된 거죠? 나는 기동 훈련이 시작되기 일주일 전에 이미 탈영을 했습니다.」

「로스 중위는 그에 대해서는 아무것도 몰라.」

「아니 어떻게……?」

「젠장! 볼디 돔이 자네를 영내 근무로 보고했어. 난 당시 휴가 중이었는데 그자가 수석 부사관 대리로 있으면서 그렇게 한 거야. 내가 돌아온 날도 여전히 영내로 보고했더라고. 그 친구가 나를 아주 난처하게 만든 거야. 이틀 소급해서 탈영 보고를 하든가 아니면 계속 밀고 갈 수밖에 없었어.」

「하지만 상사님의 휴가는 내가 부대를 떠나고 사흘 후에 끝났는데요.」

「착각하지 마.」 워튼이 사납게 말했다. 「난 자네를 위해 그런 짓을 할 위인이 아니야. 난 단 하루도 자네를 영내 근무로 보고하지 않았을 거야. 자네는 우리 중대에 들어오던 첫날부터 꼴통이었고 앞으로도 영원히 그럴 거야. 난 내가 왜 여기 내려와 자네 같은 꼴통을 붙들고 이렇게 얘기하고 있는지 알다가도 모르겠어.」

「장교 임관이 부끄럽기 때문 아닐까요?」 프루가 빙그레 웃었다.

「난 평생 내가 한 일에 대해 아무런 부끄러움도 느끼지 않았어. 수치심은 즉각적으로 생겨나는 감정이 아니야. 그건 한동안 축적되어야 나오는 감정이라고. 자신의 마음을 잘 아는 사람은 수치심 따위는 느끼지 않아.」

「그 말은 어느 책에 나오는 거죠?」

「내가 냉정하게 계산만 하는 위인이었다면 여기 이렇게 내려오지도 않았어.」

프루는 아무 말도 하지 않았다. 워튼이 휴가를 끝내고 와서 나흘이나 더 봐준 것에 대해 더 이상 캐묻지 않기로 했다. 자네 따위는 신경도 쓰지 않는다는 워튼의 말은 신통치 못한 거짓말이었다. 만약 그게 진실이었다면 워튼은 부끄러움을 느꼈을 것이다.

「제가 고마워할 줄 모르는 놈이라고 생각하는 것 같군요.」

「누구나 다 고마워할 줄 몰라.」 워튼이 코웃음을 쳤다. 「나는 나 자신에게 많은 특혜를 베풀었는데도 불구하고, 나 자신에게 전혀 고마워하지 않고 있어.」

「남자는 자기가 한 일에 대해 책임을 져야 해요.」

「누구나 다 스스로 결정하지. 그 결정이 엉뚱해서 문제지만.」

「상사님은 영창에 안 가보셨죠? 난 그들이 영창에서 수감자를 죽이는 걸 봤어요. 무수하게 때려서 죽였어요.」

1220

「어쩌면 그자가 매를 벌었는지도 모르지.」

「매를 벌었는지 말았는지는 중요하지 않아요. 그 누구도 인간에게 그런 악행을 저지를 권리는 없는 거예요.」

「없지. 하지만 인간은 그렇게 하고 있잖아. 그것도 늘.」 워든이 빙그레 웃었다.

「물론 그자가 매를 번 건 틀림없어요. 그렇다고 해서 영창 당국이 그자에게 그렇게 무자비하게 폭행을 해도 좋은 건 아니에요. 그는 내 친구였어요. 패트소 저드슨은 그런 구타의 책임자였고.」

「자네의 애로 사항만 늘어놓지 마. 나도 애로 사항이라면 가득 있는 사람이야. 난 이미 내가 자네를 위해 해줄 수 있는 걸 말했어. 그게 내가 할 수 있는 한도야.」

「내가 왜 영창엔 더 이상 가지 않겠다고 하는지 이해 못하세요?」

「난 그 어떤 것도 이해 못해. 내가 장교로 임관하려는 걸 자네는 왜 이해하지 못하나?」

「난 이해해요. 언젠가 나도 그렇게 되고 싶어요. 당신은 훌륭한 장교가 될 거에요.」

「그럼 자네가 나보다 이해심이 많네.」 워든이 심드렁하게 말했다. 「여기 이 불타기 쉬운 건물에서 어서 나가자고.」

그들은 사람들을 뚫고 술집 밖으로 나와 담배에 불을 붙였다. 길 건너편 블루 생커는 환하게 불이 밝혀 있었고 고함 소리가 흘러나왔다. 보도에는 스코필드 부대의 병사들로 흘러 넘쳤다. 야전에서 6주 내지 2개월을 보냈으니, 그동안 굶었던 것을 보충해 보자는 것이었다.

그들은 사람들의 물결에 밀려가지 않기 위해 건물 뒤쪽에 바짝 붙어서야 했다. 그 블록 끝에 있는 리버 스트리트의 어두운 구석에 서서 베레타니아를 바라보니 네온사인이 환하게 켜진 것이 완전 불야성이었다. 환하게 불 켜진 가게들의 진열장 사이사이로 창가들의 어두운 계단이 보였다.

「정말 아름답네요.」프루가 말했다. 「난 언제나 네온사인을 좋아했어요. 거리의 한쪽 구석에 서서 네온사인이 켜지고 꺼지는 것을 구경하는 걸 좋아했지요. 이 나라에는 브로드웨이보다 아름다운 거리를 가진 도시가 50개쯤은 있어요. 멤피스, 앨버커키, 마이애미, 콜로라도스프링스, 신시내티. 난 군중도 좋아해요. 내가 그들 사이에 끼이지 않는 한.」

워든은 아무 말도 하지 않았다.

「부대로 돌아가고 싶어요. 정말 돌아가고 싶어요. 하지만 영창에 들어가서 복역하는 것은 더 이상 못해요. 아무리 부대가 좋다지만.」

「복역하지 않고 귀대할 수 있는 유일한 방법은…….」워든이 거칠게 말했다. 「일본 놈이나 누가 이 빌어먹을 섬을 폭격해 영창의 수감자들을 모두 풀어 주는 것이지. 어서 그놈들과 싸우라고.」

「그게 무슨 조언이라고 하는 거예요?」

「내가 그만큼 자네의 복역 모면 가능성을 낮게 본다는 얘기야.」

「그렇군요.」

「블루 생커에는 더 이상 오지 않는 게 좋아. 아니, 이 근처에 얼씬거리지 마. 사령부에서는 SP 카드와 계급 확인증을 모두 회수했어. 그리고 기동 훈련 이후에는 수시로 외출증을 검사하고 있어.」

「팁(조언) 고마워요.」

「잔돈은 가지게.」

「그럼 이만.」

「잘 가.」워든이 말했다.

위든은 길을 건너 블루 생커 쪽으로 갔고 프리윗은 강에서
좀 떨어진 베레타니아 쪽으로 올라갔다. 두 사람은 서로 돌
아보지 않았다.

프루가 길 위쪽으로 올라가면서 곰곰 생각한 것은 위든이
말한 낮은 복역 모면 가능성이었다. 젠장 그걸 가능성이라고
할 수 있어! 적군이 록 지역을 폭격하면 영창 문을 열어 준
다? 젠장, 차라리 지옥이 얼어붙기를 기다리지! 그게 무슨 가
능성이야!

그는 마우나케아를 건너다가 스콜라 로즈와 불 네어가 어
깨동무를 하고 이쪽으로 오는 것을 보았다. 그들은 프루에게
술 한잔 사주겠다고 고집했다.

「우린 방금 리츠에서 오는 길이야.」 네어가 바의 문 앞으로
다가서며 술 취한 목소리로 말했다. 「키퍼 부인의 집처럼 화
려하지는 않지만 서비스가 좋아. 그래서 리츠를 더 좋아해.
다른 화려한 곳은 어쩐지 오싹한 기분이 든다니까.」

「난 G 중대로 전입 오기 전에 리츠에 많이 다녔어. 좋은 곳
이야.」 프루가 말했다.

「끝내줬지!」 로즈가 꿈꾸는 목소리로 말했다. 「거리털 나
고 처음 섹스할 때처럼 화끈했어!」

「멋졌어.」 불 네어가 복창했다.

「넌 언제 귀대하냐?」 네어가 다시 거리로 나오면서 물었다.

「모르겠어. 아직 민간인 노릇이 피곤하지 않아.」 프루가 말
했다.

「젠장! 나도 너처럼 탈영할 배짱이 있었으면 좋겠어!」 로
즈가 여전히 꿈꾸는 목소리로 말했다. 「내게 돈만 충분히 있
다면 한번 산을 넘어가 보겠는데.」

「야, 우리는 리츠에서 정말 화끈하게 놀았어. 그렇지 않아,

더스티?」 네어가 바보같이 웃으며 말했다.

「그래, 우리가 그년들을 즐겁게 해주었지.」

「야, 우리 올드 프루의 입을 쫙 벌려 주자.」 네어가 말했다.

「안 돼.」 로즈가 말했다. 「내 턱이 너무 아파서 프루에게 농담 걸 여유가 없어.」

「네가 부대로 돌아오면 또 보자. 우린 너무 피곤해서 더 이상 농담은 못하겠다.」 네어가 말했다.

「또 보자.」 로즈가 여전히 꿈꾸는 목소리로 말했다.

프루는 그들이 팔짱을 끼고 걸어가는 모습을 씁쓸하게 지켜보았다. 그 씁쓸한 느낌은 더욱 강해졌고 마침내 몸을 부르르 떨게 했다. 몸의 어딘가가 너무 가려운데 어디를 긁어야 할지 모르는 상태였다. 그는 맨 처음 만나는 남자의 얼굴에다 주먹을 한 대 박아 버리고 싶은 심정이었다.

그들이 시야에서 사라지자 그는 오른쪽으로 돌아서 베레타니아를 건넜다. 그는 전차 정류장으로 가지 않고 이면 도로를 따라 내려갔다. 리츠 룸스는 바로 그 블록에 있었다.

리츠는 혼잡했고 조제트를 볼 때까지 오랜 시간을 기다려야 했다. 그의 손에서는 땀이 많이 났고 얼굴은 상기되었고 목구멍은 칼칼했으며 야생적인 들불이 그의 온몸을 훑어 내렸다. 젠장, 알게 뭐야. 다 불태워 버리라고. 아예 싹 쓸어 내자고.

그는 통로에서 그녀를 발견하고 손을 잡았다. 그녀는 프루를 알아보고 빈방으로 안내해 용건이 뭐냐고 물었다. 처음에 그녀는 당황했다. 그러나 이어 그 당황감은 사라졌다.

나중에 그가 돈을 내놓자 그녀는 웃으면서 거부했다. 하지만 그가 끈덕지게 돈을 들고 있자 그와 돈을 번갈아 쳐다보더니 기이한 눈빛이 사라지고 점차 알았다는 눈빛으로 되어 갔다. 그녀는 돈을 받았다.

그는 혼자 택시를 타고 집으로 돌아오면서 창밖의 어둠을 감상했다. 집에 도착해서는 스카치소다를 한 잔 두 잔 마시면서 두 여자가 도착하기를 기다렸다. 오늘 밤에 있었던 일을 말하고 잊어버려야지. 하지만 그는 그들이 도착하기 전에 너무 취해 거실 바닥에 쓰러지고 말았다.

그가 다음 날 아침 아픈 머리를 다스리기 위해 주방에 물을 가지러 가보니, 앨마가 식탁에 앉아 커피를 마시고 있었다. 그녀의 차가운 태도로 보아 조제트가 지난밤이나 오늘 아침에 이미 어제의 일을 말해 버렸다는 것을 알았다. 조제트가 그러리라는 것은 예상했었다. 그래서 잠 안 자고 기다리면서 그가 먼저 말해 주려 했던 것인데, 기다리지 못하고 과음으로 쓰러졌던 것이다.

앨마는 그때나 그 후에도 그 문제에 대해 아무 말도 하지 않았다. 짜증을 내지도 화를 내지도 않았다. 아주 공손했다. 그녀는 따뜻하고 다정했으며 그에게 미소를 짓고 그에게 말을 걸었다. 그녀는 정말 공손했다. 그녀가 너무 공손하게 나오니까 그로서도 먼저 말을 걸기가 껄끄러웠다. 그녀는 그에게 틈을 주지 않았고 그 문제는 일언반구도 꺼내지 않았다.

그래서 그는 거실의 소파로 밀려나고 말았다.

그가 침대를 같이 사용하지 않고 소파로 나온 것도 문제 삼지 않았다. 그를 안 이래 그녀가 그처럼 자상하게 대해 준 적이 없었다. 두 사람은 잘 지냈다. 그다음 주 딱 한 번 그녀는 소파로 나와 그와 동침했고 이어 침대로 돌아갔다. 그녀의 태도는 공손하기 이를 데 없었다.

조제트도 그를 전보다 낮게 혹은 전보다 못하게 대하지 않았다. 전보다 집에 머무는 시간이 적다거나 혹은 많다거나 하지 않았다. 그들은 아침이면 식탁에 앉아 커피를 마시며 잡담을 했고 조제트는 지난번처럼 아침 일찍 시내에 쇼핑을 하러 가는 일도 없었다. 그들은 하나의 가족이었다.

그 주에 프루는 머릿속에 들어 있던 「재입대 블루스」를 다시 기억해 냈고 이어 그 가사를 완성했다.

어느 날 오후 종이를 찾기 위해 서랍을 뒤지다가 앨마가 거기다 두었던 돈을 다 치웠다는 것을 발견했다. 총은 그대로 두었다. 라디오를 잠그지도 않았다. 그는 대부분의 시간을 술 취한 채 지냈다.

그는 갈 데도 없고 또 가고 싶지도 않았기 때문에 돈은 아쉽지 않았다. 하지만 그를 생각해 라디오를 잠가 놓지 않은 것을 고맙게 생각했다. 앨마는 주야장천 취해 있는 그에게 불평을 늘어놓지도 않았다. 그녀는 그에게 집에서 나가 달라고 하지도 않았다. 그가 갈 곳이 없다는 것을 잘 알기 때문에. 그들은 그 문제를 이미 다룬 바 있었다.

그 주는 그런 식으로 흘러갔다.

그녀의 침묵과 공손함으로부터 감을 잡고 그 자신의 상상력도 어느 정도 발휘해 그는 이런 생각을 갖게 되었다. 앨마는 이 일이 벌어지기 전까지만 해도 그와 결혼할 생각을 내내 하고 있었던 것 같았다. 하지만 이제는 약혼반지를 돌려받은 남자 꼴이 되고 말았다.

한두 번 그들은 아주 사소한 일, 가령 세인트루이스 하이츠가 해발 145미터냐 아니면 109미터냐를 놓고 대판 싸움을 벌였다. 그런 사소한 것으로 싸움이 시작되자 끝날 무렵이면 모든 얘기가 다 동원되었다. 너의 득점, 나의 실점. 나의 득점, 너의 실점. 그는 말로 하는 테니스 경기에서 그런대로 성적을 유지했다. 하지만 정말 그를 못 살게 하는 것은 그녀의 침묵이었다. 그는 정 그러면 집을 나가 버리겠다는 위협으로 상당한 득점을 올렸다. 그 위협은 그런대로 아직 위력이 있었다.

하지만 그는 자신이 그걸 실행에 옮길 배짱이 있는지 의심스러웠다.

제50장

밀트 워든은 대공습의 날 아침 일찍 일어나그 말고 할 게 없었다. 그는 아예 자지 않았다.

캐런이 9시 30분에 집으로 돌아간 후, 그는 어떤 직감이 느껴져 블루 생커에 들렀다. 프리윗이 거기 나와 있을지 모른다고 생각했던 것이다. 캐런이 그의 소식을 또다시 물었고 두 사람은 오랜 시간 그의 문제를 의논했다. 프리윗은 거기 나와 있지 않았지만, 그는 올드 피트와 치프를 만났다. 피트는 블루 생커에서 치프를 대접하고 있었다. 부대에 들어가면 올드 초이에 다시 틀어박혀 맥주만 마셔 댈 것이니, 오래간만에 시내에 나온 기회를 즐기라는 것이었다. 그들은 이미 창가를 급습해 키퍼 부인의 뉴콩그레스에서 포탄을 한 발씩 떨어뜨리고 온 상태였다. 찰리 찬이 가게 문을 닫자 그들 네 사람은 뒷방에 들어가 1페니 칩을 놓고 스터드 포커를 했다. 술은 찰리의 바에 있던 위스키를 가져다 마셨다.

그건 늘 따분한 게임이었다. 찰리는 소액 베팅의 포커조차 잘하지 못했다. 그렇게 특별한 경우에 찰리는 위스키를 도매 가격으로 마시는 것을 허용했다. 찰리는 술을 잘하지 못하는데도 그들은 찰리에게 술값의 4분의 1을 부담하라고 요구했다. 찰리가 그 요구를 들어 주었기 때문에 그들은 그의 엉성한 포커 플레이를 참아 주었다. 때때로 그에게 일부러 잃어 주어 그가 얼마나 엉성한 포커 플레이어인가를 깨닫지 못하게 했다.

그들이 목구멍 너머로 더 이상 마실 수 없는 지경에 이르렀을 때는 시간이 너무 늦어 스코필드 택시가 이미 끊긴 상태였다. 일요일 아침 6시 30분에는 더 이상 갈 데가 없었으므로 그들은 시내 택시를 불러 귀대하기로 했다.

스타크는 일요일 아침에는 언제나 따뜻한 핫케이크 앤드 에그와 신선한 우유를 준비했다. 잠들기 전에 먹는 핫케이크와 신선한 우유는 숙취 예방에 최고였다.

그들은 너무 늦어서 취사반에 제일 먼저 도착할 수는 없었다. 두 대의 프라이팬 앞에는 사병들이 길게 늘어서 있었다. 술 취한 오기로 세 사람은 그 줄의 앞쪽에 끼어들었고 뒤에서는 불평의 중얼거림이 터져 나왔다. 그들은 식판을 식당 앞쪽에 있는 부사관 테이블로 가져갔다.

그건 거의 가족 파티 같았다. 소대 중사들이 거의 다 나와 있었다. 스타크는 취사병들을 감독하고 난 후라 땀에 젖은 셔츠를 입고 있었다. 보급 중사 말로도 식탁에 앉아 식사를 하고 있었다. 지난밤 NCO(부사관) 클럽에서 밤늦게 술 마셨다는 이유로 마누라에게 쫓겨난 볼디 돔도 거기 앉아 있었다. 이렇게 부사관들이 한자리에 모이는 것은 흔한 일이 아니었다. 그날은 일요일이기 때문에 다들 거나하게 취해 있었고 지난밤 장교 클럽에서 성대한 무도 파티가 있었기 때문에 장교들은 전혀 식당에 나타나지 않았다. 따라서 부사관들은 예의를 차릴 필요도 없었다.

대화는 주로 키퍼 부인의 창가에 대한 것이었다. 피트와 치프는 지난밤 거기에 갔었고 다른 부사관들도 대부분 거기에 들렀다. 키퍼 부인은 최근에 네 명의 새 여자를 들여왔다. 스코필드 전역에서 중대 병력을 강화하기 위해 징집병을 많이 받아들였고, 그 때문에 자연 창가의 수요가 늘었던 것이다. 그중에서도 수줍음 많이 타는 검은 머리의 자그마한 여자가 최고 인기였다. 그녀는 이 직업에 처음 발을 들여놓았고 로런이 귀국하면 그 자리를 이어받을 재목이었다. 그녀의 이름은 지네트였고 식탁에 앉은 부사관들은 다들 그녀를 추천했다.

식당에는 적어도 장교 한 명이 상시 임석하게 되어 있었다. 로스 중위, 영계 컬페퍼, 지난주에 중대에 도착한 ROTC 장교 셋, 이렇게 다섯 명 중 하나는 나와야 되는 것이었다. 그들은 돌아가며 이 일을 맡았다. 누가 그 임무를 맡든 장교의 존재는 하사관 식탁의 분위기를 망쳐 놓았다. 하지만 오늘은 장교도 없고 마치 가족 파티 같은 분위기였다. 시어머니 없는.

워든과 볼디를 제외하고, 지난밤 키퍼 부인의 집에 들르지 않은 부사관은 스타크가 유일했다. 하지만 그도 술 취한 상태였다. 스타크는 중대가 하누아마 베이에 CP를 설치했던 지난번에, 와일루페 해군 라디오 방송국에서 동거녀를 한 명 픽업했다. 중대원들 중 일부가 그 여자를 보았다는데 아주 예쁘고 섹시하고 하자는 대로 다 해주는 와히니라는 것이었다. 하지만 스타크는 그 여자에 대해 얘기하지 않으려 했다. 그래서 그는 식탁의 대화에 별로 끼어들지 않았다. 지난번 히컴 기지에서의 일 이후에 스타크는 업무상 이외의 일로는 워든과 말을 하지 않았다. 그는 워든을 무시했고 워든도 그를 무시했다.

그것은 전형적인 일요일 아침 식사였고, 봉급날 이후의 첫 주말이었다. 중대원 중 3분의 1은 영내에 있지 않았다. 또 다른 3분의 1은 침상에서 아직까지 자고 있었다. 나머지 3분의 1이 식당에 모여 앉아 빠진 동료들의 소음을 대신 보충하려는 듯 평소보다 더 왁자지껄하게 얘기를 하고 장난을 치면서 핫케이크를 먹고 우유를 마셨다.

워든은 술에 취하면 늘 대식하는 버릇이 있었고, 그래서 핫케이크를 두 번째로 막 가져오려고 하던 참이었다. 바로 그때 식당 바닥에서 커다란 폭발음이 울려 왔고 식탁 위의 컵들은 벌벌 떨리더니 중대 마당 쪽으로 흘러내렸다. 일시에 떨어지니 폭풍우 속의 파도 같은 형상이었다.

취사장 문턱에 서 있던 그는 곧바로 식당 쪽을 돌아다보았다. 그는 그 광경을 평생 기억하리라. 갑자기 주위가 조용해졌고 모두들 식사를 중단하고 서로의 얼굴을 쳐다보았다.

「휠러 기지에서 발파 작업을 하는 모양인데.」 누군가가 추측했다.

「폭격기 활주로를 닦기 위해 발파할 거라는 얘기를 들었어.」 옆에 있던 병사가 동의했다.

그 대답은 모두를 만족시키는 것 같았다. 그들은 웃음을 터뜨리며 다시 식사를 했다. 워든은 안도하면서 취사장 쪽으로 시선을 돌렸다. 두 대의 프라이팬 앞에는 아직도 대기 줄이 움직이고 있었다. 그는 취사병의 배식대 뒤로 돌아가야겠다고 생각했다. 그렇게 하면 새치기를 해도 그리 심하게 눈에 띄지 않을 것 같았다.

바로 그 순간 두 번째 폭발음이 들려왔다. 그는 아주 먼 곳에서부터 지하로 여기 식당까지 그 소리가 들려온다고 느꼈다. 그 폭발음은 곧 식당에 도착해 취사장 싱크대의 컵과 식판, 개수대의 선반을 마구 흔들어 댔다. 이어 폭발음은 사라졌고 워든은 그 소리가 북동쪽으로 방향을 틀어 21연대 미식 축구 구장으로 달려가는 것을 느낄 수 있었다. 두 명의 취사병은 그를 쳐다보았다.

그는 손을 뻗어 들고 있던 빈 식판을 식기대 위에 올려놓았다. 혹시 바닥에 떨어지면 깨질지 몰라 양손으로 조심스럽게 놓았다. 그는 자신의 침착함을 평가해 주면서 몸을 돌려 식당 쪽을 쳐다보았다. 취사병들은 여전히 그를 쳐다보고 있었다.

워든의 식판에는 아무것도 들어 있지 않았으므로 곧 바닥에 떨어져 깨졌다. 하지만 세 번째 폭발음이 PX를 거쳐 식당을 다시 강타했으므로 아무도 식판 깨지는 소리를 듣지 못했다. 워든이 부사관 식탁으로 돌아가는 순간, 폭발음의 파도가 식당의 지하를 때리고 지나갔다.

「이거 그거 아니야?」 누군가 불안한 목소리로 말했다.

워든은 자신이 스타크의 눈을 들여다보고 있는 것을 발견했다. 스타크의 얼굴에는 아무 표정이 없었다. 술이 덜 깬 자의 느긋하고 평화로운 안색 이외에는. 워든은 자신의 표정 또한 그러하리라고 생각했다. 그는 이빨을 드러내며 빙그레 웃어 보였고 스타크 또한 미소 지었다. 그들은 아직도 서로의 눈을 쳐다보고 있었다.

워든은 한 손에 커피 잔, 다른 한 손에 2백 밀리미터 우유통을 들고 식당 스크린 문을 지나 포치로 나섰다. 득서오락실로 들어가는 문 앞은 너무 혼잡해 밀고 들어갈 수가 없었다. 그는 포치 아래쪽으로 달려 내려가 거리와 나란히 달리는 통로로 들어갔다. 한두 명을 빼놓고 그가 제일 앞서 달렸다. 그가 걸음을 멈추고 뒤돌아보니 피트 카렐슨, 치프 초트, 스타크가 바싹 뒤따라왔다. 치프 초트는 핫케이크가 든 식판을 왼손에 포크를 오른손에 들고 있었다. 그는 핫케이크를 한 입 크게 베어 먹었다. 워든은 뒤돌아보면서 커피를 한 모금 홀짝거렸다.

나무들 건너편 거리에서는 검은 기둥의 연기가 독버섯처럼 하늘로 피어올랐다. 문 뒤에 있던 사병들은 문을 앞으로 내밀어 문 앞에 있는 사병들을 거리 쪽으로 쫓아냈다. 거의 모든 사병이 자기 우유통을 도난당하지 않으려고 들고 왔다. 길 한가운데 서 있던 워든은 길 가장자리에 서 있는 것처럼 아무것도 보지 못했다. 단지 하늘에 핀 검은 구름이 휠러 기지 쪽으로 흘러가는 것을 볼 수 있을 뿐이었다. 그는 커피를 한 모금 더 마시고 우유통의 뚜껑을 잡아당겼다.

「커피 한 모금만 주세요. 제 것은 비었어요.」스타크가 바로 뒤에서 자기 잔을 들면서 음침한 목소리로 말했다.

워든이 고개를 돌려 커피 잔을 넘겨주고 다시 앞을 보니 키크고 바싹 마른 붉은 머리의 사병 하나가 그들을 바라보며 거리를 달려오고 있었다. 그의 붉은 머리는 달리는 바람에 심하게 나풀거렸다. 얼마나 빨리 달리는지 그의 무릎이 턱에까지 닿았다. 그는 곧 뒤로 넘어질 것 같았다.

「레드, 무슨 일이야?」워든이 그에게 소리쳤다.「무슨 일이 벌어졌어? 잠깐만, 어떻게 되어 가는 거야?」

붉은 머리의 사병은 정신없이 거리 아래쪽으로 달려갔는데 그의 눈은 하얗게 번들거렸다.

「일본 놈들이 휠러 기지를 폭파하고 있어요!」그가 어깨 너머로 소리쳤다.「일본 놈들이 휠러 기지를 폭파하고 있어요! 난 비행기 날개의 일장기를 보았어요!」

그는 길 한가운데로 계속 달려갔다. 그때 그의 뒤에서 커다란 굉음이 점점 크게 들려왔다. 이어 나무들 위로 비행기 한 대가 갑자기 나타났다.

워든은 우유통을 여전히 입에 댄 채 다른 사병들과 함께 그 비행기가 다가오는 것을 지켜보았다. 비행기의 앞코 부분에서는 두 개의 붉은 플래시가 번쩍거렸다. 비행기는 저공비행하는 듯하더니 다시 고도를 잡았고 곧 사라졌다. 비행기의 기총 소사 때문에 아스팔트 보도에서 잔돌이 튀었고 막사의 벽과 지붕의 시멘트, 그리고 땅바닥의 잡풀에서는 먼지가 피어올랐다. 잔돌들은 커다란 S자 형태로 거리 쪽으로 튀어져 나갔다.

사병들은 뒤늦은 반사 신경을 작동시키면서 하나의 파도처럼 독서오락실 문 쪽으로 달려들었다. 그러나 그때는 이미 비행기가 사라진 뒤였다. 이어 그들은 뒤로 밀려 다시 거리 쪽으로 쫓겨났다.

워든은 나무들 너머 거리에서 또 다른 비행기들이 연기 기둥 근처로 하강하는 것을 보았다. 비행기들은 거울인 양 은빛으로 반짝거렸다. 어떤 비행기들은 갑자기 커 보였다. 그의 정강이는 보도에서 튀어 오른 잔돌에 맞아 아팠다.

「이 바보 같은 놈들아, 어서 안으로 들어가!」 그가 소리쳤다. 「안으로 들어가란 말이야! 총 맞아 죽고 싶어?」

거리 아래쪽 보도에는 붉은 머리의 사병이 총에 맞아 널브러져 있었다. 아스팔트 위에 그려진 라인은 그에게서 잠깐 멈추었다가 다시 이어졌다.

「저거 봤지? 이건 연습이 아니야, 진짜란 말이야. 저자들은 진짜 실탄을 사용하고 있어.」

사병들은 마지못해 독서오락실 문 쪽으로 움직였다. 하지만 그때 한 사병이 벽 쪽으로 달려가 자신의 호주머니 칼을 꺼내 벽의 구멍에서 탄환 하나를 뽑아냈다. 그건 캘리버 50이었다. 그러자 다른 사병이 거리를 달려 나가 뭔가를 주워 들었다. 한쪽 끝이 빈 금속 탄피 세 개가 나란히 달려 있는 탄대였다. 그중 가운데 것에는 캘리버 50 외피가 입혀 있었다. 독서오락실 쪽으로 가던 병사들의 발걸음이 뚝 멈추어 섰다.

「야, 이것 봐라, 아주 영리한데.」 누군가가 소리쳤다. 「우리 비행기들이 본국으로 송환해야 마땅한 피륙 기관총 탄대를 사용하고 있네!」 그것을 발견한 두 사병은 주위 사람들에게 탄환과 탄대를 보여 주었다. 그러자 또 다른 사병 둘이 거리

쪽으로 황급히 달려갔다.

「이거 좋은 기념품이 되겠는데.」 탄환을 주운 사병이 만족스러운 목소리로 말했다. 「전쟁이 시작된 첫날에 일본 비행기가 사용한 탄환이야.」

「내 커피 돌려줘!」 워든이 스타크에게 소리쳤다. 「그리고 이 바보 같은 놈들을 막사 안으로 집어넣는 일을 좀 도와줘.」

「뭘 도와드릴까요?」 치프 초트가 물었다. 그는 아직도 식판과 포크를 들고 음식물을 우물우물 씹고 있었다.

「저자들을 안으로 집어넣어야 해.」 워든이 말했다.

그때 날개에 일장기가 선연한 또 다른 비행기가 나무들 위로 날아와 워든의 수고를 덜어 주었다. 중대 마당에서 탄대를 찾아다니던 두 사병은 황급히 문 쪽으로 달려왔다. 사병들은 파도처럼 문에 쇄도해 와 거기에 머물렀다. 비행기는 휙 지나갔다. 네모난 안경, 헬멧 쓴 머리, 등 뒤로 휘날리는 머플러, 얼굴의 미소 등이 분명하게 보였다. 그것은 은막의 스크린 위에 휙 나타났다가 사라지는 여행담 슬라이드 같았다.

워든, 스타크, 피트, 치프는 사병들을 유도해 독서오락실 안으로 몰아넣었다.

사병들은 비좁은 실내에서 흥분된 목소리로 마구 떠들어댔다. 스타크는 문 앞을 가로막았고 피트와 치프는 양옆을 지켰다. 워든은 남은 커피를 다 마신 뒤 잡지 진열대 위에다 커피 잔을 올려놓고 안쪽으로 들어가 탁구대 위로 올라갔다.

「자, 자, 다들 진정하기 바란다. 이제 전쟁이 시작되었다. 너희는 전에 전쟁을 치러 본 적이 없지?」

전쟁이라는 말은 극적인 효과를 낳았다. 그들은 서로 입 닥치라고 말하더니 경청했다.

「나는 여러분이 2층의 내무반으로 올라가 침상에서 대기하기를 바란다.」 워든이 말했다. 「각자 분대장에게 신고하기

1234

바란다. 그러면 각 분대장은 구체적인 지시가 내려올 때까지 병력을 침상에 묶어 두기 바란다.」

휠러 기지에서 울려오는 진동음은 이제 흔한 것이 되어 버렸다. 그들은 머리 위에서 또 다른 비행기가 기총 소사하며 날아가는 소리를 들었다.

「보급관은 총가를 열고 각 사병에게 소총을 지급할 것이니 소총을 잘 간직하라. 그리고 침상에서 대기하라. 현재로선 작전은 없다. 중대 마당 주위를 돌아다니다가는 총 맞아 죽게 된다. 너희가 현재 도울 수 있는 길이 없다. 영웅이 되고 싶겠지만 앞으로 기회가 많이 있을 것이다. 우리가 해변 진지로 부대를 옮기게 되면 그때는 일본 놈들을 죽일 기회가 있을 것이다.

포치 근처에서 얼쩡거리지 마라. 막사 내부에 머물러라. 각 분대장은 휘하의 병력을 철저하게 단속하라. 말 안 듣는 놈이 있으면 개머리판으로 때려도 상관없다.」

실내에 분노하며 항의하는 웅성거림이 터져 나왔다.

「내 말을 따라라! 기념품이 필요하다면 그런 것을 찾아다니는 사람에게서 사도록 하라. 만약 중대 마당을 돌아다니는 자가 있으면 내가 직접 그자를 구타하고 나중에 군법 회의에 회부하겠다.」

실내에서 또다시 항의하는 웅성거림이 터져 나왔다.

「저 개자식들이 우리를 폭파하면 어떻게 되는 겁니까?」 누군가가 항의했다.

「만약 포탄이 막사에 떨어진다면 숲속으로 달아나도 좋다. 그러나 포탄이 떨어지지 않고 있다. 또 떨어질 거라고 생각하지 않는다. 만약 우리를 폭파할 계획이었다면 이미 포탄을 투하했을 것이다. 그들은 항공대와 진주만 쪽에 폭격을 집중하고 있는 것 같다.」

실내에서 또다시 웅성거림이 터져 나왔다.

「그들이 거기에 집중하지 않고 우리를 폭격한다면 어떻게 합니까?」 누군가가 소리쳤다.

「그럼 너희는 아주 재수가 없는 거다. 만약 그들이 우리 부대를 폭격한다면 누구나 다 밖으로 나와서 중대 마당 반대편 쪽으로 흩어져야 한다. 커다란 건물 쪽으로 가서는 안 된다.」

「일본 놈들이 우리 지붕을 폭격한다면 그건 아무 소용도 없어요.」 누군가 소리쳤다.

「좋다, 잡담은 이만 끝. 빨리 움직여야 한다. 이건 시간 낭비다. 분대장들은 휘하 병력을 2층으로 이동시켜라. BAR(브라우닝 자동 소총) 사수, 소대장, 부사관 들은 어서 내 앞으로 나와라.」

하사와 중사들이 소리치는 가운데 병사들은 마침내 통로로 나가 포치 계단을 올라갔다. 그때 또 다른 비행기가 스쳐 지나갔다. 이어 한 대, 또 한 대. 그러더니 비행기 석 대가 동시에 날아갔다. 소대장과 소대장 대리와 BAR 사수가 사람들을 밀치고, 워든이 방금 내려온 탁구대 앞으로 나왔다.

「상사님, 나는 어떻게 할까요?」 스타크가 물었다. 그의 얼굴에는 여전히 맹렬한 거부 의사가 남아 있었다. 아까 취사반에서 내보였던 표정이었다. 「취사반 병력은 어떻게 할까요? 난 지금 술 취한 상태지만 그래도 BAR를 쏠 수 있습니다.」

「휘하의 취사병을 모두 데리고 취사반으로 내려가 지금 당장 취사 장비를 싸도록 해.」 워든은 스타크를 쳐다보더니 양손으로 자신의 얼굴을 가볍게 비볐다. 「이 사태가 좀 진정되면 우린 적군의 진주에 대응해 해변 진지로 나가야 해. 그러니 취사반은 미리 장비를 꾸려 놓고 이동 준비를 완료해야 돼. 취사 장비는 물론이고 스토브도 함께. 그렇게 짐을 꾸리면서 커다란 스토브 위 커다란 포트로 커피를 끓이도록 해.

제일 큰 18호 포트를 사용해.」

「알았습니다.」 스타크는 취사반으로 돌아가기 위해 문 쪽으로 걸어갔다.

「잠깐만, 가만 생각해 보니 대형 포트 두 개를 끓이는 게 좋겠어. 그 정도 양이 필요할 거야.」

「알았습니다.」 스타크의 목소리는 공허하지 않고 씩씩했다. 하지만 그의 얼굴은 여전히 공허했다.

「그리고 나머지 너희는…….」 워든이 말했다.

워든은 그들의 얼굴을 보고는 자신의 얼굴을 양손으로 썩썩 비비댔다. 하지만 아무 소용이 없었다. 그가 비비기를 멈추자 다시 졸린 느낌이 몰려왔다. 잠깐 쓰러진 오뚝이가 다시 발딱 일어서는 형상이었다.

「BAR 사수는 지금 당장 보급실로 가서 자동 소총과 탄창을 지급받아 옥상으로 올라가라. 일본 비행기가 날아오면 쏴라. 실탄을 낭비하는 문제는 전혀 걱정하지 마라. 비행기가 빨리 날아가기 때문에 비행기 훨씬 앞쪽 공간을 쏴야 한다. 그게 전부다. 어서 움직여라.」

BAR 사수들은 보급실로 달려갔다. 「그리고 너희 나머지, 가장 시급하고 중요한 일은 이것이다. 소대장들은 지붕에 올라간 BAR 사수를 제외하고는 병력을 모두 내무반에 머무르게 단속하라. 비행기를 향해 쏜 소총수의 총알은 보이 스카우트의 새총만큼이나 위력이 없다. 그러니 움직일 필요가 없다. 우리는 적의 진주에 대비해 해변 진지로 이동할 때 최대한 병력을 확보하고 있어야 한다. 괜히 비행기에 총질한다고 혹은 기념품을 줍는다고 중대 마당을 돌아다니다가 아까운 인명이 희생되면 나중에 우리만 손해다. 그러니 소총수들은 모두 막사 내부에서 대기해야 한다. 알겠나?」

사병들은 고개를 끄덕이며 동의를 표시했다. 대부분의 사병들은 고개를 한쪽으로 기울이고 한 대, 두 대, 석 대씩 편대를 이루어 날아가는 비행기 소리에 귀를 기울였다.

그렇게 한쪽으로만 고개를 기울이고 있는 것도 신기한 모습이었다. 워든은 갑자기 웃음을 터뜨리고 싶어 온몸이 근질거렸다.

「BAR 사수는 지붕 위에 올라가 일제히 사격을 한다. 우리는 무제한 탄약을 제공할 것이다. 나머지 사수들은 방해만 될 뿐이다.」

「밀트, 내 기관총은 어쩌지?」 피트 카렐슨이 물었다.

올드 피트의 침착한 목소리는 워든에게 충격을 주어 잠시 말을 멈추게 했다. 술 취했건 말았건 피트는 사병들 중에서 유일하게 느긋한 부사관인 듯했다. 워든은 그가 프랑스에서 2년을 근무했다는 사실을 상기했다.

「피트, 좋을 대로 해.」

「난 한 대만 가지고 올라가겠어. 아무리 탄대를 빨리 장전해도 한 대 이상은 무리야. 나는 마이코비치와 그리넬리를 데리고 올라가 총을 쏘겠어.」

「지상에서 사용하는 삼각대를 가지고 총구를 충분히 높일 수 있을까?」

「삼각대를 굴뚝 위에 올려놓고…….」 피트가 말했다. 「그런 다음에 두 명이 다리를 꽉 잡으면 돼.」

「피트, 좋을 대로 해.」 워든은 전 중대원이 피트만 같으면 얼마나 좋을까, 하고 생각했다.

「자, 너희 둘 따라와.」 피트가 약간 따분한 목소리로 두 명의 분대장을 불렀다. 「그리넬리가 지난번에 이 총을 다루어 봤기 때문에 데리고 가야겠어.」

「자, 너희, 기억해라.」 피트가 두 명의 기관총 사수를 데리고 떠나가자 워든이 말했다. 「나머지 병사들은 내무반 안에 머무는 것이 중요하다. 내무반 안에서 어떻게 행동할 것인지는 너희에게 달려 있다. 나는 BAR를 가지고 지붕으로 올라갈 것이다. 뭔가 제대로 싸우려면 아무래도 그곳에 올라가야 한다. 하지만 너희 병사들은 포치 안쪽, 막사 내부에 있어야 한다. 절대로 지붕에 올라와서는 안 된다.」

「이 텍사스 놈은 절대 지붕에는 올라가지 않을 겁니다.」 리델 헨더슨이 말했다. 「난 여기서 부하들과 함께 있겠습니다.」

「좋아.」 워튼이 손가락으로 헨더슨을 가리키며 말했다. 「그렇다면 여기서 탄약 지원조를 감독해. 병력을 10명 내지 12명 정도 확보해 보급실로 가서 BAR 탄창이나 기관 단총 탄대를 장전하도록 해. 탄약 지원이 원활해야 싸울 수 있다. 위로 올라갈 사람 없나?」

「난 여기 리델과 함께 있겠습니다.」 챔프 윌슨이 말했다.

「그럼 탄약 지원조의 부조장이 돼라.」 워튼이 말했다. 「그러면 가자. 혹시 술병이 있는 사람은 그걸 가져오도록 해라. 나도 내 것을 가져간다.」

그들이 포치로 나가 보니 한 무리의 병사들이 보급실 앞에서 말로 중사와 격렬하게 논쟁을 벌이고 있었다.

「난 신경 안 써.」 말로가 말했다. 「이건 나의 명령이야. 장교의 서명 지시 없이는 실탄을 지급할 수 없어.」

「이 바보야, 지금 장교가 없잖아!」 누군가가 성난 목소리로 말했다.

「그럼 실탄 지급도 없는 거지.」 말로가 말했다.

「장교들은 정오나 되어야 여기 나타날 거야!」

「미안해, 친구들. 그게 나의 방침이야. 로스 중위가 나한테 그렇게 하라고 특별히 지시했어. 서명 지시 없으면 실탄도 없어.」

「도대체 무슨 소동이야?」 워튼이 물었다.

「톱, 저 친구가 실탄을 지급 못하겠답니다.」 한 병사가 말했다.

「실탄 창고에 자물쇠를 잠그고 열쇠를 자기 호주머니에 집어넣었어요.」다른 병사가 말했다.

「그 열쇠 이리 내.」워든이 말했다.

「상사님, 이건 제 방침입니다.」말로가 고개를 절레절레 흔들며 말했다. 「장교가 서명한 명령서가 있어야 사병들에게 실탄을 지급할 수 있습니다.」

피트 카렐슨은 주방에서 나와 포치를 가로지르면서 손등으로 입 가장자리를 닦아 냈다. 스타크는 스크린 문을 통해 안쪽으로 사라졌고 앞치마 밑의 바지 호주머니에 위스키 병을 찔러 넣었다.

「도대체 뭐가 문제야?」피트가 느긋한 목소리로 기관총 사수들에게 물었다.

「피트, 저 친구가 실탄을 안 주려고 해요.」그리넬리가 화난 목소리로 말했다.

「이런 빌어먹을! 이런 때 안 쓰면 실탄을 언제 써먹겠다는 거야?」피트가 얼굴을 찌푸리며 말했다.

「상사님, 이건 제 방침입니다.」말로가 물러서지 않고 버텼다.

중대 마당의 동남쪽 코너에서 비행기 한 대가 저공비행하면서 기총 소사를 했다. 탄환이 포치 아래쪽으로 떨어져 벽으로 튀었고 병사들은 재빨리 계단 쪽으로 몸을 날려 피했다.

「그 좆 같은 방침 앵무새처럼 지껄이지 마! 어서 열쇠를 내놔!」워든이 소리쳤다.

말로는 열쇠를 보호하려는 듯 손을 주머니에 집어넣었다. 「상사님, 그렇게는 못하겠습니다. 이건 저의 방침입니다. 로스 중위의 특별 지시이기도 하고요.」

「그렇다면 할 수 없지. 치프, 저 창고의 문을 박살 내버려.」워든은 말로에게 말했다. 「너는 이쪽으로 좀 비켜.」

1240

초트, 마이코비치, 그리넬리는 뒤로 좀 물러섰다가 일제히 창고 문으로 돌진했다. 치프의 커다란 덩치는 두 명의 기관총 사수를 압도했다.

말로는 창고 문 앞에서 가로막았다. 「상사님, 이렇게 하시면 안 됩니다.」

「어서 박살 내.」 워든이 쾌활한 목소리로 치프에게 말했다. 「저 문을 부숴 버려. 저 친구는 비켜 줄 거야.」 중대 마당 건너편 본부의 지붕에는 이미 두 명의 병사가 올라가 있었다.

치프 초트와 두 명의 기관총 사수는 엔드런을 하는 공격수를 막아 내는 수비수들처럼 있는 힘을 다해 창고 문을 향해 돌진했다. 말로는 그 기세에 눌려 옆으로 비켰다.

「상사님, 이건 당신 책임입니다. 전 최선을 다했습니다.」

「오케이, 자네가 훈장을 받도록 상신하지.」

「상사님, 제가 미리 경고했다는 것을 잊지 마십시오.」

「그 개나발 불지 말고 여기서 썩 꺼져.」

그들이 세 번 돌진하고 나서야 예일 자물쇠를 매달고 있던 목제 스크루가 느슨해졌다. 워든이 첫 번째로 창고 안에 들어섰다. 그 뒤로 두 명의 기관총 사수가 바짝 따랐다. 마이코비치는 빈 탄대 통에서 실탄이 실하게 장전된 놈을 찾았고, 그리넬리는 MG 선반에서 기관총을 꺼내 들었다. 1대대와 3대대의 건물 옥상에도 이미 사람들이 올라와 있었다. 8자 형으로 편대를 이루며 날아가는 비행기들 중 맨 첫 번째 것과 맨 마지막 것에 대공 포화를 쏘아 올리기 위해서였다.

워든은 선반에서 BAR 한 자루와 가득 장전된 탄창을 함께 뒤로 돌렸다. 누군가가 앞으로 나서서 그 자동 소총을 받아 들고 옥상으로 달려갔고, 다른 한 사병이 그다음 총을 받기 위해 앞으로 나섰다. 그는 BAR를 세 자루 꺼내 들다 말고 이렇게 총을 나눠 주기만 하다 보면 언제 지붕에 올라가겠는지 의문이 들었다.

「이거 왜 이렇게 시끄러워.」그는 문을 나서며 기관총의 삼각대를 분리하고 있는 그리넬리에게 소리쳤다. 「이렇게 BAR를 나눠 주기만 하다가는 하루가 다 가도 지붕에는 못 올라갈 것 같아.」

그는 BAR와 탄창을 집어 들고 보급실 문을 열고 나서면서 말로를 잘 이용해 먹었다고 생각했다. 보급실에는 총알이 가득 장전된 탄창 12개가 있었다. 지난 8월에 BAR 사격 훈련을 하고 남은 것이었다. 말로가 탄장에서 실탄을 제거하고 기름칠을 해두어야 했는데 게으름을 피우며 아직까지 해놓지 않았다. 워든은 그 탄창들을 병사들에게 나눠 주고 또 자신이 몇 개 집어 들었다.

워든은 밖으로 나와 헨더슨 옆에 섰다. 피트, 그리넬리, 마이코비치는 MG와 여덟 개의 탄대 통을 들고 계단 위로 올라가 사라졌다.

「저기 들어가서 빈 클립을 나눠 주도록 해.」워든이 헨더슨에게 말했다. 「그리고 탄환을 장전하도록 해. 클립과 탄대 모두. 윌슨에게 위로 올라가 필요한 병력을 데리고 오게 해. 장전이 끝나면 두 명을 보내 지붕에 올리도록 해. 탄대에 세 명, 나머지는 BAR 탄창에 투입하도록 해.」

「예, 서.」헨더슨이 불안한 목소리로 말했다.

워든은 계단 위로 올라갔다. 부사관 내무반에 들러 신발장에 감추어 둔 비상용 위스키를 꺼내기 위해서였다.

올라가던 중, 병사들 내무반에 들어가 보니 그들은 철모를 쓴 채 실탄 없는 소총을 들고 우울하게 침상에 앉아 있었다. 그가 지나가자 그들은 고개를 쳐들고 물었다.

「어떻게 되는 겁니까, 상사님?」「이게 무슨 일입니까, 인사계님?」「지금 지붕에 올라가는 겁니까?」「톱, 소총 실탄은 어디 있습니까?」「실탄이 없으니 이 소총은 아두 쓸모가 없습니다.」「저 일본 놈 비행기들은 계속 기총 소사를 하는데 실탄 없는 소총을 들고 내무반에 앉아 있으려니 너무 맥 빠집니다.」「우리가 군대입니까, 아니면 보이 스카우트입니까?」

아침을 거르고 계속 자고 있던 병사들은 이지야 잠에서 깨어나 까치 머리에 텅 빈 눈동자로 옷 입는 것도 잊어버리고 워든이 무슨 말을 해주지 않나 기대하며 고개를 쳐들었다.

「전투복을 입도록 해.」워든이 뭔가 말해 주어야 한다고 생각하며 지껄였다. 「완전 군장을 꾸리도록 해.」그가 무쇠처럼 차가운 목소리로 말했다. 「우리는 15분 안에 이동할 거야. 야전 장비를 모두 챙기도록 해.」

몇몇 병사는 짜증 난다는 듯 소총을 침상에 내던졌다.

「그런데 상사님은 BAR를 들고 뭐 하는 겁니까?」누군가가 소리쳤다.

「전투복을 꺼내 입어.」그가 내무반을 지나가겨 차갑게 소리쳤다. 「야전 장비를 모두 챙겨. 분대장들, 병력을 장악해서 움직이게 해.」

분대장들은 얼굴을 찡그리며 분대원들에게 빨리 군장을 꾸리라고 소리쳤다.

워든은 바깥 포치로 나가는 문턱 입구에서 멈추어 섰다. 한쪽 구석에 미시시피 출신의 중사 터프 손힐이 내의만 입은 채 매트리스 석장을 머리 위에 두르고 철모를 쓴 채 실탄 없는 총을 꼭 쥐고 있었다.

「터프, 그러다가 감기 걸리겠어.」워든이 말했다.

「인사계님, 거기 나가지 말아요!」터프가 애원했다. 「당신은 살해될 겁니다! 그들이 무차별 사격을 하고 있어요! 그러다가 죽을 겁니다! 밖에 나갔다가는 죽어요!」

「바지나 좀 입지 그래.」워든이 말했다.

부사관 내무반 바닥에는 깨진 유리 조각들이 가득했다. 그의 신발장 위에서 피트의 신발장에 이르는 벽면에는 여러 발의 총알 자국이 나 있었다. 피트의 신발장 밑에는 자그마한 물웅덩이가 고여 있었고 공중에 위스키 냄새가 고약하게 떠돌아다녔다. 워든은 욕설을 하면서 그의 신발장을 열고 뚜껑을 한쪽으로 치웠다. 관물함에 있던 책은 한가운데에 총알 자국이 나 있었다. 플라스틱 면도통은 박살이 났고 쇠로 된 안전 면도날은 두 조각이 나버렸다. 그는 관물함을 바닥에 내팽개쳤다. 그리고 신발장 바닥을 손으로 뒤져 보았다. 접어 놓은 양말과 개켜 놓은 내의들 사이로 캘리버 30 탄환이 두 발 박혀 있었다. 그 옷가지 밑에 있던 갈색의 위스키 병은 무사했다.

위스키 병은 무사했다.

워든은 탄환 두 발을 주머니에 집어넣고 안 깨진 위스키 병을 조심스럽게 꺼냈다. 이어 관물대 속의 전축과 레코드가 안전한지 살폈다. 안전했다. 이어 그는 술병을 들고 부사관 내무반을 빠져나왔다. 또 다른 비행기가 중대 마당을 지나 해안 쪽으로 날아갔다.

그가 사병 내무반을 통과하면서 보니 사병들은 열심히 군장을 꾸리고 있었다. 터프 손힐은 아직도 속옷 바람으로 헬멧을 쓴 채 침상 밑에서 매트리스 넉 장을 뒤집어쓰고 있었다. 아이크 갈로비치 이등병은 소총을 옆에 둔 채 침상에 누워 있었다. 그는 베개로 얼굴을 가리고 있었다.

텅 빈 2층에서 병사들이 완전 군장에 필요한 야전 장비를 황급히 가져가고 있었다. 포치 남쪽 끝 화장실 쪽에서 리돌 트레드웰이 화장실 용품 수납장 속의 사닥다리를 올라가 지붕 해치 위로 BAR를 밀어 올리고 있었다. 그는 양쪽 귀가 찢어질 정도로 활짝 웃고 있었다.

1244

「내 평생 처음입니다.」그가 아래쪽에다 대고 소리쳤다. 「내가 BAR를 한 번 쏴보게 되다니, 정말 꿈만 같습니다.」

그는 해치를 통해 사라졌고 워든도 그 뒤를 짜라가 지붕에 올라섰다. G 중대 소관의 지붕에는 네 개의 굴뚝 중 하나에 모여 다가오는 비행기를 기다리고 있었다. 혹은 지붕 구석에 무릎을 꿇고 앉아 BAR의 앞부분을 허리 높이의 벽에다 기대거나 굴뚝 위에다 총구를 우뚝 세워 놓고 적기가 다가오기를 기다렸다. 각자 휴대하고 온 술병은 벽에 바싹 붙여 세워 놓았다. 술병이 없는 리돌 트레드웰은 술병을 가지고 있는 치프 초트 옆에 자리를 잡았다. 두 명의 부사관은 F 중대의 지붕으로 건너가 그 중대에 배정된 두 개의 굴뚝 뒤에 자리 잡았다. 그때 F 중대의 부사관들도 그들의 해치를 통해 지붕으로 올라왔다. 그들은 G 중대의 부사관들을 상대로 자기네 굴뚝이라며 비켜 달라고 요구했다. 2대대의 지붕은 물론이고, 1대대와 3대대의 지붕에도 BAR, 소총, 권총, MG 등을 휴대한 부사관들이 올라오고 있었다. 그들 중에 하사는 별로 보이지 않았다. 사병은 리돌 트레드웰과 G 중대 소속의 BAR 사수 두 명뿐이었다.

「빈 탄창을 중대 마당으로 던져.」워든이 지붕을 걸어가며 소리쳤다. 「뒤로 전달해. 빈 탄창을 중대 마당으로 던져. 탄약 지원조가 주워서 장전해 줄 거야. 빈 탄창을…….」

그때 V자를 그리는 석 대의 비행기 편대가 남동쪽에서 날아와 기총 소사를 해왔다. 대기 중이던 사수들은 오래간만에 거창한 음식을 먹게 된 부랑자들의 무리처럼 환호를 올렸다. 지붕 위에 올라와 있던 대공포를 일제히 발사했다. F 중대의 굴뚝에서 벌어지던 논쟁도 중지되었고 그들은 굴뚝 뒤로 재빨리 몸을 숨겼다. 워든은 술병을 양 무릎 사이에 집어넣고 받침대 없는 상태로 BAR를 공중에 발사했다.

덩치 큰 BAR의 반동 충격이 전광석화 같은 왼쪽 잽처럼 그의 어깨를 내리쳤다.

그의 오른쪽에서는 피트 카렐슨이 굴뚝 뒤에서 공랭식 캘리버 30을 마구 쏘아 대고 있었다. 마이코비치와 그리넬리는 굴뚝 위에 걸쳐놓은 삼각대의 다리를 하나씩 꼭 붙잡고 있었다. MG의 반동 충격 때문에 두 병사는 두 줄 위의 공처럼 마구 튀어 올랐다.

비행기들은 피해를 입지 않기 위해 날개를 기울여 날아가면서 커다란 8자 모양을 그려 보였다. 대공포 사격이 끝나자 모두 환호성을 올렸다.

「성모 여신을 낳으신 어머니여.」 목소리가 굵직해 연대 노래의 마지막 가사를 맡아 놓고 부르는 치프 초트가 소리쳤다. 「야, 이런 맛 처음인데. 서방 죽고 처음이야. 정말 손끝이 짜릿하군!」

「젠장!」 피트가 워든 뒤에서 나지막한 목소리로 못마땅하다는 듯이 말했다. 「치프는 각도를 너무 많이 잡았어. 비행기 너무 앞쪽을 쏘았다고.」

워든은 BAR를 내려놓았다. 그는 순수한 환희의 함성을 내지르고 싶어서 배와 목구멍이 근질거렸다. 이건 〈나의〉 부대야. 이건 〈나의〉 부하들이야. 그는 양 무릎 사이에 끼여 있던 술병을 꺼내 들고 한 모금 마셨다. 그건 음주 행위라기보다 환희의 표현이었다. 위스키는 기분 좋게 그의 목구멍을 태웠다.

「헤이, 밀트! 내키면 이리로 건너와. 자네와 술병을 받아 줄 공간이 넉넉해.」

「곧 갈게!」 워든이 소리쳤다. 같은 돌격 나팔이 계속 울려 퍼졌다. 그는 지붕의 안쪽 가장자리로 다가가서 벽 너머를 내려다보았다. 확성기를 설치해 둔 중대 연방장의 한구석에는 병사들이 우왕좌왕하고 있었고 나팔병이 돌격 나팔을 계속 불어 대고 있었다.

「야 이 미친 자식아, 뭘 하고 있는 거야?」 워든이 소리쳤다.

나팔병은 나팔을 멈추고 위를 쳐다보더니 수줍어하는 자세로 어깨를 한 번 들썩했다. 「깜짝 놀랐네, 이건 대령의 명령이에요.」 그는 계속 나팔을 불었다.

「피트, 저기 옵니다!」 그리넬리가 소리쳤다. 그의 목소리는 크게 흥분한 가성이었다.

그것은 북동쪽에서 날아온 8자 형 편대의 먼 마지막에 해당하는 한 대의 비행기였다. 지붕 위의 대공포는 그 비행기의 통과를 저지하기 위해 일제히 사격을 했다. 총성은 린치를 가하는 군중의 함성처럼 요란했다. 중대 마당에서는 사병들이 황급히 몸을 피했고 나팔병은 E 중대 포치 안으로 피신했다. 워든은 술병의 스크루를 돌려 술병을 꽉 막고 이어 낮게 웅크린 자세로 피트의 굴뚝까지 갔다. 그는 이번에도 받침대 없이 공중을 향하여 BAR를 발사했다. 커브를 그리며 날아간 그의 총알은 재빨리 날아가는 비행기의 후미에도 미치지 못했다. 좀 더 앞쪽을 쏴야겠는걸.

「이봐, 비행기의 뒤통수만 쏘고 말았군.」 피트는 울적하게 말했다.

「어이 마이크, 뒤로 약간 이동해. 인사계가 여기 굴뚝 구석에 받침대를 놓고 안전하게 쏠 수 있도록. 밀트, 술병은 여기 내려놔. 내가 잘 보관해 줄게.」 피트가 말했다.

「먼저 한 모금 해.」 워든이 쾌활하게 말했다.

「오케이.」 피트가 검댕이 묻은 입 가장자리를 손등으로 닦아 내며 말했다. 그가 빙긋 웃어 보이자 이빨에도 검댕이 묻어 있는 게 보였다. 「저 일본 놈들이 우리 내무반을 어떻게 해 놨는지 알아?」

「자네 신발장이 박살 난 걸 보았어.」워든이 말했다.
중대 마당에서는 다시 돌격 나팔이 울려 퍼졌다.
「저 바보 같은 자식, 델버트 대령의 명령이래.」
「대령이 이렇게 빨리 일어났을 리 없는데.」피트가 말했다.
「올드 제이크는 기병대에서 첫 장교 근무를 했을 거야.」워든이 말했다.
「피트, 언제 나도 그 총 한 번 쏘게 해줄 거예요?」그리넬리가 물었다.
「금방 쏘게 해줄게.」
「빈 탄창을 중대 마당으로 내던져!」워든이 지붕에 있는 부사관들에게 소리쳤다. 「뒤로 전달해. 빈 탄창을 마당으로 내던져!」
지붕 위에 있던 부사관들은 빈 탄창을 마당으로 내던지라는 말을 복창했지만 정작 빈 탄창을 자꾸만 옆에 쌓아 놓았다.
「빌어먹을!」워든이 소리쳤다. 그는 굴뚝 뒤에서 나와 지붕 앞쪽으로 나섰다. 미식축구의 수비수들을 독려하는 쿼터백처럼. 「탄창을 아래로 던져. 프랭크, 테디 밑으로 던지란 말이야.」
「자, 피트, 나도 한 번 쏘게 해줘요.」그리넬리가 다시 말했다.
「내가 먼저 쏴야 돼.」마이코비치가 말했다.
「젠장, 이건 내 총이야.」그리넬리도 지지 않고 말했다.
「시끄러워. 너희 둘의 총이야. 곧 쏘게 해줄게.」
워든이 안쪽 가장자리에 있는 치프와 리돌 트레드웰의 바로 뒤에 왔을 때 북동쪽에서 두 대의 적기가 마치 하나인 양 날아왔다. 워든은 재빨리 그들 뒤에 엎드렸다. 중대 마당에서는 나팔병이 나팔 불기를 중지하고 E 중대의 포치 안으로 피신했다.
워든의 바로 맞은편에 보이는 연대 본부 건물의 옥상에는

1248

겨우 두 명만 올라와 있었다. 그중 한 명은 워든도 아는 미식 축구 코치 빅 존 디털링이었다. 빅 존은 삼각 받침대 없는 수랭식 캘리버 30을 갖고 있었다. 그것을 왼쪽 어깨에 올려놓고 오른손으로 쏘았다. 그가 첫발을 쏘자 총의 반동으로 그는 지붕 위에서 크게 비틀거렸다.

다가오는 비행기들의 기관총은 60센티미터 간격으로 기총 소사를 해댔고 중대 마당과 벽에 일제히 먼지를 일으켰다. 그들은 G 중대에서 D 중대로 이르는 상공을 극장에 난 마찻길 정도로 생각하는 것 같았다. 워든은 연대 본부 건물의 지붕 위에 올라온 빅 존 디털링을 보고 웃느라고 총을 쏘지 못했다. 이번에 빅 존은 캘리버 30의 반동 때문에 지붕에서 거의 떨어지면서 지붕을 망쳐 놓을 뻔했다. 함께 연대 본부의 지붕에 올라온 다른 사람은 현명하게도 지붕의 굴뚝을 그 자신과 비행기 사이의 엄호물로 삼은 것이 아니라, 그 자신과 빅 존 사이의 엄호물로 삼았다.

「야, 저 자식 좀 봐.」 워든은 웃음을 멈추자 치프에게 말했다.

중대 마당에서는 기총 소사가 뜸해지면 탄약 지원조 병사가 마당으로 나와 빈 탄창을 집어 들어 재빨리 돌아갔고 나팔병은 다시 메가폰을 잡았다.

「나도 저 친구를 보고 있었습니다.」 치프가 말했다. 「저 자식은 완전 꼭지가 돌았군요. 나와 피트가 어젯밤 키퍼 부인의 집에 들렀을 때 저 친구도 거기 있었어요.」

「저 친구, 마누라에게 안 들켰기를 바라.」 워든이 말했다.

「훈장감이지요.」 치프가 아직도 웃으면서 말했다.

「아마 받게 될 거야.」 워든이 빙그레 웃으며 말했다.

나중에 밝혀진 일이지만 빅 존은 실제로 훈장을 받았다. 중사 존 L. 디털링, 은성 훈장, 전투 중에 타의 모범이 되는 영웅적 행위.

또다시 동남쪽에서 V자를 그리며 세 대의 비행기가 날아왔다. 지붕 위의 대공포가 일제히 사격을 가하는 동안 위든은 재빨리 피트가 있는 굴뚝으로 달려갔다. 그는 굴뚝 구석에 BAR의 앞부분을 걸쳐 놓고 사격을 했다. 그는 자신의 예광탄이 다른 예광탄들 사이에서 사라져 버리는 것을 목격했다. 맨 앞쪽에 있던 비행기는 기수, 조종석, 뒤꼬리 부분이 흔들리기 시작했다. 그 비행기는 차가운 샤워 후 몸을 부르르 떨며 나오는 욕객처럼 몸을 떨었다. 조종사는 뜨거운 난로에 손을 덴 사람처럼 좌석에서 두 번 몸을 털썩거렸다. 비행기가 총탄에 맞은 것이었다. 조종사는 그 상황을 돌파하려고 안간힘을 썼으나 벗어나지 못했다. 그는 양팔을 들어 올리며 무기력한 포즈를 취했다. 지붕 위의 사수들은 일제히 환성을 올렸다. 환성의 메아리는 길게 이어졌다. 모두 침묵하며 결과를 주시했고 일본제 소형 제로 비행기는 중대 마당 너머 1백 미터 지점에서 한쪽 날개가 퍼덕거리며 추락하더니 19보병 연대 미식축구 구장의 골대와 충돌했고 곧이어 화염에 휩싸였다. 중대 마당에서는 환호성이 크게 울려 퍼졌고 사병들은 철모를 벗어 공중에 던졌으며 우리 미식축구 팀이 최강의 노터데임 팀을 상대로 터치다운을 성공시킨 것처럼 서로의 등을 두드려 댔다.

이어 북동쪽에서 또 다른 V자 편대가 날아오자 모두 철모를 집어 드느라고 정신이 없었다.

「피트, 당신이 추락시킨 거예요!」 그리넬리가 흔들리는 삼각대를 꽉 잡으며 소리쳤다. 「당신이 추락시켰어요!」

「내가 잡긴 뭘!」 피트가 계속 총을 쏴대며 말했다. 「누가 추락시켰는지 알 수 없는 거야.」

「헤이, 밀트!」

약간 잠잠해진 틈을 타서 치프 초트가 지붕 가장자리에서

1250

소리쳤다.

「헤이, 밀트! 저기 아래쪽에서 누가 당신을 찾는데요.」

「소리치지 말고 이리로 올라오라고 해!」 워든이 크게 말했다. 그의 뒤에서는 그리넬리가 애원하고 있었다.

「피트, 자, 나도 좀 쏘게 해줘요. 이미 한 대 추락시켰잖아요.」

「조금만 더, 조금만 더.」 피트가 대답했다.

워든이 벽에 기대어 중대 마당을 내려다보니 로스 중위가 화난 얼굴로 올려다보고 있었다. 중위의 눈 밑에는 짙은 그늘이 져 있었다. 헝클어진 머리에 전투모를 썼고, 바지는 단추를 잠그지 않은 상태였고, 구두끈과 혁대도 제대로 매지 않은 상태였다. 중위는 아래를 내려다보지 않으면서 바지 단추를 잠그고 있었다.

「상사, 거기 위에서 뭐 하고 있는 거야?」 중위가 소리쳤다. 「왜 여기 내려와서 중대 병력을 장악하지 않나? 우린 한 시간 내에 해변 진지로 이동할 거야. 해변에는 지금쯤 일본 놈들이 우글거리고 있을 거라고.」

「모두 다 조치해 놓았어요.」 워든이 아래에 대고 소리쳤다. 「사병들은 내무반에서 완전 군장을 꾸리고 있습니다.」

「하지만 취사반과 보급실도 이동시켜야 하잖아!」 중위가 소리쳤다.

「취사반은 이동 준비 중입니다. 스타크에게 이동 준비를 하라고 해놓았으니 그대로 움직이고 있을 겁니다. 앞으로 15분이면 이동 준비 완료입니다.」

「하지만 보급실은…….」

「보급실은 탄약 지원을 하고 있어요. 보급실은 수랭식 MG를 해변 진지로 이동시키고 야전 수리 장비를 함께 가지고 가면 됩니다. 그들도 다 준비가 되었어요.

게다가 취사반에서 지금 커피와 샌드위치를 만들고 있어

요. 모든 게 다 조치되었습니다. 중대장님도 BAR를 하나 가지고 지붕으로 올라오지 그러세요?」

「남아 있는 게 없어.」 로스 중위가 화난 목소리로 말했다.

「그럼 어서 피신하십시오. 여기 또 비행기가 날아옵니다.」 위든이 마당에 대고 소리쳤다.

로스 중위는 남동쪽에서 날아온 단독 비행기가 기총 소사를 가해 오자 포치를 통해 보급실로 들어갔다. 지붕 위에서는 일제히 대공포를 쏘아 올렸다. 그 비행기는 십자 포화에서 살아남을 것 같지 않았으나 피해를 입지 않고 빠져나갔다.

그의 바로 뒤에서, 와이아나에 애버뉴와 연대 본부 빌딩이 있는 북쪽으로 날아가는 또 다른 비행기가 나타났다. 대공포가 일제히 불을 뿜었다.

비행기의 연료통에 불이 붙어 조종석 쪽으로 옮겨 갔다. 비행기는 오른쪽 날개가 기울어졌으나 여전히 최고 속력으로 날아갔다. 비행기의 배 부분과 왼쪽 날개 밑부분이 드러나자 환한 햇빛 아래 푸른 원과 하얀 별이 선명하게 보였다. 모든 병사들이 지켜보는 가운데 그 비행기는 날개와 동체를 비틀거리며 날아가다가 기혼 장교 숙소 위로 추락하면서 폭발했다.

「저건 아군기인데!」 리돌 트레드웰이 자그마한 목소리로 말했다. 「저건 미국 비행기야!」

「안되었군.」 위든이 북동쪽에서 날아오는 두 대의 비행기에 사격을 가하면서 말했다. 「저 자식은 왜 이리로 나타나서 추락하고 지랄이야.」

일본 적기 두 대가 그냥 지나가 버리자 위든은 굴뚝에서 나와 지붕을 한 바퀴 돌면서 순시를 했다. 그는 눈을 가늘게 뜨고 있었는데 금방 뺨을 한 대 맞은 듯한 표정이었다. 그가 그런 표정을 짓고 있으면 병사들은 일부러 고개를 돌렸다.

「어이, 조심해야겠어.」 그가 지붕의 위와 아래를 향해 소리 쳤다. 「저건 우리 비행기였어. 총을 쏘되 조심스럽게 쏴. 쏘기 전에 확인을 하라고. 휠러 기지의 멍청이들이 이쪽으로 비행 할지도 모르니까. 앞으로는 정말 조심해야 돼.」 그의 눈빛과 목소리에는 긴장하는 기색이 역력했다.

「워든 상사!」 로스 중위가 중대 마당에서 소리쳤다. 「이런 빌어먹을, 워든 상사!」

그는 지붕 가장자리로 달려갔다. 「또 뭡니까?」

「당장 이리로 내려와!」 중위는 허리띠와 군화 끈을 제대로 맸고 이제 손가락으로 전투모 밑의 머리카락을 가다듬고 있 었다. 「빨리 내려와 행정실 이동 준비를 하란 말이야! 거기 있을 이유가 없어! 어서 내려와!」

「제길, 전 지금 바쁩니다. 로젠베리를 시키서요. 전쟁이 벌 어지고 있지 않습니까?」

「난 델버트 대령에게서 오는 길인데, 공습이 끝나면 곧 해 변 진지로 이동하겠다고 했어.」

「G 중대는 이동 준비가 완료되었어요. 난 바빠요. 헨더슨 에게 탄창과 탄대를 더 올려 보내라고 하세요.」

로스 중위는 포치 밑으로 잠시 피했다가 다시 나왔다. 이 번에는 철모를 쓰고 있었다.

「헨더슨에게 말했어.」

「스타크에게 커피를 좀 올려 보내라고 하세요.」

「이런 젠장! 이거 뭐야? 중대 피크닉이야? 상사, 빨리 내려 와. 이건 명령이야. 내 말 알아들어? 중대장들은 한 시간 이 내에 이동 준비를 완료하라는 지시를 델버트 대령으로부터 받았어!」

「뭐라고요? 잘 안 들립니다.」 워든이 소리쳤다.

「한 시간 내에 이동해야 한다고.」

「뭐라고요? 조심하십시오. 여기 비행기가 또 날아옵니다.」

로스 중위는 보급실로 황급히 피했고 두 명의 탄약 수송병은 해치 아래로 머리를 쏙 집어넣었다.

워든은 피트 있는 데로 달려가 BAR를 굴뚝 구석에 걸치고 V자 편대를 향해 사격을 했다. 편대는 그냥 쑥 지나갔다.

「여기 빨리 탄약을 올려!」그는 해치에 있는 수송병에게 소리쳤다.

「밀트!」치프 초트가 소리쳤다. 「밀트 워든! 빨리 내려오래요.」

「못 찾았다고 해. 안 보인다고 해.」

치프는 고개를 끄덕거리더니 마당에다 대고 소리쳤다. 「중위님, 어디 있는지 안 보입니다. 어디 딴 데 갔는가 봐요.」치프는 마당에다 귀를 대고 열심히 듣더니 들은 말을 전했다. 「로스 중위가 한 시간 내에 진지로 이동한다는 말을 전해 달래요.」

「아무튼 내가 안 보인다고 해.」워든이 말했다.

「또 온다!」삼각대를 붙잡고 있던 그리넬리가 소리쳤다.

그들은 한 시간 내에 해변 진지로 이동하지 못했다. 공습이 끝난 것이 한 시간 후였다. 그들은 이른 오후에 이동하기 시작했는데 공습이 끝난 지 세 시간 반 후였다. G 중대는 공습 직후 이동 준비가 완료되었는데 그것은 연대 내에서 유일했다.

워든은 이런저런 핑계를 대면서 공습이 끝날 때까지 지붕에 머물렀다. 로스 중위는 보급실에 머물면서 탄창 장전을 도와준 것으로 판명되었다. 연대의 대공포 사격은 비행기 한 대를 확실히 추격시켰고 두 대 정도를 더 추격시킨 것으로 추정되었다. 추정 두 대는 27연대의 공로로 돌아갔으나 G 중대 마당을 지나갈 때 이미 추락 기미를 보였었다. 스타크는 손수 취사병 두 명과 함께 커피를 가져왔고 나중에는 샌드위치와 커피를 수송했다. 그에 대한 감사 표시로 피트 카렐슨은

MG를 한번 쏴보게 해주었다.

공습이 끝난 후 지붕에는 아주 고요한 침묵이 흘렀다. 그 어떤 소리도 뚫고 들어올 수 없을 정도로 견고한 침묵이었다. 그들은 지붕에서 마지막 담배를 피우고 얼굴이 꺼멓고 눈알은 충혈된 채 그러나 행복하게 노곤한 상태로 중대 마당으로 내려갔다. 중대에서는 완전 군장을 꾸리느라고 대혼잡이었다. 아무도 다친 사람은 없었다. 하지만 그들은 그 무거운 정적으로부터 자유롭지 못했다. 진지 이동에 따르는 대혼잡도 그 침묵을 뚫고 들어가지 못했다.

워든은 군장을 꾸리지 않고 곧바로 행정실로 갔다. 진지로 이동하기까지 세 시간 반 동안 그는 행정실에 머물면서 서류와 집기 정리에 몰두했다. G 중대가 연대 내에서 이동 준비가 제일 먼저 되었기 때문에 로스 중위는 아까 화냈던 것을 까맣게 잊어버리고 행정실 이동 준비를 거들었다. 로젠베리 또한 열심히 도왔다. 워든은 행정실의 짐을 싸면서 약간의 여유 시간이 있었으나 자신의 개인 군장을 꾸리거나 전투복으로 갈아입을 시간은 없었다. 설사 시간이 있었더라도 그렇게 하는 것을 잊어버렸을 것이다.

그 결과 그는 하나우마 베이에 팝콘 판매대로 임시 설치한 CP에서 담요 없이 닷새 동안 잠을 자야 했다. 닷새가 지난 뒤에야 겨우 스코필드로 돌아가 개인 사물을 가져올 수 있었던 것이다. 그는 어떻게 개인 장비를 챙기지 않을 수 있었는지 의아했다.

각 중대에 배속된 트럭들이 하나씩 하나씩 해당 중대 앞에 들어와 2열 종대로 늘어선 채 대기했다. 각 부대의 소대원들은 중대 마당으로 나와 총을 들고 군장을 깔고 앉은 채로 대기 중인 트럭을 쳐다보았다. 연대는 하나의 단위로 움직였다.

각 중대는 고유의 관할 지역이 있었다. 해변 진지로 나가면

각 중대는 독립 단위로 움직였다. 그렇지만 이동 준비가 완료되었다고 해서 어떤 중대가 아직 준비 중인 중대보다 먼저 해변 진지에 나가지는 못했다. 연대는 하나의 단위로 움직였다.

어디나 트럭 천지였다. 병사들은 모두 군장 위에 걸터앉아 있었다. 연대 연병장에 트럭들이 너무 많이 들어차 연대장의 지프차도 그들 사이로 이동할 수가 없었다. 연병장에는 병사들이 너무 많아서 연대장의 부관이나 전령도 그들 사이로 뚫고 다닐 수가 없었다. 걸쭉한 욕설이 흘러나왔고 진땀을 뺐다. 연대는 하나의 단위로 움직였다.

G 중대의 행정실에서 워든은 짐을 꾸리면서 자꾸만 껄껄 웃게 되었다.

한번은 로스 중위가 보급실로 간 사이에, 메일런 스타크가 문틈으로 고개를 들이밀었다. 「취사반 트럭은 장비를 모두 싣고 이동 준비를 완료했습니다.」

「잘했군.」 워든이 고개도 쳐들지 않으면서 대답했다.

「상사님은 오늘 아침 정말 멋지게 일 처리를 했습니다.」 스타크가 약간 답답하게 들리는 목소리로 말했다. 「다른 부대의 취사반은 이동 준비를 하는 데 두 시간은 걸려야 할 겁니다. 일부 부대는 병력이 이동할 때 따라오지 못해 그 뒤에 와야 할 겁니다.」

「스타크, 자네가 민첩하게 움직인 덕분이지.」 워든이 여전히 고개를 쳐들지 않고 말했다.

「그건 내가 아니라 당신 덕분이었습니다. 멋지게 일을 처리해 주어서 정말 고맙습니다.」

「오케이, 고마워.」 그는 여전히 고개를 쳐들지 않은 채 짐을 꾸려 나갔다.

그는 중대의 맨 앞에서 로스 중위와 함께 콘보이 차를 타고 갔다. 운전은 웨어리 러셀이 맡았다. 교통 혼잡이 심각했다. 도로에는 트럭과 택시가 한없이 늘어서 있었다. 트럭은 그들을 해변 진지로 데려가는 것이었다. 택시는 병력들이 자리를 비운 스코필드로 병사들을 데려가는 중이었다. 순찰차와 지프차가 길게 늘어선 트럭들 사이로 요리조리 빠져나갔다. 2.5톤 트럭들은 한 번에 몇 미터씩 힘들게 전진했다. 앞 트럭이 멈춰 서면 그 트럭이 움직일 때까지 한없이 기다려야 했다.

트럭들은 방수포가 벗겨져 있었고 BAR나 기관 단총 사수 한 명이 트럭 바닥의 벽에 설치된 그 총을 꽉 붙잡고 있었다. 트럭 적재함의 난간 위로는 사병들의 철모 쓴 머리가 불쑥 튀어나와 있었다. 그것은 스미스소니언 박물관에서 공룡의 해골을 구경하는 방문객의 머리 비슷했다.

노견에서 트럭들의 행렬을 오르내리며 고함을 치던 워든은 그들의 얼굴을 여러 번 보았다. 그들의 얼굴은 바뀌어 있었고 예전의 그 얼굴이 아니었다. 그것은 아침에 식당에서 보았던 스타크의 얼굴과 비슷했다. 건조한 석고 같으나 취기는 휘발되어 버린 얼굴. 수백 개의 부대가 한데 어울려 있는 이곳 고속도로에서 그 얼굴들이 석고 같다는 느낌은 자대(自隊)에 있을 때보다 더욱 생생하고 분명했다. BAR를 잡고 가던 치프 초트는 트럭 아래쪽을 내려다보았고 워든은 지프차에서 올려다보았다.

그들은 민간복, 영내화, 전투모 컬렉션, 휘장 컬렉션, 사진 앨범, 개인 문서 등을 모두 뒤에 남겨 두고 왔다. 그런 것이 무슨 소용인가. 전쟁이 벌어졌는데. 우린 이제 그런 거 필요 없어. 그들은 오로지 야전 장비만 가지고 왔다. 생활 편의품을 챙겨 온 사람은 피트 카렐슨이 유일했다. 피트는 프랑스에서 참전했던 경력이 있었다.

서서히 트럭들은 호놀룰루를 향해 움직였고 하변으로 나

가면 상부의 지시를 대기할 것이었다. 그때까지는 휴무였고 즐거운 일이었다.

그들은 진주만을 지날 때 만 일대가 쑥밭이 되어 있는 것을 발견했다. 휠러 기지도 형편 무인지경이었지만 진주만은 더욱 심각했다. 진주만은 사병들의 불알을 쪼그라들게 했다. 휠러 기지는 길에서 한참 떨어진 곳에 있었지만 진주만의 일부는 바로 고속도로에 면하고 있었다. 그때까지 부대 이동은 피크닉 혹은 쉬운 일이었다. 그들은 지붕에 올라가 비행기의 기총 소사에 맞서 총을 쏘아 댔다. 취사반에서 커피와 샌드위치를 날라다 주었고 보급실에서 실탄을 지원해 주었다. 2~3대의 비행기를 격추시켰고 연대에서 총에 맞은 병사는 딱 한 명이었다(캘리버 50으로 허벅지 살 많은 쪽을 맞았는데, 뼈는 다치지 않아 걸어서 의무대까지 갔다). 그는 그 부상으로 자심(紫心) 훈장을 받았다. 거의 모든 사병이 술을 한 병씩 가지고 있었고 전쟁이 시작되었을 때는 절반쯤 취해 있었고 사격 목표가 살아 움직이는 물체인, 대형 사격 훈련장에 들어간 것이었다. 정말 짜릿한 흥분이었다. 하지만 술기운은 곧 사라졌고 더 이상 술을 구해 올 전망은 없었으며 총을 쏘아 댈 살아 움직이는 물체도 없었다. 그들은 이런 생각을 했다. 앞으로 술 한 병 구하려면 몇 달, 아니 몇 년은 기다려야겠구나. 이제 커다란 전쟁이 터졌으니.

트럭들이 진주만 근처 최근에 지은 기혼 부사관 숙소를 지나가자 마당에 서 있던 부녀자들과 노인들이 환호하며 손을 흔들었다. 병사들은 아무 말 없이 그들을 쳐다보기만 했다.

시내의 이면 도로를 통과하자 남녀노소가 포치, 울타리, 차의 꼭대기, 지붕 등에 나와 환호를 했다. 그들은 윈스턴 처칠식으로 손가락으로 V자를 그려 보였으며 엄지손가락을 공중에 치켜세우기도 했다. 어린 처녀들은 키스를 불어 보냈다. 어린 처녀들의 어머니들은 눈에 눈물이 가득한 채로 어서 키스를 더 많이 불어 보내라고 재촉했다.

병사들은 이 어리고 싱싱한 처녀들을 아쉬운 눈빛으로 쳐다보며 지난날을 회상했다. 과거에 어린 처녀들은 밤중에 바에서 군인을 만나는 것은 물론이고 대낮에 군인과 말을 거는 것조차 허용되지 않았었다. 병사들은 처녀들의 키스에 응답해 주먹을 쥐고 가운뎃손가락만 공중으로 펴 보이는 제스처를 해 보였다. 윈스턴 처칠의 V자 손가락 표시에 대해서는, 주먹을 쥐고서 엄지와 검지로 동그라미를 그려 보였다.

환호하는 민간인들은 첫 번째 제스처가 〈엿 먹어라〉라는 군대의 욕설이고, 두 번째 제스처가 여자의 음부를 가리키는 것임을 알지 못했다. 병사들은 스코필드를 떠난 이래 처음으로 서로 빙그레 웃으면서 그런 답례의 제스처를 계속 해댔다.

와이키키에서 동쪽으로 가면서 G 중대에 배정된 트럭들의 간격이 벌어지기 시작했다. 각각의 해변 진지에 서너 명의 작업조와 지휘 부사관을 떨구어 놓기 위해서였다. 그들이 코코 헤드의 안장(鞍裝)을 넘어가 고개에 이르자 길은 아래로 내려가 하나우마 베이의 CP로 이어졌다. 거기까지 따라온 트럭은 이제 네 대밖에 되지 않았다. 두 대는 마카푸우 헤드에 있는 진지 28을 위한 것이고, 나머지 두 대는 CF와 진지 27, 그리고 취사반을 위한 것이었다. CP 트럭과 취사반 트럭은 곁길로 들어서서 멈추었고 나머지 두 대는 마카푸우 쪽으로 계속 갔다. 그들은 시내를 거쳐 오는 동안 지난 2~5년 동안에 기다려 왔던 민간인들의 열렬한 환송을 받았다. 그러나 이제 그 환송에 대가를 치러야 했다.

트럭에 탄 병사들 사이에는 나라를 지켜야 한다는 어국심이 충일했다. 그들은 불어오는 바닷바람에 주먹을 불끈 쥐며 투쟁 정신을 내보였다. 로스 중위와 워든은 지프차에서 내려

노견에 선 채 그들이 스쳐 지나가는 것을 지켜보았다. 병사들은 트럭 적재함 난간 위로 주먹을 불끈 쥐어 보였고 현재 소총병이며 전 중대 나팔병이었던 프라이데이 클라크는 마카푸우 쪽으로 나가는 트럭 위에 앉아서 로스 중위를 향해 V자를 그려 보였다.

그런 애국적 열기는 딱 사흘간만 지속되었다.

로스 중위는 지프차 옆에 서서 부상과 죽음을 당할지 모르고 몇 년을 끌지 모르는 전장으로 나가는 부하들을 지켜보았다. 그는 V자를 그려 보이는 프라이데이에 대해서도 연민과 우려를 느꼈다. 중위의 얼굴과 눈에는 깊은 지혜와 무거운 책임감이 동시에 교차했다.

중대장 옆에 서 있던 인사계 워든은 그런 중대장의 엉덩이를 크게 걷어차 주고 싶었다.

그 후 며칠 동안 병사들의 애국심을 녹여 버린 것은 아마도 가시철조망 작업이었을 것이다. 지난번 해변에서 토치카 작업을 하면서 뼈 마디마디에 고통을 느꼈던 병사들은 진지 보호용 가시철조망을 설치하면서 그런 고통이 두 배로 늘어난 것을 느꼈다. 그래서 밤에 보초를 서지 않을 때에도 그들은 잠을 제대로 자지 못했다. 진지 접수 후 그다음 날부터 시작된 가시철조망 작업은 애국심을 사그라들게 하는 주범이었다. 목욕을 못해 몸이 끈적끈적해지거나, 수염을 못 깎아서 턱이 근질근질하거나, 2인용 텐트를 쳐놓고 바위 위에서 잠자거나 아니면 비가 올 때 담요 두 장을 덮고 잠자는 것보다 더 고통스러운 일이었다.

일요일 아침에 시작되어 그들에게 미래의 희망을 안겨 주었던 이 전쟁은 오랜 기간 실시되는 야외 기동 훈련에 지나지 않았다. 차이가 있다면 그 훈련이 언제 끝날지 모른다는 것이었다.

가시철조망 작업과 기타 작업을 한 닷새 정도 하고 나니 일부 병력을 스코필드로 보내 지난번에 가져오지 못한 물건들을 가져올 생각이 났다. 또 중대에 배정된 피라미드 텐트도 가져와야 했다. 하지만 그 텐트는 마카푸우 진지에 나가 있는 병사들에게는 별로 도움이 되지 못했다. 암벽뿐인 그 진지에는 텐트를 걸 만한 나무들이 없었다.

워든은 두툼한 메모지 한 권을 채울 만한 병사들의 요청 품목 리스트를 들고 세 대의 수송 트럭을 인솔해 스코필드로 돌아갔다. 지난 닷새 동안 생활 편의품을 챙겨 온 피트 카렐슨은 별 어려움을 겪지 않았는데 이 인솔대의 부책임자로 워든을 따라갔다. G 중대 자리로 돌아가 보니 거기에는 이미 다른 부대가 들어와 차지하고 있었다. G 중대의 관물대와 신발장은 이미 완전히 털린 상태였다. 워든이 들고 온 리스트는 아무 쓸모가 없었다. 그 일요일 아침 관물대와 신발장의 자물쇠를 잠근 사람은 피트 카렐슨이 유일했다. 하지만 테이블 위에 놓아두었던 피트의 여벌 의치도 사라지고 없었다.

물론 새로 입주한 병사들은 그 물건에 대해서 전혀 아는 바가 없었다.

워든의 레코드와 전축도 사라졌다. 120달러짜리 브룩스 브러더스 양복, 새들 스티치[39]의 포스트맨 상의, 한 번도 입어 본 적이 없는 하얀 디너용 상의와 턱시도 바지, 기타 군복들이 모두 사라졌다. 프루가 영창에 가 있을 때 사들인, 아직 대금을 절반밖에 지불하지 못한 260달러짜리 앤디와 프라이데이의 전기 기타도 스피커 연결 잭플러그와 함께 사라지고 없었다.

워든과 덩치가 비슷하고 관물대의 자물쇠를 잠가 놓은 A 중

---

39 *saddle-stitch*. 중철 양복 칼라.

대의 인사계 데드릭의 덩치가 아니었더라면, 워든은 작업복 두 벌조차 회수하지 못할 뻔했다. 단 하나 그대로 남아 있는 것은 보급실의 피라미드 텐트들뿐이었다.

텐트를 각 진지에 지급하고 위수 지역을 완전 장악한 이동 7일 차에 들어가자, 중대원 전원 ― 부대 영창에서 복역 중이다가 공습일에 다른 수감자들과 함께 석방된 두 명의 병사를 포함하여 ― 이 자신의 진지에 복귀하여 임무 수행에 들어갔다. 단 하나의 예외는 프리윗이었다.

제51장

프리윗은 공습이 진행되는 내내 잠을 잤다. 그는 그 전날 밤 평소보다 더 취했다. 전날은 토요일 밤이라 두 여자는 대목을 맞이하여 일터에 나가 있었다. 그는 공습이 있었다는 사실조차 알지 못했다. 라디오에서 흘러나오는 소리가 계속 그의 귀를 때리더니 숙취로 어지러운 그의 머릿속으로 흘러들어 왔고 마침내 공습이 있었다는 사실을 알게 되었다. 그는 숙취로 인해 입안이 아주 메마르고 목이 말랐다.

그는 반바지 차림으로 소파에 일어나 앉았고(그는 거실의 소파에서 잠자기 시작하면서 예의상 반바지를 입었다) 드레싱 가운을 입은 채 라디오 앞에 앉아 있는 두 여자를 보았다.

「당신을 막 깨우려던 참이었어요!」 앨마가 흥분된 목소리로 말했다.

「뭣 때문에?」 그의 흐리멍덩한 머릿속에서 제일 먼저 떠오른 생각은 빨리 주방으로 가서 물을 마셔야겠다는 것이었다.

〈……하지만 진주만에 가해진 피해는 가장 심각한 것이었습니다.〉 라디오는 말했다. 〈파괴되지 않은 그대로 서 있는 건물은 하나도 없는 지경입니다. 항구에 머물던 전투함 한 척은 얕은 해저에 가라앉았고 윗부분이 기름 떠다니는 불타는 수면 위로 드러나 있습니다. 대부분의 고도 폭격기들은 이곳과 해협 건너편의 히컴 기지를 공격 목표로 삼았습니다. 진주만 다음으로 히컴 기지도 엄청난 피해를 당했습니다.〉

「저건 웨블리 에드워즈의 목소리야.」 조제트가 말했다.

「지금 본토로 방송을 보내고 있는 거야.」 앨마가 말했다.

〈거대한 폭탄과 어뢰가 새 히컴 기지 막사의 주 식당에 투하되었습니다. 그 식당에서는 무고한 4백 명의 공군이 아침 식사를 하고 있었습니다.〉

프루는 그 순간 공습이 있었다는 것을 깨달았지만 그것을 납득하느라고 애를 먹었다. 그는 공격해 온 자들이 독일인들일 거라고 생각했다. 일본 놈들이 공격해 왔다는 얘기를 듣고서 그 생각을 버리지 못했다. 독일 놈들이 새로운 폭격기를 개발한 것이 틀림없었다. 아시아 동쪽 해안에 있는 기지를 이용하여 독일에서 여기까지 논스톱으로 날아온 것이었다. 영국 해군 때문에 태평양에 독일 해군 함정을 띄울 수 없기 때문에 그런 편법을 쓴 것이었다. 젠장 이런 판국에 숙취에서 깨어나지 못하다니! 물을 아무리 마셔도 이런 숙취는 해소할 수가 없을 것이었다. 유일한 방법은 해장술을 마시는 것뿐이었다. 그것도 한두 잔으로는 되지 않으리라.

「내 바지 어디 있지?」 그가 반바지 차림으로 일어나며 물었다. 뇌진탕 같은 아픔이 그의 머리를 쑤셔 댔다. 그는 여자들이 있는 쪽으로 가서 라디오 위의 바로 손을 뻗쳤다.

「바지는 의자에 있어요. 지금 뭐 하고 있는 거예요?」 앨마가 물었다.

「아니, 그거 말고 군복 바지 말이야.」 그는 여자들의 머리 위에 있는 바에서 스카치 술병을 꺼내 손잡이가 길쭉한 각테일 잔에다 가득 따르면서 말했다. 「여기 어디다 군복을 둔 것 같은데, 그거 어디 갔지?」

그는 몸을 부르르 떨면서 한 잔을 벌컥벌컥 마셨다. 위스키가 목구멍을 타고 넘어가는 순간, 위장이 꿈틀 반응하는 것이 느껴졌다.

「지금 뭐 하고 있는 거예요!」 앨마가 크게 화를 내며 말했다. 「뭘 하려고 그래요?」

「우선 술을 한잔해서 해장을 하고, 그다음에는 부대에 돌아가려고 그래. 뭘 할 거라고 생각했어?」 그가 또다시 한 잔을 따라 마시면서 말했다.

〈우리 해군이 가장 큰 피해를 당한 것은 의심의 여지가 없습니다. 해군 역사상 가장 큰 피해일 것 같습니다……〉 라디오에서 말했다.

「당신은 돌아갈 수 없어요!」 앨마가 열띤 목소리로 말했다. 「돌아갈 수 없다고요!」

「왜 못 돌아간다는 거야? 바보같이.」

〈하지만 그 어둠과 치욕스러운 패배의 시간에도 환한 빛이 빛나고 있었고, 그것은 모든 미국인에게 영원한 귀감이 될 것입니다……〉

「군 당국에서 아직도 당신을 찾아다니고 있기 때문이에요!」 앨마가 히스테리컬하게 말했다. 「살인 혐의로 말이에요! 당신에 대한 혐의를 내려놓았다고 생각하지 말아요! 이 전쟁에도 불구하고 말이에요.」

그는 세 번째 술잔을 따르고 있었다. 그때서야 비로소 머리가 맑아지기 시작했다. 알코올의 따뜻한 기운이 젖은 신경 세포를 건조시키며 활성화시켰다. 그는 손에 들고 있던 위스키를 마셨다.

「그걸 깜빡 잊어버리고 있었네.」

〈……우리 병사들의 용기와 영웅 정신은 정말 놀랍습니다. 그들은 기습을 당해서 변변한 장비 하나 없이 죽음과 엄청난 열세에 직면해서도 위축되지 않고 총을 꺼내 들고 맹렬하게 반격했습니다. 미 육군과 해군의 전통적인 감투 정신을 유감 없이 발휘하면서 말입니다.〉

「저 아나운서는 미 육군과 해군 얘기를 하고 있는 거야?」 조제트가 혼잣말을 하듯 중얼거렸다.

「그렇다면 그걸 기억하는 게 좋을 거예요.」 앨마가 차분한 목소리로 말했다. 「지금 돌아가면 당신을 영창에 처넣고 살인죄로 재판할 거예요. 전쟁이든 말든. 그건 전쟁을 이기는 데 도움을 주지도 못할 거예요.」

한 손에 위스키 병을 다른 한 손에 술잔을 들고 그는 라디오 앞의 풋스툴[40]에 털썩 앉았다. 그는 갑자기 복부에 강타를 당한 권투 선수 같은 모습이었다.

「그걸 잊고 있었어.」 그가 멍한 목소리로 말했다. 「까맣게 잊고 있었어.」

「그럼 지금이라도 기억하는 게 좋을 거예요.」

〈폭격 상황에서도 그들이 보여 준 침착한 영웅적 태도, 의무에 대한 헌신, 병원과 치료소에서 부상을 당한 채 혹은 죽어 가면서도 전혀 불평하지 않는 용감한 태도 등은 믿음과 의무감과 영웅주의의 모범이 되었으며 이곳 하와이에 살고 있는 민간인들은 그것을 영원히 잊지 못할 것입니다. 이 병사들은 이제 하나의 전설을 창조하고 있습니다. 민주주의의 전설은 앞으로도 오랫동안 전무후무한 전설로 남을 것이며, 자유를 파괴하려는 적군의 마음에 공포심을 불러일으킬 것입니다.〉

「저 황인종 개새끼들은 이런 짓을 해놓고 결코 무사하지 못하리라는 것을 깨닫게 될 거야!」 조제트가 갑자기 열띤 목

40 *footstool*. 발 얹는 데.

소리로 말했다.

「난 자고 있었어.」프루가 멍한 목소리로 말했다. 「깨어나지도 않았다고.」

「우리도 마찬가지예요.」조제트가 흥분된 목소리로 말했다. 「우리도 그 사실을 몰랐어요. 내가 라디오를 틀면서 간신히 알게 된 거예요.」

「난 자고 있었어. 저들이 공격해 오는데 그것도 모르고.」프루가 멍한 목소리로 말했다. 그는 왼손에 들고 있는 술병을 오른손의 술잔에 기울여 또다시 한 잔 했다. 그의 머리는 이제 완전히 맑아졌다. 종처럼 반짝거렸다.

「이 빌어먹을 독일 놈들!」그가 말했다.

「웬 독일인?」조제트가 말했다.

「저자들 말이야.」그가 술잔으로 라디오를 가리키며 말했다. 〈나는 지금 육군의 현대식 병원인 이곳 트리플러 종합 병원의 병동에 서 있습니다. 군복을 입고 있는 군인, 속옷만 입고 있는 군인, 아예 옷을 입지 않고 있는 군인, 끔찍하게 부상을 당했거나 화상을 당한 군인들이 끊임없이 들어오고 있습니다.〉

「스코필드 부대는 어떻게 되었지?」프루가 긴장된 목소리로 물었다. 「스코필드에 대해서는 뭐라고 말했어?」

「아무것도 없어요.」조제트가 말했다. 「전혀 언급을 하지 않았어요. 휠러 비행장이 폭격되었고 이어 벨로즈 비행장, 그리고 카네오헤 해군 기지와 에와의 해병대 기지가 폭격을 당했어요. 히컴 기지와 진주만이 가장 큰 타격을 받았어요.」

「그럼 스코필드는? 도대체 스코필드는 어떻게 된 거야?」프루가 물었다.

「프루, 얘기가 아예 안 나왔어요.」앨마가 달래듯이 말했다.

「전혀?」

「그래요, 전혀.」

「그럼 우리 부대는 폭격을 안 당했군.」그가 안도하는 목소리로 말했다.「만약 폭격을 당했더라면 그 얘길 했을 텐데. 적들이 스쳐 지나갔군. 그놈들은 비행장을 노린 거야. 그러니 내지 부대인 스코필드를 공격할 리가 없지.」

〈……트리플러 종합 병원은 대형 병원입니다. 현대식 의학 장비와 편의 시설이 모두 갖추어져 있습니다. 하지만 이런 대규모 참사를 감당할 정도로 크지는 못합니다. 제가 지금 여기에서 목격하고 있는 무수한 부상자들의 일부를 치료할 수 있을 뿐입니다. 부상병들 중 일부는 이미 사망했거나 복도에 마련된 들것 위에서 죽어 가고 있습니다. 이렇게 많은 부상병들을 돌보아 줄 병실이나 숙련된 의료 요원들이 없기 때문입니다. 하지만 병원 어디에서나 단 한 마디의 불평과 비명도 흘러나오지 않습니다. 머리와 눈썹이 모두 불타 버린 이 열아홉, 스무 살의 병사들은 의사들과 말할 기회가 되면 이렇게 말합니다.《의사 선생님, 여기 내 친구를 먼저 봐주십시오. 그는 나보다 더 심하게 부상을 당했습니다.》그 나머지는 침묵입니다. 고발하는 침묵, 분노하는 침묵.〉

「저 더러운 개자식들.」프루는 울고 있었다.「이 어린애를 강간하는 더러운 독일 놈들.」그는 술병을 쥔 손을 들어 손등으로 콧잔등을 닦고 나서 다시 한 잔 따랐다.

「공격해 온 건 일본 놈들이야.」조제트가 말했다.「더러운 황인종 일본 놈들이라고. 느닷없이 다가와서 기습을 했어. 저 자들의 사절이 아직도 워싱턴에 머물면서 평화를 외치고 있는데 말이야.」

〈……이건 나에게 아주 정신 번쩍 들게 하는 경험이었습니다. 우리 병사들이 의연하게 고통을 참아 내는 사나이다움이 말입니다. 이런 영웅들을 배출해 낸 우리 정부에 대한 믿음이

다시금 깊어지고 넓어지는 것을 느꼈습니다. 이런 병사들이 열 명, 스무 명 있는 게 아니라 수백 명, 수천 명 있는 것입니다. 나는 모든 미국 국민이 여기 트리플러 종합 병원에 오셔서 이 감동적인 광경을 함께 보았다면 얼마나 좋을까 생각했습니다.〉

「저 사람, 웨블리 에드워즈야?」 프루가 울면서 물었다.

「그런 것 같아요.」 앨마가 말했다.

「그 사람 목소리야.」 조제트가 말했다.

「저 사람 훌륭한 아나운서야.」 프루가 술잔을 비우고 다시 술을 따랐다. 「아주 훌륭한 친구야.」

「이제 술 그만 마셔요. 그렇게 많이 마시기엔 너무 이른 시간 아니에요?」 앨마가 불안한 목소리로 말했다.

「이른 시간? 아, 저 빌어먹을 독일 놈들! 술 마시지 말라고? 술을 마신들 무슨 상관이야? 난 돌아가지 못하는데. 무슨 차이가 있냐고. 그러니 다들 함께 취하자고. 저 개자식들!」

〈……피해의 전체 규모는 현재 알려져 있지 않습니다. 앞으로 상당 기간 파악되지 않을 것 같습니다. 비상사태가 존재하고 또 각 관련 기관들의 협조와 조정을 용이하게 하기 위하여 쇼트 장군은 하와이 일원에 계엄령을 선포했습니다.〉

「내가 당신한테 한 가지 말해 줄 게 있어.」 프루가 울면서 술을 따랐다. 「나한테 살인 혐의가 내려지지는 않았어.」

「내려지지 않았다고요?」

「응. 아무한테도 살인 혐의가 내려지지 않았대. 워든이 내게 말했어. 그는 거짓말을 할 사람이 아니야.」

「그럼 부대에 돌아가도 되겠군요. 하지만 돌아가는 즉시 탈영 사실 때문에 영창에 집어넣지 않을까요?」

「바로 그거야! 난 영창에는 죽어도 못 가겠어. 그래서 못 가는 거야. 만약 돌아간다면 즉결 재판이나 보통 군법 회의를 받아야 해. 그럼 결과는 뻔한데, 난 죽어도 영창엔 안 가겠어. 절대로!」

「영창에 가는 일 없이 부대로 돌아갈 수 있다면 좋으련만.」 앨마가 말했다. 「하지만 당신은 그럴 수 없어요. 영창에 들어가 있어서는 전쟁에 도움을 주지도 못해요.」

그녀는 그의 팔을 잡았다.

「프루, 술병을 내려놓아요. 내게 그 술병을 줘요.」

「이 손 놔!」 그가 팔을 확 잡아채며 말했다. 「자꾸 그런 소리 하면 엉덩이를 걷어찰 거야. 저리 가! 날 내버려 둬.」 그는 또다시 한 잔 따르며 그녀를 사납게 쳐다보았다.

그때 이후 두 여자는 그에게 아무 말도 하지 않았고 말리려 하지도 않았다. 그의 충혈된 눈에는 살기가 번쩍거렸다.

「그들이 나를 또다시 영창에 처박는다면 나는 절대로 돌아가지 않겠어.」 그가 사납게 말했다. 「그건 절대 용납하지 않겠어.」

두 여자는 그 말에도 이의를 제기하지 않았다. 세 남녀는 그런 식으로 침묵한 채 앉아서 라디오의 보도에 귀를 기울였다. 그러다가 의례적으로 아침 식사를 하기 위해 주방으로 갔다. 프루는 손에 들고 있던 술병을 다 마시고 또 다른 술병을 꺼내 들었다. 그는 아침 식사를 거부하고 라디오 앞에 눌어붙어 있었다. 두 여자가 음식을 가져와도 거부했다. 그는 라디오 앞 풋스툴에 걸터앉아 울면서 술을 마셨다.

〈……우리의 젊은이들은 커다란 희생을 지불했습니다. 오늘 우리나라가 얻은 교훈에 대해서 말입니다. 하지만 그들은 그 희생에 대하여 아무런 공포, 불평, 인색함 없이 아주 관대하게 대가를 지불했습니다. 그들은 우리 나라를 위해 기꺼이 죽을 각오를 했습니다. 정규 육군과 해군은 오늘 우리 민간인들이 그들에 대하여 갖고 있는 신임과 믿음을 다시 한번 확

인해 주었습니다. 우리가 그들에게 보내는 존경심이 헛된 것이 아니었음을 증명했습니다.〉

「난 자고 있었어. 깨어나지도 못했어.」 프루가 멍한 목소리로 말했다.

두 여자는 그가 술을 너무 마셔 필름이 끊어지고 이어 뻗어 버리기를 바랐다. 그러면 그를 침대에 눕힐 수 있을 것이었다. 그의 눈에 살기가 번들거려 함께 거실에 있기도 부담스러울 지경이었다. 하지만 그는 필름이 끊어지지도 않았고 뻗어 버리지도 않았다. 그는 하루 종일 술을 마셔도 다무렇지 않은 상태에 들어간 듯했다. 그는 어느 상태가 지나가자 눈빛이 더욱 귀기(鬼氣)를 띠면서 분위기가 더욱 거칠어졌다. 그는 라디오 앞에 앉아 비통한 심정으로 울다가는 귀기 어린 눈으로 사납게 주위를 돌아다보았다.

오후에 들어가자 라디오는 헌혈 지원자는 지금 즉시 퀸스 병원에 나와서 헌혈해 달라는 핑커턴 박사의 요청을 되풀이하여 내보내고 있었다. 집 안의 무거운 분위기오, 라디오 앞에 앉아 있는 귀기 어린 남자의 사나운 눈빛을 피하기 위해서, 조제트와 앨마는 시내로 내려가 헌혈을 하기르 했다.

「나도 갈 거야!」 귀기 어린 남자가 소리치며 풋스툴에서 일어섰다.

「프루, 당신은 갈 수 없어요.」 앨마가 불안한 목소리로 말했다. 「좀 말이 되는 소리를 하세요. 당신은 지금 너무 취해서 일어설 수도 없어요. 게다가 헌혈자는 신분증을 게시해야 돼요. 그게 당신에게 어떤 영향을 미치리라는 건 잘 알죠?」

「젠장, 헌혈도 할 수 없구나.」 그는 풋스툴에 털썩 주저앉으며 우울한 목소리로 말했다.

「당신은 거기 앉아서 라디오를 듣고 있어요. 금방 돌아올 테니까. 그러면 그동안 라디오에서 무슨 얘기가 나왔는지 우리에게 말해 줘요.」앨마가 달래듯이 말했다.

프루는 아무 말도 하지 않았다. 그들이 옷 갈아입으러 가자 고개를 쳐들어 그들을 보지도 않았다.

「난 여기서 빨리 나가야겠어! 숨을 쉴 수가 없어.」앨마가 말했다.

「저 사람, 괜찮을까?」조제트가 말했다.「저런 사람인지 정말 몰랐네!」

「괜찮을 거야.」앨마가 단호하게 말했다.「화가 나고 죄책감을 느끼는 데다 술을 좀 마셔서 그래. 내일이면 괜찮아질 거야.」

「언제든 부대로 돌아가야 하는 거 아니야?」조제트가 슬쩍 말했다.

「돌아가면 영창에 집어넣는데 어떻게 가겠어?」

「그건 그래.」

「그러니 그런 소리는 하지 마.」

그들이 옷을 갈아입고 나와 보니 프루는 여전히 같은 자세로 앉아 있었다. 라디오는 계속 짧은 보도를 내보내고 있었다. 휠러 기지에 대한 보도였다. 그는 고개를 쳐들지도 않았고 아무 말도 하지 않았다. 앨마는 조제트에게 아무 말도 하지 말라는 듯 고개를 흔들어 보였고 그들은 아무 말 없이 외출했다.

그들이 두 시간 뒤 집에 돌아와 보니 그는 여전히 그 자세로 앉아 있었다. 그는 단 하나의 근육도 움직이지 않은 사람 같았다. 단지 그의 손에 들려 있는 술병이 거의 바닥나기 직전이라는 것만 달라졌다. 라디오 보도는 아직도 계속되고 있었다.

사실 그는 두 시간 전보다 더 머리가 맑아져 있었다. 술을 그토록 강렬하게 집중적으로 마시는 술꾼에게 찾아오는 그런 괴이한 명석함이었다. 하지만 집 안의 공기는 아까보다 훨씬 더 무거워져 있었다. 시내에 나가 무심한 일요일의 햇빛을 느끼고 다시 돌아오니 더욱 무겁게 느껴졌다. 낮게 드리운 검은 구름들이 서로 부딪치며 심한 뇌우(雷雨)를 쏟아 붓기 직전의 상태였다.

「한바탕 격전을 치르고 왔네.」 앨마가 어두운 집안 분위기를 물리치려는 듯 일부러 가벼운 목소리로 말했다.

「정말 그랬지.」 조제트가 맞장구쳤다.

「조제트의 차가 없었더라면 집에 돌아오는 것은 고사하고 시내에 나가지도 못할 뻔했어. 시내가 완전 소란 그 자체였어. 트럭, 버스, 세탁 차, 개인 차, 각종 차들이 서로 뒤엉켜 가지고서는.」

「이 사태에 대하여 글을 써보겠다는 사람도 만났잖아.」 조제트가 말했다.

「그래. 무슨 대학의 영문과 조교수라고 했는데.」 앨마가 말했다.

「신문 기자 아니었어?」

「아니, 영문과 교수였어. 부녀자들을 폭파 지역으로부터 소개(疏開)시키는 일을 돕고 있었어. 지금은 헌혈하려는 사람들을 차에 태워 병원에 데려가고 있어.」

「그는 이 사태를 겪은 사람들을 모두 만나 인터뷰하려고 한대.」 조제트가 말했다. 「그런 다음 그들의 증언을 있는 그대로 모아 한 권의 책으로 엮으려 한대.」

「그는 책의 제목을 〈주님을 찬양하고 탄약을 날라라〉로 하려 한대. 진주만의 한 군종이 그렇게 말했어.」 앨마가 말했다.

「또는 〈진주만을 기억하라〉라고 할 수도 있다더군. 알라모를 기억하라는 식으로 말이야. 아직 그는 마음의 결정을 보지 못했대.」 조제트가 말했다.

「혹은 메인 호(號)를 기억하라 같은 거로군. 그는 아주 지적인 사람이야.」

「공손하기도 하고. 그는 우리를 다른 사람들처럼 대해 줬어. 그는 평생 동안 역사의 현장에서 살고 싶어 했는데 이제 그 소원을 이루었대.」

「쿠히오 스트리트의 한 집도 폭파되었더라.」 앨마가 말했다.

「매컬리와 킹의 한 약국은 폭파로 완전 납작하게 되었더군. 그 집의 아저씨, 아주머니, 두 애가 모두 죽었대.」

「음식을 만들어 먹자. 약간 배가 고픈데.」

「나도 그래.」

「프루, 식사 좀 하겠어요?」

「아니.」

「프루, 뭐라도 좀 먹어.」 조제트가 말했다. 「그렇게 술을 많이 먹었으니 식사를 좀 해야 돼.」

프루는 손을 뻗어 라디오를 끄고 음울한 눈으로 그들을 쳐다보았다. 「이봐, 나를 좀 가만히 내버려 둬. 먹고 싶으면 당신들이나 가서 먹어. 난 그냥 내버려 두고.」

「라디오에서 뭐 새로운 보도가 있었어요?」 앨마가 물었다.

「아니. 같은 얘기를 자꾸 반복하고 있어.」 그가 거칠게 말했다.

「우리가 저녁 준비하는 동안 라디오 들어도 괜찮겠어요?」

「당신 라디오니까 마음대로 해.」 그는 술병과 술잔을 들고 유리문을 지나 팔롤로 계곡을 내려다보는 포치로 나갔다.

「저 사람을 어떻게 할 거야? 정말 나를 미치게 해.」 조제트가 말했다.

「그는 곧 괜찮아질 거야. 하루 이틀, 충격을 극복할 시간을 줘. 그냥 무시해 버려.」

앨마는 라디오를 켜고서 주방으로 갔고 조제트는 불안해

하며 그 뒤를 따라갔다.

「난 네 예상이 맞기만을 빌어.」 조제트는 유리문 너머로 석양의 하늘을 멍하니 쳐다보는 검은 실루엣을 흘끔거리면서 불안한 목소리로 말했다. 「저 사람은 어쩐지 나를 오싹하게 해.」

「괜찮아질 거라고 했잖아.」 앨마가 날카로은 목소리로 말했다. 「그냥 내버려 둬. 무시해 버리라고. 자, 여기 와서 저녁 준비하는 거나 도와줘. 잠시 뒤 등화관제 커튼을 쳐야겠어.」

두 여자는 더키 드레싱을 친 차가운 샌드위치를 단들었다. 그건 앨마가 좋아하는 음식이었다. 거기에다 음식 가게에서 사온 프렌치드레싱이 쳐진 샐러드(셀로판 종이로 싸서 판매하는 것으로서, 최근에 가게에 나오기 시작하는 식품)를 곁들였다. 그들은 각각 우유를 한 잔씩 따랐고 커피를 끓이기 위해 실렉스 유리 주전자를 스토브에 올려놓았다. 이어 등화관제 커튼을 치러 갔다. 예전에, 낮에 등화관제 훈련을 한 적이 있었는데 검은 커튼처럼 줄을 당겨 내리는 것이었다.

「어서 안으로 들어와요. 등화관제 커튼을 치려고 하니까.」 앨마가 프루에게 엄한 목소리로 말했다.

그는 아무 말도 하지 않고 거실 안으로 들어와 구석에 있는 소파에 주저앉았다. 여전히 거의 비어 버린 술병과 술잔을 손에 들고 있었다.

「뭐 좀 먹지 않을래요? 샌드위치를 만들었어요.」 앨마가 말했다.

「배고프지 않아.」

「그래도 당신을 위해 만들었어요. 나중에 배고플까 봐.」

「나는 배고프지 않아.」

「왁스지에다 싸놓을게요. 나중에라도 신선할 거예요.」

프루는 또 한 잔을 따랐고 아무 말도 하지 않았다. 그녀는 통유리문 위로 커튼을 치고 나서 다시 주방으로 들어갔다.

두 여자가 식사를 마치고 커피 잔을 들고 거실로 나왔을 때도 그는 여전히 소파에 앉아 있었다. 그는 새 술병을 꺼내 들고 있었다. 그는 그날 하루 동안 750밀리리터들이 위스키 두 병을 마신 셈이었다. 첫 번째 술병은 절반쯤 차 있었고, 두 번째 술병은 온 병이었고, 세 번째 것은 절반 정도 남아 있는 것이었다.

두 여자는 잠시 거실에 앉아 라디오를 들었으나 아까 한 얘기의 반복이었다. 게다가 소파에 앉아서 독 쓰고 있는 남자가 꼴 보기 싫어서 각자 자기 방으로 들어가 버렸다. 그는 술 취한 것도 술 깬 것도 아니었고, 행복한 것도 불행한 것도 아니었으며, 의식이 있는 것도 없는 것도 아닌 상태였다.

그는 그런 식으로 여드레를 끌었다. 술 취한 것도 아니고 술 깬 것도 아닌 흐리멍덩한 상태. 조제트의 값비싼 위스키 술병을 한 손에 들고 다른 한 손에는 술잔을 들고 계속 술만 마셨다. 〈예〉와 〈아니요〉 외에는 말하지 않고 직접적인 질문을 당하면 〈아니요〉라고 대부분 말했다. 두 여자가 집에 있을 때에는 아무것도 먹지 않았다. 그들은 죽은 사람과 함께 사는 듯한 느낌이었다.

두 여자가 월요일 아침에 일어나 보니, 그는 옷 입은 채로 소파에서 자고 있었다. 술병과 술잔은 소파 옆의 바닥에 놓여 있었다. 앨마가 왁스지에 싸서 주방에 남겨 놓았던 두 개의 샌드위치는 사라지고 없었다. 두 여자는 그날 일하러 나가지 않았다.

호놀룰루는 그 후 며칠에 걸쳐 최초의 충격으로부터 서서히 회복되었다. 라디오에 음악 프로와 광고가 다시 방송되었다. 와이키키 해변에 군인들이 가시철조망을 쳐놓은 것, 라디오 방송국, 정부 청사, 쿠히오 스트리트의 파괴된 건물과 매컬리와 킹의 파괴된 약국에 철모 쓴 병사들이 보초를 서는 것

이외에, 도시는 진주만 공습의 참상에 의해 별로 영향을 받지 않은 듯했다.

장사하는 사람들은 크게 동요하지 않았고 헌병대에서도 평소처럼 장사를 하라고 권유했다. 그래서 공습 사흘째 되는 날 키퍼 부인이 앨마에게 전화를 해왔다. 다음 날 출근하되 평소처럼 오후 3시에 하지 말고 오전 10시까지 나오라는 것이었다. 리츠 룸스도 조제트에게 똑같은 내용의 전화를 해왔다. 계엄령에 의해 일몰 후에는 통행금지가 되고 통행증이 없는 사람은 나다닐 수 없기 때문에 사업은 낮 동안만 한다는 것이었다.

키퍼 부인도 그렇고 리츠에서도 매출이 확 떨어졌다. 그들만 그런 것이 아니라 호놀룰루 시내 모든 사업장이 마찬가지였다. 육군과 해군은 병사들에게 외출증을 발급하지 않고 있었고 여자 애들은 러미 카드 게임이나 카지노를 하면서 시간을 죽이는 게 고작이었다. 그들 중 일부는 장교와 사병의 부녀자들을 본국으로 소개시키는 배편의 표를 확보해 둔 상태였다.

키퍼 부인은 앞으로 조속한 시일 내에 특별 로테이션 방식의 한정된 외출증이 육군과 해군의 병사들에게 발급될 것이라는 정보를 입수해 놓고 있었다. 하지만 지금 현재 뉴콩그레스 호텔이 받아 놓은 건수는 오후에 가끔 찾아오는 장교들의 소규모 파티뿐이었다. 예전에 그 파티는 밤중에 벌어졌지만 지금은 오후에 벌어졌다.

키퍼 부인이 앨마에게 솔직하게 털어놓은 또 다른 고민거리는 믿을 만한 소식통에게서 얻어들은 정보였다. 본국은 물론이고 이곳 하와이에서도 창가들을 모두 문 닫게 하라는 거센 압력이 군 당국에 가해지고 있다는 것이었다. 1차적으로 압력이 내려오는 곳은 워싱턴이었다. 아들을 군대에 보낸 다수의 여성 유권자들이 일대 소동을 벌이면서, 어떤 적극적인 조치를 취하지 않으면 다음번에 의원으로 뽑아 주지 않겠다고 운동을 하고 있었다.

하지만 이런 불리한 조건에도 불구하고 키퍼 부인은 엄청난 애국심과 직업의식을 발휘하면서 군의 총체적 승리를 위해 자그마한 힘이나마 조력하겠다고 결심했다. 단 한 명의 여자라도 자신의 휘하에 남아 있다면 이 사업을 그만두지 않겠다고 생각했다(그녀는 좀처럼 실없는 맹세를 하는 사람이 아니었다).

앨마는 프루가 일요일 밤에 자신이 남겨 놓은 샌드위치를 먹어 치운 것을 보고서 출근하기 전이나 혹은 잠들기 전에 그 샌드위치를 만들어 놓았다. 샌드위치는 언제나 사라졌다. 그러나 그녀가 깜빡해서 샌드위치를 만들어 놓지 않은 날에는, 냉장고나 찬장 속의 음식이 하나도 없어지지 않았다. 그는 사람 구실도 제대로 하지 못했다. 면도도 하지 않았고 목욕도 하지 않았으며 옷도 벗지 않고 입은 채로 소파에 쓰러져 잠이 들었다. 그는 신의 분노를 대변하는 들판의 예언자처럼 보였다. 머리는 빗지 않았고 얼굴은 푸석했으며 눈 아래에는 검은 그늘이 졌다. 몸은 점점 말라 갔다. 그는 한 손엔 술병, 한 손엔 술잔을 들고서 거실의 주방, 침실, 포치를 방황하며 돌아다녔다. 어느 한 곳에 멍하니 앉아 있다가 다시 일어나 다른 장소로 이동하여 그곳에 멍하니 앉아 있곤 했다. 앨마를 매혹시켰던 그 강렬한 인상, 심오한 비극적 불꽃이 어른거리던 눈빛은 사라지고 없었다. 그의 몸에서 시금털털한 냄새가 나기 시작했다.

그는 별로 상태가 좋아지는 것 같지 않았다. 그는 그렇게 계속 나갈 것 같았다. 그런 식으로 몸이 여위어서 그림자가 되어 죽어 버리거나, 안전히 돌아 버려 다른 사람을 또 칼로 찔러 죽일 것 같았다.

앨마는 그가 영창의 간수장을 칼로 찔러 죽인 사람이라는 생각이 자꾸 났다.

조제트는 노골적으로 그를 무서워하면서 드러내 놓고 그걸 말했다.

그러나 조제트의 항의에도 불구하고 그녀는 희망을 버리지 못했고 그를 내보내야겠다는 결심은 더욱 하지 못했다.

「우선 말이야……」 앨마는 조제트에게 말했다. 「그는 여기 말고 갈 데가 없어. 그가 부대로 돌아가면 영창에 다시 처넣으리라는 건 너무 분명해. 어쩌면 그를 죽일지도 몰라. 게다가 이 섬 전체에서 사람들의 통행증을 검사하고 있어. 그가 안전하게 있을 곳은 여기뿐이야. 진주만 공습 이전처럼 그에게 본토로 돌아가는 배표를 사줄 수도 없어. 태표는 비전투 요원들을 소개하는 데 우선적으로 사용된다고. 군은 그 배를 호송해야 하기 때문에 배들을 일일이 통제하고 있어.

이런 것들 이외에도 나는 아직 그를 포기할 수가 없어.」

「그럼 그가 떠나기를 바라지 않는다는 거야?」

「물론, 떠나기를 바라지 않아!」

「우리가 본국으로 돌아가 버리면 그는 어떻게 되는 거야?」

「글쎄, 어쩌면 난 본국에 안 돌아갈지도 모르겠어.」

「넌 이미 나처럼 배표를 예약했잖아.」

「그건 아무 때나 취소할 수 있는 거잖아.」 앨마가 뚱한 목소리로 말했다.

공습 닷새째 되는 날의 대화였다. 앨마가 연결 화장실을 통해 조제트의 침실을 찾아간 것이었다.

프리윗은 그런 대화에 대하여 아무것도 알지 못했다. 아니, 그 밖의 어떤 것에 대해서도 아는 바가 없었다. 그는 술병과 술잔을 가까운 곳에다 놓고 소파에 앉아 있었다. 그는 여자들이 그 술병과 술잔을 치우기라도 하면 벼락같이 화를 냈다.

그가 이제 알고 있는 것, 신경 쓰는 것은 술뿐이었다. 술에는 신비하면서도 초자연적인 힘이 있었다. 그것이 일단 피 속으로 들어가면 모든 것을 밝은 색깔로 바꾸어 놓는다. 그런 효과는 정말 놀랍고 신성했다. 하지만 그 효과를 적절하게 이용할 필요가 있었다.

그것은 어떻게 보면 종교와 비슷했다. 술을 마셔서 기분이 한껏 고양되면 그 기분으로 한참 나아가게 된다. 그러다가 술의 약발이 떨어지는 듯하면 또다시 술을 마시게 되는데, 그 경우 효과가 내리막길로 들어서서 깊은 숙취를 남기게 된다. 부작용이 생기는 것이다.

술을 마실 때는 절묘한 균형을 이루어야 한다. 너무 기분이 고양되면 곧 기절하게 되고 그러면 고통스러운 숙취가 뒤따라온다. 그렇다고 해서 고양된 상태를 너무 오래 지속시키면 술꾼의 정신은 강한 햇빛을 받은 얼어붙은 진흙처럼 되기 쉽다. 그는 평생에 동토의 흙 같은 상태를 여러 번 겪었다. 마이어 부대에 근무하던 시절, 전 연대가 조지아주의 베닝 보호구역으로 기동 훈련을 나가서 그것을 겪었다. 부랑자 시절에도 여러 번 겪었다. 그가 몬태나와 다코타를 떠돌던 시절 얼어붙은 진흙이 너무나 딱딱하여 신발 밑굽을 갈라놓을 정도였다. 하지만 그 진흙은 일단 햇빛을 받으면 흐물흐물해지기 시작해 최악의 상태가 되었다. 그의 늪이 되어 버렸으므로 그런 진흙 속으로 들어가서는 절대 안 되었다.

그것은 아주 미묘한 균형이었다. 거의 수학적인 공식이었다. 그 팽팽한 밧줄 위에 그대로 머무르기 위해서는 엄청난 정신 집중과 에너지가 필요했다. 술에 의해 기분이 한참 올랐을 때는 그 상태가 너무 좋기 때문에 더욱 올리려 하게 된다. 이때 의지를 개입시켜 그 이상 올라가려고 하지 않아야 한다.

그렇게 하자면 집중, 연구, 에너지, 의지 등을 모두 동원해야 한다. 또 생각을 많이 해야 한다. 성공한 술꾼이 되려면 이렇게 어려운 것이다. 누구나 엉성한 술꾼은 될 스 있다. 그러나 진짜 술꾼이 되려면…….

사람들은 술꾼과 의지 없음을 같은 것으로 취급한다. 가령 잭 런던의 『존 발리콘』에도 그런 식으로 기술되어 있는데, 이건 헛소리이고 진실이 하나도 깃들어 있지 않다. 다른 작가들도 마찬가지이다. 그들은 늘 술꾼을 의지 없음과 동의어로 취급한다. 그들은 실상을 잘 모르는 것이다. 그들의 무지를 드러내고 있을 뿐이다. 그들은 술꾼이 되려고 열심히 노력해 본 적이 없는 것이다. 혹은 본격적인 술꾼이 되려다가 실패하고서 그다음에는 술꾼을 폄하하면서 술꾼은 아무것도 아니며 누구나 그렇게 될 수 있다고 깎아내리는 것이다.

엉성한 바보는 아무것도 제대로 못하듯이 술꾼 노릇도 제대로 하지 못한다. 하지만 위대함의 기질을 갖고 있는 사람이라면 위대한 술꾼이 될 가능성이 높다. 술꾼 느릇을 제대로 하는 사람은 다른 일도 제대로 할 가능성이 높다. 위대한 술꾼이 되려면 엄청난 정신 집중, 에너지, 연구, 의지력이 필요한 거다.

술이 오를 때 더 오르지 않도록 조심하는 것 다음으로 힘든 일은 술 깨어나서 첫 20분을 처리하는 문제이다. 해장 첫 잔에 너무 발동이 걸려서는 안 된다. 하지만 발동이 걸렸더라도, 하루에 한 번 여덟 시간이 아니라 하루에 두 번 네 시간씩 자는 것으로 그 문제를 해결할 수 있다. 이렇게 하면 건강에 필요한 하루 여덟 시간 수면을 취하면서도 해장술을 부담 없이 즐길 수 있다. 그리고 다시 깨면 밤에 잠들기 전에 몇 잔을 더 마실 수 있다. 모든 일에는 요령이 있는 것이다.

하지만 아직도 취한 상태로 잠에서 깨어날 때에는 문제가 약간 다르다. 수성(水性)의 마법이 술꾼의 몸에 작용하고 저기압 지대는 갑자기 좋은 날씨로 돌변하고 태양은 환히 빛나고 모든 것이 새로운 외관을 취하며 아름다운 빛으로 반짝반짝 빛난다. 마치 비 온 뒤에 온 세상이 신선하게 빛나듯.

이때가 제일 어렵다. 아무리 더 이상 올라가지 않으려고 애써도 마음대로 되지 않는다. 여기가 바로 양 같은 술꾼과 염소 같은 술꾼이 갈리는 분기점이다. 애와 어른이 구분되는 지점이다.

프리윗은 느긋한 마음으로 바닥에 있는 술병과 술잔에 손을 뻗었다. 그는 자신의 성취가 자랑스러웠고 온 세상과 평화 협정을 맺은 느낌이었다. 또 다른 약을 투입할 시간, 부활을 위한 시간이었다.

오늘이 며칠이지?

하! 그게 너한테 무슨 상관이야? 넌 시간이 많은 사람이잖아. 앞으로 몇 년이라도 이런 식으로 뻗칠 수 있잖아. 그는 휴대 연료(고형 알코올) 여단의 사람들이 이런 식으로 몇 년이나 취해 있는 것을 본 적이 있었다. 그들은 정말 전문가였다. 시애틀에서 그런 친구를 하나 만났고, 또 16개월 뒤 인디애나주에서 또 다른 친구를 만난 적이 있었다. 그들은 심지어 위스키를 마시지도 않았다. 그들이 갖고 있는 것은 울워스 백화점에서 파는 고형 알코올뿐이었다. 그들은 손수건으로 파라핀에서 알코올을 추출하여 그것을 쉰 빵과 함께 먹었다.

그는 갑자기 낙관적인 기분이 되면서 자신이 실제로 세계 기록을 깰지도 모른다고 생각했다. 즐거운 1890년대 혹은 다이아몬드 짐 브레이디의 시절에 수립되었던 미국 기록. 그들은 루이스빌의 양조장들마다 설치하고 있는 청동 명패에다 그의 이름을 새겨 넣을 것이다. 그리하여 모든 젊은이들이 목표하는 바가 될 것이다. 〈세계 기록 보유자 로버트 E. 리 프

1282

리윗을 기억하며.〉 프루가 깨뜨린 기록은 지난 5~6세대 동안 깨지지 않고 내려왔던 기록이었다. 미국은 위대한 나라였다. 어떤 사람이든 열심히 노력하면 세계 기록을 수립할 수 있었다. 이 때문에 세계의 모든 기록이 미국어서 나왔다. 미국이 위대한 나라라는 사실은 아무도 부정하지 못한다. 제시 오웬스는 올림픽 게임에서 히틀러를 패배시켰다. 미국에서는 이 세상에서 제일 큰 오렌지와 자몽이 생산된다. 도로 표지판은 이렇게 되어 있었다. 〈당신은 이제 이 세상에서 가장 멋진 마을인 켄터키주 매디슨빌로 들어가고 있습니다.〉 미국은 휴대용 총이 아니라 사냥용 총을 사용하는 지상 유일의 나라이다. 그래서 미국은 늘 훌륭한 사격수를 배출해 왔다. 다른 나라의 인력을 빌려 올 필요가 없었다.

아, 저 빌어먹을 독일 개자식들.

그는 재빨리 일어서서 유리문을 통과해 포치로 나가려 했으나 등화관제 커튼이 쳐진 것을 보고서 포기하고 주방으로 가서 주저앉았다.

조제트는 매일 밤 잠그는 자기의 침실 안에서 앨마에게 말했다.

「난 네가 뭐라고 하든 신경 쓰지 않아. 조만간 뭔가 터질 거야. 난 너무 긴장돼. 이런 식으로 무한정 살아갈 수는 없어.」

그들은 그 사실을 알고 있었다. 그러나 어떻게 대응해야 좋을지 알지 못했다. 그들은 각자 생각해 낼 수 있는 모든 것을 다 했다. 결국에 가서 그런 상황의 타개를 재촉한 사람은 프리윗이었다.

그는 공습 8일 차 되는 날 오후에 신문에서 어떤 자그마한 기사를 발견했다. 그는 그동안 정기적으로 신문을 읽었다. 읽는다기보다 하얀 바탕 위에 검은 표시를 눈으로 한번 훑는 것이었다. 신문 뒤쪽에 난 자그마한 기사였는데 공습일이던

12월 7일 오전 스코필드 부대의 영창 당국이 영창문을 활짝 열어젖히고 수감자 전원을 원대 복귀시켰다는 것이었다.

일본 놈이나 기타 적국이 록 지역에 쳐들어온다면 그냥 풀어 줄지도 모른다는 워든의 말이 과녁을 맞힌 화살처럼 프루의 마음에 와서 꽂혔다. 이제 모든 것이 그 주위에 병렬의 소용돌이를 이루었다. 워든은 당초 프루의 입창 모면 가능성이 아주 낮다는 것을 말하기 위해 그런 사례를 들었었다. 그런데 바로 그런 일이 벌어졌던 것이다!

갑자기 모든 것이 합리적으로 보였다. 그는 자신의 마음이 얼어붙은 진흙으로부터 빠져나와 환한 햇빛을 쬐는 느낌이 들었다. 이제 그가 해야 할 일은 헌병의 검문을 당하지 않고 부대로 돌아가는 일이었다. 그는 군복을 꺼냈고 책상 서랍에서 앨마의 38 구경을 꺼내 탄창이 끼워져 있는지 확인하고 여분의 탄창을 호주머니에 집어넣었다.

그 자그마한 기사의 마지막 문장은 이러했다. 〈영창 당국이 12월 7일 영창문을 열어젖힌 이래 지난 8일 동안 영창에 새로 들어온 자가 영창 역사상 가장 적었다.〉 그건 잘된 일이었다. 그는 전적으로 찬성이었다. 그는 새로 영창에 들어가는 사람이 될 생각은 없었다. 그는 이제 중대에 돌아가기만 하면 되는 것이었다. 헌병들은 그를 검문하지 않을 것이었다.

그는 권총을 허리춤에 찔러 넣고 나서 혹시 가지고 가야 할 귀중품이 없나 집 안을 한번 살폈다. 왜냐하면 이 집에 당분간 돌아오지 못할 것 같아서였다. 두 여자가 그에게 사다 준 민간복 이외에는 귀중한 것이 없었다. 그는 지난번에 완성한 「재입대 블루스」의 가사 완성본을 잘 접어서 읽어야 할 책을 적어 둔 수첩에 넣고 다시 호주머니에 찔러 넣은 뒤 단추를 잘 잠갔다. 그는 소파에 앉아 두 여자가 귀가하기를 기다렸다.

1284

공습 8일 차 되던 날 저녁 집에 돌아왔을 때, 그는 오후 신문을 쥔 채 초조한 모습으로 그들이 돌아오기를 기다렸다. 그의 눈빛은 또랑또랑하다고는 할 수 없어도 그런대로 맑은 편이었다. 그는 면도와 목욕을 하고 옷을 갈아입었다. 아주 긴 머리카락도 빗질을 하여 단정하게 빗어 넘겼다.

두 여자는 너무 놀라서 집 안으로 들어와 소파에 앉아서야 겨우 그가 입고 있는 깨끗한 옷이 군복임을 알아보았다. 그들은 그의 모습에 너무 놀라 그가 입고 있는 깨끗한 옷이 군복이라는 사실도 금방 눈치채지 못했다. 빳빳한 군복을 입은 그의 얼굴은 면도를 하여 깨끗했다. 비록 눈 밑의 그늘은 완전히 없어지지 않았으나 소년처럼 희망과 열정에 들뜬 모습이었다.

「내가 좀 더 일찍 머리를 굴렸어야 하는 건데.」 그가 즐거운 목소리로 신문을 내밀며 그들에게 말했다. 「난 당초 마음먹은 대로 지난 일요일(공습일 오전)에 부대어 돌아가야 했어. 하나우마 베이의 CP로 달려가야 했어. 그랬더라면 중대보다 더 일찍 거기에 도착했을 텐데.」

앨마는 신문을 건네받아 읽고서 다시 조제트에게 넘겨주었다.

「그때 돌아갔더라면 원대 복귀하는 데 아무 어려움이 없었을 거야. 당시는 대혼란 상태였고 많은 친구들이 부대로 돌아가려고 우왕좌왕했기 때문에 아무도 나의 존재를 눈치채지 못했을 거야. 물론 지금은 그때보다 좀 더 어렵겠지만, 그래도 내 힘으로 중대에 돌아가 복귀 신고를 할 수 있을 거야. 난 괜찮아.」

「내 총을 꺼냈군요.」 앨마가 말했다.

신문 기사를 다 읽은 조제트는 의자에 신문을 내려놓고 아무 말도 안 하고 일어나서 통유리문의 등화관제 커튼을 내렸다.

「총은 필요해서라기보다 예방책으로 가져가는 거야. 외출증 끊어서 나오는 첫날 가져다줄게.」 그가 문 쪽으로 걸어가며 말했다. 「그럼 또 보자고. 내가 나가면 불을 끄는 게 좋을 거야.」

「내일 아침까지 못 기다리고요? 이제 거의 어두워졌는데요.」 앨마가 말했다.

「기다리라고? 내가 지금껏 기다린 건 내가 어딜 간다는 걸 당신에게 알리기 위해서였어. 나한테 무슨 일이 벌어졌나 궁금하게 여기지 말라고 말이야.」

「그건 정말 자상한 배려였어요.」 앨마가 긴장된 목소리로 말했다.

「내가 당신 신세를 많이 졌으니까 그 정도는 해주어야 한다는 생각이 들었어.」

「그래요, 그 정도는 해주어야죠.」

그는 문고리에 손을 댄 채 고개를 돌리며 말했다. 「이봐, 무슨 일이야? 마치 내가 영원히 가버리는 사람처럼 대하고 있잖아. 난 아마 중대 징계를 2주 정도 받을 거야. 그런 다음에 외출증을 받으면 곧 찾아올게.」

「아니, 당신은 돌아오지 못할 거예요. 난 그때면 여기 있지 않을 거니까. 조제트도 그렇고요.」

「아니, 왜?」

「우린 본국으로 돌아가요! 그래서 그래요!」 그녀가 거칠게 말했다.

「언제?」

「우린 1월 6일에 떠나는 배에 예약을 했어요.」

「왜 그렇게 했지?」 그가 문고리에서 손을 떼며 물었다.

「우린 소개 조치를 당했어요!」 앨마가 재빨리 말했다.

「그럼 그전에 찾아오도록 노력할게.」 그가 천천히 말했다.

「그럼 그전에 찾아오도록 노력할게.」앨마가 천천히 그의 말을 반복했다.「그게 당신이 하고 싶은 말의 전부예요? 당신은 그전에 여길 찾아오지 못한다는 걸 알고 있어요.」

「그럴지도 모르지. 그럼 나더러 어떻게 하라는 거야? 당신이 떠날 때까지 기다리라는 거야? 난 이미 공습일로부터 일주일 이상을 지체했어. 여기서 더 기다리다가는 영원히 못 돌아갈 거야.」

「아침까지는 기다릴 수 있잖아요. 밤새 보초와 순찰들이 깔려 있어요.」그녀의 목소리는 허물어지기 시작했다.「그리고 일몰 이후에는 통행금지예요.」

「낮에도 보초가 깔려 있기는 마찬가지야. 보초 문제라면 오히려 밤이 더 편안해.」

「아침이 되면 당신의 마음이 바뀔지도 몰라요.」그녀가 갑자기 울음을 터뜨리며 말했다. 그것은 권총에서 총알이 발사되는 것처럼 느닷없고 노골적인 반응이었다.

등화관제 커튼을 다 내린 조제트는 세 계단을 내려와 거실로 들어서더니 다시 세 계단을 올라가 주방으로 들어갔다.

「난 이게 지나친 요구라고 생각하지 않아요._ 앨마가 울면서 말했다.

「무엇에 대하여 내 마음을 바꾸라는 거야?」프루가 불안한 목소리로 말했다.「부대 복귀에 대하여? 그랬다가 당신이 본국으로 돌아가면 난 뭘 하고? 젠장!」

「어쩌면 난 돌아가지 않을 수도 있어요.」앨마가 울먹이며 말했다.

「말도 안 되는 소리!」그가 당황하며 말했다. 그의 목소리에는 불쾌감과 초조감이 묻어 나왔다.「난 당연히 돌아갈 줄로 알고 있었는데.」

「아니, 반드시 돌아갈 생각은 아니었어요!」앨마는 창살 밖으로 내밀어진 분노하는 얼굴로 눈물을 흘리며 소리쳤다. 「하지만 당신이 그 문을 통해 가버리면 난 반드시 돌아가고 말겠어요!

왜 부대로 돌아가려고 해요?」 앨마가 거칠게 숨을 내쉬며 소리쳤다. 「군대가 당신에게 뭘 해주었어요? 당신을 구타하고, 쓰레기 취급하고 죄인처럼 감옥에 처넣은 것 이외에? 왜 그런 군대에 돌아가려 하는 거예요?」

「왜 돌아가려 하느냐고?」 프리윗은 의아한 목소리로 물었다. 「난 군인이야.」

「군인?」 앨마가 경멸하는 어조로 말했다. 그녀의 얼굴에서는 눈물이 재빨리 거두어졌고 이제 그녀는 미친 듯이 웃어 젖혔다. 「군인? 정규 군대의 정규 군인. 30년쟁이.」

「그래, 30년쟁이.」 그는 앨마의 비아냥을 제대로 못 읽은 듯 빙그레 웃었다. 「난 영락없는 30년쟁이야. 앞으로 24년밖에 안 남았어.」

「저런! 저런! 오, 저런!」 앨마가 소리쳤다.

「내가 나가면 불을 꺼주겠어?」 그가 말했다.

「내가 끌게.」 조제트가 주방 쪽에서 세 계단을 내려오면서 단호하지만 기쁜 목소리로 말했다. 그녀는 거실을 가로질러 등화관제 커튼이 내려진 통유리창 옆으로 가서 스위치를 껐다. 그는 야간 자물쇠를 열고 밖으로 나가 조용히 문을 닫았다.

제52장

　밖에서 보니 그 집은 사람이 없는 것처럼 아주 어둡게 보였다. 그는 느긋한 마음으로 1분쯤 거기 서서 집을 쳐다보았다. 그는 그날 오후 3시부터 술을 마시지 않았으나 약간 취한 느낌이었고 자유로운 기분이었다.

　그녀는 이틀 정도면 충격에서 회복할 것이었다. 그는 그것을 알고 있었다. 그가 부대에서 외출증을 받아 다시 나오면 그녀는 기뻐하리라. 그는 그녀가 미국으로 돌아가는 문제에 대해서는 걱정하지 않았다.

　군대는 좋은 점이 하나 있었다. 여자들로부터 일정한 거리를 두게 하여 그 여자들이 전혀 지겨운 느낌을 갖지 못한다는 것이다. 그건 남자 또한 마찬가지였다.

　그는 한 블록쯤 걸어가다 걸음을 멈추고 허리춘의 총을 꺼내 바지 호주머니에 집어넣었다. 걸어가는 동안 권총과 탄창이 허벅지에 거치적거렸다. 권총은 특히 무거운 느낌을 주었다.

　검문을 당하면 재빨리 호주머니에 손을 집어넣어야 할 필요가 있었다.

　그러나 말을 잘하면 검문을 빠져나갈 수도 있었다.

　그가 중대로 돌아가려는 데 헌병 따위가 그를 가로막아서는 안 될 일이었다. 그는 이미 결심을 했다.

시에라를 타고서 카이무키로 들어가는 것이 가장 좋은 방법이었다. 하지만 시에라의 집들은 거리에 가까웠다. 차고도 그랬다. 그 집들의 마당은 돌이나 벽돌로 담이 쳐져 있었다. 시에라의 동화 같은 집들에는 어둠침침한 구석과 틈새가 많았다. 그는 카이무키를 벗어날 때까지는 아무 걱정도 하지 않았다.

카이무키에서는 와이알라에 애버뉴를 건너 와이알라에 골프장으로 들어갔다.

와이알라에 골프장은 고속도로와 해변 사이에 놓여 있는 약간 지대가 높은 곳에 있었다. 나무는 없고, 모래 언덕에 잡풀만이 자라는 척박한 땅이었다. 골프장 용도 이외에는 아무 쓸모가 없는 땅이었다. 카이무키를 관통하는 와이알라에 애버뉴가 케알라올루 애버뉴를 만나면 그 지명이 칼라니아나올레 고속도로가 되었다. 이 길은 마카푸우 헤드로 곧장 가는 길이었다. 이 두 애버뉴와 해변이 이루는 삼각형이 곧 와이알라에 골프장이었다. 그는 그 골프장을 자신의 손바닥처럼 환히 알고 있었다. 지난해 기동 훈련을 나갔을 때 야간에 5번 티[41]에서 와히니 여자들을 자주 만났던 것이다. 골프장을 관통하려면 고속도로를 두 번 건너가야 했다. 골프장의 동쪽 끝에서 고속도로가 해변 쪽으로 좁아지기 때문이었다. 하지만 고속도로를 두 번 건너가는 한이 있더라도 골프장 관통은 시도해 볼 만한 모험이었다.

골프장을 건넌 다음에는 코코 헤드 이쪽의 소금 습지 위에 놓여 있는 제방 도로를 건너는 것이었다. 제방 도로는 길이가 8킬로미터 정도 되는데 이 지점은 뛰어서 지나가야 했다. 그

41 5번 홀의 출발점.

러면 부대에 도착하는 것이다.

이 일대의 해변 진지는 G 중대 관할이었다. 이 진지 중 아무 데나 들어가서 신고하면 되는 것이었다. 하지만 그는 해변 진지에 들어갈 생각은 없었다. 하나우마 베이에 있는 CP를 찾아가서 신고할 생각이었다. 자신의 힘으로 충분히 그렇게 할 수 있다고 생각했다.

골프장을 관통하는 것은 패트소에게 불의의 일격을 당한 후 앨마 집까지 걸어갔던 그 지겨운 악몽과 비슷했다. 또한 칼라카우아에서 술 취한 상태로 앤절로 마지오를 찾아서 와이키키 해변을 걸어갈 때의 그 꿈같은 정적과도 비슷했다. 그의 숨소리와 모래에 빠각거리는 그의 발걸음 소리 이외에는 아무 소리도 들리지 않았다. 어둠 속에는 움직이는 사람의 모습이 전혀 보이지 않았다. 그는 탄광의 막장 속에 들어온 것처럼 이 세상에서 혼자였다. 그 어디에서도 불빛은 보이지 않았다. 창문도 없었고 가로등도 없었다. 술집의 네온사인도 없었다. 자동차의 헤드라이트도 보이지 않았다. 하와이는 전쟁에 돌입한 것이었다. 그는 부대로 돌아가게 되어 기뻤다.

딱 한 번 그는 동쪽으로 움직이면서, 고속도로 상에서 푸른 헤드라이트의 순찰차가 서쪽으로 천천히 달려가는 것을 보았다. 그것은 기이하게도 그를 흥분시켰다. 그는 잠시 멈춰서서 그 차를 지켜보았다. 와이알라에를 처음 건널 때는 아주 조심을 했다. 오래 기다리면서 고속도로 상에 아무것도 없음을 확인했다. 그 푸른색 헤드라이트는 공중의 적기 눈에 띄지 않으려고 일부러 그런 색깔을 내는 것이었다. 하지만 지상에서는 1.6킬로미터 거리에서도 잘 보였다.

그는 골프장 끝부분에서 두 번째로 고속도로를 건널 때도 아주 조심했다. 그는 약간 높은 쪽에서 아래로 내려오고 있었고 좌우 양옆으로 8킬로미터 거리를 내다볼 수 있었는데 그 어디에서도 푸른빛은 보이지 않았다. 그래서 그는 멈추지 않았다. 그는 계속 건너가기 시작했다. 만약 1.6킬로미터 거리 내에 헤드라이트를 켠 순찰차가 있었다면 그는 틀림없이 그 차를 보았을 것이다.

헤드라이트를 끈 채 매복해 있는 순찰차는 볼 수가 없었다. 하지만 그런 차가 주위에 있을 거라고 생각하지 않았다. 그래서 그는 유심히 주위를 살피지 않았다.

순찰차는 그에게서 서쪽으로 30미터 떨어진 고속도로 한가운데에 서 있었다.

그가 고속도로의 노견으로 올라와 막 아스팔트 길로 들어서려는 순간 순찰차는 헤드라이트를 켰다. 두 개의 푸른 헤드라이트 불빛. 그중 하나는 훨씬 가벼운 푸른빛이어서 거의 백색으로 보였다. 그는 그 순간 불빛을 보았다. 그리고 헤드라이트의 한가운데 사로잡히고 말았다. 만약 그가 1백 미터 뒤쪽이나 50미터 더 앞쪽으로 건넜더라면 순찰차는 그의 발걸음 소리를 듣지 못했을 것이다. 비록 그가 신속하게 움직였더라도.

그의 본능적 반응은 달아나려는 것이었으나 그는 자신을 억제했다. 달아나 봐야 아무런 소득이 없을 게 분명했다. 그는 고속도로 한가운데 서 있었고 양옆은 평탄한 아스팔트 도로였다. 게다가 헌병들과 협상을 시도해 보다가 안 되면 달아날 수도 있는 것이었다.

「정지!」 신경질적인 목소리가 터져 나왔다.

하지만 그는 이미 멈춰 서 있었다. 히컴 기지에서 워든이 그를 엉터리로 수하하던 때가 생각났다. 그러자 갑자기 웃음이 터져 나오려고 했다. 저 개자식들, 개자식들, 개자식들. 영리한 자식들. 헤드라이트를 끄고 매복할 줄 어떻게 알았겠나. 모든 것이 다 잘되어 가고 있는 이 판에 이렇게 꼬이다니.

아주 영리하게 뒤통수를 쳤군.

순찰차는 지프였는데 천천히 그의 앞 10미터 지점까지 다가왔다. 차에는 네 명의 겁먹은 헌병이 타고 있었다. 그는 그들의 푸른 얼굴과 하얀 완장에서 반사되는 푸른빛을 볼 수 있었다. 그들은 모두 헬멧을 쓰고 있었다. 운전병 옆의 헌병은 우뚝 서서 앞창 위에 설치해 놓은 톰슨 자동 기관총을 잡고 있었다. 총구 바로 위에는 커츠 콤프[42]의 뭉툭한 부분이 보였다.

「거기 누구냐?」

「친구다.」 프루가 대답했다.

뒷좌석에 타고 있던 두 헌병은 수하에 대한 적절한 대답이라고 생각하고 차에서 내려 천천히 걸어왔다. 그들은 권총을 빼 들고 그를 겨누었다.

「친구, 다가와서, 신분을 밝혀라.」 덩치 큰 헌병이 긴장된 목소리로 말했다. 그는 곧바로 헛기침을 했다.

신분 미상의 친구, 프루는 그들을 향해 천천히 걸어갔다. 무수히 흘러가는 시간의 한 조각인 바로 지금, 저들은 영리하고 나는 멍청한 바람에 이제 내 운명을 저들의 손에 맡기는 꼴이 되어 버렸구나, 하고 그는 생각했다. 근 1년 전 나팔 소대장 휴스턴으로부터 시작해, 다이너마이트 홈스, 권투부, 기합, 아이크 갈로비치, 영창, 잭 멀로이, 죽은 패트소 저드슨, 기타 많은 사항들을 거쳐 마침내 지금 이 순간에 도달했다. 무수한 점으로 이루어져 있는 시간의 한 점인 바로 이 순간에. 네 명의 낯선 사람이 그러한 사실들은 전혀 알지 못한 채 그의 운명을 그들의 손안에 거머쥔 것이었다.

「정지!」 덩치 큰 헌병이 다시 소리쳤다. 네 개의 눈과 두 개

42 *Cuttts Comp*. 압축 점화기.

의 총구가 그를 조심스럽게 쳐다보았다.

「해리, 별문제 아니야.」덩치 큰 헌병이 좀 자신 있는 목소리로 말했다. 「그는 GI야.」

아무튼 그리 중대한 상황은 아닌 것 같았다.

톰슨 기관총 앞에 서 있던 헌병은 다시 조수석에 앉았다. 잘 들리지는 않지만 안도의 한숨이 새어 나오는 것 같았다.

「여길 좀 비춰 봐.」덩치 큰 헌병이 말했다. 희미한 불빛 속에서 두 헌병이 그에게 다가왔다.

「맥,[43] 여기서 뭘 하고 있는 거야?」덩치 큰 헌병이 화난 목소리로 말했다. 그는 중사였고 다른 헌병은 하사였다. 「넌 우리를 정말 겁먹게 했어. 16번 진지에서 누군가 골프장에서 움직이고 있다는 신고를 받았어. 우린 공수 부대 일개 대대가 진주해 오는 줄 알았어.」

프루는 그때 사정을 짐작했다. 그가 골프장에 서 있을 때 G 중대의 누군가가 순찰차의 푸른 헤드라이트 불빛에 비친 그의 실루엣을 본 것이었다. 하지만 어떤 잘난 보병이 금방 스쳐 지나가는 그 실루엣을 기억하고 거기다가 신고까지 했을까. 정말 환장할 노릇이었다.

「진지로 돌아가는 길이었습니다.」그가 말했다.

「그래, 어느 진지?」

「길 아래 18번 진지입니다.」

「18번이라. 어느 부대지?」

「보병 제○○연대 G 중대입니다.」

중사의 태도는 더욱 누그러졌다. 「자네 중대는 섬 일원에 통행금지가 실시된다는 것을 주지시키지 않았나?」

「주지시켰습니다.」

43 *Mack*. 보병을 가리키는 일반적 용어.

「그런데 왜 자네는 진지를 이탈했나?」

「나의 와히니를 만나고 돌아가는 길입니다. 그녀는 바로 저 위에 삽니다.」 그는 골프장 건너편을 턱으로 가리켰다.

「통행증 있나?」

「없습니다.」

「없다고?」 하사가 뭐 볼 거 있냐는 목소리로 말했다. 「저 친구를 어서 연행해 버리고 이 건은 잊어버립시다.」 그는 세게 나왔다. 그는 조금 전까지만 해도 겁먹고 있었는데 그에 대한 앙갚음이라도 하려는 듯 강하게 나왔다. 그는 권총을 권총집에다 도로 넣었다.

「올리버 하사, 조금만 자제하도록 해.」 중사가 말했다.

「난 아무래도 상관없습니다.」 하사가 말했다.

「친구, 18번 진지의 책임자는 누구인가?」 중사가 물었다.

「초트 중사입니다.」

두 헌병은 서로 쳐다보았다.

「해리, 18번 진지의 책임자가 누구인지 아나?」 중사가 지프에다 대고 소리쳤다.

지프에서 의논하는 소리가 들렸다. 「모릅니다. 하지만 1분 만에 알아낼 수 있습니다.」

「좋아, 저 친구를 저리로 데려가자고.」 중사가 말했다.

「난 아무래도 상관없습니다. 하지만 저 친구를 본대로 연행하는 게 좋겠어요. 프레드, 저 친구의 모습이 마음에 들지 않아요. 저 군복을 한번 보십시오. 저건 영내복이에요. 아주 칼같이 날을 세웠군요. 저 친구가 왜 영내복을 입고 있는 겁니까? 저 옷은 더플백에 집어넣은 흔적이 하나도 없어요. 세탁소에서 가져온 그대로예요.」

「저 친구를 지프차로 데려가는 게 어때서?」 중사가 물었다.

「난 아무래도 상관없습니다. 하지만 안 좋을 것 같아요. 저 친구가 갑자기 공격을 해오면 어떻게 합니까?」
　「아니, 혼자서 우리 네 명을 어떻게 공격한다는 거야?」
　「저 친구가 새 군복을 훔쳐 입고 나왔는지 어떻게 압니까?
저 친구는 파괴 공작조일지도 몰라요. 동조자들이 저기 길 아
래에 숨어 있다가 갑자기 튀어나올지도 모릅니다. 난 아무래
도 상관없습니다. 저자가 스파이인지 아닌지 어떻게 압니까?」
　「이봐, 친구, 저기 길 아래 자네의 무리들이 매복하고 있
나?」 중사가 프루에게 물었다.
　「난 스파이가 아닙니다. 내가 스파이 같아 보입니까?」 그
건 그가 전혀 예상하지 못했던 사태의 흐름이었다. 스파이로
입건된다? 그건 정말 웃기는 일 같았다.
　「네가 스파이가 아닌지 어떻게 알아? 나하고는 상관없지
만.」 하사가 물었다.
　「그래, 저 친구는 도조[44]일 수도 있지.」 중사가 말했다.
　「정부 청사를 파괴하려는 자인지도 몰라요. 나하고는 상관
없지만. 아무튼 저 친구를 본대로 데려갑시다. 그러면 우리는
책임을 면하잖아요.」 하사가 말했다.
　「스파이는 아니야.」 중사가 말도 안 된다는 목소리로 말했
다. 그는 권총을 치우지는 않았으나 권총을 든 손이 많이 아
래로 내려가 있었다. 「맥, 신분증 있지? 우리가 자네의 신분
을 알 수 있는.」
　「없습니다.」
　「아무것도 없어?」
　「그렇습니다.」
　「친구, 그렇다면 연행할 수밖에 없는걸.」 중사가 말했다.
「이런 때는 신분증을 반드시 가지고 다녀야 해. 난 이렇게 깐

44 東條英機. 일본의 전시 총리.

1296

간하게 하기 싫어. 하지만 신분증 없이 개나 걸이나 다 밤중에 돌아다니게 할 수는 없어. 장군도 아닌 주제에 말이야.」

그는 신분증 제시를 예상하고 있었다. 그것은 어둠 속에 한번 내질러 보는 돌팔매 같은 것이었다. 중사는 좋은 친구인 것 같았고 상당히 호의적이었다. 그래서 그는 주장을 하고 나섰다.

「잠깐만요, 내 말을 좀 들어 보세요. 난 스파이가 아닙니다. 난 육군에서 지난 6년을 근무했습니다. 앞으로 24년을 더 근무할 계획이에요. 헌병대에서 나를 입건하면 어떻게 할 겁니까? 틀림없이 영창에다 집어넣겠지요. 현재 전쟁이 진행 중이고 전군이 병력의 수배에 나섰습니다. 이런 판에 나를 영창에 보내면 전쟁에는 아무 도움도 되지 않을 겁니다. 난 지난 6년간 이 전쟁을 기다려 왔어요. 그러니 제발 내게 기회를 한번 주세요.」

「이렇게 무단 외출하기 전에 그런 것을 다 생각해 두었어야지.」 하사가 말했다.

「만약 내가 스파이였다면 사정은 다를 겁니다. 하지만 두 분은 내가 스파이가 아님을 알고 있지 않습니까.」

「너는 군의 명령이 하달되었다는 것을 알고 있어. 통행금지가 시행 중이라는 것도 알고 있어. 그런데도 진지를 마음대로 이탈하여 동거녀를 찾아갔어. 그런 만큼 검문에 걸리면 어떻게 된다는 것쯤 알고 있겠지?

게다가 네가 누구인지 어떻게 알아? 물론 나와는 상관없는 일이지만. 넌 네 마음대로 막 지껄일 수 있는 거야. 이 일대가 G 중대 소관이라는 건 누구나 다 알고 있어.」 하사가 말했다.

「닥쳐, 올리버.」 중사가 말했다. 「이 순찰조의 책임자가 누구야? 자네야, 나야? 이봐, 친구, 자네가 영창에 대해서 말한 것은 사실이야. 전쟁이 진행 중인데 이런 사소한 일로 병사를 영창에다 처넣는다는 것은 무의미해. 그건 귀중한 인력의 낭비야. 어리석은 일이지.」

「정말 어리석은 일입니다!」

「하지만 나는 확신할 수가 없어. 자네가 신분증을 소지하고 있지 않아서 말이야. 신분증이 있다면 사정은 달라지겠는데. 이건 확인 차원인데 그럼 옛날 것이나 뭐 그런 거 없나?」

「없습니다.」 그는 거짓말을 했다. 그는 왼쪽 손으로 호주머니 속에 탄창과 함께 있는 오래된 초록색 SP 카드를 만지작거렸다. 그건 과거의 여권이었다. 한때 유효했던 비자였다. 약속의 땅으로 돌아가게 해주던 문서. 그 땅에 사는 사람들은 거기를 사막 혹은 한시바삐 벗어나야 할 곳으로 여기지만 지금의 그에게는 약속의 땅이었다. SP 카드는 지난해의 회원 카드 같은 것이었다. 금년에는 그 카드로 클럽 룸에 들어가지 못하는 것이었다. 왜 시효가 만료되었는데 갱신하지 않으셨나요? 5센트만 내면 멋진 시가를 드리는데. 하지만 그 SP 카드는 탈영한 자가 아니라면 한 달 전에 모두 군 당국에 반납한 신분증이었다. 그 못 쓰게 된 카드를 지금 내보이면 아주 위험한 지경에 빠지게 되는 것이었다. 만약 그렇게 된다면, 아주 꼴좋게 되었다, 까불더니 결국 이렇게 되잖아, 워든이 그렇게 말하면서 웃을 것 같았다.

「우린 자네를 입건해야겠어.」 헌병 중사가 말했다.

그는 마지막 시도를 해보았다.

「나를 18번 진지로 데리고 가서 신분 확인을 해주실 수는 없겠습니까?」

「그렇게 해볼 수도 있겠지.」 중사가 말했다.

「진지에선 다들 나를 안다고 할 겁니다.」 중사가 호의적으로 나왔기 때문에 그렇게라도 하고 싶었다. 당초 프루는 그런 식으로 일을 진행하고 싶지는 않았지만, 그렇게라도 할 수 있다면 하고 싶었다. 만약 초트가 헌병들을 속여 넘기고 나를 CP로 넘긴다면? 또는 내가 혼자 힘으로 그의 진지를 찾아간다면 그는 어떻게 나올까?

「프레드, 당신에게 그런 모험을 걸 권리는 없어요. 나하고는 상관도 없는 일이지만. 이 친구는 어쩐지 인상이 안 좋아.」

「저 친구의 말이 맞아.」 프레드가 말했다. 「나의 임무는 모험을 걸지 않는 거야. 신분증이 없으면 자네를 본대로 연행할 수밖에 없어.」

「빨리 뭔가 조치를 취하세요. 시간을 지체하지 말고.」 지프차의 해리가 무심하게 소리쳤다.

「입 닥쳐.」 프레드 중사가 소리쳤다. 「이건 내 일이야. 네가 아니라.

내가 책임진다고. 맥, 미안하지만 자네를 본대로 연행해야겠네.」 그는 마지못해 말했다. 그는 약간 늘어드리고 있던 권총 잡은 오른손을 들어 지프차 쪽을 가리켰다.

「내가 스파이가 아니라는 것을 알지 않습니까?」

「그건 알아. 하지만……」

「이봐, 주머니에서 손 빼. 난 아무래도 상관없어. 하지만 넌 군대 생활 몇 년이나 했나? 주머니에 손을 넣은 채 대답을 하다니.」 하사가 말했다.

「맥, 손 빼.」 헌병 중사가 말했다.

좋아, 그렇게 하기를 고집한다면 할 수 없지. 좋아, 그렇게 하자고. 그는 아직도 그들을 해 넘길 기회가 있을지 모른다고 생각했다. 겨우 네 명이 있을 뿐이었다. 고속도로 저편 골프장 쪽으로 다시 달아날 수도 있을 것이다. 해변 진지 쪽을 중시하기 때문에 골프장까지 쫓아오지 않을지도 모른다. 거기서 동쪽으로 내빼면 도주에 성공할 수 있을지도 모른다. 내가 저들에게 잡혀가는 일은 절대로 없을 것이다. 절대 그런 일은 없을 것이다.

「자, 맥, 가자고.」 중사는 내키지 않는 마지못한 목소리로 말했다.

그는 켄터키 자존심을 크게 희생시켜 약간 느슨한 상태로 만들었던 그의 마음을 강하게 응결시켜 협소하고 투명하고 단단하고 결정(結晶) 같은 구조로 만들었다. 그것은 할란 켄터키 출신의 등록 상표였고 그의 아버지가 물려준 단 하나의 유산이었다. 그는 그 굳센 마음을 지금 이 순간 되찾아 왔다.

「이봐, 주머니에서 손 빼라고 했잖아!」 하사가 못마땅한 어조로 말했다.

그는 경찰용 38 구경을 오른손에 잡고서 주머니에서 손을 빼면서 동시에 왼손으로 헌병 중사가 느슨하게 잡고 있던 권총을 잡아채 길 반대편 쪽으로 휙 내던졌다. 이어 연속 동작으로 38 구경의 총열로 헬멧 쓴 하사의 턱을 갈겼다.

그 순간 프리윗은 팔과 다리가 아주 자유롭다는 느낌이 들었다. 밧줄도 수갑도 족쇄도 없이 자유롭게 숨 쉴 수 있었다. 일체의 구속복을 모두 벗어 던지고 나니 자유로운 느낌이 전신에 퍼져 왔고 자신이 정말 자유인이라는 사실을 거의 믿을 수 있을 지경이었다. 그는 어두운 밤공기 속으로 한 마리 자유로운 새처럼 비상하며 달아나기 시작했다. 하와이 준주의 와이알라에 골프장의 평평한 모래밭 속으로, 어둠을 뚫고서. 골프장은 나무가 전혀 없고 잡풀만 자라는 모래 언덕이었다. 하지만 거기서 얼마 떨어지지 않은 곳에 커다란 모래 구덩이가 있었다.

그는 힘차게 달리면서 어깨 너머로 뒤돌아보았다. 두 명의 헌병은 푸른색 헤드라이트 속에 멍하니 서 있었다. 저 친구들 저렇게 멍하니 서 있으면 안 되는데, 그의 생각이 자동적으로 흘러갔다. 빨리 어두운 곳으로 몸을 피해야지. 그는 앨마에게

서 빌린 총이지만 그 총으로 얼마든지 두 사람을 쏘아 죽일 수도 있었다.

하지만 뒤돌아보는 그 짧은 순간, 아, 저 친구들은 내가 총을 가지고 있다는 걸 모르고 있구나, 하는 생각이 머릿속을 스쳐 지나갔다. 따라서 그렇게 멍하니 서 있는 것이 결정적인 실수는 되지 못했다. 아주 무모한 실수는 아닌 것이었다. 그렇다면 그건 어느 정도 용인할 수 있는 것이었다. 상황 판단의 실수는 무모한 실수하고는 다른 것이었다. 훌륭한 군인은 어떤 경우에도 무모한 실수는 피해야 하는 것이었다.

그때 프레드 중사가 소리쳤다. 「저기 구석으로 후진해. 거기 야전 전화소가 있어.」 하사는 왼손으로 턱을 부여 쥐면서 힘들게 일어섰다. 하지만 다 일어서기도 전에 45 구경을 꺼내 들었다. 45 구경의 총구는 커다란 눈을 가진 여인의 윙크처럼 고혹적이면서 치명적이었다.

프리윗은 더 이상 뒤돌아보지 않았다. 그는 이제 일직선으로 달아나는 것이 아니라 날아올 총알을 의식하여 지그재그로 달리기 시작했다. 그는 자꾸 웃음이 나오려 했다. 두 헌병은 검문 임무를 제대로 수행했다. 헤드라이트 불빛에서 벗어나지 않은 것만을 제외하면. 그들은 훌륭했다. 검문을 신속하게 수행했다. 젠장 모래 구덩이는 어디에 있는 거야?

「근처의 헌병 병력을 모두 집결시켜.」 프레드 중사가 아직도 소리쳤다. 「해변 진지들에도 비상을 걸어. 이자는 군인이 아니야.」 지프차의 시동 거는 소리가 들려왔다. 「지금 가라는 게 아니야, 이 바보야! 먼저 불을 켜. 탐조등을 켜란 말이야!」 프레드 중사가 소리쳤다.

프루는 왼쪽으로 얼마 떨어지지 않은 곳에 있는 모래 구덩이를 보았다.

이어 탐조등이 켜졌다.

　그는 걸음을 멈추고 헌병들을 향해 몸을 돌렸다.

　그와 동시에 지프차의 조수석 위에 설치된 해리의 톰슨 기관총이 마치 윙크를 하는 것처럼 커다란 눈을 깜빡거리며 발사됐다. 바에 가면 흔하게 만날 수 있는 헤픈 여자가 충혈된 눈으로 윙크할 때의 거짓된 애교스러움, 그런 느낌의 깜빡거림이었다.

　프리윗은 모래 구덩이 거의 바로 앞에서 헌병들을 향해 가슴을 내밀었다.

　어쩌면 프레드 중사가 해변 진지에 비상을 걸라고 말했기 때문일지도 몰랐다. 그는 자기 부대원들의 총에 맞아 죽는 것을 생래적으로 싫어하는 보병의 근성을 갖고 있었다. 어쩌면 모든 헌병 병력을 집결시키라는 말 때문일지도 몰랐다. 소금 늪지 너머로 제방 둑이 있었다. 거기에 푸른색 헤드라이트를 일제히 켜든 헌병 지프차들이 집결해 있는 광경이 머릿속에 상상되었다. 그건 널찍한 마당에서 화려하게 세워 놓은 부자의 크리스마스트리 같은 광경일 터였다. 게다가 그는 헌병들로부터 있는 힘을 다해 도망쳤기 때문에 이제 숨이 찼다. 어쩌면 검문 임무를 그토록 잘 수행한 그들에 대하여 강한 애정을 느꼈기 때문일지도 몰랐다. 그는 헌병들이 자랑스러웠고 그들에게 믿음이 갔다. 그건 정말 모범적인 검문 수행이었다. 그 자신이 검문을 해도 그 이상 잘 수행하지는 못했으리라. 그들은 정말 유능했다. 어쩌면 헌병 중사가 마지막으로 외친 말 때문일지도 몰랐다. 「이자는 군인이 아니야.」

　어쩌면 그것은 기계적 반응 때문일지도 몰랐다. 켄터키 사람들은 보병들과는 달리 동료의 총에 맞아 죽는 일이 빈번했고, 그래서 등에 총 맞고 죽는 것을 생래적으로 싫어했다.

　그는 헌병들을 향해 몸을 돌릴 때 해리의 톰슨 기관총이 윙크하리라는 것을 알고 있었다.

그렇게 서 있는 짧은 순간 그는 38 구경을 발사하여 프레드와 하사를 죽일 수도 있었다. 두 헌병은 헤드라이트 불빛 속에 서 있었으므로 완벽한 목표물이었다. 하지만 그는 총을 쏘지 않았다. 아니, 쏘고 싶은 마음이 없었다. 그런 생각이 아예 떠오르지 않았다. 따지고 보면 그들도 군인이었다. 어떻게 성실하게 임무를 수행한다는 그 이유만으로 사람을 죽일 수 있겠는가? 죽인다라는 말은 정말 지저분한 단어였다. 그는 한 차례 사람을 죽인 일이 있었다. 그것은 아두런 효과도 없었다. 그것은 정의로운 행동이었고 그래서 그는 후회하지 않았다. 그래도 효과가 없기는 마찬가지였다. 어쩌면 그것은 영원히 효과가 없을 것이었다. 그런 자를 죽이면 그다음 순간 그와 비슷한 자가 또 들어선다. 그 비슷한 자를 계속 죽이지 않는 한, 아무것도 죽이지 못한 게 되어 버린다. 만약 그런 식으로 계속 죽이려 든다면 그는 말씀의 사도가 되지 못할 것이다. 게다가 그들도 군인이었다. 모든 사람이 자기가 사랑하는 사물을 죽인다는 말은 진실이 아니다. 오히려 모든 사물이 그것을 사랑하는 사람들을 죽인다는 말이 진실이다. 그게 더 실상을 잘 표현한 것 같다.

총알 세 방이 사다리꼴을 이루며 그의 가슴을 관통했고 그는 모래 구덩이 안으로 벌렁 나자빠졌다. 해리의 톰슨 기관총은 순간 사격을 중지했다.

잭, 난 이제 그게 뭔지 알았어. 알았다고. 모래 구덩이는 깊었고 경사면은 가팔랐다. 그는 구덩이 밑으로 추락하다가 몸이 한 번 뒤집혀 얼굴을 모랫바닥에 처박으며 정지했다. 그의 가슴은 마비되었으나 특별히 불편하지는 않았다. 그는 헌병들이 다가오는 발걸음 소리를 들었고 이런 식의 자기 모습을 내보이기 싫었다. 모래에 얼굴을 처박고 있는 모습을 보여 줄 수는 없었다. 다리는 이미 말을 듣지 않았으나 양 팔꿈치로 몸을 겨우 뒤집었고 그 움직이는 힘 때문에 그는 더 아래쪽 바닥으로 내려가 바닥에 눕게 되었다. 그의 얼굴은 이제 하늘을 보았다. 잭, 난 그게 뭔지 알았어.

그는 이렇게 누워 있는 것이 더 나았다. 그들을 바라볼 수 있었으므로. 잭, 넌 내가 알아내지 못할 거라고 생각했지. 그렇지?

「그는 갑자기 멈춰 섰어요.」 헌병들이 다가왔고 해리가 충격 받은 목소리로 말했다. 「그는 갑자기 섰어요. 난 어떤 목표를 향해 발사한 게 아니라 그냥 쐈어요. 이어 탐조등이 켜졌고 그가 멈춰 섰어요.」

그는 몸을 뒤집어서 하늘을 본 채 누워 있게 되어 기뻤다. 그래, 이게 그거로군. 이게 그거야. 그는 간이침대에 누워 있는 어머니 생각이 났다. 이봐, 이제는 제대로 알게 되었군. 넌 늘 그게 어떻게 찾아오는지 궁금했었지. 넌 그게 특별한 어떤 것이라고 생각했었지. 그게 다른 평범한 행위와 전혀 다를 게 없다는 것을 알지 못했지. 그건 크랩 주사위 노름을 하는 것, 성교를 하면서 사정하는 것, 봉지 담배를 한 대 말아 피우는 것과 별반 다르지 않아. 평범하고 일상적이고 날이면 날마다 벌어지는 일이지. 넌 땀을 흘리며 평생 동안 그걸 기다려 왔지. 그리고 마침내 그게 찾아왔어. 넌 늘 그것을 담담히 맞아들이기를 바랐지. 이제 그게 찾아왔어. 그러니 이제 네가 얼마나 잘 맞아들일 수 있겠는지 알아볼 수 있어. 하지만 너는 그게 일상적인 일이 아니길 바랐지. 그게 특별한 어떤 것이면 더 잘 대응할 수 있겠다고 생각했지. 그는 헌병들의 머리가 구덩이 가장자리에 나타나고, 이어 그들이 내려오는 것을 보면서 마음이 포근해졌다. 이제 구경꾼들이 생겼으니 그것에 멋지게 대응하는 것이 한결 쉬워질 터였다.

「이런, 톰슨 총이 절단을 내놨군.」 하사가 말했다.

「난 쏠 생각이 아니었어요. 그가 갑자기 멈춰 섰다니까요. 아주 기분 더럽게.」해리가 말했다.

이봐, 헌병들, 이게 수동적 저항이라고 하는 거야. 잭, 이거 맞지? 그는 말하자면 기다란 스키 활강장을 미끄러져 내려온 것이었다. 그는 자기 자신이 서서히 자기로부터 벗어나는 것을 느꼈다. 그가 영창의 검은 구멍에 있을 때 보았던 정령(精靈)의 끈이 그 자신에게서 나와, 모랫바닥에 누워 있는 그 자신의 주위를 배회하면서 더욱 길게 늘어나는 것을 느꼈다. 그러다가 그 끈은 자신에게로 잠깐 되돌아왔다. 그래, 이런 식으로 가는 거군. 이런 식일 줄 누가 짐작이나 했겠나. 그는 모래에 얼굴을 처박지 않고 하늘을 볼 수 있도록 몸을 뒤집은 건 정말 잘한 일이라고 생각했다.

「아직 숨이 붙어 있나요?」하사가 물었다.

「그런 것 같은데.」프레드가 말했다.

「저기 모래밭을 좀 봐요. 그는 총을 갖고 있었군요. 근데 왜 안 쏘았을까?」하사가 말했다.

「그는 갑자기 멈춰 섰어요.」해리가 말했다.

「제가 내려가서 살펴볼까요?」하사가 말했다.

「잠깐만 기다려.」프레드가 말했다.

아, 프레드로군. 좋은 친구였어. 그는 내 심정을 이해할 거야. 모래에 얼굴을 파묻지 않아 내 얼굴을 보일 수 있으니 얼마나 잘된 일이야. 그는 뭔가 말하고 뭔가 행동하고 싶었다. 뭔가 멋진 얘기, 멋진 농담을 건네 그가 얼마나 잘 죽음을 감당하고 있는지 알려 주고 싶었다. 하지만 말을 하려고 해도 할 수가 없었다. 움직이는 건 더욱 할 수 없었다. 그냥 가만히 누워 그들을 쳐다볼 수 있을 뿐이었다. 그러니 결국 자신의 말이나 행동을 보아 줄 구경꾼은 없는 셈이었다. 이제 얼마 남지 않았다. 곧 끝날 터였다.

그는 공책에 적어 둔 책들을 다 읽지 못하고 가는 게 아쉬웠다. 그가 이미 읽은 책들을 써먹지 못해서 안타까웠다. 그가 책에서 습득한 지식을 언제 멋지게 써먹을 수도 있었을 텐데. 그가 죽은 후에도 세상은 아무 일 없이 굴러갈 것이라고 생각하니 정말 섭섭했다. 앨마, 워든. 그리고 어딘가에 가 있을 마지오. 모든 사람이 변함없이 살아갈 터였다. 그는 이기적인 사람이었다. 세상이 그렇게 잘 굴러가지 않기를 바랐다.

사람들은 총알을 세 방이나 맞았으니 오래가지 않으리라 생각할 것이다. 하지만 그렇게 심하게 부상을 입은 상태에서도 오래 끌었다. 내 몸은 산산조각이 나버렸구나. 내 몸. 그는 자신의 몸이 그처럼 사분오열되는 것을 원하지 않았다.

이제 그냥 이대로 방임하는 수밖에 없어. 그들은 내가 무슨 생각을 하는지 알지 못할 것이다. 넌 말을 하지 못해. 넌 움직일 수도 없어. 그런데도 이처럼 시간을 끌다니. 아, 산산조각 난 내 몸. 정말 부끄럽군. 하지만 그들은 내가 무슨 생각을 하는지 알지 못할 거야.

하지만 넌 알잖아. 넌 그걸 제대로 해야 돼. 이제 얼마 걸리지 않을 거야. 1분 정도면 될 거야. 넌 그걸 멋지게 해내야 돼. 아무도 그걸 눈치채지 못한다 해도. 1분만 더. 그러면 끝나.

그는 온몸에 땀이 솟는 것을 느끼면서 누워 있었다. 그는 최후의 힘을 발동하여 그것을 내려다보려 했다. 그것이 끝나는 것을. 그것의 맨얼굴을. 온몸에 땀이 솟는 것을 느끼면서.

난 무서워.

한마디라도 말할 수 있었으면. 몸을 조금이라도 움직일 수 있었으면. 이렇게 누워서 저 헌병들을 쳐다보고 그것이 다가오기를 기다리는 것 말고 뭔가 할 수 있었으면. 아, 세상은 정말 외로운 곳이로구나.

그러다가 그는 갑자기 헛것을 보는 것처럼, 그것으로 모든 게 끝나는 게 아니고 결국 끝은 나지 않으리라는 것을 깨달았다. 하지만 그것도 위안이 되지는 못했다. 그는 G 중대로 전출 오던 날 아침 올드 레드와 함께 초이스에 들렀던 1년 전이 생각났다. 그때 언제나 새로운 결정 사항들을 강요하는 무한한 연쇄 과정이 있다고 생각했었지. 그래 이건 올바른 결정이었어. 그는 자신이 옳다고 생각하니 기분이 좋았다.

「야, 톰슨 총이 아예 박살을 내놓았군. 아직 안 죽었나?」 올리버 하사가 말했다.

「난 그가 왜 갑자기 멈춰 섰는지 이해가 안 돼요.」 해리가 불평하듯 말했다. 「그는 왜 총을 쏘지 않았을까요? 이거 정말 기분 더러운데. 무방비 상태인 사람을 쏘다니, 나만 개자식이 되었잖아요. 난 아무런 의식이 없이 마구 쏜 거예요. 프레드, 내 말 들어요? 프레드, 프레드, 듣고 있어요?」 해리 템플은 울먹이는 목소리로 말했다.

「입 닥쳐.」 프레드 딕슨이 말했다.

「정말이에요, 프레드, 듣고 있죠, 프레드?」

「닥치라고 했잖아.」 딕슨이 해리의 등을 두드리며 말했다. 「마음 편하게 가져.」

「내려가서 저자를 한번 살펴봐야겠어.」 톰 올리버가 말했다.

「해리, 저기 가서 앉아 있어.」 딕슨이 말했다. 「올리버, 뭔가 좀 찾아냈나?」

「아직. 난 이자가 군인이 아닌 줄 알고 있었어요. 가만, 이것 봐라, 여기 옛날 SP 카드가 있네. 이자의 군복이 좀 어색하다고 했었죠? 이자는 산을 넘어 달아난 자예요. 탈영병이라고요.」

「그렇군. 소속 부대는 어디야?」 딕슨이 물었다.

「로버트 E. 리 프리윗 이등병, 제○○ 보병 연대 G 중대.」 올리버가 말했다. 「이 친구, 그러니 군인이었군.」

「그래.」딕슨이 말했다.「부대로 돌아가려 했던 거야. 그 부대로 연락을 해서 사람을 보내 이 시체를 확인해 달라고 해야겠는걸. 해리, 따라와. 톰, 너는 거기 그대로 있어. 우리가 차를 몰고 야전 전화소에 갔다 올 테니까.」

워든은 행정실에 앉아 있다가 야전 전화소에서 걸려 온 전화를 받았다. 그는 로젠베리를 시켜서 운전병 웨어리 러셀을 불러와 차를 타고 사고 현장에 나갔다. 로스 중위는 그날 피트 카렐슨을 데리고 스코필드 본부로 올라갔다. 델버트 대령에게 피트의 제대 조치를 유예해 달라고 호소하기 위해서였는데 아직 중대로 돌아오지 않았다. 워든은 그들이 아직 돌아오지 않아서 오히려 기뻤다.

「우리가 돌아올 때까지 로젠베리 네가 행정실을 맡도록 해.」워든이 말했다.「비상 전화가 아닌 건 다 기록해 두고, 비상 전화는 곧바로 대대(大隊)로 돌려.」

「예, 서.」로젠베리가 조용히 대답했다.

「자, 웨어리, 지프차 가지고 왔지?」

「그래, 올드 프리윗이 죽었군요.」고속도로에 나서자 웨어리가 말했다.「그게 정말 프리윗일 거라고 생각하십니까, 인사계님?」

「모르겠어. 곧 알게 되겠지. 골프장 이쪽이야.」

그는 사고 현장에 도착할 때까지 아무 말도 하지 않았다.

「저기야.」워든이 말했다.

도로변에는 푸른 헤드라이트와 플래시 라이트가 상당히 많이 웅성거리고 있었다. 사고 현장임을 즉각 알아볼 수 있었다. 도로에서 약 40미터 들어간 지점이었다.

「저기 차들이 주차되어 있는 곳 옆에다 대.」워든이 말했다.

「알았습니다.」웨어리가 차를 저단 기어로 바꾸어 저지로 들어가며 대답했다.

한 대의 순찰차와 두 대의 지프차가 있었으며 대위 두 명, 소령 한 명, 중령 한 명이 나와 있었다. 그들은 모래 구덩이 주위에 모여 있었다.

「자네가 제○○ 보병 연대 G 중대의 중대장인가?」 워든과 웨어리가 다가가자 중령이 물었다.

「아닙니다. 저는 인사계입니다.」

「인사계라고!」 중령은 그의 갈매기 수장을 내려다보았다. 「중대장은 어디 있나?」

「지금 임무 수행차 출타 중입니다, 서.」

「그럼 자네 부대의 다른 장교들은?」

「모두 임무 수행차 출타 중입니다, 서.」

「그거 이상하군. 장교가 모두 출타 중일 수는 없을 텐데.」

「우리 부대의 해변 진지는 길이가 15~25킬로미터나 되어 수시로 점검을 나가야 합니다.」

「물론 그렇겠지. 우린 장교가 필요해. 이건 심각한 사안이야.」

「부대에 장교들이 없을 경우 제가 대리로 나서도 좋다는 위임을 받았습니다.」

「그런 내용의 위임장을 갖고 있나?」

「예, 서.」 워든이 말했다. 「하지만 가지고 오지는 않았습니다.」

「좋아, 이자를 개인적으로 알고 있나, 상사?」

「예, 서.」 웨어리 러셀은 이미 구덩이 아래로 내려가 순찰 헌병 두 명과 대화를 나누고 있었다.

「그럼 어서 내려가 시체의 신원을 확인하라.」 중령이 말했다.

워든은 구덩이로 내려가 그를 내려다보았다. 순찰조 한 명이 푸른 플래시 라이트를 비추었다.

「프리윗입니다, 서. 그는 지난 10월 20일부터 외출증 없이 부대를 이탈했습니다.」

「그럼 공식적으로 신원을 확인한 셈이군.」 중령이 말했다.

「예, 서.」 워든이 구덩이에서 나오면서 대답했다.

「장교가 와야 하는 건데. 이건 심각한 사안이야.」 중령은 종이 한 장을 들고 지프차의 푸른 헤드라이트 안으로 들어섰다. 그는 키가 크고 마른 사람이었다. 「상사, 여기 와서 서명하게.

시체를 확인해 주어 고맙네. 여기 저자의 개인 유품이 있네. 품목별로 리스트업했네. 서명하고 인수하게.」

「이게 답니까, 서?」 워든이 물었다.

「응. 그리고 말이야, 내 부하들이 이 사고에 대하여 아무 책임이 없다는 걸 알아주게. 그들은 충실히 임무 수행 중이었어. 공식 조사에서 다 나올 걸세.」

「예, 서.」

「저자는 탈영병이었어.」 중령이 말했다. 「내 부하들이 연행하려고 하자 갑자기 달아났어. 내 부하들이 총을 쏘자 갑자기 멈춰 서면서 몸을 돌려 사선(射線) 정면으로 나섰어. 장교가 와야 하는 건데. 자네 중대장한테 내일 헌병대로 와서 홉스 중령을 만나라고 좀 전해 주게. 이상이야, 상사, 여기 서명을 하게. 유물 인수증이야. 공식 조사단 판정은 어떻게 날지 나도 모르네. 그게 나오면 자네에게 알려 주지.」

「이자의 친척들을 위해서…….」 워든이 말했다. 「조사 보고서에 〈임무 수행 중 피살〉이라고 사인을 적어 주었으면 좋겠습니다. 그러면 관련 헌병들의 이름도 안 나오게 될 테고 사고를 처리하기가 한결 쉬울 것 같습니다.」

중령은 약간 의아한 표정으로 그를 쳐다보았다. 「그거 좋은 아이디어군. 나도 방금 그 얘기를 꺼내려던 참이었어.」

「예, 서.」

「하지만 조사 위원단의 판정에 대해서 내가 전혀 발언권이 없다는 걸 자네도 알지?」

「예, 서.」

「자, 그걸로 대충 얘기는 끝난 거 같네, 상사. 우린 시체를 영안실로 가져갈 걸세.」

「어느 영안실입니까, 서?」

「통상 가는 데지. 가만, 내가 이름을 잊어버렸는데. 왜 전쟁 전에 육군의 시체를 받아 주던 그곳 말이야.」

「아, 거기 말입니까? 압니다.」

「시체는 여기서 매장해야 할 거야. 아마도 레드힐 공동묘지가 되겠지. 이건 나중에 조치가 될 걸세.」

「서, 공식적으로 요청할 게 하나 있습니다. 저 시체를 여기 스코필드 부대의 육군 영구 공동묘지에 매장했으면 하는데요.」

중령이 다시 그를 빤히 쳐다보았다. 「무슨 근거로, 상사?」

「근거는 없습니다. 단지 저희 부대 중대장이 그걸 더 선호할 것 같습니다. 우리는 다른 병사도 거기에 묻었습니다.」

「스코필드 묘지는 영구 묘지야. 이자에게 친척들이 있을 거야. 진주만 공습 이후 임시 매장은 새로 생긴 레드힐 공동묘지를 이용해 왔어.」

「예, 서. 하지만 시체가 본국으로 송환되려면 시간이 한참 걸릴 겁니다. 전쟁이 끝나야 될 겁니다. 이자는 정규 육군이었습니다. 게다가 8년을 근무했습니다.」 그는 거짓말을 했다.

「그런가. 자네의 요청이 그렇다면 그 문제를 한번 알아보지. 나도 옛날 군인일세, 상사.」

「예, 서.」

중령은 호주머니에서 수첩을 꺼내 메모를 했다. 「자, 이제 유물 인수증에 서명을 하게. 지갑, 조그마한 호주머니 칼, 폐기된 SP 카드, 열쇠 하나 달려 있는 열쇠고리가 전부일세. 여기 서명하게.」

「이게 전부입니까, 서?」

「권총을 제외하고. 그 총은 압수야. 탄창하고.」중령은 서류를 내밀었다. 「여기 서명하게.」

워든은 종이를 받아 들지 않았다. 「이게 전부인지 확인하고 싶습니다, 서.」

「상사, 이게 전부라니까.」중령이 짜증 나는 목소리로 말했다. 「그러니 여기다 그냥 서명을…….」

「대장님, 잠깐만요.」순찰조의 조장이었던 중사가 그들 사이에 끼어들며 중령에게 경례를 붙였다.

「딕슨 중사, 뭔가?」중령이 짜증 난 목소리로 물었다.

「대장님, 리스트에 들어 있지 않은 물품이 하나 발견되었습니다.」

「그래, 왜 아까 그 얘기를 안 했나, 중사?」중령이 엄한 목소리로 말했다.

「혼란 중에 빠진 것 같습니다.」

「어떤 물품인가, 중사?」

「자그마한 까만색 공책이었습니다. 우리 지프차의 조수석에 떨어져 있었습니다.」

「인사계, 자네의 양해를 구해야겠는데.」중령이 말했다.

「괜찮습니다, 서.」

「인사계님, 제가 그걸 대신 가져다드리겠습니다.」중사가 말했다.

「아니, 내가 자네랑 같이 가지.」워든이 말했다.

지프차에 도착하여 그들은 플래시를 켜고 그것을 한참 찾았다. 조수석에서 떨어져 바닥 구석에 처박혀 있었다.

「여기 있습니다, 인사계님.」그가 공책을 집어 들자 거기서 종이 한 장이 빠져나와 지프차 바닥에 떨어졌다.

「잠깐만, 중사.」워든은 플래시를 빌려 그 종이를 집어 들었다.

「전 그걸 못 봤습니다.」중사가 말했다.

「괜찮아.」워든은 종이를 펴고 플래시를 비추었다. 그것은 각운이 들어가 있는 짧은 시였다. 종이 윗부분에 시의 제목이 대문자로 쓰여 있었다. 〈재입대 블루스.〉그는 시를 읽으려 하지 않았다. 상의 호주머니에다 그 종이를 집어넣어 단추를 잠그고 공책을 내려다보았다. 공책에는 〈앞으로 읽을 책들〉이라는 제목 아래 책들의 제목이 길게 적혀 있었다. 그는 프리윗의 유품 중에 그런 책들의 리스트를 발견하고 비록 창망 중이지만 놀라움을 느꼈다. 그 리스트 중 상당수의 책을 그도 이런저런 때 읽은 바 있었다. 하지만 프리윗이 그런 책들을 읽기를 원했으리라고는 상상하지 못했다.

「인사계님.」워든이 그 공책을 다른 상의 호주머니에 집어넣는 동안 프레드 중사가 말했다. 「이번 건은 정말 유감스럽게 생각합니다.」그는 주위를 한번 둘러보더니 나지막하게 말했다. 「총을 쏜 헌병은 해리 템플이라는 일등병인데, 이 사건으로 큰 충격을 받았어요. 일본 놈이나 적병을 사살한 게 아니니까. 당신은 내가 거짓말을 한다고 생각할지 모릅니다. 하지만 그는 정말로 그렇게 행동했어요. 그가 갑자기 몸을 돌려 우리의 사선 앞에 섰습니다.」

「그전에 그는 어떻게 했지?」워든이 물었다.

「아무것도 하지 않았습니다. 그는 달아나고 있었습니다. 나의 조수인 올리버 하사가 그를 향해 권총을 두세 발 발사했습니다. 하지만 그는 계속 달렸습니다. 그러자 해리 템플이 톰슨 기관총을 발사했어요. 그냥 무대포로 발사한 겁니다. 그러자 탐조등이 켜지고 당신의 부하가 갑자기 동작을 멈추더니 사선으로 돌아섰습니다. 그는 손에 38 구경을 들고 있었으나 총을 쏠 의사가 전혀 없었습니다. 우리는 나중에 모래 구덩이에서 그 총을 발견했습니다. 인사계님은 톰슨 기관총에 대해서 잘 아시죠? 총알이 퍼지듯 날아갑니다. 그는 모래 구덩이 바로 앞에 서 있었습니다. 마음만 먹었다면 그 안으로 뛰어들 수도 있었을 겁니다. 내가 거짓말한다고 생각하시죠?」

「아니.」

「그는 인사계님의 친구였나요?」

「아니, 친구는 아니야.」

「우리 모두가 정말 안타깝게 생각한다는 것을 인사계님이 알아주었으면 좋겠습니다.」

「사후에는 누구나 안타깝게 생각하지.」

「그렇습니다. 그는 부대로 돌아가려던 중이었습니다. 나는 그를 놓아줄 수도 있었으나 그렇게 할 수가 없었습니다. 난 그가 어떤 사람인지 확신할 수가 없었습니다. 아, 이 빌어먹을 모래.」 중사가 나지막하게 그러나 사납게 말했다. 「이 빌어먹을 모래. 이건 정말 사막 같군요.」

「그건 다 인생의 게임 속에 들어 있는 거야.」 워튼이 말했다. 「그 모든 것이 벌어질 수도 있는 경우의 수라고. 그건 중사의 잘못이 아니야. 잊어버리게.」

「난 이 지역 근무에서 교대해 달라고 신청할 겁니다. 시내의 다른 쪽 구역에 순찰 나가야겠어요. 난 이 빌어먹을 모래가 정말 싫습니다.」

「하와이에 살면 모래를 피할 수 없어.」

「인사계님, 단지 제 심정을 말씀드렸을 뿐입니다.」

「오케이, 정말 고맙네, 중사.」 워튼은 중사의 어깨에 손을 얹으며 말했다.

그는 구덩이 옆 지프차로 되돌아갔다. 웨어리는 아직도 순찰조 두 명과 얘기를 하고 있었다. 그는 지프차 후드에 놓여 있는 유품 인수증을 집어 들어 서명을 했다. 그리고 중령을 발견하고 경례를 했다.

「이제 그만 가도 좋겠습니까, 서?」

「유품 인수증에 서명했나?」

「예, 서.」

「그럼 업무는 끝난 거 같군. 공책도 발견했나?」

「예, 서.」

「상사, 그걸 놓친 걸 다시 한번 사과하네.」 중령이 공식적인 목소리로 말했다.

「괜찮습니다, 서.」 워든이 공식적인 어조로 말했다.

「난 이런 일이 벌어져서 정말 기분이 언짢아. 자 상사, 이제 그만 가봐도 좋네.」 중령이 말했다.

「감사합니다, 서.」 그는 경례를 하고 구덩이로 갔다. 「웨어리! 이제 그만 가자.」

그들은 고속도로에 접어들었고 웨어리는 차의 속도를 고단 기어로 바꾸었다. 워든은 조수석의 등받이에 등을 기대고 불빛이 집결해 있는 곳을 다시 한번 돌아다보았다. 그 순간, 금년에는 결국 권투 시즌이 있지도 않을 거였는데, 하는 생각이 머리를 스치고 지나갔다. 그들은 있지도 않을 권투 경기 때문에 프루를 그토록 괴롭혔구나.

「정말 오싹해요.」 웨어리가 말했다. 「프루는 구덩이 안으로 뛰어들 수도 있었을 텐데 말입니다.」

워든은 이제 고개를 돌려 앞을 쳐다보았다. 그가 프루를 위해 해줄 수 있는 일은 두 가지였다. 하나는 근구 기록에 임수 수행 중 피살이라고 적어 넣는 것이었고, 다른 하나는 스코필드 영구 묘지에 매장되게 해주는 것이었다. 헌병대 중령은 그에게 친척이 없다는 걸 알면 그 묘지의 매장을 허가해줄 터였다. 일단 매장을 하면 군 당국은 이장 문제를 다시 생각하지 않을 것이었다.

「히컴 기지에 경계 훈련 나갔던 때 생각나세요?」 웨어리가 말했다. 「인사계님과 프루가 술 취해서 길 한가운데 정신없이 누워 있던 때? 전 자칫 잘못하면 두 사람을 칠 뻔했지요.」

워든은 대답하지 않았다. 세 번째로 해야 할 일이 있었다. 시내로 나가 로런을 만나는 일이 그것이었다. 그녀는 집 열쇠를 돌려받기를 원할 것이다. 그녀를 직접 만나는 것이 고통스러우면 열쇠고리에서 열쇠만 뽑아내 편지로 부칠 수도 있으리라.

「그때 두 사람은 정말 억병으로 취해 있었지요.」 웨어리가 말했다.

「그랬었지.」 그는 시내로 나가 그녀를 직접 만나느니 차라리 태형(笞刑)을 당하는 것이 더 나으리라. 그래도 그는 시내로 나가 그녀를 만날 생각이었다.

「프루는 무엇 때문에 저렇게 행동했을까요?」 웨어리가 말했다.

워든은 대답하지 않았다. 재앙은 왜 이렇게 떼 지어 몰려오는 것일까? 그런 생각이 그의 머리를 스치고 지나갔다.

제53장

밀트 워든은 프리윗 사고 현장에 나갔던 날 오전에 자신이 예비 장교단의 보병 소위로 임명되었다는 확인서를 받았다.

연대 본부에서 내려온 공문 더미에는 그것 말고 화기 소대의 소대장인 피터 J. 카렐슨을 현직에서 해임한다는 공문도 들어 있었다.

하지만 피트 건은 조금 뒤에 알았다. 로스 중위가 워든의 임명 확인서를 먼저 개봉했던 것이다.

그것은 전쟁부(국방부)의 공문으로서, G 중대 지휘관의 승인을 요청하는 문서였다. 그 공문에는 여러 관련 인사들의 추천 서명이 들어 있었다. 그 공문은 진주만 공습 이전부터 하와이 사단의 여러 관련 채널을 돌아다닌 것 같았다. 로스 중위는 일부러 무심한 표정을 지으며 그 서류를 워든의 책상에 내던졌다. 그 서류가 워든에게서 이끌어 낸 반응은 범죄 행위를 저지르다가 현행범으로 잡힌 사람의 반응 그것이었다. 그의 첫 번째 반응은 누가 보기 전에 그 서류를 재빨리 찢어서 쓰레기통에 내던지는 것이었다. 그러다가 그는 캐런 홈스 생각을 했다.

아무튼 로스 중위가 그것을 먼저 보고서 개봉해 버렸다.

공습 이후 첫 닷새 동안 그들은 키아웨 숲 아래에다 팝콘 판매 장수의 마차를 가져와 CP(중대 지휘부)로 설치했다. 그 후 스코필드에서 중대 CP용 텐트를 보내 주었다. 그 텐트를 CP 옆에 위장용으로 설치하기는 했으나 계속 팝콘 마차를 CP로 사용했다. 마차는 내부에 나무 바닥을 갖고 있고 땅에서 어느 정도 떨어져 있었기 때문에 훨씬 습기가 덜 찼던 것이다.

마차의 공간은 그리 크지 않았으나 네 명이 그 안에서 근무했다. 마차의 한구석에는 각 진지에 전화를 연결시켜 주는 교환대가 설치되어 있었다. 그들이 그 안에 웅크리고 앉아 있는데 메시지 센터 트럭이 공문 꾸러미를 부려 놓고 갔다. 워든, 로젠베리, 로스, 컬페퍼 등이 마차 안에 있다가 서류 꾸러미를 받아 들었다. 진주만 공습 이래 컬페퍼는 중위로 승진하여 부중대장을 맡았다. 책상에 앉아 있던 워든이 뜨악한 표정으로 쳐다보자, 나머지 세 사람이 빙그레 웃었다.

어떤 바보 남편이 그의 바보 같은 아내가 역시 바보 같은 아들을 낳았다고 해서 시가를 돌릴 때, 사람들이 어김없이 내보이는 그런 빙그레 미소였다. 우린 자네가 아이를 낳을 줄 알았지, 하고 말하는 미소였다. 그리하여 그 바보 같은 자는 얼굴을 붉힌다. 근처에 있다면 그의 아내도 얼굴을 붉힌다. 만약 그 갓난아이가 당근처럼 붉지 않다면 그 아이도 얼굴을 붉혔으리라. 나는 그대를 빙그레 미소, 얼굴 붉힘, 성스러운 찡그림의 이름으로 세례하노라. 그대는 여자에게서 태어났느니라. 형제들이여 무릎을 꿇고 하느님 앞에서 다 같이 얼굴을 붉히자. 누군가가 아이를 낳았노라.

「앞으로 서류를 몇 건 더 서명해야 될 거야.」 워든이 그 확인서를 다시 건네주자 로스 중위가 워든에게 행복한 미소를 지어 보였다. 「또 맹세도 해야 돼. 하지만 상사, 이제 당신은 어느 모로 보나 장교야. 정말 축하하네.」

「그 앞에 미 육군이라는 말을 붙여야죠, 로스. 기분이 어떤가, 상사?」 컬페퍼가 물었다.

「어떤 기분을 느껴야 하는 겁니까?」

「뭔가 달라진 존재. 수녀처럼 성스러운 존재.」 컬페퍼가 말했다.

「그럼 겨드랑이에 자그마한 황금 날개라도 나야 하는 건가요? 장교 견장과 어울리게?」

그들은 모두 악수를 하자고 고집했다. 심지어 로젠베리도 악수를 고집했다. 그 순간 CP에 들어온, 마카푸우 진지의 책임자이며 ROTC 장교인 크리비지 소위도 악수하기를 고집했다.

「시가는 언제 돌릴 거죠?」 크리비지가 빙그레 웃으며 말했다. 그는 퍼듀 대학을 졸업한 사람이었다.

「워든 상사는 시가를 돌리지 않을 겁니다.」 컬페퍼가 말했다. 「장교 임관 같은 시시한 일에. 크리비지, 당신은 사람을 잘 모르는군요.」

「그래도 상관없어요. 난 진급 턱으로 시가를 꼭 받아 낼 생각이에요.」

「상사, 자네는 아직 예비 장교단에 들어 있는 거야.」 로스 중위가 빙그레 웃으며 말했다. 「그러니 너무 우쭐대지는 마. 군 당국에서 자네를 본토의 어떤 지역으로 임용할 때까지는 여전히 우리 중대의 인사계야.」

「정말 행운의 사나이야.」 컬페퍼가 말했다.

「아멘.」 크리비지가 웃으며 말했다.

「오, 이런.」 로스 중위가 두 번째 공문을 개봉하더니 소리쳤다.

「로스, 무슨 일입니까?」 컬페퍼가 물었다.

「컬페퍼, 이걸 좀 봐.」 로스 중위가 그에게 공문을 내밀며 말했다.

워든은 그들을 쳐다보면서 이것이 일종의 신사 클럽 같다는 생각이 들었다. 온정적이고, 다정하고, 편안하고, 안락한 클럽. 나름대로 운영 규칙을 갖춘 클럽. 그 공문은 계통을 밟아 아래로 내려갔다. 로스에게서 컬페퍼로 다시 크리비지로. 워든은 리스트상 네 번째였고 로젠베리는 마지막이었다.

워든은 자기 차례가 되어 그 공문을 읽었을 때 가슴이 철렁 내려앉았다. 그것은 전쟁부의 정책을 알리는 회람이었는데, 특정 연령 이상의 사병으로서 중사 이하의 계급이고 행정직이 아닌 전투직에 종사하는 자는 즉각 현직에서 해임하고, 인력 대체를 요청하는 한편 철수자 리스트에 올리라는 내용이었다. 피트 카렐슨은 여기에 해당하는 자였다.

그 정책을 강조라도 하는 듯 연대 본부는 여기에 해당하는 30~40명의 사병 명단을 등사지로 뽑아서 그 공문 뒤에 스테이플러로 첨부해 놓았다. 그리고 그 명단 중 다음 두 명의 이름에 붉은 밑줄이 그어져 있었다.

중사 피터 J. 카렐슨, G 중대
이병 아이크 (중간 이니셜 없음) 갈로비치, G 중대

「이런, 카렐슨 중사가 없으면 소대를 어떻게 운영하지?」 크리비지가 말했다.

「제방에 구멍이 뻥 뚫린 꼴인데.」 컬페퍼가 말했다.

아무도 아이크 (중간 이니셜 없음) 갈로비치에 대해서는 언급하지 않았다.

「지금 즉시 진지 16을 한번 둘러보아야겠는데.」 컬페퍼 중위가 갑자기 말했다. 「그런 다음 오늘 밤에는 그쪽으로 나가지 말아야겠어.」

「나는 오늘 밤 마카푸우에 나갈 수 있겠는데. 나를 현직에서 해임하라는 공문이 없으니.」 크리비지 소위가 말했다.

「저놈의 공문 때문에 그 진지는 곧 작살이 나겠는데.」 두 장교가 가버리자 로스 중위가 말했다. 「내가 공문을 보내야 한다고 생각하나?」

이제 마지막으로 로젠베리가 그 공문을 읽고 있었다.

「공문은 아무 소용 없을 겁니다.」 워든이 말했다.

「그렇겠지.」 로스 중위가 침울하게 말했다. 「젠장, 상사! 저들은 나한테 이렇게 하면 안 되는 거야. 카렐슨 중사 없이 어떻게 해먹으라는 거야? 난 못해 먹어!」

로스 중위는 아이크 (중간 이니셜 없음) 갈로비치에 대해서는 언급하지 않았다. 중위는 그를 강등시킨 이후 그를 다른 부대로 전출시키려고 궁리해 왔다. 워든 또한 무슨 수가 없나 싶어서 열심히 다른 부대 상황을 살펴보았다. 하지만 소용이 없었다. 다른 부대는 그를 받으려 하지 않았다. 무조건 싫다는 것이었다.

「저 개자식들!」 로스 중위가 말했다. 「워싱턴에 한량하게 궁둥이 깔고 앉아서 통계에 따라 인사 명령을 내리고 자빠졌어. 저자들이 최전선의 실제 상황에 대해서 뭘 알아? 그런 조치가 내 중대를 엉망진창으로 만들어 버린다는 걸 어떻게 알겠어? 저자들은 중대를 직접 운영하지 않으니까- 신경 쓸 게 뭐야. 이봐, 상사, 뭔가 좀 생각해 봐.」

워든은 뭔가 생각을 하고 있었다. 그는 다이아몬드 헤드의 산기슭에 있는 카할라 애버뉴의 은퇴 동네를 생각하고 있었다. G 중대의 전 인사계 스나피 카트라이트는 그곳으로 은퇴했다. 스코필드 사령부는 워든에게 자리를 내주기 위해 그를 G 중대에서 제대시켰던 것이다. 워든은 갑자기 피트에 대한 연민과 공포가 자신의 온몸을 휩싸 오는 것을 느꼈다. 그는 피트가 G 중대를 정말로 사랑하고 있다는 것을 잘 알았다.

「피트는 우리 중대에서 6년을 근무했습니다. 중대장님은 그걸 강조해야 할 것 같습니다.」

「그래. 그러니 중사는 얼마나 마음이 아프겠나. 그처럼 나이 많은 사람이 말이야.」로스 중위가 고개를 끄덕였다.

로젠베리는 아무 말도 하지 않고 그 공문을 책상 위에 올려놓았다.

「로젠베리!」로스 중위가 갑자기 소리쳤다. 「넌 안색이 안 좋아 보여. 밖에 나가서 바람을 좀 쐬고 와. 어디 가서 산책을 좀 하고 와, 로젠베리.」

「예, 서.」로젠베리가 조용히 말했다.

「저 녀석은 영 내 신경을 거슬려.」로젠베리가 밖으로 나간 후 로스 중위가 말했다. 「너무 조용하단 말이야. 그래, 우린 어떻게 해야 하지?」

사람들은 노병은 죽지 않는다고 말한다. 아니다, 노병은 다이아몬드 헤드의 산기슭에 있는 카할라 애버뉴의 은퇴 동네에 살러 간다. 낚싯줄과 낚싯대를 사서 낚시를 한다. 과거에 사용하던 군용 소총으로 사냥을 나간다. 스너피 카트라이트처럼 돈이 있는 노병들은 그렇게 할 수가 있다. 피트는 노름 잘했던 스너피 카트라이트와는 달리 돈이 없었다. 돈을 모아 놓지 못했다. 스너피는 마누라가 있어서 착실히 돈을 모았다. 피트는 마누라도 없었다. 피트는 젊은 마누라는 고사하고, 함께 동침할 중년의 가정부를 고용할 돈도 없었다. 또다시 피트에 대한 연민과 공포가 워든의 온몸을 휩싸 왔다. 결혼도 못했고, 매독에 걸려 애도 낳지 못하고, 노름 돈 모아 놓은 것도 없었다. 마누라도 애도 없고 앞으로도 그런 게 생길 것 같지 않다. 나이 먹은 고단한 은퇴 군인인 것이다.

워든은 왠지 모르지만 피트를 그런 고단한 상황에서 꺼내 주어야 한다고 생각했다.

「중대장님이 직접 피트를 데리고 스코필드로 올라가 델버트 대령을 면담하면 어떻겠습니까?」

워든의 의견을 구하며 상체를 앞으로 수그리고 있던 로스 중위는 갑자기 몸을 뒤로 젖혔다. 「그런 과격한 행동을 하기가 좀 망설여지는군.」

「피트를 데리고 계실 생각이죠?」

군 당국은 앞으로 1~2년 본토의 적당한 군부대에 피트를 배치하여 신병들에게 기관총 훈련을 시키도록 할 것이다. 재수가 좋다면 전쟁이 끝날 때까지 그 일을 담당할지도 모른다. 노인으로서는 한량한 보직일 것이다. 신병들은 이 노병에게 공짜 맥주를 안길 것이다. 그의 배가 감당할 수 있을 때까지. 그는 매일 밤 취할 수 있을 것이다. 그러면서 자신이 전쟁 수행 노력을 지원하고 있다고 생각할 것이다.

「왜, 상사 자네가 올라가지 않나?」 로스 중위가 말했다. 「자네는 이 연대에 나보다 더 오래 있지 않았나.」

「중위님, 나는 갈 수가 없습니다. 이 부대의 지휘관은 당신입니다.」

「그래, 내가 중대장이지.」 로스 중위가 침울하게 말했다. 「상사, 자네는 내가 옳은 일을 하고자 한다는 건 알지? 하지만 그게 소용이 있을까?」

「그래도 유일한 방안입니다.」

「그게 통할까?」

「통하도록 해야죠.」

「만약 통하지 않으면 난 연대의 똥통 리스트에 올라가고 말 거야. 자네는 빠지고 말이야.」

「어떻게 하실 생각입니까? 중대를 올바르게 운영하실 겁니까? 아니면 대위 진급이 목적입니까?」

「젠장.」 로스 중위가 화난 목소리로 말했다. 「자네야 그렇게 말하기 쉽지. 자네는 한두 달 안에 여기서 전출 갈 테니까. 이런 젠장, 이 빌어먹을 인사계, 그런 식으로 멋지게 말하는 건 누가 못해?」

중위는 문 앞으로 가서 소리를 질렀다. 가무잡잡한 유대인의 얼굴에는 검은 운명에 대한 분노가 어려 있었다.

「로젠베리! 도대체 뭘 하고 있어! 왜 행정실에 안 들어오는 거야? 가서 카렐슨 중사를 찾아와. 내가 좀 보잔다고 해. 넌 왜 그렇게 엉덩이가 무거워? 빨리 움직여.」

「중사는 마카푸우에 나가 있습니다, 중대장님.」 문밖에서 조용히 기다리고 있던 로젠베리가 조용히 말했다.

「그럼 지프차를 타고 가서 그를 데려와!」 로스 중위가 소리쳤다. 「내가 그의 근무지를 모르고 있는 줄 아나? 도대체 넌 오늘 왜 그리 멍청해, 로젠베리?」

「예, 서.」 로젠베리가 기어들어 가는 목소리로 조용히 말했다.

「에이, 멍청한 녀석.」 로스 중위가 행정실 안으로 되돌아오며 말했다. 그는 자신의 책상에 앉아 머리를 긁적거렸다. 「러셀은 여기 남겨 두고 내가 직접 지프차를 몰아 다녀와야겠어. 그렇게 하면 중사와 나 단둘이 있으니까 연대 본부로 올라가는 길에 얘기하기가 더 좋을 것 같아. 자네도 이렇게 하는 게 좋겠다고 생각하지?」

「예.」

로스 중위는 수첩을 꺼내 대령에게 할 말을 메모했다. 그는 몇 자 적더니, 〈이런 빌어먹을!〉 하고 중얼거리면서 그것을 박박 지웠다.

「자네의 그 멋진 아이디어! 난 내가 왜 이런 구렁텅이에 대봉 들어서야 하는 건지 알다가도 모르겠어!」 중위가 화난 목소리로 말했다.

「중대장님이 올바른 일을 하고 싶어 하기 때문이죠.」

「그래? 난 때때로 누가 이 부대를 운영하는 건지 의심스러울 때가 있어. 자네인가 나인가?」

중대장이 연필을 씹어 대고 사이사이 지워 버리며 열심히 적는 동안, 로젠베리가 마카푸우에서 온 피트를 데리고 행정실 안으로 들어섰다.

「어서 와요, 중사.」로스 중위가 수첩을 치우면서 침울하게 말했다. 「당신과 내가 스코필드로 출장 나갈 일이 생겼소.」

「예, 서.」피트가 공식적인 어조로 말하면서 경례를 붙였다. 그는 노병이었기 때문에 어떤 상황이 벌어지고 있다는 것쯤은 대충 짐작하고 있었다. 그는 진주만 공습 이래 식사 때 이외에는 끼지 않는 틀니를 끼고 왔다.

두 사람(로스는 침울하게, 피터는 아주 정중하게)은 방독면, 탄대, 전투모, 카빈 소총을 휴대하고 아무 말 없이 행정실 밖으로 나갔다. 워든은 하던 업무로 되돌아가 그들의 면담 결과를 기다렸다. 중대장 일행의 귀대를 기다리고 있는데 프리윗 건에 대한 전화가 걸려 왔다.

그와 웨어리가 프리윗의 시체 확인을 끝내고 CP에 돌아와 보니 중대장 지프차는 아직도 수송부에 들어와 있지 않았다. 그것은 로스와 피트가 아직 돌아오지 않았다는 뜻이었다.

웨어리는 워든은 중대 CP 앞에 내려놓고 지프차를 수송부에 반납한 다음, 프리윗 스토리를 퍼뜨리러 갔다. 불 꺼진 팝콘 마차 안에 들어가 보니 로젠베리는 한 대뿐인 교환대 앞에 앉아 담배를 피워 가며 낱말 맞히기 놀이를 하고 있었다.

「이봐, 전화 온 데 없어?」

「없습니다, 서.」

「로젠베리, 이 개자식아! 나를 서라고 부르지 달라고 몇 번이나 말해야 알아듣겠어?」 워든이 야비한 목소리로 말했다. 「난 빌어먹을, 장교가 아니란 말이야! 난 인사계란 말이야!」

「알겠습니다, 상사님. 죄송합니다, 상사님.」 로젠베리가 놀라 눈을 동그랗게 뜨며 말했다.

「로젠베리, 네가 그 서라는 말을 앞으로 싹 빼버리지 않으면 네놈의 심장을 그냥 맨손으로 뽑아내어 네놈에게 먹여 줄 테다.」 워든은 나지막하면서도 떨리는 목소리로 정말로 그렇게 할 것처럼 말했다.

「알겠습니다, 상사님. 의도적인 것은 절대 아닙니다. 그냥 입버릇입니다. 그 사고자는 정말 프리윗이었나요, 상사님?」 로젠베리가 달래는 어조로 말했다.

「응, 프리윗이었어. 간고등어처럼 맛이 완전 갔더군. 모래 구덩이에서 죽어 있었어. 톰슨 기관총에 맞아서 가슴이 너덜너덜해져 있었어. 페어웨이에 온통 피였고. 이제 밖으로 나가. 잠시 혼자 있고 싶어.」

행정병이 밖으로 나가자 그는 책상 위에다 유품을 펼쳤다. 한 사람의 생애에서 남겨진 것치고는 너무 초라했다.

그는 한쪽 호주머니에서 10센트짜리 공책을, 다른 호주머니에서 종이 한 장을 꺼내 유품 더미 위에 올려놓았다.

그는 그 종이를 집어서 책상 위에 올려놓고 쫙 폈다. 그는 대문자로 쓰인 〈재입대 블루스〉라는 제목을 읽었고 이어 손으로 쓴 9연의 시를 읽었다. 그는 유품을 다시 한번 둘러보고 종이를 책상 위에 다시 쫙 편 뒤 그 시를 두 번째로 읽었다.

중대장 일행이 스코필드에서 돌아온 것은 한 시간 뒤인 11시경이었다. 그는 지프차가 정거하는 소리를 듣고서 그 종이를 접힌 결대로 다시 접어 10센트짜리 공책 안에 집어넣고 이어 그것을 자신의 자그마한 〈아트메탈〉 금고에다 집어넣었다.

그는 행정실 안으로 들어서는 그들의 얼굴을 보고서 스코필드에서의 델버트 대령 면담이 실패로 돌아갔다는 것을 알아보았다.

「젠장.」로스 중위는 헬멧을 벗어 구석의 야전 침대 위에 내던졌다. 침대에서 풀썩 먼지가 일었다. 「이놈의 전쟁 때문에 되는 게 없어.」로스 중위는 씁쓸하게 말했고 카빈총을 책상에 조심스럽게 기대어 놓았다. 이어 의자에 앉아 양손으로 먼지 묻은 얼굴을 비비댔다.

「교통 혼잡이 말도 못해. 이렇게 밤늦은 시간인데도 말이야. 거기 왕복하는 데 네 시간이나 걸렸어.」

어깨에 카빈총을 둘러멘 피트 카렐슨은 한 걸음 앞으로 나와 오뚝이처럼 엉덩이에 힘을 준 차려 자세를 취하건서 오른팔을 일직선으로 쫙 폈다가 45도 각도로 꺾으건서 경례를 붙였다.

「서, 카렐슨 중사는 중대장님에게 그분이 베풀어 주신 배려에 감사드리고자 합니다.」

「난 한 게 없어.」로스 중위가 말했다. 「내가 한 건 큰 영감의 똥통 리스트에 올라간 것뿐이야.」

「서, 중대장님은 시도를 했습니다. 그게 중요한 겁니다.」

「아니, 그 시도라는 것도 중요하지 않아!」로스 중위가 격렬하게 소리쳤다. 「이 빌어먹을 세상에서 정말 중요한 것은……」중위는 목소리를 정상으로 낮추었다. 「……결과야. 난 실패했어. 아주 처참하게.」

「서, 중대장님은 그분이 할 수 있는 모든 것을 했습니다.」피트가 말했다.

「제발, 카렐슨 중사! 내가 마치 다른 사람인 양 나를 3인칭으로 말하지 말게! 쉬어, 쉬어. 그 차려 자세를 풀라고. 나한테 그렇게 형식적으로 대할 필요 없어.」

피트는 왼쪽으로 30센티미터 이동하더니 양손으로 뒷짐

을 지며 열중쉬어 자세를 취했다. 「서, 나는 중대장님이 베풀어 주신 배려를 정말 고맙게 생각합니다.」 피트의 얼굴은 아직도 차려 자세를 취하고 있는 군인처럼 경직되어 있었다. 「그걸 결코 잊어버리지 않을 겁니다, 서.」

로스 중위는 그를 잠시 쳐다보더니 다시 양손으로 얼굴을 비볐다. 「카렐슨 중사, 앞으로 이틀 동안 여기서 자도록 해요. 본부에서 당신을 부를 때까지. 그동안이라도 좀 편하게 있어야지. 말로 중사에게 내가 그랬다면서 야전 침대를 하나 받도록 해요. 그걸 본부 텐트에다 갖다 놓으세요. 화기 소대는 이제 중사 없는 생활에 익숙해져야 합니다.」

「예, 서.」 피트가 말했다. 「감사합니다, 중대장님.」 그는 다시 차려 자세로 돌아갔고 상체를 약간 굽히면서 오른팔을 일직선으로 쫙 폈다가 45도 각도로 꺾으면서 맵시 있게 경례를 붙였다. 그것은 아주 멋진 경례였다.

「서, 중대장님께서 중사를 물리치신다면 중사는 물러가겠습니다.」

「가보시오.」

그는 천천히 정확하게 뒤로 돌아서 1분에 120보를 걷는 빠른 걸음 자세를 취하기 시작했다.

「이건 웬 물건들이오?」 로스 중위가 워튼의 책상 위에 놓인 유품들을 보고 물었다.

「잠깐만, 피트.」 워튼이 의자에 앉은 채 말했다. 「자네도 이 얘기를 듣고 싶어 할 거야.」 그는 유품들을 벌여 놓으며 그들에게 프리윗 얘기를 해주었다.

「저런, 저런, 아주 만루 홈런을 때렸군. 왜 이런 일이 거푸 벌어지지?」 로스가 말했다.

「밀트, 그게 언제 벌어졌어?」 피트가 문 앞에서 물었다. 그의 목소리는 아까의 공식적인 것과는 달리 아주 부드러운 인간적인 목소리였다. 피트의 가슴 아파하는 어조를 간취한 워든은 갑자기 둔탁한 분노가 내부에서 솟구치는 것을 느꼈다.

「저녁 8시쯤이었어.」그가 무감각하게 말했다.

그는 헌병 중사가 말해 준 사고 경위를 그대로 반복했다. 그리고 로스 중위를 위해 프리윗이 나팔 소대를 떠나서 G 중대로 오게 된 과거지사를 간략하게 설명했다.

그는 몇 가지 사항은 말하지 않았다. 가령 죽은 패트소 저드슨 중사, 볼디 돔이 이틀 동안 무단 외출을 눈감아 주고 이어 그가 일주일이나 영내 근무로 잡아 준 것, 뉴콩그레스의 로런 등은 제외했다.

「그 친구는 타율이 굉장했군.」워든의 보고를 다 듣고 난 로스 중위가 말했다. 「책에 나와 있는 육군 규정은 모조리 위반했어. 우리 중대의 명성을 박살 내놓았어. 게다가 난 이자를 본 적도 없어. 얼굴도 몰라.」

「서.」문 앞에 서 있던 피트가 말했다. 「중대장님이 지금 저를 물리치신다면 저는 물러가겠습니다. 나는 이 문제와 관련하여 중대장님과 인사계에게 큰 도움이 되지 못할 듯합니다.」

「좋아, 중사, 가서 잠을 좀 자두게. 우린 둘 다 휴식이 좀 필요해.」로스 중위가 말했다.

「그렇습니다, 서. 감사합니다, 서.」피트는 차려 자세를 취하고 멋지게 경례를 붙인 다음 돌아갔다.

피트는 등화관제 플랩을 들치고 밖으로 나가면서 워든에게 속삭였다.

「밀트, 오늘 스코필드에서 위스키 두 병을 얻었어. 고급품이야. 나중에 텐트로 내려와.」

「저 친구는 어떻게 된 거야?」피트가 사라지자 로스 중위가 물었다. 「저렇게 공손하게 나올 필요는 없는데. 젠장, 그래도 나는 최선을 다했어.」

「중대장님은 그를 이해하지 못할 겁니다.」
「정말 이해하지 못하겠어.」
「그는 타고난 군인이에요. 자기가 군인임을 증명해 보이는 거예요. 중대장님하고는 아무 상관도 없는 일입니다.」
「난 때때로 사병들을 잘 이해하지 못하겠다는 생각이 들어. 아니, 육군 전체가 좀 괴이한 존재 같아.」
「상대를 너무 밀어붙이지 마십시오. 지금 너무 밀어붙이려 하십니다. 앞으로도 시간이 얼마든지 있습니다.」
그는 의자 등받이에 등을 기대면서 헌병대의 홉스 중령에 대하여 브리핑을 시작했다. 헌병대 쪽과는 남은 문제들을 잘 말해 놓았으니 로스 중위는 입을 다물고 되어 있는 대로 따라가기만 하면 된다는 조언도 했다.
「프리윗은 친척이 없는 것으로 아는데?」 로스 중위가 말했다.
「없습니다. 그 때문에 일을 처리가 더 수월합니다. 그리고 중대장님, 죽은 자를 중대 기록에다 탈영병으로 기록할 필요는 없다고 생각합니다.」
「알았네. 그대로 처리하지.」 로스 중위는 또다시 양손으로 얼굴을 비비댔다. 「오늘 올라가서 대령에게 사정을 하고 왔는데, 이제 또 이런 사고 보고를 올려야 하다니 정말 끝내주게 생겼군. 그래도 이 프리윗이라는 자를 제거해서 잘되었다고 생각하네.」
「그런 셈이죠.」
「내 말이 너무 매정한가?」
「아닙니다.」
「나의 1차적 책임은 중대 전체를 생각하는 거야. 중대 속의 개인들이 아니야. 중대의 보안을 위협하는 개인은 나의 책임을 위협하는 자야. 매정해 보일지 몰라도, 이자를 최종적으로 제거하게 되어 잘되었다고 생각하네.」

「중대장님, 당신 자신을 나한테 정당화시킬 필요는 없습니다.」

「아니, 나 자신을 나 자신에게 정당화시킬 필요는 있어.」로스 중위가 말했다.

「그렇다면 저를 당신의 펀치 백으로 사용하지는 말아 주십시오.」

「상사, 자네는 이 프리윗 생각을 많이 했지?」

「아니요. 하지만 그를 좋은 군인이라고 생각했습니다.」

「그래, 그런 것 같군.」중위가 씁쓸하게 말했다.

「나는 그를 또라이라고 생각했습니다. 그는 육군을 사랑했어요. 육군을 사랑하는 자는 누구나 또라이이지요. 덩치가 그리 작지 않았더라면 그는 공수 단원이나 특공 대원으로도 우수했을 겁니다. 대부분의 남자들이 아내를 사랑하는 것처럼, 그도 육군을 사랑했지요. 육군을 그 정도로 사랑하는 자는 누구라 할 것 없이 또라이입니다.」

「정말 그렇지.」

「전쟁이 터지면 국가는 훌륭한 군인을 필요로 합니다. 그런 군인이 아무리 많이 있어도 부족한 겁니다.」

「군인 한 명이 더 있거나 덜 있다고 해서 차이가 발생하지는 않아.」로스 중위가 피곤한 어조로 말했다.

「그렇게 생각하십니까?」

「생산 시설이 전쟁의 결과를 결정해.」

「바로 그 때문에 육군을 사랑하는 자는 또라이라는 겁니다.」

「그럴지도 모르지. 하지만 자네는 곧 여기서 벗어나지 않나. 이 구렁텅이에서 말이야.」그는 지저분해진 얼굴을 양손으로 다시 비비더니 자리에서 일어나 카빈총과 철모를 챙겨 들었다.

「난 밖으로 나가서 마카푸우 진지를 한번 둘러보아야겠

네. 카렐슨 중사가 없어서 크리비지 소위는 아주 힘들어할 거야. 한동안은 좀 참고 견뎌야지. 만약 무슨 일이 생기면 나 있는 곳으로 연락해 주게.」

「거기 내려가시면 앤더슨이나 클라크를 보내서 이 교환대 업무를 좀 교대하게 해주십시오.」

「누가 먼저지?」

「모르겠습니다. 그들끼리 결정하라고 하십시오. 로젠베리는 말번(末番)으로 세우려고 합니다. 그는 내가 사고 현장에 나가 있는 내내 교환대 당번병을 했습니다.」

「오케이.」 로스 중위는 밖으로 나갔다.

잠시 뒤 중대 나팔병인 앤더슨이 졸린 눈에 터부룩한 머리카락을 한 채 행정실 안으로 들어왔다. 그는 검은 표가 나왔는데 빨간 표에 돈을 건 사람처럼 시무룩한 표정이었다.

「돈 잃었어?」 워든이 물었다.

「프라이데이에게 카드 패를 떼게 하는 건데 그랬어요. 난 아무리 해도 프라이데이를 이길 수 없어요.」

「자, 자정이다. 아침까지 여덟 시간이 남았다. 네가 초번(初番)으로 세 시간 서고, 프라이데이가 그다음에 세 시간 서고, 말번으로 로젠베리에게 두 시간 서라고 해. 로젠베리는 너희가 저녁 내내 노가리를 까면서 노는 동안 교환대 당번을 섰다.」 워든은 구석에서 자신의 소총을 꺼내 들었다.

「오케이, 톱.」 앤디가 말했다. 그는 불만스러운 표정이었지만 예수 그리스도에게 시비를 걸 수 없듯이, 워든을 상대로 시비를 걸 수는 없었다. 특히 워든이 지금처럼 저기압일 때는.

「헤이, 톱?」

「왜?」

「프리윗 건은 사실입니까?」

「응, 사실이야.」

「그거 정말 안되었군요.」 그는 바지 뒷주머니에서 만화책을 꺼낸 뒤 교환대 앞에 앉았다. 「정말 안되었어요.」

「그래.」 워든이 말했다. 「정말 안됐어.」

밖으로 나오니 케아웨 숲 밑으로 신선한 바닷바람이 불어왔다. 코코 헤드 뒤쪽의 산에서 달이 막 떠오르고 있었다. 은색 달빛은 그 숲 전체를 하나의 어두운 동굴로 만들었다. CP용 마차에서 아래쪽으로는 완만한 경사였고 숲속의 어두운 길을 걸어 내려가면 벼랑 꼭대기 부분의 주차장이 나왔다. 그곳은 워든과 캐런이 과거 데이트 나갔을 때 낡은 뷰크 차를 세우고 하올레 남고생과 여고생들이 서로 술래잡기하는 것을 구경했던 바로 그 지점이었다.

아주 아득한 기분을 느끼면서 또 소총의 무게를 의식하면서 그는 모랫길 사이로 난 길을 걸어갔다. 그 길은 진주만 공습 이래 많은 사병들이 다니는 바람에 단단하게 다져져 있었다. 그 길은 숲 사이로 난 여러 갈래의 길들 중 하나였다. 숲에는 예전에도 있었던 두 군데의 WPA[45] 정화조 화장실 이외에 여러 텐트들과 CP용 팝콘 마차가 새로 설치되어 있었다. 부드러운 해변의 공기는 그의 폐와 이마를 시원하게 했다.

그는 달빛 그림자가 아롱지는 길을 걸어가면서 야비하면서도 비정한 느낌이 자신의 내부에서 숫구치는 것을 감지했다. 그는 텐트들이 흩어져 있는 지역으로 가는 길로 들어섰다.

본부 텐트는 어두웠다. 프라이데이와 로젠베리는 야전 침대에서 잠들어 있었다. 그는 아스팔트 길을 따라 보급 텐트로 갔다.

보급 텐트에서 피트와 메일런 스타크는 피트가 스코필드에서 구해 온 위스키 병을 앞에 놓고 앉아 있었다. 담요를 두

---

45 *Works Progress Administration*. 공공 사업 추진국.

른 콜먼 등(燈)에서 희미한 불빛이 흘러나오고 있었다. 두께 2.5센티미터, 넓이 15센티미터 널빤지를 X자 형으로 이어 붙여 만든 임시 테이블 위에는 피트가 12월 7일의 공습일에도 소중히 챙겨서 가지고 온 휴대용 라디오가 놓여 있었다. 라디오에서는 댄스 음악이 흘러나왔다.

「이제 우리 중대는 옛날의 그 중대라고 할 수 없어.」 스타크가 술 취한 목소리로 침울하게 말했다.

「어서 와, 밀트.」 피트가 야전 침대에서 은근하게 말했다. 「우린 중대가 지난 두 달 동안에 아주 확 바뀌었다는 걸 얘기하고 있던 중이었어.」

워든은 술병이 절반 이상 비어 있는 것을 발견했다. 스타크가 자기 술병을 들고 온 것 같았다.

「젠장! 뭐, 그리 빨리 바뀌었다고 그래?」 그는 소총을 벗어 놓고 피트 옆에 앉아서 군용 컵에 절반 정도 담겨 있는 스트레이트 위스키를 받아 들었다. 그는 재빨리 그 잔을 비우고 나서 리필을 요구했다. 「러셀은 어디 있나? 여기서 그 얘기를 퍼뜨리느라고 바쁠 텐데.」

「이미 다 퍼뜨렸어.」 스타크가 음울하게 말했다.

「그는 지금 길 건너 취사 텐트에서 취사병들에게 나발을 불고 있어.」 피트가 말했다.

「더 이상 얘기해 줄 사람이 없으면 어떻게 하지?」 스타크가 말했다.

「아마도 강등당하겠지.」 피트가 말했다.

그들 뒤에 있던 라디오에서 음악이 그치고 아나운서의 멘트가 나왔다.

〈럭키 스트라이크 그린이 전쟁에 참가했습니다. 네, 럭키 스트라이크 그린이 우리 병사들과 함께합니다.〉

「이렇게 빨리 부대가 바뀌는 건 보지 못했어.」 스타크가 음

1334

울하게 말했다.

「아니, 이거 뭐야? 난 파티인 줄 알았는데 초상집이네.」 워든이 조롱했다.

「초상집일 수도 있지요.」 스타크가 사납게 뱉었다.

「그럼 좀 분위기를 띄우자고. 초상집은 말이야. 사람들이 떠들면서 북적거려야 제멋이 난다고. 저 라디오 다이얼을 돌려서 흥겨운 재즈로 바꾸자고.」

「가만 놔둬. 이거 히트 퍼레이드야.」 피트가 달랬다.

「뭐, 월요일 밤에?」

「프리윗은 나의 좋은 친구였어요.」 스타크가 씁쓸하게 말했다.

「이건 말이야, 본토에서 군인들을 위해 재방송해 주는 거야.」 피트가 설명했다.

「뭐, 군인들을 위한 재방송? 그자들이 우리 생각 한번 크게 해주는군. 조금 더 있으면 우리의 엉덩이까지 닦아 주겠네.」 워든이 말했다.

「그 친구는 상사님의 좋은 친구는 아니었을지 몰라도 내게는 좋은 친구였어요.」 스타크가 말했다.

「좋은 친구는, 개뿔! 그자는 내게 두통과 문제만 안겨 주었을 뿐이야.」 워든이 조롱했다.

「당신은 인정이라고는 눈곱만치도 없는 아주 나쁜 사람입니다. 그걸 알고 있습니까?」 스타크가 싸울 듯이 말했다.

「밀트, 자네 중대의 병사에 대하여 그렇게 말하는 건 예의가 아니지. 그렇게 살해되고 난 다음에 말이야. 그 친구가 탈영병이었다고 해도. 자네 지금 농담하는 거지?」 피트가 말했다.

「젠장, 내가 뭘 농담한다는 거야?」

「난 이걸 이해할 수가 없어요.」 스타크가 손가락으로 꼽으며 말했다. 「레바는 M 중대의 보급 부사관으로 전출 갔고,

블룸은 자살했고, 마지오는 제8항으로 제대 조치되었고, 홈스와 짐 오헤이어는 여단 본부로 가버렸고, 그리고 이 웃기는 ROTC 장교들이 몰려오고 있고. 게다가 프리윗까지.」

「별거 아니야. 때때로 한 달 사이에 그렇게 많은 병력을 잃기도 해. 단기 복무자들이 한꺼번에 빠져나가면.」워든이 코웃음을 쳤다.

「죽는 걸 단기 복무자의 제대 귀향과 같은 거라고 생각합니까?」스타크가 말했다.

「그 사라진 자들이 다 죽은 건 아니야.」

「아무튼 오늘 같은 경우는 비극적이지 않습니까?」스타크가 말했다.

「중대 인원 명부에 아무런 영향을 미치지 않았어. 자, 피트 한 잔 더 따라 줘.」

「그리고 이제 올드 피트가 이틀 안에 떠나게 되었어요.」스타크가 우울하게 말했다.

「올드 아이크도 있어.」워든이 빙그레 웃었다.

「난 말이야, 이 부대를 벗어나게 되어 기뻐. 6년 있었으면 오래 있었잖아.」

「그런 생각을 가질 만도 해.」스타크가 말했다.

「자네들은 내가 도마뱀처럼 마카푸우의 바위 위에 죽치고 앉아 있어야 한다고 생각하나?」피트가 말했다.

「이미 옛날 부대가 아니라서 마음에 안 든다는 얘기지?」스타크가 말했다.

「괜히 어린애 같은 소리 하지 말아.」워든이 코웃음 쳤다.「언제나 그대로 있는 부대는 없어. 도대체 뭘 바라는 거야? 모든 중대원이 함께 늙고 모두 같은 날에 은퇴하여 은퇴 동네에서 단체로 살아야 하는 거야?」

그들 뒤의 라디오에서 음악이 그치고 아나운서의 멘트가

나왔다.

〈담배 판매대에서 럭키 스트라이크의 초록색을 더 이상 찾지 마십시오. 럭키 스트라이크는 이제 다른 색깔을 입었습니다.〉

「내 말을 잘 들어.」 피트가 예언하는 목소리로 말했다. 「이 록 지역에서의 황금 시절은 지나갔어. 본부에서 외출증을 다시 나눠 줄 때는 술집과 창가 앞에 줄 선 사람이 몇 블록이나 뻗칠 정도로 길 거야. 병사들은 마치 조립 라인의 부품같이 그 안으로 들어갈 거라고.」

「나도 이 부대를 떠나고 싶지만 달리 갈 데도 없어.」 스타크가 말했다.

「하지만 이 올드 피트는 한량한 황금빛 구름 위에 앉아 있을 거라고. 본국에서 말이지.」

「설사 가고 싶은 곳이 있더라도 이 상황에서는 전출을 갈 수도 없어.」 스타크가 말했다.

「그럼 나는 자네들이 마카푸우 바위 위에 앉아 여전히 좆뱅이 치고 있는 것을 상상하는 거지.」 피트가 말했다.

「내가 설사 전출을 가더라도 여전히 상황은 똑같을 거야. 어디 가나 징집병 투성이야. ROTC 장교들도 수두룩하고.」

「자네들은 웃기는 짜장이야.」 워든이 조롱했다. 「전시나 평시나 부대는 다 비슷해. 본국에서 부대를 조지기 시작하면 여기도 곧 조지기 시작할 거야. 아주 상황이 빡빡해질 거라고.」

「아, 안 돼!」 피트가 말했다.

「그러니 내가 전출 가봐야 말짱 꽝이야.」 스타크가 말했다.

「아, 안 돼! 내게 그런 일이 벌어져서는. 내가 가는 곳에는 깔치들이 지천일 거야. 다 한 번씩 대주려고 말이야. 거의 무제한으로 있을 거야.」

워든은 피트를 찬찬히 쳐다보았다. 「제발 입 닥쳐. 둘 다.」

「난 당신이 부러워.」 스타크가 음울한 목소리로 피트에게 말했다.

「네 심정 이해해. 난 아마 신병 훈련을 맡게 될 거야. 아주 한량한 보직을 맡게 될 거라고. 사무실에 앉아서 펜대를 굴리는 사무원처럼. 하루 여덟 시간만 근무하면 그다음에는 완전 자유인 거야. 그러니 내가 왜 이 빌어먹을 부대에 계속 붙어 있으려고 하겠나?」

「난 당신이 부러워.」 스타크가 음울하게 말했다. 「정말 부럽다고.」

「닥쳐!」 워든이 스타크에게 말했다.

「바! 칵테일 라운지! 깔치들을 데리고 갈 수 있는 멋진 호텔! 좋은 레스토랑! 난 그런 게 뭔지 알아. 난 지난번 전쟁에 참가했잖아.」

「당신은 옛날의 중대가 사라지려고 하는 순간에 이 부대에서 벗어나는 거야.」 스타크가 말했다. 「당신은 이 부대의 끝을 보지 못할 거야.」

「스타크, 입 닥치라고 했잖아!」 워든이 말했다.

「자네들은 여전히 바위 위에서 잠을 자겠지!」 피트가 소리쳤다. 「취사 식당에서 식은 밥을 얻어먹겠지! 가시철조망을 치느라고 머리털이 다 빠지겠지.」 그가 야전 침대에서 일어서며 말했다.

「자네들은 해변에서 살아야 할 거라고!」 피트가 두 사람에게 소리쳤다. 「술이나 여자 궁둥이를 얻기 위해 길게 줄을 서야 할 거라고! 총알받이가 되는 최초의 보병 부대가 될 거야! 우리가 하와이 남쪽 섬들로 내려가야 할 때 제일 먼저 배 타고 남쪽으로 가야 하는 신세가 될 거야!」

그는 상체를 약간 뻣뻣하게 앞으로 수그리면서 그들에게 내뱉었다. 그의 양팔은 오뚝이의 밑 부분 같은 엉덩이 바로 아래까지 축 처져 있었다. 그의 얼굴은 붉게 상기되어 있었고 눈물이 줄줄 흘러내렸다. 그가 상체를 앞으로 약간 수그리자 눈물이 군화 코에 떨어졌다.

「탄약 가루 냄새나 맡으며 살아라!」피트가 소리쳤다.「이 나라가 전쟁에 돌입하기 시작하면서 탄약이 폭발하고 말 거야!」

워든은 야전 침대에서 일어나 양손으로 피트를 붙잡았다. 피트는 마치 중력을 무시하기라도 하는 듯 양팔을 여전히 엉덩이 아래로 축 떨어뜨리고 있었다.「피트, 알았네, 알았어. 좀 진정해. 한 잔 더 해. 그러면서 음악이나 좀 듣자고.」

「난 괜찮아.」피트가 목이 메어 말했다.「내가 순간적으로 흥분했나 봐. 이 팔 좀 봐.」워든은 양손을 풀고서 다시 야전 침대에 앉았다.「내 술은 어디 있나?」피트가 물었다.

「여기.」워든이 위스키가 담긴 군용 컵을 앞으로 내밀면서 말했다.

「오늘 스코필드에서 누굴 만났게?」피트가 억지로 대화를 이끌어 나가려는 듯 짐짓 명랑한 목소리로 말했다.

「모르겠는데. 누구?」워든이 자기 술잔을 앞으로 내밀며 말했다.

「술 한 병 더 가져와야겠는데. 이 병은 다 되었어.」피트가 테이블 쪽으로 걸어가며 말했다.

그들 뒤에서 라디오의 음악이 멈추었고 아나운서의 멘트가 나왔다.

〈럭키 스트라이크 그린이 전쟁에 참가했습니다. 네, 럭키 스트라이크 그린이 우리 병사들과 함께합니다.〉

「피트, 스코필드에서 누굴 만났다는 거야?」피트가 되돌아오자 워든이 대답을 재촉했다.

〈당신의 럭키 스트라이크가 카키복을 입고 입대했습니다.〉아나운서가 말했다.

「홈스 중대장의 부인을 만났어.」그는 워든의 컵에다 위스키를 따랐다.「몇 달 동안 못 보다가 우연히 만나게 된 거지. 승선표를 받기 위해 연대 소개과(疏開課)에 들어갔는데, 마침 그녀도 거기 와 있더라고. 나와 같은 배를 타고 미국으로 돌아간대.」

「호오!」스타크가 술 취한 목소리로 걸쭉한 감탄사를 늘어놓았다.

「누구?」워든이 확인했다.

「홈스 대위의 부인. 홈스 대위, 아니 홈스 소령의 마누라 말이야. 잘 알지?」피트가 말했다.

「그럼, 알지.」워든이 말했다.

「호오!」스타크가 걸쭉한 감탄사를 늘어놓았다.

「그 부부는 연대 기혼 장교 숙소의 예전 관사에서 그대로 사는 모양이야. 그래서 그녀와 아들의 소개 번호를 등록하고 승선표를 받는데 여단 본부로 가지 않고 연대 본부로 온 거야. 부인네들이 많이 나왔더군. 난 거기서 톰슨 소령의 부인과 델버트 대령의 부인도 만났어. 홈스 부인은 나와 같은 배 편이야. 1월 6일에 떠나.」

「호오!」스타크가 우스꽝스러울 정도로 커다란 목소리로 감탄했다.

「이봐, 자네, 왜 그래?」피트가 의아한 표정으로 물었다.

「아무것도 아니야. 단지 뭔가 좀 생각하고 있었어.」스타크가 빙그레 웃었다.

「물론 그녀는 1등실을 타고 가고 나는 배 밑창의 2등실을 타고 가겠지만, 그래도 같은 배를 타고 가는 거야. 야, 정말 세상 좁지 않아?」

「호오! 정말 그렇군.」스타크가 낄낄거렸다.

「스타크, 한 잔 더 할래.」

「아니, 난 됐어.」

1340

「그래, 그녀는 어떻던가? 무슨 말을 좀 하던가?」 워든이 지나가듯 물었다.

「호오!」 스타크가 술 취한 목소리로 걸쭉한 감탄사를 늘어놓았다.

「중대 소식을 묻더군. 중대 행정실은 어떻게 돌아가는지, 또 새 보급 부사관이 와서 보급실은 잘 운영되는지, 자네가 새 중대장과는 어떻게 잘 지내는지 따위를 물었어.」

「나?」 워든이 말했다.

「호오!」 스타크가 크게 낄낄거렸다.

「이봐, 자네 갑자기 왜 그래? 뭐가 그리 재미있어?」 피트가 말했다.

「아무것도 아니야.」 스타크가 재미있다는 듯 낄낄거렸다.

「그녀는 내가 생각한 것보다 우리 중대에 대해서 아는 게 많더군.」

「암, 그럴 거야.」 스타크가 말했다.

「심지어 프리윗이 귀대했느냐고 묻기까지 했어.」

「그 친구 소식도? 그녀는 정말 우리 중대를 사랑하는군. 암, 중대원 전원을 사랑하지. 그렇지 않아요, 밀트?」 스타크가 말했다.

「정말 소상히 알고 있었어. 그처럼 중대 소식어 훤한 데 나는 놀라 버렸어. 그리고 그 때문에 그녀를 더 좋아하게 되었지.」

「더 좋아하게 되었다고? 그럼 같이 배 타고 갈 때 1등실에 한번 올라가 봐. 그래도 되지 않겠어요, 밀트?」

「그녀는 갑판 선실에 있겠지. 장교용 선실 말이야. 난 배 밑창에 있고. 그러니 만날 일이 없어.」 피트가 말했다.

「그거 개의치 마. 그녀를 찾아가서 선실로 좀 초대해 달라고 말해. 그녀는 기꺼이 그럴 거야. 그렇지 않아요, 밀트? 그리고 선실에 들어가면 궁둥이도 한 번 대달라고 해. 그것도 해줄 거야. 그녀는 우리 중대를 아주아주 사랑하니까.」스타크가 느물거리며 말했다.

피트는 그의 말뜻을 제대로 이해하지 못했다. 하지만 스타크의 말을 제대로 알아들으면서 충격의 표정이 얼굴에 어렸다.

「입 닥쳐, 이 개자식아.」워든이 말했다.

「피트, 내가 헛소리를 지껄인다고 생각하나?」스타크가 껄껄거렸다. 「난 뻥을 치는 게 아니야. 워든에게 물어봐. 그녀는 그에게 좀 대주었다고. 하지만 그녀는 그를 바보로 만들어 버렸지. 나한테 물어봐. 나한테도 물론 좀 대주었지.

하지만 나를 바보로 만들지는 못했어. 피트, 하지만 미리 준비를 잘 해두는 게 좋을 거야. 안 그러면 말이야, 임질에 걸리게 될 테니까.」스타크가 비밀을 속삭이듯 나지막하게 말했다.

워든은 스타크가 얼굴에 쓰고 있는 웃음의 가면이 그의 진면목을 제대로 가려 주지 못하는 남루에 불과하다는 것을 알았다. 워든은 잠시 뜸을 들였다. 그는 이제 곧 손에 들고 있는 카드를 까 보여야 한다는 것을 알았다. 그래서 오히려 그 순간을 즐기고 있었다. 그 잠시의 침묵은 그에게 엄청난 만족감을 안겨 주었다. 그 만족감은 그가 하루 종일 얻기를 바랐으나 얻지 못했던 바로 그것이었다.

「좋아, 이 개자식아.」침묵을 끝내며 워든이 아주 또박또박 말했다. 「네놈에게 한 가지 알려 주지. 그녀가 블리스 부대에서 어떻게 임질에 걸렸는지 알아? 그걸 옮긴 놈이 누군지 알고 싶어? 이제 말해 주지. 그건 그녀의 사랑스러운 남편 데이나 E. 홈스 대위였어.」

스타크는 위스키 덕분에 얼굴이 불콰하게 되어 있었으나 그 얘기를 듣는 순간 백지장처럼 창백해졌다. 워든은 말로 다 할 수 없는 절묘하면서도 짜릿한 쾌감을 느끼며 그를 쳐다보았다.

「난 그 말을 믿지 않아.」 스타크가 말했다.

「사실이라니까.」 워튼은 재미있어 죽겠다는 목소리로 말했다.

「난 그 말 믿지 않아. 장교 클럽의 부관으로 근무하는 소위 놈이 옮겼다고 그랬어. 그 소위는 임질 때문에 그 보직에서 해임되었다는 거야. 그들이 함께 있는 것을 본 두세 명의 친구로부터 그 얘기를 들었어. 게다가 그건 내가 그녀를 만나기 6개월 전의 일이었어. 난 그 두세 명의 친구들과 직접 얘기를 했단 말이야.」

「그렇다면 그자들이 헛소리를 지껄였군.」 워튼이 말했다.

「난 그 말을 믿지 않아. 그 친구들의 말이 사실일 거야.」

「사실 아니야.」 워튼이 부드럽게 말했다.

「사실이야.」

「사실 아니야.」

피트는 둘을 번갈아 쳐다보면서 서서히 의혹보다는 이해의 표정이 얼굴에 떠오르기 시작했다.

그들 뒤에서 라디오의 음악이 멈추었고 아나운서의 멘트가 나왔다.

〈럭키 스트라이크 그린이 전쟁에 참가했습니다. 네, 럭키 스트라이크 그린이 우리 병사들과 함께합니다.〉

「난 그 자식을 죽이고 말 거야.」 스타크가 얼굴을 일그러뜨리며 힘들게 목구멍에서 말을 뽑아냈다. 「그 개자식을 죽여 버리고 말 거라고.」

「넌 아무도 죽이지 못해. 내가 아무도 죽이지 못하는 것처럼.」 워튼이 아이를 어르듯이 부드럽게 말했다.

「난 그 여자와 결혼하려고 했어. 그녀는 나보다 여덟 살 많아. 정말 결혼하려고 했어. 그녀와 결혼하려고 제대할 생각까지 했어. 정말 그녀와 결혼하려 했단 말이야.」

「결혼하고선 어떻게 하려고 했어? 부잣집 딸을 텍사스 소
작농의 마누라로 삼으려고 했어?」워든이 부드럽게 말했다.
　스타크의 얼굴은 백묵처럼 하얗게 되었다. 「그녀도 나를
사랑했어. 난 그걸 알아. 여자가 사랑에 빠진 것을 남자는 금
방 알 수 있어. 우리는 6개월 이상 블라이 근처에서 데이트를
했어. 그래서 정말 그녀와 결혼할 생각이었다니까.」
　「하지만 넌 하지 않았어. 오히려 그녀를 차버렸지.」워든이
여전히 자상한 목소리로 말했다.
　「난 결혼하려 했단 말이야.」
　「그녀에게 사정을 얘기할 기회도 주지 않고?」워든이 피트
를 의식하며 부드럽게 질책했다. 피트는 워든과 스타크를 번
갈아 쳐다보면서 도대체 이게 어떻게 된 연유인지 의아해했
다. 그 때문에 잠시 동안 자신의 고민도 잊어버릴 지경이었
다. 그건 당연한 것이었다. 이런 달콤한 얘기가 날이면 날마
다 생겨나는 것은 아니기 때문이다.
　「그녀는 내게 말해 주지 않았어.」스타크가 말했다.
　「하지만 네가 그녀에게 물어보지 않았잖아.」워든이 빠져
나갈 구멍을 남겨 두지 않으면서 부드럽게 질책했다.
　「닥쳐, 닥쳐, 닥치라고.」스타크가 말했다.
　「이 남부 놈, 남부 출신은 다 똑같아. 술 처먹고 계집질하
고. 도덕이라고는 눈곱만큼도 없어.」
　스타크는 벌떡 일어서더니 위스키가 담긴 군용 컵을 부드
럽게 웃고 있는 워든의 얼굴을 향해 내던졌다. 그것은 궁지에
몰린 고양이가 발톱을 들어 한 번 내리치는 것과 비슷한 동
작이었다.
　「내가 그 자식을 못 죽일 것 같아?」스타크가 워든에게 소
리쳤다. 「난 그자를 죽여 버릴 테야. 죽이고 말겠어. 그자의
역겨운 대가리를 칼로 쳐서 떨어뜨리겠어.」

상대방의 동작을 주시하고 있던 워든은 재빨리 군용 컵을 피했으나, 나이 든 데다 술이 더 취한 피트는 가슴으로 볼 트래핑하는 축구 선수처럼 군용 컵을 가슴에 안아 셔츠를 흠뻑 적시고 말았다.

스타크는 텐트의 플랩을 거칠게 밀치면서 밖으로 나갔다.

워든은 금방 사정(射精)을 한 사람처럼 텅 비고 느긋한 상태로 야전 침대에 털썩 드러누웠다. 작전은 모든 면에서 완벽했으나 단 하나 옥의 티가 있었다. 그는 그녀가 말해 준 것과는 달리 실제로는 스타크와 더 오래 데이트했을 거라고 의심해 왔다. 하지만 내내 그런 의심이 사실이 아니기를 바랐다.

「젠장! 멍청히 앉아 있다가 나만 양조장(釀造場)이 되어 버렸군.」 피트가 위스키가 줄줄 흘러내리는 셔츠를 쥐어짜며 말했다. 「밀트, 저 친구 좀 따라가 봐. 굉장히 취한 것 같지 않아? 저러다가 다칠지도 몰라.」

「오케이.」 워든은 구석에 세워져 있던 소총을 집어 들었다.

그가 텐트를 나서는데 라디오의 음악이 멈추었고 아나운서의 멘트가 나왔다.

〈럭키 스트라이크 그린이 전쟁에 참가했습니다. 네, 럭키 스트라이크 그린이 우리 병사들과 함께합니다.〉

밖에 나와 보니 달이 더 높이 떠 있었고 숲, 주차장, 평평한 땅 등은 모두 흑백의 무채색 그림이 되어 있었다. 그는 아스팔트 길을 가로질러 취사 텐트로 갔다.

그래, 그 둘은 블리스 시절 6개월을 함께 데이트했구나. 그건 내가 그녀와 함께 보낸 시간과 거의 비슷한데. 그는 둘의 연애가 어떠했을까 상상해 보았다. 그녀는 당시 지금보다 훨씬 젊었다. 젊은 시절의 그녀는 어떻게 생겼을까? 그 둘은 만나면 어떻게 했을까? 어느 장소로 데이트를 나갔을까? 어떤 것을 쳐다보며 서로 웃었을까? 그는 보이지 않는 제3자가 되어 그들의 연애 장면에 입회할 수 있었으면 좋겠다는 생각이 들었다. 그 밀회의 순간을 공유하고 싶었다. 그는 그녀에 대한 것이면 뭐든지 알고 싶었다. 시기심이나 질투심이라기보다 그런 정보를 공유하고 싶다는 욕망이 너무 강했다. 불쌍한 스타크 녀석.

취사 텐트에서 워든은 겁먹어 떨고 있는 취사병들을 발견했다. 그들은 정육 수납함으로부터 가능한 한 멀리 떨어져 있으려고 하는 어린 양들 같았다.

「그는 어디로 갔나?」

「잘 모릅니다.」 그들 중의 하나가 대답했다. 「물어볼 분위기가 아니었습니다. 욕설을 퍼부으며 텐트로 들어오더니 대칼을 들고 나갔습니다.」

워든은 보급실 쪽으로 걸어가면서 스타크가 해변으로 내려가 화를 펄펄 내다가 쓰러져 잠이 들었을 거라고 생각했다. 만약 그렇다면 그냥 내버려 두는 것이 가장 좋은 방법이었다. 그는 아스팔트 길 한가운데 우뚝 서서 고개 위쪽 고속도로로 나가는 길을 올려다보았다. 그 길은 달빛만 교교할 뿐 아무도 없었다. 스타크는 대칼을 든 채 홈스 소령을 찾아 스코필드로 올라갈 정도로 대취하지는 않았다.

그가 보급 텐트로 올라가니 어둠 속에서 한 병사가 뛰쳐나오다가 그와 부딪쳤다.

「톱!」 중대 나팔병 앤더슨의 겁먹은 목소리였다. 「인사계님이세요?」

「넌 여기서 뭐하는 거야? 왜 마차의 교환대를 지키지 않고?」

「톱, 스타크가 거기 나타났습니다! 대칼을 휘두르면서 마차를 작살냈어요! 모든 것을 다 부수어 버렸습니다!」

「따라와!」 워든은 소총을 어깨에서 내려 거총 자세를 취하며 길 아래로 내려갔다.

「욕설을 하면서 CP 안으로 들어섰는데 그자를 죽이겠다고 했어요.」 앤디가 워든의 뒤에서 숨도 안 쉬고 지껄였다. 「계속 그 자식을 죽이겠다고 고함쳤어요. 난 인사계님을 가리키는 줄 알았어요. 그러더니 홈스 대위 그 자식을 죽이겠다는 거였어요. 홈스 대위는 여길 떠난 지 몇 달이나 되었는데 말이에요. 톱, 게다가 그는 대위도 아니고 소령이에요. 스타크는 정신이 돌았나 봐요.」

「숨이나 쉬면서 말해.」

스타크는 거기 없었다. 하지만 그 자그마한 팝콘 마차는 엉망진창이 되어 있었다. X자로 모탕을 쳐서 임시로 만든 로스와 워든의 책상은 완전 박살이 나버렸다. 네 개의 의자 중 앉을 만한 상태인 것은 단 하나도 없었다. 자물쇠로 잠긴 워든의 야전 책상은 윗부분에 커다란 칼자국이 ㄴ 있었다. 그의 〈아트메탈〉 금고는 30센티미터 길이의 칼자국이 새겨져 있었다. 서류들과 찢어진 종이들이 온 사방에 나뒹굴었다. 얇은 합판 벽에도 기다란 칼자국이 나 있었다. 패널 교환대만이 온전히 보전되어 있었다.

이런 대학살의 와중에 전쟁부에서 내려온 여러 장의 승인장이 첨부된 미 육군 소위 임용 확인서만이 순백의 자세로 아무런 피해도 없이 평화롭게 놓여 있었다.

워든은 문턱에 멈춰 서서 그 혼잡 상을 잠시 쳐다보았다. 이어 소총을 한구석에다 내팽개쳤다. 그러자 자그마한 마차가 그 충격으로 잠시 흔들거렸고 스타 게이지 03 소총의 개머리판이 손잡이를 중심으로 두 개로 빠개져 버렸다.

소총을 떨어뜨리면 2주 강제 노동의 징벌을 받는다고 훈련소에서 배웠던 앤디는 숨을 멈추면서 아주 겁나는 표정으로 그를 쳐다보았다.

「저걸 점검해 봐.」 워든이 교환대를 가리키고 빙그레 웃으며 말했다. 「맨 밑에서부터 시작해 각 진지와 연결되는지 확인해 봐. 이어 대대 본부와 통신 센터를 연결해 봐. 단추를 다 확인해 봐.」

「예, 그러죠.」앤디가 점검 작업에 들어갔다.

워든은 두 조각 난 소총을 조심스럽게 들어 올렸다. 개머리판은 두 개로 빠개진 채 멜빵에 매달려 있었다. 그는 그 소총을 4년 동안 사용했다. A 중대에 전입할 때도 그 소총을 가지고 갔고 G 중대로 전출 올 때도 역시 가지고 왔다. 그는 이 총으로 사격 시합에서 연대의 특무 상사 오배넌을 눌렀다. 그는 격발 장치를 살펴보았다. 그것은 망가지지 않았다. 그렇다면 아무 문제 없었다. 개머리판은 얼마든지 교체 가능하지만 격발 장치는 교체가 되지 않기 때문이었다. 그는 두 조각으로 빠개진 개머리판을 옆에 내려놓으며 약간 안심했다. 이어 손 하나 대지 않은 장교 임용 확인서를 가로로 한 번, 세로로 한 번 마지막으로 사선으로 한 번 찢어서 이미 난장판이 되어 버린 서류 더미 위에 내던졌다.

「톱, 각 진지로 연락이 잘 됩니다.」교환대 앞에 앉아 있던 앤디가 말했다.

「좋아, 넌 아직 두 시간 반 더 불침번을 서야지? 난 잠을 좀 잘까 한다.」

「행정실은요? 마차는요? 이걸 청소하지 않을 겁니까?」

「로스더러 하라고 해.」그는 부서진 소총을 집어 들고 밖으로 나갔다.

바깥에는 모든 것이 죽음처럼 잠잠했다. 이제 한바탕 휘돌아 쳤으니 남은 일은 잠자는 것밖에 없었다. 먼 길을 걸어왔고 많은 일을 했고 이제 일을 마쳤으니 이 지상에서 할 수 있는 일이라고는 취침밖에 없었다.

워든은 두 조각 난 소총을 야전 침대 발치에다 놓고 평화롭게 잠이 들었다.

그다음 날 아침 스타크는 해변의 모래사장에 평화롭게 잠든 상태로 발견되었다. 그의 옆에는 대칼이 놓여 있었고 얼굴에는 눈물자국이 완연했다.

잠을 좀 자두어 머리가 맑은 워든은 불같이 화를 내는(이것은 진상을 설명하기에는 턱없이 부족한 말이다) 로스 중위를 잘 무마했다. 사병들이 스타크를 발견한 것은 그 뒤의 일이었다.

「중대장님, 그를 강등시키면 안 됩니다. 취사반을 제대로 운영할 수 있는 유일한 인력입니다. 우리 병사들이 지금 2제곱킬로미터 이상의 넓은 지역에 퍼져 있는데 식사가 제대로 공급 안 되면 정말 곤란합니다.」

「우리 부대의 병사들이 다 굶어 죽는 한이 있더라도 그 자식은 강등시켜야 해.」 로스 중위가 화난 어조로 말했다.

「그럼 누가 중대 취사반을 담당할 겁니까?」

「누가 담당할지 알게 뭐야! 이 엉망진창을 좀 보라고. 이런 호래자식 같은 짓을 한 자를 그대로 놔둘 수는 없어! 부대에 기강이 없어진다고! 당장 기강을 세워야 해!」

「기강도 좋지만 우선 먹어야 합니다.」

「졸병으로 취사반을 운영하면 되잖아!」

「그는 안 하려고 할 겁니다.」

「그럼 명령 불복종으로 군법 회의에 회부해!」 로스 중위가 크게 소리쳤다.

「그런 것도 안 통할 겁니다. 중대장님, 당신은 법률가이니 더 잘 아실 겁니다. 직급 없이 취사반을 운영하지 않겠다고 해서 군법 회의에 회부하지는 못합니다.」

「아무튼 이렇게 해놓은 걸 묵과할 수는 없어!」

「중대장님, 그를 좀 귀엽게 봐주십시오. 그는 아주 웃기는 친구예요. 그는 가끔 이렇게 광분합니다. 중대장님이 오시기 전에도 히컴 기지에서 이런 미친 짓을 한 적이 있어요. 무슨 해를 입히려고 이런 게 아닙니다. 그는 누구도 해친 적이 없어요. 그냥 취사병일 뿐입니다. 취사병과 취사반장은 기질적으로 고집통이 많아요. 훌륭한 취사 부사관치고 저런 식으로 또라이 아닌 녀석이 별로 없어요.」

「그래?」

「그렇습니다. 게다가 중대장님은 그 친구 없이는 취사반을 운영하지 못할 겁니다.」

「그래!」 로스 중위가 성난 어조로 말했다.

「중위님, 저는 현실적인 관점에서 말씀드리고 있는 겁니다. 취사반을 대신 운영할 사람이 있다면 제가 먼저 그자를 강등시키겠습니다. 하지만 그 일을 할 수 있는 사람이 없습니다.」

「그래!」 로스 중위가 성난 어조로 말했다.

「그러니 중대의 이익을 위해서라도 한 번만 봐주십시오.」

「알았어. 중대의 이익이라고 하니 어쩔 수 없군.」

「중대장님은 중대 전체를 책임지셔야 하는 겁니다.」

「좋아. 나도 내 책임이 뭔지는 알고 있어.」

「그럼요.」

그렇게 스타크 문제를 결말짓고 나서 워든은 장교 임용을 거부하겠다는 자신의 결심을 말했다.

「뭐라고? 이런, 이 무슨 소리야!」 로스 중위가 놀라 소리쳤다.

「저는 이미 결심을 했습니다.」

「난 육군에 오지 말고 차라리 해안 경비대로 갈걸 그랬어. 이 빌어먹을 육군이라는 곳은 알다가도 모르겠어!」 로스 중위가 화난 어조로 말했다.

제54장

그는 그녀가 본국으로 떠나기 전 한 번 더 만났다. 그것은 아주 기이한 경험이었다.

무엇보다도 만나는 장소를 주선하기가 어려웠다. 사복을 입고서 가고 싶은 곳은 언제든 갈 수 있는 전전(戰前)과는 사정이 판이했다. 이제 공식적인 사유가 없으면 그 어디에도 나갈 수가 없었다. 게다가 공식적인 증명서까지 휴대해야 했다. 군인들에게는 사복이 허용되지 않았다. 사복을 입는 것 자체가 군법 회의의 대상이 될 수 있었다. 그리고 군복을 입은 채 대낮에 시내를 돌아다니는 군인은 즉시 검문을 받았다.

계엄 당국이 내린 금주 조치는 여전히 발효 중이었고 술집들은 모두 문을 닫았다. 영화관은 아예 폐쇄되었다. 대형 호텔들은 투숙객에게 아주 까다롭게 대했다. 모든 관광객들은 이미 집으로 돌아갔거나 아니면 호텔 객실에 앉아 육군 당국이 소개시켜 줄 때를 기다렸다. 새로 하와이를 찾는 관광객들은 없었다. 심지어 대낮에 주차되어 있는 차도 검문검색의 대상이 되었다.

두 사람이 만날 수 있는 장소는 어디에도 없었다. 그들이 갈 수 있는 곳은 없었다. 심지어 대낮에도.

그리고 밤에는 통행금지가 있었다. 일몰 후에 호놀룰루는 제각각의 구멍 속으로 기어 들어갔고 아침이 올 때까지 죽어 있었다. 어두워지면 푸른 헤드라이트의 순찰차를 제외하고는 그 어떤 것도 움직이지 않았다.

그녀는 스코필드에 있었다. 그녀는 차를 타야 움직일 수 있고 그것도 대낮에만 가능했다. 또 대낮에 차를 몰고 집으로 돌아가야 했다. 워든은 들키지 않고 대낮에 CP를 비우는 것이 불가능했다. 단 한 시간도 짬을 낼 수가 없었다. 게다가 한 시간으로는 충분하지 못했다.

그는 교환대 교대조가 작동하는 야간에만 짬을 낼 수 있었다. 스타크는 부대에서 그리 멀지 않은 와일루페 해군 라디오 방송국에서 와히니를 만나기 위해 매일 밤 몰래 나갔다. 하지만 캐런은 검문을 당하지 않고 밤중에 나다닐 수가 없었다. 그녀는 어두워지기 전에 차를 몰고 와서 주차한 다음 그를 기다릴 수가 없었다.

유일한 대안은 그녀가 오후에 차를 몰고 와서 아무도 눈치 못 채게 그를 기다리다가 그와 하룻밤을 보내고 그다음 날 낮에 돌아가는 것뿐이었다. 와이키키의 호텔들은 이용할 수가 없었다. 게다가 그는 와이키키로부터 16~20킬로미터 떨어진 고속도로 인근의 해변 진지에 있기 때문에 나가기도 용이하지 않았다. 하와이 고속도로 주변에는 모텔이나 여행자 숙소가 없었다.

그는 이 도로 쪽에 그녀가 마음 놓고 찾아갈 수 있는 사람을 알고 있지 못했다. 모두 와이키키에 살거나 아니면 그보다 더 먼 호놀룰루 시내에 살았다. 게다가 그녀가 그 먼 데까지 찾아올지도 의문이었다. 그냥 찾아오기만 하는 것이 아니라 하룻밤을 묵어야 하는 것이었다. 그가 설혹 장소를 물색했더라도 그게 의문이었다.

그는 프리윗의 사고 현장을 다녀온 그날 밤부터 일주일 동안 그 문제로 고민했다. 그는 이것저것 다 안 된다면 최후의 수단을 동원하는 수밖에 없다고 판단했다.

마침내 그는 스타크를 찾아갔다.

스타크의 와히니는 아주 아름다운 중국계 하와이 여자였다. 하와이에서 나올 수 있는 최상의 혼혈 미인이었다. 그녀와 그녀의 남편(일본계 필리핀 사람)은 하나우마 베이에서 3킬로미터 정도 떨어진 쿨리오우오우 계곡에 자그마한 별장을 갖고 있었다. 해군에서 취사반 군무원으로 경력을 시작한 그녀의 남편은 현재 와일루페 방송국의 운영자 중 한 명이었다. 필리핀 사람치고는 해군에서 상당히 빨리 출세한 것이었다.

워든은 다소 어색하지만 그래도 당황하는 빛 없이 스타크에게 부탁을 했다. 와히니 부부에게 말을 넣어서 그들의 별장 방 한 칸을 하룻밤 빌리게 해달라고 요청했다. 캐런이 본국으로 떠나기 전에 마지막으로 한번 만나야겠다는 얘기도 했다.

「그래요. 그들은 기쁘게 빌려줄 거예요.」 스타크는 아무런 망설임 없이 즉각 대답했다.

「그들에게 먼저 물어보는 게 좋지 않을까?」

「그럴 필요 없어요. 내가 부탁하는 거라면 뭐든지 들어줄 거예요. 난 그들의 FHA[46] 융자금을 도와주고 있어요.」

「오케이.」 워든이 말했다.

「그녀가 언제 그 집을 이용하겠는지 날짜만 말해 줘요. 다음번 그들을 만날 때 얘기해 주어야 하니까. 당신에게는 제가 직접 길을 가르쳐 드리죠. 길을 잃으면 안 되니까.」

「오케이.」

야전 전화로 그녀와 통화할 수는 없었다. 그 전화는 대대

---

46 *Federal Housing Administration*. 연방 주택관리국.

통신 센터를 거쳐서 일반 전화와 연결되기 때문이었다. 하지만 이 문제는 쉽게 풀렸다. 그는 적당한 이유를 만들어 진지 17로 내려가, 그 진지 주위의 개인 집에서 전화를 걸었다. 그 집의 노부부는 토치카가 설치된 일대의 땅을 소유하고 있었는데, 진지 17에 나와 있는 사병들을 거의 자식처럼 생각하고 있었다.

곧 통화가 되었다. 캐런은 아무 망설임도 없이 그곳에 가겠다고 대답했다.

그것은 여러모로 참 기이한 경험이었다.

스타크는 고속도로에서 내지 쪽으로 들어간 이면 도로까지 그를 안내했다. 주위는 아주 어두웠다. 그 땅딸막한 텍사스인은 거기서 멈춰 서더니 그 집을 손으로 가리켰다.

「저 집이에요. 코너에 창문이 나 있는 비치형 방갈로.」

워든은 번호판을 다 외워 버린 낡은 뷰크 차가 주차되어 있는 것을 보았다.

「저기까지 쉽게 찾아갈 수 있죠?」

「응.」

「그럼 난 여기서 돌아가렵니다.」

「왜, 같이 가지 않고?」

「난 지난밤에 여기 들렀어요. 내일 밤에 또 올 수도 있고.」

「하지만 그녀가 자네에게 감사하다고 말하고 싶어 할 텐데.」

「그녀는 내게 감사할 필요 없어요.」

「하지만 이거 자네를 자네 집에서 쫓아내는 것 같아서…….」

「그녀가 나를 보면 당황할 것 같아요. 아무튼 난 그녀를 만나 보고 싶지 않아요. 홈스가 중대를 떠난 이후 지난 두 달 동안 그녀를 보지 않았어요. 왜 이제 와서 그녀를 봐야 해요?」

「오케이.」

「그녀에게…….」 스타크가 말하려다 멈추었다.

「그녀에게 뭐?」

「아무것도 아니에요. 나중에 또 봐요.」 그는 불빛 없는 어둠 속으로 걸어 들어가 사라졌다. 워든은 그의 발걸음 소리가 잦아지는 것을 확인하고서 그 집을 향해 걸어갔다.

그것은 여러모로 참 기이한 경험이었다.

아름다운, 거의 이 세상 사람 같지 않은 중국계 하와이 여자가 밝게 눈을 뜨면서 문을 열었다. 그러다가 눈빛이 흐려졌다.

「메일런은 안 왔어요?」

「그는 할 일이 좀 있습니다. 내일 만나러 오겠다고 전해 달라더군요.」

「아아.」 그녀는 흐려진 눈빛 뒤에서 비난하는 어조로 말했다. 이어 미소를 지어 보였다. 「어서 들어오세요 상사님.」

그녀는 문을 닫은 뒤 불을 켰다. 그녀의 남편은 하얀 셔츠에 푸른색 바지를 입고 있었는데 얼굴은 마호가니처럼 검은 색이었다. 그는 식탁에 앉아 일본어 신문을 읽고 있었다.

「당신의 친구는 저 방에 있어요.」 아름다운, 거의 이 세상 사람 같지 않은 중국계 하와이 여자가 생각에 잠긴 표정으로 말했다. 그는 눈짓으로 문이 닫혀 있는 건너편 방을 가리켰다. 「당신의 친구는 아주 사랑스러운 사람이에요.」

「감사합니다. 우리한테 이런 배려를 해주신 당신에게 감사드리고 싶습니다.」

「상사님, 이건 아무것도 아니에요. 그런 말씀 마세요. 이 어려운 때, 다들 도우면서 사는 거죠.

존, 메일런의 인사계이신 워든 씨에게 인사하세요.」 아름다운, 거의 이 세상 사람 같지 않은 중국계 하와이 여자가 부드럽게 말했다.

하얀 셔츠에 푸른색 바지를 입고 있었고, 얼굴은 마호가니처럼 검은색인 남편이 일본어 신문을 내려놓고 미소 지으며 다가와 따뜻하게 악수를 했다.

「이제 당신의 친구를 만나고 싶으시겠지요? 이렇게 서서 우리와 얘기하실 필요 없어요. 제가 안내해 드리지요.」

아주 기이한 느낌이었고 그런 느낌이 모든 것을 채색해 버렸다.

캐런은 침대 옆 커다란 의자에 앉아 램프를 켜놓고 독서를 하고 있었다. 그녀는 양발을 의자 손잡이에 올려놓고 있었고 초록색 스커트가 무릎 아래를 단단히 감싸고 있었다. 그녀가 늘 들고 다니는 자그마한 손가방이 화장대 옆 바닥에 놓여 있었다. 그녀는 집에 있는 것처럼 편안하고 평화롭게 보였다.

「헬로, 달링.」 그녀가 미소 지었다.

「헬로.」 워든은 그녀 앞으로 다가섰다. 그녀는 읽던 책을 의자 팔걸이에 내려놓고 기이할 정도로 수줍어하는 태도로 일어섰다. 그건 그가 거의 잊어버리고 있던 그녀 특유의 수줍음이었다.

그는 그녀의 등에 팔을 둘렀다. 그것은 낯선 대상을 만졌다는 느낌이라기보다 자기 자신을 만진 느낌이었다. 추운 데서 어떤 남자가 자신의 양손을 맞잡으며 손을 비비대는 느낌, 바로 그것이었다.

그는 그녀에게 아무 말도 할 수가 없었다. 적어도 지금은.

그는 그녀에게 키스했고 그녀도 마주 키스해 주었다. 이어 그녀는 그 어색해하는 수줍음을 내보이며 떨어졌다. 그는 그녀를 놓아주며 그녀의 미소가 더 깊어지는 것을 보았다.

「이러면 당신은 곧 흥분하게 돼.」 그녀가 말했다. 「잠깐 애기를 해. 여기 와서 앉아.」

그녀는 의자에 앉아 양발을 가슴 쪽으로 끌어당기고 다시 양팔로 그 발을 감싸 안으며 무릎 너머로 그에게 미소 지었다.

1356

워든은 침대 가장자리에 걸터앉았다.

「조금도 달라지지 않았구나.」 그녀가 말했다.

「달라진 느낌이야.」

「이렇게 방을 내준 부부가 너무 고맙지.」

그녀는 진심으로 말했지만 방의 사용에 대하여 감사해하거나 놀라워하지 않는 듯했다. 그것은 그녀의 미소와 비슷했다. 다른 여인에게서는 발견할 수 없을 정도로 매력적이고 사랑스럽지만 동시에 아주 초연한 미소.

「스타크가 주선해 주었어.」

「알아. 여자가 말해 주었어. 그녀는 아주 사랑스러운 여자더라.」

「그래.」

「그녀는 스타크를 아주 사랑하고 있어.」

「그래.」

「그도 그녀를 사랑하고 있어?」

「모르겠어. 그렇겠지 아마. 하지만 그녀가 사랑하는 것만큼 사랑하는 것 같지는 않아.」

「알아. 난 그에게 커다란 상처를 입힌 적이 있어.」 그녀가 재빨리 말했다.

「아니, 그가 그 자신에게 상처를 입힌 것뿐이야.」

그는 블리스 부대에서의 6개월에 대해서는 언급하지 않았다. 그 생각이 잠시 마음속에 떠올랐으나 곧 사라졌고 그래서 말할 필요가 없었다.

「난 그가 저 여자를 사랑해 주길 바라. 그녀가 그를 사랑하는 것만큼.」 캐런이 갑자기 말했다.

「어쩌면 그렇게 되겠지.」 워든은 거짓말을 했다.

「정말 그렇게 되기를 바라. 그는 좋은 사람이니까. 충분히 그렇게 하겠지. 그가 떠나기 전에 이렇게 주선해 준 데 대하여 감사하고 싶어.」
　「그는 오지 않았어. 부대에 일이 있어서 돌아갔어.」
　「일 있다는 거, 사실 아니지?」
　「아니야. 그는 당신을 당황하게 만들 것 같다고 했어.」
　프리윗 얘기를 해주었을 때처럼, 그녀의 눈에 눈물이 솟구쳤다. 하지만 흘러넘치지는 않고 조용히 가라앉았다.
　「그는 좋은 사람이구나. 아주 좋은 사람이야.」
　「그래.」
　「그는 지금보다 더 많은 대접을 받아야 할 사람이야.」
　「그건 누구나 다 그렇지.」
　「어쩌면 그녀에게서 그것을 발견할지 몰라.」
　「어쩌면 그렇게 되겠지.」 그는 다시 거짓말을 했다. 그는 예쁜 어린애를 대할 때처럼 부드러운 마음이 솟구쳤다. 그 어린애가 알지 못하는 모든 것으로부터 그 애를 보호해야겠다는 충동을 느꼈다. 그것은 아이를 고통으로부터 면제시켜 주려고 하기보다 그 아름다움을 보호하기 위한 것이었다.
　「여기 오는 데 아무런 문제 없었어?」
　「없었어.」
　「홈스가 아무 말도 하지 않던가?」
　「그는 가지 말라고 했어.」
　「그런데도 왔어?」
　「물론이지, 달링. 난 당신을 사랑해.」
　잠시 동안 워든은 이 고통을 참을 수 없다고 생각했다. 그것은 정신적 고통이 아니라 신체적, 생리적 고통이었다.
　「난 당신에게 할 말이 있어.」
　「뭔데요?」
　「장교 임용 건에 대해서.」
　「이미 알고 있어. 지난 한 주 동안 스코필드에 그 소문이

쫙 퍼졌어.」

「그럼 내가 이 방 안에 들어올 때 이미 알고 있었다는 거야?」

「응.」

「내가 전화했을 때도?」

「응.」

「그런데도 여기 온 거야?」

「응.」

「홈스가 금지했는데도?」

「응.」

「왜?」

「왜냐하면 당신이 나한테 오라고 했으니까. 나는 오고 싶었으니까.」

「난 그런 대접을 받을 만한 사람이 못 돼. 난 그런 사람이 전혀 아니야.」

그녀는 갑자기 발을 방바닥에 내려놓으며 상체를 기울여 손가락으로 그의 입을 막았다.

「조용히 해. 그런 말 하지 마. 그런 말 하면 싫어.」

워든은 거칠게 그녀의 손가락을 떼어 냈다. 「난 어쩔 수가 없었어. 다른 방도가 없었어. 노력은 해보았지간 그렇게 할 수가 없었어.」

「당신의 입장을 잘 알아.」 그녀가 위로하듯 말했다.

「내가 당신에게 전화했을 때 이미 당신은 알고 있었군.」 그가 비감한 표정으로 말했다.

「나는 그보다 오래전에 이미 알고 있었어. 당신을 만날 때부터 그것을 알았으나 단지 나 자신이 인정을 안 한 것뿐일지도. 어쩌면 그 때문에 내가 당신을 사랑했는지도 몰라.」

「어쩌면 우리는 자기가 가질 수 없는 것만 사랑하는 건지도 모르겠어. 모든 사랑이 다 그런 것 같아. 사랑이란 그렇게 생겨 먹은 건가 봐.」 워튼이 말했다.

「난 당신을 미워했어. 때때로 아주 격렬하게. 모든 사랑은 그 안에 증오를 담고 있어. 사랑하는 대상에게 자연히 묶이게 되고 그것이 자유의 일부를 빼앗아 가기 때문에 사랑을 분개하는 거지. 그건 어쩔 수가 없어. 사랑하는 사람은 자신의 자유의 상실을 분개하고, 그 때문에 상대방에게도 그가 가진 자그마한 자유를 포기하도록 강요하지. 사랑은 증오를 만들어 낼 수밖에 없어. 우리가 이 지상에 살아 있는 한, 사랑은 그 안에 증오를 가지고 있을 거야. 바로 그 때문에 우리가 이 지상에서 계속 살아가야 해. 증오 없이 사랑하는 법을 배우기 위하여.」

그녀는 아직도 그에게 상체를 기울이고 있었다. 그녀의 양팔은 무릎 위에 놓여 있었고 눈빛은 반짝거렸으며 워튼이 방금 전에 치워 버린 그녀의 손은 그의 손을 잡고 있었다.

「난 노력했어. 내가 얼마나 열심히 노력했는지 아무도 모를 거야.」 그가 씁쓸한 목소리로 말했다.

「난 알 것 같아.」

「아니, 당신은 모를 거야. 난 로스, 컬페퍼, 크리비지, 기타 장교들을 한번 둘러보았어. 난 그들이 어떤 위인인지 잘 알아. 난 정말 장교 임용을 받아들일 수 없었어.」

「물론 그렇게 할 수 없었겠지. 만약 그랬더라면 당신은 밀트 워튼이 아니었을 거니까. 그리고 나도 당신을 사랑하지 않았을 거고.」

「하지만 우리의 계획, 그 모든 계획, 난 그것을 망쳐 버리고 말았어.」

「그건 중요하지 않아.」

「중요해.」

「난 내가 지어 본 적이 없는 집을 1천 채나 소유하고 있어.

그 집을 지을 돈이 없었지. 설사 돈이 있었더라도 사용하지 않았을 거고. 어쩌면 집을 지을 생각이 없었는지도 몰라. 하지만 나는 여전히 1천 채의 집을 소유하고 있어.」

「기억 속에서 말이지.」 워든이 씁쓸하게 말했다.

「아니, 전혀 그런 게 아니야. 아무튼 나는 1천 채의 집을 소유하고 있어.」

「왜 세상은 이 모양이지?」 워든이 크게 낙심하며 말했다. 「왜 세상이 이렇게 생겨 먹었냐 말이야.」

「그건 나도 몰라. 나도 한때는 그것을 아주 비통하게 생각했었어. 세상은 그런 식으로 존재하는가 봐. 하나의 위협이 극복되면 또 다른 어려운 위협이 발생하게. 세상은 원래 그렇게 생겨 먹은 거야.」

「난 당신에게서 받기만 하고 아무것도 주지 못했어.」 워든이 괴로운 목소리로 말했다. 「당신은 늘 내게 주기만 했는데 나는 받기만 했어.」

「아니야, 그건 사실이 아니야. 당신은 내게 자유를 주었어. 데이나는 더 이상 나를 건드리지 않아. 나를 더 이상 해치지도 않아. 당신 때문에 내가 매력적인 여자라는 걸 알게 되었어. 당신은 나를 사랑스러운 여자로 만들었어.」

「스타크도 블리스 시절 그렇게 해주었어?」

「스타크는 내게 준 것을 나중에 가지고 가서 결국 없던 것으로 해버렸어. 그는 떠나기 전에 그 사랑을 다 파괴했어.」

「지금 내가 하고 있는 것처럼?」

「아니, 당신은 아니야. 우리의 사랑은 결국 지금과 같이 될 수밖에 없었어. 사실 내가 당신과 결혼할 생각이 있었는지도 의문이야. 우리는 둘이서 우리의 사랑을 목 졸라 숨지게 했어. 우리는 그걸 천천히 잃고 있었어. 당신도 그걸 알고 있었어.」

「그래, 그건 사실이야.」

「하지만 이런 식으로 헤어지면 우리는 영원히 그걸 잃지 않을 거야. 사랑은 굶어 죽어 유령이 되거나 아니면 일찍 죽어 꿈으로 남는 거야. 우리가 사랑을 유지할 수 있는 유일한 방법은 서로 소유하지 않는 거야. 만약 우리가 지금처럼 계속 굶주리면서 서로 소유하지 못한다면 우리는 사랑을 지키지 못할 거야. 우리는 둘 다 그렇게 하지 못했어. 우리는 있는 힘을 다해 사랑을 위해 싸웠어. 결혼한다는 것은 굶주리는 사람의 목숨 줄을 끊어 놓는 행위가 될 거야. 이런 상황에서 전쟁이 우리의 사랑을 중단시켰어. 어떻게 보면 전쟁에 좋은 측면도 있는 거겠지.」

「캐런, 어떻게 그런 것을 알게 되었어?」

「열심히 살고 또 주위를 살피면서 알게 되었어.」

그녀는 의자 등받이에 몸을 기대고 눈빛을 반짝거렸다. 그 사랑스러운 눈빛은 사랑의 이론을 말할 때면 어김없이 떠오르던 눈빛이었다. 그녀의 가냘프고 연약한 손은 엉덩이 곁에 편안히 놓여 있었다.

그러자 인사계 밀트 워든은 그 의자 옆에 무릎을 꿇었다.

「난 당신을 잃을 수 없어. 난 당신이 필요해.」

그는 양손을 뻗어 그녀의 허벅지를 만졌다.

「이러지 마. 제발 이러지 마. 좋은 분위기를 깨지 말아.」

「그걸 하자는 게 아니야.」밀트 워든은 거짓말을 했다.「그저 당신을 한 번 만지고 싶을 뿐이야.」

「이러면 당신은 곧 흥분하게 돼.」그녀는 약간 짜증 나는 목소리로 말했다.「당신도 잘 알지?」

「아니, 난 흥분하지 않을 거야.」

「당신은 늘 그랬어. 난 그걸 원하지 않아. 난 섹스를 원하지 않아. 사랑을 원해.」

「난 당신을 한 번 만지려 했을 뿐이야.」그는 거짓말을 했다. 「그것뿐이야.」 그는 초록색 스커트로 덮인 무르팍 위에 얼굴을 내려놓았다.

「밀트, 아주 멋진 밤이야. 이 좋은 분위기를 깨지 말자.」

「알았어, 약속할게. 하지만 내가 당신을 너무 사랑한다는 건 알지? 내 손에서 그걸 느낄 수 있지?」

그것은 여러모로 기이한 경험이었다.

그녀는 그의 애무에 천천히 굴복해 왔다. 다치 의심 많은 암사슴이 천천히 냇가에 발을 들이미는 것처럼, 그의 애무에 단계적으로 반응해 왔다. 마침내 그녀는 그의 머리카락, 얼굴, 목, 어깨, 등을 쓰다듬었다. 이어 그는 몸을 일으켜 의자의 팔걸이에 걸터앉는 식으로 그녀 옆에 앉았다. 이어 그들은 섹스 없는 성적 환희에 몰두했다.

「난 당신을 만지는 게 좋아. 당신을 껴안고 당신이 나를 만져 주는 걸 좋아해. 하지만 이건 늘 섹스로 이어져. 당신을 만지고 싶었지만 억지로 참은 게 몇 번인지 몰라. 그게 늘 섹스로 이어지기 때문이었지.」

「이번에는 그렇지 않을 거야.」 그는 그녀를 계속 애무했다.

마침내 그녀가 사랑스러운 목소리로 속삭였다. 「침대 이불을 옆으로 치워야겠어. 난 괜찮아. 당신이 그걸 하고 싶어 한다는 걸 알아. 하지만 우리에게 이토록 잘 대해 준 부부를 봐서라도 이 침대를 더럽히면 안 되겠어.」

바로 그 지점까지는 예전의 데이트 때와 똑같은 코스였다.

하지만 이번에는 그녀가 마지못해 섹스를 받아들이자 워든이 거부했다. 그녀가 남편의 금지에도 불구하고 여기까지 와준 데 대한 고마움 때문이었는지도 몰랐다. 아니면 다른 어떤 것이었을 수도 있었다.

「난 신경 쓰지 않아.」 그녀가 사랑스러운 목소리로 기꺼이 섹스에 응하겠다는 뜻을 밝혔다. 「이제 분위기가 달라졌어.

좋은 분위기를 깨지도 않을 거고. 난 당신이 그걸 하고 싶어 한다는 걸 알아.」

하지만 그는 또다시 거절했다. 심지어 그 자신도 알지 못했던 심성의 깊이가 그의 내부에 들어 있는 것 같았다. 그녀에게 지금 섹스를 한다는 생각이 밥맛없게 느껴졌다. 어쩌면 그는 가톨릭의 도덕심을 완전 제거하지는 못한 것인지도 모른다. 대부분의 미국 남자들이 그러하듯이 워든도 성모 어머니의 이미지를 완전 극복하지는 못한 듯하다.

「당신이 하고 싶다면 난 괜찮아. 내가 그런 마음이라는 걸 당신이 알아주었으면 해.」

「난 안 하는 게 좋겠어.」 그는 적어도 50퍼센트 정도는 진실이 담긴 마음으로 말했다.

「오, 마이 달링!」 캐런이 양팔로 그를 감싸 안으며 소리쳤다. 「마이 달링, 달링!」

그건 아주 기이한 일이었다.

그녀는 의자 등받이에 몸을 기댔고 손은 그의 머리카락을 쓰다듬었다. 그는 얼굴을 그녀의 가슴에 파묻고 있었다. 그들은 그런 식으로 계속 포옹하고 애무했다. 상대의 말을 신경 쓰지 않고 서로 가볍게 중얼거렸다. 그 별 의미 없는 말들은 어떤 생각의 전달이라기보다 자기 자신을 상대로 벌이는 자기표현 같은 것이었다. 복부에 강타를 맞은 권수 선수가 〈아!〉 하고 내뱉거나 총을 맞은 병사가 〈맞았다!〉라고 말하는 것과 비슷했다.

그것은 그가 일찍이 경험한 바 없는 저속미온(低速微溫)의 애무였다. 그러면서도 엄청난 강도와 열기가 전해져 왔다. 그것은 그의 내부에 깃든 아주 깊은 심성에 호소하는 애무였다.

그는 열기가 극도로 고조되는 순간을 본능적으로 알아차리고 의자에서 벌떡 일어나 그녀를 혼자 내버려 두고 침대 위에 드러누워 담배에 불을 붙였다. 캐런은 의자에 앉은 채 환한 표정으로 그에게 미소 지었다. 그는 실제로는 그런 일이 없었지만 금방 오르가슴을 체험한 사람처럼 깊은 환희를 느꼈다. 그는 좌절을 느끼지도 않았고 불만스럽지도 않았으며 오히려 크게 성취한 기분이 들었다. 그는 느긋하고 평화로운 마음으로 담배를 피웠고 졸음이 몰려오는 것을 느꼈다. 그는 자기가 자랑스러웠고 커다란 승리를 거두었다고 생각했다. 자신이 강한 배고픔을 느끼면서도 식욕에 굴복하지 않은 사람이라고 생각했다. 그는 온 세상을 정복한 기분이었다.

그는 평생 그런 놀라운 느낌을 느껴 본 적이 없었다. 하지만 그게 너무 강렬하여 일용할 것은 못 된다고 생각했다.

「이제야 당신은 사랑이 뭔지 제대로 깨달았구나.」 의자에 앉아 있던 캐런이 말했다.

그들은 그날 밤 침대에 같이 누워 있었지만 섹스는 하지 않았다. 그러면서 많은 대화를 나누었다. 거의 모든 화제에 대해서 의견을 말했다. 그는 그녀에게 프리윗 스토리의 마지막 챕터와 대단원에 대해서 말해 주었다. 그녀는 그 얘기를 듣고 울었다. 그들은 매우 행복했다. 그들이 그렇게 얘기에 몰두하고 있는데 그녀가 자그마한 가방에 늘 넣어 가지고 다니는 자명종이 새벽 4시 30분을 알렸다. 위든은 침대에서 일어나 옷을 입었다.

「이건 작별이 아니야, 달링.」 캐런이 침대에 누운 채로 말했다.

「물론 아니지.」

「우리처럼 서로의 인생에 많은 영향을 끼친 사람은 각자의 생애에서 쉽사리 빠져나가지 못하는 거야.」

「물론이지, 그렇고말고. 빠져나가지 못하지.」

「지금은 모든 게 어두워. 기다리는 시간도 길어지고 그래서 계획도 바꿔야 해. 게다가 전쟁이 터졌어. 하지만 우리는 언젠가 다시 만나게 될 거야.」

「그럼. 난 우리가 다시 만날 걸 알아.」

「우린 언젠가 다시 만나게 될 거야. 우리처럼 이렇게 가까웠던 사람은 언젠가 다시 만나게 되어 있어. 당신은 메릴랜드의 내 집 주소를 가지고 있지?」

「응, 갖고 있어. 그리고 당신도 우리 중대로 편지해. 부대가 어디로 가든지 부대 주소는 똑같으니까.」

「물론 당신에게 편지를 쓸 때가 있을 거야.」

「당신이 집에 돌아가도 아무 일 없을까?」

「물론이죠. 아무 일 없을 거야.」

「홈스와 문제가 없을까?」

「그는 신경 쓰지 않을 거야.」

「사랑해.」 워든이 말했다.

「나도 사랑해.」

「그럼, 또 봐.」

「밀트, 내게 한 번만 더 키스해 줘.」 그녀가 침대에 앉은 채 말했다.

그는 키스를 해주고 문 앞으로 다가갔다. 그는 문을 닫기 전 뒤돌아보며 손을 흔들었다.

캐런도 침대에 앉은 채 미소를 지으며 손을 흔들었다.

이어 문이 닫히자 그녀는 침대에 드러누우며 자신의 내부에 있던 단단한 매듭이 풀려 나가는 것을 느꼈다. 그 매듭이 풀리자 모든 것이 해체되는 듯했다. 그녀의 마음은 표류했다. 그녀는 바깥의 대문이 닫히는 소리를 들었고, 그가 가버렸다는 것을 알았다. 그녀는 몸을 돌려 배를 깔고 누우면서 뺨을 베개에 처박았다. 피곤했다. 지난밤의 만남이 그녀에게서 모든 기력을 빼앗아 갔다. 그녀는 그를 보호할 수 있어서 기쁘고 행복했다. 그는 그런 보호를 절실히 필요로 했다. 그 일은 그에게 정말 힘든 일이었다. 그는 완전히 길 잃은 사람처럼 보였다. 그녀는 그것을 참아 낼 수가 없었다. 그가 그렇게 길 잃고 고통스러워하는 모습을. 지난밤의 대화로 그의 부담을 덜어 줄 수 있게 되어 정말 기뻤다. 그를 떠나보내면서 그녀가 한 말은 거짓말이 아닐 수도 있었다. 어쩌면 그들은 다시 만날 수도 있었다. 때때로 거짓말을 믿어 주는 것도 그리 나쁜 일이 아니었다. 그녀는 잠이 들었다.

이면 도로를 거쳐 고속도로로 나선 워든은 중국에서 근무할 때 만났던 백계 러시아 여자를 생각했다. 그 여자 전에는 마닐라에서 만났던 중국인 상인의 젊은 아내가 있었고, 또 그 전에는 그가 셰리던 부대에 있을 때 사귀었던 시카고 대학에 다니는 여대생이 있었다(그는 당시 무척 젊었었다). 그보다 더 전에는 고향 코네티컷에서 사귀었던 개신교 여자가 있었다. 입대는 그 여자 때문에 한 것이었다.

네 명.

캐런 홈스까지 따지면 다섯 명.

진짜 열렬하게 사귄 여자는 다섯이었군. 몇 년 동안에. 16년 동안에.

만약 그가 운이 좋다면, 아주 늙어 버리기 전에 두세 명의 여자를 더 만날 시간이 있으리라. 남자는 군대에 있으면 훨씬 빨리 늙는다. 피트 카렐슨은 아직 쉰도 채 되지 않았다.

그는 어쩌면 앞으로 서너 명을 더 만날 수 있을지도 몰랐다.

과거에 사귄 여자의 숫자가 그만큼이듯이.

그래, 정말 재수가 좋다면 서너 명도 어려울 것 없지.

하지만 그 어떤 여자도 30대 초반에 만난 이 여자에게는 미치지 못하리라. 어쩌면 이 여자가 정상일지도 몰라. 그런 생각을 하고 있자니 워든에게 두려움이 몰려왔다.

워든은 고속도로 변에 설치된 CP로 걸어가면서 우리 다시 만나자는 그의 거짓말을 그녀가 꿰뚫어 보지 못했을 것이라고 생각했다. 이미 어려운 문제를 일부러 더욱 어렵게 만들 필요는 없었다. 게다가 미래의 어느 때 다시 만날 수도 있을 터였다. 그러니 그녀가 그걸 믿도록 내버려 둔 것은 그 누구에게도 해를 입히는 일이 아니었다. 그는 그녀가 자신의 거짓말을 꿰뚫어 보지 못했다고 확신했다.

그런 생각을 하면서 워든은 갑자기 그녀가 왜 꿰뚫어 보지 못했는지 알아차리고 충격을 느꼈다. 그녀는 자신의 거짓말을 그에게 납득시키는 일에 몰두하느라고 그걸 꿰뚫어 보지 못한 것이었다.

그는 그녀가 집으로 돌아가 홈스와 아무 문제 없기를 빌었다.

제55장

　그녀가 그다음 날 오전 집에 도착했을 때 홈스 소령은 출근을 하지 않은 채 그녀를 기다리고 있었다.

　캐런은 거의 오전 11시나 되어서야 집으로 돌아왔다. 아름다운, 거의 이 세상 사람 같지 않은 중국계 하와이 여자는 캐런을 의식하여 집에서 아주 조용하게 행동했고 그 덕분에 그녀는 9시까지 잠을 잤다. 이어 그녀가 잠에서 깨자 중국계 여자가 아침을 준비하여 대접했다. 두 여자는 자그마한 식탁에 함께 앉아 달걀, 통조림 햄, 커피 등을 놓고 한 시간 가까이 잡담을 했다. 이윽고 여름 햇살이 창문으로 비쳐 들었고 간통하는 두 즐거운 부인은 아주 따뜻한 어조로 서로의 애인에 대하여 얘기를 나누었다. 햇빛과 따스한 공기 덕분에 그날은 마치 여름 휴일처럼 느껴졌다. 캐런으로서는 아주 즐거운 체험이었고, 설사 홈스가 집에서 오후 4시까지 기다린다고 해도 놓치고 싶지 않은 그런 시간이었다. 집으로 돌아오는 내내 여름 휴일의 분위기가 그녀에게 남아 있었다.

　홈스는 커피를 한 잔 앞에 놓고 주방 테이블에서 끈덕지게 기다리고 있었다.

　소령으로 진급했지만 예전의 홈스 대위는 별도 바뀌지 않았다. 그는 기병 바지와 모자와 군화를 치우고 그 대신 참모 장교의 바지와 상의에 정규 보병의 모자를 썼다. 그는 여단의 다른 참모 장교들과 마찬가지로, 전시의 규정 복장인 올리브 색깔의 상의, 카키 바지, 각반 찬 군화를 착용했다. 하지만 근본적인 측면에서 볼 때 그는 별로 달라지지 않았다. 게다가 소령에 진급한 지 몇 달이 되지 않았다.

「어디 갔다 왔는지 알고 싶어.」 그녀가 집 안에 들어오자 홈스가 말했다.

「헬로, 왜 아직 출근 안 했어요?」 캐런이 명랑한 목소리로 말했다.

「부대에 전화해서 오전 휴무를 받았어.」

「벨라는 어디 있어요?」

「그 여자에게도 휴무를 주었어.」

캐런은 커피를 한 잔 따라서 가지고 와 그의 앞에 앉았다.

「그녀는 좋아했겠군요. 이제 뭔가 결판을 내야 할 순간이군요.」

「어디 갔다 왔는지 알고 싶다고 했어. 그리고 누구랑 함께 있었어?」

「그 얘기는 전에 다 한 걸로 아는데요, 달링. 난 아주 친한 친구에게 작별 인사를 하고 왔어요.」 그녀가 명랑한 목소리로 말했다.

「나보고 달링이라고 하지 마.」

「알았어요. 입버릇일 뿐이에요.」

「당신은 어제 나한테 아무것도 말해 주지 않았어.」 홈스의 두 눈은 짝짝 갈라진 석회 같은 얼굴에 박힌 두 개의 번쩍거리는 다이아몬드 같았다. 「그를 어디서 만나는지, 또 그가 누구인지 말해 주지 않았어.」

「난 그라고 말하지는 않았어요.」

「남자인 게 틀림없어. 내가 그걸 몰랐을 줄 알아? 오래전부터 눈치를 채왔어. 하지만 일부러 그걸 무시하려고 했어. 아예 이렇게 노골적으로 터져 나올 때까지. 이제 그를 어디서 만났고 누구인지 알고 싶어.」

「난 그게 당신이 알아야 할 일이라고 생각하지 않아요.」

「난 당신의 남편이야. 당연히 내가 알아야 할 일이야.」

「아니에요. 이건 나의 일이에요. 그 누구의 일도 될 수 없어요. 당신은 마치 헤밍웨이 소설 속의 인물처럼 말하는군요.」

「좋아. 그렇다면 내 일로 삼겠어.」

「안 돼요. 당신은 그렇게 하지 못할 거예요.」

「그럼 이혼하겠다는 생각인가?」

「난 그 문제를 그렇게 심각하게 생각해 보지 않았어요.」

「난 이혼에 동의하지 않을 거야.」

캐런은 커피를 한 모금 홀짝거렸다. 결혼한 이래 그처럼 유쾌하고 명랑하고 행복한 느낌을 가져 본 적이 없었던 것 같았다.

「내 말 알아들어? 이혼은 못 해준다고.」

「좋아요.」 그녀가 쾌활하게 말했다.

홈스는 그녀를 노려보았다. 광적으로 번쩍거리는 다이아몬드 눈빛이 소석고(燒石膏) 얼굴과 대비되었다. 그는 극심한 고통을 느끼면서도 그녀가 연기를 하고 있지 않다는 것을 알았다.

「좋아. 그렇다면 이혼을 청구할 수도 있어.」 그가 정면 공격으로 나왔다.

「좋아요.」 그녀가 역시 쾌활하게 말했다.

「그 문제를 지금 결말짓자고. 아예 단칼에 끝내 버리자고.」

「내가 볼 때 그 문제는 이미 결말났어요. 당신은 이혼을 하게 될 거예요.」

「흥, 그걸 즐기고 있군. 난 그렇지 못해. 그래서 이혼에 동의하지 않을 거야. 만약 당신이 먼저 이혼 청구를 해온다면 법정에서 끝까지 싸울 거야.」

「좋아요. 그렇다면 그렇게 문제를 해결해요. 이혼하지 않는 걸로.」 캐런이 쾌활하게 말했다.

「당신이 나와 평생을 함께 살려면 좀 끔찍한 기분이 들걸?」 홈스가 비아냥거렸다.

「물론 산뜻하지는 않겠지요. 하지만 당신 역시 나와 함께 평생 살려면 끔찍한 기분일 거라는 생각을 하면 다소 위안이 돼요.」

「이런!」 홈스가 고뇌에 찬 목소리로 말했다. 「당신은 어떻게 그리 잔인할 수가 있어? 어떻게 그리 생글거리며 앉아 있을 수 있어? 이런 끔찍한 일을 저질러 놓고. 당신에겐 책임 의식도 없나? 지나간 결혼 생활이 아무 의미도 없단 말인가? 당신의 자식, 우리의 자식이 아무 의미도 없다는 거야? 부끄러움도 느끼지 못해?」

「조금도 느끼지 못해요. 이상하지요?」

「그걸 말이라고 해! 당연히 부끄러워해야지.」

「알아요. 하지만 조금도 부끄럽지 않아요. 이거 좀 끔찍한 일이죠?」

「끔찍한?」 홈스가 기막히다는 표정을 지었다. 「당신의 배경, 교양, 가정환경을 가진 여인이? 아홉 살 난 아들을 둔 행복한 여인이? 그래 고작 끔찍한이야?」

「나 자신도 그걸 이해하지 못하겠어요.」 그녀가 쾌활하게 말했다.

서서히 예의 바름의 창은 쾌활함이라는 갑옷을 결코 뚫지 못하는 것으로 판명되었다.

「당신이 내게 무슨 짓을 했는지 알아?」

「내가 당신에게 무슨 짓을 했는데요?」

「당신은 우리 결혼을 망쳐 버렸어. 내 인생의 밑창을 아예 뽑아 버렸다고. 당신은 나의 아내야. 난 당신을 믿었어.」

「미안해요. 정말로 죄송해요. 당신에게 그런 짓을 해서. 하지만 어쩔 수 없는 일이었다고 생각해요.」

「내가 왜 군대에서 이토록 열심히 일한다고 생각하나?」 홈스가 양팔을 크게 벌리면서 괴로운 목소리로 말했다.

「뭘 그렇게 열심히 하는데요?」

「속으로는 싫어하지만 권투부 일을 잘 해보려고 머리털이 다 빠지도록 애썼어. 델버트 대령과 슬레이터 장군에게 갖은 아첨을 다 했어. 채신을 떨어뜨려 가면서. 아예 내 코를 거기다 들이박았다고.」

「잘 모르겠군요. 왜 그랬어요?」

「왜 그랬냐고? 당신 때문이었지! 당신이 내 아내이고 사랑하기 때문이었지. 당신과 우리 애와 우리 집을 의해서 열심히 뛴 거지. 그런데 왜냐고?」

「난 당신이 늘 출세하고 싶어 했기 때문에 그렇게 한 줄 알았어요.」

「왜 남자가 출세를 하려고 할까? 돈 때문에, 권력 때문에?」

「난 그렇게 생각했어요.」

「돈이나 권력이 남자에게 무슨 소용이야? 만약 그가 외로운 존재가 된다면. 남자는 아내와 자식들 때문에 출세하려고 하는 거야. 그들에게 자기가 가지지 못한 것을 주려고 말이야. 그들에게 좀 더 멋진 인생을 만들어 주려고 말이야. 집과 가정을 이루려고 말이야.」

「그럼 난 감사할 줄 모르는 여자네요.」

「감사! 그런 소리 좀 하지 마, 캐런!」

「어쩌면 나는 부도덕한지도 모르겠어요, 범죄자들처럼.」

아무리 창을 찔러 대도 갑옷을 뚫지 못했기 때문에 홈스는 수세에 몰리게 되었다. 그는 호소했다.

「모든 아내가 그런 식으로 생각한다면 이 나라는 어떻게 되겠어?」

「그건 잘 모르겠어요. 그런 문제는 생각해 본 적도 없고.」

「남의 집 여자가 바람을 피운다는 얘기는 가끔 듣지만, 우리 집에서 이런 일이…….」 홈스는 말끝을 흐렸다.

「당신의 집에서는 그런 일이 벌어지지 않으리라 생각했나요?」

「내 집에서? 누가 내게 그따위 소리를 했다면 그자를 죽여 버렸을 거야. 그 말을 결코 믿지 않았을 거야.」

「하지만 그런 일이 당신 집에서 벌어졌잖아요. 그렇죠?」

홈스는 멍하니 고개를 끄덕였다. 「난 그게 모두 나의 상상이려니 생각했어.」

「그러니 이제 그 문제를 다루어야겠군요. 그렇죠?」

「당신은 남자의 심정을 잘 몰라.」

「그래요, 모르는 것 같아요.」

「남자는 여자처럼 느끼지 않아. 그런 문제에 대해서 말이야. 여자들은 그것이 남자에게 아무런 의미도 없다고 생각해. 하지만 그게 남자의 가슴을 완전 박살 내는 거야. 남성성을 완전 파괴해 버린다고.」

「남자의 느낌이 여자와 별반 다르지 않다고 생각하는데요.」

「모르겠어. 아무튼 남자들은 그렇게 생각해.」

「이제 이렇게 하기로 해요.」 캐런이 쾌활하게 말했다. 「바깥 날씨가 너무 좋아요. 난 산책을 나갈까 해요. 그런 다음 클럽에 올라가서 혼자 식사할 거예요. 난 정말 배가 고파요. 내가 돌아올 때까지 당신의 마음을 결정하세요.」

「뭘 결정하라는 거야?」

「앞으로 어떻게 할 건지.」

「난 당신이 지금 나가지 않았으면 해. 이 문제를 먼저 결말 지었으면 좋겠어.」

「난 그게 이미 결말났다고 생각하는데요.」

「아니, 결말나지 않았어. 당신은 아무 말도 안 했잖아.」

「내가 할 말이 뭐가 있어요?」

「난 당신을 용서해 줄 생각이야. 어디에서 누구랑 있었는 지 그것만 말해. 그걸 깨끗이 털어놔. 용서해 줄 테니.」

「미안해요. 그건 당신이 절대로 알 수 없는 사항이에요.」

「언젠가 내게 말하게 될걸.」

「왜요?」

「글쎄, 결국 말하게 될 거야. 난 당신의 남편이니까. 그걸 내게서 영원히 숨길 수는 없어.」

「어머나! 당신은 정말 헤밍웨이 소설의 주인공처럼 말하는 군요. 난 당신에게 아무것도 숨기지 않아요. 단지 내가 말하 지 않을 뿐이에요.

하지만 이것 한 가지는 말해 드리죠. 나는 전에도 당신을 속인 적이 있어요. 딱 한 번. 당신은 그 사실에 대해서 아무것 도 몰라요. 앞으로 당신을 또 속일지도 몰라요. 당신이 마음 을 정하기 전에 그것만은 알고 있었으면 좋겠어요. 우린 계 약의 조건을 바꾸어야만 하는 거예요.

거기 차분히 앉아서 앞으로 어떻게 할 것인지 마음의 결정 을 보세요.」 그녀가 어머니 같은 목소리로 말했다. 「이혼을 원한다면 좋아요. 이혼을 원하지 않는다면 그것도 좋아요. 당신이 어느 쪽으로 결정해도 난 상관없어요.

이제 아들이 곧 점심을 먹으러 학교에서 돌아올 거예요. 우리의 이런 모습을 아들에게 보여 주고 싶지는 않겠지요?」

「난 배가 고파.」 홈스가 우울하게 말했다.

「냉장고에 차가운 고기와 음식이 얼마든지 있어요. 난 저녁 전에 돌아올게요.」

「애 점심은 어떻게 하고?」

「벨라는 아침 식사 후에 점심을 준비해서 냉장고에 넣어 놔요. 쟁반에 잘 준비되어 있어요. 아들은 그 접시가 어디 있는지 알아요.」

「당신과 클럽에 같이 가서 식사하면 안 될까?」 홈스가 공손한 목소리로 물었다.

「나 혼자 가는 게 좋겠어요. 날씨가 너무 좋아 이 날씨를 즐기고 싶어요. 이런 복잡한 문제는 잠시 젖혀 놓고.」

「그럼 같이 클럽에 가서 각자 다른 테이블에서 식사하면 되잖아.」

「그러려면 당신은 PX로 가세요.」 캐런이 부드럽지만 단호한 목소리로 말했다. 「여기서 식사를 하지 않으려면 말이에요. 이거 한 가지는 조언해 드리죠.」 그녀는 문턱에 서서 말했다. 「커피를 포트에서 너무 끓이지 않으려면 끓기 직전에 포트를 꺼야 해요. 안 그러면 커피 맛이 씁쓸할 거예요.」

「난 실렉스 유리 주전자를 사용할 거야.」

「좋아요. 그럼 나중에 봐요.」

그녀는 뒷문으로 나와서 커다란 나무들 밑을 지나 여름 햇빛이 환한 와이아나에 애버뉴로 들어섰다. 정말 아름다운 날이었다. 이 게으른 여름의 향기가 그녀의 온몸을 파고들었다. 그녀는 와이아나에 애버뉴를 따라 걸어갔다. 스코필드는 정말 대단히 아름다운 부대였다. 야구장 주변에 쌓아 놓은 모래주머니들 위에는 대공포들이 설치되어 있었고 병사들이 파놓은 포탄 대피소 근처에는 흙들이 많이 쌓여 있었다. 하지만 그런 시설들도 다 아름답게 보였다. 모든 것이 다 사랑스러웠다. 캐런은 적절한 균형 감각과 평형 의식을 느끼면서 조금

1376

의 탐욕스러운 마음도 없이 앞으로 그런 아름다움을 무한정 계속 유지할 수 있으리라는 착각에 빠져 들었다.

지난밤 밀트가 그 별장에 도착했을 때 그녀는 스탕달의 행복 철학을 읽고 있었다. 그것은 도덕 철학이 아니었다. 아주 현실적인 철학이었다. 많은 사람들이 그 철학을 인정하지 않을 것이다. 그 철학은 인생을 흥미롭고 행복한 것으로 만들기 위해 상당한 시간 여유를 앞에 두고 합리적으로 계획하라고 가르쳤다. 스탕달 철학의 좋은 점은 완벽한 행콕에는 비참과 비극이 양념처럼 들어가야 한다고 가르친다는 점이다. 그녀는 전에 그것을 생각해 본 적이 없었다. 인생의 행복론에만 집중하는 철학이 있다는 사실도 알지 못했다.

그녀는 다시는 다른 남자를 사랑하지 못하리라는 것을 알았다. 설사 사랑이 끝났다고 해서 인생마저 끝날 필요는 없었다.

그녀는 와이아나에 애버뉴를 걸어 내려가면서 갑자기 울기 시작했다. 대공포들과 포탄 대피소의 신선한 흙더미가 너무 아름다워서였다.

제○○ 보병 여단 G-3(작전과)의 과장인 홈스 소령은 아내가 뒷문을 통해 나간 뒤 주방 테이블에 우울하게 앉아 있었다. 그는 무겁게 일어나 냉장고로 가서 차가운 고기를 꺼내 겨자와 함께 두 개의 샌드위치를 만들었다. 그는 커피 대신 우유를 마셨다.

그는 그릇을 싱크대에 치웠고 남은 음식을 냉장고에 다시 집어넣고 식탁을 훔쳤다. 다시 싱크대로 가서 그릇을 설거지하여 잘 치워 놓았다. 그는 꽁초가 수북한 재떨이도 비우고 깨끗이 물로 닦은 후 건조시켰다. 더 이상 할 일이 없자 그는 테이블에 앉아 담배를 피웠다.

담배는 아까 먹은 샌드위치나 차가운 우유처럼 맛이 없었다. 홈스 소령은 차가운 우유를 싫어했다. 게다가 그는 요리를 할 줄 몰랐다. 그는 하녀에게 오전 휴무를 주지 말걸, 하는 생각을 했다. 캐런과 아들이 본국으로 돌아가 버리면 그때는 혼자 독신 장교 식당에 가서 식사를 할 수 있을 터였다. 1월 6일에 귀국을 하니까 2주만 견디면 되는 것이었다.

그는 담배가 아직 절반이 타지 않았는데도 깨끗한 재떨이에 비벼 끄고 식탁에서 일어나 뒷문을 통해 밖으로 나가 집에서 멀어졌다. 아들이 점심을 먹기 위해 집으로 돌아오기 훨씬 이전에 그는 안전한 사무실에 복귀했다.

제56장

1월 6일 밀트 워든은 외출증을 발급받아 시내에 나갔다. 메일런 스타크도 그와 함께 나갔다.

진주만 공습 바로 전의 토요일 이후 하와이 사단의 장병들에게 외출증이 발급된 첫날이었다. 오전 10시 반경 150킬로미터 이내의 모든 부대 병사들이 호놀룰루 시내로 내려왔다. 마치 바퀴의 살들이 가운데의 축을 향해 쇄도하는 형상이었다. 그들은 바와 창가 앞에 줄을 서기 시작했는데 그 줄이 서로 뒤섞이는 바람에 뉴콩그레스 호텔에 들어가려고 했던 병사들이 갑자기 네 집 떨어진 우패트에 들어가 술을 시키고 있는 그들 자신을 발견하게 되었다. 통행금지 때까지 하루 종일 그런 대법석이 이어졌다. 그날과 그 후의 이틀은 달력의 빨간 글씨 날짜였다. 시내의 바텐더들은 그날을 결코 잊지 못하리라. 창가의 마담들 또한 그러하리라. 일반 자영업을 하는 사람들도 그날을 기억하리라.

외출 명령은 부대 병력의 3분의 1 이상이 동시에 외출을 나가서는 안 된다고 명시하고 있었다. 해변 진지에 나가 있는 G 중대는 외출증 배분에 어려움을 겪었다. G 중대의 해변 진지가 무려 14개나 되었기 때문이다. 로스 중대장은 각 진지의 지휘관들(장교가 아니라 부사관인 경우가 더 많았다)에게 3분의 1 외출자 명단을 적어 내라고 지시했다. 워든은 CP 인원의 외출자 명단을 작성했다. 스타크는 취사반 외출자 명단을 상신했다.

지휘관은 부하들이 먼저 외출한 다음에 외출해야 한다는 불문율이 있었다. 부사관 지휘관들은 자신이 외출을 나가지 못하니까(그들은 장교와는 달리 부하들과 외출증 협상을 했다), 그 대신 악수, 현금, 기념품 등을 챙겼는데 그렇게 하여 1월 6일 밤에는 상당수의 귀중한 위스키가 이 손에서 저 손으로 건너가 소비되었다.

워든과 스타크는 관례상 그들의 이름을 외출자 명단 맨 앞에 올릴 수 없었다. 하지만 워든은 특별히 외출증 두 장을 따로 준비했다. 그는 할당량 이외의 추가 외출증 두 장을 더 만들어서 로스 중위의 서명을 받아 냈다. 그의 이러한 규정 위반을 시비 거는 중대원은 아무도 없었다. 그가 장교 임용을 거부한 그날부터 G 중대는 완전히 그의 손아귀에 넘어와 워든 표가 찍힌 부대같이 되었다. 전에 홈스가 중대장으로 있을 때에도 워든은 G 중대는 나의 중대라고 허풍을 치기는 했지만 실제로 중대를 장악하지는 못했었다.

스타크는 자신의 외출증 순서를 양보하고 얻어 낸 5백 밀리리터짜리 위스키가 있었다. 그들은 시내로 나가는 길에 그 위스키를 작살 냈다. 그들은 먼저 찰리 찬의 블루 샘커에 들렀다. 블루 샘커는 다른 고급 바들에 비해 붐비지 않았다. 보도에 줄 서 있는 사병들도 없었다. 블루 샘커 안에 들어가 보니 사람들이 바에 세 겹으로 서 있었다. 그들은 여섯 잔을 마시고서야 겨우 바의 스툴[47]을 차지하고 본격적으로 마시기

47 *stool*. 팔걸이 없는 의자.

시작했다.

「아아!」 의자에 앉으면서 스타크가 소리쳤다. 「내 다리는 소풍 나가라고 있는 것이지 바에서 서 있으라고 있는 게 아니 에요. 블리스 부대 근무 시절 봉급날의 후아레스도 이렇게 사정이 나쁘지는 않았어요.」

「헤로, 워든! 헤로, 스타크!」 찰리가 활짝 웃어 보였다. 「오 랫동안 못 보았습니다. 아주 멋진 날이에요. 그렇지 않아요?」

「그래, 아주 좋은 날이야.」 워든이 대꾸했다

「이런 좋은 날에는 말이야, 술 잔뜩 퍼먹고 수다스러운 놈 들을 마구 패서 죽여 버리고 싶어.」 스타크가 차분한 목소리 로 말했다.

「스타크, 넌 텍사스 놈이야. 텍사스 놈들은 친구를 좋아하 고 텍사스주를 좋아하고 그들의 어머니를 좋아하지. 그리고 흑인, 유대인, 낯선 자, 헤픈 여자들(자기들이 그 여자들과 놀 아날 때는 빼고)을 싫어하지.」

「우리가 좀 이른 것 같은데요. 아니면 G 중대가 블루 생커 하고 인연을 끊었거나.」

「난 자네 마음을 유리알처럼 들여다볼 수 있어.」 워든이 말 했다. 「헤이, 로즈!」

사실 그들은 좀 일찍 나온 편이었다. 그들은 CP에서 9시 5분 에 출발했는데 나머지 사병들은 10시 출발 예정이었던 것이 다. 그 술집에서 낯익은 얼굴은 야전 포대의 중사인 로즈의 남자 친구뿐이었다. 그는 맨 뒤의 테이블에 죽치고 앉아 있었 다. 이번에는 친구를 세 명 대동하고 있었다.

「많이 마셔. 아주 좋은 날이야.」 찰리가 환히 웃었다. 「이 잔 은 내가 낼게.」 그가 사람 좋게 환히 웃어 보인 후 혼자 감당 하고 있는 바 쪽으로 걸어갔다.

「좋은 친구예요.」 스타크가 말했다.

「그래, 좋은 친구야.」
「그가 우리에게 술 한잔 낼 여유가 있다고 보십니까?」
「아니, 없다고 봐.」
「바에 조수가 한 명 있어야 할 것 같아요.」 스타크가 말했다.
「여기 홀에도 조수가 있어야 해.」 워든은 로즈를 쳐다보았다. 그녀는 여자 도우미 한 명을 데리고 있기는 했지만 찰리처럼 열심히 뛰지 않고 있었다. 포대 중사와 노닥거리면서 동시에 주문을 받기 때문이었다.
「헤이, 로즈, 여기!」 워든이 소리쳤다.
그녀는 포병 중사 테이블에 앉아 있다가 일어서서 워든 쪽으로 왔다. 그녀는 포르투갈·하와이 혼혈이어서 가무잡잡하면서도 방자한 자그만 얼굴을 갖고 있었다. 약간 눈초리가 위로 올라간 눈은 신분 낮은 사람과의 결혼이 남겨 놓은 흔적이었다. 그녀는 짜증을 내며 다가왔다.
「워든, 용건이 뭐예요?」
「네 남자 친구 이름이 뭐야?」
그녀는 샐쭉한 눈으로 내려다보았다. 「왜 알려고 해요? 그건 당신이 알 바 아니에요.」
워든은 그녀의 풍만한 유방을 노골적으로 쳐다보았다. 로즈는 그 눈초리를 의식하더니 도전적인 얼굴로 워든의 연푸른 눈동자를 내려다보았다.
「어느 부대지?」 워든은 대화를 계속하려 했다.
「그건 알아서 뭐 하게요? 난 술을 시키려는 줄 알았어요. 당신, 취했어요? 찰리가 당신 주문을 받을 거예요. 난 바하고는 상관없어요.」 그녀는 거부하는 몸짓을 보이더니 홱 돌아서서 포병 중사 테이블 쪽으로 걸어갔다.
워든과 스타크는 의자에 앉은 채 그녀의 씰룩거리는 엉덩이를 동시에 쳐다보았다. 팔락거리는 스커트 아래서 그녀의 하얀 종아리가 맵시 있게 흔들렸다. 가는 허리는 엉덩이 부근에서 팽팽하게 퍼졌고, 그 자그마한 엉덩이의 단단한 곡선은 요염하게 혹은 장난을 걸듯이 흔들거렸다.

「젠장! 대단한 엉덩이로군!」스타크가 감탄하며 말했다.

「아멘.」워든이 조용히 말했다. 그는 혀를 내밀어 자신의 수염을 한번 부드럽게 핥았다. 그는 술 취한 자의 호전성이 자신의 가슴속에서 크게 부풀어 올라 머릿속까지 부드럽게 쳐들어오는 것을 느꼈다. 그것은 장뇌(樟腦)의 깊은 숨결 같았다. 주변의 모든 풍경이 갑자기 기억된 사물들의 투명성을 갖고 있었다.

「지금 행복하십니까?」스타크가 물었다.

「응, 아주 행복해.」

「정말 이런 게 사람 사는 것 같아요.」스타크가 의미심장하게 말했다. 「난 이 생활을 그 무엇과도 바꾸지 않을 겁니다. 당신이라면 바꾸겠어요?」

「아니, 나도 안 바꿔. 스타크, 자네는 뭐가 잘못되었는지 아나? 자네는 텍사스 친구인데 그쪽 친구들은 말이야 너무 유머 감각이 없어.」

「난 유머 감각 있습니다.」

「그럴 테지. 유머 감각 없는 자가 어디 있겠나. 하지만 제대로 된 유머 감각이 아니라는 게 문제야. 자네의 유머 감각은 너무 걸어. 싸구려 와인처럼. 자네는 자부심과 유머 감각을 구분할 줄 몰라. 제대로 된 유머 감각 없이 자부심만 높으면 말이야 서른도 되기 전에 맞아 죽는다고. 자, 나를 봐. 난 진짜 제대로 된 유머 감각을 갖고 있어. 그 때문에 난 자네 같은 친구에게 내가 원하는 건 뭐든지 시킬 수가 있어.」

「당신은 내가 싫어하는 건 절대로 내게 시킬 수 없습니다.」스타크가 선언했다.

「내가 못한다고? 내기 걸 거야?」

「내기 걸죠.」

워든은 영악하게 웃으면서 술잔을 내려다보았다. 이어 그 술잔을 집어 들었다.「헤이, 로즈!」

로즈는 얼굴을 찌푸리며 다시 바로 왔다.「빌어먹을 워든, 또 뭐예요?」

「라이 위스키 한 잔 더 줘, 로즈 베이비. 내 용건은 그거야. 잔을 가득 채우라고.」

「그건 찰리가 채워 줄 거예요.」

「찰리는 잊어버려. 난 로즈 네가 채워 주길 바라.」

「오케이, 하지만 대가를 치러야 해요. 내게 맥주 한 잔 사 줄 거죠?」

워든은 술병을 내려다보았다.「좋아, 저건 내다 버려. 내게 차가운 술을 가져다줘.」

「당신은 정말 골칫거리예요.」로즈가 미소 지었다.

「그렇게 생각해? 로즈, 당신 남자 친구 이름 뭐야?」

「시끄러워요.」

「무슨 부대야?」

「시끄럽다니까요.」

「로즈, 왜 내가 당신이 내 술잔을 채워 주는 걸 좋아하는지 알아? 술 채워 준 뒤에 걸어가는 당신을 쳐다보기 좋아하기 때문이지. 로즈, 당신은 정말 엉덩이가 예뻐.」

「난 결혼했어요.」로즈가 위엄 있게 말했다. 동거 중이라는 뜻이었다. 하지만 그 칭찬에 기분이 좋은 듯했다.

「네 친구의 이름은 뭐야?」

「빌어먹을, 입 닥치고 지옥에나 가.」로즈가 폭발했다.

「내 이름은 버니입니다.」포병 대대 중사가 테이블 쪽에서 걸어와 말했다. 그는 워든만큼이나 덩치가 큰 사람이었다.

「아이라 버니 중사입니다. 8포대 소속이고요. 상사님, 그 이상 더 알고 싶은 게 있습니까?」

「그래, 나이가 어떻게 되었나?」 워든이 생각에 잠긴 목소리로 물었다.

「내년 6월이면 스물넷이 됩니다. 다른 질문은?」

「젊은이치고는 정말 아름다운 여자와 동거를 하고 있군.」

「앞으로도 계속 그럴 겁니다. 다른 질문은?」

「좋아. 나와 여기 내 친구와 함께 술 한잔하겠나?」 워든이 말했다.

「그러죠.」

「로즈 허니, 그에게 술 한 잔 따라 줘.」

「위스키.」 포대 중사가 말했다.

로즈가 술을 따랐고 워든은 술값을 지불했다. 중사는 단숨에 마셔 버렸다. 「그럼 또 보세.」 워든이 어서 가보라는 듯한 어조로 말하면서 아이라에게 등을 돌리며 스타크에게 말을 걸었다.

아이라 중사는 잠시 머쓱해졌다. 남녀는 포병 테이블로 돌아갔다. 그들은 테이블에서 큰 소리로 언쟁을 했고 세 명의 친구는 쳐다보기만 했다.

「아니, 지금 뭐 하는 겁니까? 싸움을 걸려는 겁니까?」 스타크가 말했다.

「난 싸움 따위는 안 걸어.」

「하지만 저들에게 시비를 걸었잖아요.」

「난 시비도 안 걸어.」

「저자를 한번 다루어 줄 겁니까?」

「누구를 어디서?」

「저 포대 중사 말입니다.」

「도대체 무슨 얘기를 하는 거야?」 워든이 물었다. 「아, 잇어버렸군. 자네는 텍사스 친구야. 이봐, 텍사스 친구. 자네가 사격의 명수라는 얘기를 들었어. 그거 사실이야?」

「총의 앞과 뒤는 구분을 하죠.」

「이봐, 텍사스 친구, 나와 사격 시합을 한판 하는 게 어때? 판돈을 걸고. 가령 1백 달러 정도.」

스타크는 호주머니에 손을 집어넣었다. 「맞돈으로요?」

워든이 빙그레 웃으며 고개를 끄덕였다.

「아무 때나 좋습니다.」 스타크는 현금 다발에서 10달러짜리 한 장과 1달러짜리 세 장을 제외하고 나머지 다발을 바 위에다 내던졌다. 「여기 1백 달러. 당신이 원할 때 아무 때나 할 수 있습니다.」

지폐는 대부분 5달러와 1달러여서 바 위에 내려놓으니 제법 수북했다.

워든은 상체를 숙여 그 돈을 살펴보았다. 「이거 텍사스 친구치고는 돌아 버리지 않고 돈을 꽤 많이 모았네. 이봐, 텍사스 친구, 그처럼 부자이니 기분이 어떤가?」

「저기 길 위에 민간 사격장이 있어요. 아니면 호텔 스트리트의 맘스 갤러리에 가서 사격을 할 수도 있어요. 5분 거리예요.」

「군용 사격장에서보다 거기서 성적이 더 좋은가 보지?」

「돈을 걸 겁니까 말 겁니까? 돈을 걸든지 아니면 입을 닥치십시오.」

「텍사스 친구, 자네는 바보야. 내가 자네에게 원하는 건 뭐든지 시킬 수 있다고 했지? 난 원한다면 자네가 저기 가서 포병 네 놈을 상대로 싸우게 만들 수도 있어. 내가 사격에서 가볍게 자네를 이길 수 있다는 걸 모르나? 착한 소년처럼 그 돈도로 호주머니에 집어넣어. 이 록 일대에서 나보다 사격을 잘하는 사람은 세 명도 채 되지 않아. 자넨 그걸 알고 있을 텐데.」

「당신은 내가 하기 싫어하는 일을 내게 시킬 수 없습니다.」

워든은 검지로 자신의 관자놀이를 톡톡 쳤다. 「텍사스 친구, 두뇌가 중요해. 두뇌와 유머 감각. 내가 자네를 지도해 주면 자네는 3개월 안에 장교가 될 수 있어.」

「누가 장교 되고 싶다고 했나요?」 스타크가 분개하는 목소리로 말했다. 「나를 그런 식으로 모욕할 필요는 없어요. 인사계님, 내 일은 내가 알아서 합니다.」

「텍사스 친구, 자네는 바로 그 점이 잘못되었어. 그걸 내가 가르쳐 주려고 하는 거지. 정말 중요한 것은 결과야. 내키지 않는다면 자네는 자존심을 잃을 필요도 없어. 아무튼 자네는 손쉽게 장교가 될 수 있을 거야.」

「그런 혜택이라면 사양하겠습니다.」

「텍사스 친구, 아직도 나와 사격 시합을 해볼 생각이 있나?」

「아무 때나.」

「오케이.」 워든이 영악하게 미소 지었다. 「지금 맘스 갤러리로 가서 사격 카드에 열 발씩 쏘도록 하지. 맞든으로 1백 달러를 걸고. 두 사람의 판돈은 맘스의 주인에게 맡기고 말이야.」 워든은 스타크가 내려놓은 1백 달러 다발을 경멸스럽다는 듯 스타크 쪽으로 밀었다. 「이 돈 주머니에 도로 넣어. 안 그러면 언제 사라질지 모르니까.」

스타크는 아까 뽑아 놓았던 13달러와 함께 그 1백 달러를 바지 호주머니에 찔러 넣었다. 그 순간 로즈가 그들이 앉아 있는 바의 구석을 지나가고 있었다. 걸음을 떼어 놓을 때마다 그녀의 섹시한 엉덩이가 요염하게 흔들거렸다.

워든은 갑자기 몸을 돌리더니 옆을 지나가는 로즈의 엉덩이 한쪽을 손가락으로 살짝 꼬집었다. 로즈는 갑자기 걸음을 멈추고 손바닥을 쫙 펴 빰을 때릴 자세로 돌아섰다. 워든은 자세를 흩뜨리지도 않고 왼손으로 그녀의 오른손을 꽉 잡았다. 그녀는 왼손을 오므리면서 동물의 발톱 같은 빨간 손톱으로 공격하려 했다. 워든은 싱긋 웃으면서 오른손으로 그 손을 꽉 잡았다. 워든은 이제 양팔을 X자형으로 벌리면서 그녀를 꽉 잡고 있었다.

아무리 버둥거려도 빠져나올 수 없는 로즈는 스툴 가장자리에 놓여 있던 그의 사타구니를 거세게 걷어차려 했다. 워든은 오른쪽 무릎을 재빨리 움직여 그녀의 정강이 뒤를 찍어 눌렀다. 이어 스툴에서 일어나면서 무릎을 로즈의 사타구니 위쪽으로 밀어 넣었다. 버둥거리며 욕설을 퍼붓던 로즈는 그만 균형을 잃었고 무기력해졌다. 워든은 버둥거리는 그녀를 가볍게 잡고 있었다.

「베이비, 너무 버둥거리지 마. 해칠 생각은 아니야. 당신은 내 마음에 드는 여자야. 그렇지만 나를 너무 꼴리게 하지 마. 여기 바닥에다 당신을 눕혀 놓고 한 코 뜰지도 몰라.」

로즈의 입술이 보기 흉하게 일그러지더니 그를 향해 침을 뱉었다. 워든은 권투 선수처럼 왼쪽으로 피해 그 침 덩어리는 멍하니 앉아 있던 스타크의 셔츠 한가운데 떨어졌다.

그 일은 너무나 순식간에 벌어져서, 스타크는 막 호주머니에 지폐를 집어넣고 고개를 쳐들던 중이라 대비할 수가 없었다.

「이 빌어먹을 개자식.」 로즈가 사납게 식식거렸다.

로즈의 남자 친구와 세 명의 친구는 이미 벌떡 일어나 달려오고 있었다.

「이봐, 그건 여자를 대하는 태도가 아니지.」 남자 친구가 소리쳤다.

「그래. 이봐, 그 여자를 내려놓지 못해.」 포대 중사의 친구가 말했다.

워든은 짐짓 놀라는 표정을 지으며 그들을 쳐다보았다. 「뭐라고? 놓아주면 이 여자가 나를 칠 텐데. 헛소리 좀 하지 마, 친구.」

「가만 좀 있어, 베이비.」 그는 버둥거리는 로즈에게 말했다. 「그러다가 뇌출혈 생기겠어.」

네 명의 포대원은 그를 향해 동시에 달려왔다. 네거리에서 정지 신호등을 무시하고 일제히 달리는 차들처럼.

워든은 못마땅하다는 듯 고개를 절레절레 흔들었다. 「이 봐, 친구들, 뭐 하는 거야?」

「이거 놔, 이 개자식아!」 로즈는 마구 소리쳤다.

워든은 이제 용도 폐기된 물건인 로즈를 뒤쪽 벽으로 밀어냈다. 그리고 네 명의 포대원을 맞이하러 달려 나갔다. 그는 멀리 던져진 럭비공을 잡으려는 전방 공격수처럼 아주 쾌활한 모습이었다. 그가 갑작스럽게 돌격 자세로 나오자 네 명의 포대원은 잠시 균형 감각을 잃어버렸다. 체중을 완전히 실은 워든의 커다란 주먹이 포대 중사의 코를 때렸고 이어 우지끈하면서 코뼈 부러지는 소리가 났다. 아이라는 뒤로 주춤거리며 테이블 의자에 주저앉았다. 그의 코에서는 피가 마구 흘렀다. 워든은 야수와 같은 고함 소리를 지르며 포대원 세 명을 정면에서 맞이했다.

한편 로즈는 벽에서 튕겨져 나왔는데, 그 모습이 링의 로프의 반동을 이용하여 앞으로 달려드는 레슬링 선수 같았다. 그녀는 워든의 등에 올라타 손톱을 그의 목에 박아 넣었고 날카로운 이빨로 그의 귀를 물려고 했다. 또한 양다리로는 워든의 허리를 O자형으로 감싸 안았다.

중사는 의자에서 일어나 머리를 한두 번 흔들어 보더니 다시 돌격해 오기 시작했다. 놀란 표정으로 그 광경을 지켜보던 스타크는 정확하게 아이라의 턱에 다시 한 방을 내질렀다. 취사반장의 두꺼운 팔심이 동반된 그 펀치는 날카로운 채찍을 연상시켰다. 아이라는 두 발을 공중에 쳐든 채 뒤로 벌렁 나자빠졌다. 그의 등은 부스 테이블 위에 털썩 떨어졌고 뒤로 밀리는 힘에 의해 뒤로 쭉 밀려가다가 머리가 벽에 부딪혀 겨우 멈추었다.

워든의 귀를 노리던 로즈는 그것이 여의치 못하자 워든의 어깨를 날카로운 이빨로 깨물었다. 그 바람에 워든의 셔츠가 약간 찢어졌다. 세 명의 포대원, 워든, 로즈는 모두 바닥에 쓰러져 팔과 다리를 버둥거리고 있었다. 워든은 짜증 난다는 듯 등을 거세게 흔들어 젖혔고 그 바람에 로즈는 손톱, 이빨, 양다리의 흡착력에도 불구하고 다시 벽으로 튕겨져 나갔다.

그녀는 다시 일어나 귀청이 찢어질 듯한 비명을 내지르며 워든의 등을 향해 공격해 왔다. 그때 포병 중사의 친구가 무의식중에 내지른 펀치가 로즈의 이마를 세게 가격했고 그녀는 의식을 잃으며 싸움에서 빠져나갔다.

양손을 비비대며 중국말로 뭐라고 지껄이던 찰리 찬은 바 밖으로 나와 로즈의 축 늘어진 몸을 끌어당겨 바 안으로 데려갔다. 이어 다시 손을 비비대며 중국말로 지껄이던 찰리는 여차하면 몸을 낮추려고 바 바로 뒤에 붙어 있었다. 그가 그토록 반겨하던 많은 손님들은 거의 다 빠져나가 대부분 가게 밖에 서서 싸움을 구경하고 있었다.

그것은 아주 화끈한 구경거리였다.

스타크는 네 명의 싸움꾼들 사이로 달려 들어갔다. 그는 한 포대원을 밖으로 끌어내 옆구리를 무수히 가격했다.

아래쪽에서 한 포대원의 웅얼거리는 목소리가 새어 나왔다. 「헤이, 아이라, 어디 있는 거야? 빨리 와서 도와줘.」 워든의 쾌활한 목소리 또한 웅얼거리는 목소리처럼 들려왔다. 「이봐, 친구들, 너희 넷은 내 상대가 되지 못해.」

테이블 위에 널브러져 있던 아이라 중사는 그 구원 요청을 듣고서 머리를 흔들고 코를 부여잡으면서 테이블에서 내려왔다. 그는 잠시 서서 〈이거 아주 심한 싸움판인데〉 하고 중얼거리더니 다시 대열을 향해 달려들었다.

바닥에 있던 꿈틀거리는 사람들의 덩어리가 흩어지더니 워든이 거인처럼 불쑥 일어섰다. 그의 입에서 피가 흘러 카키 셔츠와 넥타이를 적셨다. 그가 손등으로 입술을 훔치고 침을 내뱉자 부러진 이빨 두 개가 함께 따라 나왔다. 그의 군복은 엉망진창이 되었다. 양쪽 어깨 부분은 뜯겨져 나갔고 바짓가랑이 오른쪽은 무릎 부분이 거의 다 뜯겨져 종아리의 무성한 털을 노출시켰다. 그의 다리 사이에는 포대원 한 명이 뻗어 있었다. 의식 없는 상태가 아까 로즈와 비슷했다. 워든은 그렇게 우뚝 서서 한 번 빙그레 웃더니 나머지 두 명의 얼굴과 배를 마구 가격했다.

그의 펀치는 두 명을 완전 격퇴시켰다. 그들의 모습은 물 위에 던져진 돌이 물수제비를 뜨며 날아가는 것과 비슷했다.

스타크는 세 번째 포대원을 상대했는데 공고롭게도 아이라 중사였다. 그는 돌아서는 중사의 목젖을 아주 정확하게 거대한 밥주걱을 휘두르듯이 가격했다. 아이라는 부스에 다시 털썩 주저앉더니 숨을 못 쉬고 격심한 고통을 느끼며 껵껵거렸다.

워든이 상대한 두 포대원 중 하나는 아이라와 함께 부스에 축 늘어졌다. 바로 밀려난 다른 하나는 맥주병을 거머쥐더니 그것을 난간에 부딪혀 깨뜨리며 스타크를 지나 워든에게로 달려들었다. 포대원은 숨을 헐떡거리면서도 미친 듯이 욕설을 내뱉었다. 맥주병 깨지는 소리가 나자 구경꾼들은 못마땅하다는 듯 툴툴거렸으나 아무도 말리려 들지 않았다.

워든은 아무것도 아니라는 듯 미소 지으며 그의 공격을 기다리고 있었다. 그는 두 손을 레슬링 선수처럼 내밀면서 상대를 잡을 자세를 취했다.

그 포대원이 맥주병을 단도처럼 내세우고 달려갈 때 스타크는 오른발을 내밀어 슬쩍 그 포대원의 발을 걸었다. 달려가던 검객은 갑자기 바닥으로 쓰러졌고 워든은 옆으로 슬쩍 피했다. 이어 재빨리 달려들어 바닥에 쓰러진 포대원의 머리를 걷어찼다.

싸움은 6분 만에 끝났다.

하지만 길 아래쪽에서 헌병들의 요란한 호각 소리가 들려오기 시작했다.

아직도 손을 비비대고 있던 찰리 찬은 울기 시작했다. 눈물이 그의 뺨을 타고 흘러내렸다. 「이제 저 빌어먹을 헌병이 등장하는구나. 이렇게 좋은 날, 장사는 종 쳤네. 아주 망해 버렸어.」

「텍사스 친구, 헌병이야. 난 숨을 데를 알고 있어.」 워든이 미친 듯이 웃으며 말했다.

워든은 바지 오른쪽 가랑이의 찢어져서 덜렁거리는 부분을 아예 뜯어내 버렸다. 두 사람은 멍하니 서서 구경하던 구경꾼들 사이를 빠져나갔다. 그들은 리버 스트리트 쪽으로 달려갔다. 워든은 다가오는 호각 소리를 피해 뛰면서도 여전히 미친 듯이 웃고 있었다.

「그 로즈란 년 말이에요…….」 스타크도 정신없이 웃으면서 말했다. 「당신한테 홀딱 반했나 봐요. 다음번에 찰리 집을 찾아가면 불알 보호대를 하고 가는 게 좋을 거예요. 로즈가 당신을 보면 집에 갈 때까지 기다리지 못하고 그 자리에서 강간하려 들 테니까.」

「그래서 그 집엔 다시 가지 않을 거야.」 워든이 웃으며 말했다. 「자, 이쪽이야.」

그는 왼쪽으로 방향을 틀어서 그 블록의 한가운데쯤에 있는 골목길로 들어섰다. 그는 너무 기분이 좋다는 듯 계속 웃음을 터뜨렸다. 워든이 마지막으로 프리윗을 만나 생커 길 건너편 술집으로 데려갔던 바로 그 골목이었다. 그는 계속 달리면서도 잠시 프리윗 생각을 했다.

「여긴 헌병이 제일 먼저 뒤질 텐데.」스타크가 말했다.

「걱정하지 마. 어서 따라와. 난 어디로 가야 하는지 알고 있어.」

골목의 중간쯤에서 워든이 소리쳤다. 「이쪽으로!」 그는 다시 왼쪽으로 방향을 틀어 블록의 한가운데로 들어갔다. 그들이 달려온 것과는 정반대 방향이었다. 그들은 블루 생커의 뒷문을 지나쳤다. 그는 재를 깔아 놓은 길에서 왼쪽으로 방향을 바꾸어 바로 옆 건물의 뒤로 갔다. 거기서 그들은 화재 대피용 비상 계단을 올라갔다. 스타크는 그를 따라 올라가면서 저기 길 아래쪽에서 들려오는 호루라기 소리에 귀를 기울였다. 그들은 비상 계단을 한 번에 서너 개씩 올라가 맨 꼭대기에 이르렀다.

「어디 보자, 바로 여기야. 이 집이 틀림없어.」워든이 말했다.

그는 1미터 길이의 틈새로 상체를 기울이면서 그 건물의 창을 세게 두드렸다. 그는 초조하게 기다리다가 다시 노크했다.

그들은 이제 3층 옥상에 올라와 있었고 거기서는 언덕에 이르는 베레타니아의 전경이 잘 보였다. 시가지는 누우나누 기슭에 있는 항구까지 완만하게 경사져 있었다. 바다는 오전의 햇살을 받아 짙푸른 색깔로 빛나고 있었다. 알로하 타워의 위로 치켜세운 손가락과 샌드섬의 해류 사이로 수송선 한 척이 빠져나가고 있었다. 그것은 매트슨 정기선이었다. 캐런이 타고 가는 〈럴라인〉호 같았다.

두 사람은 그 풍경에 깜짝 놀라면서 잠시 그것을 내려다보았다. 그 커다란 배는 아주 천천히 항구를 빠져나가고 있었다. 목적지에 도착할 때까지는 전혀 중지하지 않겠다는 듯 힘차게 운항하고 있었다. 배의 앞부분은 커다란 은행 건물에 가려 이미 보이지 않았다. 그들은 배가 건물 뒤로 사라져 아예 보이지 않을 때까지 지켜보았다.

「자, 이 집 안으로 들어가는 겁니까, 마는 겁니까?」 스타크가 숨찬 목소리로 말했다.

워든은 갑자기 고개를 돌려 스타크를 쳐다보았다. 그의 눈빛에는 아쉬움과 사나움이 가득했다. 마치 자신이 그 옥상에 서 있는 것을 의식하지 못하는 사람 같았다. 만약 스타크가 지적하지 않았더라면 계속 그 상태로 있었을 것이다. 그는 잠시 아무 말 없이 스타크를 노려보더니 다시 창문 쪽으로 고개를 돌려 노크했다.

「누구요?」 한 여자의 목소리가 대답했다.

「거트, 우리를 좀 들여보내 줘.」 워든이 웃음을 터뜨리며 말했다. 「헌병한테 쫓기고 있어.」

여인은 창문을 열었다. 「누구요?」

「밀트야. 왜 창문을 좀 닦아 놓지 않았어? 어서 비켜, 방해하지 말고.」

그는 비상계단에서 창문틀로 올라가 그 사이를 비집고 안으로 들어갔다. 스타크는 텅 빈 푸른 만을 다시 한번 내려다보고는 안으로 들어갔다.

그들은 기다란 텅 빈 통로를 지나 커다란 쇠 빗장을 댄 철 제문 앞까지 갔다. 그녀는 키가 크고 얼굴이 갸름했으며 마흔다섯에서 쉰 정도 된 여자였다. 그녀는 목 부분에 치자꽃 장식을 단 멋진 이브닝 가운을 입고 있었다.

「키퍼 부인!」 스타크가 믿기지 않는다는 듯이 말했다. 「누가 나를 일본 놈으로 알아보고 총 쏘는 것처럼 놀랐네.」

「어머, 메일런 스타크!」 키퍼 부인이 말했다. 「난 메일런은 알아요.」 그녀는 워든에게 얼굴을 찌푸렸다. 「하지만 당신이 뒷문으로 들어오리라고는 꿈에도 생각하지 못했어요.」

워든은 떠들썩하게 웃었다. 「거트, 스타크 부사관이야말로 오늘 밤의 영웅이면서 구세주였어. 그가 옆에서 재빨리 거들어 주지 않았더라면 여기 이 몸은 오늘 밤 작살이 날 뻔했어. 누가 알아? 나도 호놀룰루의 음침한 골목에 버려져 죽은 몸이 되었을지? 우리가 법망을 피해 당신의 피신처로 도망쳐 온 그 골목 말이야.」

「당신은 부상을 입은 것 같군요.」 그녀가 가까이 다가서면서 숙련된 간호사의 솜씨로 그의 상처를 살펴보았다.

「오, 밀트! 당신은 이빨이 두 대나 나갔군요. 정말 부끄러운 일이에요. 아무 목적도 없이 그저 재미 삼아 저지른 싸움질 때문에? 도대체 당신은 언제 철이 들 건가요?」

「난 기사도 정신을 옹호했을 뿐이야.」 워든이 그녀에게 매력적으로 웃어 보였다. 「난 가장 아름다운 여성을 보호하는 중이었다고.」 그는 그녀에게 목례를 보냈다. 그는 따뜻한 황금의 눈빛을 그녀에게 반짝거렸다. 「육군은 내게 새로운 카키복을 마련해 줄 거야.」

키퍼 부인은 정말 어쩔 수 없는 사람이라는 듯 스타크에게 고개를 흔들어 보였다. 「이런 물건은 도대체 어디에다 써먹는 거죠?」

「정말로 한 인물 하지요?」 스타크가 반문했다.

「메일런, 당신도 다쳤나요?」

「아니요, 이것 이외에는.」 그는 약간 부풀어 오른 광대뼈를 가리켰다. 상처의 보라색 일몰(日沒)이 눈 가장자리 쪽으로 번지고 있었다.

키퍼 부인은 스타크의 상처를 살펴보며 혀를 끌끌 찼다.

「거트, 당신의 응급 처치 실력은 어떻게 된 거야?」 워든의 눈빛이 악마처럼 반짝거렸다. 「보수 교육 과정에 다시 들어가야 하나?」

「난 당신이 나를 거트라고 부르지 않았으면 좋겠어요.」키퍼 부인이 짜증 난 목소리로 말했다.「그건 천박해요. 내게 거트루드라는 이름은 언제나 창녀의 뜻을 갖고 있어요.」

워든은 큰 소리로 웃어 젖혔다.

「밀트 워든, 당신이 장난삼아 그렇게 부른다는 걸 알기 때문에 화내지 않고 참는 거예요.」

「미안해요, 거트. 천박한 뜻은 전혀 없다는 걸 당신도 잘 알지 않소.」

「알아요. 그 때문에 당신을 쫓아내지 않을 거예요.」

「자, 거트.」워든이 그녀에게 빙그레 웃었다.

「두 사람은 그런 상태로 다시 밖에 나갈 수가 없어요. 우선 씻어야 해요. 그리고 내게 약간의 여벌 군복이 있으니 그걸로 갈아입도록 해요.」

그녀는 손님을 안내하는 호스티스처럼 그들을 데리고 통로 아래로 내려갔다. 워든은 따라가면서도 계속 웃었다.

「거트, 당신은 직업을 잘못 잡았어. 기숙사 사감을 했더라면 아주 잘했을 거야.」

스타크를 주위를 두리번거리며 따라갔다. 그가 뒤쪽의 〈내실〉에 들어와 본 것은 그때가 처음이었다. 화장실은 여성용 파우더, 연고, 목욕물 세정제, 치자 냄새가 나는 비누 등이 갖추어져 있었다. 그는 목욕 한번 잘하게 생겼군, 하고 생각했다.

「헤이!」스타크가 갑자기 소리쳤다. 그는 호주머니에 손을 찔러 넣고 있었다.「헤이, 내 돈이 없어졌어!」

워든은 웃기 시작했다.「무슨 일이야? 그 백 달러를 잃어버렸단 얘기는 아니겠지?」

「이거 없는데.」스타크가 멍한 목소리로 말했다.

워든은 벽에 기대고서 더욱 커다랗게 웃었다. 스타크는 아직도 주머니를 뒤지고 있었다. 그는 속주머니까지 다 뒤졌으나 돈은 사라지고 없었다. 반으로 접은 지폐 뭉치들이 없어진 것이었다.

「거트에게 플래시가 있다면 그걸 들고 나가 온 골목을 뒤져 볼 수 있겠지. 아참, 잊어버렸네. 지금은 훤한 대낮이지?」 그는 머리를 뒤로 젖히고 양손으로 옆구리를 가볍게 때리면서 웃어 젖혔다.

「골목을 뒤진다는 건 무슨 얘기예요?」 키퍼 부인이 군복을 들고 오면서 물었다.

「오!」 그가 벽에다 대고 머리를 좌우로 굴리면서 말했다. 「이 바보가 싸움 통에 돈을 잃어버렸다는 거야. 내 평생 이런 바보는 처음 보겠네. 왜 돈을 꺼내 들긴 꺼내 들어? 그것 때문에 싸움이 시작되었는지도 몰라.」

「싸움을 시작한 건 당신이었어요.」 스타크가 여전히 호주머니를 뒤지면서 멍한 목소리로 말했다.

「그래, 내가 싸움을 시작했다고 쳐. 그게 자네가 돈 잃어버린 것하고 무슨 상관이야?」

「밀트, 그렇게 웃는 건 야비한 일이에요.」 키퍼 부인이 말했다.

「그렇지.」 그는 말만 그렇게 할 뿐 다시 큰 소리로 웃어 젖혔다.

「메일런, 잃어버린 돈이 얼마나 되는데요?」

「113달러예요.」 스타크가 멍한 목소리로 말했구.

「오, 정말 안되었네요. 내가 뭐 도와줄 일 없어요?」

「저 친구에게 113달러 빌려주면 되겠네.」 워든이 말했다.

「호주머니를 아무리 뒤져도 없네요.」

「술집에서 그처럼 돈을 꺼내 들다니. 틀림없이 어떤 자가 훔쳐 갔을 거야. 난 그게 로즈 년이라고 봐. 틀림없어.」 워든이 말했다.

「아니에요, 그녀는 내 근처에 있지 않았어요.」

「이봐 텍사스 친구, 자네는 재입대하는 게 좋겠어. 그럼 휴 가비가 나오잖아.」

「이거 정말 사람 환장하게 만드는군요. 난 오늘 스케줄 끝났어요. 부대로 돌아가야겠어요.」

「대기실에서 밀트가 끝나기를 기다리면 되지 않아요?」 키퍼 부인이 동정적인 어조로 말했다. 「하지만 오늘은 대기실이 무척 혼잡해서 앉아 있을 자리가 있을지 모르겠군요.」

「우선 이 군복을 입는 게 좋을 것 같습니다.」 스타크가 멍한 목소리로 말했다.

「잠깐만, 아직 가지 마.」 워든이 말했다. 「앞쪽은 아주 혼잡해. 아마도 집 밖에 줄 선 자들이 코너까지 이어져 있을 거야. 배가 들어오는 봉급날보다 더 사정이 나쁠 거라고.」

「그래서요?」 키퍼 부인이 의아한 목소리로 물었다.

「거트, 여기 내 지갑에 206달러가 있어.」 워든이 지갑을 꺼내며 쾌활하게 말했다. 「지금 가서 예쁜 여자 애 둘을 데려오고 이 장소를 오늘 낮 동안 사용하게 해주면 당신에게 150달러를 주지.」

스타크를 고개를 돌려 믿기지 않는 표정으로 워든을 쳐다보았다. 손에는 카키복을 든 채.

「애들은 앞에서 그보다 더 많은 돈을 벌 수 있어요.」 키퍼 부인이 조심스럽게 말했다. 「특히 오늘 같은 날에는.」

「난 그렇게 보지 않는데.」 워든이 무표정하게 말했다. 「그렇지 않으리라고 봐. 좋아, 그러면 이렇게 하자고. 내가 2백 달러를 내놓을게. 단 우리에게 스테이크와 위스키 여섯 병을 추가로 내놓는 조건으로.」

「스테이크!」 키퍼 부인이 말했다. 「갑자기 어디서 스테이크를 구해 와요?」

「농담하지 마. 거트, 나 같은 고참을 해 넘기려고 하지 마. 샤프터의 장교들이 여기 와서 파티할 때를 대비해 스테이크를 쟁여 놓는 것으로 알고 있어. 어떻게 할 거야? 2백 달러에 스테이크와 위스키.」

「글쎄……」키퍼 부인이 마음의 결정을 보지 못하고 말했다.

「요리는 우리가 직접 할게.」워든이 말했다.「난 스테이크 요리하는 거 좋아해. 여기 있는 텍사스 친구는 육군에서 가장 훌륭한 취사반장이야. 스테이크만 내놓으면 취사반장이 다 요리해 준다고. 당신을 위해서도 특별히 하나 구워 주지.」

「어머, 안 돼요!」키퍼 부인이 말했다.「이렇게 신경이 복잡한 날에 스테이크를 먹으면 난 그만 죽어 버릴 거예요.」

「내 제안을 잘 생각해 봐. 이것보다 더 좋은 조건은 아마 없을 거야. 보다 더 짜낼 수 있다고 생각하면 당신은 돈 여자야. 2백 달러는 내가 가진 전부야. 어때? 시간은 거의 정오가 다 되었어.」

「10시 반이에요.」키퍼 부인이 수정했다.

「거의 정오이고, 우리는 통행금지 전에 부대로 돌아가려면 여기서 5시 반에 떠나야 해. 어때? 받아들이든지 말든지 마음대로 해. 오케이?」

「글쎄.」

「오케이해!」워든이 뚝심 있게 밀어붙였다.「받아들여. 나를 사랑한다면, 거트. 늘 나를 사랑한다고 말했잖아.」그는 키퍼 부인의 팔을 잡고 통로를 돌아가며 춤을 추었다.

「제발, 이 손 좀 놔요!」키퍼 부인이 숨도 제대로 못 쉬면서 말했다.

그녀는 얼굴을 붉히며 뒤로 물러서더니 머리카락을 매만졌다.「내가 나가서 애들을 데려올게요. 냉장고와 스토브가 어디 있는지 알죠?」

「내겐 그 새로운 애를 보내 줘, 지네트라는 애.」 워든이 물결치는 눈초리로 말했다.

「좋아요. 메일런, 당신은?」

잃어버린 돈을 써버릴 생각이었던 스타크는 너무 당황하여 대답을 하지 못하고 머리를 긁적였다. 「모르겠어요. 로런?」

「로런은 오늘 〈럴라인〉호를 타고 떠났어요.」 키퍼 부인이 말했다. 「하지만 샌드라는 여기 있어. 다음 달까지는 안 떠나.」

「글쎄.」 스타크가 말했다.

「좋아. 우린 이번에 그 정도의 불편은 참아 줄 수 있어.」 워든이 대신 끼어들며 말했다.

「좋아요. 샌드라도 좋지요.」 스타크가 말했다.

「그럼 애들을 들여보낼게요.」

「스테이크를 프라이해 먹자.」 키퍼 부인이 밖으로 나가자 워든이 말했다. 「지금 즉시. 정말 배가 고프군. 넷이서 스테이크 하나씩 해 먹자.」

「우선 이 군복을 입어야 해요.」 스타크가 말했다.

「내가 스테이크를 올려놓을게.」 워든이 말했다. 「자네는 옷을 입어. 곧 돌아올게.」

「이거 아세요?」 스타크가 흥분된 목소리로 말했다. 「내게 무슨 일이 벌어졌어요. 난 전혀 술 취한 것 같지 않아요. 전에는 이 정도 마시면 무척 취했는데. 변했나 봐요.」

「자네는 전엔 그냥 미국 남자였지. 하지만 이제는 나처럼 국제적인 남자가 되었어. 그건 미국에서 삭제 영화만 보다가 유럽으로 가서 무삭제 영화를 보는 것과 비슷하지. 그래서 전과는 영원히 다른 남자가 된 거야.」

「정말 굉장한 경험인데요.」 스타크가 말했다.

「자네 스테이크를 레어, 미디엄, 웰 중 뭘로 할 건가? 여기선 다 돼.」 워든이 말했다.

「레어.」

두 여자가 방 안으로 들어오자 뒤에서 육중한 철문이 닫혔다. 최고급 포터하우스 스테이크를 굽는 냄새가 이미 방 안에 떠돌아다녔다.

「오!」 키가 작고 가무잡잡한 지네트가 소리쳤다. 「정말 멋진 파티가 되겠네. 나, 멋진 파티 너무 좋아해.」

「저기 계신 분에게 감사드려.」 스타크가 말했다.

스토브 앞에 서 있던 워든은 주걱을 내려놓고 멋지게 목례를 했다. 「어서 와, 이쁜 아가씨.」 그는 그녀를 덜렁 들어서 인형처럼 자신의 무릎에 앉혔다. 「말해 봐, 너 프랑스계야?」

「술은 어디 있어?」 스타크가 물었다.

「엄마 아빠가 프랑스 사람이에요.」 지네트가 말했다. 「야, 이거, 정말 멋진 파티가 되겠네.」

「내가 가져올게요.」 샌드라가 말했다. 「저 늙은 여우에게 뭘 보여 주었어요? 이렇게 화끈한 파티를 허용하게.」

「그럼 너하고 나하고 공통점이 많네.」 워든이 말했다. 「나도 프랑스 조상이 있어.」

「돈을 들이밀었기 때문이지.」 스타크가 말했다. 「술을 가져와.」

「이쁜 아가씨, 말해 봐. 넌 날 사랑해?」 워든이 말했다.

「사랑하고말고요.」 지네트가 행복한 목소리를 내질렀다. 「오늘 같은 날, 저기서 날 꺼내 주는 사람이면 무조건 사랑해요.」

「나도 너를 사랑해.」 워든이 말했다.

「오, 허니.」 샌드라가 술 두 병을 테이블 위에 올려놓으며 말했다. 「내가 당신을 사랑하느냐고요? 난 지난 한 시간 반 동안 배가 고팠어요. 난 당신을 사랑해요.」

「나도 너를 사랑해.」스타크가 말했다.

「나와 이 아기 인형은 저 통로 아래쪽에 좀 다녀올게.」워든이 말했다. 「거기 가서 소꿉놀이 좀 하려고. 스테이크 타지 않나 잘 봐.」

샌드라의 어깨에 팔을 두르고 의자에 같이 앉아 있던 스타크는 고개를 돌려 문 쪽을 쳐다보았다. 워든은 그 문을 통해 밖으로 막 빠져나가고 있었다.

「빨리 돌아와요.」스타크가 말했다.

「스테이크 태워 먹지 마.」워든이 말했다.

1402

제57장

갑판의 산책로 난간에 서서 섬을 돌아보고 있던 캐런 홈스는 너무 아름다운 곳이어서 떠나기가 망설여진다는 생각을 했다.

콘페티[48]가 뿌려지고 해군 군악대가 「알로하 오에」를 연주하고 건널판자 위에 색종이들이 떨어지는 동안 환송객들은 난간 바로 앞에서 작별 인사를 고했다. 이제 캐런이 탄 배가 포트 암스트롱을 출발해 샌드섬 주위의 해협으로 접어들자 흥분하던 승객들은 점점 아래층 객실로 내려갔으나 캐런은 난간에 그냥 서 있었다.

하와이에는 이런 전설이 있었다. 다이아몬드 헤드를 지나갈 때 레이(화환)를 뱃전에서 바다로 던져 보면 하와이에 다시 돌아올지 어쩔지 알 수 있다는 것이다. 돈 블랜딩은 이 전설을 주제로 몇 편의 시를 썼고 또 그걸로 눈물깨나 자아냈다. 캐런은 자신이 하와이에 다시 돌아오리라 생각하지 않았으나 다이아몬드 헤드를 지나갈 때 그 전설을 한번 시험해 볼 생각이었다.

48 *confetti*. 색종이 조각.

그녀는 일곱 개의 레이를 목에 두르고 있었다. 맨 밑에는 연대가 단기 복무자들에게 주는 빨갛고 검은 종이 레이가 놓여 있었다. 위로 올라올수록 화환의 값이 비싸졌다. 장교 클럽에서 준 카네이션 레이, 톰슨 소령의 부인이 준 레이, 홈스의 과거 대대장 부인이 준 레이, 델버트 대령의 아내가 준 생강꽃 레이, 슬레이터 장군이 준 피카키 레이, 그리고 맨 위에 홈스가 아내를 전송하며 준 하얀색 치자꽃 레이가 있었다. 그 일곱 개의 레이는 거의 그녀의 귀에까지 올라와 있었다.

아버지에게 손을 흔들기 위해 난간에 서 있어야 하는 의무로부터 해제된 데이나 주니어는 배의 뒷전에 있는 셔플보드[49] 코트로 가서 다른 두 소년과 서로 어깨를 밀치면서 그 매끈매끈한 나무가 깔려 있는 코트를 시험해 보고 있었다. 아들은 거기에 있으면 안전했고 캐런은 셔플보드에 손상 가는 문제에 대해서는 승무원이 걱정할 문제라고 생각했다. 그건 선상 여행의 한 가지 특혜였고 그녀는 그걸 즐길 생각이었다.

커다란 운송선은 암초를 따라 동쪽으로 해협을 빠져나갔다. 호놀룰루 시의 포트 스트리트와 누우아누 애버뉴가 보였고, 마치 개미탑 같은 형상이었다. 그 뒤의 산 중턱에는 교외의 알록달록한 주택들이 들어서 있었다. 그 집들의 창문은 가끔 햇볕을 받아 명랑하게 반사했다. 그 뒤의 의젓한 열대 산들은 갑자기 초록의 무더기로 쏟아져 내려 인간이 구축한 거리와 집들을 휩쌀 것 같았다. 떠나가는 배와 해안 사이에는 공기 이외에는 아무것도 없었다. 한마디로 일망무제 그것이었는데, 산꼭대기나 바다 한가운데 있을 때 자주 느끼는 느낌이었다. 바다 한가운데서 처다보는 호놀룰루 풍경처럼 아름다운 그림도 없으리라.

49 *shuffleboard*. 원반 밀어 치기.

그녀는 바로 앞의 해안에 케왈로 베이슨이 있는 것을 보았다. 그곳은 낚시 선단을 위한 항구였다. 그 옆으로 모아나 파크와 요트 베이슨이 있었다. 곧 포트 드러시와 와이키키가 나타날 것이었다.

「정말 아름답지요?」 그녀 옆에 서 있던 한 남자가 말했다.

그녀는 고개를 돌려 그 남자를 쳐다보았다. 배가 부두를 떠날 때부터 그녀 옆에 있었던 항공대 소속 젊은 중령이었다. 그는 캐런으로부터 몇 걸음 떨어진 곳에 서서 팔꿈치로 난간을 짚은 채 아쉬운 미소를 짓고 있었다. 부두가 시야에서 사라지고 승객들이 선실로 흩어졌을 때 그 중령은 난간 위쪽으로 옮겨 갔다가 어디론가 사라졌다. 아마도 갑판을 한번 둘러보려는 생각이었을 것이다. 그때부터 그녀는 그 중령의 존재를 까맣게 잊어버렸다.

「정말 그래요. 너무 아름다워요.」 그녀가 미소 지었다.

「이곳은 내 평생 가장 아름다운 곳이었어요._ 젊은 중령이 말했다. 「이런 곳에서 상당 기간 살았다니 영광이죠.」 그는 뱃전으로 담배꽁초를 버리고 마치 운명적인 어깻짓을 하는 것처럼 양다리를 엑스자로 꼬았다.

「나도 똑같은 심정이에요.」 캐런은 중령치고는 너무 젊다는 생각을 지울 수가 없었다. 하지만 항공대는 그처럼 진급이 빠른가 보다, 하고 짐작했다.

「이제 나는 배를 타고 워싱턴으로 귀국하는 겁니다.」 그가 말했다.

「왜 당신 같은 비행사를 배 태워 보내죠? 비행기 타고 가야 하는 거 아니에요?」

그는 자신의 왼쪽 가슴 부분을 비난하듯 쓰다듬어 보였다. 거기에 몇 개의 훈장이 있기는 했지만 날개 표시는 없었다.

「난 비행사가 아닙니다. 행정실 소속이에요.」

캐런은 행정실이라는 말에 가슴이 뜨끔했으나 그것을 내색하지는 않았다. 「그래도 비행기 타고 갈 수 있는 거 아니에요?」

「우선순위라는 게 있어요, 부인. 아무도 그게 정확히 뭔지 모르지만 우선순위에서 밀려나 배를 타고 가게 되었습니다. 난 비행기를 타면 멀미를 하는데 반대로 배를 타면 멀미를 안 합니다. 창피한 일이죠.」

두 사람은 웃음을 터뜨렸다.

「그게 운명입니다. 그 때문에 조종사가 되지 못했어요. 내 귀에 문제가 있다는 겁니다.」 그는 그게 일생의 커다란 비극인 것처럼 말했다.

「그건 안됐네요.」 캐런이 말했다.

「이제 전쟁이 터졌습니다. 그리고 나는 이제 아는 사람이 하나도 없는 워싱턴으로 배속되었습니다. 전쟁 수행 노력을 지원하라는 거지요. 나는 하와이에서 2년 반을 근무하면서 이곳을 속속들이 알게 되었습니다.」

「난 워싱턴에 아는 사람이 좀 있어요.」 캐런이 말했다. 「배에서 내리기 전에 그 사람들의 주소를 일러 드릴 수도 있어요.」

「정말로 그래 주시겠습니까?」

「그럼요. 물론 그들 중 상원 의원이나 위원장 같은 사람은 없어요. 그런 사람들은 이블린 월시 맥린을 알지 못해요.」

「선물받은 말의 이빨은 들여다보지 말라는 말이 있습니다.」 젊은 중령이 말했다.

두 사람은 다시 웃음을 터뜨렸다.

「하지만 그들은 다 좋은 사람이에요. 내 고향은 볼티모어예요.」

「아, 그래요! 그리로 돌아가시는 건가요?」

「예, 우리 아들하고 나하고요. 전쟁 기간 동안.」

「그럼 6개월 이상 계시겠군요. 당신의 아들하고요?」

「저기 저 애 있죠? 덩치 큰 애.」

「상당히 큰 소년 같은데요.」

「그렇죠. 벌써 웨스트포인트에 가겠다고 난리예요.」

젊은 중령은 그녀를 쳐다보았고 캐런은 혹시 비아냥거리는 어조로 말한 게 아닐까 의심이 들었다.

「전 ROTC 장교입니다.」

그는 청년 같은 얼굴을 들어 그녀를 다시 한번 쳐다보더니 난간에서 일어섰다. 캐런은 그가 칭찬의 뜻으로 그런 말을 했다고 느꼈다. 「그럼 또 뵙겠습니다. 아까 말한 사람들의 주소 잊지 마십시오. 그리고 해안선을 너무 오래 쳐다보지 마십시오. 눈이 쉬 피로해집니다.」

그러고 나서 그는 양손으로 난간을 잡았다. 「저게 로열 하와이언 호텔입니다.」 그가 아쉬워하는 목소리로 말했다. 「하와이에서 가장 아름다운 칵테일 라운지를 갖고 있죠. 저기서 쓴 돈을 1달러에 10센트 꼴로 저금했더라면 투자는 못 되었을지라도 포커 자금은 단단히 챙길 수 있을 겁니다.」

캐런은 고개를 돌려 그쪽을 쳐다보았다. 저 멀리 해안의 초록 사이로 낯익은 핑크색이 보였다. 그녀가 하와이에 입항할 때 사람들이 처음으로 가리킨 건물도 그 호텔이었다. 그게 근 2년 전의 일이었다. 로열 하와이언 옆에 모아나가 하얀색으로 번쩍거리고 있었다. 그녀가 하와이에 처음 도착할 때 모아나를 가리켜 보인 사람은 아무도 없었다.

그녀가 다시 고개를 돌려 보니 중령은 사라지고 없었다. 그녀는 저쪽에 검은 옷을 입은 여인 한 명을 제외하고 이제 난간에 혼자였다.

캐런 홈스는 이제 사랑이 끝나 버려서 약간의 안도감을 느꼈다. 방금 전에는 젊은 중령으로부터 칭찬을 받기도 했다. 그녀가 선수 쪽을 바라보고 있는데 다이아몬드 헤드가 서서히 다가왔다.

만약 뱃전에서 내버린 레이가 해안 쪽으로 흘러가면 그 사람은 하와이로 되돌아온다. 바다 쪽으로 흘러가면 되돌아오지 않는다. 그녀는 화환 일곱 개를 모두 내던질 생각이었다. 가지고 있다가 시드는 몰골을 쳐다보기보다 그게 더 나았다. 그러다가 연대에서 준 빨간색과 검은색의 종이 레이는 가지고 있기로 생각을 고쳐먹었다. 기념품으로. 연대에 근무하다가 본국으로 돌아가는 사병들은 신발장에 이런 레이 하나쯤 보관하고 있으리라. 캐런은 지난 10개월 동안 사병들의 생활 방식에 대하여 새로운 이해, 강력한 친화감을 갖게 되었다.

「정말 아름답죠?」 난간 아래쪽에 있는 검은 옷을 입은 여자가 말했다.

「그래요, 정말로.」 캐런이 미소 지었다.

그 여자는 난간 쪽으로 향해 우아하게 한두 걸음을 내디디더니 멈추어 섰다. 그녀는 레이를 두르고 있지 않았다.

「이런 아름다운 풍경을 두고 가기가 싫어요.」 그녀가 부드럽게 말했다.

「그래요.」 캐런은 아까 하던 생각을 멈추었다. 그녀는 그 검은 옷 입은 여인을 아까 부두에서 눈여겨보았다. 그녀의 자세나 몸가짐으로 보아 하와이에 영화 찍으러 왔다가 공습으로 발 묶인 영화배우가 아닐까, 하는 생각이 들었다. 그녀가 입고 있는 검은색 옷은 단순해 보이지만 실은 세련되고 값비싼 것이었다. 그 여자는 영화배우 헤디 라마와 아주 비슷했다.

「여기서 보면 저기에서 정말 전쟁이 있었을까 의문이 들어요.」 그 여자가 말했다.

「정말 평화롭게 보이죠.」 캐런이 미소 지었다. 캐런은 그녀의 장신구를 슬쩍 살펴보았다. 오른손에 낀 반지와 진주 목걸이. 단순해 보이면서도 아주 완벽한 보석이었다. 진주는 양식 진주 같아 보이지 않았다. 저런 단순한 세련됨은 아무나 갖출 수 있는 게 아니었다. 캐런도 한때는 몸치장에 무척 신경을 썼으나 지금은 그렇지 않았다. 두 사람의 하녀로부터 도움을 받거나 본인이 엄청난 시간을 써가며 공을 들여야 하는 것이다. 그런 완벽한 세련됨을 바라보고 있노라니 캐런은 자신이 늙었다는 생각이 들었다. 어린 아들을 데리고 있는 여인은 저런 젊은 여인과 경쟁을 할 수가 없는 것이었다.

「여기서 내가 일했던 곳이 보이는 듯하군요.」

「어디였는데요?」 캐런이 물었다.

「그것을 당신에게 말씀드릴 수는 없어요. 그 빌딩을 알고 있지 않으면 그게 보이지 않아요.」

「어디서 일했어요?」 캐런이 웃으며 답변을 재촉했다.

「아메리칸 팩터스 회사요. 난 개인 비서였어요.」 그녀는 천천히 고개를 돌려 캐런에게 미소 지었다. 어린애 같은 얼굴은 햇빛을 거의 받지 않아 창백해 보였다. 중간을 가른 검은 머리는 어깨에서 찰랑거리고 있었다.

꼭 마돈나같이 생긴 얼굴이네, 하고 캐런은 생각했다. 그녀를 쳐다보는 것은 미술관에 걸린 그림을 쳐다보는 것 같았다.

「그런 회사라면 계속 다니는 게 좋지 않았어요?」

「나는…….」 그 마돈나 같은 얼굴에 그림자가 드리워졌다. 「좋은 직장이었지요. 하지만 머무를 수가 없었어요.」

「미안해요. 당신의 일을 들추어내려는 것은 아니었어요.」

「괜찮아요.」 그 아름다운 여인은 미소 지었다. 「약혼자가 지난 12월 7일 전사했어요.」

「오, 저런. 정말 안되었군요.」 캐런이 충격을 받으며 말했다.

그 여인은 다시 미소를 지었다. 「그 때문에 여기 더 오래 머물지 못하게 되었어요. 우린 다음 달에 결혼할 계획이었어요.」 그녀는 고개를 돌려 다시 해안 쪽을 쳐다보았다. 그 사랑스러운 마돈나의 얼굴에 슬픔과 수심이 가득했다. 「난 이 섬을 사랑해요. 하지만 여기 계속 있을 수가 없어요.」

「그렇군요.」캐런은 무슨 말을 해야 할지 몰라 중얼거렸다. 때때로 남에게 이야기를 하면 도움이 되었다. 특히 그 상대가 다른 여성이라면. 가장 좋은 방법은 그녀가 계속 이야기하도록 내버려 두는 것이었다.

「그는 이 섬에 1년 전에 왔어요. 난 그 직후 따라와서 직장을 잡았어요. 그이 곁에 있으려고. 우린 열심히 돈을 저축했어요. 카이무키에 작은 집을 하나 살 계획이었어요. 결혼 전에 말이에요. 그는 곧 다른 곳으로 옮겨 갈 계획이었어요. 내가 왜 여기 머무르지 않으려 하는지 아시겠죠?」

「예.」캐런이 멍하니 대답했다.

「죄송해요. 당신을 나의 통곡의 벽으로 삼을 생각은 아니었어요.」그 여자가 밝게 웃었다.

「얘기하고 싶으면 계속 얘기해요.」캐런이 미소 지었다. 이런 젊은 부부의 용기와 뚝심, 그 미지의 영웅들이 이 나라의 승전을 미래의 확실한 사항으로 만들어 주고 있는 것이었다. 그런 용기를 목격하고 보니 캐런은 자신이 보잘것없는 게으름뱅이라는 생각이 들었다.

그 여인은 고맙다는 듯 목례를 하면서 해안을 다시 쳐다보았다. 그들은 이제 다이아몬드 헤드를 지나쳤고 뭉툭한 코코 헤드가 다가오고 있었다.

「그는 히컴 기지에서 근무하는 폭격기 조종사였어요.」그녀가 물 위에다 대고 말했다. 「공습 날, 비행기를 격납고 앞의 광장에서 옹벽 쪽으로 옮기려고 했어요. 그때 그들이 날아와 폭격을 했어요. 당신은 아마 그 소식을 신문에서 읽었을 거예요.」

「아니요, 읽지 못했어요.」캐런이 충격 받은 목소리로 말했다.

「그이는 그 공로로 은성 훈장을 받았어요. 그이의 어머니

한테 훈장을 보냈다고 하더군요. 그이 어머니는 내게 편지를
써서 그 훈장을 내게 주고 싶다고 했어요.」
「그분은 정말 자상한 분이로군요.」 캐런이 갈했다.
「아주 좋은 분이에요. 그이는 유서 깊은 버지니아 가문 출
신이에요. 프리윗 가문이라고. 그들은 독립 전쟁 이전부터 거
기서 살았어요. 그이의 증조부는 남북 전쟁 때 리 장군 밑에
서 장군으로 복무했어요. 그래서 그이의 이름이 로버트 E. 리
프리윗이에요.」
「누구요?」 캐런이 멍한 목소리로 물었다.
「로버트 E. 리 프리윗.」 그녀는 울먹이는 목소리로 말했다.
「좀 기이한 이름처럼 들리지 않아요?」
「아니요, 멋진 이름인데요.」
「오, 밥, 밥, 밥, 밥.」 그녀가 바다를 내려다보며 떨리는 목
소리로 말했다.
「자, 자, 진정하세요.」 캐런은 자신의 마음속에 가두어 두었
던 슬픔이 웃음으로 막 터져 나오려는 것을 억지로 참으면서
말했다. 캐런은 여자의 등에 팔을 둘렀다. 「진정하세요.」
「난 괜찮아요.」 그녀가 헐떡이는 목소리로 달했다. 그녀는
손수건으로 눈 가장자리를 찍어 냈다.
「당신을 선실까지 바래다드리지요.」 캐런이 제안했다.
「아니요, 이제 정말 괜찮아요. 당신에게 큰 실례를 저질렀
군요. 정말로 고마워요. 그리고 이해해 주세요._
그녀는 선실 쪽으로 걸어갔다. 단순하면서도 값비싼 옷을
입은 그녀의 자세와 몸가짐은 정말 단정했고 진짜처럼 보이
는 진주 반지와 목걸이는 아주 세련되었다. 그녀는 『보그』의
한 페이지에서 금방 걸어 나온 듯했다.
캐런은 그녀의 등을 쳐다보며 그래 저 여자가 뉴콩그레스
의 로런이구나, 하고 중얼거렸다. 캐런으로서는 직업 창녀를

1411

만난 게, 아니 창녀의 정체를 알아본 게 그때가 처음이었다.

「당신의 친구인가요? 정말로 미인인데요.」 어디선가 갑자기 나타난 젊은 중령이 물었다.

「정말 아름답죠?」 캐런은 여전히 미친 듯 웃어 버리고 싶은 욕망을 억누르며 말했다. 「난 그녀의 이름을 몰라요. 하지만 당신에게 소개해 드리는 걸 생각해 볼 수는 있어요.」

「아니요.」 젊은 중령이 사라져 가는 그녀를 쳐다보며 말했다. 「너무 미인이라서 사람을 불편하게 만듭니다. 그녀는 뭘 하는 사람입니까, 영화배우?」

「아니요, 연예계 사람은 아닌 것 같아요. 게다가 당신에게 소개해 줄 상황도 아닌 것 같아요. 그녀의 약혼자가 12월 7일에 전사했답니다. 히컴의 폭격기 조종사였대요.」

「오, 정말 안된 일이로군요.」 젊은 중령이 슬픈 목소리로 말했다.

「충격이 컸나 봐요.」 캐런이 말했다.

「나도 12월 7일 히컴에 있었습니다. 그의 이름이 무엇인데요? 혹시 나도 알지 모르겠습니다.」

「프리윗, 로버트 E. 리 프리윗. 유서 깊은 버지니아 가문 출신이래요.」

「모르겠는데요.」 젊은 중령이 침울한 목소리로 말했다. 「내가 잘 모르는 사람인 것 같습니다. 히컴에는 폭격기 조종사가 많으니까. 상당수가 전사했지요.」

「그는 은성 훈장을 받았대요.」 캐런은 마음속으로 다소간 씁쓸함을 느끼며 그 말을 했다.

「그렇다면 나도 그 사람을 알 텐데. 하지만 솔직히 털어놓고 말해서 군 당국은 이번에 은성 훈장을 많이 수여했어요. 사후(死後)든 아니든. 히컴 사람들이 많이 받았지요. 그래서 훈장 자체는 별게 아닙니다.」

「그런 것 같군요.」

「나도 하나 받았습니다.」

캐런은 그의 셔츠를 쳐다보았다. 그의 자심(紫心) 훈장 옆에 은성 훈장이 달려 있었다.

「사실 난 공로랄 게 없었어요. 포탄의 충격으로 앉아 있던 자리에서 좀 날아가 떨어진 것 이외에는. 훈장을 받아서는 안 되는 건데, 그래도 받았습니다.」 그는 약간 디안한 표정을 지으며 말했다.

「받지 못할 이유도 없는 것 같군요.」

「받아야 할 자격이 충분한데도 받지 못한 사람들이 많이 있습니다.」

「당신이 훈장을 거절한다고 그들에게 도움이 되는 것도 아니잖아요.」

「그래요. 나도 그렇게 말하며 나 자신을 위로했지요.」 그는 난간에 팔꿈치를 내려놓고 양 발목을 X자로 교차시켰다. 「아까 당신의 고향이 볼티모어라고 하셨지요. 제가 근무하러 가는 곳은 워싱턴이고. 참 세상은 좁아요.」

「정말 그래요. 그리고 점점 더 좁아지고 있어요.」 이제 저 사람은 내게 데이트 신청을 해오겠구나. 워싱턴에서 심심할 때 연락해서 만날 수 없겠느냐고 하겠구나.

하지만 중령은 그런 제안을 하지 않았다.

「점심때 몇 번 테이블입니까?」 그가 물었다.

「11번요. 당신은요?」

「11번입니다.」 젊은 중령이 빙그레 웃었다. 「정말 우연의 일치로군요.」 그는 난간에서 팔꿈치를 떼었다. 「점심때 봅시다. 지금은 좀 할 일이 있어서.」

「좋아요. 나도 실은 짐 정리를 해야 돼요.」

그녀는 그가 걸어가는 것을 지켜보았다. 하지만 그는 몇 걸음 걸어가다가 되돌아왔다.

「사실 저는 11번 테이블이 아니라 9번 테이블입니다. 아까 거짓말을 했어요. 하지만 점심때 11번에 앉을 겁니다. 반드시 그렇게 하겠어요.」

「그렇게 하느라고 너무 당신 자신을 피곤하게 만들지 마세요.」 캐런이 미소 지었다.

「알겠습니다. 이따가 11번에 앉아도 괜찮겠지요?」

「괜찮아요. 오히려 그렇게 말해 줘서 고마워요.」

「그렇게 해야 할 것 같습니다.」 그는 그녀를 조심스럽게 그러나 공손하게 쳐다보다가 미소 지었다. 「그럼 이따가 점심때 봅시다.」

「그러죠.」 그녀는 고개를 돌려 아들이 셔플보드에서 어떻게 놀고 있는지 살폈다. 아이들은 모두 다섯 명이었는데, 게임을 하고 있었다.

젊은 항공대 중령도 아이들을 쳐다보다가 그녀에게 고개를 돌려 미소 지었다. 캐런은 몸을 돌려 다시 바다를 내려다보았다.

그들은 이미 오래전에 다이아몬드 헤드를 지났다. 이제 코코 헤드도 거의 다 지나 고래의 머리를 연상케 하는 크고 둥그런 산의 동쪽을 향해 나아가고 있었다. 그녀는 하나우마 베이 위의 벼랑 꼭대기에 마련되어 있는 움푹 들어간 주차장을 보았다. 이렇게 먼 바다에 나와 있기 때문에 거기에 그런 시설이 있다는 것을 미리 알지 않으면 볼 수가 없는 풍경이었다.

그녀 뒤에 있는 다섯 명의 아이들은 이제 일곱 명으로 늘어났다. 그들은 이제 셔플보드는 잊어버리고 엄지와 검지를 오므려 쥐고, 코너와 칸막이 막대 뒤에서 〈빵빵〉 소리를 지르며 가짜 총싸움을 하고 있었다.

그녀는 목에서 여섯 개의 레이를 떼어 내 배 옆으로 내던졌

1414

다. 그곳은 다이아몬드 헤드 못지않게 레이를 버리기 좋은 곳이었다. 다이아몬드 헤드, 코코 헤드, 마카푸우 헤드. 어쩌면 그중에서 코코 헤드가 제일 좋은 곳일지도 몰랐다. 여섯 개의 레이가 떨어지는 순간 바람이 불어와 배 뒤쪽으로 레이를 날렸고 그리하여 그녀는 레이가 물 위에 떨어지는 순간을 보지 못했다.

「엄마.」아들이 등 뒤에서 그녀를 불렀다. 「배고파. 이 낡은 배에서 밥 먹는 시간은 언제야?」

「곧 점심시간이야.」

「엄마, 전쟁은 오래 끌어서 내가 웨스트포인트를 졸업하고 참전할 때까지 기다려 줄까? 제리 윌콕스는 그 정도로 오래 끌지는 않을 거래.」

「그래, 그렇게 오래가지는 않을 것 같구나.」

「아쉬운데, 엄마. 난 정말 전쟁에 참가하고 싶은데.」

「얘야, 힘을 내. 그리고 그것 때문에 걱정하지 마. 이번 전쟁에는 참가 못 해도 다음번 전쟁에는 참가할 수 있을 거야.」

「정말 그렇게 생각해, 엄마?」아들이 안타까운 목소리로 물었다.

〈재입대 블루스〉

월요일에 제대비를 받았지
난 이제 더 이상 땅개가 아니야.
군에서 너무 많이 돈을 주어
내 호주머니가 빵빵했지.
쓸 돈이 아주 풍부했지, 재입대 블루스.

화요일에 쇠푼을 들고 시내로 나갔어.

더블베드가 놓인 방을 하나 잡았지.
내일은 직장을 잡아야지. 하지만
오늘 밤 너는 죽어 버릴지도 모르잖아.
낭비할 시간이 없어, 재입대 블루스.

수요일에는 바를 순례했지.
내 친구들은 나를 왕좌에 올려놓았지.
중국계 혼혈 여자 애를 하나 만났어.
나를 가만히 놔두지 않겠다고 하더군.
내가 그년을 때렸나? 재입대 블루스!

목요일에 잠을 깨보니
머리가 깨지는 것처럼 아프더군.
내 바지의 호주머니를 뒤져 보니
돈이 모두 사라져 버리고 없더군.
그년이 내 머리를 홱 돌게 했어, 재입대 블루스.

금요일에 바를 다시 찾아가서
공짜 맥주를 한 잔 청했어.
내 친구들은 모두 사라졌어.
술집 점원이 말하더군. 꺼져, 이 병신!
내가 그다음에 어떻게 나왔겠나. 재입대 블루스.

토요일엔 차가운 영창에 갔지.
벤치 위에 서서 창살 밖을 내다보았어.
사람들이 많이 지나가더군.
그들은 모두 행복하게 외출 중이었어.
이젠 내가 선택을 해야 할 시간이었어, 재입대 블루스.

일요일엔 공원에서 잠을 잤지.
사람들이 모두 교회에 가더군.
배는 텅 비어서 고프고.
난 아주 더러운 상황에 놓였지.
땅개는 교회의 신자석도 없어, 재입대 블루스.

그래서 월요일엔 재입대를 한 거야.
약간 슬프고 속이 울렁거리더군.
나의 멋진 계획과 풍부한 돈은
계집의 사타구니 속으로 사라져 버렸지.
사내들은 언제나 지는 것 같아, 재입대 블루스.

그러니 내 한마디 하겠네, 단기 근무자들아,
이 똥통에 아예 들어오지 말라고.
아예 죽어서 이 세상 사람이 아니거나
30년쟁이거나 둘 중 하나야.
재입대 심사 위원들은 나를 우울하게 해, 재입대 블루스.

역자 해설
지상에서 영원으로 저주받은
어린 양들의 추억

이것은 제임스 존스(1921~1977)의 데뷔작이며 출세작인 『지상에서 영원으로*From Here to Eternity*』(1951)를 완역한 것이다. 이 작품은 미국 랜덤하우스가 선정한 20세기를 빛낸 영미권 소설 백 권 중 하나로 뽑혔으며, 출판된 해인 1951년에 하드커버만으로 24만 부가 팔리는 기염을 토하며 미국 내에서 베스트셀러 1위를 기록했다. 1953년 영화로 제작되어 몽고메리 클리프트(프리윗), 버트 랭커스터(앤서니 워든), 데보라 카(캐런 홈스), 프랭크 시나트라(앤절로 마지오), 도나 리드(앨마 슈미트), 어니스트 보그나인(저드슨 중사) 등의 호화 배역이 출연하여 공전의 대히트를 기록했으며, 한국 전쟁 직후인 1954년 피난지 부산에서 「애수」와 함께 상영되어 많은 한국 영화 팬들의 사랑을 받았다. 그 후 텔레비전 주말의 명화 단골 메뉴에 올라 여러 번 방영된 바 있다. 이 소설은 1982년 국내에서 3권으로 번역 출판된 바 있으나 당시 번역된 것은 전체 분량(2백 자 원고지 6천 매) 중 약 15퍼센트(9백 매)가 삭제된 불완전한 번역본이었다. 따라서 원문을 단 한 줄도 빼놓지 않고, 온갖 군대 은어와 비속어를 있는 그대로 번역한 것은 이 번역본이 처음으로서, 사실상 국내 최초의 완

1419

역본이다. 이 글은 작가의 생애, 작품의 배경, 작품의 해설로
이루어져 있다.

작품 세계

제임스 존스는 1921년 미국 일리노이주 로빈슨에서 태어나
고향에서 고등학교를 졸업하고 1939년 육군에 입대했다. 제2
차 세계 대전 전이던 1940~1941년에 미 육군 보병 제25사단
소속으로 하와이에서 근무했고, 미국이 제2차 대전에 참가하
면서 남태평양 솔로몬 제도의 과달카날 전투에 참전했다. 이
곳에서 전투 중 부상을 입어 1943년 테네시주 멤피스의 케네
디 육군 병원에서 8개월간 치료를 받았고 1945년 3년 차 근
무를 2회 완료하고 제대했다. 제대 후 소설 쓰기에 몰두하여
일리노이주 로빈슨에서의 성장 시절을 묘사한 자전 소설『그
들은 웃음을 상속할 것이다*They Shall Inherit the Laughter*』
를 써서 찰스 스크라이브너즈사의 편집 부사장인 맥스웰 퍼
킨스를 찾아갔다.

퍼킨스는 당대의 신진 작가들인 링 라드너, 스콧 피츠제럴
드, 어니스트 헤밍웨이, 토머스 울프 등을 발굴하여 문단에
진출하게 만든 뛰어난 편집인이었다. 특히 토머스 울프가 쓴
80만 자(2백 자 원고 1만 2천 매)의 방만한 자전적 장편소설
『천사여 고향을 보라』(1929)가 여러 출판사에 의해 거절당했
으나, 퍼킨스가 작품의 진가를 알아보고 작가를 설득하여 3분
의 1 분량으로 줄여서 히트시켰다. 토머스 울프는 이러한 지원
에 대한 고마움의 표시로 제2작인『시간과 강에 대하여』(1935)
를 퍼킨스에게 헌정했다.

제임스 존스가 소설 쓰기에 매진하게 된 것은, 토머스 울

프의 데뷔작과 제2작을 읽고 나서였다고 한다. 그 두 소설이 바로 자신의 얘기를 그대로 닮았다고 느꼈고, 이렇게 소설을 쓰는 것이라면 자신도 충분히 쓸 수 있다는 자신감을 얻었다. 존스가 자신의 자전 소설을 써서 1945년 맥스웰 퍼킨스를 찾아간 것은 어쩌면 당연한 결과였다. 퍼킨스는『그들은 웃음을 상속할 것이다』를 읽고서 이대로 출판은 불가능하다고 판단하여 원고를 돌려보냈지만 작가의 재능을 알아보고 다른 경험을 묘사한 자전 소설을 써보라고 권했다. 퍼킨스는 그냥 써보라고 막연하게 말한 것이 아니라 아직 쓰지도 않은 소설에 대하여 선인세를 미리 지불하면서 존스를 격려했다. 이렇게 해서 쓰게 된 소설이 존스의 데뷔작이며 출세작인『지상에서 영원으로』이다. 그러나 맥스웰 퍼킨스는 이 소설의 간행을 보지 못하고 1947년 63세로 사망했다. 제임스 존스는 퍼킨스에 대한 감사의 뜻을 소설 맨 뒤의「감사의 말」에 이렇게 적고 있다.

　고(故) 맥스웰 E. 퍼킨스 씨에게 진정으로 고마움의 뜻을 전하고 싶다. 그는 이 소설의 착수를 지원했을 뿐만 아니라 그가 사망하기 바로 전까지도 이 소설의 완성을 독려하며 온갖 지원을 아끼지 않았다.

『지상에서 영원으로』는 출간 즉시 대히트를 쳐서 베스트셀러 1위에 올랐으며, 1952년에는 전미 도서상을 수상했고, 1953년에는 영화로 만들어졌다. 하와이에 주재하고 있는 미국 군대의 잔인하면서도 추악한 실상을 폭로하고 있는 이 소설은 엄청난 화제와 비난의 폭풍을 불러일으켰으며 많은 사람들이 이 소설의 속된 언어와 잔인한 사건에 충격을 받았다. 어떤 사람들은 그 생생한 묘사와 강력한 흡인력을 높이 칭찬했다. C. J. 롤로는 〈그 엄청난 추진력을 감안하면 뛰어난 성취를 이룬 작품이라고 하지 않을 수 없다〉라고 말했다. 그러나 잡지 『뉴요커』는 〈현실적이고 힘찬 소설이라는 것은 인정하지만, 온갖 비속어와 외설어를 수용할 수 있는 영어의 흡인력에 의존한 바 크다고 할 것이다. 이것은 뭔가 간절히 말하고자 하는 사람이 쓴 소설이다〉라고 다소 비판적으로 평가했다.

그가 내놓은 두 번째 소설 『어떤 사람들은 뛰어서 왔다*Some Came Running*』(1957)는 『그들은 웃음을 상속할 것이다』를 다시 손보아 내놓은 것이었다. 『지상에서 영원으로』의 영화화가 대히트를 했기 때문에 이 두 번째 작품도 영화화되었다. 프랭크 시나트라, 딘 마틴, 셜리 매클레인이 출연했고, 여러 개의 오스카상을 수상했다. 그러나 문학 비평가들은 〈한없이 따분한 작품〉이라고 평가하면서 존스의 철자 오용, 구두점 미비, 문법적 오류 등을 혹독하게 비평했다. 존스는 데뷔작의 성공으로 벌어들인 돈으로 일리노이주 마셜에 작가촌을 건설하는 데 재정적으로 후원했다. 이 작가촌은 당시 그의 애인이었던 로니 핸디가 조직했다. 핸디는 그 당시 유부녀이면서도 존스와 사랑에 빠졌다. 핸디는 작가가 『지상에서 영원으로』의 「감사의 말」에서 〈일리노이주 로빈슨의 해리 E. 핸디 부부에게도 감사드린다. 이들의 도움이 없었더라면 나는 작가로 입신할 생각을 하지 못했을 것이다. 7년 동안 정신적·물질적 후원을 아끼지 않아 그것이 내게 커다란 영양분이 되었다〉라고 말한 바로 그 부부였다.

젊은 작가들의 글쓰기를 적극적으로 후원한다는 명목 아래 건설된 이 유토피아적 공동체는 몇 년 뒤 해체되고 말았다. 로니 핸디가 공동체를 방만하게 경영하고 존스가 다른 소설 집필에 몰두했기 때문이었다. 게다가 존스는 새로 만난 애인 글로리아 모솔리노와 결혼하여 1958년 프랑스로 이주했다. 존스와 모솔리노 사이에는 케일리 존스라는 딸이 있는데, 이 딸은 나중에 작가가 되어 『1960년대에 파리에 거주하던 존스 일가의 회고록』을 써냈다. 1998년에는 이 딸의 소설이 영화화되기도 했는데, 제임스 존스의 『가느다란 붉은 줄 *The Thin Red Line*』의 리메이크 영화 「신 레드 라인」(감독 테런스 맬릭)도 1998년에 다시 나오는 바람에 존스의 작품과 일생이 다시 조명을 받았다. 존스의 제3작 『피스톨 *Pistol*』(1959)은 좋은 반응을 얻었고 『뉴욕 타임스』는 아주 예리하면서도 탁월한 경장편이라고 평가했다.

존스는 평론가들의 지적을 명심하여 과달카날 전투를 배경으로 한 『가느다란 붉은 줄』(1962)에서는 철자 오용이나 문법적 오류가 없는 완벽한 문장을 구사했다. 이 작품은 존스가 구성한 3부작의 두 번째 것인데 『지상에서 영원으로』에 나오는 세 명의 주인공, 워든 상사, 프리윗 이등병, 스타크 취사반장을 웰시 상사, 위트 이등병, 스톰 취사반장으로 바꾸어 등장시켰다. 존스는 원래 프리윗 이등병을 살려 두어 3부작을 완성시키겠다는 구상을 갖고 있었으나 프리윗이 『지상에서 영원으로』의 말미에서 사망하자 할 수 없이 이렇게 다른 이름의 유사한 인물들을 등장시키게 되었다고 말했다. 『가느다란 붉은 줄』도 1964년에 영화화되었고 흥행에 성공했으며, 그 덕분에 1998년에 리메이크되었다.

존스는 1958년 파리로 건너간 이래 17년 동안 그곳에 머물면서 작품 활동을 했다. 1970년 과도한 음주와 과로로 심장병을 앓기 시작하여 그 후 두 번의 심각한 심장병 재발이 있었다. 자신의 건강을 우려하던 존스는 1975년 귀국하여 롱아일랜드에 정착했고, 이때 3부작의 마지막 작품인 『휘파람 *Whistle*』을 썼다. 하지만 총 34장 중 31장 중간 부분까지만 집필하고 사망했다. 나머지는 그의 문학 대리인인 윌리 모리스가 존스의 노트와 녹음테이프에 의존하여 완성했다. 제임스 존스는 1977년 5월 9일 뉴욕 롱아일랜드에 있는 사우샘프턴 병원에서 충혈성 심장병으로 사망했다. 향년 56세였다.

작품 배경

『지상에서 영원으로』의 무대는 하와이 제도 중 오아후섬이다. 이 섬에는 호놀룰루시가 있으며 그 인근에 유명한 와이키키 해변이 있다. 오아후섬의 대표적 장소인 와후, 와히아와, 카네오헤, 마카푸우 헤드 등의 이름이 소설 속에 자주 등장한다. 작중 인물들은 대부분 군인으로서 하와이에 주둔 중인 미 보병 제25사단 소속이다. 그러나 작품 중에서는 스코필드 부대 혹은 보병 제○○연대 G 중대로 나오고 있다. 작품의 시기는 1941년 2월에서 1942년 1월 6일까지이며 일본의 진주만 공습은 1941년 12월 7일에 있었다. 이 당시 하와이는 아직 미국의 정식 주는 아니고 준주(準州) 상태였으며 1959년에 가서야 비로소 미국의 50번째 주 자격을 획득했다.

1941년 당시 유럽에서는 이미 세계 대전이 2년째 전개되고 있었으나 미국은 아직 전쟁에 참가하지 않은 상태였다. 그러나 언젠가 미국이 참전하게 되리라는 소문이 미 육군 내에 널리 퍼져 있었다. 미국의 해외 변경인 하와이 주둔 25사단에서는 아무도 이 먼 섬을 공격해 오지 않을 것이라고 방심하는 마음이 퍼져 있었다. 그러다가 일본에게 불의의 일격을 받게 된다. 미국이 아직 참전을 안 했기 때문에 1941년 당시 미 육군의 사병들은 대부분 지원병이었고 이 소설의 후반부에 가면 징집병에 대한 얘기가 언급된다.

이 소설 속의 사병 계급은 PVT, PFC, CPL, SGT의 4등급으로 되어 있다. PVT는 *Private Second Class*(이등병)로서 한국 군대로 치면 이등병과 일등병에 해당한다. PFC는 *Private First Class*(일등병)로서 한국 군으로 치면 상등병과 병장이다. CPL부터는 *non-commissioned officer*(NCO: 부사관)라고 하는데 CPL은 *Corporal*의 약자로서 하사, *Sergeant*는 *Staff Sergeant*인 중사와 *Master Sergeant*인 상사 등으로 구분되며 중대 내에서 중대장을 대신하여 행정과 인사 전반을 장악하는 인사계는 *First Sergeant*, *Top Kicker*, *Top* 등의 다양한 명칭으로 불린다. 중대 내에서는 하사든 중사든 상사든 통칭 NCO 혹은 *Sergeant*라고 부른다. 또한 병과 부사관을 통칭하여 사병*Enlisted Man*이라고 하는데 줄여서 EM이라고 한다.

이 소설 속의 병사들은 모두 자원 입대한 직업 군인으로서, 각 계급 간의 상하 관계가 한국 군처럼 엄격하지는 않다. 소설 속의 주인공 프리윗은 입대 5년 차로서 현재 계급은 이등병이지만 과거에는 권투를 잘해서 하사를 거쳐 중사까지 올라간 적이 있었다. 그러나 권투 선수가 되기를 거부함으로써 현재 이등병으로 강등되었다. 이렇게 볼 때 사병들 사이에는 현재 계급만으로 그들의 상하 관계를 결정하기 어렵다. 따라서 아주 현저하게 근무 연한이 차이 나지 않는 한, 사병들은 서로 평어(平語)를 사용한다고 볼 수 있다.

소총은 아직 M1이 지급되기 이전이어서 스타 게이지 03 구식 소총과 카빈 소총을 사용하고 있다. 담배도 지금처럼 말보로나 윈스턴 등 테일러메이드 담배가 아니라 봉지 담배를 말아서 피웠고 사병들에게는 듀크 믹스처라는 봉지 담배가 지급되었다. 사병과 장교 사이에는 엄격한 경계가 있었고, 사병들의 장기적 목표는 30년쟁이였다. 〈30년쟁이〉의 원어는

*thirty-year man*인데 장기 복무를 하게 될 사병을 통칭하는 영내 속어이다. 이 소설의 무대가 되는 1941년 당시 미군은 징병제가 아니라 모집제였고, 그래서 사병은 모두 자원 입대하여 3년을 근무하면 계약 만료가 되어 제대하였다. 그러나 사병이 별 하자 없이 3년 근무를 마치고 본인이 원할 경우에는 자동적으로 재계약되어 근무 연한이 늘어난다. 3년 계약을 10회 반복하여 30년을 채우면 명예롭게 은퇴하여 육군에서 제공하는 연금을 받으면서 노후를 보낼 수 있다. 그러나 군대 생활을 비관하여 다시는 돌아오지 않는다며 제대했다가 민간인 생활에 어려움을 느끼고 재입대re-enlist하는 병사들이 많다. 모든 사병은 30년 장기 근무를 채우기를 바라나 군대 생활의 어려움 때문에 갈등을 겪는다. 이런 군대 생활의 애로 사항을 노래한 것이 소설 맨 마지막 부분에 가사가 제시되어 있는 「재입대 블루스」이다.

봉급 체계를 살펴보면, 이등병인 프리윗의 봉급은 30달러이나 세탁비, 보험료, 각종 월부금, 중대 기금을 공제하고 나면 21달러가 된다. 반면 상사인 위든의 봉급은 64달러이다. 1941년 당시 최고급 캐딜락 차 한 대 값이 1,345달러였다. 현재 미국 내 고급 차의 가격은 5만 달러 정도가 되므로 이것을 가지고 대략적으로 환산해 보면 당시 1달러의 가치는 2008년 현재 한화로 약 3만 3천 원 정도, 10센트는 3천3백 원에 해당한다. 이 책에서 자주 나오는 달러 표기는 이런 정도의 환율을 적용하면 대충 감을 잡을 수 있다. 마지오와 프리윗이 부대 화장실에서 스터드 게임을 하는 대목에서 센트 단위가 많이 나오는데, 이 단위를 적용하면 그것이 얼마나 소규모 노름인지 알 수 있고, 또 오헤이어의 노름방에서 나오는 달러 단위도 감을 잡을 수 있다. 이 책에서 자주 묘사되는 창가(娼家)의 화대 3달러는 약 10만 원에 해당한다. 위든이 캐런과

10일 휴가를 떠나면서 휴가비 6백 달러를 가지고 가서 3백 달러밖에 사용하지 못했다는 얘기가 나오는데, 그걸 현재의 한화로 따지면 전자는 1천9백만 원, 후자는 9백50만 원에 상당한다. 이것은 사소한 정보이지만 알고 읽으면 소설 속 사건을 더욱 생생하게 느낄 수 있다. 그 외에 부대 내에 20퍼센트쟁이도 있는데, 이들은 다음번 봉급을 담보로 20퍼센트 고리로 돈을 빌려주는 병사를 가리킨다.

작품 속 스코필드 부대의 규모는 사단 규모이다. 보병 1개 연대를 포병 1개 대대가 지원하는 구조로 되어 있으며, 사단 내에는 3개 보병 연대와 3개 포병 대대가 편제되어 있다. 가령 보병 제○○연대는 제8포병 대대가 지원하고, 보병 제27연대는 포병 13대대가 지원하고 있다. 보병 제○○연대의 상급 부대로는 여단이 있으며, 그 위에 하와이 지구 사령부라고 지칭되는 사단 사령부가 있다.

진주만 공습 이후 G 중대가 진지를 구축한 마카푸우 헤드는 오아후섬의 최남단 해변이다. 작품의 주요 인물인 워든과 캐런이 만나는 데이트 장소는 대부분 오아후섬에 있다. 그러나 오아후 옆의 몰로카이섬이나 최남단의 하와이섬, 그리고 최북단의 카우아이섬 등이 때때로 언급된다. 현재 많은 한국 사람들이 하와이섬을 관광차 방문하고 있으므로, 이 소설을 읽은 분들은 더욱 관광에 흥미를 높일 수 있을 것으로 생각된다.

작품 속의 등장인물인 프리윗, 카렐슨, 스타크 등은 와히니와 동거를 하거나 동거 생활을 꿈꾸고 있다. 또 작품 속의 한 인물인 볼디 돔은 마닐라에 주둔할 때 필리핀 창녀와 결혼하여 현재 하와이에 살고 있는 것으로 나온다. 대부분의 병사들은 하와이 와히니를 한때 동거하다가 버리는 여자 정도로 생각하고 있다. 주인공 프리윗도 바이올렛이라는 와히니와 동거했다가 버린다. 미군 사병과 와히니의 관계는 평등한 남녀 간의 사랑이 아니라 남자가 일방적으로 여자를 이용하고 수탈하는 관계이다. 다시 말해 사랑의 제국주의이다. 이 소설의 시대적 배경인 1941년은 아직 하와이가 미국의 정식 주로 격상되지 않았기 때문에 미국 내의 한 지역이라기보다 외국이라는 느낌이 더 강했다. 따라서 와히니 여자들에 대한 착취의 태도는 그 시대상을 반영한 것이다. 특히 작품 후반에 스타크는 남편 있는 와히니를 동거녀로 두고 있으면서도 아무런 도덕적 죄책감을 느끼지 않는다.

사병들의 성장 배경은 프리윗의 집안 배경에서 알 수 있듯이 사회 하류층 출신이다. 이들은 1930년대의 대공황 시절을 맞아 생활이 어렵기 때문에 전국 각지를 떠도는 부랑자 생활을 하다가 군대에 들어온 자들이 상당수이다. 사병 중에는 1900년대의 IWW(세계 산업 노동자 조합) 노동 운동에 가입했던 인물의 영향을 받아 극히 사회 비판적인 인생관을 가진 자도 있다. 프리윗이 부대 영창에서 만난 잭 멀로이가 그런 자이다. IWW는 *Industrial Workers of the World*의 약어이며 이 조합의 조합원들을 가리켜 워블리스*Wobblies*라고 한다. 1905년 43개 노동 조합 그룹이 힘을 합쳐 결성한 조직으로서 자본주의에 반대하는 강령을 갖고 있었다. 창립자는 서부 광부 연합의 윌리엄 헤이우드, 사회노동당 당수인 대니얼 드레온, 사회주의당의 당수 유진 데브스 등이었다. 1908년 IWW는 두 개의 당파로 분열되었는데 한 당파는 조합의 목표를 달성하기 위하여 정치 활동을 벌이자고 주장했고, 다른 당파는 정치 활동을 피하고 파업, 보이콧, 사보타주 등으로만 목적을 달성해야 한다고 주장했다. 윌리엄 헤이우드가 이끄는 후자의 당파가 결국 힘을 얻었다.

IWW의 궁극적 목표는 노동자들이 생산의 수단을 장악하는 것이었다. 이런 목표 때문에 조합원들이 자주 투옥되었다. 1915년 IWW 조합원 조 힐이 살인 사건과 관련되어 처형되었다. IWW는 태평양 연안 북서부에서 광업과 목재 분야에서 특히 커다란 영향력을 행사했다. 1917년 미국이 제1차 대전에 참전할 때 노동 단체로는 IWW가 유일하게 참전에 반대했다. 이와 관련 미국 정부는 간첩법 혐의를 걸어 이 조직의 간부들을 투옥했다. 1918년 9월에 101명의 워블리스를 투옥한 것이 대표적 사건이다. 제1차 대전 후 IWW의 과격한 운동에 대중들이 염증을 느끼기 시작했고, 1925년에 이르러 조합의 힘이 크게 약화되었다. 이 작품 중 부대 영창을 묘사한 챕터에서는 IWW와 그 주요 인물들의 에피소드들이 자주 소개되고 있다. 주인공 프리윗은 잭 멀로이와 친해지게 되면서 사회의 지배 구조에 눈을 뜨게 된다.

이 소설에는 또한 아름다운 하와이의 풍경과 호놀룰루 시내의 경치가 실경 그대로 묘사되어 있어, 하와이의 정취를 만끽할 수 있다. 빡빡한 군대 생활만 일방적으로 묘사하고 있는 것이 아니라 프리윗과 앨마, 워든과 캐런의 러브 스토리도 간간이 끼어들어 소설의 가독성을 높이고 있으며, 가난한 보병들이 호놀룰루 시내의 돈 많은 호모들과 어울리는 장면도 사실적으로 기술하여 이미 1951년 시점에서 동성애라는 21세기의 주제를 다루고 있다.

작품 해설

이 소설은 에머슨의 에세이와 키플링의 시를 맨 앞에 인용하고 있다. 에머슨의 수필(「역사가 한 사람에게 응축된다」)은 개인의 역사 인식이 곧 역사를 추진하는 기본적인 힘이라는 내용인데, 이것은 다음과 같은 에머슨의 수필 「자연론」에서 잘 드러난다. 〈나는 투명한 눈동자*transparent eyeball*가 된다. 나는 무*nothing*가 된다. 나는 모든 것을 본다. 보편적 존재의 흐름이 내 몸을 순환한다.〉 이처럼 한 사람의 개인적 역사가 곧 시대의 보편적 역사가 될 수 있다는 것이다. 여기서 이 소설이 프리윗이라는 주인공의 눈으로 본 세상의 역사를 다루고 있음을 알 수 있다. 그가 세상을 어떻게 인식하고 그 주위의 사람들이 그것에 어떻게 반응하는지가 곧 이 작품의 줄거리가 된다.

프리윗이 본 세상은 사병의 눈으로 본 군대이고 그 후 부대 영창에 들어가서는 수감자들의 눈을 통하여 바라본 군대 바깥의 세상이다. 프리윗은 잭 멀로이를 만나면서 군대란 이 세상의 축소판이며, 군대에서 벌어지는 일은 저 넓은 세상에서도 그대로 반복된다는 것을 깨닫게 된다. 그가 인식하는 세상은 자연주의 작가들이 바라본 세상, 곧 힘센 사람이 힘약한 사람을 억압하고 착취하는 세상이다. 그리하여 21세의 프리윗은 〈너무 어린 나이에 최악의 것을 알고 만다〉.

키플링의 시는 이 소설의 제목(〈지상에서 영원으로〉)을 취해 온 것이므로 특히 주목할 만한 자료이다. 작가는 이 시를 소설 맨 앞에 인용했을 뿐만 아니라, 작품 속의 인물을 통하여 다시 인용하고 있다. 이 시는 작품 전체를 이해하는 데 특히 중요하다고 생각되므로 시 후반 부분을 인용하면 다음과 같다.

우리가 편지를 보내 본 적이 없는 고향,
우리가 결코 지키지 못할 맹세,
우리가 그리워하는 저 먼 곳에 있는 것들,
이런 것들이 코 고는 소리 요란한 내무반에 스며들어

우리의 잠을 깨워 놓아 버리니,
우리가 술에 흠뻑 취한들 누가 우릴 비난할 수 있으랴?
술 취한 동료가 중얼거리고, 커다란 경계용 램프가 반짝
거릴 때,
모든 비밀이 하얀 석회 칠을 한 둥근 천장에 그 정체를
드러내나니
우리가 고통을 잊기 위해 약을 먹었다고 그대는 짐작하
는가?

우리는 희망과 명예가 작살났어. 우리는 사랑과 진실도
잃어버렸어.
우리는 사다리의 계단을 하나씩 하나쓱 떨어뜨리고 있어.
우리가 받은 고문의 강도는 우리의 젊음의 크기. 하느님
우릴 보살피소서,
우리는 너무 어린 나이에 최악의 것을 알고 말았으니.

우리가 수치로 여기는 것은 선고를 내린 범죄에 대하여
참회하는 것,
우리가 자부하는 것은 그 어떤 예의 바름의 자극도 느끼
지 않는다는 것,
르우벤의 저주는 낯선 죽음의 땅이 우리를 감싸 안을 때
까지 우릴 따라다니느니,
우리는 죽는다, 그들이 결코 알지 못하는 그곳에서.
우리는 길을 잃은 불쌍한 어린 양들,
엉뚱한 길로 들어선 불쌍한 검은 양들.
이제 신사 사병들이 질탕하게 한판 벌이고 있구나,
지상에서 영원으로 저주받은 자들처럼.
하지만 하느님은 이런 우리를 자비롭게 여기나니,

가자! 벌이자! 한번 화끈하게 놀아 보자!

   이상의 인용문을 염두에 두면서 제임스 존스가 이야기를
풀어 나가는 방식을 살펴보면 그것은 대충 다음 세 가지이다.
   1) 언어
   2) 생각
   3) 사건
   먼저 제임스 존스의 〈언어〉는 때때로 투박하고 문법적으
로 틀린 곳도 있지만, 묘사 대상을 압축하여 설명하는 재주
가 뛰어나다. 가령 다음과 같은 문장은 작품의 전체적 구도
를 잘 상징하고 있다.

   파인애플 나무가 그 자신의 생활을 즐겁게 생각한 적이
있었을까? 자신이 단체로 닦달당하는 7천 그루의 파인애
플 중 하나라는 사실을 지겹게 생각해 본 적이 있었을까?
다른 7천 그루처럼 늘 같은 비료를 받아먹으며 그들과 함
께 대오를 이루어 죽을 때까지 그렇게 서 있어야 하는 운명
을 과연 즐겁게 생각했을까? 그는 알 수가 없었다. 그렇다
고 해서 파인애플이 갑자기 자몽으로 둔갑할 수도 없는 노
릇이었다(제1장 끝부분).

   그러나 제임스 존스의 언어라고 하면 아무래도 영내에서
사용되는 많은 비속어, 은어, 욕설을 들어야 할 것이다. 당초
존스는 스크라이브너즈사의 편집자들과 함께 공동 검열하면
서 많은 비속어들을 제거했으나, 그래도 출판된 책에는 여전
히 많은 비속어들이 남아 있다. 그 속된 언어들은 나중에 비
평가들로부터 집중적인 비판을 받았으나 작가가 군대 생활
의 사실감을 높이기 위해 일부러 구사한 것이라고 한다. 실제

로 남자들이 아주 심한 욕설을 배우는 것은 군대 생활을 통해서인데, 그 욕설이 작품의 분위기에 크게 기여한다는 판단 아래, 이 번역본에서는 가능한 한 그 비속어와 은어를 살리려고 애썼다.

　두 번째로, 제임스 존스의 〈생각〉은 우리에게 많은 화두를 던진다. 군대를 세상의 축소판으로 볼 때, 거기에는 장교와 사병이라는 두 계급이 있다. 장교는 늘 명령을 내리고 사병은 거기에 복종해야 하는 구조이다. 군대 바깥의 세상에는 자본가가 있고 그의 명령을 수행하는 노동자가 있다. 다시 말해 권력을 가진 자와 그렇지 못한 자가 있다. 인종들 사이에서도 우월적 지위를 자랑하는 백인이 있고 그 말을 따라야 하는 흑인 혹은 유대인이 있다. 남녀의 관계에서도 남자는 지배하고 여자는 순종한다. 이런 구조가 싫은 사람은 어떻게 해야 할까? 왜 장교의 부당한 명령을 사병은 따라야만 하는 것인가? 왜 남자의 이기적 명령에 여자는 일방적으로 복종해야 하는가?

　이런 〈생각〉들로부터 이 작품 속의 도전과 갈등이 생겨난다. 가령 주인공 프리윗은 권투를 하기 싫어하는데 중대장은 권투 경기에 나갈 것을 요구한다. 그것을 거부함으로써 프리윗은 군대의 상명하복 구조에 정면으로 도전한다. 이 도전과 갈등이 일으키는 핵심적 행동 양식은 〈싸우다〉, 〈사랑하다〉, 〈울다〉, 〈죽다〉의 네 동사이다. 〈싸우다〉와 〈울다〉가 서로 호응하는가 하면, 〈사랑하다〉와 〈죽다〉가 서로 호응하고, 때로는 〈사랑하다〉가 〈싸우다〉와 서로 어울리기도 한다. 가령 프리윗과 앤절로가 헌병과 싸우다가 마지오는 잡혀가고 프리윗은 모면하여 혼자 남아 울고 있는 장면이 첫 번째 경우이고, 군대를 사랑하여 다시 G 중대로 돌아가는 길에 죽게 되는 프리윗의 에피소드는 두 번째 경우이며, G 중대 인사계 워

든 상사와 G 중대장 홈스 대위의 아내 캐런 홈스의 에피소드
는 세 번째 호응에 해당한다.

  그러나 이 작품의 가장 큰 하이라이트는 주인공 프리윗의
죽음이라 할 것인데, 이 에피소드는 위에서 인용된 키플링의
시 〈르우벤의 저주는 낯선 죽음의 땅이 우리를 감싸 안을 때
까지 우릴 따라다니느니,/우리는 죽는다, 그들이 결코 알지
못하는 그곳에서〉를 상기시킨다. 그의 죽음은 〈싸우다〉, 〈사
랑하다〉, 〈울다〉, 〈죽다〉가 모두 호응하는 아주 인상적인 사
건이다. 르우벤의 저주는 구약 성서 창세기에 나오는 것으로
서 무절제한 사랑의 저주를 말한다. 프리윗은 군대의 부조리
를 싫어하면서도 군대를 사랑하여 결국 그 사랑을 찾아 부대
로 되돌아가다가 〈그들이 결코 알지 못하는 그곳〉에서 죽게
된다. 프리윗의 사랑 못지않게 캐런과 워든의 사랑도 르우벤
의 저주와 호응하는 측면이 있다. 그들은 서로 사랑하기 때
문에 오히려 헤어지게 된다는 역설을 경험하게 된다. 소설의
말미에서 두 사람은 이렇게 말한다.

「어쩌면 우리는 자기가 가질 수 없는 것만 사랑하는 건
지도 모르겠어. 모든 사랑이 다 그런 것 같아. 사랑이란 그
렇게 생겨 먹은 건가 봐.」 워든이 말했다.
「난 당신을 미워했어. 때때로 아주 격렬하게. 모든 사랑
은 그 안에 증오를 담고 있어. 사랑하는 대상에게 자연히
묶이게 되고 그것이 자유의 일부를 빼앗아 가기 때문에 사
랑을 분개하는 거지. 그건 어쩔 수가 없어. 사랑하는 사람
은 자신의 자유의 상실을 분개하고, 그 때문에 상대방에게
도 그가 가진 자그마한 자유를 포기하도록 강요하지. 사
랑은 증오를 만들어 낼 수밖에 없어. …… 사랑은 곪어 죽
어 유령이 되거나 아니면 일찍 죽어 꿈으로 남는 거야.」(제

54장)

로마의 시인 카툴루스는 〈나는 미워하면서 사랑한다*odi et amo*〉고 말했는데 캐런과 워든의 사랑, 앨마와 프루의 사랑도 애증이 교차하는 사랑 혹은 르우벤의 저주이다. 이 사랑의 문제는 남녀 간의 문제뿐만 아니라 동성애의 문제로 확대된다. 남녀 간의 지배 구조가 곧 사회의 지배 구조를 축소해 놓은 것에 지나지 않는다고 보는 것이다. 이러한 〈생각〉은 이 작품의 돋보이는 부분이다. 남자가 지배하고 여자는 복종하는 그런 사랑의 구조는, 장교와 사병, 자본가와 노동자, 백인과 흑인으로 나누어진 사회의 2분법적 구조를 그대로 반영한다. 블룸의 동성애와 자살은 이 문제에 대하여 아주 도전적인 질문을 제기한다. 남자는 명령하고 여자는 복종하는 그런 사랑은 싫다. 여자도 없고 남자도 없으며 사랑의 감정만이 자연스럽게 오고가는 동성애가 좋다. 왜 세상은 이런 사랑을 받아 주지 않는가. 그래서 동성애자 블룸은 사랑의 부재를 절감하면서 자살한다. 동성애는 이제 21세기 문학에서 중요한 화두로 떠오르고 있는데, 이 소설은 이미 1951년에 이 문제를 진지하게 다루고 있다는 점에서 선구적인 측면을 보여 주고 있다.

마지막으로 〈사건〉은 이 작품의 가장 빛나는 성취이다. 이 책을 펼치는 순간, 우리는 1941년 하와이 오아후섬의 와후라는 지역으로 곧장 들어가 그곳에서 전개되는 군대 생활에 몰입하게 된다. 군대 생활 3년 하고 그 후 30년 동안 그 얘기를 반복한다는 말도 있듯이 누구나 군대 생활을 하나의 추억거리로 반추한다. 왜? 그 생활이 그만큼 고통스러웠기 때문에 나중에 즐거운 추억이 되는 것이다. 사건의 사실감을 높이는 것은 등장인물들의 행위이다. 다시 말해서, 행위가 없으면

이야기 또한 없다. 이 소설 속에는 많은 행위와 사건이 벌어진다. 독자는 그 행위에 대한 이야기를 귀로 〈듣는〉 것이 아니라 직접 눈으로 〈보게〉 된다. 그만큼 뛰어난 이야기의 포스(힘)와 구조를 갖고 있다. 군대 생활을 해본 사람은 자기도 모르게 자신의 군대 생활을 연상하게 될 것이다. 나는 이 소설을 번역하는 내내 하와이 1941년이 아니라 강원도 양구 1974년으로 돌아가 있었다. 너무나 실감나서 양구 가는 버스를 타고 21사단 예하의 포병 부대로 돌아가는 내 모습을 여러 번 〈보았다〉. 군대 생활의 아름다움과 지저분함을 이처럼 잘 묘사한 소설이 과연 또다시 있을까.

이처럼 군대 생활을 회상하다 보니 자연스럽게 이상은의 노래 「언젠가는」을 흥얼거리게 되었다. 〈젊은 날엔 젊음을 모르고, 사랑할 땐 사랑이 보이지 않았네. 하지만 이제 뒤돌아보니 우린 젊고 서로 사랑을 했구나.〉 군대 생활을 할 때는 그 생활의 진정한 의미를 몰랐다. 그러나 이제 30년의 시간적 거리를 두고서 『지상에서 영원으로』를 통해 그 생활을 되돌아보니, 〈우린 젊고 서로 사랑했다〉는 것을 깨달을 수 있었다.

이 소설의 시간적 무대로부터 2007년의 지금까지는 무려 60년의 시간이 흘러갔다. 세월은 이처럼 많이 흘러갔지만 군대 생활은 양의 동서와 시의 고금을 불문하고 어디서나 비슷하게 전개된다. 군대가 있는 한, 장교와 사병의 계급은 사라지지 않을 것이기 때문이다. 지금 전국 각지에서 군 복무 중인 젊은이들은 이 소설 속에서 제시된 그런 문제와 고민을 씩씩하게 헤쳐 나가고 있을 것이다. 그 현역들이 이 책을 읽으면 〈아, 이건 나의 이야기야!〉 하고 동감할 것이다. 군 복무 중인 현역은 물론이고, 나처럼 과거를 회고하는 제대 군인, 그리고 애인이나 자식을 군대에 보낸 젊은 여성이나 어머니들은 사랑하는 아들 혹은 애인이 군대에서 어떻게 살아가고 있는지 알아보기 위해서라도 한번 읽어 볼 만한 소설이다. 이 책을 모두 번역한 지금, 젊은 그들의 함성이 귀에 들리는 듯 하다. 가자! 벌이자! 한번 화끈하게 놀아 보자!

이종인

제임스 존스 연보

1921년 출생   11월 6일 미국 일리노이주 로빈슨에서 출생. 중산층 집안에서 성장했으며 고향에서 고등학교를 졸업함.

1939년 18세   육군에 입대하여 보병 제25사단에 배속됨.

1941년 20세   하와이 주둔 25사단에 근무하다가 진주만 공습을 체험함. 『지상에서 영원으로 *From Here to Eternity*』의 주인공은 부대 영창에서 복역했으나 제임스 존스 자신은 영창에서 복역한 사실이 없다고 밝혔음. 군 복무 중 독서를 많이 함. 이때 토머스 울프의 소설을 읽고 자신도 소설가가 될 수 있겠다는 생각을 갖게 됨. 이 당시의 미 육군은 징집병 제도가 아니라 자원병 제도를 시행하고 있었음. 1회 근무 연한은 3년이고 10회, 즉 30년을 근무하면 30년쟁이가 되어 연금을 받으며 은퇴할 수가 있었음. 존스는 2회 6년을 근무했음.

1942년 21세   남태평양 솔로몬 제도의 과달카날 전투에 참가했다가 부상을 당함.

1943년 22세   테네시주 멤피스의 케네디 육근 병원에서 8개월간 치료를 받음.

1945년 24세   제대. 자전 소설 『그들은 웃음을 상속할 것이다 *They Shall Inherit the Laughter*』를 써 가지고 맥스웰 퍼킨스를 찾아감. 퍼킨스는 이 소설을 읽고 이대로는 출판이 불가능하다고 판단하여 원고를 돌려보냈지만 작가의 재능을 알아보고 다른 경험을 묘사한 자전 소설을 써보라고 권함. 퍼킨스는 쓰지도 않은 다른 소설에 대하여 선인세를 지불하면서 존스를 격려함.

1946년 25세 고향의 해리 핸디와 로니 핸디 부부로부터 7년간 재정적 지원을 받음. 후에 로니 핸디와는 애인 관계로 발전함.

1951년 30세 데뷔작 『지상에서 영원으로』가 맥스웰 퍼킨스의 소속 출판사였던 찰스 스크라이브너즈사에서 출간됨. 소설이 출간되기 전에 상당수의 욕설, 비속어, 은어를 편집자들과 함께 가다듬었다고 함. 그런데도 작품 속에 많은 비속어가 등장하여 일반 독자는 물론 비평가들로부터 크게 비난을 받았음. 이 소설은 하드커버만으로 24만 부가 팔리는 기염을 토했고, 베스트셀러 1위에 올랐음.

1952년 31세 『지상에서 영원으로』 전미 도서상 수상.

1953년 32세 『지상에서 영원으로』 영화화. 몽고메리 클리프트(프리윗), 버트 랭커스터(앤서니 워든), 데보라 카(캐런 홈스), 프랭크 시나트라(앤절로 마지오), 도나 리드(앨마 슈미트), 어니스트 보그나인(저드슨 중사) 등의 호화 배역이 출연하여 공전의 대히트를 기록함.

1954년 33세 한국 전쟁 당시 피난지 부산에서 상영되어 많은 한국 팬들의 사랑을 받음.

1953~1957년 32~36세 데뷔작이 성공하여 벌어들인 돈으로 일리노이주 마셜에 작가촌을 건설하는 데 재정적으로 후원함. 이 작가촌은 당시 그의 애인이었던 로니 핸디가 조직함. 핸디는 작가가 「감사의 말」에서 〈일리노이주 로빈슨의 해리 E. 핸디 부부에게도 감사드린다. 이들의 도움이 없었더라면 나는 작가로 입신할 생각을 하지 못했을 것이다. 7년 동안 정신적·물질적 후원을 아끼지 않아 그것이 내게 커다란 영양분이 되었다〉라고 말한 그 부부였음. 젊은 작가들의 글쓰기를 적극적으로 후원한다는 명목 아래 건설된 이 유토피아적 공동체는 몇 년 뒤 해체됨. 로니 핸디가 방만하게 공동체를 경영하고 존스가 다른 소설 집필에 몰두했기 때문.

1957년 36세 『그들은 웃음을 상속할 것이다』를 손봐서 『어떤 사람들은 뛰어서 왔다*Some Came Running*』을 발표함. 『지상에서 영원으로』의 영화화가 대히트했기 때문에 이 작품도 영화화되었음. 프랭크 시나트라, 딘 마틴, 셜리 매클레인 등이 출연했고 오스카상을 여러 개 수상. 그러나 문학 비평가들은 〈한없이 따분한 작품〉이라고 평가하면서 존스의 철자 오용, 구두점 미비, 문법적 오류 등을 혹독하게 비난함.

1958년 37세 새로 만난 애인 글로리아 모솔리노와 결혼하여 프랑스로 이주하여 이후 1975년 귀국할 때까지 파리에 거주함.

1959년 38세 딸 케일리 존스 태어남. 이 딸은 후에 작가가 되어 『1960년대에 파리에 거주하던 존스 일가의 회고록*A thinly veiled memoir of the Joneses living in Paris during the 1960s*』을 써냈다. 『피스톨*Pistol*』 발표.

1962년 41세 과달카날 전투를 배경으로 한 『가느다란 붉은 줄*The Thin Red Line*』 발표. 이 작품에서는 철자 오용이나 문법적 오류가 없는 완벽한 산문을 구사. 이 작품은 존스가 구성한 3부작의 두 번째 것인데 『지상에서 영원으로』에 나오는 세 명의 주인공, 워든 상사, 프리윗 이등병, 스타크 취사반장을 웰시 상사, 위트 이등병, 스톰 취사반장으로 바꾸어 등장시킴. 존스는 원래 프리윗 이등병을 살려 두어 3부작을 완성시키겠다는 구상을 갖고 있었으나 프리웟이 『지상에서 영원으로』의 말미에서 사망하자 이렇게 다른 인물을 등장시키게 되었다고 설명. 『가느다란 붉은 줄』도 1964년에 영화화되었고 흥행에 성공했으며 그 때문에 「신 레드 라인」으로 1998년에 리메이크됨.

1967년 46세 『과부 만드는 자에게 가다*Go to the Widow-Maker*』 발표.

1968년 47세 『아이스크림 두통과 기타 스토리*The Ice-Cream Headache and Other Stories*』 발표.

1970년 49세 과도한 음주와 과로로 심장병을 앓기 시작하여 그 후 두 번의 심각한 심장병 재발이 있었음.

1971년 50세 『유쾌한 5월 한 달*The Merry Month of May*』 발표.

1973년 52세   『일촉즉발*A Touch of Danger*』(1973) 발표.

1974년 53세   베트남 일대를 돌아보고 쓴 『비에트 일기*Viet Journal*』 발표.

1975년 54세   『세계 제2차 대전*WW II*』 발표. 자신의 건강을 우려하던 존스는 이해에 프랑스 파리에서 귀국하여 롱아일랜드에 정착함.

1975~1977년 54~55세   3부작의 마지막 작품인 『휘파람*Whistle*』의 총 34장 중 31장 중간 부분까지 집필. 나머지는 그의 문학 대리인인 윌리 모리스가 존스의 노트와 녹음테이프에 의존하여 완성함.

1977년 55세   5월 9일 뉴욕 롱아일랜드에 있는 사우샘프턴 병원에서 충혈성 심장병으로 사망.

열린책들 세계문학 072 지상에서 영원으로 하

옮긴이 이종인 1954년 서울에서 태어나 고려대학교 영어영문학과를 졸업했다. 한국 브리태니커 편집국장과 성균관대학교 전문 번역가 양성 과정 교수를 역임했다. 니코스 카잔차키스의 『향연 외』, 『돌의 정원』, 『모레아 기행』, 『일본·중국 기행』, 『영국 기행』, 폴 오스터의 『어둠 속의 남자』, 『폴 오스터의 뉴욕 통신』, 크리스토퍼 드 하멜의 『성서의 역사』, 프랭크 로이드 라이트의 『자서전』, 존 르카레의 『팅커, 테일러, 솔저, 스파이』, 앤디 앤드루스의 『폰더 씨의 위대한 하루』, 줌파 라히리의 『축복받은 집』, 조셉 골드스타인의 『비블리오테라피』, 스티븐 앰브로스 외의 『만약에』, 사이먼 윈체스터의 『영어의 탄생』 등 1백여 권을 번역했고, 번역 입문 강의서 『전문 번역가로 가는 길』을 펴냈다.

지은이 제임스 존스 **옮긴이** 이종인 **발행인** 홍지웅·홍예빈
발행처 주식회사 열린책들 **주소** 경기도 파주시 문발로 253 파주출판도시
전화 031-955-4000 **팩스** 031-955-4004 **홈페이지** www.openbooks.co.kr
Copyright (C) 주식회사 열린책들, 2008, 2009, *Printed in Korea.*
ISBN 978-89-329-0989-9 04840 **ISBN** 978-89-329-1499-2 (세트)
발행일 2008년 5월 20일 초판 1쇄 2009년 11월 30일 세계문학판 1쇄 2020년 2월 25일 세계문학판 2쇄

이 도서의 국립중앙도서관 출판예정도서목록(CIP)은 서지정보유통지원시스템 홈페이지(http://seoji.nl.go.kr)와 국가자료공동목록시스템(http://www.nl.go.kr/kolisnet)에서 이용하실 수 있습니다. CIP제어번호 : CIP2009003376)

열린책들 세계문학
Open Books World Literature

각 권 8,800~15,800원